中外文论

CHINESE JOURNAL OF
LITERARY THEORIES.

2016年
第1期

名誉主编 ■ 钱中文

主　编 ■ 高建平　执行主编 ■ 丁国旗

主办
中国中外文艺理论学会

中国社会科学出版社

图书在版编目(CIP)数据

中外文论.2016年.第1期/高建平,丁国旗主编.—北京:中国社会科学出版社,2016.8
ISBN 978-7-5161-8635-0

Ⅰ.①中… Ⅱ.①高…②丁… Ⅲ.①文学理论—世界—文集
Ⅳ.①I0-53

中国版本图书馆CIP数据核字(2016)第191835号

出 版 人	赵剑英
责任编辑	郭晓鸿
特约编辑	席建海
责任校对	王 斐
责任印制	戴 宽

出　　版	中国社会科学出版社
社　　址	北京鼓楼西大街甲158号
邮　　编	100720
网　　址	http://www.csspw.cn
发 行 部	010-84083685
门 市 部	010-84029450
经　　销	新华书店及其他书店
印刷装订	北京君升印刷有限公司
版　　次	2016年8月第1版
印　　次	2016年8月第1次印刷
开　　本	787×1092 1/16
印　　张	19.25
插　　页	2
字　　数	415千字
定　　价	72.00元

凡购买中国社会科学出版社图书,如有质量问题请与本社营销中心联系调换
电话:010-84083683
版权所有　侵权必究

编委会

(以姓名字母排序)

曹顺庆　陈　炎　党圣元　丁国旗　高建平
高　楠　胡亚敏　蒋述卓　金元浦　李春青
李西建　刘方喜　钱中文　陶东风　童庆炳
王　宁　王先霈　王岳川　徐　岱　许　明
姚文放　周启超　周　宪　朱立元　曾繁仁

目　录

马克思主义文论与中国文论研究

论本雅明的视觉思想 …………………………………………………… 周计武（3）
本雅明"地貌学"由来
　　——论本雅明"时间哲学"与"空间哲学"的转化关系 ………… 庄　新（17）
詹姆逊论现实主义、现代主义和后现代主义 …………………………… 韩振江（24）
重估考德威尔
　　——论汤普森对考德威尔的辩护 …………………………………… 胡小燕（34）
论文学批评评价机制的价值论意义 ……………………………………… 张利群（43）
跨文化视野下的中国经验与艺术理论建构 ……………………………… 雷礼锡（55）
"劳动"话语的审美变迁与中国现代美学话语重构 …………………… 郝二涛（64）
邓以蛰诗学中的境遇论 …………………………………………………… 杜寒风（75）

西方文论研究

巴赫金学派话语诗学的地位和意义 ……………………………………… 张　冰（85）
巴赫金文艺理论思想对叙事理论的影响 ………………………………… 张　丽（92）
非自然副文本叙事论略 …………………………………………………… 刘晓燕（101）
"文学性"的法国历险：以罗兰·巴特为中心 ………………………… 江　飞（108）
沃尔特·佩特与艺术自律的神话 ………………………………………… 王熙恩（123）

西方文论中国化研究

福柯的中国面孔 …………………………………………………………… 孙士聪（137）
文学理论的技术考察
　　——重读米勒事件 …………………………………………………… 陈　海（147）
"文化诗学"的中国化
　　——西方文论中国化的成功典范 …………………………………… 高宏洲（156）

被遗忘的谢林
　　——以朱光潜《西方美学史》为例 ………………………………… 陈海燕(164)

新媒介文论研究

论网络超文本的技术性民主 ……………………………………………… 龚小凡(173)
微媒介的图文景观及其生成 ……………………………………………… 杨向荣(178)
论摄影的超现实本质
　　——兼论苏珊·桑塔格的影像理论 ………………………………… 李　天(185)

古代文论研究

意境论的现代阐释 ………………………………………………………… 文　玲(197)
四时气象与天体：宋代象喻文学批评的有趣选择 ……………………… 潘殊闲(206)
"诗余"说述论 ……………………………………………………………… 李飞跃(215)
论石涛"神遇"说的创作构成论意义 …………………………………… 张　逸(229)
李渔的戏曲导演理论
　　——兼论其对当下影视艺术的启示 ………………………………… 梁晓萍(239)
中国文学批评史的早期课程与讲义 ……………………………………… 王　波(248)

作家作品评论

解码《木兰诗》：以巴尔特语码进行的观察 …………………………… 严纪华(259)
弑父·青春·欲望：80年代文化众象的情态表征
　　——以张楚的摇滚乐代表作《姐姐》为切入点 …………………… 刘　海(269)
如何"在场"？何以"真实"？
　　——对2010年以来"非虚构"叙事悖论的思考 …………………… 汪贻菡(279)
色情面具·生命悲歌·身份困惑
　　——论纳博科夫的《洛丽塔》 ……………………………………… 周　丹(290)

马克思主义文论与中国文论研究

论本雅明的视觉思想

周计武*

(南京大学艺术研究院　江苏　南京　210093)

摘　要：视觉文化转向使视觉形象日益成为文化研究中的核心问题。形象之所以具有魔力，是因为它拥有光韵。光韵具有不可接近的神圣性、此时此地的本真性和凝神静观的视觉性。在本雅明的形象思考中，以波德莱尔、普鲁斯特、卡夫卡等为代表的先锋艺术是一种形象被"祛魅"了的艺术，即"后光韵"艺术。"形象的祛魅"具有两个层面的内涵：一是形象的去神圣化，即打碎笼罩在形象周围的神圣光环，使其人性化、世俗化；二是形象的去审美化，即打破美的形式规范，使形象变形、扭曲、夸张，以碎片化的形式呈现"片段的、谜一样的视觉形象"。在"后光韵"的时代，本雅明试图通过讽喻式批评，把人类的解放与自然的复苏结合起来，把世俗的启迪与经验的拯救结合起来，重建人与自然、人与人兄弟姐妹般的关系，重建主体间平等交流的经验能力。

关键词：视觉文化转向；光韵；形象的祛魅；讽喻；拯救性批判

对视觉与视觉效果既迷恋又焦虑的双重心理，日益使我们卷入以形象为主因的视觉文化之中，也使形象问题成为知识分子热衷批判的重要领域之一。米歇尔称其为"图像转向"，他认识到"观看（看、凝视、扫视、观察实践、监督及视觉快感）可能是与各种阅读形式（破译、解码、阐释等）同样深刻的一个问题"[①]。

当然，米歇尔并不是第一位，也不是最后一位领悟到这个问题的人。从本雅明对"辩证形象（dialectical image）"的讽喻式阐释到海德格尔对"世界图像时代"的存在主义解读，从丹尼尔·贝尔对视觉冲动（新奇、轰动、同步、冲击）的社会学分析到波德里亚对消费社会中"仿像"诱惑的哲学批判，从利奥塔对话语与形象二元范畴的

---

* 周计武（1977— ），文学博士，南京大学艺术研究院副教授、硕士生导师，主要研究西方艺术理论与视觉文化。本文是教育部哲学社会科学研究重大课题攻关项目"当代中国社会转型中的视觉文化研究"（12JZD019）和国家社科基金青年项目"艺术体制论研究——从现代到后现代"（13CZW007）的阶段性成果。

① ［美］米歇尔：《图像理论》，陈永国、胡文征译，北京大学出版社 2006 年版，第 7 页。

比较到斯科特·拉什对后现代主义"形象主因"的透视，再到弗雷德里克·詹姆逊对后现代形象变迁的解读，形象问题不仅成为视觉文化转向的标志，而且成为后现代主义文化的症候。

具体言之，视觉文化转向有两个层面的内涵：一是日常现实生活的视觉化与形象化；二是视觉文化研究的兴起。对前者而言，摄影、电影、电视、互联网、广告、数字视频技术等视觉媒介的发展和商品形象的景观化，为人们"看见和想看见（不是读到和听见）事物提供了大量优越的机会"①，满足了人们视觉化的欲望与冲动。对后者而言，20世纪80年代率先在欧美兴起的视觉文化研究是一种跨学科的整合机制，涉及艺术史、电影理论、媒介研究、文化研究、文化社会学、文化符号学等不同学科。它有两个相辅相成的研究焦点：一是以视觉形象为中心，致力于研究各种形象是如何汇聚在一起的，隐含了什么文化意义；二是以视觉性为中心，旨在阐释形象表征及其意义的建构过程，进而揭示并批判表征模式隐含的视觉意识形态。

形象为什么会成为文化批判与意义争夺的战场？形象的魔力在哪里？在以形象为主因的视觉文化时代，形象的魔力为什么会消失？形象的非神圣化、非审美化又会给我们的文化带来什么样的后果？我们该如何应对？本文将结合本雅明的视觉思想来分析上述问题。

一 形象的魔力：光韵

形象与形象的视觉化是当代文化关注的焦点。形象是由各种符号组合而成的、具有文化意义的视觉形态。② 按照视觉表征的方式，我们认为形象主要有三种：一是直观呈现在眼前的、具体可感的表象；二是通过语言间接呈现出来的、包含创造性想象的意象；三是内心想象出来的、但未言传的心像。我们要研究的是呈现在文化艺术中的表象与意象世界。按照空间存在的方式，形象又可以分为静止的、二维平面中的图像，动态的、视听化的影像和三维空间中的景象或景观。③ 本雅明在对绘画、摄影、电影等视觉艺术，以及19世纪巴黎、柏林与伦敦等大都市生活风貌的"面相学"研究中，不仅经验地描述了视觉形象的不同层面，而且辩证地思考了视觉形象的文化意义。

里尔克的祈使句"认识形象（Wisse das Bild）"是刻在本雅明殿堂门楣上的铭文。从早期的"星座与讽喻"概念到晚期的"辩证形象"思想，形象思考在本雅明的视觉

---

① ［美］丹尼尔·贝尔：《资本主义文化矛盾》，赵一凡等译，生活·读书·新知三联书店1989年版，第154页。
② ［德］瓦尔特·本雅明强调，形象是"各不相关的"碎片的组合（雷纳·纳格尔：《思考形象》，陈永国主编，《视觉文化研究读本》，北京大学出版社2009年版，第60页）。伯杰认为，形象是符号与象征的集合，如照片、电影画面、电视镜头、印刷广告等；形象还包括某种事物在我们心灵中的反映（阿瑟·阿萨·伯杰：《眼见为实——视觉传播导论》，张蕊等译，江苏美术出版社2008年版，第78页）。
③ 参见周宪《从形象看视觉文化》，《江海学刊》2014年第4期。

思想与救赎美学中具有举足轻重的作用。① 本雅明之所以重视形象，是因为"形象拥有一种即时的具体性和唤起实践的能力"②。它能够克服意识、自我与抽象思想的裂隙，在艺术的审美活动中实现世俗的启迪。更重要的是，在本原经验贫乏而伪经验泛滥的现代社会，形象能帮助我们从非意愿记忆的深处打捞经验的碎片，把珍贵的经验以意象的方式还给我们。他称"经验的碎片"为"余像（afterimages）"，并在 1929 年《普鲁斯特的形象》一文中指出："我们所搜寻的记忆大部分以视觉形象出现。就连非意愿记忆的漂浮流动的形式也主要是孤零零的、谜一样的视觉形象。"③ 正是"孤零零的、谜一样的视觉形象"吸引了本雅明忧郁的目光。这种目光使他在 19 世纪的巴黎，敏锐地捕捉到了闲逛者、妓女、流浪汉与赌徒等"人群中的人"的形象，以及拱廊街内琳琅满目的商品形象。这些形象像妓女一样诱惑着路人的目光，使巴黎成为融合时尚、无止境的新奇和万花筒般景观的梦幻剧场。如果说讽喻是 17 世纪辩证形象的准则，那么新奇则是 19 世纪的形象范式。诗人假装陶醉于形象的诱惑，仅仅为了在荒漠的街道上，从词、片段和句头组成的幽灵般的大众中夺取诗的战利品。诗是非意愿记忆的庇护所，而形象来源于非意愿记忆的深处。我们不禁要问，视觉形象卓然不凡的特征是什么？本雅明回答说：光韵（aura）。

在 1931 年的《摄影小史》中，本雅明通过解读卡夫卡 6 岁时的照片第一次使用了"光韵"概念。卡夫卡并没有抛弃神的观念，照片中的小男孩依然用神性的眼睛观看世界。在神性的凝视中，"世界周围笼罩着一种光韵，一种在看向它的目光看清它时给人以满足和踏实感的介质。这里，导致这种效果的技术安排又是显而易见的。相片上从最亮光到最暗阴影是绝对的层层递进的"④。这里的光韵具有三个层面的内涵。首先，具有神性的来源，是宗教信仰的产物。Aura 由拉丁文演变而来，本意指神像头部或身体周围的光环。这里指世界在神性的朗照中分享了神的光辉。其次，伴随世界的世俗化，Aura 逐渐失去了神性的根源，在本雅明的经验哲学中成为一个美学概念，即光韵。本雅明在 1930 年 3 月一篇记述毒品消费的文章中首次使用了这个概念，并剔除了它的神秘色彩。在审美活动中，它是一种浸润在造化自然之中的生命气息，一种人与自然、人与人进行平等的主体间视觉交流时产生的满足感与踏实感。再次，它与 19 世纪晚期摄影技术的特点和摄影的属性有关。由于低敏感度和长时间的曝光，照片产生了层层递进的明暗效果，使照片中的形象闪烁着朦胧而神秘的质感。

---

① 雷纳·纳格尔的《思考形象》和卡伦·雅各布的《暴力的景观，艺术的舞台：瓦尔特·本雅明与弗吉尼亚沃尔夫的辩证法》都强调形象思考在本雅明批判理论中的重要性。（陈永国主编：《视觉文化研究读本》，北京大学出版社 2009 年版，第 52、70、72—73 页）

② Rainer Rochlitz, *The Disenchantment of Art: The Philosophy of Walter Benjamin*, Trans. Jane Marie Todd, New York & London: The Guilford Press, 1996, p. 130.

③ ［德］汉娜·阿伦特编：《启迪：本雅明文选》，张旭东、王斑译，生活·读书·新知三联书店 2008 年版，第 230 页。

④ ［德］瓦尔特·本雅明：《摄影小史·机械复制时代的艺术作品》，王才勇译，江苏人民出版社 2006 年版，第 19 页。

从观看者的视角来说,这种效果也与时空的距离有关,具有此时此地的独特性。它是"空间与时间交织的在场,一定距离之外的独一无二的现象或假象,不管距离对象多么近"[①]。若即若离的时空是视觉感知的前提。在独一无二的视觉体验中,视觉形象永远是可望而不可即的。换言之,它只能观看,不能触摸。因为不可接近性是神性的象征,是对无法克服的距离的体验。在《论波德莱尔的几个主题》(1939)中,本雅明进一步强调了这种经验的视觉性:"光韵建立在人与人之间的关系以及人与客体或自然对象之间关系的反应的转换上。……感觉我们所看的对象意味着赋予它回视我们的能力。"[②] 与技术复制时代的碎片化经验不同,"光韵"是鲜活的、有机的、整体的、富有生命力的。通过把形象嵌入记忆,这种经验能够在它唤来的气息中返回精神的岁月。在精神的岁月中,灵与肉、人与人、人与自然在此时此刻的视觉交流中实现了审美意义上的整合。当我们凝视自然时,自然宛若人的目光一样也在凝视我们。目既往还,心亦吐纳。这是主体之间的双向互动,是生命的气息在相互感应。可见,作为一种审美范畴,"光韵"是人与人、人与物之间在目光上相互吸引、在情感与经验上相互交流的视觉共鸣状态。它可能是冥思的眼神、凝视的目光,或者纯真的一瞥。能否获得这种独特的经验是一种视觉注意力或观看能力的问题,即在一定距离之外感知审美形象的神秘性与独特性的能力。

在《机械复制时代的艺术作品》(1935—1939)中,本雅明用"光韵"概念辩证地反思了艺术存在的命运。"光韵"是传统艺术最富有生命力的部分。传统艺术是建立在膜拜价值(cult value)之上的一种仪式化艺术。从史前洞穴岩画中的巫术仪式到中世纪教堂壁画中的宗教仪式,再到文艺复兴艺术中世俗化的美的仪式,莫不如此。这种仪式价值是艺术"光韵"的源泉,因为它赋予原作此时此地的本真性(authenticity)和不可接近的神圣性。本真性即原作的独一无二性。面对伪作(forgery)、变体(variation)和复制品(reproduction)[③] 等赝品,它能确保原作享有艺术原创性的尊严与权威。赝品虽然从艺术的内部破坏、质疑了原作的独一无二性,给艺术史家、专业鉴定师和收藏者制造了麻烦,但是,它也以迂回的方式向大师和杰作表达了敬意。神圣性是艺术品不同于世俗之物的特性,它内在于形象崇拜的仪式之中。仪式造就了距离,而不可接近性恰恰是圣像或偶像的一种主要品质。它是放在一定距离之外供人们瞻仰或膜拜的对象,而不是人们可以拥有或占有的对象。一旦艺术的生产告别仪式崇拜的

---

① Walter Benjamin, *One-Way Street and Other Writings*, trans. Edmund Jephcott and kingsley, London: Verso, 1992, p. 250.

② Walter Benjamin, *Illuminations*, ed. Hannah Arendt, trans. Harry Zohn, New York: Fontana Press, 1992, p. 188.

③ 手工制造的伪作,旨在通过高超的技艺模仿原作,用逼真的仿制品(strict copies)达到以假乱真的效果;变体属于原作的重构(reconstruction),旨在通过形象的挪用或构图上的微变,达到既向大师致敬,又突破原作,实现创新的效果;可技术复制的复制品,旨在通过复制技术对原作进行批量生产,让更多的人能看到、接近或拥有它。

神圣基础，转向可技术复制的批量生产，现代艺术的"光韵"也就烟消云散了。如其所言："艺术品的可技术复制性有史以来第一次把艺术品从对仪式的寄生性依存中解放出来。被复制的艺术品在很大程度上变成了为能进行复制而设计的艺术品。……一旦衡量艺术品的本真性标准失效时，艺术的整个社会功能也就发生了根本性的变化。"[1] 对本雅明来说，这意味着艺术从以仪式为基础转向以政治为基础，从艺术的膜拜价值转向展示价值，从凝神静观向精神涣散地观看模式的转变。

一件艺术品的"光韵"究竟在哪里呢？对于欣赏者来说，它存在于片段的、谜一样的视觉形象中，存在于过去与现在的时间交汇中，存在于凝神遐想的冥思中。它是传统艺术的魅力所在，具有不可接近的神圣性、此时此地的本真性和凝神观看的视觉性。在某种意义上，本雅明视野中的先锋艺术既见证了艺术的光韵也消解了艺术的光韵。

二 光韵的消失：祛魅

在韦伯和西美尔的著作中，现代合理化的进程引发了世界的"祛魅"，艺术尤其如此。韦伯在1919年写道："我们时代的命运是以合理化和知识化，尤其是以'世界的祛魅'为首要特征的。……准确地说，终极的和最崇高的价值已经退出公共生活。……我们最伟大的艺术不再是不朽的，而是私密性的，这一点并非偶然。"[2] 最高价值的自行贬低与世界的合理化是两个相辅相成的"祛魅"过程。前者见证了宗教信仰的衰落，"那些充满迷幻力的思想和实践从世上的消失"[3]；后者表现为科学、道德和文化不断分化为各自独立的价值领域。价值观的分化使文化艺术从宗教、道德的束缚中解放出来，但也失去了终极意义的价值依托。它完全退守到私人的领域，在公共生活中毫无影响。这既意味着艺术的非神圣化——艺术表现领域的世俗化、艺术家"天才"光环的失落和艺术重要性的降低；也意味着艺术的对象化——它仅仅是人们保存、收藏和审美反思的对象。用黑格尔的话说，"我们已经超越了奉艺术作品为神圣而对之崇拜的阶段"，"思考和反省已经比美的艺术飞得更高了"[4]。

本雅明对光韵的思考无疑受到黑格尔、韦伯和西美尔的理论影响。但是，本雅明"并不致力于以普遍的方式观察艺术的去神圣化，他仅仅根据艺术的技术观、与现实的关系，以及艺术感知的社会语境来客观地说明某些艺术所经历的变化"[5]。本雅明通过

---

[1] Walter Benjamin, *Illuminations*, ed. Hannah Arendt, trans. Harry Zohn, New York: Fontana Press, 1992, pp. 217–218.

[2] Max Weber, "Science as a Vocation", *From Max Weber: Essays in Sociology*, ed. and Trans. H. H. Gerth and C. Wright Mills, New York: Oxford University Press, 1946, p. 155.

[3] [英]尼格尔·多德:《社会理论与现代性》，陶传进译，社会科学文献出版社2002年版，第43页。

[4] [德]黑格尔:《美学》第1卷，朱光潜译，商务印书馆1979年版，第13页。

[5] Rainer Rochlitz, *The Disenchantment of Art: The Philosophy of Walter Benjamin*, Trans. Jane Marie Todd, New York & London: The Guilford Press, 1996, p. 150.

对绘画与摄影、绘画与电影的比较，客观地描述了艺术品在可技术复制时代所经历的变化——光韵的消失。

首先，在审美创造上，艺术此时此地的本真性与原创者的权威消失了。在可技术复制的时代，原作的唯一性、独特性被标准化的批量生产所取代。因为技术复制能把原作的摹本带到它本身无法达到的地方，"机械或电子复制的图像能同时存在于多个地方，并能与其他文本或图像合并、重组[①]"。这就打破了原作此时此地的独特性。一旦作品脱离了原有的语境，那种独特的氛围或生命的气息就消散了；一旦复制品享有原作同等的审美价值，原创者的权威也就动摇了。

其次，在审美接受方式上，审美距离感消失了。技术复制能让大众接近艺术品，享受平等欣赏艺术品的权利。比如，达·芬奇的《蒙娜丽莎》是印刷在图文并茂的书本上，还是复制在明信片上，抑或是印制在形式各异的文化衫上，对于普通大众来说，宛若同一底片冲洗出来的照片或电影拷贝，在审美价值上没有什么不同。这改变了大众对艺术的审美心理，从对先锋艺术的膜拜转向了对大众影像的消费。这是两种不同的审美活动。前者允许观众站在一定距离之外聚精会神（concentration）地欣赏，而后者在连续影像的冲击之下只能产生"震惊"体验。震惊打断了自然的感知联想，像一枚子弹射向欣赏者，让观影者在心不在焉（distraction）的状态中接受瞬间而至的影像。艺术与观者之间的距离消失了，而距离是产生"光韵"的视觉前提。

最后，在社会功能上，艺术的膜拜价值全面让位于它的展示价值（exhibition value）。这暗示了艺术神性的消失和圣像破坏的修辞。因为艺术品不再是供人崇拜、冥想与沉思的对象，而是让人去观看、欣赏与收藏的对象。正是艺术品的视觉展示功能，才使一般的大众在博物馆、美术馆、画廊、大众传媒报道及数码制作的虚拟艺术馆中，获得了更多欣赏艺术的机会。艺术的公开展示与传播也反过来提升了艺术的知名度和艺术家的声望，有利于艺术家把文化资本转化为经济资本。但是，大众在心不在焉的视觉观看中已经失去了往日对艺术的虔诚和敬仰。人们不再可能拥有普鲁斯特、波德莱尔和卡夫卡那种片段的、谜一样的个性化世界了，因为当代审美体验"以更接近个人表现、寻找极度愉悦或忘我体验的形式出现，而非专注于精致的感知"[②]。

在本雅明的视野中，艺术光韵的消失主要有两个原因。一是技术复制时代的来临。与口传文化时代"讲故事的艺术"和印刷文化时代的现代主义艺术不同，以摄影、电影为代表的可技术复制艺术的诞生，宣告了新技术对艺术生产与接受环节的全面渗透，它彻底改变了艺术的存在方式、审美功能与价值。当一件艺术品被批量生产时，它的独创性、个性就成了无关紧要的东西，因为每件作品都是可以相互替换的。没有人会花费心思鉴别哪一张照片是"底片"的真品，也没有人会费力不讨好地辨认电影拷贝

[①] Marita Sturken and Lisa Cartwright, *Practices of Looking: An Introduction to Visual Culture*, Oxford University Press, 2009, p. 199.

[②] ［法］伊夫·米肖：《当代艺术的危机：乌托邦的终结》，王名南译，北京大学出版社2013年版，第61页。

的"原作",因为复制品甚至比模拟的原作更"真实"。这就使真伪的鉴别毫无意义。环绕在原作周围的光韵也就消失了,因为它仅仅近距离地展示给我们看。

二是大众的反叛(rebellion of the masses)。本雅明并不同意奥尔特加把大众界定为放任自流、缺乏个性、平庸乏味的乌合之众。[①] 相反,他高度肯定大众对少数精英活动的僭越行为——大众希望分享过去只有贵族精英才能欣赏的艺术—审美活动,并欲望直接占有它或在空间上更接近它。如其所言,"现代大众具有要使物在空间上和人性上更为'贴近'的强烈愿望,就像他们具有接受每件实物的复制品以克服其独一无二性的强烈倾向一样。这种通过占有一个对象的酷似物、摹本或占有它的复制品来占有这个对象的欲望与日俱增"[②]。这种行为打破了传统仪式艺术"必要的距离"和圣像不可接近的禁忌,使神圣的艺术欣赏行为降格为世俗化的文化狂欢。在大众的目光中,卓别林的电影比毕加索的绘画更具有革命的潜能,因为它满足了大众民主化的诉求和介入艺术的欲望。

如果说光韵是形象的魔力,那么光韵的消失则是形象的祛魅。在本雅明的形象思考中,以波德莱尔、普鲁斯特、卡夫卡等为代表的先锋艺术是一种形象被"祛魅"了的艺术,即后光韵艺术。"形象的祛魅"至少具有两个层面的内涵。首先是形象的去神圣化,即打碎笼罩在形象周围的神圣光环,使其人性化、世俗化。由于形象的光韵具有拜物(fetish)的特性,是建立在偶像崇拜的基础之上的,因此"去神圣化"也就是去偶像化,即通过形象的置换变形来破坏偶像的价值及其产生的社会心理效应。形象不再是令人膜拜的偶像,而是审美实践的载体。这暗示了形象的贬值。难怪贡布里希感叹:"从来没有一个时代像我们今天这样,视觉形象从各种意义上说都变得一文不值。各种海报、广告,各种连环漫画和杂志插图包围和困扰着我们。我们所看到的现实情形是通过电视屏幕、电影、邮票以及食品包装等再现而来的。"[③] 其次,是形象的去审美化,即打破美的形式规范,使形象变形、扭曲、夸张,以碎片化的形式呈现"片段的、谜一样的视觉形象"。为了强调艺术的展示价值,这些形象往往具有很强的视觉冲击力和令人惊叹的"震惊"效果。在接受者那里,震惊源于艺术对意义的拒绝。它是打破审美内在性、引起接受者生活实践变化的手段,因为拒绝阐释与意义的退出会促使接受者反思——人们日常生活实践中的行为是有问题的,需要改变。但是,震惊效果很难持久,它的不断强化只能产生一种审美心理上的期待,即预期的震惊。"这种近乎体制化的震惊至少在接受者的生活实践中起着反作用。这种震惊被'消费'了。所剩下的只是高深莫测的形式的性质,它们抵制从中挤出意义的努力。"[④]

---

① [西班牙]奥尔特加·加塞特:《大众的反叛》,刘训练、佟德志译,吉林人民出版社2011年版,第3—9页。
② [德]瓦尔特·本雅明:《摄影小史·机械复制时代的艺术作品》,王才勇译,江苏人民出版社2006年版,第118页。
③ [英]贡布里希:《艺术与幻觉》,卢晓华等译,工人出版社1988年版,第7页。
④ [德]彼得·比格尔:《先锋派理论》,高建平译,商务印书馆2002年版,第159页。

显然，本雅明以敏锐的洞察力客观地描述了光韵不仅在自然中，而且在艺术中解体的实际过程。不过，面对光韵的消散，他的文化态度一直是模棱两可的。

一方面，他似乎乐观其成。正是对美的仪式化崇拜，使文艺复兴时期以来的近现代艺术蒙上了一层神秘的面纱，以其距离上的不可接近性和艺术品的独一无二性确立了资产阶级艺术自主性的幻象。之所以说它是幻象，是因为它遮蔽了自主性艺术体制的资产阶级根源，维护了布尔乔亚阶层的审美趣味的合法性。在本雅明看来，艺术的自主性与艺术的可技术复制性在发达资本主义时代不过是一枚硬币的两面，都肯定了资产阶级意识形态的合法性。光韵的消散，不仅暴露了自主性艺术的体制化根源，揭露了它的意识形态性，而且对自主性艺术的克服，有利于大众"贴近"艺术，有利于艺术"介入"生活，从而发挥艺术在审美与政治上的激进潜能。如果说大众的反叛与机械复制技术在"贴近"艺术的强烈渴望与批量复制中，悖论式地消解了艺术的光韵，那么波德莱尔、普鲁斯特、卡夫卡、布莱希特等人创造的先锋艺术与17世纪的德国悲悼剧一样，旨在通过辩证形象——一种包含过去的未来、瞬间的永恒，自觉地克服自主性艺术的幻象。如张旭东所言："不了解他对达达主义、超现实主义、未来主义、先锋派电影等现代主义流派特别是布莱希特的戏剧实验及其理论的贴切领悟和相当程度上的参与，就会低估本雅明艺术、美学理论上强烈的现代主义倾向，即在形式和政治两方面的激进性。"[①]

另一方面，他又忧心忡忡。在整个学术生涯中，他感叹"讲故事的艺术"和抒情诗的衰落，忧虑经验的贫乏与想象力的萎缩，渴望超越空洞的同一性，获得弥赛亚的救赎。

"光韵"是非意愿记忆的庇护所，它用经验填充并划分了时间。经验是鲜活的、连续的、有机的、整体的。一种被经验填满了的时间是瞬间的永恒，是满足了的希望，它在人与人、人与自然、人与艺术的视觉交流中，把回忆的日子凝聚成了精神的岁月。因此，"在艺术作品的光韵中隐含着对需要激活的过去的永恒时间的历史体验；对光韵的非辩证的破坏将是这种经验的丧失"[②]，即那种包孕在自然与艺术中的生命气息和主体间视觉交流的经验无可挽回地消散了。

本雅明敏感地领悟到"后光韵"时代的危险。对于孤独的欣赏者来说，艺术形象的祛魅是一种无法言说的痛苦。于是，电影梦工厂通过打造"名人"效应来补偿"光韵的消失"。本雅明认为："由电影资本支撑的明星崇拜保存了那种'名流魅力'，而这种魅力早已存在于其商品特质的骗人把戏中。"[③] 这种明星体制或艺术的偶像化不仅存

---

① 张旭东：《从"资产阶级世纪"中苏醒》，《启迪：本雅明文选》，汉娜·阿伦特编，张旭东、王斑译，生活·读书·新知三联书店2008年版，第4页。

② [德]尤金·哈贝马斯：《瓦尔特·本雅明：提高觉悟抑或拯救性批判》，《论瓦尔特·本雅明：现代性、寓言和语言的种子》，郭军、曹雷雨编，吉林人民出版社2003年版，第418页。

③ [德]瓦尔特·本雅明：《摄影小史·机械复制时代的艺术作品》，王才勇译，江苏人民出版社2006年版，第131页。

在于以商业电影为代表的大众艺术中,也同样存在于波普艺术以来的后现代主义之中。在消费文化主导的时代,人们需要一种更快速的消费艺术,这便有了安迪·沃霍尔与文化市场的绝妙结合。贡巴尼翁不无嘲讽地说:"奇观的是,去除艺术的神圣化,竟然导致了艺术家的偶像化。"① 这种对光韵的挪用使艺术沦落为一种商品。艺术趣味的雅与俗、精英与大众的界限消除了。悲伤何在?艺术的超验性与神秘性价值彻底消失了。

更让本雅明警惕的是,法西斯借尸还魂,盗用"光韵"来美化极权主义政治,让知识分子为极权政治服务。本雅明在对法西斯大众文化的政治断言中认识到了危险性。哈贝马斯对此进行了辩证的解读:"纳粹宣传性质的艺术实现了对从属于一个自主领域的艺术的解体,但是在政治化的背后,它实际上被用来将赤裸裸的政治暴力美学化。它用一种在操纵下产生的价值替换了资产阶级艺术衰落的膜拜价值。膜拜性魅力被打破,结果却被人为地复活:大众接受变成了大众建议。"②

因此,在本雅明的视觉思想中,"形象的祛魅"产生了正反两方面的后果。从正面来说,艺术品的可技术复制性有利于大众接近艺术,激发大众民主的政治潜能;从负面来说,"祛魅"不仅意味着形象的贬值、光韵的消散,而且意味着经验的贫乏、想象力的萎缩。如果说前者是尚未兑现的允诺,那么后者则是一种可见的后果。

三 拯救性批判:讽喻

如果说现代是一种进步论的时间意识,一种"新即好"的价值观,现代化是一种合理化的社会组织模式,一种启蒙时代以来的新的世界体系,那么现代性则是一种批判的态度、一种反思的立场,一种"一切坚固的东西都烟消云散了,一切神圣的东西都被亵渎了"的体验。因此,批判内在于现代性的视野之中。差异在于,本雅明的思想融合了弥赛亚主义与马克思主义,是哈贝马斯所言的"拯救性批判",一种把世俗的启迪与对过去经验的拯救结合起来的批判。

弥赛亚(Messiah)在希伯来语中既是上帝的受膏者,又是尘世深渊的救赎者。作为姗姗来迟的救赎者,弥赛亚既是尚未到来,也是为时已晚。一方面,他给予那些被侮辱、被损害的人们以希望;另一方面,又让他们在尚未到来的救赎与尘世的艰辛中饱尝绝望。在绝望与希望的张力中,弥赛亚为包含过去的未来撷取思想的碎片,把它带入富有生命气息的世界。救赎源于本原世界的堕落,人与上帝的分离与异化。早在1916年《论语言本身和人的语言》一文中,本雅明就论述了天、地、神、人合一的完整世界。那时,"人类最初听到的、亲眼看到的、亲手摸到的一切都是活生生的词语;因为上帝就是词语。语言以他口中和心中的词语为发端,就像孩子的游戏一样自然、

---

① [法] 贡巴尼翁:《现代性的五个悖论》,许钧译,商务印书馆2005年版,第116页。
② [德] 尤金·哈贝马斯:《瓦尔特·本雅明:提高觉悟抑或拯救性批判》,《论瓦尔特·本雅明:现代性、寓言和语言的种子》,郭军、曹雷雨编,吉林人民出版社2003年版,第407页。

真实、简单"①。这是物我同一、无所凭依的绝对创造。上帝既是世界,也是世界的表达即语言的创造者。这是自然、神性、真理与语言直接同一的理想世界。堕落意味着人类语言与善恶知识的诞生。语言不再通过命名让世界与存在的意义自行显现,而是成为人类表征世界的手段。人开始生活在自己用符号建构的世界中,"他放弃了具体含义的直接性,并堕入所有交流的间接性的深渊,作为手段的词语的深渊,空洞词语的深渊"②。这是一个没有根基的碎片化世界。在"光韵的衰落"中,神性的语言与存在的意义沉入深渊。救赎就是要打破人类语言坚硬的外壳,让自然、神性与真理的形象从世俗的深渊中打捞出来。

过去的经验之所以需要拯救,是因为传统的经验结构在现代生活"光韵的衰落"中内在地崩溃了,不仅个人的经验,而且共同体的经验也前所未有地贫乏了。这是世界史上最重大的经历。经历过"一战"的人们痛苦地感觉到经验的贬值,"战略经验被阵地战揭穿了,经济经验被通货膨胀揭穿了,身体经验被饥饿揭穿了,伦理经验被当权者揭穿了"。因此,"我们变得贫乏了。人类遗产被我们一件件交了出去,常常只以百分之一的价值押在当铺,只为了换取'现实'这一小铜板"③。

经验的贬值源于进步论史观和求新意志。以未来为导向的现代社会在空间的生产与再生产中,通过"创造性的破坏"逻辑,不断利用自然资源、人力资源和社会资源的流动性,来实现资本的增值和宏伟的规划。为了加快生产要素的流动,彻底地反传统成为革新的号角。过去被等同于过时、陈旧,现在被等同于新潮、时尚。在追新逐奇的时尚逻辑中,现代人从熟悉的自然、社会与文化空间中被连根拔起,失去了共同体经验和生活智慧的连续性,卷入历史的断裂与危机之中。这是人类形象的祛魅,一种新的无教养和异化。他们摒弃了传统的"人的形象,那种庄严、高贵、以过去的牺牲品为修饰的形象,而转向了赤裸裸的当代人,他们像新生婴儿哭啼着躺在时代的肮脏尿布上"④。他们对这个时代并不抱有幻想,但又随波逐流地卷入这个时代。过去的经验在未被当下的意象把握之前随时有被遗弃的风险。因为"现代性最大的危险就在于,它对传统的极端不尊重,面临着将我们与过去的联系全盘抹去,从而浪费传统所包含的救赎的'当时的索引'这种无价之宝的重大危险。对过去的真正扬弃必然会保存积淀在传统生活中人造物和废墟中的救赎希望"⑤。

本雅明不仅忧心过去经验的衰落,而且为现代人缺乏吸收经验的能力而忧心忡忡。传统生活形式与整体经验的衰落是现代合理化过程的产物。在《讲故事的人:尼古

---

① [德]瓦尔特·本雅明:《论语言本身和人的语言》,《本雅明文选》,陈永国、马海良编译,中国社会科学出版社1999年版,第275页。
② 同上。
③ [德]瓦尔特·本雅明:《经验与贫乏》,王炳钧、杨劲译,百花文艺出版社1999年版,第253、258页。
④ 同上书,第255页。
⑤ [美]理查德·沃林:《瓦尔特·本雅明:救赎美学》,吴勇立、张亮译,江苏人民出版社2008年版,第224页。

拉·列斯科夫作品随想录》(1936)一文中，本雅明通过比较讲故事的艺术、现代小说与新闻报道中的经验结构，揭示了经验持续贬值的过程。在讲故事的艺术传统中，意义无所不在地充满了生活。它把远方的传说与过去的传奇融合在主体经验的传统之中，使故事获得了一种权威的光韵。讲故事的人会把故事嵌入自己的生活，以便把它像自己的经验一样传达给听故事的人，而听故事的人也会把它融会到往事的回忆之中。讲故事艺术的衰落与现代小说的兴起相伴而生，它揭示了传统经验结构正在经历一种深刻的变化，即共同体经验的碎片化与私人经验的流行。小说是由孤独的作者创造出来的，也是由孤独的读者来阅读的。它试图在更有意义的框架下整合私人的经验，却注定要陷入意义的虚无之中。与之不同的是，在新闻报道中，刚刚发生的社会事件不仅与传统，而且与读者的经验剥离开来，以现场的形式让事件自行显现。因此，它所提供的新闻信息中没有包含一点过去的痕迹。面对信息之流，读者的想象力不可避免地萎缩了，因为他像掉进日历一样，失去了经验的能力。这是现代性危机的一种症候，因为它不仅意味着经验的危机，而且意味着经验交流的危机。

对于复制技术在"光韵的衰落"中所扮演的角色，本雅明在晚期思想中也有了更深刻的意识。与绘画相比，摄影术的发明扩大了意愿记忆的领域，任何事件都能以声、像的形式永久地记录下来。但是，照相机记录了我们的世界，却没有把我们的凝视还给我们；"我们的眼睛对于一幅画永远也没有餍足，相反，对于相片，则像饥饿之于食物或焦渴之于饮料"[1]。在绘画的欣赏中，我们看画，画中的形象也在看我们，这是一种灵魂的交流，所以没有满足的时候。相反，尽管在早期摄影中包含了光韵，但对于大众来说，照片只具有文献记录的功能，只是被占有、被保存的对象，而没有经验交流的意义。

在《论波德莱尔的几个主题》(1939)中，本雅明不再把田园牧歌式的过去与堕落的当下对峙起来，而是通过对现代大都市生活的面相学透视，呈现了一种与"光韵"不同的现代性体验——震惊。在本雅明的视觉思想中，体验(erlebnis)与经验(erfahrung)不同，前者是碎片化的、私人性的体验，缺乏生活意义的整体性，后者是完整的、共同体的经验，具有视觉经验的交流性与连续性。从经验向体验、从静观向震惊的转移，具有范式转换的意义。

震惊是现代人尤其是大众面对突如其来的外界刺激产生的一种防御性反应，以避免在焦虑缺乏防备的情况下造成心理的创伤。生活在现代大都市中，面对迅疾的车辆和拥挤的人群，个体卷进了一系列的惊恐与碰撞中。这种神经紧张的触觉经验与新闻摄影中的视觉经验一起，赋予瞬间一种难以追忆的震惊。这种体验与工人在机器旁的体验是一致的。在技术化的生活中，除了屈从于机械技术的训练，让大脑的意识接受日复一日的刺激外，你别无选择。这就产生了一种对刺激的需要，一种可预期的震惊。

---

[1] [德]瓦尔特·本雅明：《发达资本主义时代的抒情诗人》，张旭东、魏文生译，生活·读书·新知三联书店1989年版，第160页。

在以电影为代表的现代影像工厂中,"震惊作为感知的形式已经被确立为一种正式的原则。那种在传送带上决定生产节奏的东西也正是人们感受到的电影的节奏的基础[①]"。这种体验直接诉诸感官,把个人从传统的经验世界中剥离出来,在能指符号的无意识漂流中,沦落为生活的碎片。不仅如此,经验在意识的防范中被彻底地简化和过滤掉了,人们失去了回忆经验的能力。"气息的光韵"在震惊体验中消散了,艺术成为一颗没有氛围的星星。这正是普鲁斯特在《追忆似水年华》中借助非意愿记忆试图要挽救的,也是波德莱尔在《巴黎的忧郁》中通过震惊体验努力要揭示的。

面对过渡、短暂、偶然的现代世界,陷入文明旋涡中的现代人疲于奔命,匆忙应付陌生世界中突然的刺激和意外的危险,从而孕育了一种高度戒备的目光。人们四处张望,但实际上什么也没有看见。饥饿的眼睛到处寻找每一个新奇的形象,但无法克服"光韵"消失后的碎片感与虚无感。它让眼睛过重地负担戒备的功能,而丧失了视觉交流的能力,以至于大家往往相互盯视却一言不发。诗人波德莱尔敏锐地捕捉了现代人的震惊经验及其冷漠的目光——它"丧失了看的能力",以至于"光韵"在眼睛的魅惑与视觉的饕餮中内在地崩溃了,那种独一无二的审美距离消失了。如本雅明所言:"人的目光必须克服的荒漠越深,从凝视中放射出的魅力就会越强。在像镜子般无神地看着我们的眼睛里,那种荒漠达到了极点。正是由于这个原因,这样的眼睛全然不知道距离。"[②]

面对"后光韵"时代经验的贫乏、人心的冷漠和视觉交流能力的丧失,文人何为?如何才能在经验的碎片中拯救那些被瞬间捕捉到的过去形象,并在过去与当下的联系中重建现代世界的经验性?这是本雅明终其一生苦苦冥思的问题。

在现代性的视野中,本雅明认识到必须与整个现代保持一种批判的距离,"现在我们想退后一步,保持距离"[③]。本雅明之所以要保持距离,是因为在过去的废墟中蕴含微弱的弥赛亚力量,而"不能被现在关注而加以辨识的过去的形象都可能无可挽回地消失掉[④]"。这是一种回溯性的目光,它源于对现时的绝望和救赎过去的希望。正是过去与现在、遗忘与回忆、绝望与希望悖论式的并存,使本雅明陷入忧郁的凝思。为了赎救,他凝视过往的一切,试图在时代的废墟中捡拾经验的碎片,从碎片中捕捉瞬间的永恒和思想的结晶。这种"借助辩证形象的星丛来重新复活那些受到威胁而被忘却的乌托邦潜能"[⑤] 的方法,就是所谓的"讽喻式批评"(allegorical criticism)。

何为讽喻?讽喻是打破寓意确定性指向的一种寓言。在《德国悲剧的起源》中,

---

① [德] 瓦尔特·本雅明:《发达资本主义时代的抒情诗人》,张旭东、魏文生译,生活·读书·新知三联书店1989年版,第146页。
② 同上书,第163页。
③ [德] 瓦尔特·本雅明:《经验与贫乏》,王炳钧、杨劲译,百花文艺出版社1999年版,第258页。
④ [德] 瓦尔特·本雅明:《本雅明文选》,陈永国、马海良编,中国社会科学出版社1999年版,第405页。
⑤ [美] 理查德·沃林:《〈拱廊计划〉中的经验与唯物主义》,《论瓦尔特·本雅明:现代性、寓言和语言的种子》,郭军、曹雷雨编,吉林人民出版社2003年版,第182页。

讽喻是相对于象征而言的一种表现手法。如果说象征是一种理念的表象，旨在概念的迂回表达中凝聚成瞬间的整体性；那么讽喻则是一种意义的碎片，旨在异质因素的矛盾组合中形成碎片化的结构。

首先，它诉诸经验的具体性，把过往的一切转化为形象的碎片。形象的碎片化是讽喻方法的原则。讽喻者像深海采珠人一样，把所需要的经验材料从给予它意义的功能性语境中剥离出来，变成一个孤零零的碎片。这种破碎的意象旨在打破整体性的虚假表象，窥探意义的多重性。因为丰富的寓意是围绕形象中心加以组合的，而每一种碎片不过是形象的一种书写方式。如本雅明所言，在讽喻的直观领域内，"形象是个碎片，一个神秘符号。当神性的学问之光降在它身上时，它作为象征的美就发散掉了。总体性的虚假表象消失了"①。

其次，这些形象的碎片并不是以有机的方式，而是以偶然的方式随意"拼贴"起来的。"拼贴"源于立体主义绘画，旨在摧毁文艺复兴时期以来流行的再现体系，在多视点的透视中打破空间三维的深度幻觉，把观者的注意力引向绘画的"平面性"本身。它拒绝提供意义，而把注意的焦点引向形式因素。其中，废墟作为艺术品的形式因素被保存下来。作为具有表意功能的碎片，废墟是再现转瞬即逝的荣光的如画背景。因为在观察者的眼中，自然—历史的面容是"以废墟的形式出现的。在废墟中，历史物质地融入了背景之中。在这种伪装之下，历史呈现的与其说是永久生命进程的形式，毋宁说是不可抗拒的衰落的形式。寓言据此宣称它自身超越了美。寓言在思想领域里就如同物质领域里的废墟"②。

最后，在讽喻的直观领域，自然—历史的面容之所以呈现为废墟、碎片，是因为讽喻者的目光是忧郁的。在忧郁者的凝视之下，经验的碎片从僵死的历史面容中解脱出来，成为可以任意建构的"活的形象"，从而使"神秘的瞬间变成了当代现实的'现在'：象征被扭曲成寓言"③。换言之，在讽喻式的寓言结构中，它成功地打破了僵化、陈腐的概念式表达，在可感、可听、可触的感性形象中重建了理念的象征形式。它"不再是单个部分的和谐，而是异质因素间的矛盾关系构成了整体"④。

因此，讽喻是一种诗意的思维方式。它从象征结构中掠夺经验的碎片，并以视觉形式上的置换、嵌入、拼贴等方式来言说创伤性的历史记忆，促使经验话语在当下的现实语境中发生语义转换（transformation），实现意义缝合（articulation）的历史目的。汉娜·阿伦特称它为隐喻：

假设在其本原的、可置换（transfer）的非寓言意义上理解隐喻的话，那么一

---

① ［德］瓦尔特·本雅明：《德国悲剧的起源》，陈永国译，文化艺术出版社2001年版，第145页。
② 同上书，第146页。
③ 同上书，第151页。
④ ［德］彼得·比格尔：《先锋派理论》，高建平译，商务印书馆2002年版，第161页。

个概念就能转化成一种隐喻。因为隐喻确立了一种从感官上可直接感受的联系，无须阐释；而寓言总是从抽象的观念开始，然后虚构一些可感知的外物来随意地代表这些观念。寓言必须解释才能获得寓意，它所呈现的谜语必须找到谜底，以至于对寓言人物的费劲解释总让人苦恼地想起解谜，尽管骷髅所代表的死亡寓言并不需要独创性。自荷马时代起，寓言就承载着传达认知的诗性因素；其用途是确立从物理上来看遥远之物之间的感应关系……隐喻是完整的世界得以诗意言说的手段。本雅明令人费解之处在于他没有成为诗人却诗意地思考，因此必然把隐喻视为语言的最大赠品。语言的"置换"使我们能给予不可见者以物质的形式——"上帝是我们强大的堡垒"，从而使它能被体验到。[1]

作为诗意言说的手段，讽喻以直接可感的形象，赋予丰富的寓意以形式。这种形式具有既破坏又保存的双重性。它一方面借助"微弱的弥赛亚力量"打破整体性的幻象，另一方面又将所呈现之物凝聚于自身，结晶为思想的"单子"，以便在形象的碎片与历史的废墟中重建现代世界的可经验性，实现现代性批判和经验救赎的双重目的。

在辩证形象的讽喻视野中，历史的进步不过是永恒的灾难，现代文明不过是宏伟的废墟。在保罗·克利的《新天使》中，"这场灾难不断把新的废墟堆到旧的废墟上，然后把这一切抛在他的脚下。天使本想留下来，唤醒死者，把碎片弥合起来。但一阵大风从天堂吹来……推送他飞向他背朝着的未来，而他所面对的那堵断壁残垣则拔地而起，挺立参天。这大风是我们称之为进步的力量"[2]。正是这种进步的力量，在"新即好"的价值观主导下，把人变成了主体，世界变成了对象。这种对象化的工具思维，借助科技的力量不仅把自然变成掠夺性开发的资源，而且把人变成了资本、商品和消费的奴隶。因此，人的异化与生态污染都是合理化现代进程的必然产物。在"后光韵"的时代，我们能否通过讽喻式批评，把人类的解放与自然的复苏结合起来，重建人与自然、人与人兄弟姐妹般的关系，重建主体间平等交流的经验能力，这依然是一个值得我们继续追问的话题。

---

[1] Hannah Arendt, "Introduction: Walter Benjamin (1892 – 1940)", *Illuminations*, ed. Hannah Arendt, trans. Harry Zohn, New York: Fontana Press, 1992, pp. 13–14.
[2] ［德］瓦尔特·本雅明：《本雅明文选》，陈永国、马海良编，中国社会科学出版社1999年版，第408页。

本雅明"地貌学"由来
——论本雅明"时间哲学"与"空间哲学"的转化关系

庄 新[*]

(北京语言大学人文学院 北京 100083)

摘 要: 本雅明将逝去的时间压缩成空间形式,在对地理状况的描述中,寻求人类救赎的可能。从《德国悲剧的起源》中的"意象式"星丛理论到《巴黎拱廊计划》中的"巴黎地形学",这种"地貌学"隐含本雅明的历史哲学观、认识论理念及其在超现实主义影响下的方法论实践方式。

关键词: 时间;空间;历史;辩证意象

本雅明在《柏林纪事》(1932)中回忆20世纪第二个十年中,他在柏林生活的时光,提到一个他经常光顾的地方:公主咖啡馆。他说要"首先从低处划等,要看其专业和娱乐设施"[①],以此来创造一门"咖啡馆地貌学"。本雅明的咖啡馆地貌研究切入了咖啡馆中活动者在不同历史时期的层次分布状况——何时波西米亚分子在这里安顿下来,何时这些"艺术家"们又退居二线,成为室内陈设的组成部分,被资产阶级占据了位置。在本雅明看来,要想在记忆中成功地探索历史,就好比在土壤里恰到好处地挥舞铁锹,"要将铁锹伸向每一个新地方;在旧地方则向纵深层挖掘"[②]。虽然本雅明缺乏方向感,不善于看街道地图,但这反而促使他善于形成关于某个地方的"地貌图"。他自己把这看作是一种游荡的艺术:"对一座城市不熟,说明不了什么。但在一座城市中迷失方向,就像在森林中迷失那样,则与训练有关。……这样的艺术我后来才学会,它实现了我的那种梦想,该梦想的最初印迹是我涂在练习簿吸墨纸上的迷宫。"[③] 本雅明在自己发明的地貌学中,有一个明确的方向感——纵深方向。就像将咖啡馆沿纵向时间所做的纵深切割,不同时间段上出现的不同人群的分布状况一目了然。其实,早

---

[*] 庄新,北京语言大学人文学院博士研究生。
[①] [德] 瓦尔特·本雅明:《莫斯科日记·柏林纪事》,潘小松译,商务印书馆2012年版,第214页。
[②] 同上书,第217页。
[③] [德] 瓦尔特·本雅明:《柏林童年》,王涌译,南京大学出版社2010年版,第7页。

在1925年本雅明完成的《德国悲剧的起源》一书中，他的这种"地貌学"分析模式即已经逐渐形成了。17世纪的巴洛克戏剧将历史背景作为一种舞台的立体全景："与悲剧突发式的连续历史进程相对照，悲悼剧发生在空间连续中，我们可以将其描写为舞蹈设计的空间。"① 对于巴洛克戏剧家而言，"历史运动是以空间形象得以掌握和分析的"②，这也正是本雅明的"地貌学"的本质：将时间转换为空间进行描述分析。本雅明在《柏林童年》与《柏林纪事》中，将自己的生活历程也作为舞台背景的组成部分。他在《柏林纪事》的开始部分便澄清自己不是在写自传，因为"自传与时间有关，有前后顺序，是生活连续流动的过程。我在这里所谈的是空间、瞬间和非连续性"③。

本雅明并非想发现过去，而是要使过去作为戏剧场景在幻想中重新上演，把过去的时间压缩成空间形式，能够预兆未来的形态。本雅明有着自己的一个独一无二的坐标轴，它上面标明的时间和空间的位置坐标，也就是他关于地貌研究的图表刻度。一切事物都要放在这个坐标轴上才可以被他真正理解和解释，只有画在这幅图表里的事物才能让本雅明学会迷失。

一 "地貌学"中的时间意识与历史哲学观

正如苏珊·桑塔格所说："本雅明经常触及的主题是如何把世界空间化。"④ 在本雅明看来，在时间的通道里，不管是过去、现在还是未来，都是对人的压抑。而空间则意味着对人的发现，并非时间通道中直线式的路线，空间是开阔多维的，充满无数的可能性。

本雅明并非认为时间与空间之中有一个一定是高于另一个的。而是他认为时间能在空间中得到更完整的还原。本雅明认为文学作品起源于一个确定的时间点，有一个"历史"，并且试图将真正持久的东西（它们的真理内容）从反复无常的、偶然的历史主义视域——在这个时代尤其受到学术界的青睐——中拯救出来，保存在自身中。本雅明从时间出发，后又落回空间之中，在空间中实现了时间的还原。

本雅明的"巴黎地貌学"体现了他关于时间和空间的独特理解。而时间意识又是本雅明历史哲学的核心。历史唯物主义给本雅明的启示并不是其所产生的社会历史背景，更多的是在方法论上的启发。本雅明在历史唯物主义的方法论上看到了重现真正历史的可能性——它能在阶级斗争中看到"它们在这种斗争中表现为勇气、幽

---

① [德] 瓦尔特·本雅明：《德国悲剧的起源》，陈永国译，文化艺术出版社2001年版，第62页。
② 同上书，第59页。
③ [德] 瓦尔特·本雅明：《莫斯科日记·柏林纪事》，潘小松译，商务印书馆2012年版，第219页。
④ [美] 苏珊·桑塔格：《单向街及其他作品·英译本序言》，刘北成《本雅明学术思想肖像》，中国人民大学出版社2012年版，第207页。

默、狡诈和坚韧","它们有一种追溯力量,能不断把统治者的每一场胜利无论是过去的还是现在的——置于疑问之中"①。在本雅明看来,社会历史的发展并不是建立在过去—现在—将来的线性进化链条上。我们所熟知的连续的、线性的社会历史是统治者所构造的,如果我们要发现真正的历史,就必须打断这个线性进化的进程。"历史是一个结构的主体,但这个结构并不存在于雷同、空泛的时间中,而是坐落在被此时此刻的存在所充满的时间里。"②本雅明把过去、现在和未来从空洞的形式转变为人类本真生存的"当下",意义就蕴含在"当下"存在的每一点上。"历史唯物主义者不能没有这个'当下'的概念。这个'当下'不是一个过渡阶段。在这个'当下'里,时间是静止而停顿的。"③本雅明反复强调,过去并不是绝对的完成,虽然它们已经成为记忆的碎片和废墟,但正是在它们零散的模样中蕴含救赎的希望。批评家就是要发现这每一块碎片上的在打断线性历史进程的时刻闪现的救赎之光,这个时刻也就是弥赛亚时间—历史救赎意象。而如何将处于"当下"的世界空间化便是本雅明的主题,只有在空间中的人类体验才可以被还原,才可以找回被遗弃的真正人类经验的片断。"历史主义给予过去一个'永恒'的意象;而历史唯物主义则为这个过去提供了独特的体验。"④

二 "地貌学"的认识论前提

本雅明的历史和时间观念建立在认识论基础上,是他独特的对世界的认知和思维方式的产物。本雅明认为,从笛卡尔的我思到康德和胡塞尔的先验自我,认识的目的已不再是解放客体,而成了占有客体,这种奠基于感觉经验基础上的主体—客体的认识论模式得到的是带有人类主观意图的知识而不是对事物客观本质的认识。对本雅明来说,真理绝不是能够由认识主体的意向性所把握的东西,相反,它"是由理念所构成的无意图的存在状态。因此,接近真理的正确方式不是通过意图和知识,而是完全沉浸融会其中。真理即意图之死"⑤。

本雅明的认识论建构在对现代形而上学语言观和认识论的批判基础之上。本雅明美学的基础是他对语言的思考,也就是说,他的艺术哲思、社会历史哲思都是建立在他的语言观上的。在《论本体语言与人的语言》与《翻译者的任务》两篇文章中,本雅明集中谈了自己对语言的思考,其中蕴含了他对自然—历史,对传统、对现代性的基本看法。"本雅明的语言观是一种在一定程度上带有神秘色彩的元语言观,即把语言

---

① [德] 瓦尔特·本雅明:《历史哲学论纲》,[美] 汉娜·阿伦特编,《启迪:本雅明文选》,张旭东、王斑译,生活·读书·新知三联书店 2008 年版,第 267 页。
② 同上书,第 273 页。
③ 同上书,第 274 页。
④ 同上。
⑤ [德] 瓦尔特·本雅明:《德国悲剧的起源》,陈永国译,文化艺术出版社 2001 年版,第 8 页。

看作一种广义的精神表达的观点。"① 在本雅明看来，上帝按自己的形象创造了人，又在人身上安置了语言，"语言无常地为他承担了创造之媒介的作用"②。这时的语言是纯粹的，它即上帝的旨意，又与世界的万物相贯通，这一切都是永恒的。此时，语言只有认知的功能，不能创造。命名即存在，此时上帝并未命名恶，世上也就并不存在善与恶的二元对立。原初的语言属于无罪的人类，而当亚当、夏娃偷食"智慧果"，将"判断性词语"唤醒，人便坠入了万劫不复的罪恶的深渊。语言的失落，是人类堕落的开始。上帝命名的永久纯粹性被破坏，人类的语言破碎成不同的众多语言。

在本雅明所讲述的创世纪的过程中，人类的堕落正是这种关系的破裂，将纵向的顺序打破，切断与自然、与上帝的沟通，使自身失去传达性，不再能够命名。这一过程也意味着世界从此破裂，传统的纵向结构被人类打破，只有零散的碎片遗留在新建的横向结构中。现实世界的总体性和统一性的丧失，决定了只能采用碎片化和废墟形式的方法来描述和表征分裂的世界和历史的本质。在本雅明看来，一切真理内容只存在于废墟之中，赎救就在于收集起这些遗留的碎片，在重新拼贴中重现之前的传统。寻找"可译性"便是批评的使命，也即"翻译者的任务"。翻译者（也即批评家）需要摧毁事物的美丽外表，在灰烬中真理方可现身。他曾经打过一个很形象的比喻："如果把成长着的作品比作燃烧的火葬柴堆，那么站在柴堆前的评注家就像一个化学师，而批评家则像炼金术士。对于前者而言，木柴和灰烬是条分缕析后剩下的仅有之物；对于后者，则只有火焰才保持着诱惑力：亦即活的东西。因此，批评家深入真理，真理的火焰在已经成为过去的厚重的柴堆和已经被体验过的余烬中继续燃烧。"③ 本雅明为了将传统哲学从过度抽象中拯救出来，排除主观意向性，他用的方法就是使哲学思想与日常生活相融合——把后者的要素直接整合进哲学思考之中，为此就要杜绝主观介入的一切痕迹，将碎片、星座、停顿的辩证法和存在的辩证意象，构成方法论的本质特征。本雅明的"地貌学"在《德国悲剧的起源》中的表现便在于，他采取了一种能够让一般从被哲学激活的物质要素的星丛、碎片构型或废墟中浮现出来的方法论程序。这个星丛的分布和碎片构型的后继物便是超现实主义的城市地形图。

三 "地貌学"的方法论实践

流亡在巴黎的本雅明于 1927 年读到阿拉贡的《巴黎的乡下人》这部以被拆毁的"歌剧院拱廊"为背景的小说时，不禁发出了与其说是一见钟情，不如说是最后一瞥之

---

① 刘象愚：《本雅明学术思想述略·前言》，[德]瓦尔特·本雅明《本雅明文选》，陈永国、马海良译，中国社会科学出版社 1999 年版，第 4 页。
② [德]瓦尔特·本雅明：《论语言本身和人的语言》，《本雅明文选》，陈永国、马良海译，中国社会科学出版社 1999 年版，第 283 页。
③ [德]瓦尔特·本雅明：《歌德的〈亲和力〉》，《本雅明文选》，陈永国、马海良译，中国社会科学出版社 1999 年版，第 46 页。

恋的感叹，萌生了透过拱廊去考察现代性的非永恒特征变动不居的想法。"在本雅明有关拱廊街计划的最早笔记里，他的意图曾经是去寻觅'巴黎迷离的地形学'，这类似于阿拉贡已经做过的早年有关拱廊街的一个规模有限的研究，在阿拉贡的研究里拱廊街富有它们的'人类幻象的全部种类，它们的海产植物'。但更多地，他认识到了'神话和地形学、帕萨尼亚斯（Pausanias）和阿拉贡（包括巴尔扎克）之间的密切关系'。"①"本雅明念念不忘超现实主义'浪漫文学'引起的沉醉、恍惚效果，例如布勒东的《娜佳》和阿拉贡的《巴黎的乡人》，在这些作品中，那些最普通的场所和物体——巴黎的大街——都被转化成了不期而遇和一位惊喜的机缘之魔幻式的奇境，在那里，千篇一律的日常性被偶然事物撕成了碎片。"② 本雅明从超现实主义中获得了两个重要的方法论启发：蒙太奇和通过体验获得世俗启迪的方法。

理查德·沃伦认为，对于理解本雅明"拱廊街计划"对象的概念来说，下面这段文字的重要性无论怎么估计都不为过。"因为它解释了他对现代史前史研究的新阐释，他对19世纪废墟的着迷（类似于他在《德国悲苦剧的起源》中对17世纪废墟的高度关注），以及他为什么把波德莱尔理解为寓言家（又一次遵循了他关于德国巴洛克时期主导性的形式原则观念）。"③

"新的生产方式的形成，这个首先要交代的问题仍然由老马克思决定着，新旧交融的集体意识中的种种意象是一致的。这些意象是一些理想，其中集体的理想不仅寻求美化，而且要超越社会产品的不成熟性和社会秩序的缺欠。在这些理想中出现了突破过时了的东西的活跃的愿望，而过时则意味着刚刚过去的。这些趋势将把那些从新意识中获得最初刺激的幻象又带回到最初的过去。在每个世纪都在意象中看到下一个世纪的梦幻中，后者似乎与史前的因素——无阶级的社会相关联。这种社会经验在集体无意识中有它们的储蓄所，它们与新的意识相作用，产生出在生活各方面留下痕迹的各种各样的乌托邦，从坚固耐久的建筑到昙花一现的时尚。"④

本雅明认为，新旧交融的集体意识中的意象总体才能构成这个时代的辩证意象，在集体意识中产生了作为"超越社会产品的不成熟性和社会秩序的缺乏"的新秩序理想，但这些乌托邦已经在"生活各方面留下痕迹"，它们从"坚固耐久的建筑到昙花一现的时尚"中变得具有可视性和可体验性。只要将这些意象保留在当下的时间中，就能还原出储存在集体无意识中的史前无阶级社会。而他本人的历史哲学观又要求打破线性进化的历史决定论，在已成为废墟的现代社会中收藏现代性的碎片。这就催生了本雅明的"辩证意象"概念，并用"蒙太奇"的方法呈现它们。通过把目标与具体事

---

① [英] 戴维·弗里斯比：《现代性的碎片》，卢晖临等译，商务印书馆2003年版，第311页。
② [美] 理查德·沃林：《瓦尔特·本雅明：救赎美学》，吴勇立、张亮译，江苏人民出版社2008年版，第133—134页。
③ 同上。
④ [德] 瓦尔特·本雅明：《巴黎，19世纪的都城》，《发达资本主义时代的抒情诗人》，张旭东、魏文生译，生活·读书·新知三联书店1989年版，第193页。

物联系到一起，把传统哲学从过度抽象中拯救出来。本雅明在《巴黎拱廊研究》笔记"N"中指出，辩证意象是"基本历史现象"[①]，可以指每个时代的文化符号体系，又是历史演进的过程的代表；它既是集体的梦幻意象，又是历史觉醒的工具。本雅明认为，"蒙太奇"在历史著述中的运用意味着既要大量地展示意象，又要把各种意象拼贴在一起，万花筒式地展示19世纪的社会文化。另外，超现实主义作品关注的是体验，尤其是梦幻体验，超现实主义是在实行一种新的艺术实践，即用梦幻体验来改造日常生活。而这种新的艺术实践使本雅明看到可以使自己的认识论理想真正地转为现实的可能性。这种转变，也是本雅明受到历史唯物主义的方法论的结果。

本雅明的"巴黎地貌学"是关于遗迹与废墟的图景。本雅明对资产阶级世界的废墟即商品的迷恋，与他在悲苦剧研究中对巴洛克时代象征性碎片的关注是一致的。本雅明在未完成的巨著《拱廊街计划》中，试图在回忆已经衰败的"拱廊街"立体图景的过程中，触摸资本主义时代和它的起源。在这幅"巴黎地貌图"上的显著地标，更是深入现代人类经验的"辩证意象"。本雅明的这种"历史的辩证意象"方法论范式也是在记忆中如何将世界空间化的过程。让建筑、技术和人工制成品这些拱廊时代的遗迹讲述资本主义时代的秘密，本雅明采取了"寓言"的方式。

"巴黎大多数的拱门街都是在1822年后的十五年中出现的。它们出现的第一个条件是纺织品贸易的繁荣。……钢铁在建筑中的使用是拱门街出现的第二个条件。"[②] 拱廊街在19世纪得到了蓬勃发展，它既是各色商品展览的天堂，又展示了先进的建筑成就，成为19世纪到20世纪前期以巴黎为典型代表的欧洲城市最重要的景观之一。

本雅明紧紧抓住了现代都市生活中的"波西米亚人""闲逛者""群众"这些形象对资本主义物化现实的反映——从生活方式、行动姿态到暗藏的心理体验。而这些形象的反映又表现在"拱廊街""西洋景""世界博览会"和"个人居室"这四个典型场景之中。

本雅明发现，在记忆之流中，拱廊街名副其实地成为探究发达资本主义的历史起源和发展脉络的最佳固化存在物，集中反映了资本主义世界的商品拜物教和神话特征。由大理石、玻璃、钢铁和汽灯这些最先进的工业化产品包装起来的拱廊街，实质上是商品展览的"圣殿"。"随着钢铁在建筑中的应用，建筑学便开始超越艺术；绘画也同样超越了西洋景。"[③] 与拱廊街微妙地结合在一起的"西洋景"是大型立体景观。起初人们希望西洋景成为完美模仿自然的阵地，与此同时，全景文学为现代社会提供了社会全景写照。"西洋景绘画标志着艺术与技术关系中的一次革命，同时也是新的生活态

[①] G. Smith: Walter Benjamin: Philosophy, History, Aesthetics, 转引自刘北成《本雅明思想肖像》，中国人民大学出版社2012年版，第141页。

[②] ［德］瓦尔特·本雅明：《巴黎，19世纪的都城》，《发达资本主义时代的抒情诗人》，张旭东、魏文生译，生活·读书·新知三联书店1989年版，第191—192页。

[③] ［德］瓦尔特·本雅明：《发达资本主义时代的抒情诗人》，张旭东、魏文生译，生活·读书·新知三联书店1989年版，第195页。

度的表现。"① 后来城市也成为西洋景绘画中的一种风光。而西洋景作为摄影与电影出现的先导,预示了一种新的梦幻体验即将到来。但随之而产生的,是绘画的信息官能逐渐失去了意义,导致"灵韵"等传统审美价值的丧失。"世界博览是人们膜拜商品的圣地……他们创造了一种使商品的使用价值退居后台这样一种局面。他们打开一个幽幻的世界,人们到这里的目的是为了精神解脱。"② 世界博览建立了商品的天下,时尚成为一种能改变生活的巨大统治力量。但本雅明看到,"时尚是与有生命力的东西相对立的"③。人们陶醉于商品与时尚共同建造的梦幻世界中,一方面获得了精神愉悦,另一方面在自我异化和异化他人的过程中,个体生命逐渐屈服于无生命。与市场幻境相对应的是居室幻境。居室幻境的产生缘于人们迫不及待地需要把自己私人的个体存在印记留在他所居住的房间里,"居室不仅是普通人的整个世界,而且也是他的樊笼,生活的意义就在于留下痕迹"④。在本雅明看来,由于资本主义的高度发展,城市生活的整一化以及机械复制对人的感觉、记忆和下意识的侵占和控制,人为了保持住一点点自我的经验内容,不得不日益从"公共"场所缩回到室内,把"外部世界"还原为"内部世界"。

梦境、迷宫、拱廊、狭长街景和立体全景等,这幅"巴黎地貌图"呈现了一种独特的城市幻象和特殊的生活,本雅明通过描写巴黎拱廊街从兴盛到衰颓过程中的形式及变迁的起源问题,以及人群在这个空间中的体验,分析19世纪资本主义社会经济基础所造成的扭曲的社会文化形态,以追寻世俗的启迪。正如理查德·卡尼所说:"本雅明呼唤一种关注方式和一种读解方法。它们既应该像神圣事物所要求的那样强烈和精细,同样也能适用于世俗的存在。通过这种方式,神圣性应能在世俗事物中得以揭示,世俗性也应能在神圣事物中得以揭示。这可能是本雅明的工作中最关键的思想。"⑤

---

① [德]瓦尔特·本雅明:《发达资本主义时代的抒情诗人》,张旭东、魏文生译,生活·读书·新知三联书店1989年版,第196页。
② 同上书,第198—199页。
③ 同上书,第200页。
④ 同上书,第203页。
⑤ 同上书,第221页。

詹姆逊论现实主义、现代主义和后现代主义

韩振江[*]

(大连理工大学人文学部　辽宁　116023)

摘　要：詹姆逊作为当代美国著名的马克思主义思想家、文化批评家，他根据马克思主义的历史分析模式，率先分析了当代资本主义发展史与文化艺术发展的对应关系。结合资本主义时代的不同特点，他指出了作为文化表征和艺术种类的现实主义、现代主义和后现代主义的基本不同，为后来的研究者提供了一种马克思主义的艺术分析模式。

关键词：詹姆逊；现实主义；现代主义；后现代主义

按照马克思的说法，世界的历史按照原始社会、奴隶社会、封建社会、资本主义社会、社会主义社会及共产主义社会进行演进，当然其背后的动力是政治经济发展的力量，也就是生产力的发展。这种阶段论的历史模式深刻地影响了詹姆逊对当代资本主义历史的认知，也影响了他对当代资本主义文化的解读。他推崇恩内斯特·曼德尔（Ernest Mandel）在《晚期资本主义》（*Late Capitalism*）一书中资本主义发展为三个连续而辩证的阶段的概括：即市场资本主义、帝国主义下的垄断资本主义和后工业阶段。詹姆逊把当代资本主义称为"跨国资本主义"，并且他认为曼德尔的对后工业社会的概括并没有脱离马克思对19世纪资本主义社会的宏观分析。詹姆逊把曼德尔的三阶段和马克思的社会生产发展的观点结合起来，提出了资本主义社会发展的三阶段及其文化逻辑的著名观点。

他指出："现在让我解释一下'文化分期'。我认为资本主义已经历了三个阶段。第一阶段是国家资本主义阶段，形成了国家的市场，这是马克思写《资本论》（*Capital*）的时代。第二阶段是列宁所论述的垄断资本或帝国主义阶段，在这个阶段形成了不列颠帝国、德意志帝国等。第三阶段则是第二次世界大战之后的资本主义。第二阶段已经过去了。第三阶段的主要特征可概括为晚期资本主义，或多国化的资本主义。……

---

[*] 韩振江（1975—　），河北邯郸人，博士，大连理工大学人文学部副教授，从事西方马克思主义和美学研究。本文为2011年国家社会科学基金青年项目（批准号11CWW003）"齐泽克与马克思主义"阶段性成果。

与这三个时代相关联的文化也便有其各自的特点。第一阶段的艺术准则是现实主义的,产生了如巴尔扎克等人的作品;但随着时间的流逝,时代的进步,生物学意义上的'变异'在不断地发生,于是第二阶段便出现了现代主义,而到了第三阶段现代主义便成为历史陈迹,出现了后现代主义。后现代主义的特征是文化工业的出现。"①

我们可以把詹姆逊综合了三种分析模式后所形成的历史分析模式概括为:自由资本主义——现实主义、垄断资本主义——现代主义、跨国资本主义——后现代主义。在这里要提醒的是詹姆逊所谓的"现实主义、现代主义、后现代主义"不是单纯的文学概念,而是一种文化理论或文化生产风格的概述,泛指某一个资本主义发展时代人们所特有的思维方式、文化风格及艺术特征,即文化逻辑和文化表征。

一 现实主义

在詹姆逊看来,"什么是现实主义"是最难讲清楚的问题。从他的理论来看,德勒兹的"规范解体"时代就是现实主义,现实主义对应的是19世纪初到20世纪初的资本主义自由发展时期。现实主义的主要代表作家有巴尔扎克、狄更斯、莫泊桑、福楼拜、托尔斯泰等。

对于现实主义的理论探讨,在马克思主义文艺学的谱系中是一个非常重要的问题。马克思《致拉萨尔》、恩格斯《致拉萨尔》探讨了悲剧艺术,提出现实主义要反映历史真实矛盾、莎士比亚化、悲剧的本质、美学与历史的批评观点等一系列现实主义理论的命题。1885年,恩格斯在《致敏·考茨基》的信与1888年恩格斯在《致玛·哈克奈斯》的信中阐述了现实主义的典型人物与典型环境的概念及其相互关系。从此,现实主义的典型问题成为现实主义文学创作的核心命题。综合马克思和恩格斯的现实主义理论,我们可以看出其最为重要的就是恩格斯的那句经典表述:"据我看来,现实主义的意思是,除了细节的真实外,还要有真实地再现典型环境中的典型人物。"②在马克思和恩格斯看来,现实主义应该具备两个特点:第一,像镜子反映周围事物一样要求现实主义具有生活细节的真实,同时也要描写出生活中典型而真实的人物和环境;第二,现实主义还要反映出某个历史阶段社会的本质性的联系,即这个时期的政治经济联系中的生产关系。当然,现实主义的第一要义就是真实地描写社会生活,无论古今中外都遵循这一条。

但是,在詹姆逊这里,现实主义的真实性恰好是最有问题的,现实主义并不应该是对现实生活的真实反映,而是对现实进行表述的叙述方式。詹姆逊所说的现实主义不单纯指文学,而是属于自由竞争资本主义时代的一切因素。他认为,现实主义具有积极的因素,那就是在范式解体时代摧毁了旧的世界观,取代了浪漫主义的叙述方式。现实主义的艺术在于去推翻、去颠覆神圣的东西,告诉大家什么是"真实的世界"。虽

---

① [美]杰姆逊:《后现代主义与文化理论》,唐小兵译,北京大学出版社2005年版,第5—6页。
② [德]马克思、恩格斯:《马克思恩格斯论文学与艺术》,陆梅林辑注,人民文学出版社1982年版,第188页。

然在他们眼中的真实也未必是真正的真实，因为真正的真实很难去说清楚，比如巴尔扎克的世界我们到今天为止也在认为它是巴尔扎克眼中的真实世界，就像齐泽克所说的这是主观之客观，就是你主观看到的所谓客观。

他认为，现实主义是"一种新的叙述形式意味着创造出一整套新的、社会的'参符'"[①]。按照詹姆逊对索绪尔语言学的能指与所指的理论改造，他认为能指、所指之外还有一个参考物，即参符，也就是现实之物。也就是能指与所指组成的符号与外在现实是相对应的，换言之，符号要表述现实。詹姆逊认为，在现实主义时期，语言符号所代表的是真实事物，只有在这样的理论下才能解释现实主义理论是细节真实，严格去反映现实生活的艺术。例如，巴尔扎克在《高老头》中用了整整 30 页来描写"伏盖公寓"；他在写《欧也妮·葛朗台》的时候，关于葛朗台的个人财产，他也有严格的统计数字，以至于恩格斯读了巴尔扎克的小说之后说："他比一切历史学家、社会学家、经济学家给我的东西还要多。"

其次，他认为现实主义表征的是自由竞争资本主义世界的一个重要经验，即对于金钱的体验。他指出："金钱是一种新的历史经验，一种新的社会形式，它产生了一种独特的压力和焦虑，引出了新的灾难和欢乐，在资本主义市场经济获得充分发展之前，还没有任何东西可以与它产生的作用相比。我希望大家不要把金钱作为文学的某种新的主题，而要把它作为一切新的故事、新的关系和新的叙述形式的来源，也就是我们所说的现实主义的来源。……现实主义的叙述性作品把解决金钱与市场体系消失带来的矛盾与困境作为最基本的经验。"[②] 在他看来，在马克思所处的资本主义时代，人们对资本或者金钱的体验是一致的，具有普遍性的，因此文学艺术所要反映的人们的情绪还具有普遍性，现实主义就是一种可以表达普遍性的叙述方式。

虽然现实主义可以反映资本主义的某种普遍性，但是詹姆逊不认为这种普遍性就是马克思和恩格斯所说的典型环境和典型人物所体现出来的社会关系的本质。相反，他认为现实主义的真实性是一种虚幻的伪真实。他说："我认为把现实主义当成对现实的真实描写是错误的，唯一能恢复对现实的正确认识的方法，是将现实主义看成是一种行为，一次实践，是发现并创造出现实感的一种方法。"[③]那种镜子式的对现实的模仿，在詹姆逊看来，它恰好是对现实的一种歪曲，不是真正的现实主义。他认为，真正的现实主义的力量不在于反映了现实中某些生活，而在于用新的叙述方法揭示了旧的文学叙述及其观念的"非现实"的虚妄性，从而告诉读者真实的现实不是书中的样子。詹姆逊举了塞万提斯《唐·吉诃德》的例子，唐·吉诃德迷恋于骑士文学中的世界，他认为现实就是骑士的观念与生活，但是塞万提斯通过这种新的叙述方式告诉读者真实的世界不是骑士的生活世界，这些书中的世界仅仅是故事而已。因此，詹姆逊

---

① [美]詹明信：《晚期资本主义的文化逻辑》，张旭东等译，生活·读书·新知三联书店 2003 年版，第 298 页。
② 同上书，第 299 页。
③ [美]杰姆逊：《后现代主义与文化理论》，唐小兵译，北京大学出版社 2005 年版，第 220 页。

指出，传统的各种故事有各种价值观，总是要让人们相信这些故事，并认为生活的确如故事中所表述的一样真实。资本主义时代的到来，现实主义颠覆了以往的各种浪漫的叙述，真正现实主义的作用应该是揭露现实并不是各种故事书所说的那样，或者说现实主义是要通过崭新的叙述方式让读者想起真实的现实。

总之，詹姆逊认为，现实主义一方面具有颠覆性，就是它解构了以往旧的世界观和文学叙述方式，刺破了神圣的迷信和世俗的迷雾，这是启蒙带来的力量；另一方面现实主义不是真实反映现实的行为，而是一种新的表述人们体验普遍性的叙述方式，这种叙述方式的目的不是真实，而是创造一种真实的现实感，因此现实主义从某种程度上说，依然是虚幻的、非真实的。而真正的现实主义应该揭露各种艺术叙述的虚幻性，把人们从"故事"中拉出来，感知到真实的现实，也就是让读者一阅读现实主义作品就能够想起现实来。在詹姆逊看来，现实主义的真实性在于塑造了具有普遍性的"现实感"，而真正的现实主义应该打破这种现实感，让现实非现实化。

二 现代主义

第二个时期就是现代主义。现代主义就是垄断资本主义取代了市场资本主义，现实主义的观念被取消了，现实主义的参照物消失了，符号就剩下了能指与所指的结合。詹姆逊认为，这个时期就是把现实的参照物去掉了，就是文学艺术它的语言符号不指称现实，而作家开始向内转，表述自我、表述内心、表述感受与情感，这就是现代主义。现代主义最突出的文本，像普鲁斯特的《追忆似水年华》，普鲁斯特可以躺在床上去想、去写，他所提到的人和物并不完全是外物实物，而是他心中所感所想。詹姆逊认为，现代主义出现了向内转，表达了人们对时代的基本情绪和主观认识。

他认为，现代主义以第一次世界大战为转折点，划分为前后两个时期，在这两个不同的时期中人们所体验到的主观感受完全相反。在前期，面临资本主义发展到帝国主义时代，工业革命日益深入，技术手段日新月异，"现代主义作家在心理上的一种新发现是一种即将来临的变化：他们所记录和欢呼的是心理中的一种苏醒的感受、一种令人惊喜的新生的感觉、一种梦想不到的转变"[①]。后来，第一次世界大战爆发了，新技术的毁灭性力量体现在两种机器上，一种是机枪；另一种是坦克，一次战役就是几十万人乃至上百万人的死亡，人们后来称第一次世界大战是绞肉机，生命的价值顿时灰飞烟灭。因此，詹姆逊同意英国马克思主义艺术批评家约翰·柏格（John Berger）对现代主义的看法。柏格认为，"一战"之前的现代主义是乐观的，充满了活力和乌托邦的幻想；"一战"之后，现代主义变成了悲观主义的、向内转了，因此战前繁荣的立体主义、未来主义、表现主义都销声匿迹了。詹姆逊指出，理解现代主义的一个关键

---

① [美]詹明信：《晚期资本主义的文化逻辑》，张旭东等译，生活·读书·新知三联书店2003年版，第295页。

就在于时间。这个时期的现代主义作品总是贯穿着深沉的历史感,"老的现代主义对历史的感觉是一种对时间性,或者说对往昔的一种怅然若失、痛苦回忆的感觉"[①]。换言之,这就是资本主义发展在人心中的体会,也就是卡夫卡、贝克特等人所表达的异化感、焦虑感、孤独感、沉沦感和颓废感。

  詹姆逊认为,现实主义的表达是自然的自由描写和表达,而现代主义对语言则产生一种不信任,或者现有的语言无法表达现代主义者内心的感受,于是每个现代主义者都需要找到一种言说内心感受的表达方式。较为常见的表达方式就是象征。詹姆逊通过毕加索(Picasso)的名作《格尔尼卡》(*Guernica*)说明了现代主义的感受与表达之间的变化。这幅画用黑、白、灰三色描绘了遭受德军轰炸下的格尔尼卡小镇的惨状:有呼救的妇女、断肢的战士、着火的房子、崩塌的雕像、哭泣的婴儿。这些意象全部以立体的和超现实的形态出现在画面上。虽然在画中也有格尔尼卡被轰炸的现实写照,比如哭泣的婴儿和呼救的妇女,但是毕加索不是靠现实的真实状况,而是依靠想象创作了这幅控诉法西斯战争暴行,对人类灾难表示悲悯和痛苦之情的画作。詹姆逊指出,如果是现实主义的手法就应该对格尔尼卡小镇遭受的苦难进行直接描述。然而,现代主义画家毕加索所要表达的是战争给人类带来的惨痛经验和无比的悲悯、疯狂和愤慨。要表达一种人类的普遍性的经验,艺术的对象就必须既是某一个特殊的事物,同时又不单是该事物,这种表达就是象征。"现代主义要表现的是格尔尼卡,也是其他一些更普遍的东西。因此,现代主义的必然趋势是象征性,一方面涉及某一具体情形,另一方面又通过象征来反映更广泛的意义;而这正是现实主义所达不到的。"[②]

  詹姆逊认为,现代主义者遭遇到了工业社会中语言的异化现象。在现实主义时期,语言可以表达人的内在情感,但是到了工业高度发达、社会层级化、现代化城市的出现等让语言日益标准化,变成了工业化语言。传统社会中那种淳朴自然的农民语言、贵族语言、工人语言都具有各自鲜活的生命力,但是在工业化现代社会中,语言被机器大工业所异化,生命力和活力丧失殆尽。现代主义艺术家发现用这种工业化的语言已经完全无法表达自己突出的时代感受,也无法表达战争带给人类的无限愤怒和悲痛,因此他们就需要寻找新的违反一般语法规则的语言来表达自己的内心。现代诗人马拉美、艾略特等都在改变腐朽的语言,寻找新的语言方式,而毕加索则寻找了一种无声的(绘画)语言方式。现代主义者在现实生活中遭到了巨大的危机,诸如高度发达的工业及其带来的毁灭人类和漠视生命的战争,这种危机让他们用普通的语言无法言说,他们有一种沉默的痛苦。

  詹姆逊认为,毕加索的《格尔尼卡》、蒙克的《喊叫》、西克罗斯(David Alfaro Siqueiros)的《尖叫的回声》(*Echo of a Scream*)等都表明了现代主义的一个核心感受就是焦虑。人们在现代性都市中失去了传统社会的相互联系,人与人被钢筋水泥所

[①] [美]詹明信:《晚期资本主义的文化逻辑》,张旭东等译,生活·读书·新知三联书店2003年版,第290页。
[②] [美]杰姆逊:《后现代主义与文化理论》,唐小兵译,北京大学出版社2005年版,第152页。

隔绝,人们普遍感到孤独、彷徨、焦虑。这种痛苦不仅在现代主义者的作品中表现,而且也体现在艺术家的现实生活中,荷尔德林和尼采都精神失常,而凡高则自杀身亡了。因此,詹姆逊说:"现代主义是关于焦虑的艺术,包含了各种剧烈的感情:焦虑、孤独、无法言语的绝望等等。在现代主义阶段,心理上各种复杂的感情还不能完全用语言来表达,不像在今天,如果你说'我真焦虑',那么你就表明了焦虑,这样就将它排除了,不再成为一个问题。而可怕的是你有了焦虑,却不知道是什么。正因为现代主义感到一种无言的焦虑,表现在其艺术中的便是独特的对表达的思索。"①这样看来,现代主义就是一种基于对世界的痛苦体验和意义思索而努力寻找的表现方式,一般而言这种方式就是象征。

三 后现代主义

后现代主义,在詹姆逊看来,是继现代主义之后的跨国资本主义或者消费社会的文化逻辑和文化表征。如果说现代主义起始于19世纪80年代资本主义社会的工业化和现代化,其标志是1857年波德莱尔《恶之花》和福楼拜《包法利夫人》的出版以及同时出现的象征主义运动,那么后现代主义则出现在第二次世界大战之后20世纪50—60年代的欧美,战后资本主义的生产力得以恢复,科技和经济的力量以全新的革命性的姿态统治了整个社会。阿多诺认为,这一历史时期是启蒙变成了新的迷信,技术变成了人类社会的统治术。马尔库塞认为,当代资本主义社会的新技术、新媒介和管理技术让人们失去了认识现实和批判现实的能力,变成了沉浸在麦当劳、好莱坞和文化工业中的单向度的人。詹姆逊自己声称,他对当代资本主义的文化分析秉承了以法兰克福学派为首的西方马克思主义的理论思路。他认为,当代资本主义有两大特点:一是技术有了新的发展和意义,电视代替了收音机,广告有了爆炸性的发展;二是商业有了新的形式,即多国化或者全球化的商业和企业联盟,后工业社会和消费社会到来了。正如垄断资本主义带来了现代主义一样,晚期资本主义的新时代带来了后现代主义。

在20世纪60年代,"后现代主义"一词首先出现在建筑领域。这些新潮的建筑师认为,现代主义在建筑中已经僵化和死亡了,世界已经进入了后现代主义时代。现代主义的建筑追求崇高美,风格单纯,颜色朴素,试图通过建筑改造城市。后现代主义建筑则自觉地摒弃崇高,追求日常生活的快适,颜色鲜艳,建筑就只是建筑物而已,什么也不再承载和代表了。随着经济的进一步发展,后现代主义已经跨出了建筑领域,向文化的其他部门渗透,向一切社会领域扩张,最后变成了这个时代的文化风格。如果说现代主义表现为哲学上的存在主义,绘画上的抽象派和表现主义,文学中的卡夫卡、乔伊斯等,那么后现代主义则变得非常宽泛,安迪·沃霍尔(Andy Warhol)的波

---

① [美]杰姆逊:《后现代主义与文化理论》,唐小兵译,北京大学出版社2005年版,第161页。

普艺术、摄影写实主义、重金属音乐、法国新小说、好莱坞电影和肥皂剧等,这些都是后现代主义的表现。虽然后现代主义发生在现代主义之后,但是并不标志着一种继承关系,反而是一种文化断裂。詹姆逊指出:"要谈后现代主义,首先要同意作以下的假设,认为在 20 世纪 50 年代末期到 60 年代初期之间,我们的文化发生了某种彻底的改变、可以说是剧变。这突如其来的冲击,使我们必须跟过去的文化彻底'决裂'。而顾名思义,后现代主义之产生,正是建基于近百年以来的现代(主义)运动之上;换句话说,后现代主义文化的'决裂性'也正是源自现代主义文化和运动的消退及破产。不论从美学观点或从意识形态角度来看,后现代主义表现了我们跟现代主义文明的彻底决裂的结果。"①

文化工业的胜利、高雅文化与低俗文化的合流、商业与资本因素对文化的渗透,这都说明后现代主义的确是完全不同于现代主义的新的文化主潮。他认为,在当代资本主义社会里,美感的生产已经被纳入商品生产的总体过程之中。商品社会的规律是不断生产新的产品、产生新的消费欲望,从而产生购买力以便更快地换回利润。在商品生产的规律下,美感及艺术的生产也是如此,后现代的艺术花样不断翻新,一个比一个更吸引眼球,资本直接介入了艺术品的生产,从而把艺术变成了文化形式的商品。其中一个明显的标志就是各种社会机构开始以基金、赞助金的形式给艺术生产以资本支持,例如,后现代建筑的发展就有赖于跨国企业的资金赞助。詹姆逊认为,在这种资本、商品生产与美感、艺术生产关系如此直接的背后,还隐藏着一个事实:源于美国而扩散全世界的后现代主义文化背后乃是美国军事和经济力量向全球化渗透。

后现代主义的另一突出特点是对现代主义的反叛和解构。后现代主义对占领大学、博物馆、画廊和基金会的这些高等现代主义(high modernism)有一种彻底的敌意和反动,不遗余力地要摧毁现代主义的话语权。在此背景下,高等文化与大众文化的界限开始消失,现代主义所批判的文化工业开始大行其道,广告和汽车酒店、好莱坞电影、哥特小说、通俗爱情故事、科幻电影等在跨国公司和大型企业的支持下开始占据了美国及全世界的文化市场。"在引论中我曾提到过文化的扩张,也就是说后现代主义的文化已经是无所不包了,文化和工业生产及商品已经紧紧地结合在一起,如电影工业,以及大批生产的录音带、录像带……而到了后现代主义阶段,文化已经完全大众化了,高雅文化和通俗文化、纯文学与通俗文学的距离正在消失。商品化进入文化,意味着艺术作品正在成为商品,甚至理论也成了商品。"②

詹姆逊认为,面临如此强劲的后现代文化,我们必须正视它的文化规范,并且还要分析和了解后现代主义的价值系统的生产和再生产过程。后现代主义的基本特征可以总结为以下几点:第一,后现代主义文化给人一种缺乏深度的平淡感,它不仅存在各种后现代文化形式中,甚至也存在于当代理论文本中。第二,后现代文化还没有历

---

① [美]詹明信:《晚期资本主义的文化逻辑》,张旭东等译,生活·读书·新知三联书店 2003 年版,第 421 页。
② [美]杰姆逊:《后现代主义与文化理论》,唐小兵译,北京大学出版社 2005 年版,第 145—146 页。

史感,只具有现时感,取消了文化的历史维度。第三,它还表现为精神分裂症状,精神分裂式的语言形式和文化形式出现了。第四,后现代主义艺术的创作方法是拼凑。第五,机械复制性与创造性是非真实的类像。

首先就是阐释深度的消失,出现了一种平淡感。这种深度的消失是后现代主义推翻了去探究深度意义的思维模式,也就是作品中不包含意义。我们看巴尔扎克《高老头》,看完之后我们会说《高老头》这部作品深刻地反映了资本主义时期金钱关系对亲情关系的破坏。我们说,卡夫卡的《变形记》是格里高尔醒来变成了甲虫,这就意味着在资本主义社会中,人已经被异化成动物。这种意义的出现不仅体现在现代主义艺术的内容上,也体现在艺术形式上的变化。

后现代主义中,所指就没有了,只剩下流动的能指。符号被分裂以后,只剩下能指,就意味着文本没有内容、没有意义。换言之,能指与能指之间失去了逻辑联系,语言符号与语言符号之间失去逻辑联系的时候,意味着在文学上没有一个完整的故事,没有丰满的人物性格,没有结构。后现代艺术中一切都是碎片,就像积木一样,随便可以排列组合在一起。例如,法国新小说家罗布·格里耶的作品、纪德的《伪币制造者》等,我们在其中看不出什么特别的东西,叙事完全摸不到头脑,从形式上也看不出意义。换言之,现代主义艺术是鼓励读者或者迫使读者去进行思想和阐释的,后现代主义艺术则是拒绝阐释的,一切都摆在那里展览。詹姆逊说,我们拿凡高(Vincent Van Gogh)的《农鞋》(*A Pair of Boots*)与安迪·沃霍尔(Andy Warhol)的《钻石灰尘鞋》(*Diamond Dust Shoes*)放在一起就会发现,这是两个截然不同的世界。"可以说,一种崭新的平面而无深度的感觉,正是后现代文化第一个,也是最明显的特征。说穿了这种全新的表面感,也就给人那样的感觉——表面、缺乏内涵、无深度。这几乎可说是一切后现代主义文化形式最基本的特征……"①

其次,是时间深度的消失。历史感的消失,在时间上没有一种纵深感,写的都是现时代。后现代的时间观与以往的时间观完全不同,它截断了现在与过去的联系,人们没有了通向未来的连续性,只生活在现在之中。这种只有现在的感觉,詹姆逊称之为精神分裂症式的体验。他并不是说后现代主义艺术家都有精神分裂症,而是说精神分裂症已经成为发达资本主义时代人们体验时间的一个类型:没有过去和未来,只生活在现在。精神分裂症患者没有时间概念,没有记忆和历史,也忘记了自身的身份,甚至不知道为何采取行动。"这样,精神分裂症就成了失去历史感的一个强烈而集中的表现,同时也失去了自己的时间和身份。……而在精神分裂症中你完全失去了你的身份,你被零散化了,自我已经没有过去了。"②很多后现代主义文学和音乐就体现了这种现时的时间体验。例如,20世纪60年代美国著名的后现代主义音乐家约翰·盖奇(John Gage)的音乐作品就打破了西方音乐传统中的音乐时间,完全放弃了传统奏鸣

---

① [美]詹明信:《晚期资本主义的文化逻辑》,张旭东等译,生活·读书·新知三联书店2003年版,第440页。
② [美]杰姆逊:《后现代主义与文化理论》,唐小兵译,北京大学出版社2005年版,第206页。

曲的形式。奏鸣曲是西方音乐中对时间进行完美组织的音乐形式。而盖奇的音乐作品则完全没有时间序列，一位钢琴家走上舞台在钢琴上乱砸一通，发出些刺耳的噪声，然后停下来等待，突然钢琴家又是一阵乱砸，与前一段毫无联系，只是些杂乱无章的噪声而已，直到观众不耐烦地离座，音乐作品结束了。他们的艺术品完全没有时间逻辑，都是随机地演出，甚至不是美妙的音乐，而是刺耳的噪声。音乐篇章的连贯与旋律的节奏感完全不存在了。按照拉康的精神分裂症理论，能指与所指结合完全被打破了，能指不能代表所指，二者产生了分裂，欲望不在指向所指，而只依附于不停流动和延异的能指。"这是探讨精神分裂症的现时感觉的一种方法，即将这一现时看成是破碎的、零散化的能指系列。"①

再次，是情感的消逝。在后现代主义的作品里面，没有情感的感动，一切归于冷漠。在现实主义和现代主义的艺术里，我们可以感到情感的变化，比如我们阅读《安娜·卡列尼娜》《高老头》《欧也妮·葛朗台》，都会感觉到一种情绪的流动，一种情感的起伏。人物有悲欢离合的情感，读者相对也会体验到这种情感，所以我们会被感动。在现代主义作品里，我们也不会感到爱情的伟大、田园诗一般的柔情。我们能感受到的只有一种情感：沉闷、沉重、焦虑、痛苦，我们说这些不也是情感吗？詹姆逊指出，现代主义画家蒙克（Edvard Munch）的《呼喊》（The Scream）是集中表现现代主义主题的典范之作。我们从这幅画能看到的是沉重、沉闷、焦虑、孤独等情绪体验，因此这部作品堪称是"焦虑的岁月"的典型，它标志了现代人的时代情绪。但是，后现代主义使得这些沉重的情感体验统统消失了，取而代之的是淡漠的、华丽的、浅薄的情感。后现代主义绘画的代表之作是安迪·沃霍尔的《钻石灰尘鞋》。在这作品中，沃霍尔借助于摄影的技巧，色调是死灰的色彩，散发一种 X 光般的光芒，传递了一种异样的欣喜。但是在这闪烁的商品背后，我们却发现不了任何有价值的感受，"我们只见到一种无端的轻狂和浅薄，一种无故的装潢和修饰"②。

又次，就是拼凑。詹姆逊说："今天，'拼凑'（pastiche）作为创作方法，几乎是无所不在的，雄踞了一切的艺术实践。"③在过去的艺术创作中，托马斯·曼在《浮士德医生》和阿多诺在论述音乐创作时都曾用到拼凑的概念。但是，詹姆逊认为，拼凑与戏仿（parody）具有不同的性质，嘲弄式的模仿法曾经是现代主义艺术独特的创作方法，带有丰富多彩的艺术风格，像福克纳的长句子、劳伦斯的方言等，它们都造就了形态各异的个人风格。现代主义戏仿是通过特有的风格特点试图重新肯定正统风格的常规典范，而后现代主义社会已经没有了统一的典范和常规，社会变成了多方力量所构成的放任自流的领域。语言也不再具有权威的规范，只有多元的风格、多元的论述。在这种情况下，模仿已经失去了原有的功能，逐渐被拼凑所代替，即能指的无所谓的

---

① ［美］杰姆逊：《后现代主义与文化理论》，唐小兵译，北京大学出版社 2005 年版，第 212 页。
② ［美］詹明信：《晚期资本主义的文化逻辑》，张旭东等译，生活·读书·新知三联书店 2003 年版，第 442 页。
③ 同上书，第 450 页。

随意组合。例如,马塞尔·杜尚《带胡须的蒙娜丽莎》就是典型的拼凑艺术。好莱坞科幻电影《异形大战铁血战士》就是把异形、铁血战士、异能、X战警、超人都放到一起,这就是典型的后现代主义拼凑。

最后就是机械复制和类像。20世纪出现了一种新的艺术就是电影。本雅明认为,电影是一种"机械复制的艺术"。换言之,电影这种艺术形式具有较少的个人天才色彩,属于机器可以操作的复制艺术,同时也是一种集体创作的形式。不过,很明显在当代我们不再持有这种看法,电影也是最伟大的需要天才的艺术。詹姆逊认为,电影代表了后现代主义的主要特点:复制与类像。他认为,艺术中的摹本(copy)与类像(simulacrum)是不同的,摹本意味着有一个原作,它是对原作的模仿;而类像则是法国思想家博德里亚(Baudrillard)的概念,即那些没有原作的摹本,比如生产线上的汽车,都是一模一样的,无所谓原作。在这个时代中,生活到处充满了机械的复制品,原作已经消失了其特有的灵韵。当我们的生活被复制品和类像所环绕的时候,也就意味着我们失去了生活的真实性,一切都是形象、文本,而没有外在客观世界。"形象、照片、摄影的复制、机械的复制以及商品的复制和大规模生产,所有这一切都是类像。所以,我们的世界,起码从文化上来说是没有任何现实感的,因为我们无法确定现实从哪里开始在哪里结束。正是在这里,有着后现代主义理论中最核心的道德、心理和政治的批判力量。"[①]

总之,詹姆逊作为当代美国的马克思主义思想家和文化批评家,他的文化理论与文学批评是建立在坚实的马克思主义历史观之上的。他在马克思主义的经典思想基础上,提出了资本主义发展的历史分期及其呈现出来的不同的文化表征。詹姆逊通过该模式来解读自19世纪以来的资本主义发展及文化逻辑:即自由资本主义的文化逻辑是现实主义,垄断资本主义的文化表征是现代主义,当代的全球化资本主义(晚期资本主义)的文化逻辑是后现代主义。从现代来看,詹姆逊是现代主义和后现代主义艺术批评的先驱。他率先用马克思主义理论和视角描述了后现代主义社会的到来,以及后现代主义与资本主义政治经济发展的关系,为后来研究者提供了一种观照当代资本主义文化和艺术的基本模式。

参考文献:

[1] [美] 詹明信:《晚期资本主义的文化逻辑》,张旭东等译,生活·读书·新知三联书店2003年版。
[2] [美] 杰姆逊:《后现代主义与文化理论》,唐小兵译,北京大学出版社2005年版。
[3] [德] 马克思、恩格斯:《马克思恩格斯论文学与艺术》,陆梅林辑注,人民文学出版社1982年版。
[4] [美] 弗里德里克·詹姆逊:《新马克思主义》《詹姆逊文集》第1卷,王逢振主编,中国人民大学出版社2005年版。
[5] [美] 弗里德里克·詹姆逊:《论现代主义文学》《詹姆逊文集》第5卷,孙仲乐、陈广兴、王逢振译,中国人民大学出版社2010年版。

---

① [美] 杰姆逊:《后现代主义与文化理论》,唐小兵译,北京大学出版社2005年版,第198页。

重估考德威尔
——论汤普森对考德威尔的辩护

胡小燕*

(西北大学文学院 陕西 西安 710127)

摘 要：本文概括了爱德华·汤普森对以往贬抑考德威尔的论断的反驳，并从"意识形态""反映""决定""经济基础/上层建筑"等马克思主义基本范畴出发，重新探讨了考德威尔思想的历史创见性。

关键词：考德威尔；意识形态；反映；相互决定

克里斯托弗·考德威尔是英国第一批马克思主义文艺理论家，他在 20 世纪 30 年代将马克思主义理论运用到文学批评中，为专注于文本细读以及道德和文化批判的利维斯主义的英国文学批评注入了新的血液，让文学艺术从人的内心转向了社会生活，和反法西斯、共产主义的理想结合起来，因此考德威尔被誉为"战前英国唯一真正最早的马克思主义者"[1]。而《幻象与现实》也被认为是"英国马克思主义文学批评的第一部重要文献"[2]。然而，考德威尔的创举并没有给他带来过多的赞誉，对于考德威尔在马克思主义英国化的过程中所起的作用却一直是一个备受争议的话题。本文概括了爱德华·汤普森对以往贬抑考德威尔的论断的反驳，并从"意识形态""反映""决定""经济基础/上层建筑"等马克思主义基本范畴出发，重新探讨考德威尔思想的历史创见性。

---

* 胡小燕（1985— ），湖南常德人，博士，任教于西北大学文学院，主要从事马克思主义文论研究。本文系笔者主持 2014 年度国家社科基金青年项目（项目号：14CZW003）"文化抵抗的逻辑及悖论——英国工人阶级文化理论研究"、2014 年度陕西省教育厅专项科研计划项目（项目号：14JK1684）、2013 年度西北大学科研基金项目（项目号：13NW28）"考德威尔与马克思主义文艺理论的英国化"研究成果。

[1] ［英］戴维·麦克莱伦：《马克思以后的马克思主义》，东方出版社 1986 年版，第 333 页。
[2] ［美］勒内·韦勒克：《近代文学批评史》第五卷，上海译文出版社 2005 年版，第 244 页。

一 否定性的评价

从 20 世纪 50 年代初由莫里斯·康福斯（Maurice Cornforth）发起的"考德威尔之争"，到后来的雷蒙德·威廉斯、特里·伊格尔顿都对考德威尔的思想颇有微词。康福斯认为考德威尔过于强调人的内在能量，"在考德威尔看来，能量并不是来源于外部世界，而是从我们自身的某个地方生发出来的。这种内在能量的唯心主义的观点在他的写作中占有很大的篇幅"[①]。"人的内在能量本身是一种形式的事物的动因，就像人的意志是事物的反映一样。任何关于能量和意识的观点都是唯心主义的和神秘主义的。"[②] 博纳尔（J. D. Bernal）则认为考德威尔的作品"不仅是概略的，并且明显是错误的，属于当代资产阶级科学的论述……并非是马克思主义的论述"[③]。所不同的是，康福斯等人质疑考德威尔是否遵循马克思主义，威廉斯和伊格尔顿则认为考德威尔仍将斯大林主义奉为圭臬。伊格尔顿认为考德威尔的思想和整个欧洲社会是隔离的，其中充斥着斯大林主义和唯心主义，并试图建立一种理论的形而上学。他的作品中有很多自相矛盾地方以及随意的结论，并时不时穿梭于他不熟悉的领域。[④] 威廉斯认为："他的理论和纲领已广为人知，尽管实际上关于文学他的论述乏善可陈。……他的大部分论述含混不清，还未具体到让人能够判断对错的程度。"考德威尔"对马克思主义在经济、政治方面的作用确信无疑"，但"在试图阐述上层建筑的作用，特别是艺术的想象力时陷入了其他马克思主义者所说的'唯心论的泥沼'"[⑤]。综观这些评论，虽然威廉斯意识到"实际上，在此类作品中，马克思关于'现实基础'和'意识'之间关系的基本概念，以及基础与上层建筑的关系得以重新评价"[⑥]，但是这也无法改变我们在谈论考德威尔的时候，简单地将其看成是深受苏联模式的马克思主义影响同时又无法挣脱弗洛伊德主义桎梏的一个蹩脚的理论综合者。

在这样一种基本论调的影响下，中国学界对于考德威尔的研究呈现出这样的特征：（1）用传统的马克思主义美学术语来阐述考德威尔的文艺思想，认为考德威尔将文艺看成是一种审美意识，同时对文艺的特殊规律和思维特征进行了探索，并用美学的历史的方法来评价一部作品。[⑦]（2）指出考德威尔思想中的不足之出，认为考德威尔过于强调经济的作用，同时囿于时代、时间等因素，过于政治化，特别是他的《论垂死的

---

① *Modern Quality*, Vol. 6, No. 4, Autumn 1951, p. 18.
② Ibid., p. 356.
③ Ibid., p. 346.
④ Terry Eagleton, "Criticism and Politics: The Work of Raymond Williams", *New Left Review*, No. 95 (Jan.-Feb. 1976), p. 7.
⑤ [英] 雷蒙德·威廉斯：《文化与社会》，高晓玲译，吉林出版集团 2011 年版，第 292—293 页。
⑥ 同上书，第 294 页。
⑦ 参见徐文泽《论考德威尔对马克思主义文艺理论批评的贡献》，《文艺理论与批评》1998 年第 3 期。

文化》和《再论垂死的文化》更是如此，所以价值有限。[①]（3）注意到考德威尔与西方马克思主义某些思想的契合。"考德威尔建构了一套辩证的马克思主义文学理论，这把他和卢卡奇、葛兰西与戈德曼等西方马克思主义者联系了起来，从而突破了斯大林主义批评模式的局限。"[②] "他的艺术幻想功能与布洛赫的艺术乌托邦功能、马尔库塞的文学解放功能有异曲同工之处，他在文学形式与社会发展阶段之间建立起对应关系，这与戈德曼的发生学结构主义多有交集，他对流行文化的批评立场与法兰克福学派的看法如出一辙。"[③] 或者考德威尔试图加入本土的文化如经验主义传统，新批评对语言、心理的强调以及英国史学对"人民"的关注，使理论超出斯大林主义的体系[④]，但都没有具体展开，或者他们认为考德威尔这些看似前卫的思想只是辩证法的形式逻辑的产物，只是灵光一闪，这些思想的提出并不是深思熟虑的结果。因此，考德威尔思想真正的价值并没有被挖掘。

二　爱德华·汤普森的辩护

西方的这种论调直到20世纪70年代中期以后才有所改观。爱德华·汤普森将考德威尔的思想放到整个马克思主义思想发展的过程中，认为考德威尔是斯大林主义的反叛者，是正统马克思主义阵营中的异端分子，公开为考德威尔辩护。具体来说：

首先，从考德威尔的个人经历来看，他不属于左派评论的范畴，并且他远离公立学校和大学，也不喜欢知识分子的小圈子，即使是左派的圈子也是如此。他没有什么朋友，他必须独立地发展他的思想。他的风格是辩论性的攻击，对于今天学院派的马克思主义从业人员来说，缺乏对学科分界的尊敬，对学术机构显得不是很耐烦，这样必然会显得格格不入，甚至是"庸俗"的。并且，毫无疑问的是考德威尔写得太多太快了，《幻象与现实》的一些部分是以每天5000字的速度完成的。相对于其他的作品，这本书至少还是要打算出版的，其他的仅仅是手稿。通过这些未完成的手稿，我们无法确定我们所看到的是否就是作者自己的意图。这些客观条件造成了我们对考德威尔思想认识的欠缺。

其次，汤普森针对其他学者对考德威尔的质疑一一给予回应。汤普森认为博纳尔的批评中有一个很大的保留意见被大家所忽视：考德威尔的确批评了资产阶级科学哲学的结论，和同时期的其他马克思主义批评家如扎塔洛夫之流，相比，考德威尔对资产阶级科学的批判是杰出的。同时，"考德威尔之争"虽然是以斯大林主义为指导思

---

① 参见赵国新《考德威尔》，《外国文学》2013年第1期。
② 孙颖：《考德威尔：走向文艺辩证法》，《前沿》2009年第12期。
③ 赵国新：《考德威尔》，《外国文学》2013年第1期。
④ 参见殷曼楟《先行者考德威尔——对英国马克思主义美学传统的理论追踪》，《福建论坛》（人文社会科学版）2007年第4期。

想,但也打破了英国共产党所面临的单一庞大的压力,斯大林主义的绝对地位出现了松动。至于伊格尔顿的批判,汤普森反驳道:在《幻象与现实》超过500条的参考文献中,人们已经被其人类学的知识所震惊,作品的副标题是诗歌的起源研究,心理学和神经学也占据了重要的地位。怎么可以说考德威尔的作品是与欧洲社会隔绝的呢?他的参考文献包括了布哈林、卡西勒、克罗齐、涂尔干、格式塔心理学家、列维·布留尔、马林诺夫斯基、皮亚杰、索绪尔以及弗洛伊德、荣格、阿尔弗雷德·阿德勒、巴甫洛夫、范·热内普、马克斯·普朗克、里波特、洛海姆、萨丕尔等人的作品,虽然这些作品中存在不足,但是这绝不能被描述成"隔绝"。康福斯认为考德威尔从非理性的角度来定义诗歌,这样,反映论就可以理解为诗歌不是和现实世界相关的,而是和一些情感的黑暗世界相关的,而这正是马克思主义应该避免的。遗传类型(genotype)和本能(instinct)的观念是唯心主义和神秘主义的重要组成部分,因为它预设了某种存在于我们机体中的东西,它们并不那么容易改变,它们并不是在机体生活的过程中产生、改变和发展的,它们先于机体并贴上自己的标签。马克思主义不应该用不变的遗传本能来揭示社会和它的发展。但是,考德威尔当然没有这样,这正是他所要反对的。如果他这样解释社会的发展,那么就没有艺术发挥作用的余地了,并且遗传类型也不是人类本质的同义词。遗传类型的准确含义应该是野兽的本质(brute nature),人类作为一个野兽的自然,它先于他在文明社会中的习俗,并通过社会化和文化改造而获得人性或者人类的本质(human nature)。很明显,考德威尔用遗传类型的概念指称的不是人类的本质,而是前人类的本质,一种通常在生物学和本能的背景中,不因为历史时期而改变的先于文化的人类的自然属性。虽然遗传类型是考德威尔从生物学借来的词,但是这并不能说明考德威尔的理论就是心理学的。在《论垂死的文化》中考德威尔拒绝用某种神秘实体来解释事物发展的因果关系,人类的意识不是某种独特的,像从种子中萌发出来的并未绽放的花,而是一种社会化的产物,是社会化将本能、前社会的、前人类的遗传类型转化为人类的,这是一个现实的过程。[①]

再次,在对于考德威尔思想的总体态度上,汤普森认为我们没有必要质问考德威尔是不是"正确的",我们必须以一种全新的态度来对待他的作品,并且检查他是否为我们提供了解决难题的方法。从《现代季刊》康福斯等人对考德威尔的批判内容来看,他们始终纠结的一个问题就是考德威尔是不是马克思主义者,他的思想是不是遵循了马克思主义。对于这场争论,汤普森最终将其定义为英国马克思主义在整个20世纪四五十年代之交受制于斯大林主义的产物。的确,考德威尔与同时代的批评家相比,对于扎塔洛夫(Zhdanov)的愚蠢干涉、斯大林对于语言学问题的粗暴专制解决和李森科(Lysenko)的遗传学的革命特色并非一味赞同,如果按照这个标准,考德威尔的思想确实不是马克思主义的,准确地说应该不是斯大林模式的马克思主义。总的来说,考

---

① Christopher Caudwell, *Studies in a Dying Culture*, p. 217. (资料来源 http//www.marxist.org/archive/caudwell/1938/studies/index.htm,页码也为下载资源页码,下同)

德威尔的思想对于同时代的人以及同属于马克思主义阵营的拉尔夫·福克斯（R. Fox）和埃里克·韦斯特（Alick West）来说是超前的。在众人非难之时，由于韦斯特没能完全理解考德威尔的思想，他仅仅只能以马克思本人也谈到过内在能量（inner energy）来为他辩护，而康福斯则以马克思在考虑内在能量之前已经思考了"食物的最低限度"来反驳，因此韦斯特的辩护显得苍白无力。汤普森进一步指出，考德威尔的思想实际上是用旧的语法（斯大林主义和弗洛伊德主义）来阐释新的、富有开创性的思想。考德威尔所意识到的困难也是威廉斯在《文化与社会》中所要辨认和解决的问题，虽然此时威廉斯仍将考德威尔归在庸俗马克思主义之列。可以说，考德威尔开启了一条有别于斯大林模式的马克思主义的发展方式，并且打开了一条解决矛盾的通路，但最终的完成者是威廉斯。在此，汤普森指出了威廉斯、伊格尔顿等人对前人的苛求。[①]

三 意识形态的逻辑

当然，汤普森并不是没有看到考德威尔的问题，他也认为考德威尔的思想缺乏秩序，沉浸在共产主义的狂喜中。或者对调解缺乏耐心，虽然思维方式和理解方式是辩证的，但是却采用了二元选择的术语，造成二元对立。但作品的缺点都不能成为考德威尔思想的致命缺陷，都不足以掩盖考德威尔作品的光辉。最终，汤普森将考德威尔理论的缺陷归结为他那个时代的马克思主义不能为他提供更多的理论滋养。对于研究者来说，关键在于如何理解这些看似庸俗的地方。汤普森认为，在理解考德威尔作品中所涉及的多个二元对立的范畴时不能简单理解成一种不可调和的矛盾，而是应该循着意识形态的逻辑展开，如考德威尔在《论垂死的文化》假定了一种垂死的资产阶级文化和上升健康的苏联文化和共产主义文化之间的正统对立，汤普森认为苏联不是作为一个主体，而是作为一个修辞上与资本主义世界的弊端相对立的肯定的方面。

在大多数情况下学界倾向于把考德威尔看成是美学家，这恰恰掩盖了考德威尔在意识形态问题上卓越的见解，考德威尔应该是一位"意识形态解剖家"。我们今天对于什么是考德威尔的思想会给出两种答案：一是考德威尔主要思考的是美学和文学批评的问题，因此认为《幻象与现实》是考德威尔的"主要作品"，"无疑这是他最重要的作品"[②]，或者在阅读《幻象与现实》的时候主观地屏蔽掉里面有关意识形态、阶级文化方面的内容。另一种观点是今天年轻点的马克思主义者如果不是对美学感兴趣的话，根本不会读考德威尔的作品，并且他们对《幻象与现实》的阅读也是走马观花式的，并认为这已经足够了。而汤普森认为考德威尔的确存在美学和文化研究的问题，但这在他整体的思想体系中应该是最不出色的地方，这也影响了对考德威尔的正确定位，

[①] E. P. Thompson, "Caudwell", *The Socialist Register*, 1977, pp. 228–276.
[②] Francis Mullhern, "The Marxist Aesthetics of Christoper Caudwell", *New Left Review*, 85, May/June 1974, pp. 37–58.

把他仅仅看成是一个深受苏联模式影响的文学批评家。汤普森认为考德威尔应该被看成是一个意识形态的解剖家,他的所有作品都以意识形态作为中心,并拥有自己真实的逻辑。他着重于幻象时代的特征、神话的深层结构、知识分子自我神话的时代模式,从这个角度来说,考德威尔加入一部分"西方马克思主义"的思潮中,同时也跳出了他在人的本质问题上缺乏真正历史意识的怪圈。而这些思想则主要集中在《幻象与现实》被屏蔽掉的内容和之后撰写的《论垂死的文化》《再论垂死的文化》《物理学中的危机》几篇文章之中。

一方面,意识形态在考德威尔看来,不是一种狡猾的、蓄意的阶级压迫,而是一种掩盖社会现实,把这种压迫神秘化的面纱,给社会现实提供一种可接受的观念,这样加强了统治阶级的霸权。关于这些考德威尔并没有多说,但是他是这样做的。首先,考德威尔对资本主义的自由观念进行了驳斥。John Strachey 在《论垂死的文化》1938年版的导言中指出,这是一本关于什么是"自由"的书,考德威尔"从不同的角度解释了人类自由的概念"[①]。而自由是资本主义社会最大的幻象和神话,在考德威尔看来资产阶级自由的实质只是"一种上帝、神;一种他看成是信仰的东西"[②],如果拥有自由意志就叫自由的话,那么法西斯主义也是自由,"自由不是一个制造物,不是一种本质性的存在,而是一种社会关系,自由隐藏在人和人之间的关系中"[③]。同时考德威尔认为自由不是某人给某人的,人类自己统治自己的前提是社会并不是由他们中分离出的一部分人所组成的阶级统治的,以此驳斥了萧伯纳知识分子治国论。[④] 其次,考德威尔指出这种自由观念掩饰了资本主义社会人对人剥削的本质。"人除了在付钱的时候是完全自由的。这是资本主义关系公开的特征。暗地里却是不同的,因为社会只可能是人和人之间的关系,而不是人和物、人和金钱之间的关系。"[⑤] 资产阶级巧妙地将人和人之间的剥削关系转化为人和物之间的关系,这是一种新的剥削方式。另外,考德威尔对资本主义的"超人""英雄""为艺术而艺术""乌托邦""和平主义""爱""合法性"等概念进行剖析,指出了这些思想或欺骗,或剥削,或逃避现实的本质,而这些在当代资本主义社会依旧持续发挥着作用。

另一方面,考德威尔也探讨了意识形态和词语、语言之间的关系。威廉斯认为从19世纪晚期到20世纪中期的占统治地位的马克思主义倾向于忽视语言理论,将语言实践归到意识形态和上层建筑的分类中,并未将语言看作一种"实践的意识"或者"实践的建构行为"。[⑥] 的确,考德威尔并没有在索绪尔所开创的语言学系统下研究语言、词语与意识形态的关系,依旧沿着老的社会学方法进行。然而,从意识形态分析的角

---

① Christopher Caudwell, *Studies in a Dying Culture*, Foreword.
② Ibid., p. 170.
③ Ibid., Introduction.
④ Ibid., pp. 5–6.
⑤ Ibid., p. 151.
⑥ [英]雷蒙德·威廉斯:《马克思主义与文学》,王尔勃、周莉译,河南大学出版社2008年版,第19页。

度来说，考德威尔对语言的劝导功能、词语的意识形态内涵的关注对我们是很有启发的。考德威尔把语言看成是存在与意识之间的一个中介，语言是个人生活现实化的途径和方法，人类通过语言来传承意识的模式。而"词语，它是整个庞杂的意识形态天地的缩影。""词语有主观的及客观的层面，二者存在于词语作为一种能动的社会行为的言辞中，即使用中。这种使用带有一种积极的意义，是有目的的，是要改变听者的世界。"① 由此引发的是关于词语、意识形态和现实之间关系的思考："真实与谬误不能在影子世界的架构内决定，其判定有赖于真正的物质世界。在影子世界范围的任何争论都不是有关真伪的争论，而是关于是否具有一致性的问题。"② 可见，在考德威尔看来词语表达有知识的部分，也有意识形态的部分，意识形态左右着词语对现实的表达，因此它所构成只能是一个影子的世界，不是整体的、真实的世界。这可以看成是伊格尔顿在《批评和意识形态》中对文本与意识形态以及历史之间关系的探讨的先声，只是和考德威尔相比，伊格尔顿更强调文本自身对意识形态的生产。③

四　方法论的革新

考德威尔最主要的贡献是在方法论上的，即对辩证法的强调，这使得考德威尔在思考"反映""决定""经济基础/上层建筑"等问题时超出了斯大林主义范围，把马克思主义向前推进了一大步。

在《论垂死的文化》中考德威尔明确指出："社会意识并不是社会存在的镜子式的反映，如果是这样，那么意识就是没有用的，仅仅只是一种幻象。意识是物质的，由大众和官僚所占有，由真实的事物所组成，包括哲学观、语言习惯、教会、法庭、警察等。如果社会意识仅仅是一种镜子式的图像，当它所映照的客体改变的时候它会像没有能量消耗的图像一样改变。它是一种有作用的上层建筑，它和基础之间是相互影响的，彼此相互改变，它们之间存在这种相互关系。"④ 可见，一方面，考德威尔此时将思考的中心放在意识与客体之间能动的、重要的关系上，揭示一种存在和意识之间更为复杂的关系，这种关系不能通过简单的"反映"来表达。在《物理学的危机》中，考德威尔更进一步地指出科学理论或者说非社会现实的信息也揭示了很多关于社会的现实，知识是一种意识的知识，因此它应该放置于社会的分类中。这些分类不同于康德主义的分类，强调知识的永恒性。在考德威尔看来人类和自然之间是互相渗透的，这一斗争不仅是物理学的，同时也是理论的，是一种认知的关系。⑤ 在此，考德威尔既

---

① ［英］克里斯托弗·考德威尔：《考德威尔文学论文集》，百花洲文艺出版社2010年版，第134页。
② 同上书，第138页。
③ Terry Eagleton, *Criticism and Ideology*, London & New York: Verso, 2006, pp. 60, 80, 100 – 101.
④ Christopher Caudwell, *Studies in a Dying Culture*, p. 25.
⑤ *The Crisis in Physics*, pp. 27 – 29, see in E. P. Thompson, "Caudwell", *The Socialist Register* 1977, pp. 228 – 276.

反对了实证主义将意识看成是对世界的消极反映,也反对唯心主义将意识放到脱离社会的形而上学的位置,他力求实现一种认识论的综合体。在汤普森看来,马克思主义的传统的中心本身就是考德威尔所诊断的资产阶级文化现象的再生产,即机械唯物主义和唯心主义的生产。同样,进入马克思主义的主客二元主义让我们与双胞胎似的经济决定论和阿尔都塞主义的唯心主义同行:要么是物质基础决定上层建筑,现实的独立性,要么是意识的上层建筑退回到一种自我决定的理论实践的自动化中。要改变这种非此即彼的思维方式,考德威尔在认识论方面的努力可以作为很好的参考,应该受到当代马克思主义者的重视。[①]

考德威尔从"决定论"向"相互决定论"的转变。我们应该如何理解考德威尔的这种转变,是一种"辩证法"的,还仅仅只是一种贫瘠的摇摆不定,一种形式逻辑,以逃脱决定论的难题呢?汤普森认为,考德威尔并没有一直坚持他的这部分思想,但是他的努力并不是一种贫瘠的悖论,而是一种丰富的矛盾,一种没能解决的、留给后人的张力。这种遗留的矛盾的意义大大超出了同时代的人所提出的解决方法。更值得关注的是,在《物理学的危机》中考德威尔区分了决定论和绝对决定论(Pre-determinism),决定不是空虚的、预言性的法则,而是给予的特征和实体的特质占据一个给定的空间,这样给其他的实体在空间上设定了范围和限制,并且以此来决定它们的特性。[②] 这种对决定的解释和后来威廉斯所给出了的"设定限制"的解释是一致的,另一方面则是"施加压力"。[③] 对此,考德威尔并没有明确指出,但汤普森认为《论垂死的文化》和《再论垂死的文化》对资本主义世界的批评实际上揭示了意识的意识形态变形为维持整个社会的再生产而施加压力。[④]

另外,考德威尔对经济基础和上层建筑之间关系的认识也具有创新性。在《再论垂死的文化》中,考德威尔指出经济生产"是文化的,不是生物学意义上的"[⑤]。我们在这样一个循环中,宗教、自由意志、艺术是经济的产物,而经济产品又是文化的。在此,考德威尔其实是想打破某种已经接受的资产阶级分类:"资产阶级相信市场是人和人之间唯一的社会关系,这意味着他要拒绝相信爱是人类社会关系中的一个内在部分。他将温柔从社会意识中排除了。"[⑥] 值得指出的是,考德威尔并不是反对社会关系中的经济因素,他只是想找回资产阶级分类所排除的特征。在资本主义市场经济环境中,文化本质被强势的经济所玷污,文化成为一种附属物。经济实际上是资产阶级发

---

① E. P. Thompson, Caudwell, *The Socialist Register* 1977, pp. 228–276.
② The Crisis in Physics, pp. 126–127, see in E. P. Thompson, "Caudwell", *The Socialist Register* 1977, pp. 228–276.
③ 参见[英]雷蒙德·威廉斯《马克思主义与文学》,王尔勃、周莉译,河南大学出版社 2008 年版,第 89—96 页。
④ E. P. Thompson, Caudwell, *The Socialist Register* 1977, pp. 228–276.
⑤ Further Studies in a Dying Culture, p. 27.(资料来源 http://www.marxist.org/archive/caudwell/1949/further-studies/index.htm,页码也为下载资源页码)
⑥ Christopher Caudwell, *Studies in a Dying Culture*, p. 152.

明的一个分类，它排除了所有的需要和才能，那些并不是由市场所激发的，或者是受制于市场操作的。这样，考德威尔拒绝将经济的概念放到一种基础的地位上，将意识和有影响的文化放到上层建筑的地位上，在历史进程中，人类在特殊的生产模式中既生产了物品也生产了文化，这在原始社会中更加明显：经济生产和社会影响是交织在一起的。

但是，汤普森也指出考德威尔并没有坚持，在《论垂死的文化》的一些激烈辩论的段落中，他将粗暴的阶级决定归因于资产阶级知识分子，在《幻象与现实》及《再论垂死的文化》中他提升了艺术家和科学家的作用，他们拥有能够将自己从资产阶级提升到无产阶级的方法，并且他引入了"内在能量"的概念，这为他带来了很大的麻烦。同时，考德威尔让艺术和诗承担远超过于它们能承受的作用，并且把遗产类型看成是一种能动的、坚定自信的感觉中的存在物。"人类本身是由现有能动的存在和继承的意识结构组成的，他是躯体的和超自然的、本能的和意识的，这些对立的部分是相互渗透的。"[1] 汤普森认为，在这段话中，社会和文化的概念失去了，考德威尔忘记了本能是在文化中改变的，而遗传类型的概念在此以一种本质主义的和简化主义的方式运用着，而这和他一直所努力的方向是背道而驰的。最致命的是，汤普森认为考德威尔的理论体系缺乏真正的历史语境，即男人和女人与其他男男女女的斗争、判断、爱恋中的矛盾，因此，考德威尔关注的是本能和现实之间的冲突和张力，然而这二者之间的矛盾应该少于遗传文化模式与即时经验之间的冲突，冲突不是在前文化与文化之间，而在文化本身之中。也正因为这样，考德威尔未能建立任何价值体系，因为价值不能由本能、意识、情感构成。这也许是考德威尔陷入20世纪30年代占统治地位的"苏联"话语中认为在社会主义社会中阶级之间的斗争要让位于更基本的人和自然之间的斗争。但汤普森把这些不足都归结为概念和术语问题，旧的马克思主义和弗洛伊德主义的术语掩盖了考德威尔思想的闪光点。不管怎样，考德威尔为"反映论""经济基础/上层建筑"模式所带来的封闭打开了创作的一扇门。[2]

综上所述，对于考德威尔的诸多评价本身都带有政治意图，或支持或反对斯大林主义，都很难对他在马克思主义文论英国化的过程中所起的作用作出公允的判断。考德威尔思想的某些不足，也不能掩盖他所采用的看似陈旧的术语中实际上已经包含颠覆性的内容，作为意识形态解剖家的考德威尔所思考的、试图解决的问题与后来英国文化马克思主义者之间是一致的。

---

[1] Christopher Caudwell, *Studies in a Dying Culture*, p. 26.
[2] E. P. Thompson, Caudwell, *The Socialist Register* 1977, pp. 228–276.

论文学批评评价机制的价值论意义

张利群*

(广西师范大学文学院　广西　桂林　541004)

摘　要：文学批评作为文学评价机制，应该与文学活动及其文学发展紧密相关，成为文学构成的不可分割的组成部分，以其评价机制的内驱力推动文学运行与发展。因此，文学批评的理论基座应是价值论而非仅仅为认识论，应定位于人文科学而非社会科学。文学评价作为批评的主要功能，在价值关系中充分体现批评的能动性与主体性，通过批评评价机制不仅对文学价值生成、建构和构成具有重要价值作用，而且建构起评价标准、原则、规则，体现文学核心价值观及其评价取向与导向。

关键词：文学批评；评价机制；价值论；评价取向；核心价值观

长期以来，将文学作为对社会生活的认识从而确立文学的认识论基座所形成的思维模式和认知惯性也影响到文学批评。将批评视为对文学的认识，企图将文学对社会生活的认识进行还原或溯源的批评惯性更将批评放置在认识论基座上，从而导致批评定位的误区以及文学评价的误区，这不利于文学与批评的发展。申仲英、张建中认为："价值评价所涉及的不是真与假的问题，而是是与非、善与恶的问题。其评价尺度主要由决策主体的需要构成，同时也往往考虑决策主体生活其中的文化社会背景所许可的行为准则。以主体需要为尺度进行评价可得出合意性结论；以社会行为准则为尺度进行评价可得出正当性结论。"[①] 批评作为对文学价值评价的行为和活动方式并非认识论的反映和认识方式，而是对满足主体需要的客体价值进行评价的方式。因此，文学观念的更新和转型，不仅应将文学放置在价值论基座上，而且也应将文学批评放置在价值论的基座上，从价值论角度确立文学批评的评价论性质和特征，才能更有利于文学

＊ 张利群（1952—　），湖北罗田人，文学硕士，广西师范大学文学院教授、博士生导师，研究方向为文艺理论与批评。基金来源：2013年教育部人文社科项目"文学批评机制研究"，项目批准号：13YJA751063；2013年度广西哲学社会科学规划研究课题"广西当代文艺理论发展研究"，批准号：13BZW003；2013年广西"自治区'特聘专家'专项经费资助"项目。

① 申仲英、张建中：《论决策中的事实与价值》，王玉樑等主编《中日价值哲学新论》，陕西人民教育出版社1994年版，第217页。

批评的发展和文学评价作用的发挥。

一　文学批评理论基座的价值论定位

通常将文学与批评放在一起比较时，人们往往过多地偏向于讨论两者的区别而忽略了彼此的联系。将文学视为直观感性的形象思维活动及审美感受方式，而将批评视为理性分析的逻辑思维活动及理论认识方式，从而确定两者的区别和各自活动的不同特征，这固然有一定道理，也是可以理解的；但由此区别文学基座为价值论而批评基座为认识论则有所偏颇和简单化。人们似乎可以接受文学价值论而不能接受批评价值论，从而以价值论与认识论的区别来断定文学与批评的差异性所在，导致批评基座的错位。因此，批评的价值论定位是必要的。

其一，文学批评的人文科学定位。文学活动是包括创作、欣赏和批评在内的完整过程，这无疑就会涉及批评的性质和定位问题。从古今中外的批评实践及其理论研究而言，对批评性质的讨论不外乎是科学性、人文性及其两者统一的三种看法，但关键在于科学性指称的是自然科学、社会科学还是人文科学。黄海澄认为："人的感情活动较之认知活动，无论在哲学中还是心理学中，都是研究得很不够的。人的感情是一个广阔而深邃的领域，这不仅与人们的日常行为关系密切，而且渗透于人们的道德活动、审美活动、艺术创造和欣赏活动之中。"[①] 因而构成"价值—感情"结构，与"认识—理性"结构有所区别。作为包括创作、欣赏、批评在内的文学活动应认定于"价值—感情"的心理结构和精神活动，因而是人文科学而非社会科学、自然科学研究的对象。如果批评确为科学性与人文性的结合而确立其人文科学的性质和定位的话，那作为人文科学的科学性应该是与自然科学、社会科学的科学性有所区别的。这应该是讨论批评的出发点和逻辑起点，也是将批评置放在价值论基座上的原因和理由。

其二，从文学批评的对象文学性质和定位来考虑，是否能因对象的性质和定位来确定批评的性质和定位呢？这一思维逻辑显然不太严密，也就是说，文学性质并不决定批评性质；但并不说明两者之间没有联系，因为确切所指的批评对象，正如俄国形式主义所言，文学研究的对象不是文学而是文学性，那么批评对象并不是文学作品而是文学价值。文学价值并非仅仅存在于作为文学作品的客体身上的固有价值和客观属性，而是主体需要与客体能满足主体需要属性的统一而形成的价值体或关系价值，也就是说，文学价值中也包含主体的需要，包括创作主体、欣赏主体、批评主体的需要，是满足主体需要，实现主体目的，表达主体的愿望和评价的含有意向性的价值体，价值是在主客体关系中产生的关系值。因此，就很难断言作为批评对象的文学价值的性质不能影响批评的性质。其实，古今中外的批评实践和理论也早就认识到文学与批评

[①] 黄海澄：《价值、感情与认知》，王玉樑等主编《中日价值哲学新论》，陕西人民教育出版社1994年版，第333页。

是孪生兄弟，两者共生共荣，都是文学活动轨道上跑的车之两轮、鸟之双翼。甚至批评往往也以文学形式或文学言说方式表达，文学也往往含有评价议论的内容和因素，这就足以看出两者的联系和融合。因而既然将文学置放于价值论基座上，批评作为一种广义的文学活动形式，不仅因对象的价值属性而定位于价值论，而且也因批评自身的文学活动性质而定位于价值论。

其三，从文学批评的功能作用而言，其核心要素及主要功能是评价。古今中外文论对批评功能的认识虽有许多不同的观点，从而也归纳出批评的多种功能和作用。从批评的基本功能看，主要有解读、阐释、评价、建构四种功能。解读侧重于从读者鉴赏及其引导读者鉴赏角度的鉴赏型批评，在现代解读学、现代阅读学以及接受美学、现象学、读者反应理论视野中已大大突破和超越了传统解读学的框架，读者主体性与解读能动性无疑包含评价要素。"阐释"侧重于文学作品的语义与文义的考据、注解、疏义、辨正的文献研究和文本语言研究，从结构主义到后结构主义，从俄国形式主义到英美新批评的现代阐释学视野和方法其实也早已突破了传统语义阐释的局限，其中包含的评价要素也不言而喻。"建构"更多地从文学意义延伸和扩大、批评主体性和主观能动性发挥以及意义解构、重构、建构的再创造对文学价值进行建构，从而以评价机制为动力推动文学生命的时空拓展。因此，批评功能中的解读、阐释、建构都包含评价要素，而评价就是对文学价值进行评估、检验、发掘、阐释及建构的行为和过程。这就说明评价是批评核心的、主要的、起决定性作用的功能，批评的性质应是由涵盖解读、阐释、建构在内的评价所决定，批评乃是评价文学价值的行为和活动方式。批评即评价的判断是顺理成章的，这是批评之为批评的关键所在，也是批评的批评性所在。评价本质上是价值评价，评价是价值论中的核心范畴和基本内容，故而应将批评定位于价值论，应将批评的基座置放在价值论而非认识论上。

其四，从批评的人文活动性质而言，批评具有人类精神活动及其精神创造和评价活动的性质和特征。其实，人类的社会实践活动无论是物质活动还是精神活动，也无论是社会科学活动还是人文科学活动，其活动性质都是具有两重属性：一是人类主体对客体的客观科学认识活动；二是人类主体对客体的主观能动的改造、创造活动，其活动性质、过程和结果也就既有认知特征，也有评价特征，故而人类社会实践活动应建立在实践论、认识论、价值论基座上。当然，虽三者各有不同研究对象、领域和范围，但也是相互联系、相互作用和相互渗透的。作为人类精神活动及其评价活动的批评而言，因其评价的性质和主要功能决定其价值论的定位。这不仅因为具有人类社会实践活动本质上都是人类本质、本质力是对象化及其自我确证的"对象化"的性质，而且具有对"对象化"和"自我确证"的价值意义进行主体评价，从而再度"对象化"和"自我确证"的性质。尽管批评在评价中免不了也会包含认识因素，免不了以认识作为评价的前提和条件，但其认识本质上是价值认识而非事实认识或科学认识，同时认识的目的在于评价而不在于认识，这就足以说明批评建立在价值论上的合理性了。

确立文学批评的价值论基座,确定文学批评的价值评价性质和定位,确定文学批评的人文科学的科学性与人文性统一的特征后,重点讨论的是文学批评的价值评价功用和意义,这可归纳为评价性及其评价论。

二 价值评价对文学活动构成的评价论意义

价值论中最为核心的范畴及主要内容是价值与评价。评价作为对价值的评价行为似乎容易得出这样的结论,价值在先,评价在后;价值是客观的,评价是主观的;价值是固定不变的,评价是变化多样的。事实上作为评价对象或客体的价值,虽然具有作为客观存在的价值客体的本质规定性,但价值并不是单方面的由存在物的客体属性决定的,而是在主体的需要与客体能满足主体需要属性的统一中客体向主体生成的价值属性及价值规定性,也可谓是主体的合目的性与客体的合规律性统一的结果。因此,价值既联系于主体,又联系于客体;既带有主观性,又带有客观性。从文学价值而言,作为文学价值载体的作品(文本)虽然是客观存在物,具有文学价值的客观规定性,但文学毕竟是作家精神创造的产物,文学价值自然也是作家的创作需要与其创作对象——人类社会生活能满足作家创作需要属性的统一体。可见价值是在主体与客体的关系中生成和建构的,价值其实是关系值、系统值、构成值,是主客体、主客观统一的结果。作为价值构成要素的主体需要,其实也是在主体构成系统中生成的,也就是说,从需要而延伸扩展的欲望、追求、动机、目的、愿望都包含其中,甚至立足需要而又超越需要和提高需要以力求达到更高目标,因而需要中就内含评价要素。马克思指出:"动物只是按照它所属的那个种的尺度和需要来建造,而人却懂得按照任何一个种的尺度来进行生产,并且懂得怎样处处把内在的尺度运用到对象上去;因此,人也按照美的规律来建造。"[①] "但是,最蹩脚的建筑师从一开始就比最灵巧的蜜蜂高明的地方,是他在用蜂蜡建筑蜂房以前,已经在自己的头脑中把它建成了。劳动过程结束时得到的结果,在这个过程开始时就已经在劳动者的表象中存在着,即已经观念地存在着。他不仅使自然物发生形式变化,同时他还在自然物中实现自己的目的,这个目的是他所知道的,是作为规律决定着他的活动的方式和方法的,他必须使他的意志服从这个目的。"[②] 这说明人类社会实践活动是有意识、有目的、自觉的活动,从广义的评价含义看,其实也就是说人类的动机、目的中包含评价因素。因此,评价作为人的基本能力和行为,不仅表现在对活动结果的评价上,而且也表现在活动前的动机、意图、目的的设置的评价中以及活动过程的评价中。

其一,从文学创作而言,作家的创作需要中无疑也包含评价的因素,作家对体验

[①] [德]马克思:《1844年经济学哲学手稿》,人民出版社1985年版,第53—54页。
[②] [德]马克思:《资本论》第1卷,《马克思恩格斯全集》,人民出版社1972年版,第202页。

生活中体验的生活并非是纯自然化、客观化的与主体无关的生活，而是"对象化"和"自我确证"的生活，其中包含评价因素不言而喻；同时，作为作家体验对象的生活，其实也是在价值关系中构成的生活价值，作家对生活价值的主体评价性也毋庸置疑；况且，作家还得对生活进行选择、加工、改造、创造，这一系列环节和过程中，作家的主体评价性更显而易见。从这一角度而言，作品既是作家创造的产物，也是作家对生活价值评价的产物，在文学作品的价值属性中自然包括作家创造和评价的因素。当然，对于欣赏者和批评者的主体而言，这种作家的价值创造和评价因素就转化为文学价值，成为欣赏、评论的评价对象。这说明，在创作中，作者的价值创造与价值评价是紧密结合、共生互动、难以分割的。价值创造中含有评价因素，评价中也会有价值创造的因素，甚至可以说评价本身会有价值，价值本身会有评价。因此，文学价值本身就是一种文学创造和评价统一的价值形式。尽管为了理论分析的方便和逻辑结构的严密，价值与评价的区分是必要的，评价是对的评价，必然会有不同层面的主客体、主客观的关系及其先后序列关联，但在具体的价值实践活动中，则辩证统一、相互运动、循环变化的整体和过程。

其二，从文学欣赏而言，读者在欣赏中将文学作品作为阅读对象，其目的是通过阅读行为与活动满足审美需求，从而使文学价值得以实现。也就是说，文学价值是读者主体审美需要与作品能满足主体需要的审美属性的统一。文学价值在文本中是潜在价值，只有通过读者的阅读活动，满足了读者的审美需求才能使潜在价值转化为现实价值，或者说才能使文学价值得以实现。读者的审美需要中包括体验、感受、想象、再创造及评价，只有读者的价值评价功能发挥作用才能使作品的潜在价值得以体现和实现，从而转化为现实价值。因而从这个意义上而言，文学价值是读者与作者共同创造的结果，是读者的审美需要，包括审美评价与作品的能满足需要的潜在价值的统一从而才生成文学价值，在这一实现的文学价值中自然包括审美评价、鉴赏评价的作用和意义。

其三，从文学批评角度而言，作为批评主体的批评家根据批评需要而对文学作品进行评价，其批评对象与其说是作品，不如说是文学价值，是批评根据需要对文学作品选择的结果，是批评活动中的主客体关系统一的结果，也是批评对文学价值评价的需要与文学作品能满足批评评价需要的价值属性的统一。对于批评而言，应该说文学价值具有双重属性，一重是文学价值，通过批评的评价作用而使文学价值得以实现；另一重是批评的评价价值，通过批评对文学价值的评价实现批评价值。当然，批评价值的最终目的是实现文学价值，或者说批评的作用和意义在于推动和促进文学更好的发展，这样就使文学价值与批评价值统一为整体。因此，从表面上看，批评评价是对文学活动的结果——文学作品的评价，具体而言是对文学价值的评价，其目的是更好地实现文学价值的同时实现批评价值；从实质上看，评价要素早已内置于文学活动的全过程及其全部环节，无论在作家对创作对象的创造，还是读者对文学对象的欣赏和再创造中，都已包含评价要素。因而评价对象不仅包括价值结果，而且也包括价值需要、动机、目的以及价值生产活动与价值实现活动全过程;不仅包括价值客体,而且也包括价值主体及其主客体构成的价值关系。这说明价值体不仅是指价值,而是由价值构成的主客体关系及其整个价值活动的各要素、各环节所组合的价值系统整体。从这个意义而言,批评的评价不仅是文学价值的评价,而且是价值评价的评价甚至也是价值创造。评价已内置于价值体中,价值也内置于评价中。李青春认为:"评价价值由可能性变为现实性的中间环节,也是价值冲突的根源和表现过程。'只有在评价中,现实才表现为道德的、审美的、功利的等等范畴。'文学文本当然不同于一般的现实事物,它是文学家对现实事物进行评价之后的产物,因此对文本的评价是一种'评价的评价'。"[1] 因此,文学价值不仅是价值创造的结果,而且也是价值评价的结果。文学价值是生成和建构的,文学评价无疑就是文学价值生成和建构的机制和动力。

三 文学批评价值论的主体性意义

关于价值论的讨论早在20世纪80年代就已形成"价值论热",有关文学价值论的著作和论文也汗牛充栋,至今还持续不断地推出研究新成果。对价值产生于价值关系的认同虽无歧义,但对价值主观性抑或客观性,主要决定于主体还是决定于客体等讨论还存在不少分歧。当然,如果为了折中或辩证主张主客体关系以及主客观关系的统一也未尝不可,但价值论何以在过去的研究中缺失后又何以在今天风行,何以提出从文学认识论向文学价值论的思维观念转型,何以认定文学及其批评的理论基座是价值论而非认识论,或者说并非单一的认识论而是实践论、认识论和价值论三足鼎立,等等。这说明文学价值论兴起有着更深刻的原因,这固然与当时对机械认识论和被动反映论的反拨有关,也与当时盛行的文学主体论有关。故而将文学价值论与文学主体论放在一起讨论是有十分重要的作用的,或许这是文学价值论的意义所在。

李德顺在其《价值论》一书的前言中谈道:"立足于主客体关系的实践辩证法,着重从主体的地位和作用方面理解价值的本质和特性,是本书理论观点和思想方法上的一条基本线索。……在价值问题和主体性问题之间有着高度的内在一致性。这种一致性简单说就是:在理论上,价值问题是主体性问题的一个最典型的形式,而主体性问题则是价值论研究中的一个关键问题。一般来说,如果不从主体性方面入手,如果不以对主体性的深入把握为基础,价值论的研究不可能在现有的水平上取得较大的突破。"[2] 因而,他将其书名确定为《价值论——一种主体性的研究》,旨在建构一种主体性价值论。考虑到价值论兴起时的主体论及其方法性讨论的背景,将价值论中主体性问题凸显和强化是不难理解的,但更重要的是要有学理上的依据和内在逻辑性的缜密。首先从哲学基础的实践论、认识论、价值论来看,强调主客体、主客观关系及其辩证

---

[1] 李青春:《文学价值论引论》,云南人民出版社1994年版,第91—92页。
[2] 李德顺:《价值论》,中国人民大学出版社2007年版,第2页。

统一性应是学界的认同所在,强调人类社会活动的实践性、认知性和价值性特征也应是人类的共同价值取向及其共同追求所在;强调实践主体、认识主体、价值主体的能动性、自觉性、有目的性更是人类主体性及人类本质、人类特征所在。关键在于主客体关系中主体所相对的客体角度和维度有所不同。杨镜江认为:"实践、认识、价值从不同角度反映了主客体之间一个方面的相互关系。实践是人们作为主体进行对客体的改造活动,实践范畴反映了主客体之间改造和被改造的关系。认识是人们作为主体进行的对于客体的反映活动,认识范畴反映了主客体之间反映和被反映的关系。价值是人们作为主体的实践活动和认识活动的基础上实现客体对于主体需要的满足,价值范畴反映的是客体的存在和活动对于主体需要相对满足的关系。"[1] 在实践论的主客体关系中,作为实践对象的客体是主体改造、创造的对象,人类在改造世界的同时也改造人类自身,其主体与客体在改造、创造中都会有所变化。在认识论的主客体关系中所构成的是主体对客体的认知关系,因而客体具有不依主体的主观意识而转移的客观规定性,从而决定了主体认识必须符合客体的客观性,也决定了认知结果的客观性、科学性、真理性。也就是说,认知关系中的主客体关系,是主体的客观认知与客体的客观规定性统一的关系,两者统一才能达到科学认知及真理追求的目的。在价值论的主客体关系中的价值客体其实质是关系价值,作为客体的价值本身就不是单纯的客体属性,而是主客体统一的价值关系体,因为作为价值主体的评价因素已包含于价值客体中,同时也需要通过价值主体的评价行为和活动,从而使价值得以实现和显现。这充分说明价值关系中的价值客体是具有客体性与主体性统一的特征,价值是主客体关系的产物,是包含主体需要和价值评价要素的产物;同时也说明价值关系中价值主体的评价既是导致价值显现和实现的决定性因素,又是导致价值创造和增值的决定性力量,而且也是推动价值关系形成的主导性和决定性的动力机制。因此,价值是主体向客体"对象化"和"自我确证"的结果,也是客体向主体生成和建构的结果。这说明价值论对主体性作用的强调是有学理依据和内在逻辑性的。

  文学价值论与文学主体论刚好契合。文学价值的生成、创造和实现过程其实就是文学主客体关系的建构过程,也是创作主体、欣赏主体、批评主体的审美需要和价值评价不断介入和渗入文学客体的过程,更是通过文学主体的能动改造和创造不断改变客体形态、状态、势态而趋向主体审美需要的过程,当然也是主体的需要与客体能满足主体需要的属性统一契合的过程。因此,批评主体的评价对象——文学价值,并非是客体单纯的、固有的价值,而是与创作主体、欣赏主体、批评主体的需要和评价共同构成的价值体,文学主体及其主体性已内置于文学价值中,文学价值中已包含价值评价的要素。由此,我们不难理解将文学研究放置在价值论基座上的原因和理由,也不难理解文学价值论中的主体性的重要地位和作用了。就文学批评而言,以文学价值

---

[1] 杨镜江:《哲学价值与经济学的价值》,王玉樑等主编《中日价值哲学新论》,陕西人民教育出版社 1994 年版,第 148 页。

作为批评关系中的评价对象，其主体性主要表现在三个方面。

其一，文学评价的主体性包含创造性。批评对文学创造性价值的评价，揭示出文学主体性创造价值的同时也体现了评价的创造价值。文学作品是作家创造的产物，也是人类精神创造的产物，因而文学带有人类本质、本质力量"对象化"和"自我确证"的性质特征，或者说带有创作主体性的本质特征。批评对文学价值的评价旨在揭示出文学创造价值，从而也就指向文学主体性创造价值，而文学主体性创造价值正是文学主体性充分发挥的结果，因而也就指向文学主体性价值。因此，批评对文学价值的评价，不仅是对文学创造的结果——文学作品价值的评价，而且是将文学作品价值还原为作家主体精神创造成果的评价，更是将文学创作过程与文学价值的生成过程中的主体创造能力、评价能力和主体性表现程度的评价。创作主体性也不仅是作者的主体性，而且也是作为群类以及由个体、群体所构成的人类主体性，文学主体性是个性与共性、特殊性与普遍性的统一体。因而不仅文学有典型人物、典型环境、典型细节以及典型作品（经典）之典型意义，而且作家以及创作主体性也具有典型意义，其主体性创造价值当然也就具有个性与共性统一的典型价值。更为重要的是，创作主体作为价值主体在价值关系中始终是以需要为基础对价值客体即创作客体进行评价，从而在评价中生成价值。因此，创作主体的价值评价其本质是主体性创造行为，文学价值既是价值主体对价值客体创造的结果，又是评价的结果。文学批评的评价也不仅在于揭示出文学价值的主体性创造价值，而且也揭示出主体性评价的创造价值，从而也就显示出批评评价的主体性和创造性意义。

那么，作为文学创作客体的对象是否也含有主体性呢？是否为纯客观的存在物呢？创作客体并非认识论意义上的认知关系中的客体，而是价值论意义上的价值关系中的客体，因而客体的存在是一种主体需要和评价的意向性存在，客体是被主体"对象化"的意向性客体。中国古代文论批评早就说明创作是"心物交感"的道理，刘勰提出作家在创作中的"随物宛转""与心徘徊"[①] 的物心交感说，其行为主体都是作家，是我"随物"与我"与心"，从而在心物关系上体现出创作主体性精神。也就是说，文学客体其实质是"对象化"的价值客体，是主体创造的客体。王国维认为："文学中有二原质焉：曰景，曰情"[②]，但如果"不知一切景语，皆情语也"[③]，那么就无法认清"景语"的内涵与实质，表面上作为客观物存在的"景"，实则上是"情之景"，是主体情感化、拟人化、意象化的含情之景。这不能不说创作客体是经作者选择、加工、改造及"对象化""移情""拟人化"的结果，客体中包含主体创造和主体性因素，从而也就包含主体评价的因素，评价也就带有主体性和创造性。因而，批评对文学价值的评价不仅是对文学主体创造和主体性价值的评价，而且也对文学价值关系中主体评价的创造性

---

① 《文心雕龙·物色》。
② 《静庵文集续编·文学小言》。
③ 《人间词话删稿》。

和主体性的评价,文学主体性创造价值越高,文学主体性评价价值也就越高。批评评价不仅是价值创造的评价,而且是价值评价的评价,因而批评也需要在评价中具有主体性和创造性。

其二,文学评价对主体性的双重肯定的。文学批评对文学主体性价值的评价,不仅揭示文学创作主体性价值而且也获评价主体性价值。文学价值既包括主体评价的价值构成因素,又必须通过主体评价才得以实现价值,这说明文学主体性也具有创造与评价双重主体性价值。评价是否能创造价值,苏联美学家列·斯托洛维奇在《审美价值的本质》一书中认为:"评价不创造价值,但价值必定要通过评价才能掌握。"[①] 这显然是在价值与评价的关系中,将价值的客观性与评价的主观性关系等同于主客体关系的结果,从而认定评价的作用仅仅在于符合价值,在于主观吻合客观,这似乎是从认识论而不是价值论角度来讨论价值与评价关系了。其实,评价不仅是为了符合价值和实现价值或使价值增值,而且也创造价值。因为在文学主客体所构成的价值关系中,形成文学价值的主体要素必然含有评价的功能,创造与评价统一为整体形成创作合力,从而创造文学价值。

在作家为了创作体验社会生活时,体验对象的生活实质上是社会生活价值,是包含创作主体需要以及满足主体需要的价值和评价因素在内的"生活美",故而作家体验生活就必然包含创作主体的评价因素,是其对社会生活价值的评价结果,包括对"生活美"价值的评价。在作家选择、加工、改造创作材料时,无疑也包含创作主体的评价取向因素,也可谓是对通过评价行为而确定具有创作材料价值的选取;在作家构思及其将意象物态化的创作过程中,其主体性及其评价和创造因素更为强化,最终形成包括主体创造和评价因素在内的文学作品,只不过评价因素通过文学创造和表现或隐藏或渗透在形象与情节中,成为文学潜在价值构成内容。但这并不能否定评价在文学创作中的作用,以及评价有助于创造或作为评价机制推动创造从而对文学价值生成作用。

在读者与作品所构成的阅读关系中,其实质也是一种价值关系,作为价值主体的读者需求与作品能满足读者阅读需求的价值属性统一构成文学价值。读者的阅读不仅是感受和接受,而且也是评价和再创造,这不仅使文学价值通过阅读而成为现实,而且也通过评价既符合价值从而实现价值作用,又进行再创造从而使价值增值及价值意义得以扩大延伸。因此,读者作为阅读主体的价值评价行为,不能不说是对文学价值的实现和创造,从而使文学价值得以扩大和增值。

在批评家与作品所构成的批评关系中,作品作为价值客体而言其实质是文学价值的载体,即在作家、读者、作品以及社会之间所形成的价值关系中生成文学价值。敏泽、党圣元认为:"文学批评及其评价的客体对象应该包括文本、作者、读者以及文本

---

① [苏联] 列·斯托洛维奇:《审美价值的本质》,中国社会科学出版社1981年版,第141页。

的社会效果诸因素。也就是说，我们应该将它们看作是一个相互联系的有机的文学价值运动过程，如此，文学批评方可以充分地发挥其评价功能，实现其评价目的。"[1] 因而批评对象的确定应该在文学活动过程及其诸要素构成的关系中确立。批评主体的价值评价一方面确实是符合价值事实从而实现价值作用与意义；另一方面，也努力发掘隐藏在作品中的潜在价值，使其成为现实价值，这也不乏评价的发现性创造意义；再一方面是在作品基础上向上、向外、向前延伸，提供作品本该如此而未能如此、本该具备而尚未具备的新价值，这无疑是对文学价值的延伸扩大以及再创造了。尽管批评评价所提供的文学新价值只是一种取向或意向，但会为作者、读者提供更为有用有益的创作启迪，最终能体现于文学创作和欣赏中，形成新的文学价值。因此，批评主体的评价不仅对文学价值有所创造，而且也形成批评价值，发挥批评推动文学发展和促进文学创作与欣赏水平不断提高的作用，充分表现批评主体性及其评价的主体性对文学的指导和引导作用。由此可见，批评对文学主体性价值的评价，是对创造主体性与评价主体性的双重肯定。

其三，评价主体的主导性对文学价值取向的导向性作用。文学批评的评价主体的主导性地位，不仅决定了批评价值取向的导向性，而且也影响了文学价值取向的导向性。确立价值论中主体性的地位、价值关系中主体的主导性地位、价值评价中主体的创造性作用，其原因和根源是主体有能将合目的性与合规律性统一、主客体统一、主客观统一的自觉性、能动性和创造性。主体性也集中体现在价值关系中主体的价值取向上。当然，价值论强调主体性并不意味着放弃辩证唯物主义和历史唯物主义的世界观和方法论，否认作为人的存在的价值主体具有客观性，作为社会生活存在的价值客体具有客观性，作为主体构成的价值关系具有客观性，因而价值也具有客观性的一面。但其客观性并非是机械唯物主义或旧唯物主义所强调的唯客观性，而是在主客体关系中所构成的客观性，因而主体地位及主体性问题正是辩证唯物主义和历史唯物主义所强调的基本内容。人作为主体既是客观存在，又是主体性得以确定的一种方式，因主体性而确立主体的客观存在性的同时，也确立主体性能动发挥的必要方式。因此，主体性的能动性、自主性、创造性表现不仅源于主体存在的客观规定性，而且也来自主体意识及其价值观和价值取向。

价值取向是价值论讨论价值主体及主体性的一个重要内容。"取向"本身就表明了主体的意向和选择，表明了主体的价值需要、立场、观念、态度、原则，也表明主体对客体的作用、意义及价值维度、程度和发展趋向。评价取向与价值取向有所区别，也有所联系。狭义而言的评价取向应包含在价值取向中，因为评价是对价值的评价行为，批评是对作为价值结果的文学的评价，因此，批评价值取向中除价值评价取向外，还有价值创造取向、价值作用取向、价值认识取向等。广义而言的评价取向从价值构

---

[1] 敏泽、党圣元：《文学价值论》，社会科学文献出版社1997年版，第358页。

成关系、价值生成活动过程、主体的评价态度和行为着眼,在评价中表现的广义评价取向其实质也是价值取向。因而评价取向与价值取向有着紧密联系和内在逻辑性。评价取向应建立在价值取向基础上,价值取向也体现于评价取向中。

从文学批评而言,批评的评价取向必须以价值取向为基础,当然也表现为价值取向。评价取向一方面决定于批评主体的价值观以及价值立场、观念、态度和原则;另一方面也决定于文学价值取向和批评价值取向的统一,从而具有评价取向和价值取向的导向性作用,这主要体现在三个方面。

首先,评价主体在批评中的主导性地位对文学价值取向具有导向性作用。价值论中主体的主导性作用是显而易见的,它决定了评价取向,也影响价值取向的确定。因此,批评的评价取向对文学价值取向不仅具有生成、建构与构成作用,而且也具有指导和导向性作用。文学价值是生成、建构与构成的,推动其生成、建构、构成的力量有创作、欣赏和批评,因而文学价值取向中应包含创作取向、欣赏取向和批评取向,它们都是文学价值取向形成的根据和构成内容。也就是说,文学价值是作者、读者和批评者共同创造的结果,也是在作者创造作品的基础上,由欣赏的接受、批评的评价而生成的结果。但为何认定评价取向在价值取向中的主导性呢?是因为价值关系中主体始终处于主导性地位,评价取向就会含有主导性和导向性作用。同时评价并非仅限于批评行为,而渗透于文学活动的整个过程,渗透于作者创作与读者欣赏的行为,不仅表现在创作中的评价取向和欣赏中的评价取向上,而且在于作者创作与读者阅读时都自觉或不自觉地早已预设和内置评价取向,从而在文学理论及其知识结构与知识谱系所构成的文学标准或文学评价标准中进行创作与欣赏;同时也在一定程度上考虑到批评的评价和检验的因素。因此,在文学价值取向中评价取向具有主导性和导向性作用。

其次,批评的主导性评价取向对文学核心价值取向确立具有推动作用。批评对文学价值的评价一方面具有"见仁见智"的特征,这既是因为文学价值具有"诗无达诂"的相对性张力和弹性;又是因为评价主体构成的多元性和主体性发挥程度的差异性所致;另一方面,还具有殊途同归的价值认同评价取向。这既是批评所遵循"科学共同体"原则和批评标准的结果,又是因为批评个性与共性统一的结果。因此,在批评的多元价值评价取向中确立主导性取向是十分重要的,确立批评核心价值取向,并在其指导下建立批评标准与批评原则,建立批评主体的价值观以及价值立场、观念和态度,这对于确立批评发展方向和正确公正的评价取向也是十分必要的。因为作为评价对象的文学价值也是具有多元性和多样化的,文学价值有多样性的不同的价值取向和价值维度,批评必须根据评价需要而有所选择和有所侧重。因此批评的主导性评价取向有必要在多样性的文学价值取向中选择和确定核心价值取向,以期指导和推动文学更好地发展,在文学多样化发展潮流中形成主流发展方向和导向。

最后,批评的核心价值取向推动和促进社会核心价值体系构建。毛崇杰认为:"文学批评与价值的关系,即以价值理论或价值学层面来看文学批评,有两个视角:一是文学批评自身的价值，也就是从批评主体方面来看其价值；二是一般的'价值体系'，也就是把文学批评放在更宏大的精神价值网（主要是真善美）中来看这种关系，当然这两者相互之间是紧密地联系着的。"[①] 文学批评的作用并不限于文学价值的评价，而且也会因文学评价而涉及社会评价要素，诸如历史评价、道德评价、政治评价、文化评价及社会生活评价等。因此，社会评价会影响文学评价，文学评价也会影响社会评价。这显然可从文学受到社会生活影响和文学的社会价值作用中表现出来。因此，批评核心价值体系的构建以及核心评价取向的确立受到社会影响的同时又反过来影响社会，文学评价的核心价值取向就会影响社会评价的核心价值取向。由此可见，批评核心价值体系构建不仅推动和促进文学核心价值体系构建，而且推动和促进社会核心价值体系构建，从而充分发挥文学和批评在精神文明建设与和谐社会建设中的积极作用，更好地发挥和实现文学价值和意义。

---

① 毛崇杰：《颠覆与重建——后批评中的价值体系》，社会科学文献出版社2002年版，第6页。

跨文化视野下的中国经验与艺术理论建构

雷礼锡[*]

(湖北文理学院 美术学院 湖北 襄阳 441053)

摘 要：十七八世纪以后，由于中西文化交流日益广泛，理论知识科学化、系统化逐步深入，艺术理论进入跨文化知识体系建构的时代。黑格尔从思辨研究角度将中国艺术作为负面参照物建构了艺术理想论，克莱夫·贝尔从审美分析角度将中国魏唐艺术作为一面旗帜建构了形式意味说，梁思成从技术分析角度将魏唐建筑与雕塑看成中国艺术与文化的典型代表，提出了材料结构说。这三者代表了跨文化视野下艺术理论建构的三种模式，引领我们进一步探索中国经验对完善现代艺术理论的价值。

关键词：中国经验；艺术理论；思辨主义；形式主义；技术主义

艺术理论有着悠久的历史，在中国可以追溯到先秦的《论语》《庄子》《考工记》等著作，在欧洲可以追溯到古希腊的《理想国》《诗学》等著作。古代中西艺术理论构架有明显差异，中国侧重个人感悟，有较强的主观感受与事实经验；欧洲侧重抽象推理，有较强的逻辑性与概括性。总体而言，古代中西艺术理论彼此疏远，缺乏兼容。十七八世纪以后，中西文化交流日益广泛，理论知识的科学化系统化逐步深入，艺术理论进入了跨文化知识体系建构时代。在欧洲，由于中国园林、建筑、绘画、瓷器、家具等艺术的传入和影响，以基督教为中心的艺术观念受到冲击，引发了欧洲艺术理论的激荡，黑格尔从思辨研究角度将中国艺术作为反面参照物建构了艺术理想论，而克莱夫·贝尔从审美分析角度将中国魏唐艺术作为一面旗帜建构了形式意味说。在中国，由于西方科学与技术的传入，知识界对传统艺术观念展开了反思、重建，如梁思成从技术分析角度将魏唐建筑与雕塑看成中国文化与艺术的典型代表，提出了材料结构说。黑格尔、贝尔、梁思成的理论代表了跨文化视野下艺术理论建构的三种模式，也是通往现代艺术理论的重要路标。

---

[*] 雷礼锡（1968— ），男，湖北天门人，湖北文理学院美术学院教授、艺术美学研究所所长，主要研究美学与艺术学理论。

一 思辨主义

从思辨研究角度建构艺术理论是学术史上的一大传统,成果最为丰富,主要包括三种路径。一是把艺术与哲学等同起来,既用哲学看艺术,也用艺术看哲学,哲学即艺术,艺术即哲学,如《庄子》一书与宗炳《画山水序》。二是把艺术与哲学对立起来,从哲学出发看待艺术、研究艺术,如柏拉图的艺术理论。三是把艺术与哲学结合起来,但肯定二者存在差别,如黑格尔的艺术理论。而黑格尔艺术理论具有跨文化视野,包含对中国经验的思辨处理。

十七八世纪以后,受中国文化的影响,自然美、形式美趣味在欧洲大行其道,冲击了传统基督教精神与理想美信念。在此时期,英国画家贺加斯撰写了经验主义的艺术理论著作《美的分析》,强调艺术形式美,赞赏东方世界广泛流行的蛇形线。但是,对那些崇奉基督信仰与思辨理性的欧洲人来说,这仿佛是世俗的感性欲望带给神圣心灵与理性精神的灾难。于是,重建艺术理论以应对这场精神危机成了康德、黑格尔等德国古典哲学家的使命。康德主张区分认识理性与实践理性(分别构成科学与宗教的基础),再借助艺术(审美)融通二者的矛盾。但是,黑格尔反对过分看重实践理性,过分强调主观思维与客观事物之间的对立。根据黑格尔的观点,哲学"这门科学是艺术与宗教的统一"[①]。在这样的哲学系统中,认识理性与实践理性不是对立面,而是理性或精神自我成长、自我完善的不同环节;美的艺术也不是科学与宗教对立、主客矛盾的调停者,而与宗教、哲学一样都是绝对精神自我发展、自我完善的基本环节。这意味着,艺术、宗教、哲学就统一在绝对精神的逻辑体系里,艺术与哲学不再对立。

黑格尔艺术理论的文化宗旨在于弘扬基督教艺术理想。他借助庞大的哲学体系来维护这一宗旨。其哲学体系的核心概念是绝对精神,而绝对精神的美的呈现就是美的理想,它以美的艺术或艺术理想为典型。艺术理想构成艺术哲学的核心概念。依据绝对精神概念,黑格尔明确了艺术、宗教、哲学之间由低到高的逻辑发展关系,确立了艺术在绝对精神的自我发展、自我完善序列中所处的初级、低端地位。依据艺术理想概念,黑格尔明确了艺术由低到高的逻辑发展序列,即象征型艺术理想、古典型艺术理想、浪漫型艺术理想,也明确了艺术自身的逻辑发展进程,即建筑、雕塑、绘画、音乐、诗。在此基础上,黑格尔区分了不同民族艺术特点与类型的逻辑关系,如东方艺术属于低级的象征型艺术、古希腊雕像属于完美的古典型艺术、基督教艺术属于浪漫型艺术。在他看来,东方艺术求助于暗示性或寓意性的外在事物形式来表达抽象的、不够丰满的精神理念;古希腊艺术却通过符合精神个性的艺术形式(人体)来表达精神的个性与自由特点,体现出艺术形式与内容的有机结合;基督教艺术着重表达普遍

---

① [德]黑格尔:《精神哲学》,杨祖陶译,人民出版社2006年版,第383页。

性的精神理念，不必受制于个性化的外在事物或人物，如耶稣像既可以用成人形象来表现，也可以用儿童形象来表现。

黑格尔为了保障其艺术理论宗旨，不惜贬低东方艺术尤其是中国艺术。他承认中国创造了博大精深的文化，包括宗教、科学、国家治理、国家制度、诗歌、技术与艺术、商业领域。但中国与印度一样，诗歌看重严肃的内容，而欧洲的荷马史诗在内容上并不足够严肃，因而中国艺术"就形式论，可能是发展得很成熟的，但内容却局限在一定的限度内，不能令我们满足"①。他也承认中国人具有高明的模仿技术，既应用于日常生活，也应用于艺术，但是中国人没有"真正的艺术"（即"美的艺术"），比如中国画家不能区分远近光影，不能表现美之为美，"崇高的、理想的和美丽的"东西不在中国画家的艺术和技巧领域内。② 黑格尔还评价："艺术作品的缺陷并不总是可以单归咎于主体方面的技巧不熟练，形式的缺陷总是起于内容的缺陷。例如中国、印度、埃及各民族的艺术形象，例如神像和偶像，都是无形式的，或是形式虽明确却丑陋不真实，他们都不能达到真正的美，因为他们的神话观念，他们的艺术作品的内容和思想本身仍然是不明确的，或是虽明确却低劣，不是本身就是绝对的内容。就这个意义来说，艺术作品的表现越优美，它的内容和思想也就具有越深刻的内在真实。"③ 在谈到建筑与园林时，黑格尔推崇整齐一律和平衡对称原则，而复杂与不规则的、安排的出人意表的哥特式教堂、中国式庭院不能显出人是外在自然环境的主体，只会让人多看一眼后就生厌。④ 在黑格尔的理论框架中，中国艺术处于整个精神系统的最低端，甚至不如象征性艺术理想中的埃及与印度艺术。

黑格尔对中国艺术的贬低，与其说是因为他不够了解中国艺术，不如说是因为他的逻辑思辨（即形而上思辨）方法所致。在黑格尔体系中，任何民族、任何时代、任何地方的艺术都能且只能纳入其艺术理论体系的某个具体环节或位置，否则他的艺术理论体系乃至整个哲学体系会倾倒。这是黑格尔艺术理论的矛盾所在：他倚仗逻辑历史观，既要将中国艺术置入整个艺术史框架的某个特定环节，也要让这种置入方式符合艺术理想本身由低到高的逻辑序列，至于某种艺术是否在历史与现实中真的低级无味或高贵优雅，并不是最重要的。这导致他过分轻视艺术与审美实践之间具体的、复杂的关联。

二 审美主义

"美学"一词源自德国哲学，并与"艺术哲学"纠缠不清。根据黑格尔《美学》序论的评述，艺术哲学研究艺术作品的美（艺术美），美学研究人们欣赏艺术作品的美

---

① [德] 黑格尔：《哲学史讲演录》第一卷，贺麟、王太庆译，商务印书馆1959年版，第119页。
② [德] 黑格尔：《历史哲学》，王造时译，上海书店出版社2001年版，第136—137页。
③ [德] 黑格尔：《美学》第一卷，朱光潜译，商务印书馆1979年版，第93页。
④ 同上书，第316—317页。

感。黑格尔考虑到当时人们大多习惯接受"美学"一词，也用美学之名谈论他的艺术哲学。但美学与艺术哲学其实是对立的。比如黑格尔所代表的艺术哲学属于思辨理性主义，英国艺术评论家克莱夫·贝尔所代表的美学属于经验理性主义，二者有质的分别。

贝尔在32岁（1913年）出版《艺术》一书，认为艺术是"有意味的形式"（Significant Form）。他一反黑格尔的"中国艺术低端论"，强调"中国艺术高端论"。在谈论艺术品的共性时，他说中国地毯和乔托壁画具有共同性质，是决定艺术之为艺术的根本，这一共同点就是"有意味的形式"，"是一切视觉艺术的共同性质"。[①] 贝尔格外推崇魏唐艺术，认为魏唐艺术是随佛教的产生而出现精神与情感革命的结果，是艺术与宗教精神连在一起的典型的原始运动，有三个性质，即没有现实的再现，没有技术上的装模作样，只有给人异常深刻印象的形式。[②] 贝尔说，假如一个13世纪的欧洲人能够被罗马式教堂所打动，却对一幅唐朝绘画无动于衷，这只能说他对前者产生了一连串的联想，把它看成熟悉的情感的对象；而对具有高深造诣的人来说，他能感受到形式的深刻含义，能够超脱事件的时间、地点的束缚，因为"如果一件艺术品的形式很有意味，那么它的出处是无关紧要的"[③]。谈到如何区分好画与次画，贝尔认为好画就是能够从审美上打动人的，也就是存在审美意味的形式（至于为什么有的画打动人，有的画不能打动人，这完全是另一个问题，贝尔不予讨论）；而确定一幅画是否具有审美意味的关键就是构图，如宋朝任意一幅画都可以与欧洲十四五世纪全盛时期任何一张一流画作媲美，因为宋朝绘画采用自然构图法，其形式看上去没有突出感、张力感，而欧洲绘画采用建筑式构图法，一块摞着一块，左右平衡，有很强的系列感。这两种构图法都能画出好的作品，但自然构图法透出更强的自由生命气息，不会给人以强加感。[④]

贝尔借助"形式意味"概念评述了艺术发展的特点。他认为艺术的发展犹如自然河流，其主流方向不会改变，但具体进程会有变化，形成一些不同的渠道，最终到达一个统一的目的地（如同水平面的大海）。这是艺术发展的坡道。这条坡道会有若干不同的高度与渠道，形成起伏，构成运动变化的趋势。而中国魏、梁、唐期间佛教艺术就位于坡道的最上端，其他艺术位于这条坡道的下端或水平线上。[⑤] 贝尔重点探讨了西方艺术发展的特点，认为西方艺术有四个呈滑降趋势的坡道（高度），即6—9世纪、13—14世纪、15—16世纪、19世纪下半叶以后的现代。第一坡道即基督教艺术坡道能够立足于欧洲，是因为公元6世纪拜占庭艺术（如圣索菲亚教堂）所拥有的"有意味的形式"。这个坡道虽然低于中国艺术，却位于西方艺术坡道的最高端。第二坡道低于

---

① ［英］克莱夫·贝尔：《艺术》，周金环、马钟元译，中国文艺联合出版公司1984年版，第4页。
② 同上书，第14页。
③ 同上书，第23页。
④ 同上书，第160页。
⑤ 同上书，第80—81页。

第一坡道，由意大利艺术家乔托（吉托）开始，他追求真理与自然，是代表模仿写实主义与科学绘画倾向的首领。第三坡道可以称作达·芬奇时代、拉斐尔时代或愤怒的基督教政治时代，是古典文艺复兴时代，艺术取决于赞助人的要求，而这断送了艺术。第四坡道仿佛进入与海平面同样高的沼泽地，艺术濒临死亡，而塞尚就在这时候开创了西方艺术的新高度。因为塞尚重新发现了艺术中有意味的形式，反对公式化的艺术观念。

贝尔的艺术理论与黑格尔一样都是面向西方基督教艺术的诠释系统，二者在文化与逻辑上一脉相承。只不过，贝尔的逻辑基础是感性的"形式意味"，黑格尔的逻辑基础是抽象的"艺术理想"。这导致贝尔与黑格尔对待中国经验持有不同的态度。黑格尔强调艺术必须完美地表现绝对精神，而中国艺术缺乏诗意的理智、绝对的精神，无缘艺术理想。贝尔看重艺术自身的形式意味，而中国艺术意味十足，蕴含自由的生命气息，正是艺术的标杆。他们的分歧源于方法论差异，黑格尔应用了逻辑思辨方法，贝尔采用了审美分析方法。贝尔明确说："一个缺乏［艺术］鉴赏力的人不可能拥有审美经验，而缺乏广泛而深刻审美经验基础的［美学或艺术］理论显然没有价值。"[1] 看来，贝尔没有留意主观审美经验与客观审美经验的区分，而作为科学研究的鉴赏分析或美学分析必须依据客观审美经验。贝尔和许多后来的美学研究者正好陷入了这个误区：他们在美学研究中渗入研究者同艺术作品之间的私人审美经验，淡化审美主体（艺术家与受众）同艺术作品之间的公共审美经验，导致将个人审美经验混入甚至取代公共审美经验的诠释。

三 技术主义

西方艺术理论大多出自理论家，往往疏远艺术中的技术实践问题。十七八世纪的英国画家贺加斯曾谈到这一点，认为艺术美不是单靠着作家就能领悟，否则学术著作就不会出现那么多观点上的自相矛盾，更不会突然转向道德美的老路上，而那些在自己作品中理解了美的艺术家们已经满足于高超的表现技能，不愿再花心思去追究其中的原因。[2] 贺加斯可能对中国艺术理论大多出自艺术家的历史情况并不熟悉，他解释西方艺术家普遍缺乏理论建构热情的原因也过于表面化。梁思成谈到过类似话题，认为中国历史上有很多杰出建筑却很少有建筑理论，其原因在于社会上比较轻视建筑技术，工匠们对技术要诀往往师徒口口相传，不重著述，直到宋代因为建筑技术的家法分歧、毫无规则，才由官家编制建筑营造标准。可见，技术诠释的热情与普及依赖于技术受到普遍尊重，成为广泛需要。梁思成在美国接受了系统的建筑学专业训练，对中西建

---

[1] Bell, C., *Art*, New York: Frederick A. Stokes Company, 1913, p. 3. 此处引文与中译本略有不同，方括号内的文字是笔者根据原书上下文添加的。

[2] William Hogarth, *Analysis of Beauty*, London: W. Strahan, for Mrs. Hogarth, 1772, pp. 4-5.

筑作过专门而系统的调研，并以技术学视野提出了"材料结构说"，是跨文化视野下艺术理论建构的重要成果。

首先，梁思成从材料技术进化史的角度拓宽了"中国艺术"观念。他认为，雕塑是一切艺术的开端，因为原始居民最初处于穴居状态，必须首先制作石器以谋生存，然后才能建造居室，然后才经由建筑装饰出现绘画。在他看来，雕塑是中国最古老的艺术，也是最重要的艺术，但雕塑的价值一直被人忽视，因为人们一谈到中国艺术，通常习惯谈论"书画"或是与书画艺术相关的"金石""碑帖"，即使清代乾隆作为历史上拥有艺术藏品最多的皇帝，其藏品也是以书画和铜器居多。[1]

其次，梁思成从材料结构入手研究建筑与雕塑特色。比如中国建筑，梁思成认为这是一个独立的、纯粹的木构系统，呈和缓变迁、顺序进展的历史特征，直到19世纪后半叶才受到其他外来建筑的影响而有明显改观；至于木构建筑的产生则受制于自然物理条件，其结构、形式特点均源于早期材料、环境，然后逐步成长，增加繁缛细节，因而，木构建筑的规模、形体、工程、艺术的演变就是民族文化兴衰的体现。[2] 论及木构建筑特点，梁思成围绕其结构技术阐明了紧密关联的四点内容：(1)以木料为主要构材；(2)惯用梁柱式结构；(3)以斗拱结构为关键；(4)外部轮廓独特，如屋顶翼展、台基高大、屋身木质玲珑、院落式（庭院式）组织、内外构材表面施加彩绘且装饰规则有等级之分，砖石居于辅材地位。[3] 在梁思成看来，建筑艺术的形式特点源于结构，而结构法源于材料。中国建筑因其木质材料而采用梁柱式构架，为了处理梁柱构架之间的过渡而形成斗拱结构。这种材料结构方式创造了中国建筑的形式特色。

梁思成同样采用材料结构法解剖中国雕塑的特点。在阐述南京附近遗存的南朝宋文帝陵前一只石兽特点时，梁思成通过其"弯曲之腰，短捷之翼，长美之须"，认定它形态"谨严"，有"刚强极大之力"。[4] 针对西魏大统十七年（551）造像碑，梁思成认为它的结构属于"建筑式"而非"雕刻式"，并对其构成内容与方法作了详细分析、介绍。在论及龙门石窟卢舍那大佛雕像时，梁思成认为它的伟大不在"尺度之长短"，而在"雕刻之精妙，光影之分配"，即"千年风雨已将其刚劲之衣褶使成软柔，其光滑之表面使成粗糙，然于形态精神，毫无损伤。故其形体尚能在其单薄袈裟之尽情表出也。背光中为莲花，四周有化佛及火焰浮雕，颇极丰丽，与前立之佛身相衬，有如纤绣以作背景。佛坐姿势绝为沉静，唯衣褶之曲线中稍藏动作之意"[5]。

通过材料结构分析，梁思成认定魏唐艺术是中国艺术与文化的典范。他认为，汉

---

[1] 参见梁思成《中国雕塑史》，百花文艺出版社1997年版，第1页。
[2] 同上书，第11页。
[3] 同上书，第13—17页。
[4] 同上书，第49—50页。
[5] 同上书，第142页。

魏以后至唐宋时代，中国艺术与建筑得到宗教上的一大动力，佛教艺术成为自然而然的产品，并成为中国艺术的主流。[①] 而北魏以下至于隋唐的佛教龛窟造像无数，实为中国古代石刻艺术的渊薮，尤以云岗、龙门石窟造像为最。[②] 在他看来，杨隋帝业虽只二代，匆匆数十年，却是中国宗教雕刻的黄金时代；当时的环境最适合佛教造像，且雕刻技艺日臻完善，能够随心所欲地表达心意，尤其人体塑造比北魏时代有较大进步。[③] 至于唐代，佛教造像多在武周时代，且精品甚多，尤其龙门石窟雕像作品最为杰出，表明佛教造像艺术在这一时期"似已登峰造极"[④]。在谈到艺术创新与传统基础相结合时，梁思成以魏唐艺术为据，认为任何艺术创新都受传统熏陶，即使突然接受一种崭新的形式，根据外来思想的影响，也仍能表现本国精神，如南北朝的佛教雕刻、唐宋的寺塔都起源于印度，并非中国本土观念，但结果仍以中国风格造成成熟的中国特有艺术，驰名世界。[⑤]

梁思成的技术学视角暗合中国传统艺术理论特点。传为王维的《山水诀》《山水论》均将绘画技术与绘画形式、绘画意蕴结合起来讨论。郭熙的《林泉高致》将画意与画法相结合，从哲学视野探讨笔墨技术。石涛的《苦瓜和尚画语录》将绘画中的意蕴、形式、技术问题结合起来加以系统研究。这是中国艺术理论的一大特色，西方学界也有认同，如德国学者海因斯·佩茨沃德（Heinz Paetzold）认为，中国至少比西方早700年就有专门艺术研究，如唐代张彦远的《历代名画记》，其艺术理论探讨涉及哲学、技术、批评、品类、佚事等广泛领域。[⑥] 当然，梁思成的技术学视角过分看重材料结构形式，相对淡化了意蕴层面的研究。他也注意到建筑材料结构形式背后的环境思想，还注意到魏唐艺术的确体现中国艺术与文化精神，但缺乏深入系统阐释。

四 结语

艺术理论的思辨主义建构、形式主义建构、技术主义建构代表了跨文化语境下艺术理论发展史的三大路标。其中任何一个路标都难以单独通往独立学科的现代艺术学。这三个路标必须结合起来才有可能形成完整而清晰的艺术学通道。艺术学通道引领我们理解整体性的艺术，即艺术形式及其意蕴的统一，而不是艺术的任何细节或局部。整体性的艺术代表了多层叠加的"言—象—意"结构系统，它保证一件作品就是完整

[①] 梁思成：《中国建筑史》，百花文艺出版社1998年版，第69页。
[②] 同上书，第64页。
[③] 同上书，第108页。
[④] 同上书，第131页。
[⑤] 同上书，第4页。
[⑥] Heinz Paetzold, "The Origins of Landscape Painting: An Intercultural Perspective", A. Van den Braembussche et al. (ed.), *Intercultural Aesthetics: A Worldview Perspective*, Berlin: Springer Science+Business Media B. V., 2009, pp. 55-67.

的自己，而不是被肢解了的一个或者几个重要部分。

艺术作为"言—象—意"结构系统，表明艺术是面向天地之道（真理）的表达。这是魏晋时代已经形成的普遍共识，如刘勰主张诗（文）创作要以"为德""原道"（《文心雕龙·原道》）为宗旨；宗炳提倡"澄怀味象"，用山水画实现"以形媚道"（《画山水序》）。但是，艺术要通向"道"并非易事。先秦哲人老聃早就断言"道可道，非常道"，似乎有隔断艺术与道之间相互沟通的嫌疑。不过，问题的关键不在于道是否可以言说，而在于道的言说方式是否有意义。这一问题意识及其求解可以追溯到孔子。孔子曾说"书不尽言，言不尽意"，故"圣人立象以尽意"（《周易·系辞上传》）。孔子奠定了诗文、图画的特殊地位与意义。魏晋玄学家王弼对孔子的见解作了进一步发挥："夫象者，出意也。言者，明象者也。尽意莫若象，尽象莫若言。言生于象，故可寻言以观象；象生于意，故可寻象以观意。意以象尽，象以言著。故言者所以明象，得象而忘言，象者所以存意，得意而忘象。"（《周易略例·明象》）也就是说，"象"源自"意"，"言"用来阐明"象"；要把"意"揭示出来，"象"是最好的方式；要有效地表达"象"，"言"是最好的方式。王弼为艺术确立了彼此依赖、多向互动的"言—象—意"范畴系统。顾恺之追求"以形写神"（《论画》），宗炳强调"以形媚道"（《画山水序》），王维主张"意在笔先"（《山水论》），司空图讲究"象外之象"（《诗品》），叶梦得提倡"言外之意"（《石林诗话》），周敦颐主张"文以载道"（《通书·文辞》），都是指涉言、象、意的有机结合。

所谓"言"即艺术语言，它是用感性的个性化言语系统去面对道本身。它蕴含了体验性、感悟性很强的言语境界，并通过可意会性的语言符号、语言结构、语言呈现方式来传达。这种语言能力需要熟练的技术能力来支撑，表明艺术需要借助特殊的技术视角。如山水画中的山水景象并非自然山水景观，而是蕴含道的本真面貌与特点的视觉图像、符号。各种视觉符号或图像借助其特殊的逻辑结构如远近、高低、大小、疏密、虚实、浓淡等直观形式，体现道之本体面目或性质，也由此形成了山水画特有的视觉语言模式。

所谓"象"即艺术意象，它既不是客观现象（物），也不是主观的意识形态或抽象的理论概念（心），而是现象世界进入自我意识、自我表达系统而形成的意象世界。艺术意象是一个审美形式结构系统，是以艺术家与现象世界之间的审美活动为基础，由多向互动的"物象—情象—心象"结构系统组成。比如山水画家游历自然山水物象世界，以真心真情融入其中，培育自己的审美情象，再注入自我神思，将内在的精神、心灵融入审美情象，形成自己心目中的意象山水。这就是"搜尽奇峰打草稿"的真谛，是山水画图像系统得以实现的意象生成机制。而观众欣赏山水画，会先感受到视觉语言层面的山水之物，立即捕获或体验到其中承载的山水之情，进而体验或领悟它的精神意蕴，画中山水便得以充实、丰满，山水之象得到真正的理解和把握。

所谓"意"即艺术意蕴，它代表身体体验与精神观照相结合而体悟天地之道所蕴藏的终极信念及其相关技术与精神路径，它不是单纯观念化、精神化的东西，而是在技术、人生、自然层面上对终极价值与信念的体验与感悟，体现为相互依赖的多重属性的道，即以技术体验通达天地的技术之道，以生存信仰体悟对天地的人生之道，以游赏山水把握天地的自然之道。其中的技术之道即技术意蕴，体现工具技术与天地自然的沟通，既可以通过临摹方式去体验，也可以通过分析笔墨特点去领悟，还可以通过现场观摩去感受。人生之道即生命意蕴，体现人与社会、自然相互关联的生存本质。自然之道体现世界之为世界的本质与途径，而自然万物中的山水又被看作自然之道的最佳载体。

总之，"言—象—意"范畴系统立足于技术实践，是融思维与实践范畴于一体的层构系统，是理解艺术本质，建构艺术学通道的逻辑基础。

"劳动"话语的审美变迁与中国现代美学话语重构

郝二涛[*]

(中国社会科学院研究生院 北京 102488)

摘 要：延安时期尤其是新中国成立以来，劳动是社会主义的核心价值观念之一，也是中国现代美学话语的起点之一。劳动概念经历了从伦理学、经济学、哲学到美学的审美化话语变迁过程。这至少与中国近代救亡意识、马克思主义意识形态地位的确立以及20世纪80年代初中国现代美学的实践论转型三个因素有关。李泽厚等美学家以劳动为起点建构了中国实践美学话语体系。随着市场经济改革的深入以及外来文学、美学思潮的涌入，劳动作为美学话语的起点逐渐暴露出后天与先天局限性。一些学者试图以"生活"或"感性"为中国现代美学话语新起点，具有积极意义，但要么过于宽泛，要么模糊了美学话语与美学学科的差异。其根源是，美学中人文精神的缺失。以人文精神为起点，我们可以重构中国现代美学话语。

关键词：劳动；审美化；话语；实践；人文精神

延安时期以来，尤其是新中国成立以来，劳动成为社会主义价值谱系的核心，也成为人们心中最光荣的观念。这种观念成为文学、哲学，尤其是20世纪五六十年代美学研究中的重要观念与核心话语之一，比如，王朝闻主编的《美学概论》、杨辛与甘霖的《美学原理》、朱光潜的《西方美学史》都以劳动为核心话语，赞扬社会主义的劳动者及其劳动。以劳动为核心话语的"美的主客观辩证统一说"与"美的客观社会说"成为这一时期最具影响力的美学观点，并形成了实践美学话语体系。但是，新时期以来，随着市场经济体制的建立与市场经济的深入，资本在社会主义价值谱系中的地位逐渐上升，不仅催生了非物质劳动、改变了劳动方式、增添了新的劳动内容，最终取代物质生产劳动，成为人们心中最光荣的观念。劳动作为美学话语的起点的观点暴露出自身的局限性，引起了美学研究者广泛的讨论与深入的研究。就国内而言，陆梅

---

[*] 郝二涛（1988— ），河南周口人，中国社会科学院研究生院博士生，主要从事美学研究。

林①、朱立元②、应必诚③、刘纲纪④等学者深刻地意识到了这种局限性,并分别建立了实践存在论美学、超越美学等美学形态,试图弥补"劳动"作为美学的中国话语的起点的局限性。就国外而言,西方马克思主义美学家马尔库塞⑤、列斐弗尔⑥、阿尔都塞⑦、卢卡奇⑧等学者也对劳动作为美学话语的局限性进行反思。他们基本都试图弥补"'劳动'作为美学话语的起点"的观点之不足,虽然对美学中的"劳动"概念进行彻底的反思,但却没有触动"劳动作为美学话语起点"的根基。本文希望通过彻底反思美学中的"劳动"概念,促进美学的中国话语的建构以及中国美学形态的研究。

一 劳动:从伦理学话语到美学话语的逻辑演进

"劳动"自人类诞生之日起就产生了。迄今为止,现存最早的关于"劳动"概念的文献是亚里士多德的《尼各马可伦理学》。在这本书中,亚里士多德将人的活动分为三种,其中之一是"实践的生命的活动",即理智对质料的一种合目的性的加工过程。⑨这个过程即"劳动"。此时,"劳动"仅是一个伦理学概念。

"劳动"概念从伦理学转向经济学源于人类伟大的想象力。这种想象力来自于一群对社会经济现实不满、渴望未来美好生活的人,比如托马斯·莫尔(St. Thomas More,1478—1535)、托马斯·闵采尔(Thomas Müntzer,1489—1525)、托马斯·康帕内拉(Tommas Campanella,1568—1639)。他们利用"劳动"概念批判封建经济私有制,幻想一种经济财富的公有制。这种幻想为"劳动"概念由伦理学话语向经济学话语转变作了良好的铺垫。

17世纪,"劳动"概念首次出现于经济学中,由伦理学概念转变成了一个经济学概念。"劳动"概念被威廉姆·配第(William Petty,1623—1687)用来指商品的价值与市场的价格。⑩ 在此基础上,"劳动"概念被法国古典政治经济学创始人布阿吉尔贝尔(P Pierre Le Pesant,sieur de Boisguillebert,1646—1714)进一步发展为"劳动时间"概念,用以衡量劳动价值。随着第一次工业革命的开展,大机器生产逐渐替代了传统的手工生产,"劳动"在国民经济中的地位上升,成为国民经济发展中最重要的一个因

---

① 陆梅林:《〈巴黎手稿〉美学思想探微——美的规律篇》,《文艺研究》1997年第1期。
② 朱立元:《对马克思关于"美的规律"论述的几点思考》,《学术月刊》1997年第12期。
③ 应必诚:《〈巴黎手稿〉与美学问题》,《中国社会科学》1998年第3期。
④ 刘纲纪:《马克思主义美学研究与阐释的三种形态》,《文艺研究》2001年第1期。
⑤ 复旦大学哲学系现代西方哲学研究室编译:《西方学者论〈1844年经济学哲学手稿〉》,复旦大学出版社1993年版,第94页。
⑥ 同上书,第174—175页。
⑦ 同上书,第250页。
⑧ 同上书,第282页。
⑨ [古希腊]亚里士多德:《尼各马可伦理学·译者序》,廖申白译注,商务印书馆2003年版,第17页。
⑩ [英]威廉姆斯·佩第(William Petty):《赋税论》,马妍译,中国社会科学出版社2010年版,第50页。

素。"劳动"概念也成为亚当·斯密（Adam Smith，1723—1790）的经济学著作《国富论》的一个核心概念。经过大卫·李嘉图（David Ricardo，1772—1823）的深化与完善，"劳动"概念最终成为经济学的一个基本概念与基本话语。

如果说大卫·李嘉图等人的"劳动"概念主要是资本主义私有制经济领域的概念的话，那么，空想社会主义者克劳德·昂列·圣西门（Comte de Saint-Simon，1760—1825）、罗伯特·欧文（Robert Owen，1771—1858）、让·巴普蒂斯·约瑟夫·傅立叶（Jean Baptiste Joseph Fourier，1768—1830）等人的"劳动"概念则主要是关于社会主义公有制经济领域的概念。此时，"劳动"概念基本停留于物质层面。这与当时工业革命后，社会生产方式的变化、经济形态的变化以及由此造成的人们的物质生活的变化有关。圣西门等人从这种变化中看到了社会的贫富分化、不公正等问题，却没有找到造成这些问题的根本原因，也没有找到具体的解决途径。但是，这并不意味着，他们的努力毫无价值，而意味着，他们的努力为"劳动"概念进入哲学领域作了一定的铺垫。

劳动由经济学领域进入哲学领域主要得益于黑格尔。在29岁那年，黑格尔就认真地研读了詹姆斯·斯图亚特的《政治经济学原理》，并认识到，劳动是人之为人的本质特性之一，劳动是理性的产物，是连接人与世界的中介。[①] 值得注意的是，黑格尔所说的"劳动"概念并不是物质领域里的"劳动"概念，而是精神领域的"劳动"概念，是使绝对精神获得物质形式的精神活动。实际上，黑格尔以精神劳动置换了物质劳动，将"劳动"概念哲学化了。正是黑格尔的"劳动"概念的哲学化，"劳动"概念从经济学领域转入了哲学领域，从一个经济学概念变成了一个哲学概念，完成了从经济学话语向哲学话语的转变。

费尔巴哈批判了黑格尔的"劳动"概念的精神化趋向，使"劳动"概念重新回到了物质生活领域。费尔巴哈提升"感性"在"劳动"概念中的地位，以"感性"作为"劳动"的根本属性，从"感性"的"劳动"中获得精神和理性。[②] 由于"感性"是美学的研究对象，因此，费尔巴哈的"劳动"概念实际上已经暗含了美学因素，为"劳动"概念进入美学领域埋下了伏笔。如果说这是费尔巴哈的"劳动"概念的一个潜在贡献的话，那么，费尔巴哈将劳动"概念"重新定位在了物质领域（感性领域），则直接促成了马克思《1844年经济学哲学手稿》对"劳动"概念的唯物主义阐释。

马克思对"劳动"概念的唯物主义定位主要基于马克思的无产阶级立场以及工人受压迫的残酷现实。马克思对当时社会中的贫富分化的现实进行了认真的剖析与犀利的批判。在批判的过程中，马克思通过学习，批判性地吸收了费尔巴哈等人关于"劳动"概念的论述，形成了以"异化劳动"为核心的"劳动"概念。马克思的

---

① 参见汝信《青年黑格尔关于劳动和异化的思想——关于异化问题的探索之一》，《哲学研究》1978年第8期。
② 参见［德］路德维希·费尔巴哈《费尔巴哈哲学著作选集》上卷，荣振华、李金山等译，商务印书馆1984年版，第171页。

"劳动"概念主要针对资本主义私有制条件下人的物质劳动与精神劳动分离的问题。该问题是一个包含经济学因素、伦理学因素、心理学因素、美学因素等诸多因素的综合性问题。这意味着,马克思的"劳动"概念也是一个复杂的综合性概念。这种特性为不同学科领域的研究者从不同学科方向作出阐发提供了可能性。尤其是马克思的"劳动"概念的"感性"特征为美学研究者阐释"劳动"概念提供了可能性,成为"劳动"概念从政治经济学领域转向美学领域的一个契机,也是"劳动"概念成为中国美学话语的一个重要契机。

二 "劳动"成为中国现代美学话语起点的原因

马克思《1844年经济学哲学手稿》中的"劳动"概念成为中国美学话语不是偶然的,而是有着深刻而复杂的因素的。概括起来,至少包括以下几个因素。

首先,中国近代社会救亡图存的危机意识。众所周知,19世纪下半期,以英法为主的侵略者对我国的入侵,使我国逐渐沦为半殖民地半封建国家。救亡图存成为这一时期的时代主题。从魏源的"睁眼看世界"到"洋务运动",从戊戌变法到辛亥革命,我国从学习西方的军事技术,到学习西方的政治制度。这些都没能挽救我国危亡的时局,反而使我国陷入了被帝国主义侵略者瓜分的危机之中。这促使一些有识之士意识到,中国要摆脱亡国灭种的危机,必须改变国民的精神状态,对国民进行新文化启蒙。梁启超的《论小说与群治之关系》、鲁迅的《狂人日记》、胡适的《尝试集》等作品开了新文学的先河。陈独秀主编的《新青年》传播西方的民主和科学知识,引起了轰轰烈烈的新文化运动。正是在新文化运动中,马克思主义的经典著作《共产党宣言》《资本论》等被译介过来。十月革命的胜利给处于水深火热之中的广大贫苦农民、工人等带来了希望,也促进了马克思主义在中国的传播。这为马克思的《1844年经济学哲学手稿》的传播与接受提供了可能性,也为"劳动"概念进入中国美学提供了可能性。这种可能性在1942年毛泽东同志的《在延安文艺座谈会上的讲话》中进一步加大。这一切都与近代中国的救亡图存的危机意识有关,可以说,正是救亡图存的危机意识为"劳动"概念成为中国美学话语提供了可能性。

其次,马克思主义主流意识形态地位的确立。如果说新中国成立前"劳动"概念成为中国美学话语尚未具备政治、经济、文化等条件的话,那么,新中国成立后,社会主义政治制度、公有制经济制度的确立,劳动者主人翁地位的确立,"百花齐放、百家争鸣"的方针出台,为"劳动"概念成为中国美学话语提供了充足的条件。在这种条件下,美学研究者围绕"美的本质"问题进行了激烈的讨论,包括对马克思的《1844年经济学哲学手稿》的美学思想的讨论。蔡仪通过阐释《1844年经济学哲学手稿》中的自然美问题,形成了美的客观说。针对这种观点,朱光潜通过学习考德威尔的《论美》、马克思的《〈政治经济学批判〉导言》,以此为参照,针对《1844年经济学哲学手稿》中的

"美的本质"问题,将美的本质视为劳动,提出了"美的主客观统一说"[①]。但是,朱光潜并未解决"自然美"难题。李泽厚以《1844年经济学哲学手稿》中的"劳动"为出发点,将"劳动"视为美的历史根源,在批判康德"审美无利害"观点的基础上,积极吸收融合康德美学的主体性观点,创造性地将"劳动"概念发展为"实践"概念,从而形成了"美的客观社会说"[②]。除此之外,蒋孔阳、刘纲纪等学者也阐发了"劳动是自然的人化或人的对象化","人的本质力量对象化"等观点。这些观点因其自身的包容性、开放性、本土性以及王朝闻的《美学概论》教材的推广而为美学研究者所熟知,成为中国马克思主义美学的基础。在此基础上,"文革"结束后,李泽厚又重读了马克思的《1844年经济学哲学手稿》,将其中的"人化自然""人的本质力量对象化"等观点用于美学,提出了"美的积淀说"[③],创造性地解决了"自然美"难题。这种美学观点被称为"实践美学"。这种观点是20世纪80年代影响力最大、影响范围最广的一种美学观点。由于这种观点将"劳动"视为美的根源,因此,它实际上将"劳动"纳入了实践美学话语体系之中,"劳动"成为实践美学话语的一部分,也成为中国美学话语的一部分。如果说这种因素是一种外在因素的话,那么,中国美学学科自身的转型则是内在因素。

最后,20世纪80年代初期美学的实践论转型。这一时期的美学转向主要是由审美反映论向审美实践论的转型。这种转型既与国家经济体制的改革、文艺政策的转向、政治环境的松动有关,也与中国思想界"真理标准问题的讨论"、文艺界的"回归文学"、美学界的"美学热"有关。这一时期,政治对美学的影响力有所减弱,美学逐渐获得了一定程度的自主性,出现了文艺美学、审美心理学等新的美学形态。所有这些美学形态基本都强调主体性,比如,胡经之的"文艺美学"、畅广元和童庆炳等的"文艺心理学"都强调文学的主体性。主体性源于"劳动"概念,强调的是自主性、主观能动性等。这实际上进一步深化了"劳动"作为中国美学话语的含义,确立了"劳动"作为中国美学话语的合法性。

除了上述因素之外,20世纪80年代初期,实用主义、人本主义、新实用主义等也是"劳动"成为中国美学话语之一部分的重要影响因素。鉴于这些因素不是主要影响因素,我们仅略微提及,不再赘述。

因此,至少基于以上三个因素,"劳动"概念才成为中国美学话语的一部分。

但是,随着改革开放的深入,外来的文学理论、美学思潮为中国美学提供丰富资源的同时,也对以"劳动"为起点的中国美学话语造成了巨大的冲击。尤其是20世纪90年代以来,随着市场经济体制的建立与市场经济改革的深入,"资本"逐渐取代"劳

---

① 朱光潜:《论美是主观与客观的统一》,《哲学研究》1957年第4期。
② 李泽厚:《论美感、美和艺术(研究提纲)——兼论朱光潜的唯心主义美学思想》,《哲学研究》1956年第5期。
③ 李泽厚:《美学三书》,天津社会科学院出版社2003年版,第472页。

动"成为中国社会价值体系的核心观念之一，劳动者越来越多地分散在非公有制企业，劳动者的主人翁地位受到了极大挑战。这对"劳动"在美学话语中的核心地位也构成了极大挑战。此外，文化研究也对中国美学话语构成了挑战。"劳动"作为中国美学话语的起点逐渐暴露出自身的局限性。

三 "劳动"作为中国美学话语起点的局限性

"劳动"作为中国美学话语的局限性主要包括后天的局限性与先天的局限性两个层面。所谓后天的局限性，主要指"劳动"话语在新的社会文化语境与社会历史条件下凸显的局限性。所谓先天的局限性，主要指"劳动"话语作为美学话语的内在矛盾。因此，劳动作为中国美学话语的局限性主要呈现为以下两个方面。

第一个方面，"劳动"概念作为中国美学话语的后天局限性。"劳动"概念作为美学话语的后天局限性主要包括经济因素、政治因素和文化因素三个因素。经济因素主要指，经济全球化与中国市场经济体制的建立。这直接导致商品经济与消费主义的兴起。这在一定程度上改变了人们的"劳动"观念，使更多人下海经商，看重谋生劳动，重视"劳动"的实用主义价值，轻视精神劳动，忽视"精神劳动"的审美价值。仅就美学而言，这一时期，许多从事美学研究的学者，要么转向文化研究，要么下海经商。这一时期，美学研究者不再聚焦于《1844年经济学哲学手稿》中"劳动"概念，而是寻求审美的规律，不再强调"人的本质力量对象化"，而是更多地关注现实生活中与人的生存密切相关的生态问题、人的异化问题。比如，陆梅林、朱立元、夏之放等学者就对《1844年经济学哲学手稿》中的"异化劳动"问题进行了集中研究。这种研究既彰显了"劳动"概念的多维性、丰富性，也凸显了"劳动"概念作为美学话语的局限性。一旦出现与《1844年经济学哲学手稿》中"异化劳动"概念所批判的相同的抑或相似的经济条件，"劳动"概念的审美特性就会处于次要地位，甚至被经济现实问题所掩盖。"劳动"作为美学话语的局限性就会凸显出来。这种凸显本身就与20世纪90年代中国的市场经济政策密切相关，抑或说，是直接由中国的市场经济政策造成的。众所周知，20世纪90年代是中国经济体制改革的关键时期，也是市场经济体制的建立时期，更是计划经济体制向市场经济体制转型的时期。这一时期，中国社会的改革开放逐渐深化，也逐渐融入经济全球化的大潮之中。这种潮流为中国经济的腾飞提供了机遇，也引发了一股强劲的拜物主义思潮。这种思潮将人们的注意力聚焦于物，而忽视了物的形式美，使美学陷入合法性危机与阐释的有效性危机之中。"劳动"作为美学话语自然也凸显了自身的局限性。这种局限性也与这一时期风起云涌的文化研究、环境美学、生活美学思潮的涌入有关。这些美学思潮已经不是纯粹的美学思潮，也不是实践美学那样凸显主体性的美学思潮，而是具有文化混融性的美学思潮，是凸显"他者"的美学思潮，比如，"消费他者""积极受众"等。这实际上消解了"劳动"概念的主体性内涵，凸显了"劳动"概念在全球化的消费文化语境中的局限性。"劳动"，作为美学话语，面对方兴未艾的新媒体以及层出不穷的新的文化艺术现象，已经逐渐丧失了阐释的有效性。这并不是说，劳动已经不再是美学的话语，而是说，作为物质生产的"劳动"已经不足以单独承担阐释新的文化艺术现象的任务，也不能概括新的文化艺术现象的美学特色。比如，"视觉艺术""多媒体艺术""行为艺术"等，是很难仅仅用"劳动"来阐释其美学特色的。"劳动"所能阐释的，仅仅是它们的发生，并不能阐释它们的美学特色，抑或美学意义。事实上，"劳动"作为美学话语的上述局限性主要源于"劳动"概念本身，笔者将之称为"劳动"概念的先天局限性。

　　第二个方面，"劳动"概念的先天局限性。这种先天的局限性主要指，《1844年经济学哲学手稿》中的"劳动"概念不是一个美学概念抑或范畴，而主要是一个经济学概念或范畴。[①] 因为，《1844年经济学哲学手稿》中"劳动"概念涉及的主题是资本主义经济私有制条件下的异化劳动问题。该问题主要是一个经济学问题，正如马克思所说："我用不着向熟悉国民经济学的读者保证，我的结论是通过完全经验的以对国民经济学进行认真的批判研究为基础的分析得出的。"[②]《1844年经济学哲学手稿》中"劳动"概念所处的上下文语境是经济学语境，比如，马克思说："国民经济学以不考察工人（即劳动）同产品的直接关系来掩盖劳动本质的异化。当然，劳动为富人生产了奇迹般的东西，但是为工人生产了赤贫。劳动创造了宫殿，但是给工人创造了贫民窟。劳动创造了美，但是使工人变成畸形……劳动生产了智慧，但是给工人生产了愚钝和痴呆。"[③]《1844年经济学哲学手稿》中"劳动"概念所处的话语氛围是一种否定性的、批判的氛围，马克思否定与批判的是私有经济对"劳动"的异化，并未从正面肯定"劳动"的美，将"劳动"视为美学话语不是马克思《1844年经济学哲学手稿》的原意，而是对马克思《1844年经济学哲学手稿》的误读；[④]《1844年经济学哲学手稿》中"劳动"概念的功能主要着眼于经济功能，这种功能贯穿从《1844年经济学哲学手稿》一直到《资本论》的始终。进一步而言，"劳动"概念早在马克思的《1844年经济学哲学手稿》之前就是一个经济学概念，比如，在法国古典经济学、英国古典政治经济学中，劳动概念就是一个经济学概念，其源头可追溯至亚里士多德。澄清以上事实，主要是为了纠正20世纪50年代以来中国美学研究者对《1844年经济学哲学手稿》中的"劳动"概念理解中的简单化、机械化倾向，为了反思中国的"实践美学"的缺陷，使研究者对过去几十年的中国美学的成就有一个更加清醒的认识。长期以来，我们要么不假思索地简单照搬"劳动"概念，将其作为美学话语应用到美学学科的建设之中，

[①] 参见蔡畅元《论异化劳动主要是一个经济学范畴——〈1844年经济学哲学手稿〉探讨》，《湘潭大学社会科学学报》1983年第4期。

[②] ［德］马克思：《1844年经济学哲学手稿》，刘丕坤译，中共中央马恩列斯编译局校，人民出版社1983年版，"序言"第3页。

[③] 同上书，第49—50页。

[④] 蔡仪：《〈经济学哲学手稿〉的基本概念也是马克思主义的吗?》，《江汉论坛》1983年第6期。

要么不进行反思即完全抛弃"劳动"概念,代之以"生命""和谐""存在"等概念,并以此建构中国美学体系。这两种倾向或许都有自己的不得已,比如,前者所处新中国成立初期以阶级斗争为主的政治语境,后者所处的全球化语境与市场经济语境。这些外在因素使中国美学丧失了自己的话语。从这一点看,20世纪90年代一些学者提出的"失语症"问题是相当深刻的。但是,这并不是说,经济学话语抑或其他学科的话语就不能成为美学话语,而是说,我们将经济学话语抑或其他学科的话语移植到美学之前,应该先对其有一个全面而深入的批判性认识,从而针对不同的美学语境,给出不同的阐释,否则,就会引起许多不必要的争论,给中国美学研究设置许多障碍。试想,如果20世纪50年代的美学研究者能在引用《1844年经济学哲学手稿》中的"劳动创造了美"时,联系一下这句话所要解决的问题、所处的语境、马克思的话语氛围,将其放在马克思的哲学体系中仔细审视一番,中国美学话语或许已经被建构起来。历史毕竟是历史,我们固然不能以今天的标准来苛求前人,但是,至少我们可以从前人的教训中总结出一些经验,来严格要求我们自己。《1844年经济学哲学手稿》"劳动"概念作为美学话语的局限性与其说是一个学术问题,倒不如说是研究者的态度问题。正是一些研究者对马克思"劳动创造了美"采取了"断章取义"的态度,才引来了后来的研究者的诸多质疑,比如西方马克思主义美学学者马尔库塞、鲍德里亚、中国马克思主义美学学者蔡仪、朱立元、刘士林等著名学者的质疑。这种质疑除了美学研究者不严谨的研究态度之外,更重要的是,马克思的"劳动"概念的话语表述方式是人本主义表述方式。这种话语方式源于费尔巴哈。由此可知,"劳动"概念,作为一个经济学概念,却被马克思以人本主义的话语方式表现出来,又被中国美学研究者移植到中国美学之中,怎能不引起争论、质疑?这反过来证明了"劳动"概念作为美学话语的局限性。

四 人文精神:重构中国美学话语的新起点

既然"劳动"作为中国现代美学话语的起点有诸多局限性,那么,中国现代美学话语的起点到底在哪里呢?

目前,对于上述问题,除"劳动"说之外,中国美学研究者主要有两种代表性观点。

第一种观点将日常生活作为中国现代美学的起点,研究者提出了"日常生活审美化""审美日常生活化""生活美学"等美学新命题,引起了国内外美学研究者的极大兴趣,比如,麦克·费瑟斯通(Mike Featherstone)、沃尔夫冈·韦尔施(Wolfgang Welsch)、周宪、高建平、彭锋等学者都对上述命题有过深刻的研究。新世纪以来,陶东风、周宪、彭锋等学者在对"日常生活审美化"及其相关命题深入研究的基础上,创造性地阐释了"生活"作为中国现代美学话语的背景、内涵、方法论及意义,企图以此为起点,重构中国现代美学话语。杨春时教授以"生活"为起点提出了"超越性美学"的命题，建构了一种不同于实践美学的新的美学话语形态。① 高建平研究员将"生活"作为美学复兴的新起点，试图在全球化与市场经济的语境中建立一种具有人文气息的美学话语形态。② 牛学智教授以"生活"为出发点反思了消费社会中人的贫困化现象，试图建立一种批评美学话语。③ 王德胜教授，也以"生活"为起点，试图将微博、微信、微电影等文化现象纳入中国现代美学之中，建构一种生活体验性美学话语形态。④

如果说从"生活"出发建构中国现代美学话语是着眼于审美现象产生的根源的话，那么，第二种观点则着眼于审美现象的形式。

第二种观点将"感性"作为中国现代美学话语的起点，一些学者提出了"美学应回归感性"的命题，引发了研究者对美学学科的反思与对中国现代美学话语起点的重新思考。从特定意义上讲，这种提法把握住了国际美学的前沿趋势。比如，日本美学学会会长岩城见一教授就提出了"美学向感性论的转向"⑤ 命题。正是这个原因，"感性"说赢得了诸多学者的响应。比如，栾栋教授以"感性"为起点回顾了20世纪中国美学的发展历程，他认为，20世纪中国美学经历了正题（美学百年）、反题（丑学百年）、合题（合题中的感性学、升华中的感性学和大道中的感性学）的发展历程⑥，美学即感性学，美学研究者应该努力建立"感性学"。而杨晓莲教授则立足于"感性"，通过阐发马尔库塞的"新感性"理论，试图建立一种以"新感性"为核心的美学话语形态。⑦ 在此基础上，蒋孔阳以"感性"与"理性"的关系为主题，重新考察了"感性"的美学意义，他认为，西方传统美学理论与当代美学理论中的"感性"与中国古典美学中"诗乐说""感兴说"等重感性的传统有相通之处，也有互补之处，对我们立足理性精神建设中国特色的马克思主义美学话语具有重要意义。⑧ 王德胜从"感性"出发，阐述了回归感性对于摆脱理性一元主导论的美学认识论、建构日常生活美学的意义。⑨ 高建平进一步将回归"感性"的美学意义概括为美学的当代复兴与转型。⑩

上述两种观点都是中国现代美学话语的新起点。将"生活"作为美学话语的起点把握住了审美的源泉。这对于纠正美学理论与生活现实分离的倾向，对于解决中国现代美学的阐释有效性问题具有重要意义。但是，在全球化的语境中，互联网技术、新媒体技术的迅速发展，使生活变得异常丰富多彩，异常复杂。如果我们仅以"生活"

---

① 参见杨春时《"日常生活美学"批判与"超越性美学"重建》，《吉林大学社会科学学报》2010年第1期。
② 参见高建平《日常生活审美化与美学的复兴》，《天津师大学报》（社会科学版）2010年第6期。
③ 参见牛学智《消费社会、新穷人与文学批评的日常生活话语》，《文学评论》2014年第1期。
④ 参见王德胜《微时代：生活审美化与美学的重构》，《光明日报》2015年4月29日。
⑤ 王琢、岩诚见一：《美学向感性论的转向——访岩诚见一教授》，《哲学动态》2008年第8期。
⑥ 参见栾栋《感性学百年》，《国外社会科学》1998年第6期。
⑦ 参见杨晓莲《论马尔库塞的"新感性"》，《华中师范大学学报》（人文社会科学版）1999年第3期。
⑧ 参见蒋孔阳《美学中的感性与理性》，《文艺研究》1999年第3期。
⑨ 参见王德胜《回归感性意义——日常生活美学论纲之一》，《文艺争鸣·理论综合办》2010年第3期。
⑩ 参见高建平《新感性与美学的当代转型》，《社会科学战线》2015年第8期。

一词来概括各种文化艺术现象,那么,我们可能会抹平它们的丰富性、多样性。这与以"劳动"为起点的实践美学,与以"美的艺术"为核心的康德美学又有什么区别呢?恐怕,以"生活"为起点的中国现代美学不但不会超越实践美学与康德美学,甚至会倒退到实践美学与康德美学的水平之下。进一步而言,"生活"不仅具有感性的一面,也具有理性的一面,还具有伦理性等其他侧面,而"美学"主要关注生活"感性"的一面。因此,以"生活"为中国现代美学的起点,过于宽泛,可能会模糊美学的研究对象,模糊美学学科与其他学科的界限。近年来,较为流行的"美学终结""美学死亡"等观点,很大程度上,就是由美学研究对象、学科界限过于宽泛造成的。相比之下,第二种观点,以"感性"为美学的起点,重构中国现代美学话语,的确抓住了美学的核心。但是,"感性"的事物都是美学的研究对象吗?比如,人的生理快感也是感性的,却不是美学的研究对象。理性的事物难道就不是美学的研究对象吗?"现代性"建筑、古代青铜器等,包含理性的因素,却是美学的研究对象。或许有的学者会说,我们提倡的是新感性,而不仅仅是感性,过去被美学排除在外的"人的身体"不也成了美学的研究对象了吗?或许也有的学者会说,新感性的宗旨是,提升感性在美学中的地位。而实际情况是,感性一直在美学中处于核心地位,就算再提升感性的地位,还能将感性提升到哪个层面去呢?况且,在全球化语境中,各种文化艺术现象早已泛滥。它们基本上都与感性有密切的关联,却又不仅限于感性,还有许多其他的特性。由此可见,我们仅仅提升"感性"在美学中的地位是不够的。或许还有的学者会说,我们提倡新感性,是为了纠正过去美学中的理性化倾向,恢复美学的真面目,从而使美学走出理性化的困境。持这种观点的学者主要着眼于美学话语的理性化倾向。这种批评是十分犀利而深刻的。但是,美学话语的理性化并不等同于美学的理性化。美学的研究对象不一直是"感性"吗?显然,持上述观点的学者混淆了美学话语的表述方式与美学学科的属性。因此,仅仅以"感性"为中国现代美学话语的起点是不够的。那么,中国现代美学话语的起点到底在哪里呢?

在笔者看来,确定中国现代美学话语的起点必须克服"劳动""生活""感性"三种起点之不足,既不能毫无批判地将其他学科中的术语照搬到中国现代美学中,也不能过于宽泛,更不能过于狭窄。由于这些不足要么将美学视为与经济学、政治学、数学、物理学等相同性质的科学,要么将美学直接等同于生活中的各种各样的现象,要么将美学博物馆化,将美学限定在鲍姆嘉登对美学的认识范围之内,从根本上忽略美学作为人文学科特性与学科定位,忽略了美学学科的人文精神。因此,我们将"人文精神"作为中国现代美学话语的新起点。所谓的"人文精神"至少有三层含义。第一层含义,"人文精神"指各种与人的活动有关的感性形式。第二层含义,"人文精神"指具有日常生活活动的人文特性。第三层含义,"人文精神"指感性范围之内的人文精神,美学对个体生存活动的关怀精神。这种人文精神,吸收了中国传统的伦理精神、中庸精神、西方文艺复兴以来的人文主义以及美国新人文主义对个体生存的关怀意识、同情心理及道德精神，是一种极具包容性与开放性、传统性与当代性的新的美学精神。人文精神的包容性主要指，人文精神不仅包括感性精神、艺术精神，也包括理性精神与科学精神①，还包括伦理精神等。这决定了人文精神的开放性。这种开放性主要指，没有学科界限，也没有古今中外的时空界限等诸多界限，而是一个有机的整体。这种整体性决定了人文精神的当代性。人文精神的当代性主要指，人文精神为解决以美学为代表的人文学科的终极关怀缺失问题提供了一种新思路②，对于美学学科的当代复兴具有重要意义。

以此为起点，建构中国现代美学话语，建构中国美学，是值得努力的，也是十分有希望的，因为，"人文精神"既弥补了劳动作为美学话语的起点之不足，又丰富了劳动作为美学话语的起点的内涵；既延续了美学的"感性"传统，又包容了当下"感性"现象的复杂性；既保持了美学作为人文学科的本色，又回应了当下各种人文现象对美学的挑战；既为解决美学的阐释有效性问题提供了一种可能的途径，又为解决美学学科的合法性危机确定了可能的坐标；既是符合美学学科的，又是符合马克思主义哲学的精神的，正如汪正龙教授所说："在学科建立之初，美学便包含当下性与超越性的双重维度……马克思通过对感性实践和全面的人的感觉的强调，把美学研究从重视感性认识引向重视感性活动。"③我们深信，从"人文精神"出发，我们一定会建构出市场化时代具有中国特色的现代美学体系的！

---

[1] 参见孟建伟《科学与人文精神》，《哲学研究》1996年第8期。
[2] 参见张汝伦、王晓明、朱学勤、陈思和《人文精神寻思录之一：人文精神是否可能和如何可能》，《读书》1994年第3期。
[3] 汪正龙：《马克思的感性论与20世纪美学的感性解放》，《学习与探索》2014年第5期。

邓以蛰诗学中的境遇论

杜寒风[*]

(中国传媒大学文法学部中文系　北京　100024)

摘　要：邓以蛰的境遇论是他诗学中的重要理论，具体是指感情融合着知识的一种情景，又可说是自然与人生的结合点、过去与未来的关键。其论是在诗与历史的比较中展开的，诗的境遇与历史的境遇不可分开；同时也把诗与音乐绘画作了比较，境遇是诗优于音乐绘画的长处。诗的别境为最高境界。境遇论的提出批评了20世纪20年代中国文艺界存在的把诗变成专门描写感情的工具的病症，是新人文主义诗学主张的反映。

关键词：邓以蛰；诗学；境遇；新人文主义

邓以蛰有一篇本不想发表的文章《诗与历史》，经闻一多几次恳求，这篇文章终于发表在1926年4月8日的《晨报副刊》上，这篇文章是邓以蛰在病中用了三通宵完成的。闻一多高度肯定了邓以蛰此文的价值，专门写了一篇文章《邓以蛰〈诗与历史〉题记》，同年同月同日在《晨报副刊》上发表，指出："至于诗这个东西，不当专门以油头粉面、娇声媚态去逢迎人，她也应该有点骨格，这骨格便是人类生活的经验，便是作者所谓'境遇'。"俞兆平在《新人文主义与中国现代格律诗派的缘起》一文中评价道："否定了'娇声媚态'的浪漫主义诗风，推崇具有人生经验内质的诗作，即'历史与诗应该携手'，把诗的人文精神进一步强化了。"

邓以蛰诗学中的境遇（situation）论，有它对中国新诗发展的独特贡献，它针对20世纪20年代文艺界的病症有感而作，不吐不快，可说是新人文主义诗学的代表性思想。我们需要对其诗学中的境遇论给予一定的梳理，看看境遇论对建构当下的中国诗学有何启发。[①]

---

[*] 杜寒风（1964— ），河北石家庄人，中国传媒大学文法学部中文系教授、哲学博士，文艺理论教研室主任、文艺学、汉语国际教育专业硕士生导师，《语言文学前沿》主编、宗教学与文化传播研究所所长。

[①] 笔者正式发表过《邓以蛰诗学中的比较论》（《湖南科技学院学报》）2012年第5期），是国内首篇研究邓以蛰诗学的论文，可参看。

一

为什么诗与历史,在人类的知觉上所占的地位是同一的呢?邓以蛰是这样回答的:历史上的事迹,是起于一种境遇之下的。今考人类(个人或群类)内行为,凡历史可以记载的,诗文可以叙述的,无一不是以境遇为它的终始。它的发动是一种境遇的刺激,它的发展又势必向着一种新境遇为指归。历史和诗文都以境遇为它的终始,由境遇再到新境遇,有其发展的经过。例如经济的行为,由感情潜入理性,(根据知识)再归到行为的实现;例如善恶的行为,不经过理性的考量,直接由感情激发出的行为。境遇与行为是这样的关系,境遇启发行为,是行为的动力,行为更造出新境遇,又是新境遇的根由,这是不差的,成为事实。照邓以蛰看,"历史根本就是人类的行为造成的,而行为的内容,依适才所讲的分析起来,一方面是属于知识的,另一方面是属于感情的。如境遇的认定,理性的计量,结果的判断,内中都有知识活动的痕迹。善恶的行为,其判别的经过,又是先有人类感情上的印象,而后有性质善恶的区别,有性质的区别,而后有意义;意义从理智方面说是知识,从感情方面说也可以是境遇了。因为意义足以左右行为使之实现,故得云,境遇。道德啦,艺术啦,制度啦,无往而不以感情为始,以知识为终的(道德艺术虽只有善恶美丑的价值,不过价值也是一种直觉的知识)。至于境遇的具体,只是对于人生才会有的。倘没有以感情感到它的时候,自然界不会产生什么境遇。这样看来,知识既成于意义,间接已是人类感情的陶铸了。而境遇也是人类感情的发现,是不待言。假如宇宙间生来就有境遇,生来就有知识,而独没有以感情为内容的知觉在内;那么,所谓历史,只是政治理论,制度考,法律大全,经济学,统计学,伦理学,自然科学都对;顶说不上的就是诗了"[①]。境遇是意义左右行为使之实现的结果,意义既是知识,又是境遇。认定境遇需要知识的活动,而知识的活动又是有感情在其中的。艺术是以感情开始的,以知识为终的。也就是说,艺术需要理智发挥作用的。邓以蛰在此把道德艺术的价值看作只有善恶美丑的价值,视价值为知识,道德艺术终要进入知识的范围。如果没有人的感情感到境遇,境遇的存在则不能成立。对于人来说,才有境遇,对于人生来说,才有境遇的具体。人的知觉,能够知晓感情,如人的知觉缺失了感情,即使能够产生诸如一些社会科学、自然科学出来,然而绝不能产生出艺术、诗。也就是说,邓以蛰强调知识必带上了人的感情,境遇也必离不开人的感情,知觉要与知识、境遇发生关系,才有可能出现艺术、诗。

邓以蛰把纯粹的感情在知觉上不归于诗与历史,而归于艺术的部分。他以为:表现这种纯粹感情最妥当的工具只有音乐和绘画。音乐绘画不必有境遇的范围,因为它

---

① 邓以蛰:《诗与历史》,《邓以蛰全集》,安徽教育出版社2008年版,第47页。

们所描写的只是感情的完全无缺的具体印象。譬如哭泣的声音只是悲哀，不管这个哭泣是发生于创痛的境遇，还是其他的境遇。"根本，这些境遇于悲哀的印象就没有什么关系。若用音乐来表现这种印象，这印象的性格价值就蜕化在声音里了；声音之外，绝用不着别的东西来帮助我们领悟和了解。"① 同样，对于绘画也是如此。拿绘画中有颜色、轮廓来说，两者是绘画特殊价值的所在。如果观者对一幅写意的画不满意，凭着他意象中适宜的物象的颜色与轮廓会替它补上一点。"领会音乐与绘画的价值，是用不着什么人事上的境遇来帮忙的。即使你要勉强掺入一个境遇进去，那也不过是由你的经验上联想的关系，与音乐绘画本身的价值必定毫无增减。因此，音乐绘画等艺术的表现，只是整个的印象，不是片段的事迹；所以也就用不着什么境遇来做它们前后的关节了。它们表现的本旨原来就不在叙述事迹。"② 具体到音乐绘画，不需要境遇的直接介入，所谓境遇是人的经验上联想的关系，不构成根本性质的变化。音乐绘画主要不是表现事迹的，它们主要靠印象给人带来艺术的感受。

"诗的描写最重要的是境遇。境遇是感情融合着知识的一种情景；又可说是自然与人生的结合点，过去与未来的关键了。"③ 人的知觉由内的只有感情，由外的只有印象，将感情与印象铸成知识，全赖境遇的运用。邓以蛰把知识分作两大类，直觉的知识类和概念的知识类。前者如善恶美丑的价值之判定，后者如品类的正名。"境遇是知觉发动的导火线，是已成的知识，在知觉的孔道上树立的津埭与标记。认识了境遇，然后感情才得到进行的方向，有了方向，才有价值之可定，意义之能明，新知识于是才产生得出。使人了解新知识、新价值的方法，必得用知识融合着感情，以引起吾人全个精神的响应。感情响应着，知识随之如蜘蛛吐丝，节节自有着处。感情如果没有知识辅佐，便如一握乱丝，无从抽解了，更何能组织成锦绣呢？"④ 看来，知识与感情密不可分。知识需要融合着感情，感情需要靠知识辅佐，知识能使感情脱离自然的状态。邓以蛰举例予以了点评。特洛伊（Troy）的战史、伊琴（Aegen）海上的文物、Odysseus（奥德修斯）的智勇、Homer（荷马）的写法，在能引起读者的情智两方面同等的共鸣；Lucretius（卢克莱修）的《物性论》（*De Rerum Natura*）是谈哲理的，但用人事上的意趣来辅助他的理智上的抽解；Dante（但丁）的《神曲》是宗教的宣传，却是诗中运用历史上以及当时的事迹，能使读者觉察不出是他们身心以外的陈迹似的。"这都是善于运用境遇，运用人事上的意趣，能使知识脱乎感情而出；这才是真历史，真诗了。如果只在感情的旋涡沉浮旋转，而没有一个具体的境遇以作知觉活动的凭借，这样的诗，结果不是无病呻吟，便是言之无物了。所以历史和诗在人的知觉上所占的

---

① 邓以蛰：《诗与历史》，《邓以蛰全集》，安徽教育出版社2008年版，第48—49页。
② 同上书，第49页。
③ 同上。
④ 同上书，第50页。

地位是介乎感情知识之间的。"① 具体的境遇为知觉活动提供了凭借，不是为情而情，避免了创作中的无病呻吟或言之无物的弊病，知识显出了消息。"希腊大哲亚里士多德言：'诗比于史，尤近真理，尤为认真。'（Poetry is more philosophic and more serious than history）吾国称诗之能厌人心之哀乐，发治乱之几微，如老杜之作者为诗史。诗史云者，实即亚氏所言之意耳。"② 邓以蛰觉得，诗之圣者有两等：老杜，一等也；王孟又一等也。老杜之诗，诗史也，真于事者也；王孟之诗，平淡天真，真于自然者也。几位诗人虽都求真，作为两等的划分而各有所重，见出诗人的不凡功力。历史是延续的，诗也是延续的，高明的诗人使读者觉得作品就是发自读者的身心之内，与读者休戚相关。

二

邓以蛰把诗的内容与诗的等第，归结到诗与历史相同之点。在他看来，诗人以言辞为工具，言辞终不外乎理智对于具体的印象的一种抽象，文字的表现一旦到了落套的时候，就成了表现的抽象，就好比一个字是一个印象的抽象，时间久了，就无法给人印象的具体了。"文字含有知识的成分。我们单是看，单是听，有时捉不住意义，捉住些但又飘忽不定。若使知识得到凝成意义的机会，非感情中潜入些知识的脚迹不可。所以诗文中多少不用一点人事上的关节（即境遇），则新的感情，新的印象，定不能活动得起。把时间性的动力加给感情和印象，则知识暗中吐露着不至于像理论家之言的那样索然无味。这种本领，这种境遇的描写，声音颜色又夺不去文字的威权了。只要能使读者知识的希冀不至于落空，换言之，使读者不至于觉到言之无物，描写尽管比拟堆砌藻饰长言，与绘画音乐争其工致，实无不可。"③ 感情要与知识相结合，运用境遇，则能出现新的感情、新的印象。这里的知识不是概念的堆积，概念与概念之间的游戏，而是赋予了诗人的感情与印象。诗人对于境遇的描写的本领，是音乐家、画家所欠缺的。诗又是可以与音乐、绘画争一争的。"人类自始从外界所得的印象，又渐从印象脱出知识，其间经过，若能描写得澎湃回荡，踊跃冲激，仿佛如见曲茁苞菌的知识脱乎弥漫无边的星气似的情感印象而出，这样的诗力，确乎非天才不能到。……而无诗人的才与艺的诗人，他的作品是浪漫派，印象派，是诗的第一步。"④ 天才的诗人具有深厚的诗力，情感与印象之中，见出知识，澎湃回荡，踊跃冲激的描写，可给读者以深深的感染。这一类诗为我们保存了人类精神生活起源的状态，而无诗人的才与艺的诗人，他的作品就达不到这样的效果。这里，邓以蛰对有才与艺诗人的要求是很

---

① 邓以蛰：《诗与历史》，《邓以蛰全集》，安徽教育出版社2008年版，第50—51页。
② 邓以蛰：《辛巳病余录》，《邓以蛰全集》，安徽教育出版社2008年版，第307—308页。
③ 邓以蛰：《诗与历史》，《邓以蛰全集》，安徽教育出版社2008年版，第52—53页。
④ 同上书，第53页。

高的，不是他写出过浪漫派、印象派的诗就具有天才诗人的诗力。

邓以蛰高扬人在历史中的创造作用，承认历史是精神的历史，历史可以说是人类的精神生活的写照。人与动物有根本不同，他不是为生存而生存，如果满足仅仅是物质的需要，是本能的需要，那与动物是没有什么区别的。人类经过长期的进化，明确了人的自我意识，他就不愿再与动物为伍，并以与动物为伍为耻。所谓人生，不是生于纯粹感情之下的生，人要在历史的长空留住痕迹，避免自生自灭的流星之光，他必须要凭借精神生活的创造。"再进一层乃有机体发达上所显的种种顺逆的境遇，在这些境遇之下所发泄的感情，如心知乐乐，离合悲欢之类，虽已和精神生活有了关系，但在历史上还是留不住深刻的痕迹。必须精神上有一个坚强的意志或理想，才可以推得动历史。我们看历史上的改良，都是由于理想的奋进与当时社会上的成规习俗相接触，或个人意志的扩张的结果，这种接触与扩张，描写在诗里的比比皆是；而在戏剧文学里，尤其充斥了。接触与扩张的结果胜的是喜剧，败的便是悲剧。不独社会与历史是人类理想意志对锋的阵地；便是自然和人类本身的天性也都必有矫正的气概，如历史上节烈狂狷的人格，都是这种矫正的躬行实践。"① 理想或意志推动历史前进的描写在诗里、戏剧文学里都有反映。社会与历史、自然和人类本身的天性，都有其中的对立、改造，都有实践的行动在内。邓以蛰认为历史是人生，但不是人生的全部，它是人生有价值的一部分。价值不是自然生成的，而是人们开辟出来的，有价值的人生便是指创造的、理想的人生。这创造的、理想的人生才有意义，在历史上会留住痕迹。"如果诗所描写的是这一部分的人生，它的等第，从种类上说，比那伶俐的幼稚的浪漫派或印象派进了一步。"② 描写创造的、理想的人生的诗，要高于伶俐的幼稚的浪漫派或印象派的诗。

邓以蛰有深深的爱国主义情结，对家乡故土是十分热爱的。对于表现乡土题材的诗，他的评价自然也不低。邓以蛰大声疾呼乡土最是被人忽视的。"其实乡土的风情有极长的历史的背景，可以耐人寻索，有深长的韵味。"③ 他分析了被人忽视的原因：家山家水成天在眼前，往往看不见它们的美处。遗风遗俗，迂赘得厉害，它们的好处也往往被人一笔抹杀了。浪子对于故旧的恩情，不觉得是可嫌弃的；他只觉得异乡的花草才足以令人栖迟。新奇的景物，无处不可以使人流连忘返。但是这些流连栖迟，是缘于感情的翻新、印象的出奇；究竟没有历史的蕴蓄、深刻的意味；不过一时的炫耀罢了。乡土是文化之根，不能寻新弃旧，把乡土忘记。乡土是人们精神的家园，有历史，有文化，忽视乡土甚至贬斥乡土，是不对的。也许在与异乡的比较中，更凸显乡土的可爱、可贵。邓以蛰点到了古希腊诗人 Hesiodos（赫西俄德）的《农作与日子》(*Works and Days*)、古罗马诗人 Wirgilius（维吉尔）的《农事诗集》(*Georgics*) 以及陶

---

① 邓以蛰：《诗与历史》，《邓以蛰全集》，安徽教育出版社 2008 年版，第 53—54 页。
② 同上书，第 54 页。
③ 同上。

渊明、陆放翁诸家作品，皆属此类。"这一类的诗可以启发读者的深意，把人生与历史牵联起来，所以比那些炫耀于一时的印象与情感的诗品又要进一等。"① 这一类诗能把人文的精彩结晶在历史上的，输贯到人生里面，使人类的精神的创造，实际上生存者之于延绵不绝。但是邓以蛰也看到乡土诗的缺点，它的范围只限于过去与乡土，还不能扩充到历史的未来与世界的广大；它只笃于所以知，而未及所未知、所不知的境界。

邓以蛰心目中诗的最高一等则是诗的别境，在这里没有使用"境遇"一词，用的是"别境"一词，应是有不同的。有人指出过邓以蛰在境遇、境界概念运用上混乱之处，邓以蛰"一般认为境界是完全脱离境遇的纯形式世界，但却也会认为很接近实在境遇的人生境界是成立的，并且这种人生境界的开启与诗有关"②。"但如果我们能够忽略邓以蛰在概念运用上的一些混乱之处……那么也同样可以让诗歌'从境遇走向境界'。"③ 到了诗的别境，范围已不限于过去与乡土，能扩充到历史的未来与世界的广大；它不只笃于所以知，还能及所未知、所不知的境界。诗可以超越古今的时空，达到为音乐、绘画的表现所达不到的耳目之外。诗所及的远处，应不止于情景的描写、古迹的歌咏，它应使自然的玄秘、人生的究竟，都借此可以输贯到人的情智里面去，使吾人能领会到知识之外还有知识，有限之内包含无限。邓以蛰点到了古罗马诗人 Lucretius（卢克莱修）、意大利诗人 Dante（但丁）、德国诗人 Goethe（歌德）以及中国古代诗人屈原的歌骚、陶谢的小诗、释老的经典，这些都是人类的招魂之曲，引着我们向实际社会上所不闻不见的境界走去（我们的屦从随在这些神曲之后的：前面有感情，中间有想象，最后有智慧随押着）。"眼前所望的是万物无碍，百音调谐的境界。然后回顾到人世间，只看见些微末的物体，互相冲击，永无宁静。这是何等境界！何等胸襟！人生的知觉走不到这个处所，是不值得的！这才是诗的别境。"④ 不难看出，邓以蛰所热衷的是与现实迥然不同的艺术世界，这是高度理想化了的世界，是自由和谐、没有障碍的世界。是一个美学家对现实不满意的一种学术的表述、诗性的表述。人要达到这一艺术的境界，就需要超越人世间的纷争，不能全是世俗倾轧之心作祟而失去向往真善美之心。

综上所述，邓以蛰以为诗的内容与诗的等第共有四类：浪漫派、印象派是诗的第一步；描写创造的、理想的人生的诗进了一步；乡土诗又要进一等；使吾人能领会到知识之外还有知识，有限之内包含无限的诗，到了诗的别境。薛雯讲："邓以蛰分析了诗与历史的两种连接方式，即向两个方向延伸拓展，从而丰富着诗的内容。一个是向过去……另一个向未来。"⑤ 是未对邓以蛰关于诗的内容与诗的等第的论述进行细读而

---

① 邓以蛰：《诗与历史》，《邓以蛰全集》，安徽教育出版社 2008 年版，第 54 页。
② 吴志翔：《20 世纪的中国美学》，武汉大学出版社 2009 年版，第 234 页。
③ 同上。
④ 邓以蛰：《诗与历史》，《邓以蛰全集》，安徽教育出版社 2008 年版，第 55 页。
⑤ 薛雯：《邓以蛰与克罗齐比较论——关于直觉、境遇、历史等概念的说明与运用》，《文艺研究》2008 年第 11 期。

得出的简单化的结论。其实邓以蛰划分的这四类诗都与历史有关联,第一类诗邓以蛰指出"人类精神生活起源的状态赖这一类的诗的保存,真是可贵了"[1]。第二类诗邓以蛰指出历史是人生有价值的一部分,有价值的人生便是指创造的、理想的人生,诗描写的是这一部分的人生,与历史也有关联。该作者讲连接方式前写道:"历史对诗的作用,是因为历史本身是人生中的有价值的那部分,代表了人生的理想,是人类开拓与创造出来的,因此,诗表现这样的历史、人生,当然也就比幼稚的印象派与浪漫派要高明得多了。"[2] 没有明确说出这是邓以蛰关于第二类诗的观点,更没有触及四类诗的划分,应较为全面地看待邓以蛰关于四类诗的论述为是。

俞兆平认为:"邓以蛰在内质上并未超出黑格尔美学的体系,认为诗与历史、哲学等在内容上是一样的,仅是形式不同而已。因而,知识,即人生经验、生活境遇等,仍置于和形式同等的地位,这是古典美学和现代美学不同之处。"[3] 也就是说,邓以蛰的境遇论仍然不出古典美学的精神旨意。但说邓以蛰在内质上未超出黑格尔美学的体系似难以成立。薛雯的《邓以蛰与克罗齐比较论——关于直觉、境遇、历史等概念的说明与运用》一文,比较了邓以蛰与克罗齐之间在直觉、表现、历史等概念方面的不同运用,指出邓以蛰通过书、画、音乐与诗歌创作的区别研究[4],运用"境遇"概念,实现了对克罗齐思想的创造性运用。也就是说,克罗齐的美学与史学理论对邓以蛰的诗学理论产生了影响。邓以蛰的境遇论不但吸收了黑格尔的思想,也吸收了克罗齐的思想。但我们也应当承认,邓以蛰的境遇论并不是黑格尔、克罗齐思想的直接照搬,而是有自己的思量和评判。

应该看到邓以蛰的境遇概念有其较宽泛的意涵,尽管这一概念也有不很清晰的一面,与一些概念纠结着。重要的是,邓以蛰创造了自己的境遇论,与黑格尔、克罗齐的思想相区别。邓以蛰的境遇论应时而生,成为中国新诗学中新人文主义的代表性主张之一,只要我们联系中国当时的学界、创作界的大背景大环境,就会明白它的可贵之处。邓以蛰的境遇论有其创造性的理论价值,有其深层的文化底蕴,具有建立中国新诗学的探索精神,值得我们今天在继续创造新诗学理论中加以吸收与消化。

---

[1] 邓以蛰:《诗与历史》,《邓以蛰全集》,安徽教育出版社2008年版,第53页。
[2] 薛雯:《邓以蛰与克罗齐比较论——关于直觉、境遇、历史等概念的说明与运用》,《文艺研究》2008年第11期。
[3] 俞兆平:《新人文主义与中国现代格律诗派的缘起》,《文史哲》2003年第3期。
[4] 邓以蛰虽有其书论,就现存出版的邓以蛰文献,笔者未看到他有专门比较诗与书法的区别与联系的论述。

西方文论研究

巴赫金学派话语诗学的地位和意义

张 冰[*]

摘 要：巴赫金的话语诗学来自沃洛希诺夫最先提出的"社会学诗学"。作为"社会学诗学"的高级和完备形态，话语诗学无疑具备许多优点，二者之间的共同点在于它们都以话语为基础构建而成。传统语言学以规范语为研究对象，而话语诗学所研究的对象，则是"最接地气"的、在人们的日常生活实践中最活跃最具有生命力的话语。这种话语历来被摒除在传统语言学研究范围以外，直至巴赫金的话语诗学，才被正式接纳为语言学研究的对象。

关键词：巴赫金学派；话语诗学

米·米·巴赫金（1895—1975）是20世纪俄国最重要的思想家、哲学家和文艺理论家，其著作《马克思主义与语言哲学》不仅在国际巴赫金学界，而且在整个20—21世纪俄苏文艺学领域里，都是一部值得予以全面研究的基础著作。该著作代表了马克思主义解决语言问题的最高水平，反映了马克思主义对于语言问题的基本原理，同时该著作也反映了巴赫金学派关于语言学、文学和文化研究的重要观点，是为巴赫金学派整体思想奠基的一部基础性论著；此书阐述的原理堪称巴赫金全部思想的总纲和理论基础，是我们走进巴赫金思想殿堂的必经之路，也是巴赫金思想的"哲学之石"。

巴赫金的名字对于各国学术界来说并不陌生。他博大精深的思想，对于整个20世纪人文学科各个领域，都产生了强烈的影响。而且这种强大的影响力，尚有延续下去之势。目前在国际上，巴赫金学业已成为一个国际化"产业"，成为学界显学或比较成熟的学术话题。有许多学者以研究巴赫金为己任，发表了大量的相关论文。国际上定期召开有各国学术界代表人物参加的学术研讨会。巴赫金研究杂志涵盖很多语种，相关学术专著数以百计。我国分别于1998年和2010年出版了《巴赫金全集》（6卷集和7卷集），出版相关专著20多部，发表论文数百篇。巴赫金对于我国学术界将会是一位

---

[*] 张冰，北京师范大学外文学院教授，博士生导师。

伴随我们走过21世纪的伟大思想家之一,对他的研究应该说也是一个"未有穷期"的宏伟事业。

以往国际国内的巴赫金研究主要采用胚胎发育法、结果定性法和平行移植法进行研究,其缺陷是大都主要针对巴赫金思想的某个侧面入手,致使我们对巴赫金学派的理解支离破碎。问题在于巴赫金也是在一种对话语境下进行创造的,因而他的思想必然是在与其小组成员(梅德韦杰夫、沃洛希诺夫等),甚至也包括虽不属于其学派,但在当时思想文化环境下,与其既对话又对立的学派,如俄国形式主义中的奥波亚兹,进行富于成效的对话。认识和理解离不开他者的外位性,而认识巴赫金也同样如此:离开在巴赫金思想形成过程中充当对话者的梅德韦杰夫、沃洛希诺夫等他者,则最终将无法解读巴赫金。目前,对于学界更重要的步骤,是正确解读巴赫金学派的思想而不是割裂地理解它。

《巴赫金全集》在国内是首次对巴赫金学派进行对话式研究的一部专著。该书采用历史与逻辑统一的方法,把巴赫金学派放在其赖以成长的社会文化语境下,在巴赫金学派成员内部的对话和交流中,在巴赫金学派与其他学派,如奥波亚兹、马克思主义社会学批评的对话和交流中,揭示巴赫金学派主要代表作之一的《马克思主义与语言哲学》在巴赫金学派以及在整个俄苏多元本体论文艺美学中的地位和意义。

《马克思主义与语言哲学》不仅在国际巴赫金学界,而且在整个20—21世纪俄苏文艺学研究领域里,也是一部值得花大力气予以研究的基础性著作。按照西方马克思主义者的评价,这部著作代表了马克思主义解决语言学问题的最高水平,反映了马克思主义对于语言学问题的基本原理。此著反映了巴赫金学派关于语言学、文学和文化研究的重要观点,也是为巴赫金学派整体思想奠基的一部基础性论著。该书在全面把握巴赫金思想与俄国形式主义、洛特曼塔尔图学派、爱普斯坦后现代主义美学的基础上,对始自俄国形式主义的多元本体论文艺学在整个20世纪的历史命运,进行宏观与微观的把握和评述。该书作者本着历史与逻辑统一的原则,对于巴赫金学派与奥波亚兹、布拉格学派以及塔尔图学派、俄罗斯当代后现代主义流派文艺美学等的异同和理论源流、发展脉络,作了令人信服的梳理和评述。与同类著作不同的一点,是作者把巴赫金学派放在先后与其相近学派的对话语境下来看其价值和意义,具有广阔的研究视野和理论的深度。

《马克思主义与语言哲学》在巴赫金参与撰著的所有著作中地位十分特殊。一方面,此书阐述的原理堪称巴赫金学派全部思想的总纲和理论基础,是我们走进巴赫金学派思想殿堂的必经之路,也是巴赫金学派思想的"哲学之石"。另一方面,这本书以及《文艺学中的形式主义方法》《弗洛伊德主义:批判纲要》及《活力论》等论著论文,又都属于在著作权上尚有"争议的文本"——独立撰著说、合作撰著说及托以假名说、非其本人所作说——一直以来在国际学术界争得不亦乐乎,莫衷一是。我们认为:这是一个不可能有结果的争论,同时也认为综合各种情况,以合作撰著而以沃、梅为主说比较合理，我国在出版《巴赫金全集》时所遵循的做法，基本上也和国际学术界一致。

但真正的问题不在这里。真正的问题在于：巴赫金更多的时候不是在单独的状态下写作的，而是在与同一小组的其他成员，如沃洛希诺夫、梅德韦杰夫等的对话交流中从事创作的。因此，正如巴赫金对话主义原理所告诉我们的：真的认识是在对话中产生，它离不开他者，也离不开他者所代表的外位性。外位性是构成认识的充足必要条件。更何况在俄国，早已形成了一种以小组或团体方式探讨真理、研究学术的传统。奥波亚兹和巴赫金小组都是这样带有强烈俄罗斯"聚议性"文化特点的学术团体。

一般认为在巴赫金小组内部的对话交流中，巴赫金处于主导和领袖的地位，这种说法有其合理性。但实际上在小组的内部学术交流中，交流总是双向的：即不单有从巴赫金到组员，也有从组员到巴赫金的。总之，巴赫金在这种学术"贸易"中，并非总是"输出方"，而有时也充当"输入方"的角色。总之，如果我们把巴赫金的那些对话者排除出去的话，终究也无法彻底理解巴赫金的整体思想，因为它们原本就是作为对话中的"对语"而出现的。和所有对话一样，这种对话也是不会有终结和结果的。

问题的症结还在于：仅仅考察巴赫金小组内部成员之间的对话是远远不够的。因为整个巴赫金学派又同样隶属于一个席卷俄国白银时代的大的文艺美学运动，巴赫金学派也只是其中的一支。该书把这一大的文艺美学运动称为多元本体论文艺学运动，俄国形式主义运动也是其中的一支，也是比较重要的一支。由于莫斯科语言学小组实际上存在的时间十分短暂，而学术界用"奥波亚兹"来指代整个俄国形式主义运动已成惯例。所以，该书作者也援用了这一名称。该书的第一章、第三章和新辟的第二章，分别从俄国传统精神文化角度入手，考察巴赫金学派与奥波亚兹，与马克思主义社会学批评的相互关系和相互影响问题。这三个流派在文化动力学意义上都是白银时代俄国文化思想和哲学美学语境下产生的累累硕果，身上都带有鲜明的时代特征和文化烙印。

如果一定要说出巴赫金学派最重要的贡献究竟是什么的话，我们肯定会说是话语。在巴赫金学派成员的笔下，"话语"有许多种说法，这表明一个理论在成长过程中会经历各个不同阶段。话语的划分并非始自巴赫金，而是可溯源于索绪尔的"语言/言语"二项对立说。在语言学史上，一直把书面语言锁定为研究对象，而活生生的、具有其生动活泼语调和表意手段的口头话语，在语言学里却没有它们的地位。而恰好是这种"话语"才正是人类的存在本身，因为人类就生活在"语言的家园"里。话语成为巴赫金学派手中的阿基米德杠杆，借助于它，巴赫金在语言文学领域里实施了一场其意义不亚于哥白尼式的革命，把历来横亘在文学外部研究与内部研究之间的鸿沟给彻底填平了。历来的研究者往往是抓住巴赫金学说中的某个概念入手大肆夸张，而未能看到巴赫金心目中有一种能够把所有范畴统一在一起的范畴，那就是话语——它是统一所有范畴的革新的酵母。话语理论肯定曾受到沃洛希诺夫"他人言语"的启发,而巴赫金则进一步将其提升为"超语言学"。通过"超语言学"范畴的确立,巴赫金得以把一切超乎于语言之上和之外的语言和意识现象纳入彀中,从而建立起不同于传统语言学的语言文学研究(亦即人文学科研究)的方法论。和奥波亚兹一样,巴赫金高度重视话语的"语境",认为话语的含义并不都在于或取决于语言的词典意义,而也取决于用法和语境。后两个因素可以把一个语词本不具有的意义添加在其身上。语言的本质在于其社会性:语言产生于交际的需要,也服务于人际交往的需要;语言是人际交往的手段,也是人际交往的产物,离开语言人将"无所归依"。语言即意识的表征,离开语言思想也无着无落,无所归依。语言既然是意识的表征,那它就同时也应表征思维的特征,而思维最一般的特征,就是辩证法。这样一来,巴赫金的话语理论也就同辩证法建立起了密切的关联。

该书第七章"《马克思主义与语言哲学》与话语的多元本体论文艺学"是在听取和归纳专家们意见的基础上,新加入的一章。该章重要内容是串讲沃洛希诺夫《马克思主义与语言哲学》的思想和内容。按照作者阐释其思想所采用的叙事方式,对巴赫金小组的话语哲学及其范畴,作了一个系统全面的梳理。话语之所以在巴赫金学派里占据举足轻重的地位,原因在于它能给我们研究人文学科提供很好的方法论。话语哲学或话语人类学是建立在超语言学之上的,超语言学意味着"超越"语言学,也就是说,从研究对象上,话语语言学往往选择传统语言学鲜少问津的非规范语言,选择了游离于规范之外的、与口语语体关系密切的、传统语言学基本不予关注的话语为研究对象,从而得以一举把人文科学的内与外统一和联系起来。这个研究角度一旦成功,则必是人文学科领域里的一场哥白尼式的革命。在这一章里,作者还对话语与语境、与声调、与意识形态等的关系作了初步梳理,基本上揭示了这部名著的主要内容,揭示了此著对于多元本体论可能会有的宝贵启示。

在进入21世纪的国际人文学界,巴赫金被誉为一个面向未来的"伟大的俄国思想家",人们普遍认为他为我们提供了一种适合未来需要的世界观。但巴赫金并不能够遗世独立,孤高傲世。事实上,在巴赫金思想形成和成熟的漫长过程中,别的流派、别的思潮代表人物的思想,也在不同时期中对他产生过有益的影响。而且这种影响更多时候是先以观点的对立和交锋形式出现的。

巴赫金学派与奥波亚兹的对立,从他们各自所宣扬的口号中就可以看得很清楚:奥波亚兹鼓吹艺术是独立的,它不应对社会承担什么不必要的许诺。而巴赫金却针锋相对地提出:艺术与生活要相互负起责任来。正是从这一基础对立范畴起步,巴赫金走向了他的第一哲学即伦理学的建构。巴赫金的伦理学是其整个哲学思想的基础。巴赫金指出,在存在中,我们是找不到"不在现场的证明"的,这也就是说,在存在中我们"无处可逃":我们被迫命定且宿命地在我们世间的特定位置上生存,因而就必须承担我们的存在所加之于我们身上的"应分"。由此可见,所谓道德并不是什么抽象范畴，"应分"是每个人在生活中所占据的位置所决定的。应分是每个人在存在中的独一无二性所必须承担的责任。

巴赫金的这种伦理学与康德以来的伦理学有着非常显著的区别。后者往往把伦理学建立在抽象的伦理原则之上，而这些原则又与人们的实际生活相差不啻十万八千里。传统伦理学往往是从非常具体的视角出发一下子不经过渡就上升到高度抽象的领域里，因而显得理论严重脱离实际。20世纪西方思想文化领域里最大的危机还不是精神危机，而是行为危机。康德等哲学实践证明已经不再能够实际指导人们在生活中的实践和行为。其中最大奥妙就在于：康德哲学中的"人"是抽象的"人"，是摆脱了具体的社会关系和语境下的"人"，他规定了"人"应当如何行为的"指导性原则"，而这原则本身也是一般性的和抽象的。巴赫金的伦理学足以补足康德等哲学的缺陷和悖论，从而成为真正能指导人们生活实践行为的指南。于是道德就再也不是"我们头顶的灿烂星空"，而真正成为"我们心中的道德律令"。

巴赫金的"哲学人类学"是以对话为主要范畴的，这成为巴赫金的一个突出特点。巴赫金认为对话是解决人际冲突的潜在资源。行为是一种创造过程，是创造力的表现，这种观点可以说也是巴赫金哲学人类学的首要特点。巴赫金否认来自西方的抽象的伦理学教条。他认为行为对他者的指向性形成对话，而在对话中则形成人的个体存在。他者是个体意识成长中不可或缺的角色。内在于意识的他者概念是意识本身构成的条件。

巴赫金行为哲学的第三个主要特点是把行为、话语等当作一个"事件"，这成为其"哲学人类学"的主要内容。存在本身也具有对话性，而不是什么抽象的伦理学教条。"存在即事件"（быть-событие）是作者通过比喻（存在犹如事件）而创立的一个术语，强调存在（现实中的自然界和社会的生活）是人的行为世界、事件世界。与此相近的提法还有"存在的事件""存在犹如事件"，"在巴赫金的哲学术语学中，还有这样一个概念——'событие бытия'（存在之事件）。存在不是一个抽象范畴，而是我唯一的、被从内心深处加以体验的生命与他人组成的类似的存在世界之间相互影响的生动事件，是一个不仅我们个人的存在而且就连'我们相互关系的真理'也得以在其中实现的事件"。通过这些范畴的厘定，巴赫金实现了哲学本质与语言学本质的统一，生活与艺术的统一，应分与责任的统一，从而为贯彻知行合一和知行统一原则奠定了基础。

从个体人在存在中所占据的位置出发来进行伦理学探讨，这大概是巴赫金迥异于前人的一个特点。巴赫金的伦理学因此也可以被称为"应答的建筑术"。从此出发，巴赫金把横亘在生活世界与艺术世界的差别借助于人的行为统一起来，从而实现了两者的融合与相关。生活世界与艺术世界诚然有别，其最主要的差别在于前者是未完结的，而后者是完结的；前者是对话体的，而后者是独白体的；前者是开放的，而后者则是封闭的；前者是生机勃勃的，而后者则是死气沉沉的……从以上对比就可以约略猜到其结论了：两者互不可分，缺一不可。

对话主义是巴赫金哲学人类学的构成成分之一。对话主义的灵感来源于人们两两相对这样一个情境，这体现了它的社会学本质。实际上在这一点上，东西方的伦理学都源出于此。中国儒家伦理学里的"仁"字，从字源分析看就是"两人相对"或"人以人的方式对人即为仁"。对话意识同样起源于人的两两相对情境。在此种情形下，每一方均能看到对方看不到的东西，同时自己也有自己的视觉空白。人类之所以需要对话其根本原因就在于只有彼此补足对方的视觉剩余，才可能多多少少弥补误差，减少失误。外位性是认识的充足和必要条件，自从巴赫金享誉世界各国以来，包括对话主义在内的其他哲学人类学就获得了东西方各国学术界的赞誉和很高的评价。对话主义为不同种族和文化背景的人们的交往奠定了基础，并且宣告了文化多样性的合理存在。

巴赫金的对话主义不但是人际交往的最基本原则，而且也是21世纪人文学科的最基本的方法论。自然科学家一般把理解当作主客观的统一，而人文学家则把理解当作是对研究对象的一种直觉性重建。人文学科有其特有的理解方式这一点导源于伏尔泰。巴赫金则在前人的基础上对这种观点进一步加以补充和完善。自然科学不要求具有个性，而人文学科则不然：没有个性就没有创见。在自然科学里成为悖论的，在人文学科里被视为当然。关于理解，巴赫金的思想与20世纪诸多思想家发生了应和，如伽达默尔的"视域的融合"等。由此可见巴赫金的对话理论是一种适应未来发展的理论。

在走向对话主义的途中，巴赫金曾经历过许多台阶，而"杂语""一语双声"和"复调"……便是其中的阶段。复调小说理论也是巴赫金开始腾名于东西方各国时最早为学术界所关注的概念之一。按照巴赫金的观念，独白等于文化的封闭、艺术的死亡、思维的停滞、过程的完结；而复调则不然，它生机勃勃，阳刚十足；它是未完结的，是动态的、有机的、活跃的，洋溢着旺盛的生命力。独白和对话的原则甚至可以生发为世间万事万物的一种状态：前者与死亡，后者则与生命息息相关。"他人言语"也对复调理论的产生至少有过平行交叉的影响，它最早出现于沃洛希诺夫的著作里。在巴赫金所阐述的对话主义为原则的复调小说里，主人公和人物、作者和主人公以至作者观念等，都与一般小说有显著差异，而体现为思想优先性的特点。

早在评论奥波亚兹的活动时，西方著名俄国形式主义研究专家、耶鲁大学教授厄利希就指出：在统一的俄国形式主义运动中，很早就有存在于同一个运动内部的两种倾向——以奥波亚兹为代表的文学史倾向和以莫斯科语言学小组为代表的语言学倾向——之间的隐隐对立。1920年罗曼·雅各布逊移居捷克的布拉格，以此带动了布拉格学派的成长。在罗曼·雅各布逊的大力推动下，布拉格学派于1926年宣告诞生。但正如厄利希所言：布拉格学派的文艺美学实际上是俄国形式主义理论信条在新的外在条件下的重演和实践。布拉格学派代表人物穆卡洛夫斯基绝大多数时间只是在重复和重申后期奥波亚兹代表人物的理论创见罢了。

洛特曼晚年创立的文化符号学吸取了当年奥波亚兹的学术成果,在继承传统的基础上又多有创新。新方法与传统学术材料的结合使得新意迭出,使洛特曼手中的利器成为一个锋利的分析工具。采用结构主义符号学的二元对立模式分析诸如历史这样的概念,初看上去会以为它们之间是格格不入的,但洛特曼却以其卓越的分析能力令人不得不佩服。尽管结构主义符号学的文化符号学的确在某种程度上如巴赫金所言:结构主义貌似客观实际上极其主观——因为他们能从任何现象身上发现的,其实都是自己而已。但洛特曼的大跨度比较还是能给人以无穷启发。

在20世纪下半叶的洛特曼及其学派眼里,奥波亚兹和巴赫金学派究竟是何种关系,他们又与他们自己有何关系,这都是值得分析的问题。洛特曼的观点可以代表俄罗斯在苏联解体前后学术界的一般见解:不仅他以及以他为代表的塔尔图学派,甚至就连当今俄罗斯后现代主义文艺美学的代表人物爱普斯坦,也都是俄国形式主义(奥波亚兹与莫斯科语言学小组)、布拉格学派等的学术传人,而在传承过程中,巴赫金学派则是一个伴随始终的他者和对话者。

巴赫金思想既是白银时代俄国思想界繁荣昌盛时期酝酿的产物,同时也是给予新世纪(21世纪)俄罗斯的后现代主义运动无穷启发的灵感来源。当代俄罗斯后现代主义者爱普斯坦对此毫不讳言。他似乎在某种程度上还颇以这一点而自豪。令人感到万分惊奇的是:巴赫金的思想——关于不确定性、未完结性和对话——的思想与20世纪末西方盛行的后现代主义思潮可以说是如响斯应,若合符契。这大概也印证了巴赫金自己的一个思想:任何思想都不会死灭,一遇机遇,便会卷土重来,东山再起。这就昭示我们:在追求真理的道路上,任何时候也没有完结。真理就是探索真理的过程。

巴赫金文艺理论思想对叙事理论的影响

张 丽*

摘 要：巴赫金的文艺理论思想对很多理论都产生过影响，作为20世纪60年代兴起的叙事理论也不例外。本文从巴赫金的"作者—主人公"论与叙事主体论、巴赫金的"建构"论与叙事结构论、巴赫金的"对话"论与叙事的交流、巴赫金的"边界"论与叙事的边界等方面进行阐述。从整体上，系统地对巴赫金文艺理论中所具有的叙事思想进行梳理，并探讨它与同时代叙事理论的关系，进一步阐述巴赫金的文艺理论思想与叙事理论的关联。

关键词：巴赫金；作者—主人公；叙事主体；叙事结构；叙事交流

巴赫金是20世纪俄罗斯著名的文艺理论家，也是在世界范围内受争议最多的学者之一。巴赫金受学界的关注不仅仅由于他丰厚的理论造诣和坎坷的人生经历，更为世人瞩目的是他理论的可阐释性以及在不同的巴赫金研究中存在的张力和矛盾。巴赫金的研究从宏观上来讲，涉及哲学、伦理学、人类学、民俗学、语言学、符号学、美学、文艺学等领域；从微观上来讲，涉及审美形式、复调、杂语、小说性、时空体、话语、狂欢、怪诞、参与、应分等范畴，而这些范畴的研究又可以引申到结构主义、形式主义、马克思主义理论、新历史主义、读者反应批评理论、文化批评、解构主义等领域。具体到文本理论中，巴赫金把文本作为一个整体来分析，这个整体包括作者、内容、读者，发展到后来则延伸为作者的意图、作品的形式、读者的阅读三个方面，这三个方面是一个有机的整体，缺一不可，而且形成了一个动态的交流过程。这种文本中的动态交流过程直接关系到文本内部与文本外部两个层面。有学者认为，巴赫金的文本内涵应包括以下几个方面："（1）一切文本均有主体、作者（说话者、书写者）。（2）文本之间与文本内部的关系是对话关系。（3）文本有两极（即两个因素）：一极是

---

* 张丽，江西省社会科学院《江西社会科学》杂志社副研究员。主要研究方向为西方文论、叙事学。本文系江西省社科规划项目"巴赫金文艺理论中的叙事交流体系研究"（项目编号：15WX23）、江西省社会科学院项目"巴赫金文艺理论中的叙事主体研究"（项目编号：15QN10）的阶段性成果。

记号体系、语言（包括艺术语言在内），另一极是文本的整个意义，即文本的构思，为何而创造。这二极不可避免地与作者的因素相关。而文本的整个意义，就是'整个言谈的主题'。言谈都有主题，而对意义的理解，是实现这一主题的技术手段。(4) 文本不是物，文本是第二意识，知觉者的意识。(5) 人的行为是一种潜在的文本。(6) 文本是客观世界的主观反映。"[①] 巴赫金文本理论中所涉及的一些要素，如"作者""主人公""读者""形式"等范畴也是叙事学主要研究的对象，近年来，叙事学虽已成为中西理论研究的热点之一，与此同时，学者对巴赫金的研究热情也从未间断，但很少有学者将两者结合起来，许多学者对巴赫金研究是从他的叙事理论入手的，如钱中文的《"复调小说"及其理论问题——巴赫金的叙述理论之一》《复调小说：主人公与作者——巴赫金的叙述理论》；晓河的《文本·作者·主人公——巴赫金的叙述理论研究》；董小英的《再登巴比伦塔——巴赫金与对话理论》等，但他们仅是就巴赫金理论中的某一个叙事要素来分析、解读，这样的研究比较单一、零碎。本文从巴赫金文艺理论中的叙事思想为切入点，从整体上，系统地对巴赫金文艺理论中所具有的叙事思想进行梳理，并探讨它与同时代叙事理论的关系，进一步阐述巴赫金文艺理论思想与叙事理论的关联。

一 巴赫金的"作者—主人公"论与叙事主体论

巴赫金的"作者—主人公"论经历了一个发展到成熟的过程。最初，巴赫金只关注文本中作者与主人公两方面。在《审美活动中的作者与主人公》中，他曾说："艺术整体的每一个具体价值都在两个价值层面上，即主人公层面、作者层面。"[②]（卷1，332）所以，对文本的分析应该先从主人公入手。在《审美活动中的作者与主人公》中，巴赫金将作者与主人公的关系分为三类，即作者控制主人公、主人公控制作者、主人公即作者本人。而早期的巴赫金比较倾向于"作者控制主人公"的创作，"作者掌握主人公就是传统独白小说中作者和主人公之间的关系，这种情况是作者的自我意识很强，主人公完全是一个他人话语的产物，作者视主人公为他者，视主人公为客体，作者的视野在任何地方，都不会同主人公们的视野发生对话式的交错和冲突"[③]。巴赫金强调作者对主人公的绝对控制，他认为，作者看到的、了解到的必须超过任何主人公，作者必须以全知视角来控制主人公，主人公不能按照自己的见解来说明事物，读者也只能是听主人公说，主人公的情感意志受到作者的限定，因此，主人公表现为：

[①] 晓河：《文本·作者·主人公——巴赫金叙述理论研究》，《文艺理论与批评》1995年第2期。

[②] 本文选自《巴赫金全集》中的引文，均出自钱中文等编《巴赫金全集》（7卷本），河北教育出版社2009年版，文中只注明卷数与页码。

[③] 阮永健：《论巴赫金关于陀思妥耶夫斯基小说对话性的叙事艺术特征》，《中山大学研究生学刊》（社会科学版）2004年第2期。

真正的主人公、表现出来的主人公、潜在的主人公三种，要了解作者的真正意图，需要区分真正的主人公。随着主人公的复杂性，巴赫金在《陀思妥耶夫斯基诗学问题》中更深入分析了作者—主人公的关系，这也是巴赫金主人公理论成熟的表现，随着主人公的多样化，巴赫金又提出了面对复杂多变的主人公，那么，作者与主人公的关系究竟如何？巴赫金此时也意识到，要寻找真正的潜在主人公，高高在上的作者已经失去了他的权威性，因此，作者也控制不了主人公，必须重新审视两者的关系，而陀氏的小说正好解答了作者与主人公的关系。

巴赫金认为，"陀氏作品中的主人公，似乎已经不再是作者言论所表现的客体，而是具有自己言论的充实完整、当之无愧的主体"（卷3，3）。陀氏笔下的主人公都有一定的思想观念，具有一定的"自我意识"是一个自身有充分完整思想观念的"创造者"，主人公在小说里，不是作者言论的客体，而是一个具有艺术成分、可以独立观察事件发展的观察者。小说中的主人公对自己、对事件的观察与评论与作者的议论在同一个层面上，作者与主人公的关系已不是作者控制主人公，而是主人公与作者地位平等、相互对话的关系。也就是说，在复调小说中，主人公有以下几个特点："（1）主人公不仅是作家描写的对象，不仅是客体；他不是作者思想观念的表现者，而是表现自己观念的主体。（2）复调小说没有作者的统一意识，不是根据这种统一意识展开情节、人物命运、人物性格，而是展现有相同价值的各种意识的世界。（3）复调小说由不相混合的独立意识、各具完整价值的声音组成。复调小说强调主人公不仅是客体，而且也是主体，强调主人公主体意识的独立性，主张主人公与作者是平等对话的关系。"[①]值得一提的是，复调中所表现出来的主人公的心理活动过程，具有这种心理活动的主人公内心极度紧张，具有一定的病态特征，正是复调这种方法，才能够把内心深处的感受表现得淋漓尽致。

与此相关的叙事作品中，离不开叙事主体。所谓叙事主体，是指叙事过程中故事内容的言说者和叙事意图的执行者。赵毅衡在分析叙事主体时曾说："在任何叙述文本中，都存在叙述主体的分化。主体分化是任何虚构叙述行为都有的普遍现象，不同叙述作品主体分化只有程度上的不同。"[②] 因此，叙事主体不是单纯意义上叙述故事的人，他会随着情节发展的需要而不断发生改变。巴赫金的作者—主人公理论与叙事主体的关系非常密切，叙事主体不仅包括文本内的主人公、叙述者，也包括文本外的作者与读者。

巴赫金的"作者—主人公"经历了由客体向主体意识的转变后，形成了比较成熟的叙事主体，直接指向文本内的作者与主人公、文本外的作者与读者。而在文本意义的生成过程中，读者与作者都是在积极参与的过程中营造了艺术的幻想世界。

小说的创作离不开人物与作者的关系，"是按照作者的价值观念、话语风格来统一

[①] 钱中文：《复调小说及其理论问题——巴赫金的叙述理论之一》，《文艺理论研究》1983年第4期。
[②] 赵毅衡：《当说者被说的时候——比较叙述学导论》，四川文艺出版社2013年版，第27页。

人物的话语,还是让人物充分享有对话权,让他在和作者平等的思想对话中展示自己深层的心理世界,这构成了小说修辞研究作者与人物关系的两种不同路向。"[1] 韦恩·布斯在他的《小说修辞学》中,肯定了作者对小说中虚构世界的主宰权,从主题的选择到人物性格的塑造,作者都发挥着全知全能的整合作用,同时,作者通过使用修辞技巧,控制着读者在情感、认知、道德等方面的反应。与布斯不同的是,巴赫金在研究小说主体关系时,把中心转移到主人公即人物上来,他批评以作者为中心的修辞理论是"文艺学的修辞学","他感兴趣的主要是作者语言"(卷1,332),而包括他自己的小说修辞理论在内的则属于另一种类型,它是"语言学的修辞学","主要感兴趣的是人物和讲述人的语言"(卷3,228)。他认为,作为小说中"说话人"之一的人物应该成为"思想家",他的话语也应该成为"思想的载体"。要达到这样的目的,人物必须摆脱作者的控制,这样,叙事主体的研究就发生了重大的转变,即从作者转向了人物。"如果说布斯为作者权利的合法性进行辩护,那么,巴赫金考虑更多的则是如何限制作者滥用权利;如果说布斯强调基于作者的同一性,即整个小说世界,由于有了作者的介入,才使小说成为一个可以被读者理解和接受的统一体,作品也成为一个可以构成交流关系的媒介,那么,巴赫金的小说理论则强调基于杂语的差异性和对话关系。"[2] 巴赫金通过对不同文学体式的比较,来说明叙事主体之间的平等对话关系。

二 巴赫金的"建构"论与叙事结构论

在批判形式主义的材料美学时,巴赫金认为,材料就是词语,材料的性质就是话语的性质。形式要表现作者和观照者对材料之外的某种东西的评价态度,材料应该用隐喻的表现形式,而作品的结构叫布局,建构形式和布局形式不同,建构形式是由审美客体来构建的。

巴赫金认为,传统的语言修辞的功能"只是一种技术因素"。它们包括话语的声音方面、话语的指物意义、话语语体的语调因素等方面。这几个层次共同构成作品的"布局形式"。他还从"社会学性质的修辞学"层面,概括了在标准语和通常文学视野背景下的叙述语的四种"混合语式":主人公的非直接引语、叙述人的讽刺性转述语、有他者语调的直接引语和镶嵌体裁。体式与语式反映在作者和主体分化意义上,而叙述人及其视野中的主人公的话语则构成了复调的第一个对话层次,即作者与主人公的对话关系,这种关系超越了文本。而文本内部的人物之间的话语关系则构成了第二个层面上的对话关系,也是巴赫金所谓的"构建形式"的高度。

巴赫金曾说:"人类思想的对象是叙述的存在,存在是潜在叙述的。"这表明了"存在即事件",即存在可以通过事件的叙述来把握。"语言是在服务于参与性思维和行

---

[1] 李建军:《在谁的引领下节日般归来——巴赫金的作者与人物关系理论批判》,《南方文坛》2002年第2期。
[2] 同上。

为中历史地发展起来的……为了表现发自内部的行为和行为所在的唯一的存在即时间，需要调动语言的全部内涵：它的内容含义（词语表概念）、直观形象（词语表形象）、情感意志（词语表情调）三者的统一。"（卷1，32）这段话表明了巴赫金对事件的重视，他把事件展开的空间形式分为内在节奏与外在节奏两种。而连续的事件构成了事件链（即本事），事件链也由内在的事件和外在的布局组成。在《审美活动中的作者与主人公》中，他提出审美活动是一种"审美事件"，在这里审美事件是由作者和主人公构成的，两者在审美活动中既是不可分割、缺一不可的；又是相互联系、相互影响的。而且，审美事件只能在有两个参与者的情况下才能实现，他要求有两个不相同的意识。也就是说，作者和主人公有各自不同的意识，他们都是各自独立的思想者。在巴赫金看来，审美事件之不同于伦理事件、认识事件和宗教事件，其根本点就在于作者与主人公都具有独立性，主人公与作者处于一种平等、对立的位置。当有了作者与主人公的对话，就构成了人的行为，构成存在的事件（性），就形成一种交往。因此，"审美世界只是实践即存在的一个因素。事件只能得到参与性的描述，参与到事件中来有多少个唯一性的参与主体，就有多少个不同的事件世界"[1]。

叙事的结构不仅是内部诸元素、诸成分的构造与结合，而且也是创造者特意构思布局与人为安排外观及内涵的一种艺术技巧。在叙事结构上，复调小说打破了传统小说的叙事手法，采取了共时性的叙事结构，形成了文本内外多个对话的、立体的叙事效果。在传统的独白小说中，由于故事、情节的固定特征，决定了小说的叙事形式必然具有一定的时序性，但是，不管是运用了正叙还是倒叙，快叙还是慢叙等方式，都是为了增强小说的叙事效果，吸引读者的关注。而"复调小说所强调的不是形成过程，而是同时共存和相互作用。这一独特性使它形成了超时间观和内聚型游移视角"[2]。巴赫金复调小说的叙事结构中，首先是叙事视角的不断转换。因为复调小说中存在多个平等的叙事主体，因此，叙述视角在不同的角度观察事件的发展过程，以展示叙事结构中各个叙事主体的意识。其次是对叙事时间的淡化处理。为了将每个叙事主体的心理时间统一起来，把握叙事主体的意识流动瞬间，只能是淡化时间，而淡化了时间，恰恰是表现意识活动的有效方法。

三 巴赫金"对话"论与叙事的交流

巴赫金叙事思想中最关键的范畴是"对话"，有了对话就涉及交流，这种交流不仅发生在文本内部，也发生在文本之间，从而形成了一种多语、多声、多体式的动态交流体系。巴赫金在复调小说理论中提出了"对白理论"就是叙事交流体系的一种。

---

[1] 庞海音：《巴赫金复调小说中的"事件"与"事件性"阐释》，《新疆大学学报》（哲学人文社会科学版）2009年第3期。
[2] 徐巍：《巴赫金复调诗学理论对传统小说格局和叙事模式的冲击》，《榆林高等撰写学校学报》2001年第1期。

巴赫金认为:"生活本身就是一种对白现象,人们之间的关系有如对白一般,两个声音才是生活的基础,生存的基础。"(卷5,56)巴赫金所说的"对白",实际上是他理解社会生活的一种方式,巴赫金强调社会生活中人的独立性,人与人之间的平等关系以及人与人之间的对话关系。这种把现实中的人与人之间的关系,转化为对文学形式、人物结构的思考,并由此而形成小说的"对白"理论,是一种相当深刻的观点。它的精粹之处在于:"如果要使人物更加深入、真实地反映现实,就必须设法使被描绘的现实和人物,保持更大的客观性,为此,又必须通过加强人物的主观性、人物的复杂意识、多种关系的进一步相互渗透,从而减弱作者主观性的表露来达到。"[①]

在解读陀氏的小说时,巴赫金发现,陀氏的小说是"全面对白的小说",这种"对白"(对话)特征不仅表现在主人公上,也表现在作者与人物上、人物与作品结构上。巴赫金也仅此分为:"大型对白"与"微型对白"两种叙事交流的方式。

"大型对白"主要涉及小说的内外结构。巴赫金认为,小说结构的各个成分之间都存在对白关系,这种结构法称为"对位法"。也就是说,小说是有意运用不同的语调来写的,它通过音乐中的"中间部分"的过渡办法,完成了从一个调子向另一个调子的转变。另一种情况是"复调"在结构上表现为不同故事情节的平行发展。小说结构中的这种"复调"可以发展为多主题的叙事结构,即一部小说中有多条情节线索,它们虽然各自独立,但在组成巨大的虚构世界时又密切联系。这种结构在小说的结束部分,往往表现得意犹未尽,让读者回味无穷。"微型对白"主要表现在小说内部人物的结构之中,特别是人物心理结构中。比较有特色的是"尾白",由于尾白可以作对答、反话理解。这样使得陀氏的小说世界就呈现了多语、多声相互交流的状态。

巴赫金的对话理论中,另外一种交流方式是与"他人话语"的对话。按巴赫金所说,"他人话语"包括"各种社会方言、各类集团的表达习惯、职业行话、各种文体的语言、各代人各种年龄的语言、各种流派的语言、权威人物的语言、各种团体的语言和一时摩登的语言、一日甚至一时的社会政治语言等等"(卷3,48)。可以理解为,人类就生活在一个充满了他人话语的复杂的语言世界中,人类通过不断使用他人话语的语言行为传达着生活的意义,确立自己的话语体系。而小说"正是通过社会性杂语现象以及以此为基础的个人独特的多声现象,来驾驭自己所有的题材、自己所描绘和表现的整个实物和文意世界"(卷3,221)。

"透视巴赫金小说理论中他人话语的存在及功能,我们发现,由于他人话语更多的是以前文本的形态被读者社会所熟识和接受,所以它们组合在新的文本中必定带有前文本的影子,必定带着前文本强大的语境力量,从而也就具有强烈的自我叙述能力,表现出鲜明的多层次的对话性。"[②] 在小说叙述话语中,他人话语是指那些相对于叙述主体,具有某种相对独立的自我叙述能力的、早已存在于社会语境或前文本之中的他

---

① 钱中文:《"复调小说"及其理论问题——巴赫金的叙述理论之一》,《文艺理论研究》1983年第4期。
② 祖国颂:《透视巴赫金小说理论中"他人话语"的叙述功能》,《俄罗斯文艺》2003年第4期。

者的话语。在小说的交流体系中,他人话语的表述功能具有相对的独立性和稳定性,他人话语可以出现在不同的叙事层中,引导不同叙事层面的交流,具有多声的特征,从而实现了故事内部不同层面、故事外部不同层面的对话。也就是说,小说叙述话语中的他人话语既保持着先前语境中的对话关系,同时也与故事中人物、听故事的人、文本接受者乃至读者进行对话。可见,在小说文本叙述中,话语发出者所处的层面越低,他所构成的对话形式就越丰富。

四 巴赫金的"边界"论与叙事的边界

在论及人文科学对象的共同性质时,巴赫金提出了一个重要的"边界"理论:"某一文化领域(如认识、道德伦理、艺术等领域)作为一个整体所构成的问题,可以理解为是这一领域的边界问题。然而,不应把文化领域看成是既有边界又有内域疆土的某种空间整体。文化领域没有内域的疆土,因为它整个儿都分布在边界上……每一起文化行为都是在边界上显示充实的生命,因为这里才体现文化行为的严肃性和重要性,离开了边界,它便丧失了生存的土壤,就要变得空洞傲慢,就要退化乃至死亡。"(卷1,323)文学在巴赫金的边界视野中,不是封闭的,而是一个具有多种互动关系的场域,在这个场域中,存在各种文学创作的方法,各种方法之间相互联系,形成一种互为外位又有内在逻辑的整体。因此,在论及人文科学认识活动的特性时,巴赫金将其概括为"双向的契入认识",一个意识不能没有他人意识而存在,"存在意味着为他人而存在,再通过他人为自己而存在。人并没有自己内部的主权领土,他整个地永远处在边界上;在他注视自身内部时,他是在看着他人的眼睛,或者说他是在用他人的眼睛来观察"(卷1,378)。也就是说,审美主体与审美对象之间的关系是"外位关系"。即"我对它拥有的'超视超知'——我的视域包括它的正面形象及背景,我的所见所知比它其中的任何一个部分或主人公都知道、看见的多,这些为我提供了整体地把握对象关系的条件和赋予其含义的可能性,即任何外位的认识都含有一定的客体化因素,具有对整体的'完成性'的建构与评价。"[①] 同时,处于外位的"我"又是整体中的一个特殊的组成部分,为整体建构中的另一个要素"他者"提供了可能。

可以说,"外位性"即"外在性"是巴赫金文艺理论中作者与人物关系的理论支撑点,这一"外在性"的基本含义,就是"我"和"他人"之间的关系是对立还是共存,"我"眼中有"他人","他人"眼中有"我",用"我"的眼睛观察"他人"的同时,"他人"也在用"他人"的眼睛观察"我"。巴赫金的"作者—主人公"之间的关系也属于这种情况,双方共同处在同一时空界面中,互相观察、互相评论。由此,作者便"永远地处在边界上"。"一方面是作者/接受者统摄一切的外位的立场和超视,保证着

[①] 马理:《边界与体裁——试析巴赫金诗学元方法问题》,《四川大学学报》(哲学社会科学版)2003年第3期。

审美主体能创造整体并完成整体（第一个界面）；另一方面，这种外位的地点和超视的内容有所改变，作者的立场（本身便是对话性的）不再是统摄一切和完成一切的了。一个多元的世界展现在眼前，这里不只有一个，而是有许多个视点。"[1] 因此，文学作品中的外位性集中体现在作者与主人公身上，作者处在文本故事世界的边界上，处于故事中主人公的外位，通过作者的眼睛可以了解到故事内主人公不可能了解的事件，为展现立体、全面的主人公提供了条件，从而使读者能够看到不同体裁、不同特点的文本，感受到作家之间的区别。同样，由于这种外位性的存在，作者永远不能真正体验到主人公的真实感受，只能根据自己的视角和标准来描述主人公所处的世界，为了展示主人公的真实面貌，作者必须通过各种技巧，跨过边界试着去用主人公的眼光来观察生活。因此，巴赫金认为，在叙述者的背后，读者还能看到作者的叙述，读者会感受到每种叙述都处在两个层面上，既是叙述人的层面，又是作者的层面。作者利用叙述层折射地讲自己的话，把自己思想通过叙述人的话语表达出来，形成一种双声关系，这样，叙述人在完成叙事功能，获得艺术客体化时，不丧失自身的言语特征，主人公在被叙述人形象地客体化时也保留了自己的个性。

五 结语

巴赫金的"作者—主人公"理论与 20 世纪 70 年代盛行的法国结构主义叙述学中的"作者—主人公"问题，既有相通性，又有区别。罗兰·巴特在《叙事作品结构分析导论》中直言不讳："一部叙事作品的（实际的）作者绝对不可能与这部叙事作品的叙述者混为一谈。"[2] 叙述者和人物是"纸上的生命"，叙事作品中"发生的事件"，仅仅是语言，是语言历险。巴赫金所说的对文本的语言学分析，"在相当大的范围内，可以并且完全同作者分开"。这里，不是说否认研究作者的意义，而是提倡对文本的综合研究。同时，巴赫金也指出了，作者的存在不是消极的，而是积极的。"按照巴赫金的见解，这种积极性首先表现在作品的结构上。例如作者如何谋篇布局，如何把作品分成部分、章、节、段等等。此外，我们还能明显地觉察出作品中对事件的叙述与事件本身发展的不同取向：事件的发生发展与结局服从于因果律，受制于时间性，而叙述却可以违背这一因果律与时间性，可以从结局开始然后再叙述发生起因，可以从事件的末尾、中间或任何一部分开始叙述，这些都是作者积极性的典型表现。"[3] 然而，这种积极性不是随意的，而是有限制的。

其次，巴赫金提出"第二作者"的概念，而结构主义叙述学则把它叫作"隐含作

---

[1] 马理：《双面的雅努斯——试析巴赫金美学人类学主体性的涵义问题》，《广西民族学院学报》（哲学社会科学版）2002 年第 6 期。

[2] 张寅德：《叙述学研究》，中国社会科学出版社 1989 年版，第 15 页。

[3] 晓河：《文本·作者·主人公——巴赫金叙述理论研究》，《文艺理论与批评》1995 年第 2 期。

者"或"潜在作者",目的在于与真实的作者加以区分。但对内涵的理解上略有不同,巴赫金认为第一作者是非创造的作者,而第二作者是被第一作者创造的作者。叙事学的隐含作者则是潜在的作者本人。他与真实的作者的区别在于介入作品的程度不同。可以说,巴赫金的文艺理论思想,提高了人物在小说中的地位,强调小说对不同类型话语的使用,这为叙事语言的多样化创造了条件。

非自然副文本叙事论略

刘晓燕[*]

（南京大学外国语学院英语系　南京　210023）

摘　要：随着非自然叙事学的迅猛发展，其研究对象从小说文本向外逐步扩展到其他文类和媒介的非自然叙事现象，然而，非自然叙事学者却忽视了处于文本内部边缘的副文本。事实上，副文本作为文本的一个重要组成部分，对于文本的阐释和叙事呈现着错综复杂的内在关系。本文通过非自然副文本叙事的概念界定，阐释功能和叙事呈现三个方面的研究，来发现非自然副文本叙事独特的叙事内容和结构样式对于副文本自身叙事机制的呈现，以及对于文本叙事阐释所发挥的推动和消解的作用，也就是非自然的副文本叙事策略不仅将副文本从边缘推向了中心，而且改变了叙事的阐释规律。

关键词：非自然副文本叙事；概念构成；阐释功能；叙事机制

非自然叙事（unnatural narrative）是后经典叙事学研究的一个重要分支，也是目前西方叙事学界最为关注的焦点之一。一些非自然叙事的研究者宣称："对非自然叙事的研究成了叙事理论中最激动人心的一个新范式。"（Alber, et al, 2010：113）自2006年布莱恩·理查森提出非自然叙事的概念以来，短短10年内，其已发展成为具有完整理论体系和具体应用方法的一门显学。相比后经典叙事学其他分支的发展来说，更为迅猛，更为全面，也更为深入。从叙事中非自然的声音（2006年，2011年）研究开始，进一步发展为非自然叙事学（2011年）、非自然叙事诗学（2013年），到目前的对于理论、历史和实践进行总结阐发的《非自然叙事：理论、历史与实践》（*Unnatural Narrative: Theory, History, and Practice*, 2015）的出版，非自然叙事学从无到有，经历了一个迅猛的发展历程。非自然叙事学能在如此之短的时间内建立自己的学科体系，这与非自然叙事学具有创见性的理论发现密切相关，也就是说，非自然叙事体现了叙事在反模仿与模仿之间的辩证关系构成，这为其建立系统的学科理论奠定了基础。

---

[*] 刘晓燕（1983— ），黑龙江人，南京大学外国语学院博士生，讲师。

随着非自然叙事学的迅猛发展,其研究对象从小说文本向外逐步扩展到其他文类和媒介的非自然叙事现象,然而,非自然叙事学者却忽视了处于文本内部边缘的副文本。本文从非自然副文本叙事的概念界定、阐释功能和叙事呈现三个方面对于非自然副文本叙事进行研究,试图发现非自然副文本叙事对于副文本自身叙事机制的呈现和文本叙事阐释所发挥的推动和消解作用。根据非自然叙事的研究方法,"首先在于努力描述被投射的故事世界偏离真实世界框架的方式;其次是努力阐释这些偏离"(阿尔贝,2011:6)。我们首先描述非自然的副文本叙事的偏离方式,然后阐释偏离方式之于文本阐释及其自身叙事结构的叙事影响。

一 非自然副文本叙事的概念构成

非自然叙事的概念虽然一直以来都存在分歧,但是这些概念具有共同的本质特征。就是对于"自然叙事"的违背或者对于"自然"的叙事违背,那么对于副文本叙事来说,由于其独特的叙事组成。其非自然叙事一般发生在对于"自然叙事"的违背层面上。也就是说,非自然副文本叙事的概念建立在对于副文本叙事规约的违反基础之上,而这个叙事规约是对一般的副文本叙事行为进行归纳的结果。从某种程度上说,法国叙事学家热奈特的副文本理论可以称为副文本的一般叙事规约的总结和概述。他对于副文本叙事在存在媒介、划分界限和叙事功能上的界定反映了副文本叙事规约的基本构成,那么对于这些副文本叙事概念基本构成的颠覆,则可以认为是非自然的副文本叙事。因而,笔者将热奈特的副文本理论作为非自然副文本叙事概念构成的出发点,去发现非自然的副文本叙事独特的叙事内容与结构样式。

在非自然叙事学的领军人物理查森那里,"非自然"被视作"反模仿"的同义词。理查森的非自然叙事概念是以普遍的、自然的叙事规约作为非自然叙事的参照。既然非自然叙事是对自然叙事的偏离,那么我们首先要弄清楚什么是自然叙事。费鲁德尼在她的《建构"自然"叙事学》一书中把"自然叙事"定义为"自然的口头讲述"(Fludernik,2010:13)。自然叙事是以模仿论来界定叙事的。理查森认为:"在批评理论史上,好几个世纪以来,模仿思维都占据了主导地位。"(Richardson,2002:58)也就是说,自然的叙事始终以作者与读者之间真实的话语交流模式作为叙事内容与叙事话语的依据,然而,非自然叙事的研究者认为:"很多叙事违背、游戏、嘲弄、戏耍或者试验一些(或者所有的)关于叙事的核心假设。"(阿尔贝,2011:4)换言之,叙事的有趣之处正在于它们能够描绘超越、扩展或者挑战我们所了解世界的情景与事件。[①]由此布莱恩·理查森将"非自然叙事"定义为:

[①] 参见阿尔贝《非自然叙事,非自然叙事学:超越模仿模式》,《叙事》(中国版第三辑),暨南大学出版社2011年版,第5页。

明显违背标准叙事形式的规约的叙事,尤其是违背口头的或书面的非虚构叙事规约的叙事,以及像现实主义那样以非虚构叙事为模型的虚构模式。此外,非自然叙事研究流动变化的规约,在每部作品中都创造出新的叙事学模式。简言之,非自然叙事使叙事的基本元素变得陌生化。(Richardson,2011:23)

也就是说,非自然的叙述行为是指那些违背自然叙事规约,尤其是叙事交际模式的叙事。这也是非自然的副文本叙事所发生的叙事层面。

那么什么是自然的副文本叙事呢?副文本的叙事同样一直以"真实话语情景的模仿为基础"(Richardson,2006:5)。副文本叙事由法国叙事学家热奈特提出,他在自己的结构主义叙事学的研究中发现了副文本的现象,并将其发展成为具有完整理论体系和结构的新概念。热奈特对于副文本的研究是对一般的副文本现象的总结和综述,是普遍的副文本叙事规约的呈现。因而,叙事学的研究者一直以来将其对于副文本的研究作为基础性理论假设,也就是说,热奈特的副文本理论成为"自然的"副文本叙事规约的展现。那么,一些违背自然的副文本叙事规约的副文本叙事可以称为非自然的副文本叙事。换言之,非自然的副文本叙事以一般的或者普遍的副文本叙事作为参照,来发现非自然副文本叙事的"反模仿"之处。因而,热奈特的副文本理论是非自然的副文本叙事概念得以建立的理论基础。

从存在媒介上看,热奈特在对于副文本进行定义时,指出:

尽管我们通常不知道这些作品是否要看成属于文本,但是无论如何它们包围并延长文本,精确说来是为了呈示文本,用这个动词的常用意义而且最强烈的意义:使呈示,来保证文本以书的形式(至少当下)在世界在场、"接受"和消费。因此,对我们而言,副文本是使文本成为书,以书的形式交与读者,更普泛一些,交予公众。(Genette,1997:1)

热奈特在这里指出了副文本的基本构成,以及副文本与文本之间相互依存的关系——不存在没有副文本的文本,也不存在没有文本的副文本。也就是说,热奈特的副文本理论是建立在文本与副文本的相互依存关系之上的跨文本性。然而,在数字化时代,电子书读者可以直接进入文本的阅读界面,并不需要关注副文本是否存在。虽然这种电子书至少保留了题目这一副文本形式,但是电子书或者其他形式的数字化传播媒介对于副文本的形式和内容都提出了前所未有的革命性变革,甚至可以说,数字叙事的叙述构成正是建立在对于副文本规约挑战的基础之上,也就是以非自然的副文本叙事的变革作为创新与发展的出发点。热奈特所有的副文本理论都是针对书面的副文本形式,虽然他也指出有可能会出现书以外的其他副文本形式,但是它的研究仍然以书为基础。由此说来,其他媒介的副文本叙事形式基本可称为非自然的副文本叙事。

从划分界限上看，热奈特用门槛这个形象的比喻来展示副文本与文本之间的界限。"文本门槛内外规则不同，进了门槛外面的规则就被颠覆，里面的新规则就要起作用。副文本在文本中不仅标出文本和非文本过渡区，而且标出其交易区，性质上基本是语域和策略上的空间。"（Genette，1997：63）也就是说，在热奈特（Genette）看来，副文本是与文本和非文本有着明显界限的，虽然他称副文本为过渡区和交易区，但是却明确地表明副文本是与文本完全不同的文本世界。尽管如此，一些非自然的副文本叙事则有意打破这样的界限。非自然叙事的序言与文本的正文相互交织。序言有时也会直接入侵文本，也就是模糊文本与副文本的界限，从而解构自然的叙事结构。如现代小说《木桶的故事》过度的副文本章节和《微暗的火》中繁复的前言修辞等。《木桶的故事》以一种几乎是没完没了的一串"开始"来展开叙事，所有这些内容占据了整整一章的篇幅，真正的叙事才从第二章开始。《微暗的光》的前言也占据了长长的一个章节。这些延长的序言都是对于文本与副文本之间界限的越界，是对于热奈特副文本概念的消解，也就是说，非自然的序言叙事本身就具有一定的元叙述性和解构性。因而，结构层面的非自然副文本叙事是对于副文本叙事本身或者是对叙事本身的元意识的体现，换言之，非自然副文本叙事是对于副文本叙述机制的暴露，或者对于文本的虚构性的揭示。

二 非自然副文本叙事之于文本阐释的辩证功能

非自然叙事对于叙事来说，意味着"创新的和不可能的叙事之于模仿理解的挑战方式；非自然叙事的存在对于叙事是什么的一般概念以及叙事能做什么的影响"（Alber，et al.，2013：2-3）。由此说来，非自然的副文本叙事不仅是对热奈特副文本理论的违背和挑战，而且是对于文本叙事的别样阐释和叙事呈现。

非自然的副文本叙事使读者从副文本的强制阐释中解放出来。热奈特认为副文本的作用在于作者及其代理者是为文本的解释确立了一个权威性的解释，也就是，"它们为文本提供了一种（变化的）氛围，有时甚至提供了一种官方或半官方的评论"（热奈特，2000：71）。他认为副文本对于文本的架构与阐释具有不可或缺的语境意义，副文本对于文本正文的阐释不仅具有一种指引作用，而且为文本的阅读提供一些相关的背景信息，特别是一些题目的概括作用是读者阅读过程中始终相伴的一条线索性信息。副文本的主要任务就是"要确保文本命运与作者目的一致"（Genette，1997：408）。热奈特强调副文本中隐含作者对于读者叙事阐释的干预。副文本是作者为自己培养理想读者的文本保证。总之，根据热奈特（Genette）等学者的研究，副文本不仅与文本密不可分，而且是文本之为文本的保证。非自然的副文本叙事则通过多个作者或者读者参与的形式来消解作者的权威，使副文本不再是统一意识形态或者阐释结构的呈现，而是一个开放的意义空间，读者的文本解读不再受制于副文本强制阐释的局限。正是副文本这种遮蔽、拆解、颠覆的消解作用赋予了非自然叙事产生的可能，也就是文本与副文本之间的裂隙，从而产生了文本意义的开放空间，脱离了副文本的强制阐释限制。

甚至，非自然的副文本叙事可能取代文本成为读者阐释的主要内容。《玫瑰的名字》这部小说的题目就直接解构了小说文本的本体地位，使副文本成为其解释说明的对象。埃科将其命名为《玫瑰的名字》时，"因为玫瑰是一个意义如此丰富的象征形象，以致落到毫无意义或几乎毫无意义的地步……读者迷失了方向，他无法选择一种解读。……一个书名应该把思绪搅乱，而不是把它理清"（埃科，2010：3—4）。也就是说，非自然副文本叙事中的题目可以与文本一样成为一个开放的阐释空间，题目的功能也不再是文本阐释的结果，而是有可能成为文本阐释的过程。正如埃科对于小说名字的观点："我让读者自己得出结论，因为我认为一个叙述者不应该为他的作品提供阐释，否则就没必要写小说，更何况小说正是生产阐释的绝妙机器。只不过，这些看上去相当高明的漂亮话跌在了一个不可逾越的障碍上：一部小说应该有一个名字。"（埃科，2010：2）作者的隐退，将小说的文本与副文本的意义阐释交到了读者的手里，甚至更为中肯的方式是让小说的副文本比小说文本更应该具有一种无限阐释的可能性，从而让小说的题目不再是文本阐释的所指，而是其阐释活动的能指。事实上，正如埃科所说：

> 然而，不幸的是，一个书名已经是一把阐释的钥匙了。人们不可能对《红与黑》或《战争与和平》生成的暗示视而不见。最照顾读者的书名是简缩书中主人公名字的名字，如《大卫·科波菲尔》《鲁滨逊·克鲁索》。不过对书中人名的援用也可以构成作者过度的干预。《高老头》就会使读者的注意力集中到老父亲的形象上，而小说也是拉斯蒂涅或又名高冷的伏脱冷的史诗。（埃科，2010：2）

小说题目一直以来作为小说文本阐释的钥匙，限定了文本阐释的方向和路径。也就是说，非自然叙事的副文本正是通过丢弃这把钥匙，来赋予小说文本阐释以别样的可能性，以及副文本之为文本叙事的各种可能关系。因此，非自然的副文本叙事作为一个小说开放的认知空间，成为非自然叙事阐释的载体。

在非自然的副文本叙事中，副文本叙事不再固定于与文本之间的对应关系，而是在不脱离文本范围的相对独立的结构及意义单元。非自然的副文本叙事一方面为非自然叙事的创新提供了新的可能，正如瑞安所说："非自然叙事让我们建立起超越现实世界的思维框架，从而能够挖掘我们可以想到的或者虚构世界的各种可能性。"（Alber，2013：457）另一方面，改变了文本与副文本之间的单一意义生成关系。因而，非自然的副文本叙事策略不仅将副文本从边缘推向了中心，而且改变了叙事的阐释规律。

三 非自然的副文本叙事之于副文本自身叙事机制的凸显

如果说自然的副文本叙事是对于文本叙事机制的展现和揭发，那么非自然的副文本叙事则是对于副文本自身叙事机制的暴露和凸显。

热奈特在他的《转喻——从修辞格到虚构》中把转喻的修辞研究应用到文本虚构的叙述学研究，并提出"作者转喻"的概念，这个概念后来被发展成为转叙。热奈特认为"作者转喻"具有突出作者主体性的功能，也就是叙述者可能进入故事世界的叙事层中，从而让自己成为被描述的对象，也就是转叙实现了叙述层次的越界和变换功能。然而，热奈特在界定副文本时，却明确规定了文本与副文本的界限。他认为文本与文本之外的世界存在不可逾越的门槛，这个门槛就是副文本。那么，笔者结合热奈特的转叙理论，认为非自然的副文本叙事就是打破或者跨越这一门槛和界限，重构一个可能的故事世界和想象空间。也就是说，非自然的副文本叙事是作者有意让副文本进入文本的叙事空间，或者完全融入文本之外的世界中，这种越界的叙事行为既是对于副文本叙事规约的有意违反，也是对于自身叙事机制的凸显。

从功能上来说，虽然这种越界的叙述，可能会对完整故事世界的构建产生消解作用，对于读者的阐释也会造成一定的阻碍。但是非自然的副文本叙事却代表一种具备美学意义的认知能力和阐释功能。非自然的副文本叙事作为一种叙事形式的艺术呈现，它为读者提供了一种可能的叙述结构和样态。与此同时，非自然的副文本叙事使副文本与文本之间的单一组合方式转变为多元的、多样的叙事结构。也就是说，非自然的副文本叙事通过有意暴露副文本的存在本质，来解构文本与副文本之间的二元关系。换言之，通过一种不明确的混合关系，或者变异形式，来表明构成小说的本质是形式而不是世界。这也就是非自然副文本叙事的独特呈现方式，不是将其自然化为一种呈现文本的叙事功能，而是尊重其非自然的本质，将其作为一种独特的叙事行为，一种对于副文本自身叙事结构或者意义的呈现方式。因而，非自然的副文本叙事是对于副文本自身的显现，对于叙述结构的强调。

非自然叙事的方法具有"迷恋高度不合情理的、不可能的、不真实的、非现实世界的、反常的、极端的、怪异的、坚定的虚构叙事与其结构"（阿尔贝，2011：41）。那么非自然的副文本叙事走出了自然叙事中副文本与文本的二元关系，进一步与解构主义的哲学理念相结合，也就是作者借助副文本的扩张、反讽和隐喻从而表达与文本延伸、相悖和超越之意。从某种程度上说，副文本正成为叙事的中心，而不是文本的附属。副文本与文本的关系也就呈现出了多种可能，副文本不再束缚文本的阐释，文本也不再限定副文本的叙事结构及呈现样态，因而，非自然的副文本叙事打破了传统的副文本叙事模式，实现了作者对于意义多元及结构多样的叙事诉求。

四 结语

非自然叙事学正成为后经典叙事学中继修辞叙事学、女性主义叙事学、认知叙事学之后，又一重要分支。本文将非自然叙事学丰富的理论与热奈特的副文本理论相结合，发现非自然的副文本叙事将副文本置于叙事的前景当中，这是对于文本叙事的别样阐释和叙事呈现，同时也是对副文本的自身叙事机制与阐释价值的强调。因此，希望本文对非自然副文本叙事的概念构成、阐释功能和叙事呈现三个方面的研究，能对非自然叙事理论和热奈特的副文本理论在研究对象和理论假设上进行补充和拓展，以及为非自然副文本叙事的研究提供可能的方向。

参考文献：

[1] [法] 热拉尔·热奈特：《热奈特论文集》，史忠义译，百花文艺出版社 2000 年版。
[2] [法] 热拉尔·热奈特：《转喻——从修辞格到虚构》，吴康如译，漓江出版社 2013 年版。
[3] [美] 扬·阿尔贝：《非自然叙事，非自然叙事学：超越模仿模式》，《叙事》（中国版第三辑），暨南大学出版社 2011 年版。
[4] [美] 扬·阿尔贝等：《什么是非自然叙事学的非自然？对莫妮卡·弗鲁德尼克的回应？》，《叙事》（中国版第五辑），暨南大学出版社 2013 年版。
[5] [意] 翁贝托·埃科：《玫瑰的名字注》，王东亮译，上海译文出版社 2010 年版。
[6] Alber, Jan, "Unnatural Narrative, Unnatural Narratology: Beyond Mimetic Models", *Narrative*. 18 (2010).
[7] Alber, Jan. et al, "Unnatural Narratology: The Systematic Study of Anti-Mimeticism", *Literature compass*. Vol. 10 (2013).
[8] Fludernik, M., *Towards a "Natural" Narratology*, London: Routledge, 2010.
[9] Genette, Gerard, *Paratexts: Thresholds of Interpretation*, Trans, Jane E. Lewin, Cambridge: the University of Cambridge, 1997.
[10] Richardson, Brian, "Beyond Story and Discourse: Narrative Time in Postmodern and Non-Mimetic Fiction", *Narrative Dynamics: Essays on Time, Plot, Closure, and Frames*, Ed. Brian Richardson, Columbus: Ohio State University Press, 2002.
[11] Richardson, Brian, *Unnatural Voices: Extreme Narration in Modern and Contemporary Fiction*, Columbus: Ohio State University Press, 2006.
[12] Richardson, Brian, "What is Unnatural Narrative Theory?" *Unnatural Narratives*, *Unnatural Narratology*, Eds. Jan Alber and Rudiger Heinze, Berlin: De Gruyter, 2011.

"文学性"的法国历险:以罗兰·巴特为中心

江 飞[*]

(安庆师范大学文学院 安徽 安庆 246011)

摘 要:结构主义时期的罗兰·巴特,尽管并没有对"文学性"问题进行专门探究,但在其"文学科学"理论中表明,文学符号是一种含蓄意指符号,"文学性"与变"直接意指"为"含蓄意指"的"新颖性"有关,"象征性符号系统的结构"正接近于他对当代西方文学的认识以及心中所构想的新颖的"文学性"。作为试图建立批评科学的"批评家",他认为"文学性"问题只能在符号学领域才可能被提出和解决,而要理解文学就必须"走出文学"。通过互文、延宕和读者漫游,"文本"概念逐渐取代"作品"概念,文本变成了泛化的、平面的、没有结构、没有中心的文本,"文学性"问题被更加开放的"文本性"问题所取代。"走出文学"是超越结构主义走向后结构主义的时代要求和历史必然,它使我们对"文学"和"文学性"的理解更为开放,但同时也潜藏消解文学的危险。

关键词:罗兰·巴特;文学性;文本性;含蓄意指;互文;读者漫游

自罗曼·雅各布森(Roman Jakobson)在美国将结构主义火种送给列维·斯特劳斯之后(1942),法国便在这位"结构主义之父"的带领下,开始了轰轰烈烈的结构主义运动。不仅人类学从19世纪自然科学的绑架中被解救出来,投向语言科学的怀抱,几乎所有的人文社会科学都禁不住诱惑,纷纷加入这场认识论和方法论的革命之中,打头阵的便是有勇有谋的"四个火枪手":罗兰·巴特、米歇尔·福柯、雅克·拉康和路易·阿尔都塞。诸多学者已谈论过这场"革命"的意义,但笔者还是想重申一下多斯的说法,他说:"尽管结构主义有时也会钻进死胡同,但它还是从根本上改变了我们认识人类社会的方式,以至于如果不考虑结构主义的革命,我们甚至都不会思考问题了。"[①]

---

[*] 江飞(1981—),男,安徽桐城人,安庆师范大学文学院副教授,文学博士,主要研究方向:中西比较诗学、美学和中国现当代文学。本文系安徽省哲学社会科学规划青年项目(项目编号:AHSKQ2014D102)、安徽省2016年高校优秀青年人才支持计划重点项目(项目编号:gxyqZD2016203)的阶段性成果。

[①] [法]弗朗索瓦·多斯:《从结构到解构:法国20世纪思想主潮》上卷,季广茂译,中央编译出版社2005年版,第8页。

无论是对人类认识方式的革新，还是对"文学性"问题的思考，这无疑都是一次重大却并不浪漫的法国历险。本文仅以罗兰·巴特为中心，来考察"走出文学"的时代要求与学术追求。

一 含蓄意指符号、新颖性及零度写作

结构主义时期的巴特，尽管并没有对"文学性"问题进行过专门探究，但笔者以为这一问题实际上已渗透到他理论的每个角落，尤其是在他后来总结性的"文学科学"理论中，这自然是在他接受索绪尔（格雷马斯介绍给他）、叶尔姆斯列夫以及雅各布森乃至乔姆斯基的语言学理论影响之后，也是在他与皮卡尔的新旧批评论争之后。在《批评与真理》（1966）中，他认为，文学科学不是关于内容而是关于"形式"（forms）的科学，"它的对象并非作品的实义，相反地，是负载着一切的虚义"[1]。这虚义即由符码所构成的多元意义。而要给这些多元意义以科学地位，则必须借助语言学模式，因为"文学科学的模式，显然是属于语言学类型的"，"语言学可以把一个生成的模式给予文学"[2]，正如转换生成语法以假设的描写模式解释无限句子的生成过程。如果说语文学只能解释词语的字面意义的话，那么，语言学则能够使模糊性语言有章可循，而文学语言与实用语言相比，正是这样一种缺乏明晰性的模糊性语言，一种超越字面意义的象征语言，一种可生成多种意义的复调语言，这是巴特的文学观，也是新旧批评之争的焦点。如其所言："雅各布森强调诗歌（文学）信息构成的模糊性。这就是说，这种模糊性不是指美学观点的诠释'自由'，也不是对其危险性作道德观点的审查，而是用符码使之形式化，把模糊性构成符码。文学著作所依附的象征语言在结构上来说是一种多元的语言。其符码的构成致使由它产生的整个言语（整个作品）都具有多元意义。"[3] 可以说，这种模糊性和多元意义既来自于文学所使用的自然语言本身，也来自于文学符号的结构特性，因为，在巴特看来，文学符号是一种含蓄意指符号。

在巴特的符号学思想中，"符号"大多指的并非是直接意指（denotation）的初级符号，而是含蓄意指（connotation）的二级符号，它们是两种表面上相互依存而彼此之间又存在结构性分歧的两级符号系统。这种"含蓄意指"的符号除了前面所言的"政治神话"，当然还包括具有典型特征的神话体系——文学。在巴特看来，文学是由言语活动（初级系统）构成的二级系统（"寄生系统"），这正如洛特曼所言的"第二模式系统"。言语活动是文学的"梦和直接的本质"，而寄生系统则是主要的，"因为它对于这个整体具有最后的理解力"，这种合二为一的关系造成了文学话语的特殊性和含混性，而对文学的解读也就必须是在这两个系统之间不停地回转，因而文学意义也是一

---

[1] ［法］罗兰·巴特：《批评与真理》，温晋仪译，上海人民出版社2009年版，第268页。
[2] 同上。
[3] 同上书，第265页。

种复杂的、间接的二级意义、寄生意义。对文学问题巴特不吝笔墨，而对于"文学性"问题，巴特却言之甚少，唯有在《文艺批评文集》的序言中他这样简略地写道：

> 任何写出的文字，只是当其在某些条件下可以改变初级讯息（message）的时候，才变成作品。这些变化条件便是文学的存在条件（这便是俄国形式主义者们所称的"literaturnost"，即"文学性"［litteraturite］）。而且就像我的信件一样，这些条件最终只与二级讯息的新颖性（originalite）有关系。①

可见，在巴特看来，"文学性"与改变初级讯息（"言语活动"，直接意指）成为二级讯息（"文学"，含蓄意指）的"新颖性"有关。何谓"新颖性"呢？巴特在接下来的文字中又语焉不详，大抵可以把握的是："新颖性"是文学的基础本身，是一种"奢华的沟通"，"是为赢得他人对你作品的欢迎而必须付出的代价"②。换言之，要新颖就要避免平庸。由此，巴特过渡到一个至关重要的区域——修辞学，它曾一度被理性主义、实证主义所压制，而现在，"它是借助于替换和意义移动来改变平庸的艺术"，"其双重的功能就是使文学避免转换成平庸性的符号和转换成新颖性的符号"③。在这里，修辞似乎与俄国形式主义的"手法"概念尤其是"陌生化"之间形成了某种呼应。难道"文学性"就是"修辞性"？巴特又不免犹疑起来，"修辞学只不过是提供准确信息的技巧"，它"不仅与任何文学有关，而且与任何交际都有关"④。这是否意味着所有新颖性的交际符号都可能变为文学性的作品呢？巴特并没有回答。既建立，又拆除，既肯定，又否定，既确定，又游移，这正是巴特独特的写作风格，或者说是他"善变"的学术风格的体现。

必须说明的是，巴特对"文学性"的理解是与对"文学"与"写作"关系的理解密不可分的。如其所言，"结构主义逻辑的延续只能求助于文学，不是作为分析客体的文学，而是作为写作活动的文学。……因此，只有经历了结构主义阶段，才能把自己转变成一个作家"⑤。可以说，文学、写作、作家与结构主义以"语言符号系统"为中介，构成了一个彼此关联的整体性的论域，其中，"写作"无疑是理解"文学性"的关键。这里的"写作"是指巴特所特定的"不及物写作"（intransitive writing），是一种消除了外在的干预性、价值评判和一切功利色彩的"中性写作"或"零度写作"，即"一种毫不动心的写作，或者说一种纯洁的写作"⑥。"写作"之人是"作家"（author），

---

① ［法］罗兰·巴特：《文艺批评文集·初版序》，怀宇译，中国人民大学出版社2010年版，第9页。
② 同上书，第11页。
③ 同上书，第12页。
④ 同上。
⑤ ［法］弗朗索瓦·多斯：《从结构到解构：法国20世纪思想主潮》上卷，季广茂译，中央编译出版社2005年版，第290页。
⑥ ［法］罗兰·巴特：《写作的零度》，李幼蒸译，中国人民大学出版社2008年版，第48页。

而不是"作者"(writer),作家"与一种总是前期的言语活动过着长期的姘居生活",并在这个充满言语活动的世界中最终实现"将索引的象征转变成纯粹符号的行为"①(序言,第17页),可以说,这种写作是自身便蕴含意义的形式,也就是"文学神话的能指",文学概念赋予它新的意指作用。这样的写作最终将建立一种全新的文学,其目标仅仅在于:文学应成为语言的乌托邦。巴特的文学"写作"思想看起来像非常自由地借用了形式主义者对日常语言和诗歌陌生化的区别,而他对"写作"的强调和特定阐释在一定程度上也弥补了修辞学的过分普遍性,并使这种"新颖性"或"文学性"自始至终寄寓在语言符号结构本身,而不是文学或作家或写作之外。顺便说一句,"零度",或许可以认为是结构主义者共同寻找、共同信奉的一种科学的、自由的形式美学,无论是对于列维·斯特劳斯、雅各布森还是巴特。②

在巴特的结构主义符号学中,他虽然并不否定作家个人的主体性和选择自由风格的可能,但他更强调语言结构始终是一种具有普遍性的支配力量,对作家具有先在的强制性与约束力,"作家拒绝了传统文学语言的虚伪本性,激烈地偏离、回避反自然的语言,对文字(写作)进行颠覆,是某些作家试图拒绝作为神话体系的文学所采取的釜底抽薪之举。诸如此类的每一种反抗都是作为意指作用的文学的谋杀者"③。可见,作家以一种朝向语言结构本身的方式来实现对文学神话的意指作用的反抗,由此,文学话语便简化为单纯的符号学系统,文学意义便是指向其符号系统自身的意义:在这里,巴特实际上和雅各布森一起站在了"诗性功能"的战壕里。巴特对现代诗的看法同样也表明了这一点。

巴特将现代诗与古典诗相对立起来来谈,在他看来,古典诗是一种有光晕(aura)的诗,是一种集体性的、被说的、严格编码的、具有直接社会性的语言,而现代诗则是一种氛围(climat),一种客观的诗,是排除了人的因素的字词迸发而产生的一种绝对客体的诗,"现代诗共同具有的这种对字词的饥渴,把诗的语言变成了一种可怕的和非人性的言语。这种渴望建立了一种充满了空隙和光亮的话语,充满了记号之意义既欠缺又过多的话语,既无意图的预期,也无意图的永恒,因此就与一种语言的社会功能相对立了,而对一种非连续性言语的直接依赖,则敞开了通向一切超自然之路"④。

---

① [法]罗兰·巴特:《文艺批评文集·初版序》,怀宇译,中国人民大学出版社2010年版,第17页。
② 如多斯所言:"列维·斯特劳斯在寻找家族关系的零度,雅各布森在寻找语言单元的零度,而巴特在寻找写作的零度。"(《从结构到解构》,第97页)。雅各布森在《零度符号》(Zero Sign,1939)中认为,语言不仅在能指层面而且在所指层都"能够容忍有和无之间的对立"(《雅柯布逊文集》,钱军编,湖南教育出版社2001年版,第252—262页),零度符号是具有特定价值的符号,不是无所指的能指,而是有"零所指"的能指。这种无意义的"零度符号"什克洛夫斯基称之为"空洞的词"(empty word),而在拉康之后,我们可称之为"滑动的能指"(floating signifiers),或洛特曼的术语"偶然的词"(occasional words)。这些词只是一种能指游戏,主要目的是扰乱正常的语言组织,依靠特定的话语条件的语境和它们的构成系统而存在,其拼写组合对诗人和读者而言都是无可怀疑的,可以说,"无意义的诗"作为"零度符号"就是完全自指性的符号,是"诗性功能"的极端体现,这可以说是其"无意义"的意义。
③ [法]罗兰·巴特:《神话修辞术》,屠友祥译,上海人民出版社2009年版,第196页。
④ [法]罗兰·巴特:《写作的零度》,李幼蒸译,中国人民大学出版社2008年版,第32页。

可见，现代诗歌的语言不再承担古典式的社会功能，而是发挥语言潜在的一切可能性的诗性（审美）功能，它摧毁了语言的关系和一切伦理意义，它是"一种语言自足体的暴力"，是"一种梦幻语言中的光辉和新颖性"——又是"新颖性"！虽然雅各布森未必同意现代诗的"反人本主义"特性（诗歌信息也是主体间交换的符号），也未必承认诗歌完全取消了社会功能，但是，在"（现代）诗是语言符号结构而成并指向符号自身的独立自足的诗"这一点上，二人是可以达成一致的，如巴特所言："当诗的语言只根据本身结构的效果来对自然进行彻底的质询时，即不诉诸话语的内容，也不触及一种意识形态的沉淀来讨论自然时，就不再有写作了，此时只存在风格，人借助风格而随机应变，并不需要通过历史的或社交性的任何形象而直接面对着客观世界。"[①] 这不是说诗歌否认了意识形态、历史性或社会性的存在与意义，而是说诗歌凭借其自身的象征性符号系统的结构便享有了意义的各种可能性。我们似乎可以说，这种"象征性符号系统的结构"正接近于巴特对当代西方文学的认识以及心中所构想的新颖的"文学性"。[②]

二 批评家、内在批评及"走出文学"

在巴特的"文学科学"理论中，文学是一个矛盾的符号系统："它既是可理解的，又是可质问的；既是说话的，又是缄默的。它通过重走意义之路与意义一起进入世界，但又脱离世界所指定的偶然意义。"[③] 可以说，它只向世界提问，却并不作出回答，意义最终只是"悬空的意义"，正因为如此，文学科学的目的"不是为了说明某一意义应该或曾被接纳，而是要说明某一意义为什么可能被接纳"[④]，也就是说，我们遵循语言学规律不是为了解释作品的确切意义（作品也不存在什么确切意义），而是为了描述（describe）作品的可接受性（acceptability）、可理解性（intelligibility），这才是文学作品作为一种历史存在（无论现在还是未来人们都能理解）的"客观性"的源泉。而要发现这种"客观性"，则必须依赖于一种与众不同的内在性批评，或者说，需要一种元言语活动的揭示。

正如斯特罗克所言："结构主义为了解释文本或文本群的结构，最先尝试了一种'内在的'批评形式，而且始终表现出了一种心无旁'物'的态度。"[⑤] 这种内在批评的形式和态度也正是巴特的新批评与以皮卡尔为代表的学院批评的分别所在。在《两种批评》与《何谓批评？》中，巴特指出了法国当时所存在的两种批评：一种是继承朗松

---

① [法] 罗兰·巴特：《写作的零度》，李幼蒸译，中国人民大学出版社2008年版，第34页。
② 巴特在1975年的一次访谈中，被问及"30年来，文学是否似乎已从世界上消失了"时，他回答说，因为"文学不能再掌握历史现实，文学从再现系统转变为象征游戏系统。历史上第一次我们看到：文学已为世界所淹没"。转引自李幼蒸《罗兰·巴特：当代西方文学思想的一面镜子》，参见罗兰·巴特《符号学历险》，李幼蒸译，中国人民大学出版社2008年版，第250页。
③ [法] 罗兰·巴特：《结构主义活动》，《文艺批评文集》，怀宇译，中国人民大学出版社2010年版，第261页。
④ [法] 罗兰·巴特：《文学科学论》，《文艺批评文集》，怀宇译，中国人民大学出版社2010年版，第269页。
⑤ [英] 约翰·斯特罗克：《结构主义以来：从列维斯特劳斯到德里达》，渠东等译，辽宁教育出版社1998年版，第14页。

实证主义方法的大学批评，一种是以萨特、巴什拉尔、戈德曼等人为代表的解释性批评，是与存在主义、马克思主义、精神分析学、现象学有关的意识形态批评。前者虽然拒绝意识形态批评，但在巴特看来，朗松主义本身就是一种意识形态，因为"它不满足于要求使用任何科学研究的所有客观规则，而是以对人、历史、文学、作者与作品具有整体的信念为前提"①。它不理会文学的本真存在，而且还使人相信文学的存在是不言自明的，仿佛文学只不过是对"翻译"作家所表达的感觉和激情，这些都掩盖在所谓的严格性和客观性之下，于是，意识形态就像走私品一样悄然进入科学主义的言语活动中，所有的"外在性"（诸如趣味、作者生平、体裁的法规、历史等）也都变成了所谓的"客观性"，正因如此，作为内在性批评的解释性批评，如果研究的是作品之外或文学之外的东西（如精神分析学研究作者的秘密、马克思主义研究作品的历史处境），那么，学院派也同样接受。而不可接受或被拒绝的正是一种在作品之内进行研究的内在性分析，比如现象学批评（阐释作品而不说明作品）、主题批评（重建作品的内在隐喻）和结构分析（把作品当作一种功能系统）。巴特主张的自然是结构分析，因此他的内在性的新批评似乎可以称为结构主义批评，比如《论拉辛》（1963）、《叙事作品结构分析导论》（1966）、《流行体系》（1967）便是其结构主义批评活动的杰出作品。

这种内在性批评同样也是一种矛盾的言语活动，"既是客观的又是主观的，既是历史的又是存在主义的，既是整体性的又是自由的"②。也就是说，批评家的元言语活动必须接受其所处时代的历史赋予和更新，也必然依据存在性的组织需要来进行选择（比如词语、知识、观念等），而他自己的快乐、抵制、困扰也都置入活动中，因此，批评语言也不是旧批评所要求的明晰性语言，而是如文学语言一样的模糊性的、象征性的语言③，它是关于一种话语的话语，是在第一种言语活动（文学言语）之上进行的二级的或元言语活动的言语活动：

> 文学恰恰是一种言语活动，也就是一种符号系统：它的本质不在它的讯息之中，而在这种"系统"之中。也就在此，批评不需要重新建构作品的讯息，而仅仅需要重新建构它的系统，这完全像语言学家不需要破译一个句子的意义，而需要建立可以使这种意义被传递的形式结构。④

---

① ［法］罗兰·巴特：《何谓批评？》，《文艺批评文集》，怀宇译，中国人民大学出版社2010年版，第305页。
② 同上书，第309页。
③ 巴特、福柯、拉康等结构主义者批评话语的风格也表现出对明晰性的抵抗，这正如约翰斯·特罗克所言："拉康的语言不仅使那些积极配合的读者们感到沮丧，而且也不太可能被准确地翻译出来，他的语言到处充满了语词游戏和喻指，他想证明，无意识只有通过能指而不是所指，才能构建一串语言表达的链条。"（《结构主义以来》，第20页）在笔者看来，列维·斯特劳斯、巴特乃至后结构主义的德里达也同样如此，修辞手法和修辞效果成为他们共同的追求。如果说这种明晰性是法国这个特定国度的民族品德，甚至是每个法国人都应具有的真实心灵的标志，那么，他们以语言的模糊性取代明晰性，无疑包含对坚信这种"品德"的主流资产阶级话语权威的反抗与解构。
④ ［法］罗兰·巴特：《何谓批评？》，《文艺批评文集》，怀宇译，中国人民大学出版社2010年版，第309页。

在巴特看来，批评关注的对象不是作品本身，而是生产体系，不是意指本身，而是意指过程，其根本任务不是发现"真实性"，而是去发现某种"可理解性"和"有效性"，也就是说，批评不需要去说普鲁斯特有没有说"真话"，而只要描述他建立了怎样的一种严密一致的、有效的、可理解的符号系统。批评的过程主要是对能指的解码和诠释，而不是对所指的揭露，所谓"重新建构它的系统"，即"不去破译作品的意义，而是重新建构制定这种意义的规则和制约"[1]。换言之，批评不是对作品意义的翻译，而是揭示生成作品意义的一些象征的锁链和花环，一些同质性的关系。因此，批评家不是作品价值的评判者，而是一位"细工木匠"，他的工作是将一件复杂家具（文学作品）的两个部件榫接起来，"使其所处时代赋予他的言语活动适合于作者根据其所处时代而制定的言语活动，也就是说适合于逻辑制约的形式系统"（同上）。可见，批评家的批评是与作家写作同等地位的一种创造活动，是一种逻辑意义上的纯粹形式的活动：这才是"真理"。虽然巴特一再说"批评不是科学"，但实际上，文学批评已经在文学科学的强力影响下成为科学，唯有如此，才能接近文学的真相。由此，我们也可以理解同样致力于探索文学科学的雅各布森，其批评实践努力专注于语法而悬置意义的良苦用心。从这个意义上说，巴特和雅各布森都可称为真正建立批评科学的"批评家"。

虽然学院派的旧批评也口口声声尊重文学的真实性，强调文学包含艺术、情感、美和人性，以文学对象自身为本位来研究文学，不求助于人类学或历史学等其他科学来寻找"文学性"，但实际上他们只是像循规蹈矩的评判官那样行使"批判"功能，狭隘的资产阶级"良好的趣味"决定了他们只是想保护一种纯粹美学的特殊性而已，"它要保护作品的绝对价值，不为任何卑下的'别的东西'所亵渎，无论是历史也好，心灵的底层也罢；它所要的并不是复合的作品，而是纯粹的作品，隔断一切与世界和欲望的联系。这是一个纯粹属于道德范畴中腼腆的结构主义模式"[2]。最终，这种道德结构主义模式的"独特的美学，使生命哑口无言，并且使作品变得毫无意义"[3]。相比之下，巴特对文学和文学性问题的理解更加开放，也更符合于从现代主义到后现代主义的，"从结构主义处理方式向活跃的意识形态领域转换"的文化逻辑和时代要求[4]，他说：

> 事实上，文学的特性问题，只能在普遍符号理论之内提出：要维护作品内在的阅读就非了解逻辑、历史和精神分析不可。总之，要把作品归还文学，就要走出文学，并向一种人类学的文化求助。[5]

---

[1] ［法］罗兰·巴特：《何谓批评?》，《文艺批评文集》，怀宇译，中国人民大学出版社2010年版，第308页。
[2] ［法］罗兰·巴特：《批评与真实》，温晋仪译，上海人民出版社2009年版，第251页。
[3] 同上书，第240页。
[4] ［美］詹明信：《晚期资本主义的文化逻辑》，张旭东编，陈清侨等译，生活·读书·新知三联书店2003年版，第355页。
[5] 同上书，第251页。

在他看来,"文学性"问题只能在符号学领域才可能被提出和解决,而要理解文学就必须"走出文学",正如要理解作品就必须把作品真正归还给文学,而不是让其遭受文学之外的各种所谓"权威"或"真理"的奴役。问题是:要走到哪里去呢?巴特指出的方向是像逻辑学、历史学和精神分析学这样的文化人类学,它们都是内在性批评的典范,都具有系统的严密一致性,或者说,都符合巴特的科学化乃至"文艺复兴"的梦想。事实上,法国结构主义也可说是语言学和人类学杂交的产物,比如列维·斯特劳斯将结构语言学应用于神话等人类学研究,拉康借结构语言学重建弗洛伊德的精神分析,阿尔都塞借结构语言学保卫科学的马克思主义等。我们必须承认,这种"人类学的文化求助"或者说文化符号学援助,能使对"文学"和"文学性"的理解更为开放,但笔者以为,"走出文学"同样潜藏消解文学的危险,无论是像雅各布森那样以语言学为符号学的中心模式,还是像巴特那样将符号学置入语言学门下,"走出文学"即意味着走入符号的海洋,正如文学符号汇入逻辑、历史、精神分析等文化符号之中,而当我们埋头为维护文学作品的内在阅读而费尽心力的时候,抬头忽然发现,其他各种符号在"语言学的符号学"的光照之下,也都成为含蓄意指符号,也正以其同样系统化的内在特性(即使是无意识也具有语言一样的结构)而为人们争相"阅读":文学符号的"文学性"湮没于各种非文学符号的"语言性"中,成为想象的"语言的乌托邦",文学、写作、批评和文学读者都不再享有优待,因为医生也是破解密码的占卜者,城市也是一种写作,城市中移动的人即使用者也就是一种读者,如此等等。[①] 当然,从某种意义来说,这虽然有违文学结构主义者雅各布森的文学本体研究理想,但一定程度上却实现了索绪尔曾设想的"在社会生活的核心研究符号的生命"的远景。

1970年,当巴特的《S/Z》和雅各布森分析莎士比亚十四行诗的文章(与琼斯合作)同时出版的时候[②],巴特一定听到了来自雅各布森结构主义语言诗学的"死亡丧钟",当然,我们也可理解为这是后结构主义以"文本性"的名义为结构主义所敲响的丧钟。

三 互文、延宕及读者漫游

如果说"结构主义不上街"是存在主义者对巴特这样的结构主义领袖的嘲讽,那么,巴特则以《作者之死》(1968)对此作出了隐喻性的回应,并以《从作品到文本》(1971)一文开始了从结构主义"文学性"向后结构主义"文本性"的转变。正如1968

---

① 参见[法]罗兰·巴特《符号学与医学》《符号学与城市规划》《符号学历险》等书。
② Roman Jakobson & L. G. Jones, "Shakespeare's Verbal Art in 'The Expence of Spirit'", *SW* Ⅲ: *Poetry of Grammar and Grammar of Poetry*, edited by Stephen Rudy, The Hague, Paris and New York: Mouton Publishers, 1981, pp. 284 - 303. 该文写于1968年,1970年由 Mouton (The Hague-Paris) 首次出版单行本。

年那群充满自由欲望的中产阶级造反大学生们，虽然对鼓励秩序、等级、中心的"结构主义"嗤之以鼻，但他们却仍是革命的形式主义者，终究只能将象征性的反抗寄托于充满文学性的"语言无政府主义"[①] 之中。从追求语言秩序的结构理论到破坏语言（社会）秩序的造反行为，从作品到文本，从"文学性"到"文本性"，这成为结构主义向后结构主义转向的"革命"底色。

考察 20 世纪层出不穷的文本理论，我们可以发现，"俄国形式主义并没有明确使用文本这个概念，但是他们将作品与作家、社会的分离，确立了作品的自律性，并将其固定于语言学的模式下，这已经是现代文论形态的文本概念"[②]。无论雅各布森提出的"文学性"，还是什克洛夫斯基提出的"陌生化"，无疑都开始聚焦于"文本"这一层面上的语言操作。当然，雅各布森等人当时所使用的术语还是"作品"（work），其延续的依然是此前的传统观念，也就是说，"文本"是作品中由词语交织而形成的编织物（"文本"一词从拉丁文词源上来说就是"编织物"[textus]），是构成作品的物质性基础，而"作品"则蕴含了高于"文本"的意义（思想）指向和作者及读者（批评者）的精神投射。虽然在"普希金的作品"与"普希金的文本"之间并不存在什么根本不同，但实际上"某某作品的文本"更符合他们（尤其是作为语文学家的雅各布森）心中所设想的价值等级。

而到了新批评和结构主义时期，伴随着"语言学转向"和"科学主义"的急切脚步，"文本"地位发生了逆转，它变成一个比"作品"更客观的语言结构，曾经至关重要的"价值、作者和美学三个要素都被结构主义批评置于一边，'作品'概念也就丧失了立足之地。取而代之的是文本，作为结构主义的科学研究对象，它无关价值、作者和美学，而只有客观的确定性"[③]。这种转变意味着真正"以文本为中心"的新的批评范式的建立。对于新批评来说，他们追求去除了"意图谬误"（作者）和"感受谬误"（读者）的文本本体的"语义结构"，对于雅各布森的结构主义语言诗学来说，他探求根据对等和平行原则而构成的文本的"语法肌质"，"肌质"（texture）成为他们对"文本"的共同理解；值得注意的是，他们虽然对"作者"置之不理，但根本上都并未否认"作者"对"文本"的创造者身份（这由他们的批评文章的标题即可见出），并相信即使是含混多重的意义，也都存在于某个特定文本的语境和结构（无论语义结构还是语法结构）之中，批评者的任务正在于借助于语言科学客观合理地揭示出文本意义生成的条件，换言之，"文学性"由传统文学作品的审美（精神）特性转向了文学文本的语言（符号）结构的特性，可以说，这是一种结构化、语言化、具有向心力的"文本

[①] "所谓文学性，不是别的，而是通过对语言的风格化使用，不停逃脱日常语言的约束和追赶，尽可能获得一种意想不到的震惊效果。1968 年的语言风格正是这样。"参见程巍《中产阶级的孩子们：60 年代与文化领导权》，生活·读书·新知三联书店 2006 年版，第 338 页。
[②] 张良丛、张锋玲：《作品、文本与超文本——简论西方文本理论的流变》，《文艺评论》2010 年第 3 期。
[③] 钱翰：《从作品到文本：对"文本"概念的梳理》，《甘肃社会科学》2010 年第 1 期。

性"。虽然结构主义的"文本"还保持着相对封闭的结构,但其内部已不可避免地蕴含一些消解性的因子,比如不确定的多元意义,对等或平行要素之间的差异,读者(批评者)阐释的能动性等。

20世纪60年代,"文本"概念逐渐取代"作品"而居于文学研究和批评的主导地位,但对于法国结构主义内部来说,"作品"并未销声匿迹,有时还等同于文本而使用,但单个文学作品(文本)不再是研究对象,而是被"文学性"所取代,正如托多洛夫所言:"结构主义的研究对象,不在于文学作品本身,他们所探索的是文学作品这种特殊讲述的各种特征。按照这种观点,任何一部作品都被看成是具有普遍意义的抽象结构的体现,而具体作品只是各种可能的体现之一。从这个意义上说,结构主义这门科学所关心的不再是现实的文学,而是可能的文学。换言之,它所关注的是构成文学现象的抽象特质:文学性。"[1] 在这里,"文学性"不再是新批评的"语义结构",也不再是雅各布森的"诗性功能"体现于诗歌文本的语法结构,而是"具有普遍意义的抽象结构",每个作品(文本)都只是这种"抽象结构"的转换生成物,对他而言,这个"抽象结构"也就是他从传奇故事、侦探小说等散文文本中抽象出的叙事模式(语法)。然而,他经过叙事语法分析而获得的所谓"抽象结构",只能是大而化之的、没有多少创新意义的"可能的"解释[2],这恐怕是他借用语言学进行逻辑推演的必然结果(比如人物是个名词、动作是个动词)。真正对"文本"概念、文本与作品关系及"文学性""文本性"产生颠覆影响的依然是巴特,以及后结构主义的先锋者。

若问"何谓文本性",即问"何谓文本",这只是一个问题的两种问法而已。如果说我们可以从语言学和超语言学(metaliguistic)这两种意义上来界定"文本",那么,我们同样可以从这两个方面来界定"文本性"。事实上,在《从作品到文本》中,巴特也正是在跨学科(interdecipline)的前提下引出"文本"这一研究对象的,尽管他在文中也认为对超语言学的怀疑是文本理论的一部分。[3] 在文中,巴特给"文本"(text)列举了七条特征,涉及方法、分类、符号、复合、限度、阅读、愉悦等七个方面。可以说,这是自巴赫金最早界定"文本"内涵[4]之后最为完备的"文本性"概括,由此出发,我们就能顺藤摸瓜地把握"文本"在后结构主义时代的可能命运。

---

[1] Tzvetan Todorov, *Introduction to Poetics*, trans. Richard Howard, Minneapolis: University of Minnesota Press, 1981, p. 6.
[2] 如托多洛夫在《〈十日谈〉的语法》中最后总结出的模式是:"从四平八稳的局势开始,接着某一种力量打破这种平衡,由此产生了不平衡局面;另一种力量进行反作用,又恢复了平衡。"参见[法]托多洛夫《散文诗学——叙事研究论文选》,百花文艺出版社2011年版,第59页。
[3] [法]罗兰·巴特:《从作品到文本》,杨扬译,蒋瑞华校,《文艺理论研究》1988年第5期。
[4] 巴赫金是在超语言学意义上使用"文本"一词的,他把文本释为"任何的连贯的符号综合体",并认为它是所有人文学科以及"整个人文思维和语文学思维的第一性实体",以此区别于自然科学,因为自然科学的研究对象是自然界,而对于人文科学而言,"没有文本也就没有了研究和思维的对象",其意图在于捍卫人文科学的科学性。巴赫金的文本概念与"话语""表述"经常同义使用("作为话语的文本即表述")。参见[俄]巴赫金《文本问题》,《巴赫金全集》第四卷,白春仁、晓河等译,河北教育出版社2009年版,第295页。

在巴特看来，时间并非区分"作品"和"文本"的标准，古典作品可能会是"某种文本"，而当代作品则可能根本不是文本，因为"文本"并非是时间廉价的馈赠，而是一种方法论的领域，换言之，"文本"并不像图书馆中的某部作品一样具有感性的、静态的、可触摸、可掌握的现实（物质）质地、空间和重量，它只是方法论领域中的客体对象，而并非确定的实体。同时，"文本"并不停留于确定的某处，或栖身于某个作者或某种体裁的分类之下，而是存在于来往穿梭的、永不停歇的生产过程之中，也就是说，文本是一种敞开的、不断运动的、不断"织成"的话语存在，是将其他文本织进自身的一种"编织物"，这些文本之间不存在等级秩序，只存在差异和相互指涉、相互投射的关系，因此，"文本"是一个复数。正如乔治·巴塔耶，其无可归类的作品正如其无可归类的身份（小说家、诗人、散文家、经济学家、哲学家、神秘主义者），我们与其说他创造了诸多作品，不如说他创造了文本，甚至永远是同一文本，"文本"的这种兼容并包、打破传统分类、动态延伸的特性，正是"互文性"的体现，这可以说是文本的一个首要特性，是"文本性"的主要构成部分，托多洛夫甚至断言，"所有的文本性都是互文性"[①]。

在这里，巴特的同行，尤其是"太凯尔"集团的克里斯蒂娃（Julia Kristeva），对他的这种文本主张产生了重要影响。学界一般认为，克里斯蒂娃是在巴赫金的"对话"理论的启发下首次提出了"互文性"概念（intertextualité）（《巴赫金：词语、对话与小说》，1967），如其所言："'文学词语'是文本界面的交会，它是一个面，而非一个点（拥有固定的意义）。它是几种话语之间的对话：作者的话语、读者的话语、作品中人物的话语以及当代和以前的文化文本……任何文本都是由引语的镶嵌品构成的，任何文本都是对其他文本的吸收和转化。互文性的概念代替了主体间性，诗学语言至少可以进行双声阅读。"[②] 简言之，"互文性"就是文本间性，是符号系统的互文性结构，按巴特的理解，一个文本就是一个交织了多个互文性文本的多元化的"大文本"。如果说克里斯蒂娃是借巴赫金的"对话"原则而将主体间性和历史性隐蔽地纳入"文本"中的话，那么，巴特则更坚决地在文本中剔除了"作者"的声音，作者的话语不再具有父亲式的权威，他只能以"客人"的身份返回文本"游戏"，因为"文本中的我，其自身从来就没有超出那个名义上的'我'的范围"。这自然是已经"死去"或"隐退"的作者，正如福柯所言："作者在文学作品中缺席、隐藏、自我委派或者自我分割，这是文学的特性。"[③] 当然，他们都共同强调了：一个文本内部不是静寂无声的，而是回荡着过去或现在已完成的其他各种文本的回声，它们平等对话，"众声喧哗"，它们以其自身的能指作为引文和参照，最终构成一个连绵不绝、无边无际的能指的立体复合

[①] [法] 茨维坦·托多洛夫：《批评的批评——教育小说》，王东亮、王晨阳译，生活·读书·新知三联书店 1988 年版，第 111 页。
[②] 转引自王铭玉《符号的互文性与解析符号学——克里斯蒂娃符号学研究》，《求是学刊》2011 年第 3 期。
[③] [法] 米歇尔·福柯：《知识考古学》，谢强、马月译，生活·读书·新知三联书店 2010 年版，第 101 页。

体。这些"其他文本"早已越出了文学文本的边界,而成为"文化文本"的链条,这个"文本"由此而成为吸收和转化各种文化文本的"超级文本",可能它还与文学有关,但更可能只是五花八门的引语集合、五颜六色的文化拼盘,由此也正落入英美"文化研究"的胃口之中,在那里,文学"文本"只是政治性和批判性的社会表征,而不再是语言性或"诗性"的结构生成。值得注意的是,巴特在《从作品到文本》中只有一处提及"文学文本"("文学文本永远是似是而非的"),其余皆只称"文本",这似乎就已喻示了从作品到文本的转变过程中,"文学"在"文本"面前越来越丧失其重要的主语地位,甚至丧失其无关紧要的"修饰性":"文本"的博大胸怀也越来越包容了与"文学"相关却也更加"似是而非"的文化内容。

自克里斯蒂娃和巴特的"互文性"观念诞生后,热奈特、里法泰尔、孔帕尼翁等人又相继探讨了一个文本与其他文本之间的指涉关系,比如热奈特提出"跨文本性"(transtextuality)概念,并指出五种类型的跨文本关系。① 如果说,新批评的批评实践和雅各布森的诗歌语法批评主要关注的是相对封闭的单个文本结构,那么,建立在"对话"原则之上的"互文性"文本(互文本)则从文本之内(如巴特、克里斯蒂娃)和文本之间(如热奈特)这两个维度打破了封闭的语言结构,而具有了指向世界、指向外在社会文化现实的可能,即"互文本正意味着语言学模式的文本与历史的、政治的、文化的、经济的文本的相互关联"②。与此同时,福柯将文本视为一种"话语"形式,复活了文本与文化语境尤其是社会制度、知识范型、意识形态等权力场域之间的密切关系;而结构主义的马克思主义者,如戈德曼将文学结构对应于经济结构,阿尔都塞将文学置于意识形态和科学知识之间,马歇雷则视文本是"无意识"的意识形态"生产"的产物,充满被压抑的、未说出的裂隙和沉默,如此等等。总之,这些曾经被雅各布森等结构主义者以"文学科学"的名义驱逐出"作品"或"文学"的文本或话语,在后结构主义时代以"文本(话语)间性"的形式重返文学领域,文本与世界重新接通,而要理解这样的陷入意识形态围攻的文本,必须凭借的是阿尔都塞"症候式阅读"(symptomatic),而非雅各布森的结构主义语言分析和语法细读。

伴随着后现代生存境遇的日益符号化,符号学的一路狂飙突进,追求"对符号的接近和体验"的"文本"理论和"互文性"理论也随之持续扩张,正如德国学者普菲斯特(Manfred Pfister)所言:"互文性是后现代主义的一个标志,如今,后现代主义和互文性是一对同义词。"③(1991)在此语境中,"文本"终于超越语言学的框架限定,而进入超语言学的"符号帝国"中,它甚至超越了法国解释学家利科(Paul Ricoeur)

---

① 参见[法]热奈特《热奈特论文集》,史忠义译,百花文艺出版社 2001 年版。
② 王一川:《语言乌托邦》,云南人民出版社 1994 年版,第 252 页。
③ Ulrich Broich: "Intertextuality", *International Postmodernism: Theory and Practice*, edited by Hans Bertens and Douwe Fokkema, Amsterdam and Philadelphia: John Bejamins Company, 1997, p. 249.

为"文本"定义的"任何由书写所固定下来的任何话语"①,一条短信,一则微博,一部电影,一首歌曲,一支舞蹈,一张照片(图片),一份菜单,一个手势,一个梦等,都是文本;在电影《无极》和恶搞视频"一个馒头引发的血案"之间,在西方某个画家的绘画文本和中国的象形文字文本之间,也都构成互文本;甚至整个社会、历史、文化都被视为"文本",正如"新历史主义"者海登·怀特(Hayden White)的"元历史"和格林布拉特(Stephen Greenblatt)的"文化诗学"所主张的"历史的文本化"和"文本的历史化",历史"作为一种文学虚构"而具有文学叙事的意味,文学与历史都是文本性的,彼此构成互文关系,文学文本成为各种社会文化力量、各种历史话语流通、各种意识形态汇聚并"商讨"的场所,文学性与历史性在"文本"这同一艘船上相互拥抱,彼此融通。

可以说,"互文性"不仅将"文本"从结构主义和语言学的牢笼中解放出来,更赋予它覆盖一切、消融一切的"权力",其结果自然是文本的泛化,文学文本和非文学文本的界限愈发模糊。无所不在的文本构成我们所身处的后现代景观,传递给我们生活的各种"意义",而不断指涉的互文本又使我们不得不放弃对确定或终极意义以及意义生成过程的寻找,于是,我们生活在文本里,或者说,文本就是我们的生活。在泛文本观念中,文学文本不再享有任何优先或特权,和所有的符号文本一样,都存在于滔滔不绝的互文本中,它不再承担作者的创造性和成为审美作品的责任,"而是游弋在一种文化空间之中,这种文化空间是开放的、无极限的、无隔离的、无等级的,在这种空间中,人们将重新发现仿制品、剽窃品甚至还有假冒品,一句话,各种形式的'复制品'——这便是资产阶级所从事的粗俗的实践活动"②。当然,这也是中国的文本制造者正"不得不"从事的实践活动,在各种题材雷同的文学文本、桥段相似的电影电视文本以及抄袭剽窃的学术文本中,我们已深刻感受到了"互文性"带来的巨大解构作用和震惊效果。

显然,巴特也以能指的嬉戏和所指的延宕表达了对德里达解构理论的附和与敬意。如果说我们可以从作品中挖掘出确定的和可理解的所指、内涵和意义的话,那么,文本则纯粹是能指的自由游戏,是符号的动态链条,"能指没有必要作为'意义的第一阶段',情况恰好相反,它的物质通道受到关注是作为它的结果而引人注意的。同样,能指的无限性不再依赖于那些无法言喻的所指,而依赖于'游戏'(play)"③。可以说,文本正是能指嬉戏的舞台,能指与所指的关系不是确定的,而是滑动的,所指永远走在"延宕"的路上:这正是德里达的热爱。诚如郑敏所言:"结构主义及一切形式主义要通过美的规律飞向不朽的形式,而德里达寻求自由的运动不再是线性的,他曲折往返于对立之间,解构任何对立的主奴关系,破坏直线,以无形无质无量的踪迹织成无

---

① [法]保罗·利科尔:《解释学与人文学科》,陶远华等译,河北人民出版社1987年版,第148页。
② [法]罗兰·巴特:《显义与晦义——批评文集之三》,怀宇译,百花文艺出版社2005年版,第161页。
③ [法]罗兰·巴特:《从作品到文本》,杨扬译,蒋瑞华校,《文艺理论研究》1988年第5期。略有改动。

形的网，在不停地解构与新生、再解构中得到自由运动的快感。"① 这种快感实则是一种知其不可为而为之的境界，一种矢志不渝、追寻自由的现代精神。相较而言，巴特的阅读文本的愉悦和快感则是相对狭隘的享乐主义美学。当然，这不是说读者阅读无关紧要，恰恰相反，他们虽然都强调"文本"是无限开放的、互文性的、无法确定阅读和理解的踪迹网络，但也都承认读者解读（非传统解读）文本及文本性的可能。

问题是，"如果意义的意义指涉无穷，无休无止地在能指和能指间游荡，如果它的确切含义是某种纯然又无限的模糊性，它使所指的意义没有喘息，没有休息，而是与自身的机制合为一体，继续指意，继续延异"②，那么读者该当如何呢？此时的读者解读（比如德里达对柏拉图文本的解构阅读）自然不可能找寻到文本的稳定意义，因为意义永远在无法抵达的后退过程中，文本已是没有中心、没有结构、无边无际的文本，读者唯有对文本间性现象进行揭示（一如意义的游戏）。从这个意义上说，"读者"既是构成"文本性"（textuality）的必要要素，又是消解文本性的帮凶，因为他已不再对意义、文本性等怀有明确的期待和追求，在巴特看来，读者只是"相当空闲的主体"，阅读不过是一次无目的的、悠闲自得的"漫游"：

> 这个相当空闲的主体沿着有溪流流过的峡谷闲逛。他所见到的东西常常是复杂的和不可还原的，这个东西常常从异质、不连贯的物质和平面中显露出来。光线，色彩，草木，热量，空气，一阵阵声音的爆发，鸟的尖叫，来自峡谷对岸孩子的啼哭，小径，手势，近处远处居民的衣着。所有这些偶发事件部分是可辨认的它们从已知的信码出发，但它们的结合体却是独特的，构成了以差异为基础的一次漫游，而这种差异复述出来时也是作为差异出现的。③

如果说阅读作品的读者是在消费和阐释作品的意义中而获得快乐的话，那么，阅读文本的读者则是在"以差异为基础的一次漫游"过程中享受到"闲逛"本身的快乐，这是一种"游戏"、生产、参与的快乐，而不是阐释的快乐。无论巴特还是德里达，无疑对"阐释"都抱有警惕，甚至否定，正如苏珊·桑塔格所表明的那样（1964）："传统风格的阐释是固执的，但也充满敬意；它在字面意义之上建立起另外一层意义。现代风格的阐释是在挖掘，而一旦挖掘，就是在破坏；它在文本'后面'挖掘，以发现作为真实文本的潜文本。"④ 无论是实证主义，还是新批评、结构主义、马克思主义、弗洛伊德主义等阐释，都试图在文本之"后"（或者说"之下"）挖出潜在的意义，他

---

① 郑敏：《结构—解构视角：语言·文化·评论》，清华大学出版社1998年版，第44—45页。
② [法]德里达：《文字与差异》，转引自乔纳森·卡勒《论解构》，陆扬译，中国社会科学出版社1998年版，第116页。
③ [法]罗兰·巴特：《从作品到文本》，杨扬译，蒋瑞华校，《文艺理论研究》1988年第5期。
④ [美]苏珊·桑塔格：《反对阐释》，程巍译，上海译文出版社2011年版，第7页。

们不相信所看到"文本",而相信文本之下深藏着的另一个"文本",为此,他们进行历史分析、结构分析、意识形态分析、精神分析等,在"文本世界"之外创造出"另一个世界",以此实现了对文本的征服,对意义的占有,对阐释学权威的炫耀。然而,解构主义的阅读却是一种"反对阐释"的阅读,读者只是漫游者而非阐释者,那些光线、色彩、草木、热量、空气等都以本来的不同面目,从文本的平面中牵连不断地显露出来(取消了文本的深度结构),读者仿佛是在透明的玻璃上滑行,并融入其所听所见所感(觉)的风景之中,如此,文本就成为巴特在《S/Z》中所赞赏的"可写性(writerly)文本",或者说差异性的文本。这是在"埋葬"了作者之后"新诞生"的读者,独享着"生产者"的角色,他甚至可以按照自己的欲望重新拆解信码而使文本面目全非,犹如巴特对一个严密的现实主义文本《萨拉辛》的所作所为一般。由此,我们也看到了巴特最后的走向——"享乐"。正如德里达在解构活动中获得了自由的快感,正如桑塔格热切地呼唤"艺术色情学"的出场,当然少不了尼采、拉康、德勒兹的某种启示,巴特最终将伦理学植入解构哲学之中,文本成为色情的、欲望的文本,阅读便是享受文本的愉悦,仿佛做爱。

走笔至此,"文学"似乎在法国历险中已不知去向,这恰如此刻文学在世界文化潮流中的某种境遇。在超越结构主义的后结构主义时代,雅各布森所苦苦追寻的"文学性"问题被巴特所倾心的更加开放的"文本性"问题所取代,互文、延异、读者漫游,已使文本变成了泛化的、平面的、没有结构、没有中心的文本,暗藏着斑斑驳驳、所指延宕的"踪迹",散发着能指狂欢的后现代欲望。"走出文学"之后的文学,仿佛虚实相生的幽灵,徘徊于各种符号、各样文本的挤压之中,是继续与意识形态眉来眼去,还是向日常生活俯首称臣,在雅各布森结构主义语言诗学中曾有意悬置的这些问题,在他死后再次摆在了文学、时代和我们的面前。

沃尔特·佩特与艺术自律的神话

王熙恩[*]

(黑龙江大学文学院 黑龙江 哈尔滨 150080)

摘 要：佩特的艺术自律理论从未摆脱这些悖论：艺术理念一方面追求在人之感官中的美学呈现，另一方面又以绝对自治的名义疏离人的感官欲求；它是历史和现实之外的存在，是毫无人文企图的幽灵与吸血鬼，却又能够携带着与人相关的全部精神闯入现实；艺术家对于艺术理念的把握总是处于自虐的处境，他必须消灭自我中的任何世俗成分，而奇怪的是，同样幽灵化的艺术家却能够被我们所理解。这些悖论是佩特颠倒艺术与人之精神关系、过分强调艺术绝对自律的结果，它们使去人性化艺术事件的发生不可避免。在极端的意义上说，海德格尔、罗兰·巴特及德里达的激进文本观正是接力佩特的表征，他们合力完成了一场关于艺术自律的神话想象。

关键词：艺术自律；佩特；唯美主义；吸血鬼；幽灵

沃尔特·佩特既是英国唯美主义文艺思想的引领者，又是其反思者。在他产生影响的19世纪70年代，欧洲唯美主义运动已经进程过半，法国唯美主义关于艺术绝对自治的观念已经征服大不列颠。艺术绝对自治观念导致的后果之一就是去人性化艺术思潮的诞生，这早在戈蒂耶的《莫班小姐》中就已露出端倪[①]，由此引发的艺术的自主权要求与人文要求之间不可调和的矛盾，也成为英国唯美主义理论家急于处理的问题。佩特处于去人性化艺术焦虑的氛围中心，不得不着手解决戈蒂耶等人留下的难题。为此，他不断重返德国古典美学，企图寻找艺术自主性与艺术人文性的和解点。然而，他为我们展示的却是吊诡的艺术理念传奇：艺术精神是人的历史和现实之外的审美吸血鬼，迷人的假面拒斥人的感官欲求，却又能够为人类提供不可或缺的人文激情。这与其说是在阻止艺术去人性化观念，毋宁说是在为其准备更多辩护理由。尽管晚年佩特对此作出过重大反思，但在根本上并未解决艺术自主性与艺术人文性的和解问题。

---

[*] 王熙恩(1973—)，男，安徽涡阳人，黑龙江大学文学院副教授，博士后研究人员，目前从事西方文论与美学研究。

[①] 王熙恩：《艺术游戏的自由与限度》，《学习与探索》2014年第6期。

一 作为"吸血鬼"的艺术理念

佩特处于艺术自律神话叙述的关键位置,这不仅在于他重构了德国古典美学的艺术自律理论,而且引入了一个令人骇然的艺术理念意象:吸血鬼。在佩特的文本中,艺术理念如同"吸血鬼"拒绝日光一样拒绝取悦人之感官,它的非实体性、绝对精神性和自由自主,表征着艺术的绝对自由。这突出地表现在佩特对《蒙娜丽莎》的解读上:

> 她比坐在其间的石头还要老,像个吸血鬼,已经死了很多次,深知墓穴的秘境;她曾是深海采珠人,记得她周围每一片海域的没落时光;她曾与东方商人交易奇异的织物;像丽达,特洛伊的海伦之母,像圣安妮,圣母玛利亚的母亲;这一切都宛如竖琴和长笛的曼妙之音进驻她的体内,仅以纯美之形塑造她不断变化的外貌,以及色彩变幻的眼睑和纤手。[1]

在这个著名的段落中,佩特想象性地"复活"了蒙娜丽莎。但这种复活并非是一次性的,而是像吸血鬼一样醒来很多次,或作为采珠人、交易者,或戴上丽达、圣安妮的面具,以诸如此类的隐匿方式活着。与此同时,她避免了虚构化身的变幻不定,只作为"竖琴或长笛的曼妙之音"去体验不同肉身的盛装。她暗示着一种无法让人接近的绝对主体性,即黑格尔意义上的"精神":"它是一种来自于精神锻造并显现在肉体上的美。"[2] 对于人的世界而言,这个形象并不是透明的,精神与人的照面只存在于象征的意义上;并且精神并非是时间内的连续性存在,它大部分时间躲在不为人知的晦暗角落,与人短暂相遇后,它将很快被持久的匮乏所冲蚀。叶芝在《丽达与天鹅》中暗示了同样的匮乏原则,它几乎统辖了整个历史:丽达的美瞬间激发了神(宙斯)的欲望,神在短暂的欢愉之后便不知所终,而匮乏神性的丽达子嗣则将人类带入滚滚的战争硝烟中。蒙娜丽莎那难以捉摸的微笑已经暗示了这一点:她即将离开,然后隐匿到漫长的暗夜中,不会因为人类的精神匮乏而照面。

将艺术理念比作吸血鬼,是佩特一以贯之的做法,他的文艺复兴想象"总是充满着吸血鬼和流离失所的景象,充斥着流放和死亡的折磨"[3],皮科的作品就是"投向远古坟墓的一瞥"[4]。佩特还坚信梅里美痴迷于"来自坟墓短暂拜访"的人,他的角色都

---

[1] Pater, Walter, *The Renaissance: Studies in Art and Poetry*, Ed. Donald Hill, Berkeley, Los Angeles, London: University of California Press, 1980, p. 99.

[2] Ibid., p. 98.

[3] Wallen, Jeffrey, "Alive in the Grave: Walter Pater's Renaissance", *ELH*, 66, 1999 (4), p. 1045.

[4] Pater, Walter, *The Renaissance: Studies in Art and Poetry*, Ed. Donald Hill, Berkeley, Los Angeles, London: University of California Press, 1980, p. 31.

是"半肉身的鬼——一个吸血鬼部族"①,归返的幽灵演绎着"或许是最为残酷的故事"②。劳雷尔·布莱克甚至发现,即便是佩特自己的作品——讨论艺术精神的小说,也没有脱离吸血鬼叙述框架。③ 介绍中世纪大教堂的《劳塞洛伊斯》,探讨德国文艺复兴的《卡尔》,关于17世纪荷兰风俗画的《斯托克》,都弥漫着理想主义的死亡气息。华伦也提供了证据:在取材于海涅《诸神流亡》的小说《阿波罗在皮卡第》中,佩特暗示了太阳神在基督时代既已死去,他只能作为一个吸血鬼返回。④ 古代世界的美似乎只能经由鬼怪之手抵达,它们以悬空的方式紧紧缠住当下,而它的实体——精神,却早已逃出了人的感官世界。

就像黑格尔理解的那样,美的理念在某个阶段以艺术的形式显现,绝不是任性的冲动所致,它在恰当历史关口的轻盈逸出,乃是精神的必然举措:诸如蒙娜丽莎这类审美吸血鬼形象,表达的是美和精神的连续性:"希腊的兽性,罗马的肉欲,中世纪的神秘",以及"现代的人性"。⑤ 显然,黑格尔美学发挥了魔力,他给佩特提供了一种作为精神朝向自我意识累积发展的艺术史观念。通过吸血鬼象征重构《蒙娜丽莎》,佩特提醒我们注意,这个形象是美的理念在历史最后阶段的圆满完成。这正如黑格尔对古希腊雕塑、中世纪晚期和文艺复兴艺术的评价一样,美的理念能够对精神的纪元予以艺术表达。

佩特理论的黑格尔基础最早体现在1867年版的《温克尔曼》中,那里他将艺术描述为理念的感性显现:理念通过艺术"成为感觉对象",美的希腊雕塑是理念现身的理想中介。⑥ 在1873年版中,佩特进一步宣称:"更为自由的生活方式"建立在感官经验更新和"精神"进步的基础上。⑦ 他力图表明,艺术发展需要经过若干文化阶段,它是精神的体现。但与黑格尔不同的是,佩特并不把精神运动看作完全扬弃片面性的上升过程,也不相信艺术的终结,而是将它的每一次现身视为美的累积性呈现,如同蒙娜丽莎凝聚着兽性、肉欲、天启和人性一样。在佩特看来,人性是精神的最新纪元,"现代哲学已经理解了人性的理念,它由一切思想和生活的模式所造就,同时又是它们的概括"⑧。因而人性之美也就出现在现代艺术中。

---

① Pater, Walter, *Miscellaneous Studies: A Series of Essays*, Ed. Charles L. Shadwell, London: Macmillan, 1895, p. 22.
② Ibid., p. 9.
③ Brake, Laurel, "The Entangling Dance: Pater after Marius, 1885 – 1891", *Walter Pater: Transparencies of Desire*, Brake, Williams, et al. Raleigh: University of North Carolina Press & Greensboro: ELT Press, 2002, pp. 24 – 36.
④ Wallen, Jeffrey, "Alive in the Grave: Walter Pater's Renaissance", *ELH*, 66, 1999 (4), pp. 1042 – 1043.
⑤ Pater, Walter, *The Renaissance: Studies in Art and Poetry*, Ed. Donald Hill, Berkeley, Los Angeles, London: University of California Press, 1980, pp. 98 – 99.
⑥ Pater, Walter, "Winckelmann", *The Westminster Review*, Vol. 31, January 1867, p. 94.
⑦ Pater, Walter, *The Renaissance: Studies in Art and Poetry*, Ed. Donald Hill, Berkeley, Los Angeles, London: University of California Press, 1980, p. 146.
⑧ Ibid., p. 99.

那么，艺术缘何能够呈现累积的美？这需要考察艺术和印象的关系。根据佩特的阐释，印象是大千世界"残留"在思绪中的模糊记忆，是一组不能被语言形容的色彩、气味和结构。印象的本质特征是在瞬间呈现真实性与意义，它"携带着转瞬即逝的真实性遗迹，不断地在时间长河中变革自身，意义逐渐鲜明"；随着"形象、感觉不断地掠过与消失"，它最终"表现为我们自身的奇异组合和永恒的拆解"。[①] 这表明，印象虽然驻留在人的记忆中，却不能被人左右，它是自主运转的合目的性存在。印象寻求恰切的艺术表现方式，要求艺术摆脱单纯信息的支配及主题、材料责任，努力追求纯粹的感觉，以此确保印象的原态——形式与内容的同化（identification）。在佩特看来，理想艺术的共同特征是"不能从它的内容自身删减任何东西"，诸如音乐、抒情诗和典范绘画，它们的形式与内容一道"为每一种思想和情感"提供单一的感觉效果。[②] 这也决定了艺术门类之间的不可转译性，因为它们对应的印象状态和美不同，都有"自己处理印象的特殊规则"；至于艺术间的形式借鉴，"通过部分地疏远自身的局限性，艺术能够彼此间相互提供新动力，但不是真正的取代"[③]。由于艺术与印象的这种同质同构关系，它必然拥有印象的功能——能够将无数瞬间的真实性打造得愈来愈精良。这种"打造"不是单纯的扬弃，而是对每个瞬间的真实性进行片面性扬弃后将之累积。因此，典范艺术所表现的就不是某个历史阶段的美，而是"美的累积性和综合性"。《蒙娜丽莎》如此，乔尔乔内的《音乐会》也是这样：

> 它是极品戏剧诗的理想部分，给我们提供了意义深刻而生动的瞬间……漫长历史的全部动因、趣味和结果，都将自己浓缩其中了，它们似乎也将过去和未来全部融入了目前的强烈意识中。乔尔乔内画派用他们令人感佩的技艺选择了这些理想的瞬间，它们来自古老威尼斯市民的狂热、喧嚣的世界……从中我们仿佛旁观了历史的全部过程。[④]

所有的历史趣味都在《音乐会》中呈现出来，因而这一凝固的瞬间才具有丰满的意义。不过，按照佩特解读《蒙娜丽莎》的方式，这种美的聚集无疑又是一次诱人的闹鬼场面，纪元性的审美吸血鬼一同涌现在"音乐会"上，而我们如同听到了塞壬的歌声着了魔。佩特的悖论由此昭示出来：作为美之理念的吸血鬼原本是历史和现实之外的存在，没有任何人文企图，却能够携带着与人相关的全部精神闯入现实；它以历史性的精神纪元为依托，但其现身的瞬间性和封闭性又破坏了任何确定它与历史进程发展一致的企图。

[①] Pater, Walter, *The Renaissance: Studies in Art and Poetry*, Ed. Donald Hill, Berkeley, Los Angeles, London: University of California Press, 1980, pp. 187–188.

[②] Ibid., pp. 103–109.

[③] Ibid., pp. 102–105.

[④] Ibid., p. 117.

审美吸血鬼超然于生活，若想领略她的全部风采，或从她那里探寻美的理念，就必须像佩特一样，"需要培育冷对生活的超然或故作冷漠的反讽姿态"[①]。

从佩特的角度说，造成这种悖论的原因在于艺术的象征形式。蒙娜丽莎那不可捉摸的目光表明，丰满意义的否定时刻恰恰冻结在精美的象征中。她不可思议地抵制全部自我的感官再现，使得不可见的剩余物无法表征。佩特关于形式携带全部内容的论断遭到残酷解构，他被迫承认："丽莎夫人或许能够作为古老幻想的体现，也能作为现代理念的象征。"[②] 审美吸血鬼的自持性和隐匿性拉开了它与人的距离，"如果人们在世事的流变中不能成为丽莎那样的超然存在，就无法从佩特的文章透镜中看到她的真实面孔"[③]。这让形式背后的精神变得可疑起来——它是确定无疑的实体存在，还是想象性的虚构？

二 艺术理念的面具及其意图

审美吸血鬼需要一张精美的面具，它能够让自己在感官世界中变得更为神秘莫测。因此，我们只有在佩特使用"喻指叙述"（ekphrasis）[④] 转化她的故事时，才获得了艺术理念的消息。这涉及艺术形象作为精神媒介之条件的限度问题，如果精神被固定不变的媒介所限定，它就不能"体现"精神的无穷可能性，反而是作为遮蔽的面具存在的，这迫使佩特不得不诉诸文学手段进行解析。王尔德曾对佩特的蒙娜丽莎分析赞誉有加，称其是根据"印象"和"艺术目的"的创造，如同"长笛手所吹奏出的音乐"一样。[⑤] 这似乎暗示着，佩特的艺术理念可能只是一种想象，它是关于艺术理念的故事，而不是艺术作品的故事。蒙娜丽莎的面具阻止我们接近艺术理念，因而只能想象。不过，佩特坚持认为，戴上面具乃艺术理念有意而为之，作为艺术理念代言人的梅里美就"总是携带他自身，作为一种伪装和面具，给现代世界披上传统的装束——用无限丰富而傲慢的优雅装饰来隐匿现代世界"[⑥]。

---

① O'Hara, Daniel T, *The Romance of Interpretation: Visionary Criticism from Pater to de Man*, New York: Columbia University Press, 1985, p. 23.

② Pater, Walter, *The Renaissance: Studies in Art and Poetry*, Ed. Donald Hill, Berkeley, Los Angeles, London: University of California Press, 1980, p. 99.

③ Williams, Carolyn, *Transfigured World: Walter Pater's Aesthetic Historicism*, Ithaca and London: Cornell University Press, 1989, p. 121.

④ ekphrasis 或者 ecphrasis 是古希腊语 ek（在……之外）和 phrasis（叙述）的合成，指对绘画等造型艺术的文学性描述，从而指出其实质与形式特征。参见 *The Chambers Dictionary*, Edinburgh: Chambers Harrap, 1993. 这相当于使用文学修辞去除了原艺术作品的媒介属性，挖掘出它的不可见的、以隐喻方式存在的东西，因而这里将之翻译为"喻指叙述"。

⑤ [英]王尔德:《王尔德全集》（评论随笔卷），杨东霞等译，（中国香港）中国文学出版社 2000 年版，第 414 页。

⑥ Pater, Walter, *Miscellaneous Studies: A Series of Essays*, Ed. Charles L. Shadwell, London: Macmillan, 1895, p. 9.

至此，我们不禁要问，艺术理念既然可以作为美的精神纪元累积性呈现出来，那么它戴上面具岂不是多此一举？对此，王尔德一语道破天机。他认为，佩特将蒙娜丽莎想象为"坐在岩石中"，而不是将之理解为对画师献殷勤的人，表明佩特没有把生活与艺术混为一谈。① 面具实际上是隔离艺术与生活的一道屏障，它的用途是保证艺术理念的绝对自由。佩特反对企图利用艺术建构"人间天堂"的人文版唯美主义，在他之前的另一支英国唯美主义力量就是这样做的。约翰·罗斯金推广的哥特文化运动，其核心就是人道主义。② 肯德拉甚至认为：从罗斯金的有机体说到佩特和弗农·李的鬼怪美学，都是种族主义的，他们希望通过美学运动救民众于水火。③ 佩特并不赞同罗斯金等人的观点，他在 1868 年的《美的诗歌》中将威廉·莫里斯的乌托邦田园诗《地球上的天堂》视为缺乏超越努力的表现，称他的人间天堂理念是一种"思乡病的倒置……不具有圆满生活的任何现实形式"④。这种形态的美匮乏上升的运动性和提升生命的现实性，新诗人对静止、确定和稳固之美的渴望，实际上与美的自主目的背道而驰。佩特将同样的批判标准用在了罗斯金身上，表达着艺术自主性的担忧。⑤

然而，佩特的死结就在这里。他对艺术绝对自主性的强调已经到了无以复加的地步，宁愿让艺术形式充当艺术理念的卫士，也不愿承认它是艺术精神呈现自身的介质。这里，佩特对黑格尔美学的篡改是十分明显的。在黑格尔那里，人与艺术都是精神的产物，这种亲缘性使人能够享受艺术上升运动的成果；同时，艺术理念在古典型艺术那里能够找到呈现自身的恰切形式，即使象征型艺术和浪漫型艺术，在内容和形式上也是一致的。但佩特解除了人与艺术的亲缘性，并坚持美的理念的累积性呈现，结果显著突出了艺术形式之于内容的限度，而且拉开了艺术与人的距离。事实上，佩特只需要稍作调整就能实现对黑格尔的突破。

首先，印象不能被确定为人之外的自主运动实体，而是随着人之情感体验的变化而变化。人的属性决定了印象能够实现意义的累积，并能够在某个历史纪元的适当时刻被充分表现出来。印象意义的积累在于审美文化的历史性和现实性的叠加与张力，它是文化共同体的普遍性审美体验、审美情感和经验的聚集。印象的这种性质不仅使之与生命意义的表达相关，而且强化了它的历史性。只有从这个角度说，印象的意义才能表现为"我们生命中的真实"和历史趣味的观照。当印象上升为艺术，它的累积性和自持性就呈现为巴特意义上的"文本穿越"："文本无法（像驻留在图书馆书架上的作品那样）停息；它的构成过程是径直穿越的运动，特别是能够穿越作品，穿越数

---

① 参见［英］王尔德《王尔德读书随笔》，张介明译，上海三联书店 1999 年版，第 81 页。
② Dowling, Linda, *The Vulgarization of Art: The Victorians and Aesthetic Democracy*, Charlottesville & London: University Press of Virginia, 1996.
③ Kandola, Sondeep, *Gothic Britain: Nation, Race, Culture and Criticism*, 1707-1907, Manchester: Manchester U. P., 2008.
④ Pater, Walter, *Appreciations, with an Essay on Style*, London: Macmillan, 1889, pp. 213-214.
⑤ Pater, Walter, *Appreciations, with an Essay on Style*, London: Macmillan, 1910, pp. 205-218.

部作品。"① 因此，将印象还原成人的内部存在不仅不会损害它与艺术的自主性，而且能够强化人文性。

其次，艺术的象征形式并不是一种遮蔽，而是艺术意蕴多元性与自持性的表现。伽达默尔在阐释艺术构成体时指出："现象以特殊的方式超越了它的产生过程，或将其驱逐到不确定性中。"② 这意味着，印象意义的累积和它的不确定性呈现，都是艺术游戏本身的"规则"决定的——游戏规则本身决定了艺术的象征性和意义的不确定表达。对接受者来说，象征性作品总是意义丰满的，即"文本比起每一个其可能的阅读所要求的实在，有更多的实在"③。这种敞开的封闭性也正是艺术自持性的表现，它虽然在艺术作品中"一劳永逸地……准备和任何与之相遇的人照面，在它的质中被感知"，但它自身却是"意义的隐匿，使意义不能流逝和确证"④。这表明，美的累积性呈现与艺术形式之间并不矛盾。

十分遗憾，佩特放弃了一次自我矫正并超越思辨美学的机会。当然，这对佩特来说无关紧要，他在意的是艺术自主性及其意义：似乎只有永恒超然的审美吸血鬼，才能有效阻止 19 世纪的种种人道主义说教。

三 艺术自律的神话与悖论

通过鬼怪形象的引入，佩特讨论了艺术与现实的距离及它对艺术自律实现的意义。然而，艺术自主性运转的主观条件是什么，来自现实生活的艺术家如何能够摆脱人类精神？

在《温克尔曼》中，佩特将艺术家理解为视艺术为生命的创造者："带着一种急躁的冷酷，如此自然地欢呼远离和越过他们自己。"⑤ 这暗示着艺术家必须规避世俗，完全根据艺术的意图来建构自我。达·芬奇是个出色的例子：他的生命如同"一次突然的造反"，"他的高度冷漠，对普通事物形式的偏见"⑥ 使其"通往圆满的道路，被一系列厌恶所铺就"。⑦ 这是达·芬奇站上审美自主性源头的根本原因。他的优美旨趣的形成，只是由于他将艺术视为生命的目的：

---

① Barthes, Roland, "From work to text", *Textual Strategies: Perspectives in Poststructuralist Criticism*, Ed. Josue V. Harari, Ithaca, NY: Cornell University Press, 1979, p. 75.

② Gadamer, H.-G. Gesammelte Werke, Bd. 8, Ästhetik und Poetik I, Kunst als Aussage. Tübingen: J. C. B. Mohr (Paul Siebeck), 1993, S. 89.

③ Ibid., S. 73.

④ Ibid., S. 125.

⑤ Pater, Walter, *The Renaissance: Studies in Art and Poetry*, Ed. Donald Hill, Berkeley, Los Angeles, London: University of California Press, 1980, p. 183.

⑥ Ibid., p. 77.

⑦ Ibid., p. 81.

其他艺术家由于忘我或者将道德和政治的目的置于艺术目的之上，他们对现在和未来的掌声同样漠不关心；但在他身上，这种美的单一文化好像已经变为一种自恋，一种在艺术作品中除了艺术本身什么都不关心的冷漠。[1]

海德格尔可能对此不以为然，因为这是艺术家的本己意图：让自身成为作品从一切外在关联中解脱、释放自身、抵达纯粹自立之境的手段，所以"他就像一条为了作品的产生而在创作中自我消亡的通道"[2]。佩特不仅强调了这一点，而且提醒我们，艺术家的个性与他的作品能够互换，艺术家的自我就是作品本身，他在释放作品的同时也将自己送达自立之境。这意味着艺术家必须销毁自我中的世俗成分，"什么都不关心"，并且死亡欲求欲盖弥彰：杰出艺术家"那种无情和冷淡，已经有了死尸的样子"；[3] 在皮科的作品中，同样的冷漠意味着"抽象的冰冷触觉和柏拉图主义者渴望的脱离肉体的美"[4]，皮科将自己描述为"活在坟墓中的人"[5]恰如其分。这些密集的幽灵隐喻暗示着，艺术家必须"死亡"，只有成为超然于世的幽灵才能获得艺术理念的授权。这就如同康德、席勒、黑格尔意义上的天才，他们是天赋美之理念的人，远离世俗欲念才能获得精神的青睐。美的法则虽然居于天才内部，并且"绝没有建立一种适用于美的客体的自主领域"[6]，但这种自我立法的审美主观性在其先验性的规约下变得似是而非。

显然，佩特的艺术家论不过是证明艺术的绝对自主性及其可能的问题。让他感到意外的是，王尔德竟然将之征用为艺术去人性化的理由。这迫使晚年佩特不得不反思，在《普罗斯佩·梅里美》中，佩特更为深思熟虑地阐释了审美吸血鬼感官显现的主观条件——艺术家，以及调停艺术理念与人文要求之矛盾的企图。

梅里美以《卡门》等闻名，佩特在这些"来自坟墓"的故事中看到了梅里美的世俗自我克制、从始至终的超然反讽风格以及它们与暴力鬼怪之间的相互协调与配合。梅里美青睐不死的幽灵，他们将唯美与暴力聚合为一体的性格"与作家的精神构成高度一致"，这确保了梅里美能够保卫艺术自主性。然而，这种精神却构成了对道德与人性的反讽，成为梅里美作品背后的引导原则和强制力量。尤其糟糕的是，梅里美将隐匿的强制力量与虚无主义联系起来："他几乎能够在任何地方找到空洞的事物……反讽无疑是弥补虚空的恰当填充物。"[7] 他对虚无与反讽的热衷，表明唯美主义自身存在限

---

[1] Pater, Walter, *The Renaissance: Studies in Art and Poetry*, Ed. Donald Hill, Berkeley, Los Angeles, London: University of California Press, 1980, p. 92.
[2] [德]海德格尔：《林中路》，孙周兴译，上海译文出版社2008年版，第22页。
[3] Pater, Walter, *The Renaissance: Studies in Art and Poetry*, Ed. Donald Hill, Berkeley, Los Angeles, London: University of California Press, 1980, p. 179.
[4] Ibid., p. 33.
[5] Ibid., p. 38.
[6] [德]伽达默尔：《真理与方法》，洪汉鼎译，商务印书馆2007年版，第81—82页。
[7] Pater, Walter, *Miscellaneous Studies: A Series of Essays*, Ed. Charles L. Shadwell, London: Macmillan, 1895, p. 4.

度。这似乎与法国浪漫主义文学对后康德主义的继承有关,梅里美"在康德的否定判断中发现了最后一个关乎不可见世界的词——désillusionné(失望)",如同雨果或波德莱尔,以夸张的艺术形式反复召唤某些人为刺激物:嗑药、赌博、投机、冒险、斗牛①,而他的冷漠风格又对福楼拜产生了影响。法国文学对幽灵、暴力与虚无的一体化表达,以及那种冷漠的反讽风格,令佩特忧心忡忡。他试图阐明,以法国文学为导向的英国唯美主义绝不该走上这条道路。可惜的是,仅在数月之后,王尔德推出了《道连·格雷的画像》,幽灵、暴力、虚无、反讽,一个都不少。

佩特郑重表示,王尔德视野中的享乐主义是一种纯粹的否定性,它不仅歪曲了他的理论,而且误解了伊壁鸠鲁主义:"真正的伊壁鸠鲁主义,其目的是全面而和谐地发展人的完整有机体。"如果丧失了道德感、罪恶感和正义感,"如同王尔德先生的英雄们如此迅速且一心想做的那样",人必将退化。②作为艺术家或审美者,他不是艺术的附庸,而是为了自我完善。佩特的这种立场在《文艺复兴研究》再版时就已体现,当时他担心自己的为艺术而艺术论会被误读为感官享乐主义而删去"结论",直到他在《马里乌斯》(1885)中对其充分阐述之后,才将"结论"稍作修改,收进第三版。③但深受"结论"影响的王尔德并未理解佩特的良苦用心,执意地走向虚无和反讽。

佩特坚信,艺术理念的超然与艺术的人文性并不相悖,前者的超越性正是艺术的人文性来源。其一,艺术带来激情与智慧并举的人生。艺术体验的回报之一就是"伟大的激情"与"智识的激越",因为"诗的激情、美的渴望、为艺术而热爱艺术,乃是智慧的极致"④。这种智慧是一种沉思,它"使人生的手段与目的完全一致",使人完全处于自由而完美的状态。其二,艺术提供最高道德的人生。艺术的沉思属性决定了这一点:"将人生目的看作是沉思而不是行动——是 being 而不是 doing——无论何种语境,都是一切高层次道德的准则。"⑤华兹华斯的诗从不"提供教训",却通过抒写自然力的运行、可见宇宙的形状以及人类的共通情绪,将读者思绪"从纯粹物质的人生追求上移开",悄然实现"教养的目的"。⑥艺术体验的人文价值使佩特确信,艺术就是人生中最高的东西。他反对罗斯金与莫里斯的理由即在于此,"他们高度评价艺术与自然之美,却没有将它的生活重要性提到独一无二的至高地位"⑦。

然而,无论佩特怎样强调艺术的人文性,这个针对唯美主义艺术僭越的规约指令都可能无效。至少,佩特本人欣赏的审美吸血鬼总是以超然于生活的假面出现的。它

---

① Pater, Walter, *Miscellaneous Studies: A Series of Essays*, Ed. Charles L. Shadwell, London: Macmillan, 1895, p. 2.

② Beckson, Karl, *Oscar Wilde: The Critical Heritage*, London: Routledge, 1997, p. 84.

③ Pater, Walter, *The Renaissance: Studies in Art and Poetry*, Ed. Donald Hill, Berkeley, Los Angeles, London: University of California Press, 1980, p. 186.

④ Ibid., p. 190.

⑤ Pater, Walter, *Appreciations, with an Essay on Style*, London: Macmillan, 1910, p. 62.

⑥ Ibid., pp. 62-63.

⑦ Johnson, R V, *Aestheticism*, London: Methuen, 1969, pp. 11-12.

的刹那间现身,标记的是否定时刻:戴着面具,瞬间消逝。这是犀利的反讽:人们企盼与精神照面,而它留下的只是踪迹。佩特提供的审美方式进一步增加了反讽的效果:精神不可思议地抵制感官呈现,阻止任何与之达成和解的经验意向,而佩特却号召我们乐此不疲地追寻它。这就是德·曼所说的"二度反讽或'反讽之反讽'"[1],它是刀,也是刀赐予的创伤。艺术理念的幽灵形式让佩特的人文憧憬变得不切实际,这缘于他过分迷恋艺术自律,倒置了人文要求与自主权要求的次序,颠倒了艺术与人的关系。艺术终归是人的创造,是存在之思与人生情感的表达,它的人文性是内在的,也是艺术美的本源。无论人文性是否带来了艺术的限度,它都是艺术自由的基础。否定了这一点,将绝对自治确立为艺术游戏的首要原则,吸血鬼的威胁(去人性化)就不可避免。反讽的是,20世纪的理论家依然热衷于此,海德格尔、罗兰·巴特、德里达等人,都曾阐释过文本的幽灵性。真不知何时,鬼怪们会穿越时空,来到你面前。

参考文献:

[1] 王熙恩:《艺术游戏的自由与限度》,《学习与探索》2014年第6期。
[2] Pater, Walter, *The Renaissance*: *Studies in Art and Poetry*, Ed. Donald Hill, Berkeley, Los Angeles, London: University of California Press, 1980.
[3] Wallen, Jeffrey, "Alive in the Grave: Walter Pater's Renaissance", *ELH*, 66, 1999 (4): 1033 – 1051.
[4] Pater, Walter, *Miscellaneous Studies*: *A Series of Essays*, Ed. Charles L. Shadwell, London: Macmillan, 1895.
[5] Brake, Laurel, "The Entangling Dance: Pater after Marius, 1885 – 1891", *Walter Pater*: *Transparencies of Desire* Brake, Williams, et al, Raleigh: University of North Carolina Press & Greensboro: ELT Press, 2002: 24 – 36.
[6] Pater, Walter, Winckelmann, *The Westminster Review*, Vol. 31, January 1867: 80 – 110.
[7] O'Hara, Daniel T, *The Romance of Interpretation*: *Visionary Criticism from Pater to de Man*, New York: Columbia University Press, 1985.
[8] Williams, Carolyn, *Transfigured World*: *Walter Pater's Aesthetic Historicism*, Ithaca and London: Cornell University Press, 1989.
[9] Brookes, Ian (eds.), *The Chambers Dictionary*, Edinburgh: Chambers Harrap Publishers Ltd, 1993.
[10] [英] 王尔德:《王尔德全集》(评论随笔卷),赵武平编,杨东霞等译,(中国香港)中国文学出版社2000年版。
[11] [英] 王尔德:《王尔德读书随笔》,张介明译,上海三联书店1999年版。
[12] Dowling, Linda, *The Vulgarization of Art*: *The Victorians and Aesthetic Democracy*, Charlottesville & London: University Press of Virginia, 1996.
[13] Kandola, Sondeep, *Gothic Britain*: *Nation, Race, Culture and Criticism*, 1707 – 1907, Manchester: Manchester U.P., 2008.
[14] Pater, Walter, *Appreciations, with an Essay on Style*, London: Macmillan, 1889.
[15] Pater, Walter, *Appreciations, with an Essay on Style*, London: Macmillan, 1910.
[16] Barthes, Roland, "From work to text", *Textual Strategies*: *Perspectives in Poststructuralist Criticism*, Ed. Josue

---

[1] De Man, Paul, *Blindness and Insight*: *Essays in the Rhetoric of Contemporary Criticism*, London: Methuen, 1983, p. 218.

V. Harari, Ithaca, NY: Cornell University Press, 1979: 73-81.
[17] Gadamer, H. -G, *Gesammelte Werke*, Bd. 8, *Ästhetik und Poetik* I, *Kunst als Aussage*. Tübingen: J. C. B. Mohr (Paul Siebeck), 1993.
[18] [德] 海德格尔:《林中路》,孙周兴译,上海译文出版社 2008 年版。
[19] [德] 伽达默尔:《真理与方法》,洪汉鼎译,商务印书馆 2007 年版。
[20] Beckson, Karl, *Oscar Wilde: The Critical Heritage*, London: Routledge, 1997.
[21] Johnson, R V, *Aestheticism*, London: Methuen, 1969.
[22] De Man, Paul, *Blindness and Insight: Essays in the Rhetoric of Contemporary Criticism*, London: Methuen, 1983.

西方文论中国化研究

福柯的中国面孔

孙士聪[*]

(首都师范大学文学院 北京 100089)

摘　要：福柯"在"过中国，见证了新时期中国学术话语的历史变迁，也留下了多副中国面孔。福柯的中国，至多是一个西方知识分子对于中国社会与历史的浪漫想象，而中国的福柯并非人"死"在中国的理论支撑。一个被遮蔽的福柯将成为福柯自己所思所想的问题本身，福柯的中国面孔彰显说真话的勇气与写作和生命的统一。

关键词：福柯；中国面孔；回顾与反思

德里达在福柯著作问世30年时，曾为文纪念，而今福柯去世已是30年，距被我们注意已是40年。福柯实实在在"在"过中国，如果从1978年算起，在中国的福柯先后经历了70年代末期的登场、80年代、90年代及21世纪四个时期，也留下了多副中国面孔。可以说，福柯见证了1926年到1984年间从法西斯主义、斯大林主义、工具理性主义、消费主义，乃至撒切尔主义和里根主义的人类世界的巨大变迁，也见证了新时期中国学术话语的历史性变迁，他所讨论的问题，"同中国的现实，甚至是同当今世界的现实有很大的关系，但是，遗憾的是，中国知识分子对此并不了解"[①]。不了解的或许并非仅限于福柯的问题域，但这其实并不遗憾，从某种意义上来说，福柯在中国本身构成了自我反思的一个契机。

一

1978年《哲学译丛》在介绍结构主义时提到，20世纪60年代初期，"法国的许多知识分子纷纷抛弃了一九四五年以来在法国流行的萨特尔的存在主义哲学方法。从此开始了一个看来繁荣其实很沉闷的学术时期，从一九六二年起，法国就有好多结构主义著作出现，如米谢·福柯的《文字和对象》（一九六六）、罗朗·巴尔特的《论拉辛》（一九六

---

[*] 孙士聪，首都师范大学文学院副教授，副院长，主要从事当代西方文论研究。
[①] 汪民安：《福柯在中国》，《中国图书评论》2014年第3期。

三）等等"。而同年另一篇题为《结构主义》的译文，则将福柯（时译为富科）放在结构主义文化史领域给出八段文字容量的介绍①，现在看来，这在当时也算罕见的待遇了。自此，这顶结构主义的帽子，福柯在中国一戴就是近10年。

进入20世纪80年代，法国理论开始在中国走红，首先是萨特的存在主义，尤其是他的《存在主义是一种人道主义》一文，其红火程度甚至令后生小子有恨自己来世太晚之感。这与其说是因为萨特之于1980年去世成为学术事件，毋宁说主要缘于20世纪80年代这个"理论的黄金时代"。当然，也并非所有的知识领域都分享了20世纪80年代的热情与激动，彼时引领时代风气之先的多半是美学、文学与艺术。据说当时西方哲学研究领域就"不太注重法兰克福学派的"，甚至包括萨特在内，真正迷人的是海德格尔②。然而，如若说20世纪80年代《文化：中国与世界丛书》《美学译文丛书》《走向未来丛书》等三大译丛共同承担了"一项思想性的工作，一项精神启蒙的工作"③，那么海德格尔显然不如萨特更契合那个时代的思潮。在这一语境中，去世之前的福柯，在中国继续以结构主义理论家的形象出现④，着实在意料之中，而在其去世之后，情况则有所改变。1983年，有中国学者访学法国，得知包括福柯在内的结构主义者确曾一度"群星灿烂"、盛极一时，但彼时福柯就"已都不再自称是结构主义者"了，结构主义业已明日黄花。次年，在关于福柯去世一事的简短译文中，福柯已经开始被称为法国哲学家，而不再简单视为结构主义者了。⑤看起来，至迟在20世纪80年代中期，我们还是认可了福柯在《词与物》中关于自己不是"结构主义者"的明确表态，也算是对于福柯本人的致敬了。事实上，即便被视为结构主义理论家，也绝不意味着福柯真正进入了学界视野，福柯大不必为自己被中国知识分子封为结构主义者而太过较真。对于那个刚刚淡化革命意识形态的20世纪80年代而言，重要的不是福柯是不是结构主义者，而是他是西方理论家，如此，他就会成为刺激沉溺于洞穴幻象中的人们产生扭转头颅的冲动。

福柯真正产生影响是在20世纪90年代，这可以从刘北成编著的《福柯思想肖像》一书中略窥一二。该书1994年"初版前言"中，在高度评价福柯之余，不忘厘清当时学界关于福柯话语所谓"艰深晦涩"的误解，而在4年后的"再版前言"中，曾经的误解已不再是误解，转而开始关注国内学界围绕福柯思想是"左"还是"右"之类的争辩了⑥。短短四年，福柯在中国影响之扩大与深入自不待言。至于福柯的身份，此时早已从结构主义者摇身一变，不仅仅是法国理论家，而且被指认为新历史主义理论家、一

---

① 参见杨熙令《结构主义是什么》，《哲学译丛》1978年第5期；[苏] T. A. 萨哈罗娃《结构主义》，《哲学译丛》1978年第4期。
② 参见查建英《八十年代访谈录》，生活·读书·新知三联书店2006年版，第200页。
③ 王晓明：《半张脸的神话》，广西师范大学出版社2003年版，第224页。
④ 参见李幼蒸《结构主义与电影美学》，《电影艺术译丛》1980年第3期；李宪如《结构主义概述》，《河北大学学报》1981年第3期；张隆溪《语言的牢房：结构主义的语言学和人类学》，《读书》1983年第9期。
⑤ 参见陈修斋《法国哲学界情况杂谈》，《法国研究》1983年第3期；多家瑜《法国哲学家M.福柯逝世》，《国外社会科学》1984年第4期。
⑥ 参见刘北成《福柯思想肖像》，上海人民出版社2001年版，"初版前言"第8页，"再版前言"第2页。

位后现代主义大师了，福柯并不完满的著名论文《作者是什么》在中国的译介，就见证了福柯身份的变迁。该文直到20世纪90年代初期才被译介，而他关于权力与知识的思考，早在20世纪80年代后期就已引起学者注意了。王逢振在1991年将福柯放在"新历史主义"部分加以译介；紧随其后，王岳川则将其归结为"后现代主义美学"，福柯被安置在现代主义哲学和社会学研究领域的重要思想家行列，与马尔库塞、伽达默尔、哈贝马斯、德里达、德勒兹、詹姆逊、拉康等并列；而王潮在1996年《后现代主义的突破》一书中，福柯则被视为理论家，或者话语理论家，而认为他虽与结构主义、新历史主义乃至后现代主义有关、却难以用这一切来概括他。[①] 实际上，追溯后现代主义在中国的启蒙导师，F.詹姆逊才名副其实，他关于后现代主义的介绍，早在1985年9月的北大讲座中就开始了。只是那个时候，福柯才刚刚摘去结构主义理论家的帽子。

至21世纪，福柯则颇有大行其道的意味了，依复旦大学陆扬先生的回忆，他以前执教过的大学就有学生剃光脑袋来纪念福柯[②]，福柯之深入人心由此可见一斑。在21世纪第一个五年，中国学者就发表了福柯专题研究论文105篇，而在2006—2013年则上升到476篇，而此期间涉及福柯的论文，则多达15110篇，这一数字在21世纪最初5年则只有3934篇，20世纪90年代10年间有1515篇，80年代有153篇。有趣的是，20世纪80年代关于福柯研究的主题论文中，最早一篇出现于1984年，颇为讽刺的是，这篇文字却是关于福柯去世的消息。以一条讣告揭开自己被接受的序幕，福柯大概是进入我国学界的西方学者中较为独特的一位。如今福柯在中国已蔚然大观了，翻检国家图书馆所藏有关福柯的各种专著与译著，不多不少，正好100本。从1984年以自己的死讯进入中国学界视野，中国学者以100本研究他的著作来纪念他，这委实算得上一份颇有重量的敬意了——即便与福柯在法国被视为国宝，以至他去世需要法国总理为他发布悼念讣告相比，这一敬意也不减严肃。

从结构主义、新历史主义，到后现代主义，乃至话语理论家及"危险的生活"实践者，福柯可谓在40年中几度转身。仔细想来，作为结构主义者的福柯只能在20世纪80年代，那是一个理论的黄金时代；作为新历史主义者的福柯则只能在20世纪90年代初期，正好与那时聊以自慰的占据荧屏的古装影视剧对话；而后现代主义者，恐怕要在对新历史主义感到腻歪，同样对那些古装剧审美疲劳之后才会出现吧；至于话语理论家、危险生活实践者则显然也需等待本土学术语境自身的演进。从阅读福柯著作到关注福柯生活，将著作与著作者统一起来，大约既是"知人论世"的古典诗学传统使然，也是对于个人写作与生存方式之间相统一的福柯信条的一种时代认证，其间也包含了对于这一信条的理解、想象与反思。

---

① 参见王逢振等《最先西方文论选》，漓江出版社1991年版，第445—461页；王岳川《后现代主义文化与美学》，北京大学出版社1992年版，第287—306页；王潮《后现代主义的突破》，敦煌文艺出版社1996年版，第271—293页。

② 参见陆扬《法国理论在中国》，《学术月刊》2012年第2期。

二

福柯的中国面孔算不得对于福柯的误解,而实际上,翻检福柯的个人履历则可以发现至少三副福柯面孔。首先是法国最高学术机构法兰西学院的教授福柯,他被推为20世纪最重要的知识分子之一,思想的深刻与欧洲知识分子的批判传统结合在一起,福柯走向世界,被年轻学生奉为精神导师。其次是旧金山福柯,他是一个"幻想家","危险的生活"方式的"肉体试验""构成哲学探寻的主要组成部分",乃至他去世前两年,还在赴美国讲学之际不忘到旧金山进行种种极限体验,艾滋病的故事在其传记叙述中投下阴影[1]。再次是光头福柯,1968年1月23日,福柯在樊桑纳大学同500多名师生,占领大学办公大楼和梯形教室,随后在第二天拂晓与警察展开了战斗:"福柯非常勇敢","兴高采烈","他喜气洋洋地扔着石头——尽管同时还小心翼翼地注意不把他那身漂亮的丝绒西装弄脏",这位极左派的先驱随后剃光脑袋——闪亮的光头,配上金边眼镜,一脸露出金牙的微笑,福柯现在"看上去颇有点虐待狂的味道",以至于"后来连续好几年,《伦敦书评》都用他那放肆的形象来做广告,吸引读者订阅"[2]。

然而,上述三副面孔的福柯却并非分裂,或依米勒之见,"即使在他一生最疯狂的时候,福柯也从未停止过思考,从未停止过探索他自己的一些积极和消极体验的意义,既分析它们的谱系,也分析它们历史构成的前提和极限,总是兜着圈子回到康德的四大问题:我能知道什么?我应该做什么?我可以希望什么?人是什么?"[3] 如果康德主义的幽灵至今尚在四处游荡,福柯也就不该被排斥在我们之外。但福柯毕竟与康德不同,如果康德生活在中国,不妨继续做书斋里的知识分子和大学教授,即便他的"三大批判",想来也该不会有什么不同,而福柯则是另一回事情了。单就他的《性史》而言,大学图书馆里的版本,封面多半已被翻烂,里面的纸张却多半崭新如初,读读1989年版《性史》的内容介绍,若福柯再世,他约略可以知道现在该如何修订此书方能得到读者垂青:"在这部记叙性状态经验的书中,福柯凭借广博学识和深厚的功力,从一个全新的角度,深入地考察了性科学的各个侧面:性与权力、性与爱情、性与家庭、性的调节、性的养生法、性的道德归演……"[4] 但是,这样的福柯已经不是被纪念的福柯。

看起来,福柯的四副中国面孔与福柯的三副面孔之间还是存在错位与距离的,然而这并不意味着福柯不能在中国,学界纪念他逝世30周年并召开"福柯在中国"专题研讨,就是一个力证。至于听闻自己被赞誉为"澎湃的诗人,严谨的智士",想来福柯

---

[1] [美]詹姆斯·米勒:《福柯的生死爱欲》,高毅译,上海人民出版社2003年版,"序"第4页。
[2] 同上书,第244—245页。
[3] 同上书,第30页。
[4] [法]米歇尔·福柯:《性史》,张廷琛等译,上海科学技术文献出版社1989年版。

也会心领神会。只是他并不知道,当下诗人在中国的存在,不仅早已退去了 20 世纪 80 年代的荣耀与光环,而且还有些落魄;至于说严谨的"智士",大约也需分开来讲,"智"归"智","士"归"士",即便合起来讲,恐怕此"智士"也非彼"智士"。1969 年 4 月,正在教授"辩证思维导论"课程的阿多诺的几名女学生袒胸露乳、冲上讲台,导致他不得不提前结束教学生涯的最后一门课时,福柯却刚刚享受了一场战斗:同年 1 月 24 日拂晓,福柯在樊桑纳大学同 500 多名师生,"非常勇敢""兴高采烈"地与警察展开了战斗,自此这成为福柯思想肖像的一个标志。由此看来,满脸阴郁的阿多诺远不如一脸坏笑和放肆的福柯来得更有激情和浪漫,这倒未必是德国理论与法国理论相区别的一个表征,而毋宁说,是福柯理论的某些东西击中了当下语境中的人的生存的某些痒处或者痛处。比如当福柯被本土学界称为新历史主义者的时候,德里达却在纪念《古典时代疯狂史》出版 30 周年专题会上开篇即言:"与其说这是一次纪念会,不如说也是一次反思,是求实调节着思想而思想激励着求实的一次真正的致敬。"[①] 德里达与福柯之间存在长时间的误解,但福柯去世 7 年后的这一致敬并非虚假。在福柯看来,德里达总是护卫恒定不变的理解形式,乃至成为神圣分界,而在德里达眼中,福柯对既成秩序的隐蔽辩护,实质却是对乌托邦的一种虚伪承诺,且低头认命于无法改变的既存世界,然而,"在他们的冲突之处,一个原本可能不甚重要的思想出现了,它以不同语言和不同方式在别处传播,认为等级时代正在走向终结"。他们"沿着两条最终要交汇的道路前进。他们最终汇合的地方是权力和伦理的共同基础"[②]。

依福柯之见,知识属于权力生产的结果,它反过来又通过知识的权力功能为权力的巩固助力。福柯关于知识与权力关系的认识是其现代主体论的一个延伸,《疯癫与文明》考察了古典时代的疯人的历史,《词与物》关注的是人文科学的历史,《规训与惩罚》则讲述现代监狱的过去与现在,它们都从属于福柯研究的一个总的主题,即"主体"[③]。在主体被型构的过程之中,知识或者说作为权力功能的知识,功莫大焉。英国学者博伊恩的评论值得引述:"尽管对于福柯的一些特定论述可以保留针对性的批评,却不可否认他强有力地论证了对精神疾病的当代理解是由复杂的文化、政治、经济和认识论历史塑造而成的这一事实。这是一个彻底超越了地理局限性的论证,虽然它几乎完全是局限在法国史的范围之内。即便是他最激烈的批评者也会承认,福柯论述疯癫的著作,在过去大约三年间,为重新思考疯癫的本质提供了重要的启示。在理解现在就需要回顾过去的共同呼吁中,福柯的声音是最为响亮的一个。然而我们必须认识

---

① [法]德里达:《公正对待弗洛伊德:精神分析时代的疯狂史》,汪民安等《生产》第 8 辑,江苏人民出版社 2012 年版,第 159 页。

② [英]罗伊·博伊恩:《福柯与德里达:理性的另一面》,贾晨阳译,北京大学出版社 2010 年版,"导言"第 1、3—4 页。

③ [法]米歇尔·福柯:《权力与主体》,汪民安《福柯读本》,北京大学出版社 2010 年版,第 281 页。

到，通往过去的道路是受到管制的。通常的历史研究方法和广为接受的历史真理，其作用就是把现在的各种做法合理化。打破旧习的历史学家扮演着政治性的角色。"[1]

　　福柯的深刻远非仅仅宣告"人之死"，或者"反人道主义"那么简单偏狭，如此认为，我们就误解了福柯思想，也误解了其身体实践本身。事实上，即便今天有越来越多的年轻人喜欢福柯，也无法否认福柯理论至今恐怕还主要流转于知识分子小圈子之内这一现实。米勒在1987年写福柯传记时提到，那时就已出现了一个偷卖福柯公共演讲录音带和自由传抄本的黑市，生意十分兴隆，"许多出售品已为收藏家们所珍藏。我不知道当代还有哪一位哲学家的著作能导致如此活跃的黑市"[2]。当理论家著作走进黑市也成为一种荣耀，思想与思想家的魅力，以及特定时代语境性就被清晰地凸显出来，这种荣耀并非福柯独有，马克思在中国就曾有过类似的待遇。

　　2010年《福柯读本》出版，里面收集了最新译介福柯的文章，但据说"没有太多关注"，这倒未必是福柯热在中国退潮的症候，而只是中国学术实践的一种常态而已。毕竟，20世纪80年代那种人手一本萨特的时代早已过去，期望《疯狂史》全民阅读不仅不现实，还可能有些可怕。值得担心的倒是福柯热对福柯的遮蔽，比如福柯极为特立独行的生存方式本身被视为福柯魅力的来源之一，但这一来源未必不会在福柯接受中被建构为唯一来源。据说大英图书馆中某张阅览桌下的脚印，已经成为国人出游伦敦的热门景点之一，这当然证实了马克思的持久魅力，但至于说这是出于阅读《资本论》后油然而生的敬意，那也当不得全真。同样，对福柯那种"危险的生活"品头论足、津津乐道者，未必就是《词与物》《疯癫与文明》的真正读者——如果一定是福柯的读者，恐怕也仅仅看到过福柯《性经验史》的封面吧。诚然，就法国理论而言，诸如福柯、阿尔都塞些许所谓私生活的花边轶事，某种程度上固然有助于理解他们的著述与思考，但如若盯住福柯最后的弥留之地硝石库医院，抑或留下福柯激情印记的美国旧金山卡斯特罗街、福索姆区一带社区，甚或成为出游旧金山的必去景点，则将是对这位思想家的大侮辱。一个被遮蔽的福柯将会沦为一个被去势的福柯，而其如何被去势恰可成为福柯自己所思所想的问题本身，成为他权力理论与话语理论的研究对象，成为现代主体谱系学的研究对象，这恐怕是思考"自我的技术"的后期福柯绝对想不到的。

三

　　看起来，不仅有作为学术论争对手的德里达在福柯去世7年后向他致敬，而且还有中国学者在他去世30周年时召开学术研讨会向他致敬，这足见福柯确实颇为惬意地"在"中国了：不仅被纪念、被研究，还留下一小段"在"的历史被回顾、被反思。由此关于"福柯在中国"的"在"本身就有理由纳入考察视野，而讨论福柯在中国，有

---

[1] ［法］米歇尔·福柯：《权力与主体》，汪民安《福柯读本》，北京大学出版社2010年版，第5页。
[2] ［美］詹姆斯·米勒：《福柯的生死爱欲》，高毅译，上海人民出版社2003年版，"序"第2页。

必要提到中国在福柯，而其中一个重要的命题则是：福柯必然在中国吗？

如果福柯"在"中国可以追溯至1978年，那么，远在12年之前，中国就出现在福柯的话语中了。1966年发表的《词与物》"前言"中，福柯说，他之所以写这样一本书，是因为受到博尔赫斯的启发，博尔赫斯曾引述过"中国某部百科全书"，"这部百科全书写道：'动物可以划分为：①属于皇帝所有（的动物），②有芬芳的香味（的动物），③驯顺（的动物），④乳猪，⑤鳗螈，⑥传说中（的动物），⑦自由走动的狗，⑧包括在目前类中的（动物），⑨发疯似的焦躁不安的（动物），⑩数不清的（动物），⑪浑身有十分精致的骆驼毛刷的毛（的动物），⑫（其他动物）等等，⑬刚刚打破水罐（的动物），⑭远看像苍蝇的（动物）。'"又说："在我们的梦境中，难道中国不恰恰是这一幸运的空间场地吗？在我们的梦境中，中国文化是最谨小慎微的，最为秩序井然的……这样，被博尔赫斯引用的中国百科全书，以及它所提出的分类法，导致了……"① 国内学者对此的理解，多半从中西关系的角度看待这个动物分类，而且经常持一种批评、批判的态度，虽程度不同，但在定性上却基本一致。依国内学者车槿山之见："所谓中国百科全书中的这个动物分类，本身并非中西文化差异的证明，但在现实中，它的解读和接受却实实在在地成为中西思想难以相互理解，难以相互交流的案例。这个故事告诉我们的也许是：我们在批评别人是东方主义的建构时，我们自己也应该谨慎地警惕不要建构'西方主义'，以免在元话语的层面上落入自设的陷阱。"② 这一提醒无疑是清醒且有益的。

福柯话语中涉及中国的另外一处，出现于1971年与乔姆斯基关于人性、公正与权力的辩论中。在讨论社会、阶级与人性的关系时，福柯说："毛泽东说到过资产阶级人性和无产阶级人性，他认为这不是一回事。"③ 如果说，前一处谈论中国成为福柯展开"词与物"思考的契机之一，那么这一次谈论，则成为学者批评福柯的一个靶子了。不过，也由此可见福柯对中国并不"陌生"——即便福柯也（可能）通过德菲尔中国之行获得某些感性的经验，那么，他"在"中国似乎也顺理成章。既然福柯已"在"中国，关于"在"的诸种认知与思考也实出必然。

福柯是否必然会在中国，有两种针锋相对的观点值得讨论：一种观点认为，福柯必然也必须在中国，这不仅因为福柯的著作实为"完美之书"，更因为福柯之"在"中国具有极为重要的意义。④ 而另一种则认为，福柯的反人道主义之思原本就耸人听闻，而至中国，竟然掌声四处、鲜闻质疑，更属匪夷所思。两种观点均立足中国语境讨论福柯在中国，结论却南辕北辙，各种意味颇值得琢磨。然而，进一步琢磨，二者绝非空穴来风。

---

① ［法］米歇尔·福柯：《词与物》，莫伟民译，上海三联书店2001年版，"前言"第1、6页。
② 车槿山：《福柯〈词与物〉中的"中国百科全书"》，《文艺理论研究》2012年第1期。
③ ［法］米歇尔·福柯：《福柯集》，杜小真编选，上海远东出版社1998年版，第240页。
④ 参见［法］米歇尔·福柯《福柯读本》，汪民安主编，北京大学出版社2010年版，"编者前言"第14页；汪民安的《福柯为什么重要》，为2014年11月29日在北京红砖当代美术馆"福柯在中国"学术研讨会上的发言，此处据发言整理，未经发言者审定。

福柯是天使，还是魔鬼，抑或二者的结合体？这些观点针锋相对，又均非空穴来风。当福柯在1961年发表《古典时代疯狂史》时，他不能想象一种社会性疯癫到底如何；在1966年发表《词与物》时，他也无从想象另外一个语境中的人正以何种姿态生活；在张扬"将人的形象从沙滩上轻轻抹去"时，他根本想象不到1977年北京王府井的理发店才开始烫发，1980年一个外国旅游团在兰州被10万人围观；而当他1984年去世时，北京女青年才敢以穿红色裙子、红色羽绒服为时尚，才出现"街上流行红裙子"。① 由此视之，福柯怎么可以残忍地"砍去国王的头颅"，怎么可以无情地宣告"人之死"，怎么可以"轻轻抹去人的形象"呢？

然而，如果换一个角度，则发现问题的另一面。首先，福柯的反道德、反人道只是部分地否定了抽象的人性，但保留了人的自由天性，而福柯自己在1968年之后，切实实践自己的政治责任，因此，将福柯视为铁板一块乃至纯然将非主流的反人道主义思考等同于福柯理论，并进一步将反人道主义的福柯等同于福柯，这并不符合福柯实际，"如果说福柯的反人道主义是对乔姆斯基和其他知识分子的挑衅，那么刺激福柯的恰恰是人道主义的被利用"②，诚哉斯言。其次，从现代性批判的角度来说，福柯坦承自己与法兰克福学派的"伙伴关系"③，这自非虚言。从康德将启蒙与批判进行区分，到法兰克福学派《启蒙辩证法》，权力、真理与主体之间关系问题，成为福柯话语中的启蒙问题，而对此的思考"适用于任何历史时刻"④。如果可以将阿多诺的现代性反思归结为一种历史哲学反思，福柯关于知识权力网络的考古学分析则可以相对归结为人类学的反思。从理论在本土语境的实践来看，回顾20世纪80年代依然是直面当下的重要途径之一，尤其是福柯关于知识生产与权力的思考，越来越契合当代知识分子观察社会文化的理论范式或方法引导，而理论的武器用得越顺手，似乎对20世纪80年代的怀念就越深切，这也就越发提醒我们警惕20世纪80年代回顾中某种滑向"忧郁症"的危险。

本雅明将痴迷于已逝之物的自我沉溺概括为"左派忧郁"⑤，霍尔更是批评欧洲左派知识分子无视撒切尔主义现实、固执坚持简单抵制战略为"忧郁政治学"⑥："左派对文化政治的轻蔑或质疑并不表示其立场有多么坚定不移，这恰恰表明左派的思维习惯落伍过时，表明他们对这些习惯的改变充满焦虑。"⑦ 左派忧郁并非其立场坚定的表征，而毋宁说，是思维落后于现实，焦虑于时代却低眉顺眼、束手无策的症候。对于欧洲

---

① 查建英：《八十年代访谈录》，生活·读书·新知三联书店2007年版，第437、440、450页。
② [德] 马文·克拉达等主编：《福柯的迷宫》，朱毅译，商务印书馆2005年版，第8页。
③ [法] 福柯：《什么是批判》，汪民安主编《福柯读本》，北京大学出版社2010年版，第142页。
④ 同上书，第143页。
⑤ Benjamin, *Philosophy, Aesthetics, History*, ed. G. Smith, Chicago: University of Chicago Press, 1989, pp. 49–52.
⑥ Stuart Hall, *The Hard Rood to Renewal: Thatcherism and the Crisis of the Left*, London: Verso, 1988, p. 276.
⑦ [美] 温迪·布朗：《抵制左派忧郁》，庞红蕊译，汪民安、郭晓彦主编《忧郁与哀悼》，《生产》第8辑，江苏人民出版社2012年版，第80页。

左翼知识分子而言，1968 年的时代已经一去不回，而资本主义世界在撒切尔主义与里根主义所展开的自我调整，更是将 20 世纪 60 年代氤氲为远去的背影，对此，忧郁政治学中的左派知识分子在唉声叹气中沉溺于过往的辉煌。弗洛伊德曾指出："如果挚爱的对象已然逝去，而主体仍对其念念不忘，这份爱恋就会求助于自恋认同。此时，主体会憎恨这替代性对象，虐待他，贬低他，折磨他，并从他的痛苦中获得一种施虐的满足。"① 抑郁的产生不仅仅与对象的丧失有关，还与含混的情感体验以及力比多在自我建构中的退出有关。依弗洛伊德关于力比多的讨论，自我认同的建构从对象的丧失切入，那个已经丧失的对象倒映在主体自身中，主体仿佛沦为被反观与评判的对象，这就将主体从一个作为丧失对象的主体，扭转为一个由迷恋对象而迷恋自身的自恋主体，并进一步想象为被评判的客体，结果，原本是主体的对象的丧失，最终却沦为主体的自我丧失。如何走出抑郁，弗洛伊德诉诸力比多升华的诊治，不乏心理学的真理性，却不具社会学的可操作性。而美国学者布朗则呼吁仔细审视忧郁情绪与状态，剖析忧郁政治学在普遍认为是进步的政治目标下制造传统守旧甚至自我毁灭的内在机制，接受社会变革的观念、恢复批判精神。② 在一个社会文化实践迅速延伸、节奏急剧转换的时代中，倒退着走向未来并非明智之举，而事实上，管制通向过去的道路方式很多，正因为如此，福柯关于当代理解与权力机制之间关系的思考，就不仅"彻底超越了空间限制"而且愈发深刻。

20 世纪 80 年代诚然是一个令人怀想，甚至令后来者恨生不逢时的时代，而某种关于人的生存的应然状态的设想与思考，诚然严肃可敬、激情洋溢。然而这一阿多诺式的历史哲学的批判思路，实则是现实与历史被理论所剪裁，范式框架高悬于社会实践之上，更遑论直面正在绝尘而去的当下社会文化实践了，这在某种程度上就凸显了福柯关于现代主体谱系学思考的现实性。如果说当下大众文化的多元发展已经是一个不争的事实，那么大众文化中人的形象日趋世俗化、平常化也当无可否认，这或许可以在《渴望》中刘慧芳形象上看到其阶段性，而在《神女峰》"与其在展览千年，不如在爱人的肩头痛哭一晚"中找到某种感性表达。或许在一个非正常的时代，某种错误的生活无法过得正确，那神女峰上的哀怨与决绝因而可以成为时代的风向标，却不能由此而无视其自身的历史性，正如无法设想在爱人的肩头痛哭一晚之后的生活，却不能对常态化之后的人性路向无动于衷——对于福柯在中国的反人道主义的批评中，可能潜藏着某种形式的 20 世纪 80 年代忧郁政治学吗？

概言之，中国在福柯话语中，至多是一个西方知识分子对于中国社会与历史的浪漫想象，或是切入哲学思考的一个例证；福柯在中国，也不能想当然地成为人"死"

---

① Sigmund Freud, Mourning and Melancholy, *The Standard Edition of the Complete Psychological Works of Sigmund Freud*, Vol. 14, trans. And ed. by James Strachey, London: Hogarth Press, 1957, p. 251.

② [美] 温迪·布朗：《抵制左派忧郁》，庞红蕊译，汪民安、郭晓彦主编《忧郁与哀悼》，《生产》第 8 辑，江苏人民出版社 2012 年版，第 78 页。

在中国的理论支撑，否则，这恰恰赋予思考现代主体谱系学的福柯"活"在中国的现实基础。不论是中国在福柯，抑或福柯在中国，都不是秦琼胯下的骏马呼雷豹，或者"西方主义"叫声如雷，或者忧郁于20世纪80年代而默然自失。在中国的福柯，不是魔鬼，也未必就是天使，或如我们将福柯干脆归为理论家那样，福柯说到底是理论，而理论在福柯那里，则是说真话的勇气与写作和生命的统一。

文学理论的技术考察
——重读米勒事件

陈 海[*]

(西北大学文学院 陕西 西安 710065)

摘 要：米勒事件是近年讨论文学危机的典型案例。虽然学术界对米勒的批评有失公允，然而此事件本身却有其文论史价值。它鲜明地表达了当代文论界的集体焦虑，而此焦虑来自数字时代文学和文学理论的困境。反思数字技术对文学的冲击，构建更具活力的数字时代新文论，不仅应指出文学在"终结"，更应该积极面对技术嵌入文学理论这一事实。

关键词：米勒；文学理论；技术；终结

踏进同一条河的人，不断遇到新的水流——赫拉克利特[①]

"米勒事件"是中国文论界进入新千年以来的大事件，包括米勒的北京发言、论文发表、学界对米勒的批评、发现误读等。"米勒事件"的文论史价值不仅在于推动了国内"文学终结"的讨论，更在于它揭示了日益紧迫的文艺理论的生死问题。本文将对"米勒事件"进行回顾，总结学界批评米勒、坚持文学存在的三大理由，明确对米勒的误解；进而发现误读背后的焦虑及理论矛盾；最后分析数字技术进入文学的事实及其后果。

一 被误读的米勒

2000年，美国学者希利斯·米勒教授在"文学理论的未来：中国与世界"国际学

---

[*] 陈海（1978— ），陕西西安人，西北大学文学院副教授，文学博士，主要研究方向为美学与当代文化理论。本论文系国家社科基金项目"美国《文心雕龙》研究史料整理与翻译研究（1951—2010）"（项目编号：15BZW024）、陕西省社科界2015年重大理论与现实问题研究项目"陕西网络文学产业的媒介生态学美学研究"（项目编号：2015Z112）、陕西省教育厅科研项目"媒介环境学视域下的网络文学研究——文学与传播学的视域融合"（项目编号：14JK2123）之阶段性成果。

[①] 北京大学哲学系外国哲学史教研室：《西方哲学原著选读》上卷，商务印书馆1981年版，第23页，赫拉克利特著作残片D12。

术研讨会上作了一个长篇发言，阐述了全球化时代的文学问题。这个发言后来以《全球化时代文学研究还会继续存在吗?》[1]为题，发表在 2001 年第 1 期的《文学评论》上，引起国内学术界对"文学终结"问题的广泛探讨[2]。一时之间，"文学终结"成为文艺学、美学乃至整个文化界的热门话题。当然这一话题是否在"讨论"是值得怀疑的，因为学者一致反对"文学终结"，不约而同地坚持文学存在且将继续存在。他们的区别只在于对文学存在的辩护理由不同，主要有三个理由：情感、语言和人的存在。

童庆炳从情感角度对文学的存在进行了辩护。他认为："文学和文学批评存在的理由究竟在什么地方呢？是存在于媒体的变化，还是人类情感表现的需要？如果我们仍然把文学界定为人类情感的表现的话，那么我认为，文学现在存在和将来存在的理由在后者，而不在前者。"[3]他承认当代图像媒体对文学的挤压，然而"文学虽然有这样或那样的改变，但文学不会消失，因为文学的存在不决定于媒体的改变，而决定于人类的情感生活是否消失。如果我们相信人类和人类情感不会消失的话，那么作为人类情感的表现形式也是不会消失的"[4]。

还有学者从文学本身的特征入手论证文学存在。杜书瀛强调，"不管图像怎么冲击，电子媒介怎么冲击，但是文学还是会存在。文学不死的一个最有力的根据是，事实上它仍然健康地活着"[5]。那么文学为什么能存在呢？他认为，"文学自有它存在的理由。这理由你不要从外部去找，而要从文学本身去找。文学自身的特点和本性决定了它的存在。文学最大的特点是创造一种内视形象"，而"这种内视审美是文学独有的，语言艺术独有的。文学的内视审美总是给审美想象的可能性留下了更为宽广的空间"[6]。周计武也认为，"文学理论和文学理论研究依然具有永恒的魅力和存在的价值。它依然是理解修辞、比喻和讲故事艺术的必要手段，依然是文化自我建构、理解他性的必要方式"[7]。

值得注意的是，金惠敏发现了"文学终结"的价值。他认为，"文学活着这一不争的事实同时却也不能全然抹杀其'终结'论的某种价值，因为'终结'论者的每一次宣判都可能指出活着的文学不曾意识到的其已经坏死的部分；文学活着，但它是以不断更新的方式活着，没有更新就没有文学的生生不息。而这反过来也可以说，文学总在'终结'着，'终结'着其自身内部不得不'终结'的部分。文学作为'家族'没有'终结'，而这家族之结构则在与时俱变"[8]。他从分析米勒所引用的德里达《明信片》

---

[1] [美] J. 希利斯·米勒：《全球化时代文学研究还会继续存在吗?》，国荣译，《文学评论》2001 年第 1 期。
[2] 参见金惠敏《媒介的后果——文学终结点上的批判理论》，人民出版社 2005 年版，第 3 页。
[3] 童庆炳：《全球化时代的文学和文学批评会消失吗？——与米勒先生对话》，《社会科学辑刊》2002 年第 1 期。
[4] 同上。
[5] 杜书瀛：《文学真的会消亡吗——在中山大学的讲演》，《南都学坛》2006 年第 1 期。
[6] 同上。
[7] 周计武：《再论米勒的"文学终结论"》，《文艺理论研究》2011 年第 4 期。
[8] 金惠敏：《趋零距离与文学的当前危机——"第二媒介时代"的文学和文学研究》，《文学评论》2004 年第 2 期。

开始，提出电信时代"趋零距离"，进而肯定了趋零距离时代文学理论所必然遭遇的困境。不过最后他也认为，"只要我们人类仍然存在，仍然在使用语言，我们就会用语言表达或创造美的语言文学"[1]。

部分学者将人的存在作为文学存在的前提。他们认为人的存在不变，文学也将继续存在。李衍柱指出，"在信息时代，'世界图像'的创制和普及并未改变文学存在的根本前提，这个前提就是创造文学和需要文学的主体——人"[2]。当然他也承认新时代文学理论的变化，他说："不可否认，进入信息化时代，传统的文学存在方式和传播形式遇到了严峻的挑战，即以书面语言为载体的书刊的印刷出版，大有被网络传播的信息数码图像的形式取代的趋势。"[3] 但是"是否因为信息数码图像的出现，文学就存在不下去了呢？当然不是，只是它的存在方式不同于印刷时代仅仅是以印刷出来的作品一种方式存在"[4]。

上述理由都较有说服力，为文学存在提供了充分辩护。然而在对米勒进行了无数口诛笔伐之后，我们突然发现似乎误读了米勒。因为米勒的本意并不是说文学要终结，文学批评也随之终结。在《全球化时代文学研究还会继续存在吗？》一文中他就指出，"文学研究的时代已经过去，但是，它会继续存在，就像它一如既往的那样，作为理性盛宴上一个使人难堪或者令人警醒的游荡的魂灵。……虽然从来生不逢时，虽然永远不会独领风骚，但不管我们设立怎样新的研究系所布局，也不管我们栖居在一个怎样新的电信王国，文学……仍然急需我们去研究，就是在这里，现在。"[5] 到了2002年，米勒出版一书，专门探讨文学是什么、为什么阅读文学和怎么阅读文学等问题，明确表达了他对文学和文学研究的肯定[6]（此书由广西师范大学出版社2007年出版，书名为《文学死了吗？》）。那么自2002年（至少在 On Literature 中文版问世的2007年）之后，为什么国内学术界依然不断批判米勒的"文学终结"论？其原因在于米勒事件动摇了传统文论存在的根基，引发了学界对文学及文论前景的焦虑。

二　文论界的集体焦虑和理论矛盾

众所周知，从来就没有无理由的误读。对米勒的误读恰恰显示出文论界对自身不断边缘化和文学研究日益没落的焦虑。20世纪八九十年代，哲学、美学和文学理论成为年轻人热衷的话题，美学家和批评家成为社会的弄潮儿。如今这一切都一去不复返了。文学被异军突起的影视所取代，文学批评被影视评论所取代，美学和文学理论成

---

[1] 金惠敏：《趋零距离与文学的当前危机——"第二媒介时代"的文学和文学研究》，《文学评论》2004年第2期。
[2] 李衍柱：《文学理论：面对信息时代的幽灵——兼与J. 希利斯·米勒先生商榷》，《文学评论》2002年第1期。
[3] 同上。
[4] 同上。
[5] ［美］J. 希利斯·米勒：《全球化时代文学研究还会继续存在吗？》，国荣译，《文学评论》2001年第1期。
[6] J. Hillis Miller, *On Literature*, London & New York: Routledge, 2002.

为圈内人自娱自乐的玩意儿,再难有以往的社会影响力。更严重的是,在国家大力发展文化产业的今天,能产生经济效益的"文化"是影视、广告、音乐、舞蹈甚至戏曲。文学要么被无视,要么只能给影视和戏剧打下手,提供故事供其选择(不能提供故事的诗歌、散文则更加无地位)。这样的尴尬处境迫使文论界反思文学发展的前景,也不断寻找文学理论的突围之路。但遗憾的是,很多努力都局限于文学自身,没有从更广阔的视野来寻找文学及文学理论的复兴之路。甚至病急乱投医,进行自我戕害式的反思(比如对米勒的批评)。广电网络遭受电视 APP 的威胁可以动用行政力量对其进行封杀,文学遭遇威胁之时我们却只能批判热爱文学的米勒,这不能不说是文论界的悲哀。

我们注意到,学界对文学存在的辩护确有可取之处。然而其矛盾之处在于:学者一方面用情感、语言和人的存在为文学进行辩护,认为文学不会"终结";另一方面又赞同文学正在面临一个新处境,它在发生变化。[①] 问题的关键是,文学在今天到底发生了什么变化?如果发生的变化已经使文学遭遇内在的、根本的转变,那么这种"变化"难道不是一种"终结"吗?说得更具体一点,如果当下发生的变化已经(退一步说,或者正在)深刻改变了人的情感、语言和存在,那么学者坚持的基于情感、语言和存在的文学难道不会发生变化吗?因此,今天对文学生死的思考不应再炒米勒的冷饭,展开无谓的争论,应该认真思考文学的当下处境。文学生死问题应该变为对当下"变化"的讨论,而当代最为明显的变化是数字技术的崛起。数字技术已经十分深入地影响人的情感、语言和存在状态。因此我们的讨论不能基于一个"不变的"情感、语言和人的存在,而应从数字技术语境来重新确认文学存在之基础。只有这样,米勒所激发的"文学终结"论才有价值,文论界也才能基于新的变化展开文学理论的建构。遗憾的是对此问题目前还没有广泛深入地进行讨论。下面我们就来具体讨论当代文论建构的技术入场及其后果。

三 文学理论建构中的技术入场

按照马克思的技术观,技术可被视为人的本质力量的展开。作为表达人的本质力量的重要领域,早期艺术活动中具有明显的技术性,各艺术的区别只是技术在此艺术活动中的地位。古希腊的"技艺"时代不区分艺术与技术活动,做一张床与画一幅画具有相同的制造性价值。这样的看法忽视了艺术所具有的审美性,但也凸显了对艺术的技术性的肯定。亚里士多德在《诗学》第一章中也明确指出当时的各种艺术"总的来说都是模仿。他们的差别有三点,即模仿中采用不同的媒介,取用不同的对象,使用不同的而不是相同的方式"[②]。艺术的技术性显露无遗。但是到了近代,艺术慢慢脱

[①] 王轻鸿的看法很具有代表性,"'文学'特定的含义是在西方现代性文化语境中生成的,然而电信时代的到来使得文学理论概念发生了变化,遭遇了解构,产生了转换"。参见王轻鸿《西方文论关键词　文学终结论》,《外国文学》2011 年第 5 期。

[②] 〔古希腊〕亚里士多德:《诗学》,陈中梅译注,商务印书馆 1995 年版,第 27 页。

离了技术，成为具有审美意味的独立活动。[①] 但艺术活动中的技术性还一直存在，并不与艺术内容相背离。到了现代，审美规范强调主体的"心灵"内容，误解了技术的外在性。我们将艺术和技术割裂，导致了技术与艺术的对抗。结果技术慢慢隐藏在人类的艺术活动之中，被视而不见。艺术则逐步成为贯彻现代性审美规范的重要活动，表面上与技术越来越疏远，而与美感、娱乐乃至政治取向日益靠近。虽然如此，我们还是可以发现技术领域的大事件仍然在影响艺术生产和艺术观念。

首先是印刷术的出现。它使文学传播的方式发生巨变。从口头传播到印刷传播，变化的不仅是文学的传播方式，因为"媒介即信息"，传播方式的变化带来的是文学存在方式的整体变化。麦克卢汉详细讨论了印刷术对文学的改变。他认为印刷术确立了与口语文化不同的书面审美规则，即文学具有了视觉性、世俗性和技术性特征。[②]

20世纪后期出现的数字技术改变了人类认知和交往方式。与印刷术首先影响文学传播方式不同，数字技术对文学活动的影响更为直接和全面。它改变了文学活动的所有环节。以网络小说为代表的新媒介文学提供了当代文学变化的典型案例。它既继承了传统通俗小说的审美趣味，又表达了新的数字审美诉求。印刷术时代确立的文学审美规范受到数字技术的重新加工，才有了理论界惊呼的传统文学的"终结"。米勒对文学未来的担心正基于此事实。13年过去了，作为全球化进程核心推动力的数字技术一日千里，大量新技术及应用纷纷出现。博客、微博、微信等数字工具已渗透大众生活的方方面面，乃至脱离了一般外在意义上的工具身份，逐步成为我们展开生存活动不可或缺的构成部分。毋庸赘言，数字技术对人类实践活动产生了无可置疑的"影响"[③]。因此，基于对实践进行反思的理论也将发生不可阻挡的变化。问题的关键在于，这种"影响"和"变化"到底意味着什么？具体而言，数字技术的崛起到底对文学及理论意味着什么？是敲响了传统文学及理论"终结"的丧钟，抑或是拉开了其"新生"的大幕？

四 数字技术对文学的"终结"

如果把文学看成是少数人通过文字表达技巧，发挥想象力所进行的抒情或叙事，且蕴含精英主义的人文趣味，那么在数字技术时代，这样的文学确实"在终结"，而且是不得不终结。陈定家明确指出："就像20世纪初面向劳工大众的白话新文学兴起而造成传统的古典文学走向衰亡一样，随着网络时代的悄然兴起和数字技术的飞速发展，

---

① 参见［波］瓦迪斯瓦夫·塔塔尔凯维奇《西方六大美学观念史》，刘文谭译，上海译文出版社2006年版，第23页。
② 参见陈海《康德启蒙的麦克卢汉延伸》，《西北大学学报》（哲学社会科学版）2015年第1期。
③ 这里使用一个中性的词"影响"，而不是用"控制"这样的词。因为笔者认为技术与人的关系并不是一种控制与反控制的紧张关系。

印刷机械复制时代的文学也必将走向衰亡。"[①] 对此笔者深表赞同，理由有二。

首先，数字技术导致作者身份去魅化，消灭了传统"作者"。传统作家确立自己的身份，是以其作品付诸印刷并得到认可为标志的。对绝大多数人而言，将自己写下的文字付诸印刷，进而获得专业评论者的认可是一件十分困难的事。尤其是在中国"文以载道"的文学大传统及当代特殊的社会历史状况下，作家往往被赋予一定的神圣性[②]。所以作家总是小众的，他们有能力高高在上给大众编织故事，引导大众的痛苦或欢乐。他们甚至是神秘的，似乎具有不可思议的力量。但这一切正在发生改变。数字技术提供了更加便捷的创作软件，使创作和发表更加容易，甚至成为社会交往的必须，更多的人从文学活动的旁观者变为参与者。他们往往自称为"写手"而非"作家"，显然在回避"作家"一词的崇高内涵。事实上他们的趣味也不在高扬崇高。作品也不再需要高超的文字技巧，不需要表达宏大叙事和精英品味，也不需要通过严格的审查。唯一需要的是有人欣赏，而这从来是不缺乏的。这样，过去少数人神圣庄严的严肃创作，被无数人兴之所至、信马由缰的随意挥洒所取代。许多在传统评价尺度下不是"文学"的文字成为新的"经典"，许多在传统眼光来看绝不可能称为"作家"的人成为被无数读者崇拜的"大神"。他们的崛起也意味着传统作家在新媒体时代的集体失语，刺激我们重新界定作者身份。但无论怎样界定，无疑的是，这一新文学生产的主体正在颠覆传统作家旧的文学生产方式。

其次，数字技术导致读者阅读的悖论，培育了新的读者。资本主义生产对大众心理不断进行塑造，作为潜意识的启蒙现代性变得更为隐蔽和强大。它内在地支配着现代人的整体生存状态，尤其是审美模式。现代性审美模式不断地将前现代艺术推向边缘，自己取而代之，成为现代性审美活动的内核。凭借数字技术兴起的"新媒介文学"（基于电脑和手机软件的文学活动）就是现代性审美模式的产物，是典型的适应现代性心理模式需要的新文学样态。这些新文学样态中的读者与传统读者完全不同。这一批随着电脑和手机成长起来的年轻人完全没有时间去阅读语言精美、构思精巧、意蕴丰富的传统经典作品，然而却有时间去阅读新媒介文学作品。问题的关键在于当代人的心理结构。当代人强调自身存在价值，强调当下，也就意味着对当下时间的珍惜。而时间的价值体现在占有大量的经验。因此他们将时间投入能给他们带来更多更新经验的领域，比如新媒介作品。因为内容的模式化和低智化使新媒介文学能够提供表面上更加丰富多彩的内容。而新的作家也正是在令"时间膨胀"这一点上极力满足读者的需要。很多网络作家每天更新三次，更新字数达到数千甚至1万字，因为能否及时更新是作品成败的生命线。这样的写作速度是传统作家不能想象的。因为传统作家的创作必须体验生活，琢磨语言，优化结构，提升内涵，反复修改之后作品才能与读者见

[①] 陈定家：《重估"文学生死问题"——以米勒、金惠敏和童庆炳的相关讨论为例》，《汉语言文学研究》2013年第3期。

[②] 杜书瀛：《文学真的会消亡吗——在中山大学的讲演》，《南都学坛》2006年第1期。

面，这都是很"费时间"的事情。追逐"时间"的读者完全没有这样的耐心。

伴随着作家和读者的颠覆，传统"文学"也同样被颠覆了。很多批评家对此痛心疾首，严厉斥责以网络文学为代表的新媒体文学。但"尔曹身与名俱灭，不废江河万古流"，文学——无论什么文学——都将继续。

五 数字技术时代文学理论的未来

数字技术催生的新文学活动已经确定无疑地展开了，建立在新文学活动之上的文学理论作为反启蒙现代性在文学领域的扩张，必将排挤乃至取代传统文学理论，确立自身的独特内容。在这一过程中，笔者认为需要处理好以下两个问题。

首先，新的文学理论必须解决技术的挑战。即便不严格地从近代算起，笼统地从古希腊时期来算，非严格概念意义上的"文学理论""艺术"一直都在被不断终结。柏拉图以灵感的艺术来终结当时大行其道的模仿艺术，中世纪以基督教美学来终结世俗艺术，近代的黑格尔和当代的丹托等更明确提出"艺术终结论"[①]，德里达更是斩钉截铁地说："在特定的电信技术王国中（从这个意义上说，政治影响倒在其次），整个的所谓文学理论的时代（即使不是全部）将不复存在。"[②] 有意思的是，尽管一再被这些著名理论家否定，但文学总是倔强而顽强地存在，颇有"野火烧不尽，春风吹又生"之态。它的生命力远远强于那些反对它的理论。同样，文学理论也不会终结。毋庸置疑，新技术带来的变化确实影响了文学样态，从形式到内容，从生产到接受等各方面都会发生变化。这些当然为文学理论提出了新的问题，刺激了新的文学理论的生成。那么技术的刺激会从根本上否定文学和文学理论，导致所谓的"终结"吗？这个问题涉及的不仅是技术与文学理论的关系，更深刻地说，是技术与人的关系。

纵观人类的技术史，技术从其本质来看，从来都不是反人性的。无论开始看起来多么怪诞及不可理喻的技术，基于人类理解的共同性，总是能够使人理解，进而可能带给人类福祉（比如清末老百姓对西方铁路的误解）。因为技术是人对世界认知模式的一种实践性成果，归根结底是属于人的，而且还是人面对自然进行实践的最重要手段。事实上，从口口相传到纸质印刷，从纸质印刷再到今日的新媒介传播，文学发展从来就都没有摆脱过技术的影响。新技术的出现当然会带来文学内容和传播方式的巨大变化，但却不至于割裂文学传统。比如印刷术带来了完全不同于口头传播的印刷传播模式，但这一传播方式的改变并没有消灭口头文学，甚至还发展了它。[③] 同样，新技术也

[①] 参见黑格尔的《美学》和阿瑟·丹托的《艺术的终结》相关章节。
[②] 《邮件》（"Envois"），雅克·德里达的著作《明信片》（*La carte postale*），Aubier-Flam-marion 出版社 1980 年版，第 212、219 页；英文版的《明信片》（*The Post Card*），艾伦·巴斯（Alan Bass）翻译，芝加哥大学出版社 1987 年版，第 197、204 页。
[③] [美] 尼尔·波兹曼：《娱乐至死 童年的消逝》，章艳、吴燕莛译，广西师范大学出版社 2009 年版。

会导致新文学理论与印刷时代文学理论的差异，但却不会从根本上改变文学理论的传统。夸大技术在人文活动中的影响力，和夸大情感意志在科学活动中的力量一样是不可取的。只要还有人类，人类还有审美需求，无论这种审美需求在技术的制约下如何表达，我们通过文字来想象、幻想就会一直存在。技术不能抒情，它永远不能替代诗歌来表达我们的情感。

其次，文学理论必须具有全球化品格。随着经济全球化背景下文化全球化的到来，如何在全球化浪潮中保持自身的独立性而又能够与"他者"进行"有效"的对话，是摆在每一个"文化体"面前无法回避的问题。对今日中国而言，我们迫切需要建设具有文化自立性，又能与世界平等对话的文化形态。文学理论作为文化形态的重要组成部分，必须以此为指导进行主动改造。中国文论应该符合一个文化大国的形象，在全球文论界获得更多的认同。要达到这样的目的，发展一个"全球性"或者说具有国际视野和胸怀的文学理论是我们必须承担的义务。

目前的问题是，我们过多强调了中国本土文学理论的地域性和独特性，忽视了其应该具有的全球化品质。虽然民族性或地域性会带来文学理论的独特品位，甚至对异质文化的接受者而言，会因为满足了他们的猎奇心理而获得好评。但正如金惠敏所强调的那样，我们如果一味强调"地方性"和"差异性"将会自绝于以"对话主义"为基础的全球公共空间，失去"对话"所需要的最基础的平等条件。事实上，世界不外于我们，我们在世界之中，我们对世界有责任，有责任共建国际意识形态，有责任共建世界文学理论。①

要建设有生命力的当代中国文学理论，本身就具有"全球性"的新媒介技术将会构建一个不可忽视的重要平台。或者说，只有依托新技术建设全球性文学理论，才能真正具有大国风范。在这里，新技术即全球化。

由是观之，文学理论确实是在终结，但又永远不会终结。说"在终结"，是指曾经的文学理论必然会被技术重塑，重塑中自然有对旧的东西的否定；说"不会终结"，是指无论在何种技术环境下，无论它被重塑成什么，文学活动永远无法离开"文学理论"。对我们而言，技术进入文学既带来了当代文学理论的危机，又开拓了文学理论的未来。

参考文献：

[1] J. Hillis Miller, *On Literature*, London & New York, Routledge. 2002.
[2] [古希腊] 亚里士多德：《诗学》，陈中梅译注，商务印书馆1995年版。
[3] [波] 瓦迪斯瓦夫·塔塔尔凯维奇：《西方六大美学观念史》，刘文谭译，上海译文出版社2006年版。
[4] [德] 黑格尔：《美学》，朱光潜译，商务印书馆1979年版。
[5] [美] 阿瑟·丹托：《艺术的终结》，欧阳英译，江苏人民出版社2005年版。

---

① 金惠敏：《走向全球对话主义——超越"文化帝国主义"及其批判者》，《文学评论》2011年第1期。

[6] 金惠敏：《媒介的后果——文学终结点上的批判理论》，人民出版社 2005 年版。
[7] 尤西林：《心体与时间——二十世纪中国美学与现代性》，人民出版社 2009 年版。
[8] [美] 尼尔·波兹曼：《娱乐至死 童年的消逝》，章艳、吴燕莛译，广西师范大学出版社 2009 年版。
[9] [美] 弗雷德里克·詹姆逊：《文化转向》，胡亚敏等译，中国社会科学出版社 2000 年版。
[10] [美] 马歇尔·伯曼：《一切坚固的东西都烟消云散了》，徐大建、张辑译，商务印书馆 2003 年版。
[11] [美] 丹尼尔·贝尔：《资本主义文化矛盾》，严蓓雯译，江苏人民出版社 2010 年版。
[12] 北京大学哲学系外国哲学史教研室编：《西方哲学原著选读》，商务印书馆 1981 年版。
[13] 欧阳友权：《网络文学本体论》，中国文联出版社 2004 年版。
[14] [美] J. 希利斯·米勒：《全球化时代文学研究还会继续存在吗?》，国荣译，《文学评论》2001 年第 1 期。
[15] 金惠敏：《走向全球对话主义——超越"文化帝国主义"及其批判者》，《文学评论》2011 年第 1 期。
[16] 金惠敏：《趋零距离与文学的当前危机——"第二媒介时代"的文学和文学研究》，《文学评论》2004 年第 2 期。
[17] 陈定家：《重估"文学生死问题"——以米勒、金惠敏和童庆炳的相关讨论为例》，《汉语言文学研究》2013 年第 3 期。
[18] 童庆炳：《全球化时代的文学和文学批评会消失吗？——与米勒先生对话》，《社会科学辑刊》2002 年第 1 期。
[19] 杜书瀛：《媒介文化与文艺美学》，《阅江学刊》2010 年第 4 期。
[20] 杜书瀛：《文学真的会消亡吗——在中山大学的讲演》，《南都学坛》2006 年第 1 期。
[21] 李衍柱：《文学理论：面对信息时代的幽灵——兼与 J. 希利斯·米勒先生商榷》，《文学评论》2002 年第 1 期。
[22] 杨向荣：《艺术终结抑或艺术突围——当下"艺术终结论"及其中国语境的反思》，《文学评论》2012 年第 5 期。
[23] 周计武：《再论米勒的"文学终结论"》，《文艺理论研究》2011 年第 4 期。
[24] 王轻鸿：《西方文论关键词 文学终结论》，《外国文学》2011 年第 5 期。
[25] 陈海：《康德启蒙的麦克卢汉延伸》，《西北大学学报》（哲学社会科学版）2015 年第 1 期。

"文化诗学"的中国化
——西方文论中国化的成功典范

高宏洲[*]

(北京语言大学首都国际文化研究基地 北京 100083)

摘 要:"文化诗学"起源于 20 世纪 80 年代的美国,经过许多学者的引介和消化后在中国结出了丰硕的果实——中国文化诗学。中国文化诗学的成功取决于它有明确的问题意识、纯熟的理论建构和丰硕的实践成果。它是中国学者抱着爱真理的心灵,在对西方"文化诗学"法其意、体其真、补其缺的基础上,用自己的心智熔铸出的非常具有阐释效力和穿透力的理论成果。中国文化诗学是一种熔铸式的创新,是西方文论中国化的成功典范,它的成功对于反思如何进行学术创新具有重要意义。

关键词:文化诗学;中国化;建构;创新

20 世纪被称为"批评的世纪",在西方产生了形形色色的理论,有精神分析学派、原型理论、存在主义、现象学、哲学阐释学、接受美学、俄国形式主义、新批评、结构主义、后结构主义、符号学、文化研究、后殖民、女权主义、新历史主义等。这些理论都曾以一时的"显学"陆续登上中国的文学艺术界,但是喧闹一段时间后大多都失去了昔日的光辉。新历史主义倡导的"文化诗学"不仅没有消歇,而且以中国本土特有的面貌方兴未艾,赢得众多学者的青睐,结出了丰硕的果实。反思兴起于西方的"文化诗学"在中国学界生根、发芽、茁壮成长的原因,不仅有利于进一步理解中国文化诗学的精神,而且对于思考西方文论的中国化具有重要意义。

一 "文化诗学"的中国化

"文化诗学"兴起于 20 世纪 80 年代初的美国,主要倡导者有格林布拉特、海登·怀特、多利莫尔、蒙托斯、维勒等。他们有感于俄国形式主义、新批评、结构主义、后结构主义的文本封闭性和旧历史主义的历史决定论的僵化,倡导"文本的历史性"

---

[*] 高宏洲(1981—),男,陕西榆林人,文学博士,北京语言大学国际文化研究基地博士后,主要从事中国文艺理论研究。

和"历史的文本性",强调文本之间的"互文性"关系,重视文本产生的历史语境等。20世纪80年代中后期经张京媛、刘庆璋、王岳川、蒋述卓等学者的翻译与评介,其理论逐渐为中国学界所熟悉。值得庆幸的是,"文化诗学"避免了喧闹一时而终归沉寂的魔咒,深深扎根于中国文学理论界,孕育出了"中国文化诗学"。"中国文化诗学"的积极倡导者有童庆炳、李春青、刘庆璋、林继中、顾祖钊等。李春青在1996年结合中国古代文论研究对象的特殊性已经提出建构"中国文化诗学"的论纲,并且自觉意识到西方的诗学观念"只是作为一种学术背景而对'中国文化诗学'具有意义,后者并非对它们的照搬和拼凑"①。李先生在《乌托邦与诗》《宋学与宋代文学观念》《诗与意识形态》等著作中都成功地实践了"中国文化诗学"的阐释原则和方法。童庆炳先生曾先后撰写《文化诗学是可能的》(《江海学刊》1995年第5期)、《植根于现实土壤的"文化诗学"》(《文学评论》2001年第6期)、《文化诗学刍议》(《北京师范大学学报》2001年第3期)、《新理性精神与文化诗学》(《东南学术》2001年第6期)等论文倡导文化诗学研究的必要性和有效性。刘庆璋认为中国文化诗学的建构在借鉴西方"文化诗学"理论资源的同时要保持自己的特色和独创性。② 林继中认为整体性研究是文化诗学生命之所在,双向建构是文化诗学的基本方法,其要点是阐释文学文本与外部世界的互动关系,关注不同文化间的沟通,寻找中西文化间的契合点与生长点,具有历史的与当代的双重意义。③ 顾祖钊也先后撰文通过实例分析说明文化诗学是必要的和可行的。④

今天,中国文化诗学已经完全摆脱了对西方"文化诗学"的依傍,建构出比较全面、具体,具有很强的实践性和操作性的理论架构。童庆炳2006年将他对文化诗学的理解概括为三个维度:语言之维、审美之维和文化之维。三种品格:现实品格、跨学科品格和诗意品格。有一种追求:人性的完善与复归。⑤ 2012年又概括为"一个中心,两个基本点,一种呼吁","一个中心"指文学的审美特征,"两个基本点"指分析文学作品要进入历史语境和过细的文本分析,"一种呼吁"指走向精神的平衡。⑥ 李春青将他对文化诗学的理解概括为以"重建文化语境"为入手处,以"尊重不同文类间的互文本关系"为基本原则,以"在文本、体验、文化语境之间穿行"为基本阐释策略。⑦ 李先生还系统地梳理、建构了中国文化诗学的"古代之源""近代之流"和"当代之继",使中国文化诗学贯通了古今,为其阐释的有效性奠定了更坚实的基础。⑧ 中国文化诗学

---

① 李春青:《中国文化诗学论纲》,《社会科学辑刊》1996年第6期。
② 参见刘庆璋《建构中国学人的文化诗学话语——我国第一次文化诗学会研讨问题述论》,《文艺理论研究》2001年第3期。
③ 参见林继中《文化诗学刍议》,《文史哲》2001年第3期。
④ 参见顾祖钊《文化诗学是可能的和必要的》,《文艺争鸣》2011年第7期。
⑤ 参见童庆炳《"文化诗学"作为文学理论的新构想》,《陕西师范大学学报》2006年第1期。
⑥ 参见童庆炳《文化诗学结构:中心、基本点、呼吁》,《福州大学学报》2012年第2期。
⑦ 参见李春青《诗与意识形态:西周至两汉诗歌功能的演变与中国诗学观念的生成》,北京大学出版社2005年版,第1—30页。
⑧ 参见李春青《中国文化诗学的源流与走向》,《河北学刊》2011年第1期。

虽然受到了西方"文化诗学"的智慧启迪，但是两者之间的差异性很早就引起了学者的注意。[①] 顾祖钊更是从哲学基础、目的论、历史观、文学观等几个方面比较了两者的不同。[②] 现在，中国文化诗学以昭明有融的理论建构独立于西方"文化诗学"，可谓是西方文论中国化的成功典范。

二 "文化诗学"中国化成功的原因

通过分析，笔者发现中国文化诗学之所以能够建构成功主要归因于以下三个原因。

第一，自觉的问题意识。"文化诗学"虽然是舶来品，但是中国文化诗学的建构者接受西方"文化诗学"不是为了追新或赶时髦，而是有着明确的问题意识。他们主要是为了解决自己时代所面临的问题来接受西方"文化诗学"的，而不是为了证明西方"文化诗学"的普适性。他们明确的问题意识集中体现在以下两个方面。

一是强调文化诗学的"现实品格"。童庆炳的文化诗学主要是针对当代中国社会的病症提出的。他说："文化诗学是对于文学艺术的现实的反思。它紧紧地扣住了中国文化市场化、产业化、全球化折射在文学艺术中出现的问题，并加以深刻揭示。立足于文学艺术的现实，又超越现实、反思现实。现实中的一些文本，随着市场经济漂流，为了赚钱，不惜寡廉鲜耻，一味热衷于'原生态'的性描写，迎合人的低级趣味，把人的感觉动物化；或宣扬暴力，把抢劫、打架、斗殴当成"英雄"的事业，引导青少年把犯罪当成"好汉行侠"；或大众文化、流行文化、文化产业以糖衣包裹着毒药、以肉麻当有趣。文化诗学对之当然要义不容辞地加以揭露，把它们的资本逻辑淋漓尽致地揭示出来。文化诗学关注现实文学艺术活动中的重大的理论与现实问题。文化诗学的现实性品格是它的生命力所在。"[③] 对当下社会现实问题的关注使中国文化诗学的建构者迅速走出了20世纪80年代初中期的审美乌托邦和语言论转向，思考如何通过文学的人文价值参与到当下中国的社会现实中去。对社会现实问题的沉重思考加深了中国文化诗学的理论厚度，使其对文学的理解更加复杂化和立体化，更加接近文学的真实存在样态。

二是强调阐释的有效性。中国文化诗学的建构者从未把西方的"文化诗学"当作神圣的教义予以机械实践，而是充分考虑了西方"文化诗学"对自己的阐释对象的有效性。李春青说："我们试图根据中国古代诗学这一研究对象自身诸特性，并参考近现代国外学术研究经验，提出一种方法论设想——主体论的文化诗学。"[④] 所谓主体论的

---

① 参见邱运华《汉语"文化诗学"：在俄罗斯传统和美国学派之间——关于"文化诗学"术语及其多样化形态的思考》，《中外文化与文论第十二辑》；吴海清《文化诗学的批判性与实践性——当代中西文化诗学反思》，《文艺争鸣》2012年第4期；李圣传《"文化诗学"流变考论》，《天府新论》2012年第5期。
② 参见顾祖钊《文化诗学三题》，《文艺理论研究》2011年第3期。
③ 童庆炳：《植根于现实土壤的"文化诗学"》，《文学评论》2001年第6期。
④ 李春青：《走向一种主体论的文化诗学》，《文艺争鸣》1996年第4期。

文化诗学主要指中国古代诗学话语的主体士人阶层具有非常突出的特征,抓住士人阶层这一主体就能使中国古代诗学话语中的许多观念得到合理的解释。童庆炳先生也把"自洽原则"作为中国古代文论研究的学术原则之一。[①] 为了论证"重建历史语境"的重要意义,中国文化诗学的建构者详细区分了"历史语境"与过去文艺社会学中的"历史背景"的不同。童庆炳认为历史语境与过去的"历史背景"既有联系又有区别,所谓联系是说无论"历史背景"还是"历史语境",都力图从历史的角度去理解文学的发展与变化。所谓区别是指相比较而言"历史背景"强调"一般","历史语境"强调"特殊"。历史背景只是关注作家作品和文学的发生和发展,处于哪个历史时期,期间一般的政治、经济文化的状况是怎样的,这段历史与文学大体上有什么关系等。历史背景往往无法确切回答某个作家或某篇作品是怎样产生的。历史语境则除了包含历史背景一般性的情况之外,更重要的是需要进一步深入作家、作品产生的具体的历史机遇、遭际、事件、时间、地点和情景之中,切入产生某个作家或某部作品或某种情调的抒情或某个场景的艺术描写的历史机理里面去。[②] 童先生结合郭沫若的历史剧《蔡文姬》说明了两者之间的根本区别,这是很有启发性的。也就是说,历史背景往往大而无当,对许多文学问题的解释隔靴搔痒,它容易导致"整体性"的"同"对"个体性"的"异"的遮蔽。比如,在古代文学研究中经常有学者用"三教合一"的历史背景来解释唐宋文学家,殊不知不同时期的士人对儒、道、佛的接受是不同的,即使是同一时期的士人由于个人性情和人生遭际的不同,对儒、道、佛也采取不同的态度。可见,用"三教合一"的历史背景来解释不同士人的思想是很难鞭辟入里的。李春青先生认为语境化研究的关键在于要把研究对象看成是在与具体语境的互动中的生成过程,而非居于语境中的已成之物。所谓语境化研究正是要在复杂的关联中梳理、阐述这一生成过程,揭示其复杂性,重建语境的目的就是使在其中生成的诗学观念具有鲜活性和具体性。[③] 这样就将研究对象复杂化、立体化了。从上面的论述可以看出,对阐释恰当性的自觉增加了中国文化诗学的理论深度。

第二,纯熟的理论建构。毫无疑问,中国文化诗学受到了西方"文化诗学"的影响,但这主要是一种智慧启迪,而非模拟照搬。由于西方"文化诗学"是在后现代思想潮流中诞生的,所以它对理论建构具有先天性的恐惧,格林布拉特认为"文化诗学"主要是"一种实践,而不是一种教义"[④](《通向一种文化诗学》)。这就导致其理论建构的激情不高。中国文化诗学由于有着明确的问题意识和对阐释有效性的自觉,所以一直努力完善"文化诗学"的理论建构。可以毫不夸张地说,今天中国文化诗学的理论建构之精已非西方"文化诗学"所能望其项背。笔者认为出现这种现象是与中国文化

---

① 参见童庆炳《中国古代文论的现代意义·导言》,北京师范大学出版社2001年版,第3页。
② 参见童庆炳《文学研究如何深入历史语境——对当下文艺理论困局的反思》,《探索与争鸣》2012年第10期。
③ 参见李春青《"文化诗学"的本土化与"中国文化诗学"之建构》,《文艺争鸣》2012年第4期。
④ 张京媛主编:《新历史主义与文学批评》,北京大学出版社1993年版,第1页。

诗学的建构策略密切相关的,中国文化诗学的建构策略可以概括为"法其意""体其真""补其缺""自铸伟辞"四个方面。

(1)"法其意"。法其意指中国文化诗学很好地继承了西方"文化诗学"的精神,在继承其精神的基础上实现了自我完善和创新。中国文化诗学在接受西方"文化诗学"时没有过度拘执于其对每个问题的论述是否正确,比如他们对历史的认识是否合理,他们重建的历史语境是否与研究对象相贴切等具体问题,而是从宏观上领会了西方"文化诗学"重视跨学科研究,强调重建历史语境,注重"社会—文化"研究视野等基本原则,在充分吸收这些原则的合理性的基础上进行了理论的自我建构。

(2)"体其真"。体其真指中国文化诗学的建构者对西方"文化诗学"的基本原则予以了自己的学理体认,对其合理性进行了自己的论证。刘庆璋认为以人文精神为内核的"文化诗学"在中国是具有深厚的历史根基和使之繁茂的肥沃土壤的。我们中国学人对之产生浓厚的兴趣是我们民族文化基因注定了的历史的必然。[①] 林继中发现西方"文化诗学"的跨学科研究与中国古代文史哲不分具有相通性,这是中国学人接受"文化诗学"的重要基础。[②] 童庆炳也说:"中国古代诗学总是处在文史哲等多样文化融合和联系中,诸如'兴观群怨'说、'以意逆志'说、'美善相乐'说等都在文化的关联中立论,是典型的文化诗学。"[③] 这些论述绝不是简单的比附,而是对跨学科研究方法的"洞见"的深刻体会。而且童先生已经意识到中国传统的"文化诗学"与西方"文化诗学"的差异,认为前者是"混沌"中的文化诗学,后者是经过"割裂"研究后重又"自觉"整体重要的文化诗学。对于文化诗学强调的"重建历史语境""社会—文化"的理论视角,童庆炳也有深刻的体会。他说:"文学的历史文化和现实文化语境的研究。……自古就有,长期被人们使用,并且是行之有效的。……文学中有文化,从文学的艺术文本的内部可以反观文化。这是一种深入文学作品内部的研究,属于内在的维度。不同民族的文学负载着不同的民族文化。不同时代的文学,负载着不同的文化。不同历史阶段的文学也负载着不同的文化。同一时期不同流派、不同风格、不同追求的作用,也负载着不同的文化。因此我们可以通过对作品的分析,揭示出文化思想内容来。"[④] 李春青从"跨学科特点""拒斥概念形而上学,指向具体性""语境化的思考与言说方式"三个方面详细论证了中国传统文化诗学与西方"文化诗学"的相通性。[⑤] 他们对相通性的论证不是为了证明西方"文化诗学"的普适性,而是为了与中国固有的研究路向相结合,使之更适合中国的研究对象。由此可见,对西方"文化诗学"合理性的自我论证是中国文化诗学建构的学理基础和前提。

---

① 参见刘庆璋《建构中国学人的文化诗学话语——我国第一次文化诗学会研讨问题述论》,《文艺理论研究》2001年第3期。
② 参见林继中《文化诗学刍议》,《文史哲》2001年第3期。
③ 童庆炳:《中西比较文论视野中的文化诗学》,《文艺研究》1999年第4期。
④ 童庆炳:《文化诗学的学术空间》,《东南学术》1999年第5期。
⑤ 参见李春青《文化诗学的"本土化"与"中国文化诗学"之建构》,《文艺争鸣》2012年第4期。

(3)"补其缺"。补其缺指中国文化诗学的建构并没有拘束于西方"文化诗学"的阐释原则,而是对其进行了一定的补充和完善,使其更适合中国的研究对象。为了与古人实现有效的对话,真正领悟古人的言说旨趣,李春青从古代文论传统中捏出了一个非常具有创造性的"体验"原则,提倡在对文学现象的阐释过程中凸显体验之维。李先生对"体验"所下的定义是:"全身心地投入对象之中,仔细体会、领悟、感觉对象,将自己想象为对象本身,忧其所忧,乐其所乐。"① 这一定义显然是建立在作者对中国古代文论的长期涵咏、玩味的基础之上的。中国古代文论中的许多观念如水中之月、镜中之像、言有尽而意无穷、味外之味、象外之象、风骨、神韵、格调、滋味、境界等,用抽象的分析原则是很难讲清楚的,只有细细体验才能领悟其精神旨趣。如果按照西方逻辑分析的思维模式来衡量必将得出中国古代文论支离破碎、含混模糊、缺乏逻辑性等皮相之见。李先生认为中国古代文论独特的言说方式决定了必须采取与之相适应的阐释策略,而体验正是撬开许多中国古代诗学话语内涵的关键锁钥,也是阐释各种文学现象的重要方式之一。

(4)"自铸伟辞"。自铸伟辞指中国文化诗学完全摆脱了对西方"文化诗学"的依傍,完全是以对文学现象的恰当阐释来建构其理论方法的。虽然从其理论建构中不难觅见西方"文化诗学"的因子,但是它对西方"文化诗学"的吸收和融合达到了昭而有融的境界。今天,即使没有西方"文化诗学"的学术背景也能透彻了悟其精神。中国文化诗学在理论建构中没有采用任何抽象、晦涩的概念,完全以清楚表达理论内涵为圭臬,做到了理论的透彻和明晰。虽然不同的建构者对中国文化诗学的理解不尽相同,但是都条分缕析地概括了中国文化诗学的基本理念和具体操作方法。童庆炳先后将其文化诗学概括为"三个维度……三种品格……一种追求","一个中心,两个基本点,一种呼吁"。李春青将其文化诗学概括为以"重建文化语境"为入手处,以"尊重不同文类间的互文本关系"为基本原则,以"在文本、体验、文化语境之间穿行"为基本阐释策略。这些理论建构不仅周密,而且具有很强的操作性和实践性。阅读他们的理论既能够帮助研究者祛除许多不自觉的成见和痼弊,又能学到着实有效的研究方法,进而与研究对象展开有效的对话。

(5)丰硕的实践成果。中国文化诗学自建构之日起就不是为理论而理论,而是以恰当地阐释研究对象为根本目标,所以一直强调实践性,注重在实践中检验理论的合理性。在中国文化诗学的指导下产生了许多经得起时代检验的优秀成果,如李春青的《乌托邦与诗》《宋学与宋代文学观念》《诗与意识形态》,童庆炳的《中国古代文论的现代意义》,顾祖钊的《华夏原始文化与三元文学观念》,黄卓越的《明永乐至嘉靖初诗文观研究》,郭宝亮的《王蒙小说文体研究》等。中国文化诗学解决了文学史上许多争讼不已的公案,比如童庆炳对郭沫若历史剧《蔡文姬》的新理解,李春青对古今

---

① 李春青:《论文化诗学的研究路向——从古今〈诗经〉研究中的某些问题说开去》,《河北学刊》2004 年第 3 期。

《诗经》阐释中存在的诸多问题的澄清,顾祖钊对朱自清《背影》、罗贯中《三国演义》、鲁迅《阿Q正传》的解释等都很有说服力。理论相当于解剖刀,用刘勰的话说,即为"不截盘根,无以验利器"①(《文心雕龙·总术》),中国文化诗学对许多文学问题的有效解释充分证明了它是文学研究的一把利器。

三 熔铸式创新

在中国古代文论研究中一直存在两种现象。一种是以西释中,不考虑中国古代文论自身的独特性,而用西方的各种理论任意地剪裁中国古代文论,结果使中国古代文论丧失了自身存在的合法性,完全变成了西方各种理论有效性的试验场。另一种现象是有感于20世纪的世界文论舞台上没有中国文论的声音,认为中国文论患上了"失语症",治疗的办法是重新恢复中国古代文论的话语权。后者虽然能够体认中国古代文论的独特价值和世界意义,但是由于有"原教旨主义"倾向和语词本位主义忧虑,所以难以实现古代文论的当代意义。中国文化诗学克服了这两种不良倾向。一方面,在中西文化、文论汇流的今天,它对西方的文论资源采取开放的态度,充分吸收了西方文论的优秀资源,并且对此有理论自觉。如李春青在谈到如何形成有效的研究视点时说:"首先要大量阅读西方人文社会科学著作,特别是19世纪后半期与20世纪以来的著作。"②他批评那种认为中国古代文论的研究根本无须关注西方人的研究成果的看法是极其狭隘的,认为我们应该摒弃民族主义的、后殖民主义的言说立场,诚心诚意地承认西方人在人文社会科学所取得的巨大成就。童庆炳也说:"西方流行的文化研究中带有真理性的观点和做法,如跨学科多学科的研究方法,重视文学艺术与语言、神话、宗教、历史、科学关系的研究,我们可以有分析地加以借鉴。世界上一切好的又是适用的东西我们都可以拿过来,这不是什么丢脸的事情。"③ 这种开放的学术视野是中国文化诗学建构成功的一个重要因素。另一方面,他们又有自己的问题意识,有走自己的"文化诗学"的理论自觉。这两个方面共同促成了中国文化诗学的成熟,使其在中国本土语境中实现了理论创新。

中国文艺理论界已经将建构中国当代文论话语体系提上了议事日程,但是如何做才能达到预期目标呢?笔者认为中国文化诗学的建构颇具启发意义。歌德在谈论自己的创造体会时曾谈道:"在我的漫长的一生中我确实做了很多工作,获得了我可以自豪的成就。但是说句老实话,我有什么真正要归功于我自己的呢?我只不过有一种能力和志愿,去看去听,去区分和选择,用自己的心智灌注生命于所见所闻,然后以适当

---

① 范文澜:《文心雕龙注》,人民文学出版社1958年版,第656页。
② 李春青:《文化诗学视野中的中国古代文论研究》,《文学评论》2001年第6期。
③ 童庆炳:《文化诗学刍议》,《北京师范大学学报》2001年第3期。

的技巧把它再现出来，如此而已"①，"关键在于要有一颗爱真理的心灵，随时随地碰见真理，就把它吸收进来"②。用歌德的话来解释中国文化诗学的创新智慧再恰当不过了。如果细细考究中国文化诗学的理论资源似乎都能找到出处，比如中国古代文论中孟子的"知人论世""以意逆志"，《毛诗序》的"音声之道与政通矣"，理学家的"体认""涵咏"，章学诚的"忠恕"精神，陈寅恪的"了解之同情"等；西方文论中伽达默尔的哲学阐释学，马克思主义的意识形态理论，新批评的"细读"理论，巴赫金的"对话"理论，哈贝马斯的"交往理论"，新历史主义的"重建历史语境""跨学科研究"、"社会—文化"视野等。但是这些理论资源在中国文化诗学中不是一个大杂烩，而是构成了一个有机的整体。中国文化诗学的建构者用他们"爱真理的心灵"将古今中外文论中的各种洞见充分吸收进来，用他们的心智将其熔铸成一个充实而有效的阐释方法，这何尝不是一种伟大的创造呢？笔者认为处在中西文化交流会通的今天，希望关起门来发掘中国古代文论的价值和意义显然是迂腐的；同样，希望通过引介西方文论彻底解决中国文学艺术的问题也是不切实际的。理想的境地是用爱真理的心灵熔铸中西文论的优秀资源，使其以崭新的形态屹然挺立于中国学术界，这是中国文化诗学给我们的最大启示，也是建构中国当代文论话语的恰当途径。

---

① [德]爱克曼辑录：《歌德谈话录》，朱光潜译，人民文学出版社1978年版，第232页。
② 同上书，第163—165页。

被遗忘的谢林
——以朱光潜《西方美学史》为例

陈海燕*

（合肥师范学院文学院　安徽　合肥　230601）

摘　要：谢林是德国古典哲学、美学的一位代表性人物，但其在中国20世纪的美学百年历程中并没有受到应有的重视。以朱光潜先生为例。在其代表性著述《西方美学史》中对谢林只字未提。朱先生对谢林的忽视或遗漏，或许是因个人的学术旨趣，或许是因当时的社会环境，抑或是知识分子的妥协性选择。从分析中或许可以一窥中国百年美学发展的曲折历程。

关键词：谢林在中国；朱光潜；《西方美学史》

谢林，是德国古典哲学和美学的代表性人物之一，是从康德到黑格尔的重要环节，也是德国浪漫主义美学理论的主要表达者。他上承康德、费希特等人的哲学美学思想，又吸纳了意大利历史哲学家维柯哲学中的历史主义和犹太哲学家斯宾诺莎的实体概念，建构了自己的"同一哲学"，并构拟出自己独树一帜的"艺术哲学"系统。

可以说，在德国古典美学和整个西方美学史上，谢林都占有重要的地位。而德国古典美学对中国现代美学的影响，是毋庸置疑的。那么，谢林的哲学、美学思想理应给中国美学以有益的启示。可是叫人讶异的是，在20世纪中国美学的百年历程中，谢林并没有受到足够的重视，反而遭受了异常的冷遇。朱光潜先生的《西方美学史》被认为是20世纪国内出现较早、较具权威和影响力的西方美学史著作，但却对谢林只字未提。蒋孔阳先生在《德国古典美学》中也只是极其简略地介绍了谢林的某些美学思想。汝信先生在《西方美学史论丛续编》中倒是对谢林的"艺术哲学"给予了比较详细的论述，且不乏深刻之见，但囿于时代，明显有将其哲学、美学思想与政治意识形态过分联系在一起的倾向，导致在评价和总体定位上有所偏颇。另外翻阅近10年来的

---

* 陈海燕，合肥师范学院文学院副教授，复旦大学访问学者，主要从事文艺学和新媒体艺术研究。本文为笔者主持的国家社科基金青年项目（项目编号：12CZW011）的阶段性研究成果。本文在撰写过程中与安徽大学陈建设老师有过交流，启发良多，在此特别致谢。

"人大复印资料":"外国哲学"和"美学",专题研究谢林哲学思想的并不多,而专题研究谢林艺术哲学的,更是屈指可数。足见国内学界对谢林的忽视。

谢林及其哲学美学在中国的遭遇(被忽视被冷落),原因是什么?又折射出怎样的社会环境与文化心理?本文尝试从朱光潜先生的《西方美学史》对谢林的遗漏论起,试图一探谢林在中国遭受冷遇的成因。

朱光潜先生是 20 世纪国内知名美学家,著述甚丰,其两卷本的《西方美学史》更被视为中国 20 世纪最具代表性的西方美学史著作。蒋孔阳先生曾高度评价说:"它(指朱光潜《西方美学史》——笔者注)不仅是我国学者所写的第一部这方面的著作,而且就我所接触的不多的外国学者所写的这方面著作来看,在体系的完整和内容的详备赅博上,它也不见得逊色。"[①]

在这部长期被国内学界评价甚高的美学史著作中,朱光潜先生比较细致地介绍了西方美学发展史上几个具有代表性的阶段。德国古典美学,是其中的一个重要阶段。朱先生列专节分别介绍了歌德、席勒、康德与黑格尔。但是,在这部著作中,对于德国古典美学史上的一个重要人物——谢林,朱先生却只字未提。这是比较让人费解的。

在朱光潜先生长达 50 余万字的《西方美学史》中,谢林这个在德国古典哲学和美学中都占据重要位置的人物却被忽视或遗忘了。朱先生在《西方美学史》中对谢林的这种忽视或遗忘,到底是无意还是刻意?是个人的学术兴趣还是时代大背景所致呢?这里不妨推测一下。

第一种解释:个人学术兴趣使然。

西方传统美学,大致可以分成两种形态:一种是注重理性的概念反思,被视为自上而下的美学,康德、黑格尔等人的美学是其代表;另一种则更为侧重审美经验,被视为自下而上的美学,克罗齐、科林伍德等人的美学可为其代表。前一种形态在西方占据了长达两千余年的时间,直至 20 世纪初,侧重对审美经验的心理学分析的经验美学,才终于取代传统的哲学美学占据上风。

就朱光潜先生来说,他本人的学术兴趣似乎更倾向于与艺术结合更紧密的经验美学。朱先生早年便喜好文艺,青年时曾去香港求学,后又到欧洲留学,又对心理学产生极大兴趣。他在欧洲留学时期,恰逢西方美学发生从"自上而下"向"自下而上"的转变。就这样,本人的气质与喜好,再加上恰逢其时的大学术环境,朱先生几乎是欣欣然地适应并接受了在欧洲正在流行的经验美学。

在国内学界,一直存在这样一个认知,那就是朱先生受到意大利美学家克罗齐的深刻影响。在朱先生的一些著述中,他也数次明确表达过自己对克罗齐的兴趣。在《西方美学史》中,朱先生舍弃了叔本华、尼采与弗洛伊德等人,却为克罗齐单独设置了一个章节,给予其哲学体系和美学观点以细致的梳理。

---

① 蒋孔阳:《西方美学研究中的一项重要成果——评介〈西方美学史〉》,《文学评论》1980 年第 2 期。

所以，如果说朱光潜先生是因为自我的学术旨趣而忽视谢林，这是比较难说通的。从尼采的酒神精神说，到柏格森的直觉说、弗洛伊德的艺术起源于下意识说，再到克罗齐的直觉表现说，皆被视为西方非理性学说的代表。他们提高人的非理性的生命、意志、直觉、意识等，并与人的自由心灵一起，视为现代人最为醒目的标记。尤其是以克罗齐与科林伍德等人为代表的现代表现主义，将个体的人的表现推向极致，"表现"几乎成为艺术的唯一功能，甚至取代"美"成为艺术的直接目的和新的主题。而"表现"论的发端者正是谢林，"自谢林起……把美视为通过人表现自身的绝对实在，或神赐实在的一个最高表现——谢林会称之为唯一的最高表现——观点的客观性和历史必然连续性，已经成为哲学上的一个公理了"[①]。似乎克罗齐是将维柯关于形象思维的学说发展为他的"直觉即表现"说的。但谁也无法确证克罗齐没有关注和借鉴谢林的思想与学说。恰恰相反，在克罗齐的美学代表作《美学原理·美学纲要》中，在论及"艺术与哲学""其他心灵的形式不存在"部分，常常让人回忆起谢林的相关论述。

克罗齐的美学理论在20世纪的西方产生了很大的影响。在20世纪20年代进入中国学界。朱光潜、林语堂与邓以蛰等人都是其理论的直接受益者。但通常都认为，克罗齐美学在中国的主要传播者是朱光潜先生。正是由于朱先生对克罗齐哲学、美学的翻译与解读、认可与推崇，克罗齐还被学界视为他的"美学导师"。众所周知，克罗齐美学的核心观点是"直觉即表现"。朱光潜先生对"直觉"的接受，被视为是在精神上对克罗齐的继承。他所推崇与倡导的"人生艺术化"（或"学术的人生化"），就是由康德及克罗齐等人总结的审美超功利演化而来的。[②] 换言之，朱光潜先生的人生美学（"人生的艺术化"）与人生理想（"以出世精神做入世事业"）皆是在接受克罗齐思想之上的进一步创新。

大家都知道，朱先生曾多年致力于翻译工作，其中就包括黑格尔《美学》和克罗齐《美学原理》等著作的翻译任务。这两种著述也皆对谢林有所论。其中，黑格尔在《美学》中对谢林及其艺术哲学评价较高。[③] 而在克罗齐《美学原理》的第八章"其他心灵的形式不存在"中，在论及艺术、宗教与哲学同属于绝对精神的领域外，还比较了几种不同的看法："人们有时从艺术与哲学、宗教鼎力这个看法推出艺术的不朽，因为艺术和它的姊妹们都属于绝对心灵的范畴。有时人们认为宗教是可朽的，可以化为

---

① [英]鲍桑葵：《美学史》，张今译，广西师范大学出版社2001年版，第269页。
② 克罗齐："格言'为艺术而艺术'有其合法意义。艺术既独立于科学，又独立于功利和道德。"参见[意大利]克罗齐《美学的理论》，田时纲译，中国人民大学出版社2014年版，第43—44页。
③ [德]黑格尔："到了谢林，哲学才达到它的绝对观点；艺术虽然早已在人类最高旨趣中显出它的特殊性质和价值，可是只有到了现在，艺术的真正概念和科学地位才被发现出来，人们才开始了解艺术的真正的更高的任务，尽管从某一方面来看，这种了解还是不很正确的。"参见黑格尔《美学》第1卷，朱光潜译，商务印书馆1979年版，第78页。

哲学，因此又宣告艺术的可朽，甚至已死或临死。"① 这段文字中前一种观点的代表就是谢林，而黑格尔则是后一种观点的代言人。此外，在《美学原理》第五章，在论及"绝对唯心主义"的时候，朱先生在翻译的时候，还特意在页脚加了注释，不仅指出谢林是"绝对唯心主义"的重要倡导者，而且对谢林的主要思想予以介绍。② 这在近年问世的由田时纲等译者翻译的版本中是没有的。也由此可见，朱先生对谢林绝非是陌生的。

另外，留意国内比较早问世的几种基本的西方美学史著述，如鲍桑葵（1892），吉尔伯特、库恩（1939）与舍斯塔可夫（1979）等，皆对谢林有所关注和论述。作为名副其实的一位学贯中西的大学者，朱光潜先生不会不熟知上述著述，对谢林其人其思想也不会是陌生的了。朱先生作为美学大师，作为西方美学史研究的专家，以他的学识和判断，仅以学术旨趣有别而忽视谢林，这显然很难说得过去。

第二种解释：时代大环境所致。

不论是什么时代，即使个人有选择的自由（哪怕是相对的），但学者（尤其是知名的学者）要从事什么，或研究什么，恐怕或多或少还是会受到时代的影响。有时候甚至是决定性的影响。朱光潜先生在《西方美学史》中对谢林的忽略，有一种可能就是受到时代大背景的影响。这里，我们不妨先从该著述中对叔本华、尼采等人的"刻意遗漏"说起。

朱光潜先生的《西方美学史》，上启古希腊毕达哥拉斯学派，下至20世纪初叶的美学家克罗齐，纵横爬梳了西方美学思想2500多年的历史，对有一定影响的美学流派和美学家都给予比较细致的述评，被评价为"以评价的公允、体系的完整、内容的详尽而反映出作者关于西方美学的渊博学识以及掌握和运用辩证唯物论的水平"③。事实上，仔细翻阅朱先生的《西方美学史》，会发现该论著对19世纪后半叶一些颇具影响力的美学家明显有所遗漏。论著在介绍完德国古典美学的集大成者黑格尔之后，用两章介绍了19世纪俄国的美学和文论，然后又突兀地转而论述英国费肖尔父子的移情说，最后一章献给了对其影响重大的克罗齐，但却对西方美学思想影响甚大的叔本华、尼采完全没有提及。还有弗洛伊德。尽管在"移情说"的开篇，朱先生就说："近百年来德国主要的哲学家和心理学家之中，几乎没有一个人不涉及美学。"④ 但还是遗漏了弗洛伊德及其学派。后来，朱先生曾自己解释过"刻意遗漏"上述人物的原因："这（指《西方美学史》）就是解放后我在美学方面的主要著作，缺点仍甚多，特别是我当时思想还未解放，不敢译介我过去颇下过一些功夫的尼采和叔本华以及弗洛伊德派变态心理学，因为这几位在近代发生巨大影响的思想家在我国都戴过'反动'的帽子。"⑤ 这里的"不敢"一

---

① ［意大利］克罗齐：《美学原理》，朱光潜译，商务印书馆2012年版，第79页。
② 同上书，第51页。
③ 朱式蓉、许道明：《朱光潜——从迷津到通途》，复旦大学出版社1991年版，第236页。
④ 朱光潜：《西方美学史》下卷，人民文学出版社1979年版，第597页。
⑤ 朱光潜：《朱光潜全集》第一卷，安徽教育出版社1987年版，第8页。

词，让人不难想象当时社会和政治环境下知识分子所面对的现实压力与心理压力。

对于自己在《西方美学史》中没有介绍叔本华、尼采和弗洛伊德，朱先生后来还曾说过类似的话，并自责说是因为自己"有顾忌，胆怯，不诚实"①。由此可见，朱先生对于一些重要美学家的遗漏是心有遗憾的。不是他不想介绍，而是不敢介绍。在当时那种文化专制被推向极端的社会环境里，在因为说错一句话就可能被打成"右派"的特殊政治气候下，他的"不诚实"是不难被理解的。正如有学者所分析的，朱先生在《西方美学史》中留下的遗憾，"与其说是朱光潜个人的'顾忌'和'胆怯'造成，不如说更是那严酷时代摧残学术文化的结果"②。

那么以此来审视谢林在《西方美学史》中的缺席，可能会有一定的启示。一直以来，谢林都被视为西方唯心主义哲学美学的代表之一。作为研究对象，这在新中国成立后的中国学界和思想界都是唯恐避之不及的。

新中国成立后意识形态对于西方唯心主义哲学译介与评论的影响非常显明，是一个基本事实。就如张世英先生所说："1949年以后……一种哲学一旦被扣上唯心主义的帽子，就在被批判之列。"③ 这种情形，翻阅其时发行与问世的相关著作即可知。其中，哲学史中的讨论是可以关注的方面，例如洪谦等著《哲学史简编》（人民出版社1957年版）、安徽劳动大学《西欧哲学史》（商务印书馆1974年版）等，后一种就对谢林作了长达3页的批判。

《学术月刊》2013年第12期，陈卫平先生在《破除"两军对垒"教条主义的思想前驱——论1957年"中国哲学史座谈会"》一文中指出，1957年1月22—26日在北京大学举行"中国哲学史座谈会"，参加者100多人，是1949年新中国成立后30年里哲学界规模最为盛大的学术会议。规模盛大，参加者众，却非百家争鸣。因为中国早在1951年秋至1952年秋就开展了知识分子的思想改造运动。朱光潜等人为代表的资产阶级知识分子，都必须进行脱胎换骨的思想改造，才有机会为新中国服务。到了1955年，国内开展的阶级斗争的首要任务就是"进行反唯心论的斗争"，将唯物主义和唯心主义的斗争视为你死我活的阶级斗争，并将此沉积在心理层面。正是因为此，"经过思想改造后的知识分子现在就是特别邀请他们来公开宣称唯心主义，他们也不干"④。

上述种种，都不难想象当时知识分子所处的社会环境和思想压力。可见，如朱光潜先生不敢写叔本华、尼采一样，他的不提谢林，很大程度上是由于那个时代对思想与学术的扭曲，当时的政治风雨带给知识分子现实的压力与心灵的恐惧。

尽管同属于德国古典哲学的阵营，也都被视为客观唯心主义的代表，但谢林在中

---

① 朱光潜：《朱光潜全集》第一卷，安徽教育出版社1987年版，第8页。
② 钱念孙：《朱光潜与中西文化》，安徽教育出版社1995年版，第469页。
③ 张世英：《西方哲学东渐百年之反思》，《江苏行政学院学报》2003年第3期。
④ 陈卫平：《破除"两军对垒"教条主义的思想前驱——论1957年"中国哲学史座谈会"》，《学术月刊》2013年第12期。

国学界的地位和形象与黑格尔大有不同。其中可能还有别的原因。这里不妨推测一下。德国古典哲学在中国之被重视,原因之一在于它是马哲的三个来源之一。虽然谢林与康德、黑格尔等人共同位列于德国古典哲学阵营中,但他们在马、恩的笔下评价有很大差别。马克思主义与黑格尔近,所以谈黑格尔很正常,马克思主义与黑格尔都是体系庞大,拥护者众。相对而言,谢林思想比较多变,前后期不统一。更为重要的是,马、恩都对谢林的评价很低。商务印书馆 1962 年专门编了一本书《马恩列斯论德国古典哲学》,其第四部分即为费希特、谢林。马克思引用列宁的话写道:"这位谢林是个无聊的牛皮专家,他妄想包罗和超越一切已往的哲学派别。"[①] 这在那个年代就是判死刑的宣称。试想研究牛皮专家有何意义和价值?

第三种解释:知识分子的自我妥协。

朱光潜先生在《西方美学史》中对谢林的忽视,到底是社会大环境所导致,还是知识分子的自我妥协?

《天涯》2013 年第 5 期的"民间语文"版块,发表了朱光潜、马寅初、丰子恺等知识分子在 1951—1952 年的思想改造检讨书。该选文以朱光潜、马寅初、丰子恺等为例,剖析了我国不同领域的知识分子在当时的自我批判与自我检讨。其中朱光潜先生在《最近学习中几点检讨》中坦承自己的几大缺点或罪过。其一,思想上:在国外受教育的几年里,所醉心的是两种东西:一是唯心主义的美学,一是浪漫主义的文学;其二,文化上:对欧洲文化,从希腊到现在,都非常景仰;其三,政治上:醉心于英美式"民主自由",还曾想望过它可以运用到中国;其四,个性与学术上:是个性超然、自负清高超脱,学术上存在"为学术而学术"的幻想。他把自己的上述缺点归结为封建意识和洋教育,也决心要洗心革面,拥抱马克思主义,向唯物主义靠拢。

上述检讨文字,是朱光潜先生真实的心理吗?他在思想及文化等方面的喜好与认同真的是罪过吗?他又是心甘情愿放弃曾经醉心与投入其中的学术思想的吗?

《读书》2014 年第 12 期,首篇是杨念群先生的《上海亭子间文人之"病"》。该文中有言:延安整风运动之后,思想改造自我反省的压力陡增,萧军追求纯艺术写作的愿望反而越发强烈,他不断表示仍然真心想当一个疏散的作家,乐意做花果山上的猴头儿,却不愿到天上做弼马温,或者戴着"紧箍"陪着那和尚去西天取经,以成正果。他经常看到,为了响应一种政治号召,有些作家知识分子渐渐失去一个为人的原则,忏悔自己的过错已经到了可怜、可耻、不可信乃至谄媚的地步。

作家是如此。思想与学术界的知识分子应该也难有例外。这可能就是当时的社会现状。陈徒手先生在 2000 年出版了《人有病,天知否》试图以十来位现当代文坛"名角"的口述来再现 1949 年后中国文坛的真实面目。2013 年又为读者带来《故国人民有所思》一书,侧重书写的是 1949 年后知识分子思想改造侧影。该著以 11 位北京著名

[①] 《马恩列斯论德国古典哲学》,商务印书馆 1962 年版,第 107 页。

学府里的教授的生存境遇为代表,反映了当时中国知识分子的命运,更以此折射了中国教育和文化在那个特定年代的艰难。

另外,还有谢泳先生所著的《逝去的年代——中国自由知识分子的命运》一书,也书写了诸多知识分子在那个特定年代的坎坷人生和艰难处境。其2001年4月于香港中文大学所作的题为《思想改造运动的起源及对中国知识分子的影响》[①]专题演讲,更是详细分析了外在的政治环境对中国早期知识分子的生存处境和思想状态所产生的直接又深刻的影响。

由此推测,朱光潜先生等人的自我批判和贬责,貌似是对自我认识的反省和检查,但说到底,知识分子在当时的自我否定,还是缘于外在环境的压力。不否认,他们的态度是真诚的。在外在形式的影响下,在主导思想的宣传下,他们也想跟上时代,甚至认真去学习马克思主义。但在某种程度上,也可能是违心的,违背他们自我内心深处的真实想法的。如以朱先生为例。到了20世纪80年代,朱先生在其著述中似乎就不再否认自己对欧洲文化和西方唯心思想的喜好与认可了,亦不再否认自己早在1949年前就对叔本华、尼采及弗洛伊德等人作过较深入的研究了。

笔者曾在2014年第5期《读书》杂志上,读到高全喜先生的一篇文章。在这篇题为《百年回首看贺麟》的文章中,高先生明确指出,要准确认识和全面评价贺麟,最好是将其放在百年中国的语境中予以观照,因为"要理解近现代中国的学术思想性人物,离不开他们所处其中的社会,尤其是百年巨变的中国社会"[②]。

这篇文章给笔者以启示,而以贺麟来观照同代著名学者朱光潜,无疑也是可行的。如果像高先生所说的有"两个贺麟",那么走进朱光潜先生的学术人生,或许也可以有"两个朱光潜":一个是置身于中西文化交汇之地,受到中西文化共同浸润,拥有开阔的学术视野和中西并存的知识体系的知名学者;另一个则是在1949年后,受到中国官方意识形态影响,被动接受思想改造,希望放弃小我融入社会,进而向唯物主义和马克思主义靠拢的学者。

本文只是对朱光潜先生在《西方美学史》中对谢林的遗漏略作推测,其观点也只是个人的浅薄妄言。一家之言,不足为信。不论朱先生对谢林的忽视是有意还是无意,其《西方美学史》依然是国内学界不可多得的一部美学史著作,朱先生本人也一直会是我们敬仰的一位美学大家。

其实,谢林在中国百年美学的发展历程中都是相对比较容易被忽视的,并不仅限于朱光潜先生的著述中。至于谢林及其思想在中国遭受冷遇及其可能性成因,笔者已经撰文详细分析过[③],这里不再多说。

---

① 谢泳:《思想改造运动的起源及对中国知识分子的影响》,"爱思想"网站(www.aisixiang.com)。
② 高全喜:《百年回首看贺麟》,《读书》2014年第5期。
③ 陈海燕:《谢林及其艺术哲学的中国遭遇》,《井冈山大学学报》(社会科学版)2015年第5期。

新媒介文论研究

论网络超文本的技术性民主

龚小凡[*]

(北京印刷学院设计艺术学院　北京　102600)

摘　要：网络超文本是数字时代一种新的话语形式与文本形态，它具有技术意识形态、多媒介互文性及技术性民主的特征。技术是当代网络超文本特征的物质性基础，网络超文本的本质是技术。对新技术的追捧成为社会的时尚，数字技术已成为一种主导当下文化形态的技术意识形态；网络超文本多媒介文本的互文性，使其成为巴赫金、罗兰·巴特的单媒介互文性之后的多媒介互文性2.0新版本，其互文性重在综合多个媒介的表现方式，使文本具有多重感官效应；网络超文本要求参与者的互动实践，网络超文本的互动性、非线性及多样选择性将知识、信息及文化的民主化进程带入改版升级的新时代，其技术机制的民主性蕴含不是以理念方式，而是以技术的、非意识形态化的方式发挥作用，它所带来的革命尽管不是宣言式的，却因融于人们的日常生活实践而具有更为强大的力量。与印刷文本相比较，以网络超文本为代表的数字文本是具有更强复制性，更大传播力、感染力的文化载体。

关键词：网络超文本；技术意识形态；多媒介互文性；技术民主性

　　互联网是当代最具时代特征和代表性的文化形态，被认为是一种新兴文明的基础。超文本是当下网络世界最普遍的文本样态之一。"超文本"（Hypertext）概念在1965年由美国人泰德·纳尔逊（Ted Nelson）首先提出，网络超文本被认为是在互联网上由链接点链接，给读者提供不同路径、非线性的一系列文本块的集合。从感官角度看，集聚文字、图片、视频、音频等文本的网络超文本具有多媒介的综合性，并具有人机交互性。网络超文本既有微观的网络独立超文本文件，也有宏观上由无数微型超文本"编织"而成的巨无霸式网络本身。网络超文本是数字时代自我表达的一种新的话语形式，其技术意识形态、多媒介互文性及技术民主性的内涵，不仅呈现了一个浓缩的当下社会的参照形象，同时也成为一种改变世界的技术性力量。

---

[*] 龚小凡：北京印刷学院设计艺术学院教授，文艺学博士，中华美学学会理事。

一 网络超文本的技术意识形态

技术是当代网络超文本特征的物质性基础。以数字技术为基础的网络超文本以各种文档、图片、视音频的技术为前提，脱离这些相应的技术，超文本的制作、存储、播放就无从谈起。没有数字技术就没有网络超文本。因而，网络超文本的本质是技术。快速更新换代是超文本技术性的显在表现。一两年、甚至几个月就会出现技术的更迭。新旧技术之间具有明确的分界线，原有技术格式下，新超文本文件便可能无法正常呈现。网络超文本技术性的另一个表现是标准化。它对文本有明确的、不容置疑的标准化要求，文本要么符合标准，要么便无法实现其数字化生存。数字化的技术要求具有某种独断性。

由于数字技术的虚拟性，网络超文本具有非物质性。这是网络超文本与之前的文化文本的一个根本区别。在印刷文化中，无论是纸莎草、羊皮、纸张上的文字文本，还是岩石、画板、画布、纸张上的艺术文本，其载体都是物质性材料，载体与其承载的文字、图像具有伴生性和黏附性，其文图呈现是持续、稳定和固态化的。而以数字技术为基础的网络超文本具有非物质的虚拟性，尽管显示终端是物质性的，但一旦停止播放，屏幕上便一无所有。

技术力量在网络超文本中具有主导性。由于网络超文本融合了技术与艺术，使其文本介于文学、艺术、电影及技术产品之间，因而常常被认为模糊了技术与艺术的界限。由于不同的规则及内在倾向，技术与艺术常常成为网络超文本中博弈的冲突性力量，在现实中，技术常常弃置或挑战艺术法则而成为统领超文本多种元素的主导性力量。这种技术性力量，一方面使超文本表现出一种高技术性，另一方面却也是许多网络超文本表意混杂或意义稀薄的原因所在。

从1946年世界第一台电子计算机问世，到20世纪90年代初的第一张CD光盘和最早的超文本格式语言HTML，不分地域、民族与文化，数字化以其不可阻挡的力量在全球范围内蔓延，将军事、教育、通信、经济、政治、宗教及日常生活，都扩展为数字技术的工作领域，并成为影响这些领域的有利因素。在许多领域，数字技术成为标准的制定者与裁决者，其超能的技术性力量被人们所崇拜，对新技术的追捧成为社会的时尚，数字技术对社会生活的这种掌控与改变已为越来越多的人所接受。借助强势的技术力量，数字技术已成为一种主导当下文化形态的技术意识形态。

二 网络超文本的多媒介互文性

网络超文本是系列文本块的集合，具有超越不同文体及多种媒介的综合性，不同的媒介样态及素材来源使超文本具有多文本"编织"的互文性。虽然互文性被认为是文本的普遍特性，但在印刷文化的文本中，互文性潜藏于文字中，通常不能被直观见到。20 世纪法国文论家罗兰·巴特（Roland Barthes）在他的《恋人絮语：一个解构主义的文本》（1977）中曾进行了一次多文本互涉的写作实践。该书将一般文本中潜隐的互文关系以片段式罗列的方式直观地呈现出来。书中围绕与恋爱相关的关键词如"相思""执着""焦灼"等将不同小说、电影、电视、书信、谈话等多种文本中的恋爱话语片段交织起来。作为互文性来源被巴特所引述的文本，既有哲学、历史、文学、神学、书信等文字文本，也涉及相当数量的乐曲、歌剧、电影、绘画、民间传说甚至私人谈话等非文字文本。[①] 然而他的互文性实践是建立在印刷纸媒的文字文本基础上，尽管他在书中"使用"了电影、音乐、绘画等大量非纸媒、非文字的多种媒介文本，但这些媒介并非以媒介自身的形态呈现，而是以文字形式在纸媒介上代为"出场"的。而网络超文本则以直观的方式，即视觉化、感官化的方式将多种媒介的交叉式互文性表述真正表现了出来，其多媒介的文本块集合形成文本的互文与并置。在文本的互文性理论中，俄国学者巴赫金（Bakhtin）、法国学者克里斯蒂娃（Kristeva）与罗兰·巴特都是以文字文本作为他们理论的现实对象，其互文性理论是一种单媒介互文性，而网络超文本则是数字化时代互文文本的 2.0 版本，网络超文本以文字、图片、音频、视频等文本或片断构成一个多媒介符号体系，其互文性是一种新的多媒介互文性。印刷文本中所包含的不同文本常常内化于文本之中而不能被直观见到，因而其互文性需要通过种种溯源、辨析将其揭示出来，而网络超文本中的各种媒介以及这些媒介所携带的不同文本在超文本框架中呈现得十分直观清晰，一目了然。网络超文本各媒介提供的多重感官体验带给受众沉浸感与"带入感"，因而网络超文本比印刷文本对观者不仅更具感染力，还更具娱乐性与消费性。

在网络超文本的多种媒介中，视觉媒介居于核心和主导地位，视觉化是数字文化的一个基本特征。被称为"超文本文学教父"的迈克尔·乔伊斯（Michael Joyce）曾说："超文本首先是一种视觉形式。"在由话语文化向视觉文化转型的总体背景中，无论线上、线下，文化都"被视觉化"，这种视觉化特征在网络超文本中表现得尤为突出。超文本中大量使用了图形、图像等有形语言，其阅读被认为是一种有形语言的阅读模式。由于这种有形语言阅读与人类早期图画、象形文字阅读的相似性，也被称为一种文化上的"电子新原始主义"[②]。多媒介的网络超文本为阅读带来的多感知复合与叠加使网络超文本成为当代典型的娱乐化文本和消费性文本。罗兰·巴特主张一种追求享乐的阅读伦理，他将文本视为一个快乐的对象，认为这种快乐应该得到享用。具有多媒介性的当代网络超文本是当年巴特的快乐文本的"升级版"，这种求快乐、重过程、迷恋能指的"悦读"是当代最为普遍的大众阅读与日常阅读，它以平面化、浅表化为代价认同一种"非反思性"的消费性阅读。

---

① 参见［法］罗兰·巴特《恋人絮语：一个解构主义的文本》，汪耀进、武佩荣译，上海人民出版社 2009 年版。
② ［加］哈威·费舍：《数字冲击波》，黄淳等译，旅游教育出版社 2009 年版，第 245 页。

相比印刷文本，网络超文本的视觉化、感官化以及低成本复制使其成为更为大众化的文本。在印刷文本中，插图的使用及封面、版式的处理曾是提高文本视觉吸引力的重要手段，特别是插图曾被作为书籍、期刊扩展市场和争取大众读者的重要策略。而以网络超文本为代表的数字文本以文字、图片、声音、视频等多种表现形式具有了生动的多感官体验叠加的视觉化特点，使其成为更为娱乐化和大众化的文本。15世纪德国古腾堡的金属活字印刷在欧洲被广泛使用后，改变了之前手抄书的高成本、非量产的生产方式，尤其在工业革命之后以蒸汽为动力的机械印刷机，将印刷文本带入低成本、批量化的大众出版时代。20世纪后半期，随着电子计算机与数字文本的出现，印刷文本的这种优势被打破，高效、便捷及超低成本的数字文本复制与印刷文本相比不是量的增长，而是复制方式质的改变与飞跃，也就使其成为文本复制发展中继印刷文本之后的又一次历史性革命，并将大众出版带入一个新时代。

三　网络超文本的技术性民主

网络超文本要求参与者的互动性操作实践，它意味着读者对文本的深度参与及文本多元意义的生产，因而"未完成性"也成为网络超文本最具能动性的特征。借助于数字技术，网络超文本具有接受读者直接参与文本创作的互动参与功能，这是网络超文本最具吸引力，也最具革命性的部分。当今每天发生在网络上的文本续写、改写、拼贴、转帖、跟帖……已成为一种大众的日常生活实践。对于许多人来说，网络身份以及以这一身份进行的网络写作、讨论评说或网络游戏中的角色扮演，都是其自我"文本化"的存在方式，通过文本参与读者实现了自身的一种社会化参与。无论是网络上的接龙小说，读者根据不同接口、路径完成不同版本的超文本小说，还是可增补、改写、纠错条目内容的维基百科（Wikipedia, the free encyclopedia），以及更为普遍的网络评论、跟帖、回复，读者不仅以读者身份参与文本，也以写作者身份参与文本，作者、读者成为具有流动性的可转换身份，网络超文本因之也始终处在"进行时"的开放性、未定型文本状态，是一种罗兰·巴特式的"可写性"文本。阅读者对既有文本的所有续写、转写、改写都是对文本的生产与再生产。尽管在阅读者对文本的再生产中，增益与损毁同时并存，但这种互动参与正是网络超文本无限创造性、丰富性的源泉，也是信息接受者的民主权利，即对信息反馈、修正及再创造权利的技术保证。印刷文化曾经使出版物由少数人阅读转变为大众化阅读，开启了知识与文化的民主化进程。但由于印刷媒介信息传播与接受的单向性，信息生产者及流通管制者是文化的主导者，信息提供者与接受者之间的反馈、互动受到技术的制约，也就为文化专制与文化权威主义留下了生长的空间。而数字化带来的网络超文本的互动性、非线性及多样选择性将知识、信息及文化的民主化进程带入了改版升级的新时代。

数字技术的民主性是网络超文本人机互动、非线性结构、无中心多点网等差异性技术机制的体现。因而,与一体化、中心化的印刷文本不同,网络超文本表现出消解权威与中心,意义多元、离散,充满差异的状态。多元与差异是生活的常态,它既是争议的起因,也是改变的动力。网络超文本的多元、复数状态是多元化现实的反映和世界多样性的体现,同时其多元、复数意义的文本状态与环境亦成为民主平等精神生长的空间。网络超文本可能蕴含的民主平等精神不是以理念的方式体现和发挥作用的,而是以不妥协的技术机制作为其精神的保障。印刷文本所传达的民主理念需要启蒙与解读,使其被社会和民众接受,才能成为改变现实的力量。而网络超文本技术的民主性机制因为不是理念,它无须争辩,只要使用便会发生作用,因而具有更强大的生命力。与观念形态的民主不同,网络超文本所体现的是一种技术性民主。它以非意识形态化的方式发挥着意识形态的作用,它所带来的革命不是宣言式的,而是融于人们的日常生活实践之中。

网络是虚拟世界,也是现实世界的一部分,因而网络文本也是现实文本。在文化独语时代,说者/听者往往与权力者/无权者相对应。得益于数字技术,网络超文本真正启动了网络反馈、互动的参与性功能,它的重要社会学后果便是社会话语权力的扩散与民主平等精神的推进。网络发言已成为民众表达心声、评议时政、参与现实的重要途径,网络上不同理念、意见的讨论、争辩正是网络超文本内在精神的体现。网络文本的互动性及民主内涵因与数字技术同源,便成为网络世界原生性的根本精神,这种精神不仅在文本中,也必将在现实中生长、培育并发扬光大。

微媒介的图文景观及其生成

杨向荣[*]

(浙江传媒学院文学院 浙江 杭州 310018)

摘 要：微博和微信等作为一种新兴的网络媒介，其表征出来的图像化倾向无疑有着很好的微文化表征性。文字和图像就像是操着不同语言的两个国家，它们有着各自所掌握的话语权；因此，在微时代的图文景观中，图像观看有着隐在的意识形态表征。对微时代媒介的图像化倾向展开剖析，进而反思虚拟空间中图文景观的生成与建构，揭示其背后的意识形态症候，将有助于我们在全媒体语境中明确读图时代媒介图文的言说逻辑。

关键词：微媒介；图文景观；意识形态

在微时代的网络媒介中，微博和微信等微媒体以便捷、交互、即时、跨媒体的优势迅速发展起来，成为微时代交互式网媒的主要表征方式。相对传统的纸质媒介，微博和微信等作为一种新兴的网络媒介，其表征出来的图像化倾向无疑有着很好的微文化表征性。笔者以为，对微时代媒介的图像化倾向展开剖析，进而反思虚拟空间中图文景观的生成与建构，揭示其背后的意识形态症候，将有助于我们在全媒体语境中明确读图时代媒介图文的言说逻辑。

一

虽然与传统媒介相比，微媒介中的图文功能并没有发生很大变化。图像还是直接作用于观者的视觉，文字的呈现也仍是传统的线性方式。不过，相对于传统媒介，在以微博和微信为代表的新兴媒介中，图文关系，特别是图文的表达与意义生成出现了相当大的变化。图像的应用已变得相当宽泛，图像的表达形式也出现了千变万化。而

---

[*] 杨向荣，男，汉族，1978年出生，浙江传媒学院文学院教授，博士生导师，主要从事西方美学与艺术哲学研究。本文为湖南省社科基金项目"图像转向下的图文景观及其学理渊源研究"（项目编号：14BR02）的阶段性研究成果。

且,图像延伸了视觉的功能,在虚拟现实的生存建构中,图像甚至带有触觉等感官的全面体验,直观的具象思维也开始延伸到抽象思维层面。与图像的转变相呼应,微媒介中的文字形式也出现一系列变化,文学的表达变得更为直观了。文字的表征化和符号化成为微媒介文字表现的主要方式,甚至有些文字与图像并没有多少区别,或者说文字本身就是图像化的符号,同样可以给观者直观的感受。

微媒介图文景观的具体表征,笔者以为可以分为以下几种类型。(1)以图释文型。这类图文景观主要以少量文字叙述核心主题,再配以图片,用以阐释文字。在这一类的图文景观中,图像仅仅是为文字创造一个场域,用来美化文字的氛围。(2)互动交流型。在这类图文景观中,微媒介用户首次发布的图文信息并非自我的原创,而是通过转发其他用户的图文信息来刷新自我的存在感。微媒介用户不再满足于单方面接受信息,而更加注重信息背后的交流与共享。可以说,互动交流的图文组合并不在于展示图像和文字本身,而在于图文景观背后意义的交流互动。(3)消费引导型。这一类型的图文景观通常出现在微媒介的软广告中。在图像和文字的说服力方面,无数广告实践都已经证实:图像的直观展示远胜于语言的阐释。在这一类型的微媒介中,图像相对于文字的直观性和简洁性,其视觉性和吸引眼球等方面的优势得到全面体现。需要指出的是,消费引导型的图文景观也与当前消费社会的出现密不可分,而微媒介广告的图文呈现在很大意义上也是图像与文字的"注意力"之争的直接后果。在对微媒介图文景观的类型化分析中,笔者发现,虽然在不少的文化现象中文字的存在不可或缺,但相对于文字,图像的生存空间明显占有优势,存在"重图轻文"的现象,如在新浪微博中,图像信息占的比重甚至达到了90%。

相对于文字的线性叙述方式,图像的叙述方式是非线性的展示方式,当观者遭遇图像时,图像调动的是观者的视觉感知。文字注重于观者的阅读过程,而图像注重观者的视觉体验。现代社会是一个注重体验表达的社会,微媒介用图像记载生活和分享生活体验,其注重读图和用图的方式也恰恰迎合了现代人的体验方式,从而受到人们的重视和广泛运用。消费社会强调消费的不仅仅在于物品的实用价值,更寻求物品的审美体验,将说服目的隐含在审美的外表下,使人们更容易接受,而图像就承担这样的"包装"作用。在一个眼球经济时代或者说注意力经济时代,消费的核心在于消费注意力。消费社会的最大特点就是使一切为消费服务,而微博作为一个有着广大用户群的信息交互平台,自然在商家的注意力之列。传统的广告以文字的表达为主,而现代的广告则是图像的展示为主。广告的重图轻文现象实质上也是图像与文字的注意力之争的直接后果。当然,如前所述,在这场图文注意力大战中,图像的优势是不言而喻的:色彩斑斓的广告牌和广告图片几乎无孔不入,已成为我们生活的重要一部分。而且,在对微媒介内容的调查分析中,我们发现还存在许多视觉说服型图像,这些图像用非常华丽的视觉符号包裹广告的商业目的,致力于说服用户进行消费。不可否认,这些唯美的广告图像降低了人们的排斥心理,说服效果强,无疑能强化消费者潜在的消费欲望和消费心理,而这也说明了图像在直观说服方面相对于文字的潜在优势。

以往人们获取信息往往是通过以纸质媒介为载体的文字,而在当下社会,信息资源高度发达,人们利用影视或者网络图像的直观展示,可以通过网络电子图像搜索自己需要的资源,在短暂的时间内获取大量信息。现代性的生活方式使图像取代文字成为人们获取信息的工具,这种快速、准确、便捷的文化消费方式适合现代人快节奏的生活方式。消费社会的到来使现代社会人们的生活呈现出快节奏、娱乐化、感官化的特点,而无深度的视觉图像正好满足了大众趣味。视觉消费的虚拟性和体验性给大众带来快感,图像的刺激性满足了受众的好奇心,一张张充满美感和视觉刺激的图像成为人们宣泄烦恼、摆脱压力的方式。而且,图像视觉符号本身作为一种信息符号,具有直观性、生动性,没有了地域、民族、语言的限制,更易被受众认知和把握。

微媒介的图像化表达也展现了现代人的碎片化生活。所谓现代生活的碎片化,就是指现代社会的诸多方面,包括个体、世界、知识等,都成为碎片。碎片表征的现代生活本身,用弗瑞斯比的话说,现代性碎片是一种动态的表述,在其中,支离破碎、四分五裂的存在的总体性和个体要素的偶然性得到了相当明确的显露。[1] 由于现代生活的碎片化,个体的感知也出现了印象主义风格,现代个体不再关注社会现实的深刻内涵,而是注重以主观的内在心理感悟社会生活的表面现象或现实碎片。在当下社会,个体所表达的往往只是社会生活和个人经验的一角,因此,文字是思绪的一刹,而图像也只是景观的一瞬。图文都以碎片化的方面存在,注重表达的审美注意力效果。在当下社会,个体所表达的往往只是社会生活和个人经验的一角,文字是思绪的一刹那,图片是景观的一瞬。图文都以碎片化的方式存在,注重表达的审美内涵和注意力效果。这个特点也正是当下日常生活审美化的一个很好的个案。当然,需要指出的是,图文的碎片化表达也是个体自我实现和自我确证的策略。由于社会的碎片化,导致人们身份认同的碎片化,才使得互动交流变得如此急需,不管是名人还是草根,人人都渴望交流和展现。在这种互动交流中,虽然文字的地位不可小觑,但由于现代视觉技术的发展以及现代人生存的感性体验化,图像的生成和获得变得相对简单,而图像直观的呈现方式也消除了人们在解读图像内涵时的歧义。图像即使经过多次转发,也不会轻易改变发送者的初衷,从而加速了信息内容的理解度,提高了理解的正确性。正因为如此,多次转发改写的互动交流式的图像类型,由于能最大限度地获得不同人群的共鸣而逐渐为人们所青睐。

二

讨论微媒介的图文景观表征,我们必须将之置于视觉文化与读图时代的图像转向

---

[1] Frisby, D., *Georg Simmel: Critical Assessments*, Vol. I, London: Routledge, 1994, p. 330.

语境中。不少理论家发现，20世纪以来，一种新型的文化形态——视觉文化——开始逐渐出现。贝尔认为："目前居'统治'地位的是视觉观念。声音和景象，尤其是后者，组织了美学，统率了观众。在一个大众社会里，这几乎是不可避免的。"① 弗莱博格的描述则更为清晰和具体。"19世纪，各种各样的器械拓展了'视觉的领域'，并将视觉经验变成商品。由于印刷物的广泛传播，新的报刊形式出现了；由于平版印刷术的引进，道密尔和戈兰德维尔等人的漫画开始萌芽；由于摄影术的推广，公共和家庭的记录方式证明都被改变。电报、电话和电力加速了交流和沟通，铁路和蒸汽机车改变了距离的概念，而新的视觉文化——摄影术、广告和橱窗——重塑着人们的记忆与经验。不管是'视觉的狂热'还是'景象的堆积'，日常生活已经被'社会的影像增殖'改变了。"② 可见，随着对视觉性的强调，当代文化日益偏离以语言为中心的理性主义模式而转向以视觉为中心的感性主义模式。正是视觉文化时代的到来，催生了语言学转向到图像转向的生成，并使当代文化的重心从语言文字转向图像符号，图像成为读图时代大众生活的重要生存符号表征。莱斯特认为，在当今时代，"关注图像是人类的本能。眼睛被喻为'心灵之窗'，人类获取信息的80%来自眼睛"③。而视觉心理学的研究成果也表明，人类的阅读习惯往往是先图像后文字，这是人们视觉心理上的一种本能反应。人们的眼球容易被生动的图像吸引过去，人们在心理上也更倾向于接受图像信息。

正是在视觉文化的语境下，米歇尔提出图像转向，认为"文化脱离了以语言为中心的理性主义形态，日益转向以形象为中心，特别是以影像为中心的感性主义形态。视觉文化，不但标志着一种文化形态的转变和形成，而且意味着人类思维范式的一种转变"④。在米歇尔看来，虽然图像作为表征传达的工具自古就有，但它现在明显以一种前所未有的力度影响着文化的每一个层面，从最为高深精微的哲学思考到大众媒介，甚至连最为粗俗的生产制作领域也无法避免。因此，图像成为时代的主角不仅仅是一个文化现象，同时也是全球范围内的一个媒介事件，更是公共空间中的一个美学事件。这也正如艾尔雅维茨所言："无论是在约克郡或纽约市，甚至希腊、俄罗斯或马来群岛，只要当下的晚期资本主义得到发展的地方，这'图像社会'（Society of the image）就都会如影随形地得到发展，其存在的前提条件是大众媒体与晚期资本主义的出现，以及从二者之间建立的联系。"⑤ 艾尔雅维茨在研究中还发现，"图像的显著优势，或曰'图画转向'，有助于解释近年来在哲学与一般理论上的'语言学转向'。……现代主义本身基本上来说还是依赖于意识形态的、政治的和文学的话语。在后现代主义中，文学迅速地游移至后台，而中心舞台则被视觉文化的亮丽光辉所普照"⑥。

---

① [美] 贝尔：《资本主义文化矛盾》，赵一凡译，生活·读书·新知三联书店1989年版，第156页。
② 罗岗、顾铮：《视觉文化读本》，广西师范大学出版社2003年版，第327—328页。
③ [美] 莱斯特：《视觉传播：形象载动信息》，霍文利等译，中国传媒大学出版社2003年版，第18页。
④ [美] 米歇尔：《图像转向》，《文化研究》第3辑，天津社会科学出版社2002年版，第76页。
⑤ [斯] 艾尔雅维茨：《图像时代》，胡菊兰等译，吉林人民出版社2003年版，第6页。
⑥ 同上书，第34页。

图像转向在德波和鲍德里亚的表述中则是景观社会和拟像社会的生成。德波认为当代社会是一个景观社会，生活被展示为许多景象的高度聚积，所有存在都被转化为景观或表象。"世界之影像的专门化，发展成一个自主自足的影像世界……景观不能被理解为一种由大众传播技术制造的视觉欺骗，事实上，它是已经物化了的世界观。"①在德波看来，在当代社会，景观不仅努力使自己成为商品，同时也以注意力吸引人们对它的关注、欲望和需求。景观已成为人们主导性的生活模式，一种深入当今人们生活内部的生存模式。与德波一样，鲍德里亚也表述了他对拟像社会取代现实社会的忧虑。鲍德里亚描述了符号与现实的历史关系：符号首先是对某种基本现实的反映；其次，符号遮蔽和篡改基本现实；再次，符号遮蔽某种基本真实的缺失；最后，符号发展为与任何真实都没有关系，而纯粹仅仅成为自身的拟象。②鲍德里亚认为，在数字技术时代，"仿真"在高科技技术的支持下已越来越与现实无涉，符号、象征或影像代替现实成为真实的幻象。鲍德里亚的"拟像"命题可谓是极其精辟地阐释了媒介时代图像转向的后现代意义：在超现实的后现代世界里，各种各样的图像符号拒绝再现和反映现实，而是直接取代现实，形成一个自足的仿像社会。从某种意义上说，后现代社会就是一个图像符号化社会。

在视觉文化或后现代文化这个更大的语境中，微媒介文化所构建的网络虚拟空间，如微博和微信的不确定性、零散性、差异性等特征，从某种意义上来说都与视觉文化时代所倡导的视觉理念不谋而合，同时也是微时代文化的一种显在表征。在后现代文化场域中，微文化体现出来的碎片式、戏仿式、身份的漂移以及对传统话语权的解构特征是十分明显的。其中，图像的微媒介的符号呈现中有着非常重要的作用，图像本身就是一种碎片式叙述，相对于文字而言，现代人更喜欢用图像来叙述生活。后现代社会中人们的身份游离于各种符号之间，图像能更好地表征身份，表征即时的状态和环境，而文字只能通过描述和想象得到表征意义，这显然不能满足现代人快节奏的生活需求。此外，后现代语境中的微文化注重体验，以游戏的态度对待生活，相对文字而已，图像体验显然更全面，而且随着微媒介技术的发展，这种体验还在不断延伸。如果说图像中也存在某种话语逻辑，那么现代的媒介也在提供平台解构这一传统图像的话语逻辑。微媒介大多是全民平台，发布图像的不仅仅是媒介，大众更是其中最多数的参与者，他们即时发布自己生活中的图像信息，与全体进行对话，争取自己的话语权。

在视觉符号盛行的微文化时代，人们越来越渴求通过读图来了解世界和进行交流，对图像的阅读欲望变得越来越强烈。图像最大的特点是直观性与瞬间性，而文字的优势在于联想性与抽象性。在面对一条微博时，受众的眼睛首先关注的就是图片，图片在一瞬间以其精美、新奇、富有视觉冲击力的特点牢牢抓住了人的眼球，这也就是如

---

① [法] 德波：《景观社会》，王昭凤译，南京大学出版社2006年版，第1页。
② Baudrillard, J., *The Precession of Simulacra*, *Simulacra and Simulation*, Michigan, Michigan UP, 1994, 6.

今所称的"眼球经济"。而微媒介正是抓住了图像吸引眼球这一卖点,把图像作为营销的新手段。随着图像化时代的到来,这种视觉化的趋势只会是越来越明显。基于图像的中心地位,在当下文化中,文字往往只是起到一个"引子"的作用。随着视觉文化和读图需求的日益深入,图像化的表征只会是越来越普遍,甚至还有可能出现图像"膜拜"趋势:读图时代使图像传播成为一种流行,图像也渐渐被"神化",似乎图像成为一剂万能药。此外,后现代的审美已经是大众化的审美,普通大众对于各类文化产品的审美动机,已经不像精英文化时代的人们那样去体味生活,普通大众观看的动机,只是打发时间、游戏心理、寻找群体认同以及一定的参与度。在这个层面上,显然图片相对于文字更符合大众的口味,图片和影像则有天然的优势,不需要观者太多的思考,除去了某些不确定性。

数字技术的发展也助推了微媒介图文景观现象的形成。任何一种内容都离不开其形式,同样任何信息都离不开其媒介,媒介技术的发展是最基本的物质保障。在印刷媒介时代,文字的生产已经取得长足的进步,而图像却和受众保持着一定的距离,大众可以欣赏图片、电影等,但是对自己制作图片电影则有很大的难度。当前,视觉技术的发展早已从手工艺图像(绘画)进入机械复制图像(影视)时代,并开启了数字拟像(数字化虚拟影像)时代。而随着摄影技术、电视技术和数码影像技术的出现,海德格尔的"世界成为图像"预言逐渐成为现实。德国学者恩格尔说:"摄影的发展导致了图像技术的巨大变化。照片再也不能像其他绘画一样被看作是指示某些抽象的和不可见的东西的符号了。"[①] 恩格尔的话表明了这样一个事实:不仅仅是摄影,整个世界都在用图像文化和视觉语言进行阐述。而且,随着数码相机的发明及数码摄影技术的发展,摄影变成了一种普通大众都能掌握的大众爱好:只要轻按快门,就能把瞬间定格,这也使得图像的获取更加便捷。此外,技术对视觉文化的影响还在生产技术和生产方式上反映出来。DV 制作颠覆了传统电影生产模式,数码摄影改变了传统胶片摄影方式,数字卫星电视、网络视频、微博、手机等,使得图像的生产变得简单便捷。新视觉技术的发展,尤其是移动视觉制作技术(如手机相机、电脑摄像头),对社会结构乃至文化结构产生了变革性的影响。人人都是作者或匿名的作者使得图像由谁生产变得不重要了,技术发展正在导致巴特意义上的"作者之死"。可以说,媒介技术的发展让图像有了大展身手的舞台,现在只要有手机即可拍摄照片,有电脑即可编辑图片,图片的生产变得如此简单,互联网上的图片也只要剪切、复制、粘贴即可为自己所用。这似乎比构思长段文字要简单,一张现场照片,所蕴含的内容,恐怕不是几百个文字所能表达的。随着未来网络拟物技术的发展,电脑模拟现实社会景观的能力越来越强,现实社会在虚拟电脑世界也就是一幅幅图景的直观再现,而微媒介则正好适应了这一图像化发展趋势,成为读图时代图文景观的突出代表。

---

① 转引自孟建《图像时代:视觉文化传播的理论诠释》,复旦大学出版社 2005 年版,第 3 页。

从视觉文化时代的来临到图像转向,不仅意味着以语言文字为中心的文化向以图像为中心的文化的转变,也意味着以"语言/话语"为中心的思维模式向以"视觉/图像"为中心的思维模式的转变。语言文本已不再是研究和关注的焦点,图像艺术则充斥着社会和文化的各个领域。一方面,对于大众来说,越来越倾向于通过视觉直观来体验事物和思想,读图、观影取代了阅读和讲故事;另一方面,对于研究者来说,也相应地将研究的重点放在图像在当下文化和意识形态领域的位置和作用,以及图像与文学等其他学科领域的关系等问题上。而这也无疑促进了微媒介图像化表达的出现。

在视觉文化时代的图像转向中,图像霸权的倾向是非常明显的,而这同样也是微媒介图文景观的主要特征。需要注意的是,对图像的崇拜和对文字的冷落,很容易使大众养成一种用图像表达而不用文字表达的惰性。而当大众沉溺于图像的轻松阅读和图像的娱乐性时,当感官上的沉迷多于对审美意义的思考,人们对图像的热衷远远胜过语言,崇高性也将日益消退,我们将不得不面对一个世俗性上位的时代,而这不能不引起我们的反思。

论摄影的超现实本质
——兼论苏珊·桑塔格的影像理论

李 天*

(厦门大学中文系 厦门 361005)

摘 要：摄影已成为当代大众文化中不可缺少的一部分，但摄影本身是否是一种艺术形式却是一个至今为止都争论不休的问题。苏珊·桑塔格将"超现实"作为论述摄影本质的出发点，不仅提出了许多具体的、富于启发意义的美学问题，并且对其社会功能进行了尖锐的批评，为更好地理解消费时代下的影像提供了启发。

关键词：超现实；摄影式观看；消费社会

一 写实主义的困境

罗兰·巴特在《难以归类的摄影》中说道："拍摄对象不管照片给你看的是什么，也不管它以什么样的方式给你看，照片永远都是不可见的：我们看到的不是照片。简言之，拍摄对象附着在上面了。这种奇怪的附着给调节观察摄影的方式，造成了一个很大的困难。谈论摄影的书籍比起论其他艺术的书籍少多了，而这样的书籍也都吃尽了这种困难的苦头。"[1] 巴特所说的"困难"也是摄影诞生以来，所遇到的一种美学上的困境，即萦绕在真实与美之间的一种难以决断的混乱。而这种苦头的根源来自于照片与对象的"附着"关系，亦即照片与现实之间的一种特殊关系。

这种困难此前在绘画艺术中也出现过。巴赞在《摄影本体论》中认为，在摄影出现之前，绘画长期被两种追求之间的徘徊所困扰，一种属于纯美学范畴，一种属于真实再现。[2] 巴赞认为这两种倾向实际上是对于美学和心理学的混淆，对绘画真实性的追求来自于古老的木乃伊"情意综"，而摄影所具有的对现实的复制能力，将造型艺术从

---

* 李天（1984— ），文学博士，厦门大学中文系讲师。课题项目：中央高校基本科研业务费专项资金资助项目"后现代语境下的影像美学研究"（20720161025）。

① [法]罗兰·巴特：《明室》，赵克非译，文化艺术出版社2003年版，第9页。
② [法]安德烈·巴赞：《电影是什么》，崔君衍译，中国电影出版社1988年版，第8页。

千百年来萦绕于其上的困扰中解救出来。"照相术与电影这两大发明从本质上最终解决了纠缠不清的写实主义问题"①,因此,巴赞说:"摄影的美学特性来源于揭示真实。"

这种写实主义的困难似乎以更加强烈的程度笼罩在摄影美学的上空,比之于绘画,照片与拍摄物有着外观上的必然一致性,这种一致性让观者对拍摄物本身的存在产生信念,拍摄物的存在和观者的相信构成了照片意义的基础。正如戴·沃恩(Dai Vaughan)所说:"摄影的意义不在于它模仿看物体的经验,而在于它与对象的必然的、非偶然的关系……照片的视觉习惯使得我们确信,不仅所表现的对象没有任意的改动,而且更为根本的是,这个对象必须首先存在。"②桑塔格在《论摄影》中提出的一系列二元性的争论,如作为记录的摄影与作为个人表达的摄影等,都是这个问题的延续。

沃尔顿(Walton)③、高特(Gaut)④、柯里(Currie)、利普斯(Lopes)⑤等当代哲学家从意向性出发讨论摄影的审美可能,争论的焦点在于照片是否具有意向性。意向性被认为与表征性有关,而表征性是视觉形式是否成为艺术的必要条件,因此,是否具有意向性,与照片是否是一门艺术直接相关。大部分理论家认为绘画具有意向性,而照片无意向性。沃尔顿在他的透明理论中指出,机械手段使得照片的形象依赖于对象,为感知上的关联(perceptual contact)保留了必要的因果关系,而绘画由于画家的主观参与,则无法保证因果关系。柯里将这种机械手段称为自然性依赖(natural dependence),与绘画中存在的意向性依赖(intentional dependence)相对应。绘画对于对象的依赖程度,要建立在观者对于对象的信念基础之上,即他需要相信对象是存在的,手工图画记录的是艺术家所相信的,而照片无须如此,它与对象的因果联系已经对其存在进行了保证,因而独立于观者的信念之外,不管艺术家相信与否,它都是存在的。因此,利普斯(Lopes)认为如果要找到照片的审美价值,就必须确认这两种经验的不同,即观看物体的经验和观看有关于这些物体的照片的经验,而审美兴趣则在于以下两点的兼容:(1)在看照片的时候,我们直接看到照片;(2)将照片看作照片会包含审美兴趣,而这种审美兴趣是只看到事物所不具备的。⑥

写于20世纪70年代的《论摄影》仍然立足于摄影的真实性,对于桑塔格来说,以机械复制为成形手段的照片,真实性对其进行探讨的唯一出发点,正如本雅明在谈到为何波德莱尔对摄影持有如此激烈的反对意见时认为,正是因为波德莱尔忽视了摄影的真实性表达,所以才会对此有如此强烈的否定。对摄影的探讨始终离不开与现实

---

① [法]安德烈·巴赞:《电影是什么》,崔君衍译,中国电影出版社1988年版,第10页。
② Dai Vaughan, *For Documentary: Twelve Essay*, Berkeley: University of California Press, 1999, pp. 181-192.
③ Kendall Walton, "Transparent pictures: on the nature of photographic realism", Vol. 18, No. 1, *A. P. A. Western Division Meetings* (Mar., 1984), pp. 67-72.
④ Berys Gaut, *A philosophy of cinematic art*, Cambridge University Press, 2010, p. 196.
⑤ Dominic Lopes, "The aesthetics of photographic transparency", *Mind*, 2003, Vol. 112, No. 447, pp. 433-448.
⑥ Ibid..

世界外观上的黏着,即照片所拥有的审美价值与照片所呈现的对象的真实性不能分开,但是呈现于照片的现实不再是现实本身,而是一种"超现实"。虽然超现实可能是心理现实、精神现实或者更高的绝对现实,但桑塔格认为照片所具有的超现实,始终存在于现实之中,或者说它是在现实内部的一种超越。

以超现实作为摄影本质实际上是一种综合性的观点,它既体现出"摄影的美学特性来自于真实"这一论断,又为艺术表现开辟了空间。它是真实与艺术的综合,透明性与意向性的综合,偶然性与理念性的综合……并由此带来一系列美学上的综合:技巧和品位带来的美与拍摄对象的力量的综合,实用性的快照与受赞赏的艺术照的综合,以及美化与揭示世界的综合等。

将超现实作为摄影的形而上学,是本雅明在《摄影小史》等文章中观点的延续,他认为在早期的摄影活动中(即照相机尚未普及且属于奢侈品的时代)并没有一种摄影艺术的诞生,而工业化赋予了摄影师以真正的艺术地位,促成一种自觉的艺术追求。因此,在机械复制时代,摄影既不是艺术,也不是非艺术,而是一种改变了艺术本质的技术。

二 照片的超现实本质

《论摄影》开宗明义地写道,"超现实主义最富于成就的领域不是诗歌,也不是戏剧、散文……而是摄影",并认为"摄影是唯一天生的超现实主义艺术"[①]。这句话直接表明了摄影与超现实之间的关系。这种说法也得到了超现实主义实践的佐证,他们认为摄影是真正的幻象。

"超现实主义"一词来自于20世纪上半叶法国重要的文学艺术流派。作为一个产生了巨大影响的运动,超现实主义经历了不同时期的变化,早期的超现实主义只是一种写作方法,逐渐变成一种对于心理现实的探索,后来在马克思主义的影响下转向于人的解放和实践性的革命行动。发表于1924年的第一宣言给予"超现实主义"的定义是:"超现实主义,阳性名词,一种纯粹的心理自动状态,人们试图借助它,或口头,或笔头,或者用其他任何方式,表达思想的真实活动情况,它是不受任何理性制约,也不考虑任何美学或道德成见的思想记录。"[②] 这一阶段的超现实主义者明显将心理现实(梦幻)高于物质现实,受弗洛伊德的影响较深。而《1925年1月27日的声明》则宣称"我们与文学毫不相干","超现实主义不是一种诗的形式,它是精神对其自身的呐喊,它决心不顾一切地打碎自身的桎梏,必要时就使用物质手段"[③]。他们将原来的《文学》杂志改名为《超现实主义革命》,意图将原来的对精神无意识的探讨变成一种

---

① [美] 苏珊·桑塔格:《论摄影》,黄灿然译,上海译文出版社2010年版,第83页。
② [法] 安德烈·布勒东:《超现实主义宣言集》,(法国) 伽俐玛出版社1981年版,第37页。
③ [法] 莫里斯·纳多:《超现实主义文献资料集》,(法国) 瑟伊出版社1948年版,第42—53页。

精神的解放运动，成为"新的人权宣言"①。在对摩洛哥的反战活动中，与共产党人的接触和马克思主义著作的阅读，使得他们进一步将精神革命与社会革命结合起来，"我们是精神的反抗……我们不是空想社会主义者，我们仅仅从社会方面设想这场革命"②。此时的超现实主义者将"人的问题"的解决视为自己的目标，要在对内部世界的探索中寻找到解决人生问题的方法，用改造现实替代描述现实，从心理现实走向绝对现实，即一种超越内部与外部的绝对现实。无论是早期的心理现实，还是绝对现实，都体现了一种在现实之内对于现实的"超越"，在超现实主义者看来，真实世界处于被遮蔽状态，有待被揭示，这种揭示只能通过非理性、无意识的方式来完成。因此，他们用自动写作、梦幻的方式来进行创作，在美学上呈现为大众与精英、通俗与优雅的混淆。超现实主义艺术体现在诗歌、散文、戏剧、小说、摄影等许多方面，但《论摄影》中所指的摄影的"超现实主义"并非是指超现实主义摄影的特性，而是将超现实作为照片的本质特性，它贯穿于照片的本体、照片的社会意义以及照片的审美特征。

（1）同一性与摄影式观看。"超现实主义是一门把奇形怪状一般化再从中发现细微差别的艺术，没有任何活动比摄影更适合运用超现实主义手法。"③桑塔格的这句评论指出了超现实主义与摄影在对待外部现实世界上的一种惊人的相似，即在打破现实后重组现实。超现实主义者认为："存在某种精神点，在那里，生与死、现实与想象、过去与未来、可言传的东西与不可言传的东西、高与低都不再被看作是互相矛盾的了。"④这是超现实主义后期对于同一性追求的表现，超现实主义者运用黑格尔的三段式辩证方法，提出了"连通器"概念来说明这种同一性，连通器意味着容器和内容的辩证统一，在连通器中，内部与外部现实既对立又补充。超现实包含于现实之中，正如容器同样可能是内容，超越在于内部的超越。

消除哲学思想与日常生活之间的差异，将日常生活直接整合进哲学反思本身中去，这一策略正是超现实主义最主要的手法，一旦外部现实与精神活动成功融合之后，就意味着"日常生活审美化"。费瑟斯通认为，"日常生活审美化"是一个历史进程，而达达主义、历史先锋派和超现实主义运动等艺术流派是这个进程的源头，这些艺术流派一方面对传统的高雅艺术极尽嘲讽，另一方面又将现成品、偶然事件、即兴表演和身体活动等纳入审美领域，从而试图彻底破除艺术与日常生活的界限。

这种宣称艺术无所不在的态度让超现实主义者得以撕裂事物之间惯有的联系，赋予观察世界另外一个角度，这个角度超越现实，使得普通事物呈现出神奇的新面貌。而作为摄影本质的超现实，实际上就是这样一种同一化或"平等主义"的手段，摄影是一种对现实的揭示而非纯粹的个人表达，它表现出一种平等化和民主化，抹去现实

---

① ［法］莫里斯·纳多：《超现实主义文献资料集》，（法国）瑟伊出版社 1948 年版，第 42—53 页。
② 老高放：《超现实主义导论》，社会科学文献出版社 1997 年版，第 29—30 页。
③ ［美］苏珊·桑塔格：《论摄影》，黄灿然译，上海译文出版社 2010 年版，第 128 页。
④ ［法］安德烈·布勒东：《超现实主义宣言》，袁俊生译，重庆大学出版社 2010 年版，第 127 页。

事物的差异，赞赏无意识的创作方式。这种无意识与无区别是辩证的，它们的背面是"有"，因而使得看上去最"表面"的照片能超越表面的现实而抵达事物的核心。

摄影与超现实主义一样，它重视那些不起眼的，被忽视和被遗忘的角落，"原则上，摄影师执行超现实主义授权，对题材采取一种绝无妥协的平等主义态度"①。首先，照片本身的复制性使得它极易获取并且传播广泛，它可以挂在客厅、卧室，也可以出现在报纸书刊上，这种物理特性本身就是一种平等主义的表现；其次，摄影师本身对题材所采取的态度体现着对无用之物或不足挂齿之物的偏爱，通过拍摄本身，这些平庸之物呈现出了新的意义，在新的现实中，一些古怪的物件意外相遇，这些相遇抹去了事物之间的差异。而这种相遇，主要归因于"布勒东和其他超现实主义者发明了把二手商店变成前卫品位的殿堂，以及把跳蚤市场升级为一种美学朝圣模式"。

（2）无意识与事物的自身显现。受到弗洛伊德的影响，超现实主义重视潜意识、梦幻，从而实际上形成了一种无认知的认知形式。既然真正的现实无法用理性和深思熟虑来获得，那么处于梦幻和清醒之间的一种无意识的状态，一种类似于内心独白的精神活动，成为最适合写作的状态。无意识写作与外部世界隔离开来，以冷漠态度对待世界，从而获得一种纯粹的思想活动，它遵循的是一种与理性逻辑完全不同的逻辑方式，想要摆脱一切理性思维的束缚，将潜在的能力从外部世界的限制中解救出来，因此，"写作时，最理想的状态是一种意识的空白无物"，而这种无意识并不是一种毫无意义的梦呓，正如布勒东所说："它同时还是最为精确的语言化了的思想。"②《超现实主义导论》中将这种理想状态看作是无意识和意识的相互作用，并认为如果偏向任何一方，都会导致超现实主义的"厄运"③。

在无意识手法方面，摄影表现出了一种天然的超现实主义特质：与超现实主义的自动写作对应，它是一种机械式的无意识的创作。当一张照片呈现在人们面前时，人们惊异于它对现实的"完整"而精确的复制，这种复制隐含这样一种可能：对象的呈现可以自动生成，这一自动化与超现实主义对无意识的追求不谋而合。"超现实主义总是追求意外的事件，欢迎未经邀请的情景，恭维无序的场面，还有比一个实际上自我生成且不费吹灰之力的物件更超现实的吗？"④正是在这个意义上，超现实主义隐藏在摄影的核心。

如上所说，自我生成是一种最超现实主义的态度，通过与具体事物联系到一起，把传统的理性思维从过度抽象中拯救出来，正如阿多诺在1955年对本雅明《单向街》的评论中所指出的："单向街的断片……是拼图游戏，通过无法用语言表述的比喻来实施魔法，它们的目标与其说是阻止概念的思考，不如说是通过它们谜一般的形式产生

---

① ［美］苏珊·桑塔格：《论摄影》，黄灿然译，上海译文出版社2010年版，第132页。
② ［法］伊沃纳·杜布莱西斯：《超现实主义》，老高放译，生活·读书·新知三联书店1988年版，第64页。
③ 同上书，第109—110页。
④ ［美］苏珊·桑塔格：《论摄影》，黄灿然译，上海译文出版社2010年版，第89页。

震惊,从而使思考开始进行,因为在传统的概念形式中,思考变得冷酷而顽固,显得墨守成规且古板过时。"①

超现实主义艺术表现出一种与具体事物联系在一起的倾向,废除主观介入的一切痕迹,事物自身生发出其全部能量,从这个意义上说,现成品更能展现出现实世界的本质。通过把日常生活中的要素从它们的原始语境中提取出来,并重新布列在一个新的星丛之中,消除它们为人熟知的性质,让读者获得震惊之感。

而对于摄影来说,"显现自身"的能力对于原本就是现实的复制品的影像来说,无疑是得天独厚的。摄影本身是对现实的一种揭示,在摄影家面前,世界是被遮蔽的。并且,仅仅通过展示就能获得揭示,拍摄本身就赋予对象以神秘性和重要性,无论熟悉到何种程度,一旦被拍摄,事物会因此变得不是原来的样子,从这个意义上说,拍摄本身就是一种陌生化的过程。当然,这种陌生化的效果预示着对现实的一种非认同的态度,它预设现实是不真实的,有待照相机的发现。另一种观点则设定了一种个人化的存在,即每一张照片都是内心的风景。在自我和世界之间,摄影一直保有一种暧昧的态度,照片通过现实的幻象来揭示现实,被超现实主义者认为是一种真正的幻象。

(3)现实蒙太奇。与摄影前时代相比,照相所产生最大的魅力在于它能瞬间复制现实,也即它具有让时间停顿的能力。这种停顿带来了一系列的全新的意象,停顿让时间变成了碎片,碎片造成了一种并置的可能,不同时代的物件诡异地摆放在一起,而传统所固有的意义在并置中消解,为传统所忽视,所遗忘的物件在超越时间的新的空间内被重构。这是一种新的时间表象。

桑塔格认为,"本雅明是最具有超现实感受力的人",他的"理想计划读起来也像是摄影师的活动的升华版"。② 的确,在整部著作中,对比起真正的超现实主义流派的成员,桑塔格提到本雅明的篇幅似乎更多一些。这里所指的"理想计划"应该是本雅明想完成但最终并没有完成的"引语计划",但这种特色已经在《单向街》和未完成的《拱廊街计划》体现出来。

布洛赫指出,本雅明在《单向街》中那种哲学超现实主义化的努力来自于他所拥有的一项特别的细节感受力③,"对重要的细节,近在咫尺的事物,从思想和世界中爆发出来的新鲜要素,无法实用因而值得给予前所未有的研究的奇特事物的独特感知","人迹罕至的重要标记具有出类拔萃的见微知著的哲学感知能力"。④这种能力使得《单向街》能通过一些日常生活的琐碎事件的拼贴,窥见全面的社会生活。而未完成的《拱廊街计划》也受到超现实主义深刻的影响,阿多诺评价道:它"放弃所有表层的建构,留下它重要的部分,仅仅去呈现物质的类似震惊的蒙太奇,哲学不仅仅求助于超

---

① Walter Benjamin, *One-Way Street and Other Writings*, Verso Books, 1997.
② [德] 瓦尔特·本雅明对超现实主义的论述主要体现于《超现实主义——欧洲知识分子之一景》。
③ [美] 理查德·沃林:《本雅明·救赎美学》,吴勇立、张亮译,江苏人民出版社2008年版,第122页。
④ 同上书,第123页。

现实主义，而且其本身也将成为超现实主义的……这些支离破碎的哲学存留下一个碎片……至于它是否可能被收编进任何思想媒介乃悬而未决"。这里提到的蒙太奇，正是一种将现实打碎后重组的方法，它意味着打碎加于思考的传统的权威，抹去分类的标记，揭开意识形态的蒙蔽，是一种对于认识论的颠覆。①这些碎片在重组中恢复了原始性，因而显现出一种揭示性力量。正如本雅明在笔记中所说："这种研究方法：文学蒙太奇，我无法去说，只是去展示，我不会采纳任何智者的精当阐释，不猎取任何视作珍宝的东西，但是碎片/垃圾：我不会去描述，而是展示它们。"②

对于摄影来说，现实的碎片也是过去的碎片，照相机的快门正如历史的停顿，所得的照片已成为过去，它通过凝固瞬间，来收藏世界，然而过去的碎片何以能组成一种现实的力量？按照本雅明的历史哲学观，历史并不是一种连续体，"历史作为一个主体，其结构不是坐落于同质而空洞的时间中，而是坐落于为当下所充盈的时间之中"，所谓过去是一种"从历史连续体中爆破出来，被当下所填注的过去"③，这种停顿和中断会在震惊中结晶为单子，而单子构成的星丛才是真正意义上的历史。因此，过去变成物件，时间变成单子的凝聚，凝固的瞬间无意识地潜入当下的情境。摄影从而成为一种重构历史的方式，而观者得以从当下体验过去，一张照片仿佛一个爆破点，交织着过去、当下和未来。

在存在的意味上，照片把自己在回忆的碎片中重建起来，这是一种将过去变成物品的方法，"一张照片仅是一块碎片，随着时间的推移，其系泊绳逐渐松脱，它漂进一种柔和的抽象的过去性，开放给任何一种解读"④。

三 中产阶级的趣味

桑塔格认为，超现实的错误在于，心理现实并不是普遍的，而是最具有时代性和地域性的，因为他们忽视了时间这个最有魅力的内核，以及时间所包含的社会性。"把照片变得超现实的，不是别的，而是照片作为来自过去的信息这无可辩驳的感染力，以及照片对社会地位作出种种提示时的具体性。"桑塔格认为超现实是最具时代特质的，而这种时代性和阶级性，汇聚于中产阶级身上。

法国社会学家布尔迪厄将摄影作为一项社会实践，一项主要是由中产阶级来从事的实践活动，摄影术从本质上被预设为满足一些基本上是外加于它的社会功能，"摄影的社会性使用，显示为对各种使用的客观可能性的系统性的（亦即连贯的、可理解的）选择，决定了摄影的社会意义，同时这些使用也被后者所定义"⑤。

---

① [德]汉娜·阿伦特：《启迪》，张旭东译，生活·读书·新知三联书店2008年版，第12页。
② [美]理查德·沃林：《本雅明·救赎美学》，吴勇立、张亮译，江苏人民出版社2008年版，第126页。
③ [德]瓦尔特·本雅明：《写作与救赎》，李茂增、苏仲乐译，东方出版中心2009年版，第47页。
④ [美]苏珊·桑塔格：《论摄影》，黄灿然译，上海译文出版社2010年版，第125页。
⑤ [法]皮埃尔·布尔迪厄：《摄影的社会定义》，顾铮编译，《西方摄影文论选》，浙江摄影出版社2007年版，第62—63页。

同样是给摄影贴上中产阶级的标签,桑塔格的出发点显然不同,她实际上阐释的是中产阶级的审美趣味,在她看来摄影是"为了表达中产阶级的不满",正是不满体现出了一种超现实主义的社会态度。超现实主义者的反文化和中产阶级的社会冒险主义的交汇点是一种"异国情调"的视角,是波德莱尔笔下的城市闲逛者的视角,也是一种现实的陌生化。这种视角对于城市有着非凡的感受力,吸引他们的是一种非官方的风景,性或者贫困,也即是非中产阶级所固有的,因而能成为一种"异国情调"。在闲逛者的视角下,不仅向下的题材得到青睐,名人的生活也充满况味,不仅城市的题材被眷恋,大自然的美景也得到赞赏,超现实之超越在这里体现为对时间距离和社会距离的超越。"在破烂不堪的现实与在衣香鬓影的现实之间旅行",成为摄影工作的强大动力。

桑塔格重点分析了桑德尔的作品,一种经典的纪实性摄影作品,桑德尔认为摄影师应如同人口普查员,对所拍摄的对象的态度应当是冷漠的,不带评价,不下判断,这建立在他相信摄影机会将被拍摄者的社会性暴露出来。阿布斯的作品同样如此,"她没有去表现不同事物之间的区别,而是将每个人都表现得千人一面"。阿布斯并不追求出其不意的效果,她很少拍摄那种突如其来的事件,她的人物对被拍摄的情况是熟悉的,也正是因为人物自身具有意向性,才导致了主题的神秘性。因此,阿布斯镜头下的人物保留了清醒的意识,并且他们并不觉得自己可怖或者可怕,影像中的人物自己表现自己,作为摄影师,她"不会在考虑到某事时它恰好对我有意味而选择一个主题",而是一种"慢节奏的隐秘性崩溃"。

四 消费社会的"超现实"

在桑塔格写作的年代,消费社会已经不再只是一个社会学名词,而是成为一种广泛的社会情状,"最近,摄影作为一种娱乐,已变得几乎像色情和舞蹈一样广泛——这意味着摄影如同所有的大众形式,并不是被大多数人当作艺术来实践的,而是一种社会仪式,一种防御焦虑的方法,一种权力工具"。本雅明在《摄影小史》中说过,摄影的社会功能会赋予它更多的内涵,这句话或许也意味着它的社会性的强大,消费时代的影像如其他艺术一样,与娱乐的界限越来越模糊,"一个资本主义社会要求一种以影像为基础的文化,它需要提供庞大的娱乐,以便刺激购买力和麻醉阶级、种族和性别的伤口。……相机以两种对先进工业社会的运作来说不可少的方式来定义现实,作为奇观(对大众而言)和作为监视对象(对统治者而言),影像的生产亦提供一种统治性的意识形态,社会变革被影像变革所取代,消费各式各样的影像和产品的自由被等同于自由本身……"[①]

在20世纪20年代早期,超现实主义所秉承的那种以打破现实来寻求一种绝对现

---

① [美]苏珊·桑塔格:《论摄影》,黄灿然译,上海译文出版社2010年版,第203页。

实，进而追求人的解放的革命激情似乎已经消退，它那种打破内部现实与外部现实的界限，达到一种超越性意义，在如今却变成了一种彻底的无意义。它那种打破世俗界限、理性束缚，从而释放想象力的愿望，如今也似乎变成了一种想象力的沉沦。

内核已然消散，但表象却依然留存。拍摄意味着对世界的占有，这种占有欲导致摄影式观看的美化倾向，而这两者联手打造了典型的消费社会的性质，摄影的美学化倾向一方面导致了道德宣言的销声匿迹，"把经验微缩化，把历史变成奇观"，所谓摄影的新视域变成了"道德上的麻木，感觉上的刺激"，传递痛苦的照片最终将痛苦抵消，无论摄影题材本身拥有什么样的触动人心的事件，这种美学倾向总会将之转为一种消费物件，平等主义最终演化成为一种意义的消散和娱乐至上的行为。

最终，摄影的超现实本质体现为一种媒介形式，作为一种与世界交流的方式，一种工具，一种手段，一种超现实的观看方式，摄影通过收集世界来占有世界。它采用超现实的手法，将一种本质性表象为一种工具化，一种现实之中对现实的认知与改变。因此，它也并非是超现实主义所宣称的对世界的改造或人的问题。摄影并未给自己加载那么重的任务。它是一种认识世界的方式，一种在现实之中把握现实的方式，既不是纯粹的物质现实，也不是纯粹的主观现实，更不是本体上的绝对现实，在摄影大众化的前提下，它通过把握过去的碎片来占有现实。只因摄影能将时间停留，能将记忆复制，能以一种前所未有的认知方式重构我们的经验，虽然影像不再具有革命性的色彩，却成为整个世界。

参考文献：

[1] [法] 罗兰·巴特：《明室》，赵克非译，文化艺术出版社2003年版。
[2] [美] 苏珊·桑塔格：《论摄影》，黄灿然译，上海译文出版社2010年版。
[3] [美] 苏珊·桑塔格：《反对阐释》，程巍译，上海译文出版社2003年版。
[4] [法] 安德烈·巴赞：《电影是什么》，崔君衍译，中国电影出版社1988年版。
[5] [法] 安德烈·布勒东：《超现实主义宣言》，袁俊生译，重庆大学出版社2010年版。
[6] [法] 莫里斯·纳多：《超现实主义文献资料集》，(法国) 瑟伊出版社1948年版。
[7] 老高放：《超现实主义导论》，社会科学文献出版社1997年版。
[8] [法] 伊沃纳·杜布莱西斯：《超现实主义》，老高放译，生活·读书·新知三联书店1988年版。
[9] [美] 理查德·沃林：《本雅明·救赎美学》，吴勇立、张亮译，江苏人民出版社2008年版。
[10] [德] 汉娜·阿伦特编：《启迪》，张旭东译，生活·读书·新知三联书店2008年版。
[11] [德] 瓦尔特·本雅明：《写作与救赎》，李茂增、苏仲乐译，东方出版中心2009年版。
[12] Kendall Walton, "Transparent pictures: on the nature of photographic realism", Vol. 18, No. 1, *A. P. A. Western Division Meetings* (Mar., 1984).
[13] Berys Gaut, *A philosophy of cinematic art*, Cambridge University Press, 2010.
[14] Dominic Lopes, "The aesthetics of photographic transparency", *Mind*, 2003, Vol. 112, No. 447.

古代文论研究

意境论的现代阐释

文 玲[*]

(衡阳师范学院　湖南　衡阳　421002)

摘　要：王国维、朱光潜分别用康德、里普斯的理论解释"意境",这种解释存在一个前提性的误区,即意境论不是在主客二分而是在"天人合一"的文化背景下生成的,一切意境均是"以物观物"。"物"不是通过语言描述,而是以象的方式呈现。物以象的方式还原了物本身,去除了"思"的活动。视觉性极强的形象,近似电影镜头,物象可以获得类似电影镜头不断换位的全方位展示,物以在宇宙中存在的自然状态将人带入天人合一的本源状态。

关键词：意境；意象；以物观物；镜头

一　意境论的传统解释

意境的发生甚为久远,延续至今,已有两千多年的历史。这两千多年的历史大体可以划分为四个时期,第一个时期是孕育期：先秦至汉代。意境的第二个时期为自觉形成期：汉末至魏晋南北朝。意境的第三个时期即它的成熟、鼎盛期：为唐、宋时期。第四个时期为意境的发展延续期：为元明清时期。王国维借鉴康德的方法论对意境论作了系统性的理论总结,以意境为中心概念和最高审美范畴,构筑了他的理论体系。王国维将意境分为有我之境和无我之境,他说：

> 有有我之境,有无我之境。"泪眼问花花不语,乱红飞过秋千去。""可堪孤馆闭春寒,杜鹃声里斜阳暮。"有我之境也。"采菊东篱下,悠然见南山。""寒波澹澹起,白鸟悠悠下。"无我之境也。有我之境,以我观物,故物我皆着我之色彩。无我之境,以物观物,故不知何者为我,何者为物。古人为词,写有我之境者为

---

[*] 文玲(1981—　),湖南衡阳,衡阳师范学院讲师,浙江大学博士。

多，然未始不能写无我之境，此在豪杰之士能自树立耳。①

王国维将有我之境定义为以我观物，将无我之境定义为以物观物，采取的是西方主客二分的思维模式。其《文学小言》写道："文学中有二原质焉：曰景，曰情。前者以描写自然及人生之事实为主，后者则吾人对此种事实之精神的态度也。故前者客观的，后者主观的也。"在他托名樊志厚所写之《人间词乙稿序》中则称为"意"与"境"，其云："文学之事，其内足以摅己，而外足以感人者，意与境二者而已。""原夫文学之所以有意境者，以其能观也。出于观我者，意余于境；而出于观物者，境多于意。"认为意境即物与我、主观与客观之结合。然而，即便有情景交融、主客统一的艺术形象，也不一定有意境。如《人间词话》中写道："'红杏枝头春意闹'，着一'闹'字，而境界全出。'云破月来花弄影'，着一'弄'字，而境界全出矣。"虽然有艺术形象，但不用"闹"字、"弄"字，则没有意境。可见，只讲意境并没有揭示出诗的妙处。因为把意境解释为情景交融、主客观统一的艺术形象，只是说明意境作为艺术形象的一般性，而没有进一步说明它的特殊性。只要是艺术作品，它就必然有形象，任何艺术形象也都必然是情景交融的产物。

朱光潜认为，王国维的"有我之境"和"无我之境"值得商榷。朱光潜借用德国美学家里普斯的"移情说"认为，王国维的"有我之境"实乃"无我之境"，因为"以我观物，故物我皆着我之色彩"。正是"移情作用"，移情作用是物我两忘的结果，即叔本华说所的"消失自我"。王国维的"无我之境"是诗人在冷静中回味出来的妙境，没有经过"移情作用"，实乃"有我之境"。朱光潜将王国维的"有我之境"和"无我之境"称为"同物之境"和"超物之境"。所谓"同物之境"即将主观情感"外射"到事物，使外在事物具有主观情感，达到物我同一的境界。所谓"超物之境"指自然景物不受主观情感的影响自然成趣。因此，朱光潜将诗的意境定义为主观的情趣与客观意象的融合。依据情趣与意象的契合程度，朱光潜将中国古诗的演进分为三个步骤：第一步是因情生景或因情生文；第二步是情景吻合、情文并茂；第三步是即景生情或因文生情。朱光潜对"同我之境"和"超我之境"的划分仍是在主客二分的框架下，以主观感情对自然景物的影响程度定义诗的意境。第一步可以说，情趣优于意象，第二步可以说，情感与意象正相契合，第三步乃意象优于情趣。② 那么，意象与情趣的关系成为意境的两条坐标轴，这与王国维对意境的定义同样宽泛。正如朱光潜质疑王国维"诗在任何境界中都必须有我，都必须为自我性格、情趣和经验的返照"。那么，情趣无法成为衡量意境高低的唯一尺度。

王国维、朱光潜对意境定义的不足之处在于，他们是用西方美学理论来解释中国古典美学。这有其合理的方面，也有其牵强的方面。中国古代的文学和美学有与西方的

---

① 王国维：《人间词话》，古吴轩出版社2012年版，第5页。
② 参见朱光潜《诗论》，生活·读书·新知三联书店2012年版。

文学和美学相一致的共同规律,但也有和西方不同的特殊规律。用康德、里普斯的理论解释意境,有削足适履之弊。其存在一个前提性的误区,即意境论不是在主客二分而是在"天人合一"的文化背景下生成的。由于存在根本性的思维差异,因此,我们不可能套用任何一种西方理论来解释意境。

二 象的物化特征

意境与意象有着千丝万缕的联系,要理解意境必须从意象入手。《易·系辞上》曰:"言不尽意,立象以尽意。"象作为言的补充,能完整表达意。道家阐释了言、象、意三者的关系。言语道断是理解道家思想的关键点,道家认为宇宙整体(道)的运作超乎语言,语言的区分是对道的降格,使道丧失了完整性、浑圆性。《庄子·齐物论》曰:

> 古之人,其知有所至矣。恶乎至?有以为未始有物者,至矣,尽矣,不可以加矣。其次以为有物矣,而未始有封也。其次以为有封焉,而未始有是非也。是非之彰也,道之所以亏也。①

宇宙的本源不存在万物,即便有了万物,也没有明确的分界。即便有了分界也没有是非。一旦有了是非的语言架构,道便丧失了。老子称:"吾不知其名,字之曰道,强为之名曰大。大曰逝,逝曰远,远曰反。"老子明了使用语言会产生危机,所以勉强取名为"道""大",但是"大"也是暂时的,必须遗忘。"正言若反"即在肯定的同时要否定,才能破除语言的遮蔽性。既然言是对道的降格,如何才能呈现道。老子称:"视之不见……绳绳兮不可名,复归于无物。是谓无状之状,无物之象,是谓'惚恍'。""道之为物,唯恍唯惚,惚兮中有象,恍兮中有物。"象才是道的最佳表征。庄子对"象"作出进一步解释:

> 黄帝游乎赤水之北,登乎昆仑之丘而南望,还归遗其玄珠。使知索之而不得,使离朱索之而不得,使喫诟索之而不得也,乃使象罔,象罔得之。黄帝曰:"异哉!象罔乃可以得之乎?"②

黄帝游历于赤水的北面,登上昆仑的南山向南眺望,返回时,遗失了玄珠。让知寻找不着,让离朱找也找不到,让喫诟找也找不到。于是请象罔寻找,象罔找到了。黄帝说:"奇怪啊!象罔才能找到么?"玄珠喻道,知通智,喻智慧,离朱喻眼睛明亮,喫诟喻善言辞,象罔喻无知无心,"象"即形痕,"罔"同无,同忘,象罔即无形迹。

---

① 陈鼓应注释:《庄子今注今译》,中华书局2012年版,第81页。
② 同上书,第265页。

这个寓言告诉我们道不能用心智、眼睛、言辞去获得，要无知无心才能得道。因为道隐于小成，知、目、言限于某一方面的成就，这种成就具有片面性。

"象"成为庄子语言的特征。庄子以缪悠之说、荒唐之言、无端崖之辞言道，为何称为缪悠、荒唐之言，因为庄子的语言不是以传达概念、意义为目的，而是通过虚构艺术形象让人领悟"道"，如南伯子葵问女偊从哪里听道，曰："闻诸副墨之子，副墨之子闻诸洛诵之孙，洛诵之孙闻之瞻明，瞻明闻之聂许，聂许闻之需役，需役闻之于讴，于讴闻之玄冥，玄冥闻之参寥，参寥闻之疑始。"①

文字是翰墨为之，然文字非道，不过传道之助，故谓之"副墨"。"洛诵"，记诵也，犹言语言也。"副墨之子闻诸洛诵之孙"，谓文字之流传得之于语言之流传也。"洛诵之孙闻之瞻明"，谓语言之流传得之于目见也。"聂许"谓耳听。"瞻明闻之聂许"，谓目见得之于耳听也。"需役"即实践，"聂许闻之需役"，谓耳听得之于修行也。"讴"，歌谣。"需役闻之于讴"，即修行从咏叹歌吟那里得来。"玄冥"，即深远幽寂，"于讴闻之玄冥"，谓赞叹得之于玄同杳冥无形之境界。"参寥"者，参悟空虚，玄冥闻之参寥，谓玄冥之境界得之于寥廓无极之境界。"疑始"，迷茫之始。参寥闻之疑始，谓无极之境从迷茫之始得来。在《齐物论》中，庄子对世界的本源产生疑问，他说："虽然，请尝言之：有始也者，有未始有始也者，有未始有夫未始有始也者；有有也者，有无也者，有未始有无也者，有未始有夫未始有无也者。俄而有无矣，而未知有无之果孰有孰无也。今我则已有有谓矣，而未知吾所谓之其果有谓乎？其果无谓乎？"庄子怀疑宇宙的开始，宇宙有一个"开始"，有一个未曾开始的"开始"，更有一个未曾开始那"未曾开始"的"开始"。因此，庄子给本源取了个名字叫"疑始"，"疑始"正是对语言的质疑。"始"只有进入时间才产生，实则来自我们的偏见，我们称之为"有"则有，我们称之为"无"则无，有无只是一场语言的游戏。庄子通过"副墨""洛诵""玄冥""参寥""疑始"这些艺术形象，让我们明白"道"是语言、智力尚未介入的混沌未分状态。

因此，在庄子笔下，象即通过具体的艺术形象转达"道"，唯有通过象才能领悟的宇宙本源的状态。那么，宇宙本源是种什么状态，这种状态如果不能借助任何媒介呈现，我们又如何能悟"道"？"物"在此成为道与象的中介物。庄子提出"物化论"：

> 昔者庄周梦为蝴蝶，栩栩然蝴蝶也，自喻适志与！不知周也。俄然觉，则蘧蘧然周也。不知周之梦为蝴蝶与，蝴蝶之梦为周与？周与蝴蝶，则必有分矣。此之谓物化。②

物化即还原物本身。庄子称"天地与我并生，万物与我为一"。人只是宇宙万物中的一员，没有理由以其主观情感去界定万物，万物各具其境，各得其所，各依其性，

---

① 陈鼓应注释：《庄子今注今译》，中华书局 2012 年版，第 271 页。
② 同上书，第 109 页。

各展其能。做到"以物观物",意识与世界互相交参、补衬,同时出现,物物相应和、相印认。不只是蝴蝶是庄周梦中之物,庄周亦是蝴蝶梦中之物,不可单以庄周的视角去观蝶,也要以蝴蝶的视角观庄周,这样才能做到物我两化,唯持有"道通为一"的观点,才能做到"物化",庄子曰:

> 道行之而成,物谓之而然。有自也而可,有自也而不可。有自也而然,有自也而不然。恶乎然?然于然。恶乎不然?不然于不然。恶乎可?可于可。恶乎不可?不可于不可。物固有所然,物固有所可。无物不然,无物不可。故为是举莛与楹,厉与西施,恢诡谲怪,道通为一。①

一切事物本来都有它是的地方,一切事物本来都有它可的地方。没有什么东西不是,没有什么东西不可。小草和大木,丑女与西施,只是从人的角度被命名出来的,从道的角度看都可通而为一。如此,物成为象的显现物。唯有自我虚位,即虚心,才能实现"道通为一"。庄子通过"朝三暮四"的寓言,告诉我们"两行"的道理。狙公赋芧曰:朝三而暮四。众狙皆怒。曰:然则朝四而暮三。众狙皆悦。名实未亏而喜怒为用,亦因是也。是以圣人和之以是非而休乎天钧,是之谓两行。②

名和实都没有改变而猴子喜怒不同,这是因为顺着猴子的心理。圣人不会困于自己的内心,从某一角度看问题,而是通过虚心顺应自然均衡,即"道通为一"的观点,这叫作"两行"。如此,物、象成为虚心的表象。因此,"物"在中国传统文论中,不是作为客体存在,不是作为自我意识的反映物而存在,而具有独立的品格,需要从各个角度全方位展示。那么,根本不可能出现"有我之境""无我之境"的区分,一切意境均是以物观物。我们发现物、象、心、道成为象的内核,道要通过虚心,以物、象的方式实现,物、象不是以语言认知的方式出现,而是超越语言返回宇宙本源的混沌状态。

以物观物可以说是"象"的基本特征,汉语是实现以物观物的前提条件。汉语缺乏时态变化赋予了词语极大的独立性,不似西方语言中,词语是为表达同句子的关系而存在,词语的语法形态限定了词的自由,词与词之间无法自由组合,词是为了表达精确的概念而被禁止作任何联想。汉语词语无须受语法束缚,可以随意组合,任意编排。在"庄周梦蝶"的寓言中,庄周与蝴蝶没有语法变化,可以在主语、宾语的位置相互置换,却不会改变汉语结构。因此,蝴蝶既是庄周梦中之物,也是做梦者,蝴蝶与庄周互为印射,实现了"物我两化"。叶维廉在《中国古典诗中的传释活动》一文中,引用周策纵的回文诗说明汉语语法的灵活性。这首回文诗是:

---

① 陈鼓应注释:《庄子今注今译》,中华书局2012年版,第75—76页。
② 同上书,第76页。

(1) 星淡月华艳，岛幽椰树芳，晴岸白沙乱，绕舟斜渡荒。
(2) 淡月华艳岛，幽椰树芳晴，岸白沙乱绕，舟斜渡荒星。
(3) 月华艳岛幽，椰树芳晴岸，白沙乱绕舟，斜渡荒星淡。
(4) 华艳岛幽椰，树芳晴岸白，沙乱绕舟斜，渡荒星淡月。
(5) 艳岛幽椰树，芳晴岸白沙，乱绕舟斜渡，荒星淡月华。

这首诗不管从哪一个字开始哪一个方向读去都能够成句成诗，可以进出20次，向不同的方向，而得40种印象。汉语语法的自由，使得物得以从各个角度被观照。那些字，仿佛是一个开阔的空间里的一些物象，由于事先没有预设的意义与关系的"圈定"，我们可以自由进出其间，可以从不同的角度进出，而每次可以获致不同层次的美感。[1]

叶维廉称："中国古典诗里，利用未定位、未定关系，或关系模棱的词法语法，使读者获致一种自由观、感、解读的空间，在物象与物象之间作若即若离的指义活动。"在叶维廉看来，古诗词语法的含混性正是其诗意的体现，用现代汉语翻译出来则诗意全无。他举了晏几道的词《临江仙》中的两句：

落花人独立　微雨燕双飞

如果翻译为"有人独立在落花里，有燕子双飞在微雨中"。则毫无诗意可言。这种翻译强调的是人与落花、燕子与微雨的关系，界定事物的分际，是一种认知行为。认知行为规范了世界的秩序，让世界变得井然序然，却丧失了"道"。正如庄子所说："是非之彰也，道之所以亏也。"在原词中，景物具有独立自主性。我们可以模拟摄像机镜头，落花（全景）人独立（近景），微雨（全景）燕双飞（近景），也可以采用景深镜头：落花、微雨（前景），人独立（中景），燕双飞（背景），产生落花人/独立，落花/人独立；微雨/燕双飞，微雨燕/双飞多重境界。

这时，诗词中的物不是通过语言描述，而是以象的方式呈现。物以象的方式还原了物本身，去除了"思"的活动，将我们带入天人合一的宇宙本源状态。视觉性极强的形象，近似电影镜头，不是人的主观折射物。因为拍摄时摄像机的机位只能位于某处，影像只能呈现外在世界的某一个侧面。我们在银幕上所看之物是从这个角度看到的这把椅子。摄像机是一架既无记忆又无意识的机器，通过具体呈现在我们面前的现实物，能够将巴赞所说的"纯真的"现实物记录下来。巴赞说：

摄影机镜头使客体摆脱了我们对它的习惯看法和偏见，清除了我的感知蒙在

---

[1] 参见叶维廉《中国诗学》，生活·读书·新知三联书店1994年版，第27—28页。

客体上的精神尘垢。唯有镜头的变种冷眼旁观的性质能够还世界以纯真，引起我的注意，激起我的爱恋。①

摄像机再现方式会改变被再现之物，因为不同的机位、不同的拍摄角度会让物在我们的头脑中产生不同的印迹，汉语语法的灵活性，使物象可以获得类似电影镜头不断换位的全方位展示，物以在宇宙中存在的自然状态将人带入天人合一的本源状态。

刘勰在《文心雕龙·神思》中首次将"意"与"象"合二为一成"意象"，并用作诗学术语。文中写道：

  神居胸臆，而志气统其关键；物沿耳目，而辞令管其枢机。枢机方通，则物无隐貌；关键将塞，则神有遁心。是以陶钧文思，贵在虚静，疏瀹五藏，澡雪精神……独照之匠，窥意象而运斤，此盖驭文之首术，谋篇之大端。②

"疏瀹五藏，澡雪精神"出自《庄子·知北游》，指情性不可妄动，使人烦闷，即要做到虚静，刘勰认为这才是写文章的关键。只有虚静才能消除意志的错乱，贯通大道的障碍，做到由耳目去接触外物，文辞使外物表达无遗。表达功能活跃，那么事物的形貌就可充分描绘。《庄子·达生》中的木匠梓庆是独照之匠的代表，梓庆说：

  臣将为鐻，未尝敢以耗气也，必齐以静心。齐三日，而不敢怀庆赏爵禄；齐五日，不敢怀非誉巧拙；齐七日，辄然忘吾有四肢形体也。当是时也，无公朝，其巧专而外滑消。然后入山林，观天性。形躯至矣，然后成见鐻，然后加手焉。不然则已。则以天合天。器之所以疑神者，其是与！③

这揭示了创造意象的心理过程，通过斋戒七日安静心灵，忘记形体，以一颗虚静的心观察树木，实现"以天合天"，即"以物观物"，一个形成的鐻钟宛然呈面在眼前，然后加以施工，从而创造了一个惊鬼神的乐器——鐻。运斤用的是《庄子·徐无鬼》中"匠石运斤成风"的典故。庄子曰："郢人垩慢其鼻端，若蝇翼，使匠石斫之。匠石运斤成风，听而斫之，尽垩而鼻不伤，郢人立不失容。"④ 郢地人捏白土把一滴泥点溅到鼻尖上，如蝇翼般，请匠石替他削掉。匠石挥动斧头呼呼作响，随手劈下削去泥点，那小滴泥点完全削除而鼻子没有受到丝毫损伤。这个典故在此喻指，意象必须在观照物体形象的基础上，通过熟练运用语言文字分毫不差地加以创造。可见，刘勰的"意

---

① [法]安德烈·巴赞：《电影是什么》，崔君衍译，文化艺术出版社2008年版，第12页。
② 刘勰：《文心雕龙》，范文澜注，人民文学出版社2014年版，第493页。
③ 陈鼓应注释：《庄子今注今译》，中华书局2012年版，第568页。
④ 同上书，第740页。

象"思想与庄子的"象"一脉相承。

三 意境的蒙太奇效果

"境"的概念源出《庄子》，初文无"境"字，原字为"竟"。《庄子·齐物论》有云："和之以天倪，因之以曼衍，所以穷年也。……忘年忘义，振于无竟，故寓诸无竟。"用自然的分际来调和，我的言论顺应万物，安适于生死年岁，安适于是非仁义，遨游于无穷的境域，这样也就能寄寓于无穷的境域。"竟"即象征人生境界、精神境界的"道境"。"道"与"象"相辅相成，老子称："视之不见……绳绳兮不可名，复归于无物。是谓无状之状，无物之象，是谓'惚恍'。"[1] 老子在描述"道"时，认为"道"混沌一体，无边无际，不可名状，无形无象，最终还原为没有物象。然而，在《老子》（二十一章）中，又写道："道之为物，惟恍惟惚，惚兮恍兮，其中有象；恍兮惚兮，其中有物。"[2] 老子进一步阐述了道与象的关系，道作为事物，似有似无。如此恍惚，其中却有实物。老子为何一方面称道复归于无物，一方面又称道中有物。

在老子看来，"道"与"象"同出而异名。老子说："无，名天地之始；有，名万物之母。故常无，欲以观其妙；常有，欲以观其徼。此两者，同出而异名，同谓之玄。玄之又玄，众妙之门。"[3] 在老子看来，道与象的关系即无与有的关系。无、有分别被称为天地的初始、万物的本原，同出于道而名称不同，从常无中，可以观察道的微妙，从万物之有中，可以观察道的边际。然而，所谓的有无只是命名而已，道是不可以被命名的，老子称："吾不知其名，字之曰道，强为之名曰大。大曰逝，逝曰远，远曰反。"老子勉强取名为"道""大"，但是"大"也是暂时的，必须遗忘。有、无的区分实际是对道的降格。老子提醒我们必须忘记有、无的区分，回到无物状态。正所谓："致虚极，守静笃。万物并作，吾以观复。夫物芸芸，各归其根。归根曰'静'，静曰'复命'。"[4] 万物纷繁众多，最后总会回复到根源，根源都是最虚静的，虚静是生命的本源，即"复命"。"境"即虚静的人生境界，万有最后都将复归于无物。

因此，意象与意境同出而异名也，唯有通过意象的众有之门，我们才能领悟意境的空无一物。我们可以借鉴蒙太奇的方式解释意境的生成。意象与意境按照蒙太奇的方式加以组合，则产生了意境，因为蒙太奇可以产生 1+1>2 的效果。我们继续以晏几道的《临江仙》为例。人、落花、燕子、微雨具有多重关系。我们可以用摄像机分别拍成四个镜头，四个镜头以不同的方式组合可以产生不同的意境。

---

[1] 饶尚宽译注：《老子》，中华书局 2013 年版，第 34 页。
[2] 同上书，第 53 页。
[3] 同上书，第 2 页。
[4] 同上书，第 40 页。

落花＋人	人因花而立
人＋落花	花因人而落
人＋双燕	人因双燕而立
落花＋微雨	微雨打湿落花
人＋落花＋微雨	花因人而落泪
落花＋双燕＋微雨	双燕因花落泪
微雨＋落花＋人＋双燕	花因雨而落、人因花而立、燕因人而飞

双燕、落花、微雨衬托自己的形单影只，于是引发对心爱之人的思念。然而，意象的组合，不单单传达词人的思念之情，也将读者带入人、花、燕相互映衬的混沌之境，创造了花因人而落泪，双燕因花落泪，花因雨而落、人因花而立、燕因人而飞等多重意境。因此，我们可以说意境是按不同方式组合的意象群，呈现物象与物象的多重关系，从而营造"天人合一"的虚无境界。我们也可以用蒙太奇的方式分析"采菊东篱下，悠然见南山"。"采菊东篱下"缺少主语，"悠然见南山"中的南山既可作主语，也可作宾语。使得采菊、东篱、南山可作为分镜头自由组合。

采菊东篱下（特写）＋南山（全景） 我在东篱下采菊心情舒畅，猛然抬头喜见南山。

南山（全景）＋采菊东篱下（近景） 南山悠然地出现，年复一年守望着在东篱下采菊的人们。

这样，南山与我实现"物我两化"，重返"天地与我并生，万物与我合一"的虚无境界。

参考文献：

[1] 王国维：《人间词话》，古吴轩出版社2012年版。
[2] 朱光潜：《诗论》，生活·读书·新知三联书店2012年版。
[3] 陈鼓应注释：《庄子今注今译》，中华书局2012年版。
[4] 叶维廉：《中国诗学》，生活·读书·新知三联书店1994年版。
[5] [法] 安德烈·巴赞：《电影是什么》，崔君衍译，文化艺术出版社2008年版。
[6] 刘勰：《文心雕龙》，范文澜注，人民文学出版社2014年版。
[7] 饶尚宽译注：《老子》，中华书局2013年版。

四时气象与天体：宋代象喻文学批评的有趣选择

潘殊闲[*]

(西华大学人文学院　四川　成都　610039)

摘　要：宋人文学批评于四时气象与天体的取喻，集中彰显了中华民族象喻思维的特性，彰显了中国古人对自然的盎然兴趣，它提示我们，自然是有生命的；自然是丰富多彩的；自然与人是相通的；四时气象与天体跟古人的文学创作有内在的相似性；春夏秋冬四时、风云气雷、日月、星辰河汉与为文之动因、内容、风格、意义、影响与价值等异质同构，形神肖似；以四时气象与天体象喻文学批评，在形象、生动、亲切、轻松中融会融解理智与情感、历史与现实、作家与作品、得与失、优与劣、功与过、高与下、内与外、形与神、知与行，诚为中国古代文学批评的利器之一。

关键词：四时气象；天体；宋代；文学批评；象喻思维；民族审美心理

宋人博学且多趣，表现在不仅于文学批评领域创生了最受中国古代文人喜爱的"诗话"这种"话体"，且其文学批评深受中国象喻民族思维特性濡染，其所选喻体之丰富庞杂及生鲜饶趣，远非前朝所能比拟。本文试以宋人取喻之四时气象与天体为例，管窥宋人文学批评的象喻特色。

一　取喻之四时气象

(一) 四时

春夏秋冬四时的更替，在长期以农耕文明为主的中国古人的心里，具有相当重要的意义。有关四时的歌咏颂赞，在中国古代文学作品中实在是太常见。有趣的是，四时的更替，中国古人也借以象喻文章。宋人吴可在《藏海诗话》中即有这样的象喻：

---

[*] 潘殊闲(1965—　)，男，四川眉山人，四川大学文学博士，山东大学博士后，现为西华大学人文学院教授，主要研究中国古代文学与文化。本文系作者主持的国家社科基金重点项目"《周易》与中华民族审美心理特色及其当代价值研究"(项目编号：13AZX024)的前期成果之一。

> 凡文章先华丽而后平淡，如四时之序，方春则华丽，夏则茂盛，秋冬则收敛，若外枯中膏者是也。盖华丽茂盛已在其中矣。①

这显然受苏轼的影响。苏轼评价柳宗元的诗有云："子厚诗在陶渊明下，韦苏州上。退之豪放奇险则过之，而温丽靖深不可及也。所贵于枯淡者，谓外枯而中膏，似淡而实美，渊明、子厚之流是也。"② 此喻甚为精警。方年轻时，豪气干云，其遣词造句"云蒸霞蔚"，追求绚烂，然往往不耐咀嚼；待历事绵长之后，发语抒情，平淡平缓，然味在其中。四时之更替，饶有人事之沧桑递变。

（二）风

风其实就是空气的流动，但在中国文人眼里，风却具有了特别的审美价值。风常常跟水、云、雷、气、骨等组合，构成丰富多彩的象喻世界。

苏洵曾为其兄苏涣易字文甫，并有一段文字解说：

> 且兄尝见夫水之与风乎？油然而行，渊然而留，渟洄汪洋，满而上浮者，是水也，而风实起之。蓬蓬然而发乎大空，不终日而行乎四方，荡乎其无形，飘乎其远来，既往而不知其迹之所存者，是风也，而水实形之。今夫风水之相遭乎大泽之陂也，纡余委蛇，蜿蜒沦涟，安而相推，怒而相凌，舒而如云，蹙而如鳞，疾而如驰，徐而如徊，揖让旋辟，相顾而不前，其繁如縠，其乱如雾，纷纭郁扰，百里若一，汨乎顺流，至乎沧海之滨，磅礴汹涌，号怒相轧，交横绸缪，放乎空虚，掉乎无垠、横流逆折、溃旋倾侧，宛转胶戾，回者如轮，萦者如带，直者如燧，奔者如焰，跳者如鹭，跃者如鲤，殊状异态，而风水之极观备矣！故曰："风行水上涣。"此亦天下之至文也。

> 然而此二物者岂有求乎文哉？无意乎相求，不期而相遭，而文生焉。是其为文也，非水之文也，非风之文也，二物者非能为文，而不能不为文也。物之相使而文出于其间也，故曰：此天下之至文也。

> 今夫玉非不温然美矣，而不得以为文；刻镂组绣，非不文矣，而不可以论乎自然。故夫天下之无营而文生之者，唯水与风而已。③

风之无形与水之有形相遇，遂成文。它们不期而遇，顺乎自然，殊状异态，实乃天下之至文。这段话本是对其兄字的解释，但对文学创作和文学批评而言，亦有深刻的启迪意义。为文宜本乎情，而非为文而情，如此，则情真文美，自然畅达。

---

① 丁福保辑：《历代诗话续编》，中华书局1983年版，第331页。
② （宋）魏庆之编：《诗人玉屑》卷十五，王仲闻校勘，上海古籍出版社1978年版，第325页。
③ （宋）苏洵撰：《嘉祐集笺注》卷十五《仲兄字文甫说》，曾枣庄、金成礼笺注，上海古籍出版社1993年版，第412页。

刘克庄评王元邃年青时候的诗歌是"于时笔力如雷奋蛰户而出，如风挟鹏翼而上，如河决宣房瓠子而下也"①，可参看。

（三）云

空中飘荡的云，本为水蒸气之凝聚，因形状多变，在阳光或月光映照下，色彩烂漫，加之随风飘动，给地上的人们无限的遐想。云也因此常被拟人化，赋予众多品行。比如，李之仪对陶渊明的赞誉："欧阳文忠公谓诗非能穷人，殆穷而后工。人知诵此语，而不知工果何在也。及观渊明之赋也，其穷可知。皦皦数百年间，如孤云之游太清，见者莫不引睇，将欲与追逐先后，岂复可得。"②将陶渊明喻为"孤云"，其在太清（青天）的游动，是那样的清高，而且孤傲。类似的话，敖陶孙也说过："陶彭泽诗如绛云在霄，舒卷自如。"③

云虽在天上，但有时又和地上的水连在一起象喻，比之为"行云流水"，苏轼从海南寄给后生谢民师的信中就曾这样使用："所示书教及诗赋杂文，观之熟矣。大略如行云流水，初无定质。但常行于所当行，常止于不可不止，文理自然，姿态横生。孔子曰：'言之不文，行之不远。'又曰：'辞达而已矣。'夫言止于达意，疑若不文，是大不然。求物之妙，如系风捕影，能使是物了然于心者，盖千万人而不一遇也，而况能使了然于口与手者乎！是之谓辞达。辞至于能达，则文不可胜用矣。"④ 行云流水，取其自然流畅，为文当如行云流水，也即"常行于所当行，常止于不可不止"。苏轼在这里对孔子的"言之不文，行之不远"和"辞达而已矣"作了很好的解释。他对求物之妙用了一个形象的比喻：系风捕影。风如何能系？影如何能捕？虽则难矣，但并非做不到。这就是苏轼勾勒的物—心，口—手的矛盾，实则物—意—文的矛盾，这三者协调了，则文章就算"辞达"。不要小看孔子的"辞达"，这实是一个高标准，不是随便谁都能自如自为的。

（四）气

气本是一种自然现象，是构成一切生命和生命赖以存活的基础物质。但在中国人的眼里，气不仅是物质的，还是精神的，不仅是客观的，还是主观的。气在中国文化中早已上升为哲学范畴，在众多的学科领域都已成为元范畴。但无论怎样上升演变，物质的气始终是基础。

毋庸讳言，气是中国哲学的元范畴，也是中国文学批评史的元范畴。中国人对气之于人于文的认识相当渊深绵长。"文以气为主"，最早是由曹丕在《典论·论文》中提出来的。卫宗武接受这一观点，有云："文以气为主，诗亦然。诗者，所以发越情思

---

① （宋）刘克庄撰：《后村先生大全集》卷一百一《王元邃诗》，四部丛刊初编本。
② （宋）李之仪撰：《姑溪居士后集》卷十五《跋东坡诸公追和渊明归去来引后》，文渊阁四库全书本。
③ （元）陶宗仪编：《说郛》卷八十一《敖器之诗话》，文渊阁四库全书本。
④ （宋）苏轼：《苏轼文集》卷四十九《与谢民师推官书》，（明）茅维编，孔凡礼校点，中华书局1986年版，第1418页。

而播于声歌者也。是气也,不抑则不张,不激则不扬。惟夫颠顿困阻,沈阨郁积,而其中所存英华果锐,不与以俱靡,则奋而为辞,琦玮卓绝,复出寻俗,而足以传远。屈之《骚》,宋之《九辨》,荀卿子之《成相》《佹》诗,贾太傅之吊湘、赋鹏,皆是物也。故少陵之间关转徙,而蜀中之咏益工;老坡之摈斥寥落,而海外之篇愈伟。其他未易枚举,莫不以是得之。譬之水,平波缓流,溶溶泄泄,未见其奇也;洪源巨川,风挠石击,洞潏震荡,而水之奇斯见。诗犹是也。"[1] 这里强调的是诗歌要有张扬、抑激之气鼓荡之,而张扬、抑激之气来源于生活的坎坷遭际,这就好比水一样,若是平波缓流,实未足观者,但如是洪源巨川,激荡回旋,则风景奇异,惹人眼目,分外好看。其所举的屈、宋、荀、贾、杜、苏诸人,莫不如此。

孟子提出"我知言,我善养吾浩然之气"(《孟子·公孙丑上》),这对后世的影响非常大。吴泳干脆以"水"喻孟子之养气:"孟子平旦养气湛如止水。"[2]

在姚勉看来:"诗者,乾坤之清气也,有一糁火烟者,岂能吐之哉?"[3] 乾坤之清气,首先是乾坤中的"气","清气"相对于"浊气","清"为阳,"浊"为阴,转换成哲学美学的概念,诗是乾坤中至大至刚的清阳之气,不是那些浊污秽败之人所能染指的。

李纲对文气说也有自己的观点,他说:

> 文章以气为主,如山川之有烟云,草木之有英华,非渊源根柢所蓄深厚,岂易致邪?士之养气刚大,塞乎天壤,忘利害而外生死,胸中超然,则发为文章,自其胸襟流出,虽与日月争光可也。孟轲以是著书,屈原以是作《离骚》经,与夫小辨曲说,缔章绘句以祈悦耳目者,固不可同年而语矣。唐韩愈文章号为第一,虽务去陈言,不蹈袭以为工,要之操履坚正,以养气为之本。在德宗朝,奏疏论宫市,贬山阳令;在宪宗朝,上表论佛骨,贬潮阳守。进谏陈谋,屡挫不屈,皇皇仁义,至老不衰,宜乎高文大笔、佐佑六经,粹然一出于正,使学者仰之如泰山北斗也。[4]

李纲形象地比喻气就好比"山川之有烟云,草木之有英华",这些外在的表象,根源于内在深厚的修养。他继承孟子的养气说,又吸纳了《庄子·大宗师》中南伯子葵与女偊的对话,即所谓"忘利害而外生死",故能做到"胸中超然",如发为文章,则"自其胸襟流出,虽与日月争光可也"。他举了孟子、屈原,特别提到韩愈。韩愈之所以文章号为第一,在李纲看来,根本之处在于"操履坚正,以养气为之本",因此,虽屡遭挫败冤屈,但"皇皇仁义,至老不衰",李纲由此慨叹:"使学者仰之如泰山北斗

---

[1] (宋)卫宗武撰:《秋声集》卷五《赵帅幹在莒吟集序》,文渊阁四库全书本。
[2] (宋)吴泳撰:《鹤林集》卷三十六《沈宏甫齐瑟录序》,文渊阁四库全书本。
[3] (宋)姚勉撰:《雪坡集》卷三十七《玉泉诗集序》,文渊阁四库全书本。
[4] (宋)李纲撰:《梁溪集》卷一百三十八《道乡邹公文集序》,文渊阁四库全书本。

也。"泰山、北斗，一为高大，一为明亮，韩愈声名，或当作如是观。

李春叟在为李昂英《文溪集》所作的《序》中，也多次提到"气"的问题：

> 天地之精英，人得之以为文，可以黼黻朝廷，芬芳宇宙，存乎胸中，必有浩然独立乎万物之表者，此天地之正气也。故论人之文，当先观其人之所养……刚方正大之气蟠郁胸次，泄而为文，光芒自不可掩。大者中圭瓒，小者锵佩环，奇峭者如怪石之倚断崖，清丽者如明星之炯秋汉。进而立朝，则论奏丹青，言言药石，皆足以裨主德，格君心；而深衣独乐，则嬉笑怒骂，字字箴规，皆足以植民彝，垂世范。盖忠义以为之骨，学识以为之根，故芬郁葩华，烂熳宣吐，不自知其为文也，而文益工。①

人秉天地之精华，浩然为气，泄而为文，光芒自不可掩。李春叟将这种充满刚正方大之气的文章形象地进行系列比喻："大者中圭瓒，小者锵佩环，奇峭者如怪石之倚断崖，清丽者如明星之炯秋汉。"如是立朝进奏，则有如药石，"足以裨主德，格君心"；如是"深衣独乐，则嬉笑怒骂，字字箴规，皆足以植民彝，垂世范"。这种文章，忠义是其骨，学识为其根，因而，"芬郁葩华，烂熳宣吐，不自知其为文也，而文益工"。

（五）雷

雷为大气现象之一，是云层放电发出的声响。刘辰翁以之喻韩愈、苏轼，有云："吾尝谓诗至建安，五七言始生，而长篇反复，终有所未达，则政以其不足于为文耳。文人兼诗，诗不兼文也。杜虽诗翁，散语可见。惟韩、苏倾竭变化，如雷震河汉，可惊可快，必无复可憾者，盖以其文人之诗也。诗犹文也，尽如口语，岂不更胜彼，一偏一曲自擅，诗人诗局局焉、靡靡焉，无所用其四体，而其施于文也，亦复恐泥，则亦可以瞪然而悯哉。"② 在文学史上，大名家诗文兼擅者，确实不多见，李杜均以诗名，而文不仅少，且确实被诗名湮没，足以称道者委实少。韩愈、苏轼也是大家，其诗文都有名，个中原因，刘辰翁说是"以其文人之诗"，也即"以文为诗"之意。对此，文学批评史上多有争论。褒之者言其开阔了诗路，贬之者谓其泯灭了诗味，各有说辞。刘辰翁显然属于前者，亦未尝没有道理。

二 取喻之天体

（一）日月

日月为天体昼夜之奇观，其在中国古代文学作品中，尤为重要，特别是明月，它给中国文人无限的遐想。但在中国文学批评史中，日月又被借以象喻什么？《诗三百》

---

① （宋）李春叟撰：《文溪集序》，祝尚书编《宋集序跋汇编》，中华书局 2010 年版，第 2075 页。
② （宋）刘辰翁撰：《须溪集》卷六《赵仲仁诗序》，文渊阁四库全书本。

四时气象与天体:宋代象喻文学批评的有趣选择

是我国最早的一部诗集,但自汉代开始,始尊称为"经"。汉人治经用功犹勤,以《诗经》为例,传《诗》者即有齐、鲁、韩、毛四家。他们所传之诗之得失是非,历来多有争讼。宋人疑古惑经之风盛行,对汉代经学屡有诟病,如杨简对《诗序》的评价:"《诗》之有序,如日月之有云,如鉴之有尘,学者愈面墙矣。"① 云之于日月,有时是一种烘托,有时则是一种遮挡。杨简以云之附日月,喻《序》之于《诗》是一种累赘,一种牵强,他这样说:

> 孔子曰:"《诗三百》,一言以蔽之,曰'思无邪'。"……《诗》三百篇,多小夫贱妇所为;忽然有感于中,发于声;有所讽,有所美。虽今之愚夫愚妇,亦有忽讽忽美之言;苟成章句,苟非邪僻,亦古之诗。夫岂难知?惟此无邪之思,人皆知之,而不自知起,不知其所自用,不知其所以终,不知其所归,此思与天地同变化,此思与日月同运行,故孔子曰:"夫孝天之经,地之义。"又曰:"礼本于太一,分而为天地,转而为阴阳,变而为四时,列而为鬼神。"又曰:"哀乐相生",正"明目而视之,不可得而见也;倾耳而听之,不可得而闻也",一旨也。今所谓《毛诗序》者。是奚知此旨?求诸《诗》而无说,无说而必求其说,故委曲迁就,意度穿凿,殊可叹笑。②

杨简举了不少例证,如:

> 孔子曰:"《关雎》乐而不淫,哀而不伤。"此言《关雎》之音也,非言《关雎》之诗也。为《序》者不得其说,而谓:"《关雎》乐得淑女以配君子,忧在进贤,不淫其色。哀窈窕,思贤才,而无伤善之心。"今取《关雎》之诗读之,殊无"哀窈窕,无伤善之心"之意。③

此外,杨简还有一段关于《诗》与《序》的象喻论述:

> 孔子删《诗》三百篇,未尝作《序》,惟以一言蔽之曰"思无邪"。简取诗咏歌之,不胜和乐融畅;如造化发育,醇然粹然;不知天地之在彼,万物之不齐也;不知其所始,不知其所终也。呜呼至矣!及考《序》文,大失本旨,如云翳日,如沙混金。《诗》中无邪之妙,自足自全;虽不知何世何人所作,无损于斯妙也。况《序》亦不能尽知其世与其人;其间乖谬良多。④

---

① (宋)杨简撰:《慈湖遗书》卷八,文渊阁四库全书本。
② 同上。
③ 同上。
④ 同上。

可以看出，杨简对《诗》之《序》很反感，颇不以为然，故以云、沙象喻其翳日和混金。

杜甫被称为唐诗"集大成者"，唐代其他诗人有无可取，有无可学？吕午的回答比较客观：

> 唐诗唯杜公工部号"集大成"，自我朝数巨公发明之，后学咸知宗师，如车指南，罔迷所向也。近岁赵紫芝诸人更于杜诗外搜掇诸家古律，传习吟哦。词调清婉，读之令人心醉，多弃其学焉。剑佩相讥，往往由是。予谓工部，日月也；诸家，景星庆云也。为文于天，不可一阙也。①

庆云，即祥云。日月之与庆云，相互衬托，相得益彰。杜甫与唐诗诸家的关系类此，这也符合唐诗的实际。

韩愈和欧阳修都是文章大家，陈模评论欧阳修的《昼锦堂记》"略有退之《盘古序》气象，如青天白日，人皆知之"②。

大家名家作品都需要流播人间，因为："上而李、杜、韩、柳，近而欧、苏、陈、黄，大篇巨帙，烂如星日，绚如绮组，膏泽流于无穷，于此何足秘哉。"③ 这是刘瀚为搜集其兄刘过散落人间诗文最后汇辑而成《龙洲集》所作的序言中的话。星日，无用多解释。绮，是有花纹的丝织品；组，是宽而薄的丝带，多用于佩印和佩玉。用星日，取其灿烂，用绮组，取其绚丽。刘瀚的意思是说，像李杜、欧苏等这样的大家名家，其作品如星日如绮组，都广播人间，你老兄的作品有什么必要秘藏起来呢？

道家倡导无言之教，禅宗也推行不立文字，教外别传。究竟是要无言还是有言，李之极在为道璨《无文印》所作的《序》中给予了有意思的回答：

> 道以忘言为妙，以有言为赘。其说似矣，而实未也。吾圣人六经如杲日行空，万古洞照，使夫子尽遂其无言之欲，则民到于今不胥为夷狄禽兽者，伊谁之赐？浮屠之学虽不若是，然既曰空诸所有，又曰不实诸所无，则泥于有无之间者，皆非也。④

圣人六经如杲日行空，万古洞照。如果没有这样的文字留存，后世从哪里得到赐教？这个象喻非常精辟生动。

---

① （宋）吕午撰：《竹坡类稿》卷三《书题紫芝编唐诗》，吴文治主编《宋诗话全编》第八册，凤凰出版社1998年版，第8685页。
② （宋）陈模撰：《怀古录》，王水照编《历代文话》，复旦大学出版社2007年版，第523页。
③ （宋）刘瀚撰：《龙洲集序》，（宋）刘过撰《龙洲集》，文渊阁四库全书本。
④ （宋）李之极撰：《无文印序》，祝尚书编《宋集序跋汇编》第五册，中华书局2010年版，第2089页。

(二) 星辰河汉

林希逸评《诗经》有自己的独特见解:

> 自有性情以来,则有咏歌嗟叹之辞。《国风》《雅》《颂》,正声谐《韶濩》,要妙通鬼神,浑浑若天成,浩汗若河汉,有非人力所得为者。文字之机,千余年之所绅绎启露,王政熄而声诗亡,气将熄矣,则《诗》也者,岂容有不删耶?使其未容删定也,虽圣人有不得为者,至是而不容已矣。①

《风》《雅》《颂》确如林希逸所言,纯天籁之音,非一般人力所得为,鬼神、天成与河汉之比,是恰当的。

赵孟坚认为诗是天地间英气所汇聚而成:"诗者,英气之发见于人者也。鄙夫猥徒定无诗,高人韵士有诗,名臣巨公皆有诗。感遇事物,英英气概形而成诗,亦犹天有英气,景星庆云,地有英气,朱草紫芝是也。"②

曾巩评苏洵之文,以星辰作喻,但异于常人:"盖少或百字,多或千言。其指事析理,引物托谕,侈能尽之约,远能见之近,大能使之微,小能使之著,烦能不乱,肆能不流,其雄壮隽伟,若决江河而下也;其辉光明白,若引星辰而上也。"③ 不是说苏洵是星辰,或像星辰,而是说苏洵之文的光彩,有如引星辰之光而灿烂,颇为别致。

袁甫为其父亲袁燮所作的文集后序也以星河为喻:"浑然天成者,有道有德之言也。道德不足,言辞虽工,所为天者已不全矣。君子奚尚焉?我先君子之属辞也,吐自胸中,若不雕镌,而明洁如星河,粹润如金玉,真所谓浑然天成者乎。先君子自言儿时读书,一再过即成诵,精神纯固,无寒暑昼夜之隔。及壮,寝多不寐,凡所著述率成枕上,至暮年亦然。记览甚博,渟蓄日富,然未尝袭人畦径,尤不喜用难字。"④ "明洁如星河,粹润如金玉",这是袁燮后人的比喻,是否真的如此?不妨看看四库馆臣怎么评说:"燮,字和叔,鄞县人,登进士第,历官礼部侍郎、宝文阁直学士,追谥正献,学者称絜斋先生,事迹详《宋史》本传。燮初与同里沈焕、杨简、舒璘以道义相切磋,后师事陆九渊,得其指授,具有原本。又少以名节自期,立朝屡进谠言,所至政绩皆可纪,在南宋诸儒中,可谓学有体用者……燮诗文淳朴质直,不事粉绘,而真气流溢,颇近自然。其剖析义理,敷陈政事,亦极剀切详明,足称词达理举。盖儒者之言语,无枝叶,固未可概以平近忽之也。"⑤ 可见,其后人的象喻评赞,还是有一定根据的,并非想当然的誉美。

---

① (宋)林希逸撰:《竹溪鬳斋十一稿续集》卷九《续诗续书如何》,文渊阁四库全书本。
② (宋)赵孟坚撰:《彝斋文编》卷三《孙雪窗诗序》,文渊阁四库全书本。
③ (宋)曾巩撰:《曾巩集》卷四十一《苏明允哀辞》,陈杏珍、晁继周校点,中华书局1984年版,第560页。
④ (宋)李之极撰:《絜斋集后序》,祝尚书编《宋集序跋汇编》第四册,中华书局2010年版,第1732页。
⑤ (清)纪昀等撰:《袁燮〈絜斋集〉提要》,文渊阁四库全书本。

三　余论

中国人对自然充满敬畏，这种敬畏可以在"天、地、人"三才观中体现，也可以在"天人合一"观中发现，自然也可以在文学批评中证得。上述对宋人文学批评于四时气象与天体的取喻梳理与论述，足以看出古代文人对自然的盎然兴趣，它给我们如下提示：

第一，古人认为自然是有生命的；

第二，古人认为自然是丰富多彩的；

第三，古人认为自然与人是相通的；

第四，古人认为四时气象与天体跟古人的文学创作有内在的相似性；

第五，古人认为春夏秋冬四时、风云气雷、日月、星辰河汉与为文之动因、内容、风格、意义、影响与价值等异质同构，形神肖似；

第六，以四时气象与天体象喻文学批评，在形象、生动、亲切、轻松中融会融解理智与情感、历史与现实、作家与作品、得与失、优与劣、功与过、高与下、内与外、形与神、知与行，诚为中国古代文学批评的利器之一。

"诗余"说述论

李飞跃[*]

(中国艺术研究院艺术学系　北京　100029)

摘　要：词为"艳科""小道"，又是"一代之文学"，历来关于其文学地位的争议较多。"词为诗余"的内涵有多种界说，主要有以"诗"指近体、宫体、乐府、古诗甚至《诗经》，"余"为余事、余技、余波、余绪、赘余、赢余等。"诗余"说体现了一元化的文体观，通过对其缘起、命名、内涵及背景的考察，可以发现这些论争其实是基于对词体的本质功能、形态特征及韵文发展规律的不同认识。历代学者对"诗余"说的各种诠释，有助于我们重新认识词的起源、诗词关系及重估词的文学价值与历史地位。

关键词：诗余；词体；平议

一　缘起

据清人吴衡照《莲子居词话》所考，"诗余名义缘起，始见宋人王灼之《碧鸡漫志》。至明杨慎之《丹铅录》，都穆之《南濠诗话》，毛先舒之《填词名解》，因而附益之"[①]。王灼《碧鸡漫志》成书于1148年，后有一卷本、五卷本和十卷本等三种版本。据王灼自序，原著为五卷，一卷本、十卷本或为后人删编。[②] 今存五卷本中没有"诗余"之名，究竟是今本《碧鸡漫志》讹脱，抑或吴衡照所记有误，已不得而知。

早在北宋时期，已有词为"诗人之余事"之说。苏轼《题张子野诗集后》云："张子野诗笔老妙，歌词乃其余技耳。"[③] 又《祭张子野文》谓其"清诗绝俗，甚典而丽。

---

[*] 李飞跃（1982— ），河南通许人，中国艺术研究院副研究员，北京大学文学博士，主要从事唐宋文艺研究。
[①] （清）吴衡照：《莲子居词话》卷一，《词话丛编》本，第2418页。
[②] 参见岳珍《碧鸡漫志校正·前言》，巴蜀书社2000年版，第5—9页。
[③] （宋）苏轼：《苏轼文集》卷六八，中华书局1986年版，第2146页。

搜研物情，刮发幽翳。微词宛转，盖诗之裔"①。由此，罗根泽认为诗余源自苏轼"诗之裔"一说："既然欲将词变为'诗人之雄'，所以谓'词为诗裔'；由'词为诗裔'，便为后人的词名'诗余'。"②吴熊和认为把词称为"诗余"的说法源自苏轼的词为诗人"余技"之说，苏轼把词称为诗之"余技"与把书画称为"诗之余"是同样道理。他们一则从诗词递变角度，一则从创作主体的认识角度，对词为诗余作出解释，可谓殊途同归。苏氏门人论词，亦有以词譬诸古诗、古乐府之例，如黄庭坚《小山词序》称晏几道"嬉弄于乐府之余，而寓以诗人之句法"。以诗之"余波""乐府之余"指代"词"，隐含"诗余"之意，但还不等于以"诗余"来指词。

南宋初期，始现"诗余"之名。最早采用"诗余"命名的词集是南宋朱翌（1097—1167）的《潜山诗余》和仲并的《浮山诗余》，但二者并无宋代刻本，不排除是后人抄刻时添加。胡仔《苕溪渔隐丛话》前集序作于绍兴四年（1134）甲寅，后集序作于乾道三年（1167）丁亥，书中尚未见有"诗余"之名。汲古阁本毛开《樵隐词》卷首有王木叔序："《樵隐诗余》一卷，信安毛平仲所作也。……乾道柔兆阉茂阳月，永嘉王木叔题。"③乾道柔兆阉茂，即乾道丙戌年（1166），这是以"诗余"命名词集的明确记录。之后，成书于庆元年间（1195—1200）的王楙《野客丛书》已引用《草堂诗余》，则《草堂诗余》应出现于乾道末年至淳熙年间。陈振孙《直斋书录》载有王十朋词集《梅溪诗余》、廖行之词集《省斋诗余》、林淳词集《定斋诗余》等，这些以诗余名集者，大都在乾道、淳熙年间，说明诗余已是当时流行的一个新名词。④

郑文焯《温飞卿词集考》谓词有专集，"昉于后唐和凝之《红叶稿》……若唐人以长短句原于乐府，类皆附诗集以传，故谓之'诗余'。初未闻别为一集而名之也"⑤。唐代未考见"诗余"之说，北宋中后期至南宋初虽有"诗之余""乐府之余"之说，却没有以"诗余"指称词体的明确记录。直到南宋后期，魏庆之辑《诗人玉屑》卷二十一列"诗余"门，录词话十四则，首次将词话从诗话中分出，单列在"诗余"门类之下，这是目前可见的最早以"诗余"指称词体的记录。刘克庄《丙辰生日回启·诸友词》中亦有"游戏诗余"之说，既可理解为是指称词体，也可理解为是指诗的句式句法，不若《诗人玉屑》以"诗余"指称词体之鲜明直接。宋代文人别集刊行，有时将长短句附于集后，如陈与义《简斋集》十八卷附诗余十八首，高登《东溪集》附诗余十二首，刘克庄《后村居士集》第十九、二十两卷为诗余。宋人词集以"诗余"命名者，主要有《草堂诗余》《省斋诗余》《群公诗余》《梅溪诗余》《定斋诗余》《履斋诗余》《竹斋诗余》《冷然斋诗余》等。其中，《草堂诗余》"奠定了这个过渡时期的名词"⑥。

---

① （宋）苏轼：《苏轼文集》卷六三，中华书局1986年版，第1943页。
② 罗根泽：《中国文学批评史》，上海古籍出版社1984年版，第113页。
③ （宋）毛开：《樵隐词》卷首，《宋六十名家词》本，上海古籍出版社1989年版，第239页。
④ 参见施蛰存《词学名词释义》，中华书局1988年版，第25页。
⑤ （清）郑文焯：《大鹤山人词话》附录《大鹤山人词集跋尾》，《词话丛编》本，第4333页。
⑥ 施蛰存：《词学名词释义》，中华书局1988年版，第25页。

当时"诗余"虽有文体之义,但在宋人诗文评著作中,鲜有称词为"诗余"者。当时刊行的两宋别集附词多标目"乐府""长短句",如庆元二年(1196)吉州本《欧阳文忠公集》附"近体乐府"三卷,乾道间杭郡刊本《淮海集》附"长短句"三卷,宋刊本张孝祥《于湖居士全集》附"乐府"四卷,宋刊本魏了翁《鹤山居士文集》附"乐府"三卷。① 陈振孙《直斋书录解题》卷二一"歌词类"录南宋词集近百种,除《阳春白雪》外,"皆书坊编集者",而名"诗余"者仅五种。除魏庆之《诗人玉屑》以外,在南宋词话和序跋中几乎不见"诗余"之名。据施蛰存考证,宋代词话中提及"诗余"者仅有六次②,说明"诗余"在宋代主要是一种编纂分类法,还不是通行指称词体的名词。

至明代,张綖编撰《诗余图谱》,"诗余"开始作为词之别名而为后世沿用。但是,关于"诗余"的含义,因为词体形态与观念的变化,人们理解不同,聚讼纷纭,或谓词是古诗、乐府之绪余,或谓是唐人绝句之变格。清宋翔凤《乐府余论》说:"谓之余者,以词起于唐人绝句,如太白之《清平调》,即以被之乐府。太白《忆秦娥》《菩萨蛮》,皆绝句之变格,为小令之权舆。"③ 也有反对用"诗余"指称词体的,如汪森《词综序》说:"古诗之于乐府,近体之于词,分镳并骋,非有先后,谓诗降于词,以词为诗余,殆非通论。"④ 理解虽有不同,但多数词家仍把"诗余"作为词的别称,沿用至今。

二 释义

"诗余"一词含义丰富多变,以至人们对于"诗"字与"余"字都有不同的理解。对它们的诠释,不仅体现了人们对词体本质特征的认识,也反映了对词体起源问题的不同看法。

(1)人们将词作为韵文的一种,认为"诗余"是伴随新生音乐而产生的新诗体。它由前代诗歌变化而来,而"前代诗歌"又有不同所指。

或以词源于古诗,以至上溯至《诗经》。唐元稹《乐府古题序》说:"《诗》讫于周,《离骚》讫于楚。是后诗之流为二十四名:赋、颂、铭、赞、文、诔、箴、诗、行、咏、吟、题、怨、叹、章、篇、操、引、谣、讴、歌、曲、词、调,皆诗人六义之余。"⑤ 虽然元稹只是把词当作二十四种文体中的一种,但亦可视为"词为诗余"之滥觞。周必大《书谭该乐府后》认为:"在虞舜时,此体固已萌芽,岂止三代遗韵而

---

① 参见唐圭璋《宋词版本考》,《宋词四考》,江苏文艺出版社1959年版。
② 施蛰存:《词学名词释义》,中华书局1988年版,第24—25页。
③ (清)宋翔凤:《乐府余论》,《词话丛编》本,第2500页。
④ (清)汪森:《词综序》,(清)朱彝尊、汪森编《词综》,上海古籍出版社2005年版,第1页。
⑤ (唐)元稹:《元稹集》卷二三,冀勤校点,中华书局1982年版,第291页。

已。"① 明朱彝尊《水村琴趣序》也认为《南风》《五子之歌》可视为长短句肇端。将词溯源于《诗经》，是传统宗经观念的体现。《诗》之"余音"，首先是指骚赋，如陈去病《笠泽词征自序》云："自风雅道丧，诗余乃兴。含情绵邈，体物浏亮。袭骚选之余音，以比兴为职志。美人香草，阐厥风情；秋月春花，供其陶写。登山临水，隔千里兮怀人；吊古伤今，望星河而饮涕。"② 词之风格、功能与骚赋相近，以词为"骚选之余音"。骚赋也曾配乐吟唱，且楚辞之"辞"与"词"相同，这种说法也可以说言之成理。关键是，词体与诗骚之体式相类，徐釚《词苑丛谈》引丁彭《药园闲话》，以为词体已备于《诗经》：

> 词者，诗之余也。然则，词果有合于诗乎？曰：按其调而知之也。《殷雷》之诗曰："殷其雷，在南山之阳。"此三五言调也。《鱼丽》之诗曰："鱼丽于罶，鲿鲨。"此二四言调也。《还》之诗曰："遭我乎峱之间兮，并驱从两肩兮。"此六七言调也。《江汜》之诗曰："不我以，不我以。"此叠句调也。《东山》之诗曰："我来自东，零雨其濛。鹳鸣于垤，妇叹于室。"此换韵调也。《行露》之诗曰："厌浥行露。"其二章曰："谁谓雀无角。"此换头调也。凡此烦促相宣，短长互用，以启后人协律之原，岂非三百篇实祖祢哉。③

词体中已有三五、二四、六七等句式，与词体之长短句相类，且有"换韵""换头"等手法。在齐言诗体盛行之时代，这种文本层面的近似不能不被注意并被联系在一起。

或以词源于乐府，是从其合乐可歌角度而言，"词为诗余，乐之支也"④。"词为诗余，非徒诗之余，而乐府之余也。"⑤ 北宋黄庭坚《小山集序》说晏几道"独嬉弄于乐府之余，而寓以诗人之句法，清壮顿挫，能动摇人心。……至其乐府，可谓狎邪之大雅，豪士之鼓吹。其合者，《高唐》《洛神》之流；其下者，岂减《桃叶》《团扇》哉！"⑥ 将晏几道小词与楚辞、乐府相提并论，认为其词是"乐府之余波"。王炎《双溪诗余自序》亦云："今之长短句，盖乐府曲之苗裔也。"⑦ 王灼《碧鸡漫志》溯歌词本源而归之雅正，上比古歌、乐府："古歌变为古乐府，古乐府变为今曲子，其本一也。"⑧ "本"即"因所感发为歌，而声律从之"，诗与乐府同本于人之性情："有心则有诗，有

---

① （宋）周必大：《书谭该乐府后》，《文忠集》卷四八，影印文渊阁四库全书本。
② 陈去病：《笠泽词征自序》，《陈去病诗文集》上编，社会科学文献出版社 2009 年版，第 232 页。
③ 徐釚编：《词苑丛谈校笺》，王千里校笺，人民文学出版社 1988 年版，第 13 页。
④ （清）谢元淮：《填词浅说》，《词话丛编》本，第 2509 页。
⑤ （清）谭献：《复堂词录·序》，《词话丛编》本，第 3987 页。
⑥ （宋）黄庭坚：《小山集序》，施蛰存《词籍序跋萃编》，中国社会科学出版社 1994 年版，第 51 页。
⑦ （清）王炎：《双溪诗余自序》，施蛰存《词籍序跋萃编》，中国社会科学出版社 1994 年版，第 170 页。
⑧ 王灼撰：《碧鸡漫志校正》卷一，岳珍校正，巴蜀书社 2000 年版，第 3 页。

诗则有歌,有歌则有声律,有声律则有乐歌。"① 在王灼看来,"诗三百"既是诗又是歌,古诗与古乐府同体异名:"古诗或名乐府,谓之歌也。"徐虇《水云楼词序》云:"诗余之作,盖亦乐府之遗。孤臣孽子,劳人思妇。呼阊阖而不聪,继以歌哭;惧正容之莫悟,矢以曼音。其体卑,其思苦,其寄托幽隐,其节奏啴缓。"② 近代王国维《戏曲考源》亦持"诗余之兴,齐梁小乐府先之"③ 之说。

从可歌及雅正角度而言,以为诗词同出,有推尊词体之意。俞彦《爰园词话》将可歌咏的诗歌都看作是乐府:"词何以名诗余,诗亡然后词作,故曰余也,非诗亡,所以歌咏诗者亡也。词亡然后南北曲作,非词亡,所以歌咏词者亡也。谓诗余兴而乐府亡,南北曲兴而诗余亡者,否也。"④ 如果诗歌到了不能歌咏之时,就不是乐府,因为它失去了乐府功能。词在可以歌咏之时也是乐府,因此不能说"诗余兴而乐府亡"。同样,南北曲兴起之后,诗余只是失去了音乐功能,不能说是"诗余亡"。

词是在乐府基础上发展而来,但不等同于乐府,也不是新乐府。明徐师曾《文体明辨序说》云:"诗余者,古乐府之流别,而后世歌曲之滥觞也。盖自乐府散亡,声律乖阙,唐李白氏始作《清平调》《忆秦娥》《菩萨蛮》诸词,时因效之。厥后行卫尉少卿赵崇祚辑为《花间集》,凡五百阕,此近代倚声填词之祖也。宋初创制渐多,至周待制(邦彦)领大晟府乐,比切声调,十二律各有篇目。柳屯田(永)增至二百余调。一时文士,复相拟作,富至六十余种,可谓极盛,然去乐府远矣。"⑤ 徐世溥《悦安轩诗余序》也说:"乐府变为吴趋越艳,杂以捉搦、企喻、子夜、读曲之属,流为诗余,诗余流为词,词变为曲……诗余者,接乐府,通歌谣,开词曲,合风雅颂之余而为言,所兼岂不大哉?乃其源始于吴声小令。"⑥

或以词源于近体诗、宫体诗。朱熹《朱子语类》卷一四〇云:"古乐府只是诗,中间却添许多泛声。后来人怕失了那泛声,逐一添个实字,遂成长短句,今曲子便是。"⑦ 张德瀛《词征》论小令之源曰:"小令本放七言绝句黟矣,晚唐人与诗并而为一,无所判别。若皇甫子奇《怨回纥》,乃五言律诗一体。刘随州撰《谪仙怨》乃六言律诗一体。冯正中阳春录《瑞鹧鸪》题为《舞春风》,乃七言律诗一体。词之名诗余,盖以此。"⑧ 宋翔凤《乐府余论》曰:

> 谓之诗余者,以词起于唐人绝句,如太白之《清平调》,即以被之乐府。太白

---

① 王灼撰:《碧鸡漫志校正》卷一,岳珍校正,巴蜀书社2000年版,第1页。
② (清)徐虇:《水云楼词序》,冯乾编校《清词序跋汇编》,凤凰出版社2013年版,第1337页。
③ 王国维:《戏曲考原》,《王国维戏曲论文集》,中国戏剧出版社1984年版,第163页。
④ (明)俞彦:《爰园词话》,《词话丛编》本,第399页。
⑤ 徐师曾:《文体明辨序说》,人民文学出版社1962年版,第164页。
⑥ (明)徐世溥:《悦安轩诗余序》,陈梦雷《古今图书集成·文学典》,鼎文书局1977年版,第2413—2414页。
⑦ (宋)黎靖德编:《朱子语类》卷一四〇,王星贤点校,中华书局1986年版,第3333页。
⑧ 张德瀛:《词徵》,《词话丛编》本,第4079页。

《忆秦娥》《菩萨蛮》皆绝句之变格，为小令之权舆，旗亭画壁赌唱，皆七言断句。后至十国时，遂竞为长短句，自一字、两字至七字，以抑扬高下其声，而乐府之体一变，则词实诗之余，遂名之曰诗余。①

从齐言到长短句之演变，一般认为是声音填实所致。不论散声、泛声、虚声还是和声，都因乐谱节奏不如五七言诗整齐，演唱时为使乐曲与歌词配合协调，便在原乐曲之外根据需要添加装饰音，以增强音乐效果。如近人刘毓盘《词史》考证唐玄宗词《好时光》，原是五言诗，因在演唱时添加散声，又把散声填实为字句，便成为长短句之词。

（2）词为诗的衰变，是诗之余绪剩义。明沈际飞《〈草堂诗余四集〉序》说："诗至于唐而格备，至于绝句而体穷。宋不得不变而之词，元不得不变而之曲，此以体裁贬词者也。"② 陈匪石《声执》卷上云："或谓为绪余之余，胡仔曰：'唐初歌词，皆五七言诗，自中叶以后，至五代，渐变为长短句，至本朝而尽为此体。'张炎之说亦同，《药园词话》因之，遂追溯而上。……此谓词源于诗，由诗而衍，与骚赋同，班固以赋为古诗之流，说者即以词为诗之余事矣。"③ 张綖以词为诗人之绪余："凡古人之文，有绪余，有精华，有源本。……（秦少游）逸兴豪情，围红袖而写乌丝，驱风雨于挥毫，落珠玑于满纸，婉约绮丽之句，绰乎如步春时女，华乎如贵游子弟，此特公之绪余耳。"④ 词人以词言情，以此来解释"诗余"，这与苏轼评张先词为"诗之裔""余技"本意相同，也与南宋以词为诗人"余事"的说法相通。

何良俊《草堂诗余序》云："夫诗余者，古乐府之流别，而后世歌曲之滥觞也。"何氏认为先秦诗、乐合体，汉兴则诗、乐分立，"总而核之，则诗亡而后有乐府，乐府阙而后有诗余，诗余废而后有歌曲"⑤ 徐师曾《文体明辨序说》誉之"真知言哉"。俞彦《爰园词话》提出"诗亡然后词作，故曰余也，非诗亡，所以歌咏诗者亡也"，"五代至宋，诗又不胜方板，而诗余出。"⑥ 词体出现是因为近体诗不能适应音乐变化，以致"歌咏诗者亡"，于是词继起承担诗的"歌咏"功能。《四库全书总目》"御选历代诗余提要"条谓："诗降而为词，始于唐。若《菩萨蛮》《忆秦娥》《忆江南》《长相思》之属，本是唐人之诗，而句有长短，遂为词家权舆，故谓之诗余。"⑦ 这种解释其实是以"词为小道"为认知基础的，正如焦循《雕菰楼词话》所说："谈者多谓词不可学，

---

① （清）宋翔凤：《乐府余论》，《词话丛编》本，第2500页。
② （明）沈际飞：《〈草堂诗余四集〉序》，张璋等《历代词话》，大象出版社2002年版，第495页。
③ 陈匪石：《声执》卷上，《词话丛编》本，第4925页。
④ 周羲敢等：《秦观集编年校注》附录《己亥本张綖序》，人民文学出版社2001年版，第881页。
⑤ （明）何良俊：《草堂诗余序》，施蛰存《词籍序跋萃编》卷八，中国社会科学出版社1994年版，第670页。
⑥ （明）俞彦：《爰园词话》，《词话丛编》本，第399—400页。
⑦ （清）永瑢：《四库全书总目》卷一百九十九"御选历代诗余"，《文渊阁四库全书》本。

以其妨诗、古文，尤非说经尚古者所宜。"① 因为心态上轻视，故以庸俗无聊的题材寄于其中。夏承焘就指出："宋人之称'诗余'，或许也有对诗仰攀的意思。不管自谦也好，仰攀也好，实质上总是把词看得比诗低一等。"②"诗余"的出现虽然"意味着当时已把曲子词作为诗的剩余产物"，但其客观效果却是"已把它从诗的领域中离析出来了"。③

（3）因为词的情文乃至节奏都比诗有盈余，表现力胜过诗歌，故"余"为"盈余"之意。沈际飞《诗余四集序》云："词吸三唐以前之液，孕胜国（元朝）以后之胎，斟量推按，有为古歌谣辞者焉，有为骚赋乐府者焉，有为五七言古者焉，有为近体歌行者焉，有为五七言律者焉，有为五七言绝者焉。……故诗余之传，非传诗也，传情也。传其纵古横今，体莫备于斯也。"④ 对于词体之优长，陈廷焯《白雨斋词话自序》指出："后人之感，感于文不若感于诗，感于诗不若感于词。诗有韵，文无韵。词可按节寻声，诗不能尽被弦管。"⑤ 晚清况周颐《蕙风词话》亦云："诗余之'余'，作赢余之'余'解。唐人朝成一诗，夕付管弦，往往声希节促，则加入和声。凡和声皆以实字填之，遂成为词。词之情文节奏，并皆有余于诗，故曰'诗余'。"况周颐并引沈约《宋书》"吴歌杂曲，始皆徒歌，既而被之管弦，又因弦管金石作歌以被之"之句，谓"填词家自度曲，率意为长短句，而后协之以律，此前一法也。前人本有此调，后人按腔填词，此后一法也"⑥。陈匪石《声执》也附和况周颐之说："'歌曲若枝叶始敷，于词则芳华益茂。'即所以引申有余于诗者也。"⑦ 虽然只就"芳华益茂"一端来说明词"有余"于诗，但已不同于词由诗降的成说了。

沈修《彊村丛书序》引王梦湘释"诗余""非五七言之余，《三百篇》之余也"，并论述说："体曾非亵道，曾非小巧，得风教雅正颂容之妙，虽谓代兴《三百》，曾何不可？"⑧ 邵瑞彭《红树白云山馆词草序》亦谓："昔人命词曰诗余，盖其和声成文，导源比兴。"⑨ 皆释"余"为诗之"苗裔""流别"。蒋兆兰《词说》则将"余"理解为"余兴"，认为"以词为秽墟，寄其余兴"有悖于《诗三百》的"兴观群怨之旨"，"宜亟正其名曰'词'"。⑩ 针对蒋氏的看法，况周颐将"余"新释为"赢余"："词以情文节奏，并皆有余于诗，故曰'诗余'。世俗之说，若以词为诗之剩义，则误解此'余'字

---

① 焦循：《雕菰楼词话》，《词话丛编》本，第1491页。
② 夏承焘：《"诗余"论——宋词批判举例》，《文学评论》1966年第1期。
③ 施蛰存：《词学名词释义》，中华书局1988年版，第4—5页。
④ （明）沈际飞：《诗余四集序》，金启华等《唐宋词集序跋汇编》，台湾商务印书馆1993年版，第399—400页。
⑤ （清）陈廷焯：《白雨斋词话·自序》，《词话丛编》本，第3750页。
⑥ （清）况周颐：《蕙风词话》卷一，《词话丛编》本，第4406、4405页。
⑦ 陈匪石：《声执》，张璋等《历代词话续编》，大象出版社2005年版，第619页。
⑧ 沈修：《彊村丛书序》，《彊村丛书》，广陵书社2005年版，第7页。
⑨ 邵瑞彭：《红树白云山馆词序》，《红树白云山馆词》，民国二十三年刻本。
⑩ 蒋兆兰：《词说》，《词话丛编》本，第4631页。

矣。"① 这同样可将词上溯到"诗三百",康熙帝就指出词在依永、和声上与《尚书·尧典》所言相合。谭献说得明白:"词为诗余,非徒诗之余,而乐府之余也。……乐经亡而六艺不完,乐府之官废而四始六义之遗,荡焉泯焉!夫音有抗坠,故句有长短;声有抑扬,故韵有缓促。生今日而求乐之似,不得不有取于词矣。"② 将"诗余"上溯到古诗,已比附于"四始""六义"。

焦循《与欧阳制美论诗书》说:"晚唐以后,始尽其词而情不足,于是诗文相乱,而诗之本失矣。然而性情不能已者,不可遏抑而不宣,乃分而为词,谓之诗余。"③ 未尝不可聊备一说。钱锺书《谈艺录》指责焦循"诗文相乱云云,尤皮相之谈",未免矫枉过正。查礼《铜鼓书堂词话》云:"情有文不能达,诗不能道者,而独于长短句中,可以委宛形容之。"④ 王国维《人间词话》亦云:"词之为体,要眇宜修,能言诗之所不能言,而不能尽言诗之所能言,诗之境阔,词之言长。"⑤ 词有诗文所不能道及之声情,正是词之所"余"之处。钱允治《〈国朝诗余〉序》云:"词者诗之余也,曲又词之余也。李太白有《草堂集》,载《忆秦娥》《菩萨蛮》二调,为千古词家鼻祖。故宋人有《草堂诗余》云。……然词者诗之余也,词兴而诗亡。诗非亡也,事理填塞,情景两伤者也。"⑥

(4) 以词是诗文之余事。王灼《碧鸡漫志》卷二云:"东坡先生以文章余事作诗,溢而作词曲,高处出神入天,平处尚临镜笑春,不顾侪辈。"⑦ 苏轼是用作文章的"余事"来作诗,而又用这个"余事"之余来作词,因此,"余"既可以说是才华之"余",也可以说是文法之"余",亦可以说是写作时间精力之"余",尚无明确指称文体之意。

以词为诗人之余事,在宋代较为常见,如罗泌跋《欧阳文公近体乐府》谓欧阳修"吟咏之余,溢为歌词",孙兢《竹坡词序》称周紫芝"嬉笑之余,发为乐章",关注《题石林词》谓叶梦得"翰墨之余,作为歌词"。胡寅《题酒边词》也有类似看法:"名曰曲,以其曲尽人情耳。方之曲艺,犹不逮焉,其去曲礼则益远矣。"⑧ 陆游《跋后山居士长短句》也有"陈无己诗妙天下,以其余作辞,宜其工矣"⑨ 之说,与苏轼"诗笔余波"之说相类。陆游曾为其词集作序时说:"风、雅、颂之后,为骚、为赋、为典、为引、为行、为谣、为歌,千余年后,乃有倚声制辞,起于唐之季世。则其变愈薄,可胜叹哉!予少时汩于世俗,颇有所为,晚而悔之。然渔歌菱唱,犹不能止,今绝笔已数年,念旧作终不可掩,因书其首以识吾过。"甚至责唐末五代的花间词人说:"方

---

① (清)况周颐:《蕙风词话》卷一,《词话丛编》本,第4406页。
② (清)谭献:《复堂词录序》,《词话丛编》本,第3988页。
③ 焦循:《雕菰楼集》卷十四《与欧阳制美论诗书》,苏州文学山房木活字本。
④ (清)查礼:《铜鼓书堂词话》,《词话丛编》本,第1481页。
⑤ 王国维:《人间词话》,人民文学出版社1960年版,第226页。
⑥ (明)钱允治:《〈国朝诗余〉序》,张璋等《历代词话》(上),大象出版社2002年版,第494页。
⑦ 岳珍:《碧鸡漫志校正》卷二,巴蜀书社2000年版,第34页。
⑧ (宋)胡寅:《斐然集》卷十九,中华书局1993年版,第403页。
⑨ (宋)陆游:《跋后山居士长短句》,《陆游集》,中华书局1976年版,第2247页。

斯时，天下岌岌，生民救死不暇，士大夫乃流宕如此，可叹也哉！"①

　　人们所说的"诗余"之"余"，就是吟咏之余。以作诗之余力余时来作词，与诗的正经正统了不相干。当时词人们竞相以"诗余"来冠名自家的词集，如韩元吉《南涧诗余》、王之望《汉滨诗余》、汪莘《方壶诗余》、杨冠卿《客亭诗余》等。诗的功能是讽喻，有补国政，作诗词相对于立德、传道，都是次要的事。韩愈《和席八十二韵》诗云："多情怀酒伴，余事作诗人。"欧阳修《六一诗话》也说："退之笔力，无施不可，而尝以诗为文章末事，故其诗曰'多情怀酒伴，余事作诗人'也。然其资谈笑，助谐谑，叙人情，状物态，一寓于诗，而曲尽其妙。"② 宋人陈世修《阳春集序》甚至指出当时词作不过是用来"娱宾而遣兴"的："公以金陵盛时，内外无事，朋僚亲旧，或当宴集，多运藻思，为乐府新词，俾歌者倚丝竹而歌之，所以娱宾而遣兴也。"③

　　其实，不仅诗词在一些人眼中是"余事""余技"，甚至包括书、画等都是形而下的游戏。苏轼在《文与可画墨竹屏风赞》中说："与可之文，其德之糟粕，与可之诗，其文之毫末。诗不能尽，溢而为书，变而为画，皆诗之余。"又《题张子野诗集后》云："张子野诗笔老妙，歌词乃其余技耳。"④ 李之仪《跋吴思道小词》曰："长短句于遣词中最为难工……晏元献、欧阳文忠、宋景文，则以其余力游戏，而风流闲雅，超出意表。"⑤ 因此，《四库全书总目提要》说："词、曲二体，在文章、技艺之间。厥品颇卑，作者弗贵，特才华之士以绮语相高耳。"⑥ 夏承焘也指出所谓"诗余"，一指诗歌之闰余，不登大雅之堂，乃是诗人的德行、文章之余；二指诗人以诗的余力、余兴作词，乃是游戏笔墨。⑦

　　此外，也有人认为填词者多借用诗韵，故以"诗余"名之。⑧ 彭玉平认为也可从音乐角度来考量诗与词的关系："词与诗相比，所'余'者何？乃所谓和声、泛声、虚声、散声也。"⑨ 这与沈括《梦溪笔谈》卷五记载相合："诗之外又有和声，则所谓曲也。古乐府皆有声、有词，连属书之，如曰'贺贺贺''何何何'之类，皆和声也。今管弦之中有缠声，亦其遗法也。唐人乃填词入曲中，不复用和声。此格虽云自王涯始，然贞元、元和之间为之者已多，亦有在涯之前者。"⑩ 和声的作用在于形成音乐谐和、顺气的特点，但和声原本应是有声无词。《竹枝》与《采莲子》都属有和声之调，和声从"直借文字为符号，以记录其声"，到"声义兼备"，体现了由声到义的转变。"词与

---

①　(宋) 陆游：《陆游集》，中华书局1976年版，第2101、2277页。
②　(宋) 欧阳修：《六一诗话》，何文焕辑《历代诗话》，中华书局2004年版，第272页。
③　(宋) 陈世修：《阳春集序》，《全宋文》(第76册) 卷一六六一，第144页。
④　(宋) 苏轼：《苏轼文集》卷六八，中华书局1986年版，第2146页。
⑤　(宋) 李之仪：《姑溪居士文集》卷四〇《跋吴思道小词》，《文渊阁四库全书》本，第2—3页。
⑥　(清) 永瑢等：《四库全书总目》卷一九八，中华书局1965年版，第1807页。
⑦　参见夏承焘《"诗余"论——宋词批判举例》，《文学评论》1966年第1期。
⑧　参见张德瀛《词征》卷三，《词话丛编》本，第4121页。
⑨　彭玉平：《诗余考》，《汕头大学学报》2006年第3期。
⑩　(宋) 沈括：《梦溪笔谈》卷五，上海书店出版社2003年版，第38页。

诗相比，不在音乐的差异，而在虚声与实字的关系，将声诗中的虚声填入实字，则形成以长短句为主要句式特点的词体了。诗余之'余'正在此处。"[1] 由此，可以理解谢章铤之说："夫所谓诗余者，非谓凡诗之余，谓唐人歌绝句之余也。……故余者，声音之余，非体制之余。然则词明虽与诗异体，阴实与诗同音矣。"[2] 这种说法是对"诗余"的一种附会，已与其本义相差较大了。

三 平议

人们在对一种名词概念进行诠释的同时，也是根据当时的文体形态与观念不断进行知识重构的过程。它的含义虽然有不同甚至相互矛盾之处，但共同构成了"诗余"的丰富内涵，有助于我们完整地理解其内涵、本质与功能。通过考察"诗余"说的形成与演变，也可以借以考见不同时期的词体观念的变化，以及从词体视角尤其诗词、诗乐关系角度重新审视文学史上的一些常见问题，从而有新的发现与思考。

首先，"诗余"说体现了一元化的文体观，将所有相近文体都关联起来，给我们提供了一个从词体角度审视歌诗发展史的新视角。以词为诗余，以此类推，所有后起的歌诗种类是否都可以说是前一种歌诗的"余"体呢？秦士奇《草堂诗余序》主张："自《三百》而后，凡诗皆余也。即谓骚赋为诗之余，乐府为骚赋之余，填词为乐府之余，声歌为填词之余。递属而下，其声歌亦诗之余；转属而上，亦诗而余声歌。即以声歌、填词、乐府，谓凡余皆诗可也。"[3] 由此，这种"诗余"观念与词体的独立性，甚至各种歌诗体式的独立性之间形成了一种比较明显的矛盾状态，此前诸家对"诗余"的诠释便不免要受到质疑。这种观念其实是传统大文体观的一种体现，即希望将不同文体都纳入一个系统中，从而获得完整统一的把握。诚如彭玉平所论：

> 在古人的观念中确乎存在着一个"大韵文"概念，在这种大韵文系统中，诗歌是处于至尊而且主流的地位的，甚至别子为祖，不复归宗了，后起的韵文文体便不可避免地被视为诗歌的支流或派生文体，不仅词被称为"诗余"，元以后的散曲也有被称为"词余"的。这种以"余"来相称的习俗，隐含着诗歌统领地位的稳固，以致在新的学科体系产生之时，"诗学"也由此涵盖了"词学"与"曲学"。[4]

词作为诗歌的一种而被称为"诗余"，曲又是继词之后出现的一种新诗体，所以有

---

[1] 彭玉平：《诗余考》，《汕头大学学报》2006 年第 3 期。
[2] （清）谢章铤：《赌棋山庄词话》卷八，《词话丛编》本，第 3422—3423 页。
[3] （明）秦士奇：《古香岑草堂诗余序》，祝尚书《宋人总集叙录》卷五，中华书局 2004 年版，第 231 页。
[4] 彭玉平：《诗余考》，《汕头大学学报》2006 年第 3 期。

"词余"之称。明王世贞《曲藻》云:"曲者,词之变。"① 其实在这种文体观念中,总是带有主从之分,后面出现的文体成了前一种文体的余绪。杨旭曾指出"长短句"是从形态上对词体进行分类,而"诗余"是从词与诗的关系角度对词体的归类,"认为词体是'诗之余事''诗之余绪',是在承认'诗大词小',尊诗体为正宗,隐含了宋人对词体的价值判断。词为诗之'苗裔'。先有诗后有词,是不争的事实,称词为'诗余'有这一历史现实为依据,亦正是因为这一历史现实,宋人将词称作'诗余',隐含'词为小道'的文体观念"②。诗余的产生是以诗为参照标准来命名的,体现了诗主词从、词为诗余的观念。由此类推,则许多诗体都可以说是以《诗经》为源头的。《诗经》是我国最早的一部诗歌总集,说词有着《诗经》、古诗、律、绝的传统也合乎事实。但是承认词和《诗经》、古诗、律、绝有一定渊源、传统关系,不等于说词就是诗余,故汪森《词综序》也指出:"谓诗降为词,以词为诗之余,殆非通论。"③

其次,主张词源于诗、乐府,本来是为了推尊词体,矫正词为"艳科""小道""薄技"的偏见。陈仁锡《草堂诗余序》云:"诗者,余也。无余无诗,诗曷余哉?东海何子曰:'诗余者,古乐府之流别,而后世歌曲之滥觞也。元声在则为法省而易谐,人气乖则用法严而难叶。'余读而韪之。及又曰:'诗亡而后有乐府,乐府缺而后诗余,诗余废而后有歌曲。'……凡诗皆余,凡余皆诗。"④ 古诗、乐府、声诗、词、曲,从其歌诗本质与功能来说,都可以说是《诗经》一脉的支流,但这种渊源关系不等于是从《诗经》直接演变为词体,不能从文本或歌词角度比较而得出词起源于《诗经》的结论。相反,这种上溯反而是为了推尊词体,提升词的文学地位,以摆脱词为"小道""艳科"的讥评。

事实上,"诗余"说揭示了词的文体特征与功能,从与古诗、乐府联系的角度确立了词体的独立性。陈子龙《幽兰草题词》说:"词者,乐府之衰变而歌曲之将启也。"⑤ 詹安泰也指出:"(词)名称体制,俱为异域之所无;循名核实,岂可混同于诗歌!而或以派入诗歌一类,似亦未为精确也。"⑥ 这些诠释反映了词体形态的演变及功能的多样,综合而言是相互统一的。王士禛《衍波词自序》说:"夫诗之必有余,与经之必有骚,骚之必有古诗、乐府,古诗、乐府之必有歌行、近体、绝句,其致一也。"⑦ 一些词论家从文体形态方面来讨论《诗》、乐府、六朝宫体与词的关系,正是认为词的长短句形态源于《诗经》,是诗这种文体形态的演变与发展。

---

① (明)王世贞:《艺苑卮言·附录》,《中国古典戏曲论著集成》(四),中国戏剧出版社1959年版,第27页。
② 杨旭:《"曲子"、"长短句"、"诗余"与宋人对词体的归类认识》,《人文丛刊》2013年第7辑,第305—306页。
③ (清)汪森:《词综序》,(清)朱彝尊、汪森编《词综》,上海古籍出版社2005年版,第1页。
④ (明)陈仁锡:《类笺释草堂诗余序》,祝尚书《宋人总集叙录》卷五,中华书局2004年版,第227页。
⑤ (明)陈子龙:《幽兰草题词》,《清词续跋汇编》(第1册),凤凰出版社2013年版,第1页。
⑥ 詹安泰:《中国文学上之倚声问题》,《詹安泰词学论集》,汕头大学出版社1997年版,第1页。
⑦ (清)王士禛:《衍波词自序》,《清词续跋汇编》(第1册),凤凰出版社2013年版,第18页。

再次，观念与视角的不同，造成了人们对词体及其起源的看法不同。从推尊词体的观念出发，很多人明确反对将"诗余"作为"赢余""绪余"来解释。况周颐《蕙风词话》明确反对"词为诗之剩义"，认为诗余来源于唐诗，"唐人朝成一诗，夕付管弦，往往声希节促，则加入和声。凡和声皆以实字填之，遂成为词。词之情文节奏，并皆有余于诗，故曰诗余。世俗之说，若以词为诗之剩义，则误解此'余'字矣"①。李调元进一步认为词并不是诗之余，而是诗歌之源，其《雨村词话》论曰：

  词非诗之余，乃诗之源也。周之颂三十一篇，长短句属十八；汉《郊祀歌》十九篇，长短句属五；至《短箫铙歌》十八篇，皆长短句，自唐开元盛日，王之涣、高适、王昌龄绝句流播旗亭，而李白《菩萨蛮》等词亦被之管弦，实皆古乐府也。诗先有乐府而后有古体，有古体而后有近体，乐府即长短句，长短句即古词也。故曰：词非诗之余，乃诗之源也。②

谢章铤《与黄子寿论词书》也指出："词之兴也，大抵由于尊前惜别、花底谈心，情事率多亵近。"③ 由于余事、余力、剩义等相对负面的价值判断一度成为主流，并由此产生了关于词的起源和特质方面的诸多问题。一方面是将词作为诗的下降，另一方面又认为词的表现力较诗丰富，其实包含自谦与自尊的情感在内。故钱锺书《谈艺录》云："不知'诗余'之名，可作两说：所余唯此，外别无诗，一说也；自有诗在，羡余为此，又一说也。"④

此外，明清学者对"诗余"的不同诠释，反映了词体地位的进一步提升。词体盛行于唐宋，但一直不断遭受质疑之声和鄙薄之情。刘克庄《黄孝迈长短句》说："为洛学者皆崇理性而抑艺文，词尤艺文之下者也。昉于唐而盛于本朝。秦郎'和天也瘦'之句，脱胎李贺语尔，而伊川（程颐）有亵渎上穹之诮。岂唯伊川哉！秀上人罪鲁直劝淫，冯当世顾小晏损才补德。故雅人修士相戒不为。"⑤ 正因为词为小道，"雅人修士相戒不为"，晏殊身为宰相之尊而作小词，曾受到王安石的嘲笑和责难。王安石初为参知政事，闲日因阅读晏元献公小词而笑曰："为宰相而作小词，可乎？"时吕惠卿为馆职，亦在座，遽曰："为政必先放郑声，况自为之乎？"⑥

明清之世，"词为小道"的观念被打破。汤显祖《玉茗堂选花间词序》说："古诗之于乐府，律诗之于词，分镳并骋，非有先后。有谓诗降而词，以词为诗之余者，殆

---

① （清）况周颐：《蕙风词话》，《词话丛编》本，第4405页。
② （清）李调元：《雨村词话》，《词话丛编》本，第1436页。
③ （清）谢章铤：《与黄子寿论词书》，刘荣平《赌棋山庄词话校注》，厦门大学出版社2013年版，第434页。
④ 钱锺书：《谈艺录》，中华书局1984年版，第29页。
⑤ （宋）刘克庄：《黄孝迈长短句》，《后村先生大全集》卷一〇六，《四部丛刊》本，商务印书馆1919年版。
⑥ （宋）魏泰：《东轩笔录》卷五，中华书局1983年版，第52页。

非通论。"① 清初陈维崧《今词选序》明确提出"词非小道",沈祥龙《论词随笔》也指出以词为"小技",非深知词者,认为南宋词人辛弃疾、陈亮之慷慨悲凉,王沂孙、张炎之委婉顿挫,皆伤时感事,"上与《风》《骚》同旨,可薄为小技乎?若徒作侧艳之体、淫哇之音,则谓之小也亦宜"。② 清人纷纷批判"以词为小道"的成见,如王昶转述沈祥龙之说:"世以填词为小道,此扪籥扣槃之见,非真知词者。词至碧山、玉田,伤时感事,上与《风》《骚》合旨,小道云乎哉?"③ 丁绍仪《听秋声馆词话》卷九引风骚以比附、推尊词体:

> 世人动以词为小道,且以情语艳语为深戒,甚或以须有关系之论,概及于词。抑知夫子删《诗》,以二南冠首,岂无意哉。正唯家庭之内、情意真挚,充类至尽,而后国治天下平。况《离骚》之芳草美人,即《国风》之《卷耳》、淑女(即《关雎》)。古人每借闺襜以寓讽刺,词之旨趣实本风骚。④

甚至宋人所说的"余事"也成了推尊词体的佐证,陆鎣《问花楼词话》云:"词虽小道,范文正、欧阳文忠尝乐为之。考亭大儒亦间有作。盖古人流连光景,托物起兴,有宜诗者,有宜词者。"⑤ 朱彝尊《红盐词序》云:"词虽小技,昔之能儒巨公往往为之。益有诗所难言者,委曲倚之于声,其词愈微而其旨益远。善言词者,假闺房儿女之言,通之于《离骚》《变雅》之义,此尤不得于时者所宜寄情焉耳。"⑥ 清人否定"词为小道"的词学观,一直延及近代词论。蒋兆兰《词说》云:"词虽小道,然极其至,何尝不是立言?盖其温厚和平,长于讽喻,一本兴观群怨之旨,虽圣人起不易其言也。"⑦ 词体地位的提升,一方面是创作主体由乐工伶人转移到了文人雅士,其功能由佐酒侑觞转为唱和交谊,具有了诗之功能;另一方面是曲、剧、小说等俗文学的兴起,取代了曾经词体的位置而成了新的大众文艺,转移了批评家的视线。因此,清代之后,词为小道、艳科之说稍停,诗词同尊,成了文人雅士之所好。

最后,历代学人对"诗余"的不同诠释,有助于我们全面认识词体和把握其本质功能,重估词体的文学价值与历史地位。"诗余"这种比附性说法为诗、词、曲等而下之排了座次,给人造成词体格调不高之感。随着词体逐步推尊,才最终取得了与诗平等的地位。明清学者对诗降为词进行反思,反对将后世文体称为前世文体的衰变,这种观念也为曲剧、小说等俗文学地位的提升提供了资鉴。毛先舒《填词名解》也说:

---

① (清)冯金伯:《词苑萃编》卷一,《词话丛编》本,第1764页。
② (清)沈祥龙:《论词随笔》,《词话丛编》本,第4059页。
③ (清)吴衡照:《莲子居词话》卷四,《词话丛编》本,第2476页。
④ (清)丁绍仪:《听秋声馆词话》卷九,《词话丛编》本,第2688—2689页。
⑤ (清)陆鎣:《问花楼词话》,《词话丛编》本,第2537页。
⑥ (清)朱彝尊:《曝书亭集》卷四十《陈纬云〈红盐词〉序》,《文渊阁四库全书》本。
⑦ 蒋兆兰:《词说》,《词话丛编》本,第4638页。

"填词不得名诗余,犹曲自名曲,不得名词余。又诗有近体,不得名古诗余,楚骚不得名经余也。盖古歌者皆作者随意造之,歌者寻变入节,传之以声而歌,故乐有谱歌无谱也。后世歌法渐密,故作定例而使作者按例以就之,平平仄仄,照调制曲,预设声节,填入辞华,盖其法自填词始。故填词本按实得名,名实恰合,何必名诗余哉。"①清蒋兆兰《词说》对前人的"诗人之余"观念进行了总结,主张推尊词体,为词体张本:

  诗余一名,以《草堂诗余》为最著,而误人为最深。所以然者:诗家既已成名,而于是残鳞剩爪,余之于词;浮烟涨墨,余之于词;诙嘲亵诨,余之于词;怼戾谩骂,余之于词;即无聊酬应,排闷解醒,莫不余之于词。亦既以词为秽墟,寄其余兴,宜其去风雅日远,愈久而弥左也,此有明一代词学之蔽。成此者,升庵、凤洲诸公,而致此者,实"诗余"二字有以误之也。今亟宜正其名曰词,万不可以"诗余"二字自文浅陋,希图卸责。②

  沈祥龙《论词随笔》也认为词为诗余,当发乎情,止乎礼义,"词导源于诗,诗言志,词亦贵乎言志"③。康熙帝玄烨《历代诗余序》主张诗余之作,要皆昉于诗、谐于声,与诗三百同为"思无邪"之作。"诗余"作为"诗之余脉",具有诗一样的"无邪"宗旨和"诗教"功能,理当获得与诗同等地位。随着历代词集的整理与律谱的编纂,尤其清词创作的振兴,加以有比其更为"卑弱"的曲体的衬托,词终于在诗歌领域独占一席而不遑多让,甚至成了"一代之文学"的代表。词为诗余、诗尊词卑之说成为过去式,"诗余"最终取得了与诗平起平坐的同等地位。近代以来,文学改良运动中提倡新文体、白话文和大众语,长短句之词因其与新文学在形式上更为接近而备获青睐,推动了民国词的创作、整理与研究热潮,涌现了一批成就卓著的词学大家,词之地位较诗甚至还各擅胜场。

---

① (明)毛先舒:《潠书》卷四《填词名解》,清康熙思古堂十四种刻本。
② 蒋兆兰:《词说》,《词话丛编》本,第4631页。
③ (清)沈祥龙:《论词随笔》,《词话丛编》本,第4047页。

论石涛"神遇"说的创作构成论意义

张 逸[*]

(广西师范大学设计学院 广西 桂林 541004)

摘 要: 石涛"神遇"说旨在阐发中国绘画艺术主客体心灵的交流会通。从庄子"神遇而不以目视"到石涛"山川与予神遇而迹化",其渊源发展不仅融入道家"自然""无为"之道,而且汇通儒家强调主体进取创造精神之理,落实在其"一画"说与"画从心"说基础上,聚焦于艺术感悟理论阐发,构建文艺创作之心物交感、神与物游、应感妙悟、情景交融、意与境偕、人文化成、笔与墨会等内涵外延与理论构成,具有深远的创作实践与文艺理论意义。

关键词: 石涛;《画语录》;"神遇";"迹化";创作构成;艺术感悟

石涛(1642—1707),原名朱若极,广西桂林人,明藩靖江王朱守谦后裔,朱亨嘉子。后削发为僧,法名原济,一作元济。小字阿长,字石涛,号大涤子、小乘客、清湘遗人、瞎尊者、零丁老人、苦瓜和尚等,为清初著名画家、画论家,著有《画语录》闻名于世。

石涛在其《画语录·山川章第八》中提出"神遇"说,使"神遇"成为其画学理论体系中的重要概念及其不可分割的组成部分。"神遇"是中国古代文艺创作中的一种现象、状态、情态,也是中国古代文论美学的一个概念、观念、观点。自先秦庄子提出"神遇"一词后,历代传承弘扬者不绝如缕,魏晋南北朝以后进入书画创作及其书论画论中,成为中国古代文艺发展的一道独特景观。石涛以"山川"论"神遇",不唯具有"山川与予神遇而迹化也"[①]的山水画创作的特殊性,而且具有"心物交感"与"应感""妙悟"的文艺创作的普遍性;石涛"神遇"说不仅与道家之"神遇""自然""无为""天籁""虚静""心斋""坐忘""物化"等思想观念紧密相关,而且也与儒家

---

[*] 张逸(1983—),男,湖北黄冈人,广西师范大学设计学院讲师,艺术学硕士,研究方向:影视与摄影艺术、美术史论。基金来源:2013年教育部人文社科项目"文学批评机制研究"(项目批准号:13YJA751063)。

① 石涛:《画语录》,俞剑华编著《中国画论类编》上卷,人民美术出版社1956年版,第147—160页。以下本文所引石涛《画语录》引文均出自该书,不再注明出处。

的"知者乐水,仁者乐山"之"比德"说有所关联,更与中国古代文艺范畴命题"意境""韵味""气韵""妙悟""神似""意会""虚实相生""形神兼备""情景交融""意与境偕"等旨趣有异曲同工之妙;石涛"神遇"说不仅与其所论"墨海中立定精神""生活之神""见用于神""能贯山川之形神""荐灵也以神"等内涵实质相同、相近,而且与其"一画""画从心""无法而法""变化""自有我在""蒙养""生活""尊受""资任"诸说具有内在逻辑性。因此,将石涛"神遇"说放在其画学理论体系及其中国古代文艺理论体系中进行研究是非常必要的;将"神遇"作为画学理论范畴研究,以深入发掘其理论内涵,厘清其思想渊源与理论构成,阐发其理论价值意义,也是十分必要的。

一 "神遇"溯源及其概念内涵外延阐释

"神遇"之"神"在石涛画论中是一个频繁出现的词,如"精神""凝神""入神""神会""神髓""神奇""远神"等,集中体现石涛绘画思想及其画学理论精神实质。因此,理解"神遇"的内涵外延,必须首先从"神"的含义阐释入手。

先言"神"。《说文》释曰:"天神,引出万物者也,从示、申,食邻切。"[①]《说文解字译述》解释:"古文字中,'神'最初单作申,字形象闪电之宛转,古人蒙昧,见雷电之震猛,因以制字。后加形符示。"[②]"神"本义和原义指天神、神灵、鬼神,最初是在原始社会人与自然关系中,以及图腾崇拜、巫术仪式、原始宗教中产生的超越人与自然之上的神秘莫测而又威力无穷的神灵力量,成为原始人所崇拜敬畏的对象,人类发生发展经历过"泛神论""多神论""一神论""无神论"等阶段。当人类进入文明社会后,随着生产力及人类对自然认识的提高,也随着巫史分离、神人以和、天人合一观念演进,以及"神事"逐渐转化为"人事","神"这一概念也被转借到用以指称人的精神意识上,以及扩展到万事万物的实质内涵上,成为相对于事物"形"而言之"神",相对于事物外观形态而言之内在实质与精神内涵,衍生出精神、神气、神韵、神意、神志、神往、神明、神情、神秘、神奇、神妙、神游、神伤、神通、神思、神会、神交、神采、神色、传神等概念,其含义具有多义性与复指性。《辞源》将其分为五个方面义项,一是"天神,神灵。《周礼·春官·大司乐》:'以祀天神。'注:'谓五帝及日月星辰也。'也指人死后的魂灵。《楚辞》屈原《九歌·国殇》:'身既死兮神以灵,字魂魄兮为鬼雄。'"二是"谓事理玄妙,神奇。《易·系辞》上:'阴阳不测之谓神。'注:'神也者,变化之极,妙万物而为言,不可形诘者也。'"三是"指人的意识和精神。《荀子·天论》:'天职既立,天功既成,形具而神生。'《文选》南朝梁江文通(淹)《别赋》:'造分手而衔涕,感寂寞而伤神。'"四是"谓表情气色。《后汉书·刘宽

[①] (东汉)许慎:《说文解字》,天津市古籍书店 1991 年版,第 8 页。
[②] 李恩江、贾玉民主编:《说文解字译述》,中原农民出版社 2000 年版,第 7 页。

传》:'夫人欲试宽令表,伺当朝会,装严以讫,使侍婢奉肉羹,翻污朝衣。婢遽收之,宽神色不异,乃徐言曰:羹烂汝手。'"五是"人像。写照叫传神。《世说新语·巧艺》:'顾曰:四体妍蚩本无关于妙处,传神写照正在阿堵中。'"[1] 显然,"神"由神灵转义而来的人之精神,具有形而上之神圣特征,是人之精气神表征及其精华所在。

次言"神遇"。"神遇"指心灵精神的遇合,亦即心灵精神的交流、交融、交会,引申为文艺创作中的主客体交融,即心物交感状态。与"神遇"之义相同、相近、相似的还有"神会""神交""神游"等中国古代文论概念。"神遇"作为一个概念与命题,渊源来自于先秦道家庄子。《庄子·养生主》在"庖丁解牛"寓言故事中回答"技盖至此乎"之缘故时曰:"臣之所好者道也,进乎技矣。始臣之解牛之时,所见无非牛者。三年之后,未尝见全牛也。方今之时,臣以神遇而不以目视,官知止而神欲行。依乎天理,批大却,道大窾,因其固然。……"[2] 庄子据此提出"道进乎技"的观点,将"道"与"技"相对而论。所谓"道",从道家以"道"为名的哲学思想看,所指宇宙乾坤、天地万物运行的"自然""无为"之道,即自然规律与法则。具体表现在"庖丁解牛"中之"道",所指对象内在本质特征及其规律的系统认识与准确把握。从方法论而言,所指方法之"道",即对方法实质及其方法运用的规律、准则的把握,体现方法论的形而上层面的本体论意义。所谓"技",指具体作用于对象的方法、技法、技巧,相对于形而上之"道"而言为形而下之"器",故"道进乎技","道"之大法比"技"之小法更进一步。那么,庖丁解牛又如何达"道"呢?庄子继而提出"神遇"以至"道",亦将"神遇"与"目视"相对而论,阐发主体对于客体的两种不同的感受、认识方式的区别与效果。所谓"神遇",指主体之"神",即以心灵感悟方式作用于对象,所"遇"即主客体"心有灵犀一点通"之"自然""无为"的遇合,以达到两者的默契、契合。所谓"目视",局限于主体感官之"目"对客体外部形态的感觉与接受,而未能深入对象内在结构及其整体系统构成中,故"无非牛者",未能进入主客体"神遇"之"道"。因此,"官知止而神欲行",只有超越"目视"而进入"神遇",超越外部感官而深入内在心灵精神,才能"技盖至此乎",以获得更大的活动成效。

石涛所言"神遇"与庄子并无二义,明确表达为"山川与予神遇而迹化"的观点,实则创作主客体的心灵精神交流会通状态,亦为人与自然关系的天人合一状态。

二 "神遇"说的创作构成与内在逻辑

中国古代文论、艺论、美论讨论"神遇",基于语义的内涵外延,其语用一般有四个视角与维度。一是指基于文艺创作而体验、感悟、感应生活及其对象的"神遇",即

---

[1] 《辞源》,商务印书馆1988年版,第1231页。
[2] 《庄子·养生主》,《庄子集解》,三秦出版社1998年版,第45页。

文艺"其本在人心之感于物"①，亦即刘勰所言"物色所动，心亦摇焉"，"物有其容，情以物迁"②，此后还有基于禅宗哲学的严羽所论"妙悟"，即凭直观、直觉、感悟的"心有灵犀一点通"；二是创作构思中的心物交感、神与物游的"神遇"，即刘勰所言，"文之思也，其神远矣，故寂然凝虑，思接千载；悄然动容，视通万里"之"神思"③；三是指创作进入灵感状态中的"神遇"，如陆机所言，"若夫应感之会，通塞之纪，来不可遏，去不可止。藏若景灭，行犹响起"④，处于神灵附体、不由自主、随心所欲的亢奋、激越的创作高潮状态；四是指作品中情景交融、形神具备、虚实相生、气韵生动的"神遇"，艺术形象的"物化"与"人化"融为一体，如王国维所言，"有我之境，以我观物，故物皆着我之色彩。无我之境，以物观物，故不知何者为我，何者为物"，物我融为一体；五是在欣赏、审美过程中情感共鸣之"神遇"，作品以情感人，以情动人，使欣赏者发生移情、感染、熏陶作用，如刘勰所言，"观文者披文以入情，沿波讨源，虽幽必显。世远莫见其面，觇文辄见其心"，所论"知音"即欣赏者与创作者之"神遇"。

石涛所论"神遇"当然与以上视角与维度不无关联，但其选择的视角与维度主要是放在"山川与予"关系中定位，在《山川》章中提出"山川与予神遇而迹化"的主旨和观点。其原因与根据及其论证逻辑主要包括以下三个方面：

首先，辨析"山川"之"质"与"饰"关系以明其性质内涵。《山川》章主要讨论作为绘画创作对象的"山川"的性质特征及其原因所在，实则探讨创作主客体关系，亦即将"山川"放在"山川与予"关系中讨论，由此形成石涛的"山川"说。"山川"在中国画，尤其水墨画中的重要地位与作用显而易见，不仅构成创作题材与对象，而且形成一种中国画画体类型——山水画，构成山水画独特的水墨形式构成、写意性与诗意化的审美追求、线条与色彩的构图效果、文人化与个性化的艺术风格、创作方法与笔墨技法等绘画特点，集中表现出作为山水画题材对象的"山川"之性质特征。故石涛开篇即云："得乾坤之理者，山川之质也。得笔墨之法者，山川之饰也。知其饰而非理，其理危矣。知其质而非法，其法微矣。是故古人知其微危，必获于一。一有不明，则万物障；一无不明，则万物齐。画之理，笔之法，不过天地之质与饰也。"所谓"质"，指性质、本质、内涵，所属内容范畴；所谓"饰"，指修饰、装饰、外饰，所属形式范畴。石涛认为绘画之"山川"一方面"得乾坤之理"以构成"山川之质"，亦即吻合天地万物之自然规律与法则以构成山川之本质内涵；另一方面"得笔墨之法"以构成"山川之饰"，亦即遵循绘画创作笔墨之法以构成山川之外饰及其形式。这正如中国古代通常以"文质"讨论内容与形式关系一样，石涛以"质"与"饰"讨论内容与

---

① 杨天宇撰：《礼记译注·乐记·乐本》，上海古籍出版社2004年版。
② （南朝·梁）刘勰：《文心雕龙·物色》，范文澜注《文心雕龙注》，人民文学出版社2008年版，第693页。
③ 同上书，第493页。
④ （西晋）陆机：《文赋》，革文编《千家韵文》，线装书局2013年版，第133页。

形式关系。也正如孔子所言"质胜文则野,文胜质则史。文质彬彬,然后君子"一样,石涛所言"知其饰而非理,其理危矣。知其质而非法,其法微矣。是故古人知其微危,必获于一",以说明重"质"轻"法"(饰)或重"法"(饰)轻"质"偏颇之弊端与危害,主张内容与形式统一,既得"理"又得"法",既有"质"又有"饰"。更为重要的是,石涛提出两者统一的依据与途径,提出两者之上更为重要的统领性与总体性因素,即"一画",因为"一有不明,则万物障;一无不明,则万物齐",即"一画"不明则物"障";"一画"明则物"齐"而无障。石涛曾在《了法》章中提到"法障"问题,解决途径就是基于"一画"而"变化"以"了法"。石涛认为:"规矩者方圆之极则也,天地者规矩之运行也。世知有规矩而不知夫乾旋坤转之义,此天地之缚人于法,人之役法于蒙,虽攘先天后天之法,终不得其理之所存。所以有是法不能了者,反为法障之也。古今法障不了,由一画之理不明。一画明,则障不在目而画可从心,画从心而障自远矣。"因此,无论解决"法障"还是"物障"问题,都须依据"一画"之道,以"一画"贯天地之理、乾旋坤转之义、笔墨之法、万物之形神、山川之"质"与"饰"。

其次,辨析"山川,天地之形势"以揭示其生气活力之特征。中国古代对于山水自然美欣赏范式基于先秦儒道思想主要形成两种殊途同归的旨趣,一是源自于道家之"自然""无为"思想观念,《庄子》:"天地有大美而不言"(《知北游》),"大林丘山之善于人也"(《外物》),"山林与,皋壤与,使我欣欣然而乐与"(《天下》)等,着眼于山水自然之生命灌注、气韵生动、生气勃勃的自然之气的价值取向;一是源自于儒家"比德""寄兴"思想观念,《论语·雍也》:"知者乐水,仁者乐山。"《荀子·法行》:"夫玉者,君子比德焉。"着眼于山水所表征与象征的人格品质及其精神之气的价值取向。但无论"自然"说还是"比德"说,都将自然与人文交融,呈现山水之生命、生气、活力的共同价值取向。石涛基于"山川,天地之形势也"的基本认识,着眼于从气象万千、气韵生动、生机盎然的自然之气角度凸显山川之形态、状态、情态特征:"风雨晦明,山川之气象也;疏密深远,山川之约径也;纵横吞吐,山川之节奏也;阴阳浓淡,山川之凝神也;水云聚散,山川之联属也;蹲跳向背,山川之行藏也。"以说明山川秉赋天地之道、阴阳之气而充满生气、活力与生命力。所言山川之"气象""约径""节奏""凝神""联属""行藏"等特征,不仅表现为自然生命之气,而且蕴含精神生命之气。这在一定程度上是将山川放在人与自然关系中认识的结果,因此山川之形态、形势、状态乃为在人与自然关系中所呈现的特征,也是人对山川的认识结果;同时,山川又是人类在认识自然和改造自然过程中,自然美向人类生成和建构的结果,由"第一自然"转化为"第二自然",即自然的人化,或人化自然,自然美成为人的本质对象化产物。因此,"山川,天地之形势"为提出"神遇"说铺垫基础与提供依据。

再次,以"我有是一画"强调艺术创作的主体性作用。石涛将山川放在人与自然关系中以揭示其本质特征的基础上,进而在艺术与自然关系中讨论作为文艺创作与审美对象的山川，不仅山川被赋予借景抒情、托物言志的象征、比兴、寄托的意义，使之具有人格化、人性化、人文化特征，而且山川对象也成为画家创作的结果与创造的产物，成为画家艺术个性、风格与独创性的表征方式。因此，山川不仅是自然之山川，而且也是人文之山川，亦即"予"眼中与笔下之山川，作为绘画创作对象之山川。基于山川之变化、笔墨之变化、方法之变化，创作之变化，需要有一个具有统领性与总体性的更大的视域与根本性解决问题的路径。故石涛曰："高明者天之权也。博厚者地之衡也。风云者天之束缚山川也。水石者地之激跃山川也。非天地之权衡不能变化山川之不测，虽风云之束缚不能等九区之山川于同模。虽水石之激跃不能别山川形势于笔端。且山水之大，广土千里，结云万里，罗峰列嶂，以一管窥之，即飞仙恐不能周旋也；以一画测之，即可参天地之化育也。测山川之形势，度天地之广远，审峰嶂之疏密，识云烟之蒙昧，正距千里，邪睨万重，统归于天之权地之衡也。天有是权，能变山川之精灵；地有是衡，能运山川之气脉；我有是一画，能贯山川之形神。"山水绘画正是基于"我有是一画"之根本，不仅使山川"得乾坤之理"与"得笔墨之法"之"质"与"饰"融为一体，而且使山川之气象万千与绘画创作之千变万化的创造有机结合，更使在人与自然关系中的"山川与予"交流沟通以达到"神遇"境界。更为重要的是，石涛所提"我有是一画"，与其"一画之法，乃自我立"，"画者从于心者也"，"无法而法，乃为至法"，"我之为我，自有我在"，"我自用我法"的思想观念一直贯穿于"一画"中，集中体现出创作主体性及其艺术创造精神。

最后，"山川与予神遇而迹化"的主客体交融而不见痕迹的创作境界。石涛在篇末画龙点睛地提出结论："予五十年前未脱胎于山川也，亦非糟粕其山川，而使山川自私也。山川使予代山川而言也，山川脱胎于予也，予脱胎于山川也。搜尽奇峰打草稿也。山川与予神遇而迹化也，所以终归之大涤也。"所提"山川与予"无疑指创作主客体关系，即画家与绘画对象关系，亦即文艺创作的心与物、情与景、意与境、形与神等关系。所提"山川脱胎于予"指"山川"艺术形象来自于"予"之创造；"予脱胎于山川"指"予"之艺术创造来源于"山川"之身心体验与生活蒙养。"山川"与"予"构成相辅相成、相互作用的辩证关系。关键在于他在提到"神遇"同时还提出"迹化"，由此进一步阐发与印证了"神遇"的性质、特征、功能、作用。"迹化"指无迹而化，亦即严羽所论"羚羊挂角，无迹可求"[1]，其渊源亦在道家老子"大音希声，大象无形"[2]，庄子"工倕旋而盖规矩，指与物化而不以心稽"[3]。"迹化"落脚在"化"，即化合、化成、融化、转化之义。石涛所论"化"在其《变化》章及其《画语录》中比比皆是，《变化》开篇即云："古者识之具也，化者识其具而弗为也。具古以化，未见夫人也。尝憾其泥古不化者，是识拘之也。"等等。故"迹化"也是石涛思想观念的重要

---

① 严羽：《沧浪诗话评注·诗辨》，陈超敏评注，上海三联书店2013年版，第8页。
② 《老子·四十一章》，任继愈译著《老子新译》，上海古籍出版社1985年版，第150页。
③ 《庄子·达生》，《庄子集解》，三秦出版社1998年版，第262页。

内容，为其画学理论的重要概念。"迹化"不仅作为阐发"神遇"的性质、特征、功能、效果，而且作为"自然""无为"之道的思想观念贯穿渗透于石涛画论中。"迹化"之"化"与"神遇"之"遇"具有异曲同工之妙，无迹而化与不期而遇，均含有"自然""无为"之义。故"神遇"而"迹化"具有出神入化的特征，不仅达到两者"心有灵犀一点通"的心灵精神交流沟通的效果，而且达到"羚羊挂角，无迹可求"的境界。所谓"终归之于大涤"，旨在揭示主客体"神遇"关键在于画家的创作主体性与主导性作用，在于"我有是一画，能贯山川之形神"，在于立足于"一画"之根本。

三 "神遇"之义的拓展及其文艺理论意义

"神遇"运用于文艺理论以其概括表达创作主客体心灵精神交流会通状态是较为普遍用法，石涛所提"神遇"也是用于说明绘画创作主客体之"山川"与"予"的精神交流关系。正因为主客体关系问题是文艺创作的基本问题，故其概念的理论内涵外延具有一定的开放性、拓展性与理论张力，对文艺理论批评的其他概念、命题、观点产生影响和作用，具有深远与扩展的理论意义。石涛《画语录》及其题画诗跋构建其画学理论体系，"神遇"说主要在《山川》章中提出并通过"山川"与"予"关系阐发，但其思想精神并非仅仅局限于《山川》及其主客体关系讨论上，而是贯穿其理论体系并拓展到相关论述中，由此扩展"神遇"说理论构成内容及其理论意义。这正如石涛所言"识一画之权扩而大之"，同理，亦可识"神遇"之义"扩而大之"。

其一，"墨海中立定精神"：绘画艺术精神之"神遇"。绘画艺术精神其实质就是自然精神与人文精神的有机统一，亦为道家之"自然""无为"精神与儒家之"人文化成""君子以自强不息"精神的交融。说到底即人类遵循客观规律性与主观能动性创造并改造与提升客观世界与主观世界的精神。因此，绘画艺术精神落实在石涛身上，就是以其"一画"说与"画从心"说为基础建立起画学理论体系，以彰显艺术之自然精神与人文精神的统一。石涛题画跋曰："求之不易则举笔时亦不易也。故有真精神出现于世。空山无人，左右都散，独坐无事，弄笔亦快。"颇具道家"自然""无为"精神；又云："作书作画，无论老手后学，先以气胜得之者，精神灿烂，出之纸上，意懒则浅薄无神，不能书画。"颇具儒家之积极进取的主体精神。《尊受》曰："夫受画者必尊而守之，强而用之，无闲于外，无息于内。《易》曰：'天行健，君子以自强不息。'此乃所以尊受之也。"强调在"尊"宇宙天地之道的同时也要"尊"人"自强不息"之精神。故《氤氲》曰："得笔墨之会，解氤氲之分，作辟混沌手，传诸古今，自成一家，是皆智得之也。不可雕琢，不可板腐，不可沉泥，不可牵连，不可脱节，不可无理。在于墨海中立定精神，笔锋下决出生活，尺幅上换去毛骨，混沌里放出光明。"这一"精神"既可谓艺术之自然精神与人文精神的"神遇"，也可谓在艺术所体现的人与自然、人与社会、人与人、人与物之主客体交流的"神遇"。

其二,"笔与墨会":绘画笔墨运用之"神遇"。针对绘画创作而言,笔墨是绘画艺术的工具材料,亦是绘画艺术形式构成的本体。因此,相对于创作构思中的主客体关系之"神遇"而论,将构思付诸笔墨以实施创作行为与过程,其实也是画家之用笔用墨之"神遇",即"笔与墨会",既指绘画笔墨之融合、会通,亦指基于创作主体用笔用墨之"笔与墨会",实则"我"与"笔墨"会。石涛何以言"笔与墨会"?"笔墨"何以能"会"?原因在于:一是因为"古之人有有笔有墨者,亦有有笔无墨者,亦有有墨无笔者,非山川之限于一偏,而人之赋受不齐也",关键在于人之用笔用墨的素质能力决定其笔墨表现;二是因为"墨之溅笔也以灵,笔之运墨也以神,墨非蒙养不灵,笔非生活不神,能受蒙养之灵,而不解生活之神,是有墨无笔也,能受生活之神,而不变蒙养之灵,是有笔无墨也",笔墨关涉"蒙养"与"生活",故"墨非蒙养不灵,笔非生活不神",其中蕴含主体之"蒙养"与客体之"生活"关系;三是因为笔墨具有"灵"气与"神"气,"墨之溅笔也以灵,笔之运墨也以神",笔墨相辅相成,互为依托,笔墨一体,"灵""神"兼备,故能"一一尽其灵而足其神";四是因为"笔与墨会,是为氤氲;氤氲不分,是为混沌",笔墨融会贯通,必然形成气韵生动、气象万千、神意俱足的"化一而成氤氲"的绘画意境。故此,"笔与墨会"实质上是"我"之"笔与墨会",亦即"我"与"笔墨"会,乃为"神遇"之表征及其"神遇"说构成内容。

其三,"一笑水云低,开图幻神髓":绘画创作感悟之"神遇"。文学创作存在"应感""妙悟"、灵感之感悟,艺术创作亦如此。《一画》曰:"人能以一画具体而微,意明笔透,腕不虚则画非是,画非是则腕不灵。动之以旋,润之以转,居之以旷,出如截,入如揭,能圆能方,能直能曲,能上能下,左右均齐,凹凸突兀,断截横斜,如水之就深,如火之炎上,自然而不容毫发强也。用无不神而法无不贯也。理无不入而态无不尽也。信手一挥,山川人物,鸟兽草木,池榭楼台,取形用势,写生揣意,运情摹景,显露隐含,人不见其画之成,画不违其心之用。"这段话旨在论证"一画"具体落实在绘画创作上的成效,同时也说明"一画"其实也是艺术感悟思维方式。吴冠中也执此观点,认为:"这一画之法,实质是说:务必从自己的独特感受出发,创造能表达这种独特感受的画法,简言之,一画之法即表达自己感受的画法。"[①] 此论尽管将"一画"有些简单化,但不无道理,艺术感悟无疑应为其中应有之义。况且,如果没有艺术感悟,没有对宇宙天地、自然万物的感悟,何有"一画之法"。由此可见,"一画之法"既为石涛与宇宙天地、自然万物"神遇"的结果,又是以其感悟自然、感悟艺术、感悟心灵精神之主客体交流的依据,感悟亦正是"神遇"的一种表现方式。石涛题画诗跋即以其感悟论感悟,如"书画非小道,世人形似耳。出笔混沌开,入拙聪明死。理尽法无尽,法尽理生矣。理法本无传,古人不得已。吾写此纸时,心入春江水。江花为我开,江水随我起。把卷望江楼,高呼曰子美。一笑水云低,开图幻神髓"。

---

① 吴冠中:《我读〈石涛画语录〉》,大象出版社2010年版,第15页。

又,"古人立一法非空闲者。公闲时拈一个虚灵只字,莫作真实想,如镜中取影。山水真趣。须是入野看山时,见他或真或幻,皆是我笔头灵气,下手时他人寻起止不可得,此真大家矣,不必论古今矣"。又,"一峰突起,连岗断堑,变幻顷刻,似续不续,如云护蛟龙,支股间凑接,亦在意会而已"。如此感悟之论颇多,举不胜举,此非石涛之心灵感悟而不能言哉!其感悟之论非"神遇"而不能释哉!

其四,"蒙养之功,生活之操":艺术家"资任"之"神遇"。石涛《资任》章讨论"资"与"任"的关系问题,即艺术家所具备的创作资质条件与所承担的艺术责任的关系。"资任"作为合成词,表明有"资"必有"任",其"任"必据"资",因此"资任"相辅相成,合为一体。石涛曰:"古之人寄兴于笔墨,假道于山川,不化而应化,无为而有为,身不炫而名立,因有蒙养之功,生活之操,载之寰宇,已受山川之质也。"其中所论"蒙养之功,生活之操"即所谓创作之"资",据其"资",将"降大任于斯人也",将受任于以绘画艺术传达宇宙天地之自然精神与人类文明创造之人文精神的重任;同时所"资"即所"任","以墨运观之则受蒙养之任,以笔操观之则受生活之任,以山川观之则受胎骨之任,以鞹皴观之则受画变之任,以沧海观之则受天地之任,以坳堂观之则受须臾之任,以无为观之则受有为之任,以一画观之则受万画之任,以虚腕观之则受颖脱之任",其中包括"蒙养之任""生活之任"。因此,"蒙养""生活"可谓画家创作主体构成的基本要素,所谓"蒙养",指画家创作才华之天蒙养成;所谓"生活",既指作为艺术源泉之生活,又指作为创作对象的生气与活力所在。因此,画家"资任"所具备的"蒙养之功"与"生活之操"条件,实则创作主体与客体条件的结合,无疑吻合主客体交流的"神遇"之义。

其五,"字与画者,其具两端,其功一体":字(书)画、诗画兼体之"神遇"。中国古代文艺创作往往从艺术门类之间寻找异中有同、同中有异的相互联系与旨趣,提出"字(书)画同源""字(书)画一体""诗中有画,画中有诗"之说,亦可谓文艺体式之间、字(书)画之间、诗画之间的"神遇"。石涛《兼字》章提出"兼字"说。所谓"兼字"指画中兼字(书),包括画中兼诗文(跋),画中兼篆刻(印),以说明绘画兼有其他文艺体式的情况。石涛曰:"字与画者,其具两端,其功一体。"首先从字(书)画所共用的笔墨工具材料角度讨论形成"兼字"现象的原因,"墨能栽培山川之形,笔能倾覆山川之势,未可以一丘一壑而限量之也。古今人物,无不细悉,必使墨海抱负,笔山驾驭,然后广其用。所以八极之表,九土之变,五岳之尊,四海之广,放之无外,收之无内。世不执法,天不执能,不但其显于画,而又显于字";其次从"一画"作为字(书)画本体、本源、本元角度论证"兼字"的合理性,"一画者,字画先有之根本也。字画者,一画后天之经权也。能知经权而忘一画之本者,是由子孙而失其宗支也。能知古今不泯而忘其功之不在人者,亦由百物而失其天之授也";最后从创作主体条件角度论证"兼字"的可能性,"自天之有所授而人之大知小知者,皆莫不有兼字之法存焉。而又得偏广者也,我故有兼字之论也"。这种"兼字"现象,尽管历代早有字（书）画一体、诗画一体之讨论，但形成"兼字之论"的理论阐发并不多见。石涛还在《四时》章中曰："凡写四时之景，风味不同，阴晴各异，审时度候写之。古人寄景于诗……予拈诗意以为画意，未有景不随时者。满目云山，随时而变，以此哦之，可知画即诗中意，诗非画里禅乎？"石涛题画诗跋中也论及字（书）画、诗画兼备之理。"书画非小道，世人形似耳"；"书与画天生，自有一家执掌一家之事"；"诗中画，性情中来者也，则画不是可拟张拟李而后作诗。画中诗乃境趣时生者也，则诗不是生吞活剥而后成画。真识相融，日镜写形，初何容心？今人不免唐突诗画矣"；"作书作画，无论老手后学，先以气胜得之者，精神灿烂，出之纸上，意懒则浅薄无神，不能书画"；"画法关通书法律，苍苍茫茫率天真。不然可问张颠老，解处何观舞剑人？""古画小横幅，皆无题跋，即有之多在别纸，联缀装裱，况以石溪禅师之笔墨而可轻有所点污耶？"[①]等等。字（书）画、诗画兼体亦可视为文艺形式之间关系的"神遇"。

此外，从"神遇"理论构成内容扩展及其广义精神理解的角度看，不仅创作本质上就是"神与物游"的"神遇"行为，艺术本质上就是心物交感、情景交融、意与境偕的"神遇"结果，而且欣赏本质上就是移情、共鸣、知音的审美"神遇"状态，即审美主客体交融会通的"神遇"状态。此外，中国古代文论美学擅长从相对而立范畴的辩证关系讨论问题，着眼于其对立统一性来论述文艺审美特性特征，如宇宙、乾坤、天地、阴阳、虚实、有无、形神、心物、情景、文质、道器、言意等，其交融会通的对立统一关系显然也具有"神遇"的某些特征，生成天人合一、乾旋坤转、天地合作、阴阳相配、虚实相生、形神兼备、心物交感、情景交融等命题，丰富了艺术辩证法内容，也提供了"神遇"的条件与依据。由此可见，"神遇"说具有丰富的理论内涵与外延，其理论构成及其广义内容的扩展，使其具有深远的理论价值与意义。

---

① 石涛：《石涛论画》，俞剑华编著《中国画论类编》上卷，人民美术出版社1956年版，第163—167页。

李渔的戏曲导演理论
——兼论其对当下影视艺术的启示

梁晓萍[*]

（山西师范大学文学院　山西　临汾　041004）

摘　要：李渔是中国乃至世界戏剧史上第一个较为系统地论及戏剧导演理论的理论家，他在《闲情偶寄》中所关涉的内容成为戏剧史上的开山之观点，其中包括剧本的选择与编排，演员的选择和教习，戏曲演出恶习的盘剥等内容，为中国和世界戏剧美学史谱写了崭新的一页，更为当下的影视艺术提供了诸多宝贵的启示。

关键词：李渔；戏曲；导演理论；编剧；教习

据史料载，"导演"一词最早出现于1776年德国梅宁根公国宫廷剧团的备忘录中，西方演剧史上，16世纪中期意大利曼图亚宫廷的戏剧顾问莱奥纳·德苏米，"使人听起来觉得他很像是现代导演的真正先驱者"[①]，因为他发表了《舞台剧务对话》。李渔则是中国乃至世界戏剧史上第一个较为系统地论及戏剧导演理论的理论家，他在《闲情偶寄》中所关涉的内容成为戏剧史上的开山之观点，其中包括剧本的选择与编排，演员的选择和教习，戏曲演出恶习的盘剥等内容，为中国和世界戏剧美学史谱写了崭新的一页，更为当下的视觉艺术提供了诸多宝贵的启示。

一

李渔在《演习部》专门论及戏曲登场的不易，指出词曲、搬演、歌童、教习等，哪一个环节出现问题，"皆是暴殄天物"之罪过，与裂缯、毁璧无异，而诸多要素中，选剧是首要任务，因为剧本的好坏不仅决定演出的成败，甚至从根本上影响搬演的意

---

[*] 梁晓萍（1972— ），山西平遥人，博士，山西师范大学文学院教师，硕士生导师。论文系教育部人文社会科学研究青年基金项目（项目编号：12YJC760043）、山西省软科学（项目编号：2012041073-02）、山西师范大学教改项目（项目编号：SD2012YBKF02）阶段性成果。

[①] ［美］海伦·契诺伊：《西方导演小史》，杜定宇译，《西方名导演论导演与表演》，中国戏剧出版社1992年版，第486页。

义。然"所可惜者,演剧之人美,而所演之剧难称尽美;崇雅之念真,而所崇之雅未必果真",创作者以己之未必真的雅念,创作出不尽如人意的剧本,演剧之人再好也无力扭转乾坤;而人们又常常如矮人观场,随声附和,见单即点,致使一些劣质剧本泛滥于剧场,真正的锦篇绣帙,却被沉埋于瓴瓮之间,难怪李渔不顾偏颇之险曰:"愿秦皇复出,尽火文人已刻之书,止存优伶所撰诸抄本。"并动情地指出:"当今瓦缶雷鸣,金石绝响,非歌者投胎之误,优师指路之迷,皆顾曲周郎之过也。"[①]

剧本如此重要,那么如何选择呢?李渔提出了"别古今"和"剂冷热"的标准。"别古今"强调两点:首选古本和兼顾新曲。选择戏曲教习歌童时,要从古本开始,何以如此?选古本不是因其"年长"而敬之,时间与价值不一定成正比,而是因为人人皆习的古本,其谬误早已暴露,又经过诸多名师的推敲与演员的搬演,已经被打磨成不好稍更一个字的、难以挑剔的精品,如《琵琶记》《荆钗记》《幽闺记》《寻亲记》等经典篇目,均为此类范本,故宗正本便是步入正途,吸取精华。学曲从古本始并非以古废今,相反,李渔非常重视时人创制的新曲,"旧曲既熟,必须间以新词",何哉?一方面,新曲未必不如旧曲,因噎废食,一概弃之,断不可取;另一方面,"表演古戏如唱清曲,只可悦知音数人之耳,不能娱满座宾朋之目",表演新曲恰可弥补这一缺失,新曲为时人所制,它体现了时人对于社会人生的观察与思考,因此,可以在更大程度上与同一时代剧场的观众形成情感上的共鸣,使其听而忘倦。

"别古今"强调所选之曲当在文辞和声律方面堪为范本,"剂冷热"则强调所选之曲要在所叙之事、所抒之情上合乎人情。有的戏曲无病可挑,然观来却激不起任何精神,恰如一个人,五官无可挑剔,却激不起人的美感,原因就在于曲本远离人情,要想接近人情,就要选取冷热相宜、雅俗共赏的剧本,既要忌热,亦需忌冷。有的戏曲剧本,演出时场上非常热闹,锣鼓喧天,笑闹不止,而场下观众却无动于衷,剧场气氛极为沉闷;有的剧本,词冷句静,文雅至极,很难让观众即刻领会其意,观众看了,不仅不解乏,还生倦意,演出气氛同样冷清,这两种情形都不可取,而其罪责,不在观众,在作者"自取其厌"。李渔推崇那种外貌似冷,中藏极热,文章极雅,而情事近俗的剧本,认为这样的剧本"其离合悲欢,皆为人情所必至,能使人哭,能使人笑,能使人怒发冲冠,能使人惊魂欲绝"[②],演出效果乃以人的口代替鼓乐,用人的赞叹声代替战争,"即使鼓板不动,场上寂然,而观者叫绝之声,反能震天动地",如此戏曲,较之那种杀伐声不断,鼓乐雷鸣,而观众却一片寂然甚至掩耳欲逃的尴尬场面,岂不胜过百倍?李渔指出:"传奇无冷热,只怕不合人情。"合乎人情,冷会发热,不合乎人情,热也会冷,冷热不在外表,而在曲中所关涉的人情,或者说,"忌冷热"忌的是徒具形式的过冷与过热,体贴人情的冷热均不会伤及戏曲的演出效果,这种观点,与其"凡是人情物理者,千古相传,凡涉荒唐怪异者,当日即朽"的审美标准是一致的。

[①] (清)李渔:《闲情偶寄》,《中国古典戏曲论著集成》(七),中国戏剧出版社1959年版,第74页。
[②] 同上书,第76页。以下所选李渔理论之语,皆出自此版《闲情偶寄》,不再赘注。

把"人情"作为衡量冷热、选择剧本的重要标准,符合戏曲活动的审美规律,戏曲植根于民间,它反映的是百姓的人情物理,表达的情绪不仅仅属于文人,更有那些不识字却有着丰富内心的群众的喜怒哀乐,后者是其生命力的重要源泉,"合乎人情"则要真实地表达人情物理,契合观众的审美喜好,让观众与剧情一起起伏,一起体验剧中人物的悲欢离合,因此,导演在选剧时要选择那些艺术真实性强、很好地表现"人情所必至"的剧本。

李渔"别古今"的选剧理论很好地解决了图像时代经典与新剧的关系问题,提醒今人一面要守卫经典文本,注重在新的语境下重新阐释经典,使经典文学的意义链条能够并且很好地延续下去,一面又要敢于挖掘新剧,使当代人的人生体验及时得到表现。而其"剂冷热"的选剧理论则对当代影视剧的情感表达问题切中肯綮,热闹非凡却了无情感、气氛沉闷亦难以传情,这两种情况都不符合观众接受的审美期待,唯有"合乎人情",才能既不哗众取宠,亦不使人厌恶。

二

剧本选好后,尚需进一步改编,这也体现了李渔导演方面的美学思想,具体表现为"变旧为新"和"缩长为短"两个方面的要求。观看戏曲演出时,观众一方面带着自己的前理解进入剧本,期望自己的体验得到某种验证,另一方面,又希望获取一些新的见闻和体验,满足自己的新奇感。宗白华曾引用古代女子郭六芳的诗歌《舟还长沙》讲析过美学上的"心理距离"和移情,原诗曰:"侬家家住两湖东,十二珠帘夕照红,今日忽从江上望,始知家在画图中。"郭六芳从对面的江上回望,才发现自己日日住着的家如画般美丽,这里需要进一步指出的是,其实人人都是郭六芳,时间一长,都看不见自己家的美,习见的情事总是不能再引起自己的兴趣,俄国形式主义亦正是基于此种理解才提出了陌生化理论,李渔早已意识到变化之于戏曲的意义,《变调第二》指出,诗、赋、古文均如佳人所制锦绣花样,需随时更变,"变是新,不变则腐。变则活,不变则板",至于传奇,与自愧不新的花月相同,更需自变其调,新人耳目。看新剧自不必说,妙就妙在其有着未曾遇到过的见闻,演旧剧又如何呢?

李渔以古董为喻:古董的可爱之处在于其经年历久,原本光莹的外观斑驳成文,愈陈愈古,愈变愈奇,如果它保存得如当年刚刮磨过一般光莹,则会与今天的器物无甚区别,没有了历史的痕迹,没有了不同使用者的气息,也就没有了因距离而产生的新奇之感,"非宝其本质如常,宝其能新而善变也"。旧剧如同古董,亦需善变,方能适应舞台演出之需求。李渔发现,梨园购得一新剧时,往往极为上心,不遗余力地饰怪装奇,求新变异,这是没有错的,梨园需要创制新剧以满足观众的观赏需求,问题在于一遇到旧剧,便被上演得千人一面,万人同辙,这便如同光莹如初的古董,失去了古剧之为古剧的价值。实际上,古剧尽管携带的是古人的体温与气息,传达的是古人的喜怒哀乐，体现的是古人的精神气质，然越过时空的隧道，今人观来，却应当成为今人抒情达意的凭借，如古董般易色生斑，否则便使"观者如听蒙童背书，但赏其熟，求一换耳换目之字而不得"。

然如何易色生斑，绝非易事，李渔提出了"仍其体质，变其丰姿"的美学观点，包含两层意思，一是"仍其体质"。体质为何？体质如美人不可变更之形貌，之于戏曲，就是"曲文与大段关目"，"曲文与大段关目不可改者，古人即费一片心血，自合常留天地之间，我与何仇，而必欲使之埋没？且时人是古非今，改之从来讪笑"，因此，从尊古与杜时人之口的角度着眼，李渔反对改变戏曲之体质——曲文与大段关目。"仍其体质"体现了李渔尊重原著、不主观臆改的学术精神，指出导演作为二度创作者，不可违背原作的基本精神主旨和核心内容，不可脱离原著进行莫须有的更改，那种使原作面目全非的恶搞不是传承与建设，而是一种破坏。二是"变其丰姿"，李渔认为，美人不变形易貌，稍稍变更衣饰，便成别一神情，足令人改观，变其丰姿便是更其衣饰，以成别一神情，比喻不一定恰当，然道理由之可见。之于戏曲，丰姿即"科诨与细微说白"，戏曲之丰姿为何要变？"凡人作事，贵于见景生情。世道迁移，人心非旧，当日有当日之情态，今日有今日之情态"，"传奇妙在人情，即使作者至今未死，亦当与世迁移，自啻其舌，必不为胶柱鼓瑟之谈，以拂听者之耳"，可见，不属戏曲体质的科诨与说白体现的是"人情"，而人情会随着世道的推移而变迁，朝暮之中，一年四季，人的情态会各个相异，因此，科诨与说白不可不变。"变其丰姿"体现了李渔求新求变的美学思想，强调在尊重原作的基础上，导演要充分发挥自己的主观能动性，吸收原作的营养，加入自己的理解，使原作的形象更丰满，更动人，表现力更强，更有魅力，永远保鲜。当然，变要有依托，有底线，当改则改，可增才增，不可随心所欲，故作知音，令画虎类狗，令人哭笑不得。

"仍其体质，变其丰姿"，是李渔针对旧有剧本改编而提出的编剧审美观，这一观点对于当下经典文学翻拍剧等影视艺术具有很强的启发意义。穿越了时空的经典文学之所以依然能够成为经典，是因为其"体质"具有独特性，某种意义上讲，它就是某个时代的一种精神存在，人们可以变其丰姿，换其体貌，却不可更其"体质"。然而，后现代视觉文化却使这种具有精神救赎价值的"体质"渐次流失，经典正在被沙化，譬如那些大胆的戏说、水煮、大话、漫话文本，在当代人随心所欲的独断专行中，正在使传统文学名著面目全非，更为可怕的是，柔性观众也正在这些平面化、少意义、无深度的拟象中逐渐成为失重的"太空人"。面对如此情状，我们一定要坚持"体质"不变，换其"丰姿"的艺术审美观。

当然，我们肯定的是李渔所坚持的"仍其体质，变其丰姿"的修改原则，有所不变又有所变，在不变中求变，使旧剧在后人艺术加工的过程成为善变之物，在"求变""求新"的过程中以良好的舞台效果适应观众的审美需求，而非"体质"本身。"体质"具有历史性，不变的"体质"应当是那种"与时俱进"的精神特质，倘若某种体质穿越时空已变成了渣滓,则没有了保留的必要。譬如李渔对《琵琶记》的修改,原剧中写赵五娘乃一"桃夭新妇",要千里"别墓寻夫",难免不为人诟病,李渔修改为让仗义疏财的张大公差遣小二送钱与赵五娘,并派小二随身送五娘入京,如此稍作修改,李渔认为既不影响大的关目,又顺畅了剧情,同时还合情合理,更让观众耳目一新。还如《明珠记》之《煎茶》一节,用于传递消息入宫之人是塞鸿,而塞鸿是男子,不可以去会见嫔妃,以一男子的身份去煎茶,更不可与其密语私谈,在李渔看来,"此事可为,何事不可为",这一明显的破绽同样需改,无须"凿空再构一妇人",多加一角色,但使无双自幼跟随之丫鬟采苹去看望主人,且不需更改曲词,只换宾白,疏漏便除。李渔男女授受不亲的男权主义思想在今天看来已令人失笑,当然不足可取,故而这种改编亦为人所不齿。

改编戏剧,李渔还从舞台效果和观众观赏需求及接受效果的角度提出了"缩长为短"的基本原则,体现了其尚俗、求新的美学思想。首先,日间搬演戏曲太觉清晰,表演者难以施展虚幻之术,因为优孟衣冠,"妙在隐隐约约之间",太觉清晰,则将十分音容打折为五分,观众只觉台上之人与己无异,形不成陌生感,欣赏的美感便也减掉不少;另外,白天为劳作时间,无论贵贱贫富,都有自己的当行之事,少有闲暇专注于此事,可见,无论从演出效果还是从观众接受方面来讲,都不适宜于白天演出。其次,夜间演出,主客心安,没有误工的担忧,倒为戏曲演出之好时候,然而闲人可能一连几天都看同一出戏曲,一看到底,不过纯属娱乐,至于一般人,少有通宵达旦以观戏者,限于事务,往往半部即行,李渔戏言:"好戏若逢贵客,必受腰斩之刑。"鉴于以上戏曲接受的实际情形,李渔认为,"与其长而不终,无宁短而有尾",故主张演出所需的剧本"缩长为短",灵活处理。具体可准备两套方案,把可增可减、可有可无的情节用暗号记下,如遇清闲之观众,则全剧搬演,否则酌情删减,用数语当一折,剧情不变,然长度已减,如此按照观众的实际需求安排剧情的长短,既能够让观众看到剧情的全貌,又不至于使人疲惫或耽误时间。明清时期的传奇,冗长散漫,拖沓熬人,一部传奇往往需要若干天才能演完,而演出效果并不因其长而有所增强,反而因不符合观众观赏的需要而大打折扣,李渔正是针对这种演出情形提出了缩长为短的导演改编原则。

"缩长为短"的编剧观同样适用于当下的影视艺术,尤其是电视艺术。20世纪80年代的电视剧都十分精练,《过把瘾》8集,《围城》10集,囊括了许多精彩故事的《西游记》不过25集,百二十回的《红楼梦》仅36集,《水浒传》最长,亦不过43集,然而当今的电视剧,在利益驱动下动辄几十集,甚至上百集,往往剧情拖沓,叙事啰唆,对白冗长,动作多余,令人昏昏欲睡,如此编剧,很难吸引国内观众,更遑论走出国门了。李渔"缩长为短"的编剧观,从观众接受角度提出,旨在强调叙事艺术要想保持长久的魅力,务必要合理紧凑,而非从名誉或利益角度着眼,因而具有很强的现实价值。

三

李渔的导演美学思想还体现在挑选和教习演员方面。选好剧本并完成改编后，二度创作尚未完成，导演仍未退出戏剧创作的阵营，这时，导演胸中已有成竹，然还未变成可供观众欣赏的眼前之竹，导演在自己的脑海中已经浮现出戏中的形象，然真正的实施还需依赖演员的表演，因此导演接下来的任务便是挑选演员。李渔在《演习部》和《声容部》多次提及演员的选用问题，认为当概括演员的声音条件、气质特点等来确定其所扮演的角色，"喉音清越而气长者，正生小生之料也。喉音娇婉而气足者，正旦贴旦之料也；稍次则充老旦。喉音清亮而稍带质朴者，外末之料也。喉音悲壮而略近噍杀者，大净之料也。至于丑与副净，则不论喉音，止取性情之活泼，口齿之便捷而已"，李渔所论，充分考虑到中国古典戏曲表演融唱、念、做、打为一体的特点，这种总结，即使今天看来，依然很有价值，尤其对当今一些一味以容貌选取演员，只走青春亮丽路线的导演而言，对于遏制其急功近利的不虚静心理，确实有着不可忽视的指导意义。

选好演员只是其中的一小步，演员具有潜质并不代表他（她）一定能演好戏，要想让演员能够迅速而高质量地完成戏曲的感性呈现，导演还需要承担教师的工作，在中国古典戏曲活动中，优师便是导演兼教师，李渔便是其中优秀的一员。教习第一步也是很关键的一步是"解明曲意"，常有类似的情形，有人终日唱此曲，终年唱此曲，甚至一生唱此曲，然而却不知所唱何事，所指何人，所言何意，这是典型的口唱而心不唱，口中有曲而面上、身上无曲，这种仅将曲停留在口中的曲是"无情之曲"，与小孩子装模作样地唱情歌没有区别，如此演戏，腔板再正，音色再好听，终是徒有技术的二三流表演。相反，如果心知其意，通晓曲情，则口到心到，声到情到，悲时自悲，欢时怡然，这才是一流的表演。李渔因之严厉批评了不明曲意的学曲现象："吾观今世学曲者，始则诵读，继则歌咏，歌咏既成而事毕矣。至于'讲解'二字，非特废而不行，亦且从无此例。"其意在于指出戏曲承载的是"情感"，是极富生命体验的一种生存表征，导演唯有将这种深刻的意旨讲明说透，识字不多、理解力有限的演员才能首先受到感染，并真正将自身融入角色中，调动自己的审美能力，传达导演的审美理想，化板滞为灵动，化死曲为活音，化歌者为文人，否则，不讲解曲意而试图使演员学好曲是不可能的。

不但要为演员讲明曲意，还需教习宾白，时人大都认为与唱曲相比，说白极易，表面看来，宾白念熟即可，而曲文先需念熟，然后再唱，数十遍后方才唱熟，似乎确实唱曲难于宾白，李渔却独怪其非是，认为"唱曲难而易，说白易而难"，事实也确实如此，"善唱曲者，十中必有二三；工说白者，百中仅可一二"，为什么呢？"知其难者始易，视为易者必难"，唱曲中的高低、抑扬、缓急、顿挫，都有定格之曲谱可依，师傅教习时也严格规范，演员学习时也知用功于此，加之演唱时，声音高低、气息长短又可跟着腔板，因此，想"出轨"都不易；而宾白则不同，研究其高低、抑扬、缓急、顿挫的人很少，师傅大都凭自己的经验口传于弟子，所以没有谱籍可查，表演时又无板腔可按，因此难以把握，一片高声，或一派细语，均打动不了观众，想要念出高低、缓急，谈何容易？李渔指出，教习宾白，要想让演员真正做到高低抑扬，首先要注意宾白中的正字与衬字，"每遇正字，必声高而气长；若遇衬字，则声低气短而急忙带过，此分别主客之法也"，譬如"取茶来"一句，"茶"为正字，其声必高而气长；"取"字与"来"字为衬字，以低而短的音说出即可，句子如此，句段亦如此。李渔还进一步授之以法，指出优师可授而予之，在点脚本时，将高低抑扬明确标出，师心切切，感人如是。教习宾白，尚需明晓缓急顿挫，场上说白，常有如此情形，当断处不断，不当断处忽断；当连处不连，不当连处反连，而此中微妙又难以言传笔录，不过，李渔还是提出具体之法："大约两句三句而止言一事者，当一气赶下。中间断句处，勿太迟缓。或一句止言一事，而下句又言别事，或同一事而另分一意者，则当稍断，不可竟连下句。"

　　导演需要讲解的不仅有曲意、宾白，还要调教演员技艺、现场的乐队演奏等。在对演员唱腔的调教上，李渔提出了"调熟字音""字忌模糊""曲严分合"等要求。"调熟字音"强调在演唱慢曲时，导演要提醒和指导演员注意演唱时字头、字尾及尾后余音的把握，如唱"箫"字，不可出口直入"箫"字，如此唱是为别一个字，而要以"西"为字头入，字尾亦不可以"箫"结束，同样是别一个字，要以"夭"字收音，还要以"乌"字作为余音，同时，字头、字尾及余音，皆须隐而不显，浑然天成，不能拖泥带水唱实每个字，如此演唱，则字正腔圆，清晰可人，听者尽解。不明此理，出口一错，便一错到底，一字既错，又会波及别的字，戏曲是一种舞台艺术，在舞台上说唱出来的戏词和宾白，传至观众的耳朵，经过时空的穿越，本来就会在接受和理解上产生折扣，如果演员的唱腔口音有问题，观众一定难以听下去。"字忌模糊"强调导演当净演员之齿颊，要求其出口之际，字字分明，不可使听者只闻其声，辨不出一字，越听越闷。"曲严分合"强调从表现剧情的角度出发，选择最恰切的独唱或合唱形式，切忌不分浅深之词意，以众人之口出之，"在授曲之人，原有浅深二意：浅者虑其冷静，故以发越见长；深者示不参差，欲以禽以见好"，如《琵琶记》中《中秋赏月》一折，同是赏月，牛氏的欢愉不同于蔡伯喈的凄凉，此时若让数人登场作合唱之曲，"谛听其声，如出一口"，定不能表达作者之深心，不能很好地传递两人各谈心事的巧妙设置中所蕴含的深意，也不能很好地塑造出对比鲜明的两个场景和性格不同的两个人物形象，合唱确实热闹，可以营造一种表面引人的气氛，但其代价是违背了曲意，当然也就不被观众接受。

　　教习演员的工作在今天已经不需要导演亲力亲为了，演员在学校已经完成了相关素质的培养，然而，李渔通过自己长期的戏曲创作和演出实践，在深谙戏曲冷热相宜之理后所提出的那种反对不问曲情曲意，仅以场上人多、声音热闹的伎俩诱惑观众的做法，却对今人很有启发，今天的艺术界，在诸家都想一鸣惊人的欲望的鼓动下，不乏炫闹的情节、诱人的图像和复杂的声音，从电影大片到电视长剧，令人眼花缭乱，然而心却难以抵达幸福的殿堂，李渔谈的尽管仅仅是戏曲，但其意义是极其深刻和深远的。

四

  戏曲是一种综合的舞台艺术，演员的说唱、演员的服装与道具、相关的音乐与舞台设计等，都是舞台演出的有机组成部分，都直接或间接影响戏曲演出的效果，作为舞台演出的设计者和组织者，导演要兼顾到各个方面，并始终围绕最后的演出效果而思考。而在长期的戏曲演出中，戏场的恶习常常积淀到各个方面，难为人发现，李渔强调，导演应当有意克服掉那些"一人作之，千万人效之"的习焉不察的恶习，《脱套第五》中讲到了音乐、衣冠、声音、语言和科诨等方面的表演恶习。李渔指出，锣鼓是舞台表演的筋节所在，是戏曲演出转折连接的关键处，合宜的锣鼓声会恰到好处地渲染出一种独特的气氛，令观众的心为之紧缩，为之一振，倘若锣鼓"当敲不敲，不当敲而敲"，或"宜重而轻，宜轻反重"，"均足令戏文减价"；胡敲乱打，或打断曲文，或抹杀宾白，都会影响到观众的赏曲效果。在音乐与歌声的关系方面，李渔指出：丝、竹、肉三者，最好的呈现效果乃"三籁齐鸣，天人合一"，其中，以肉为主，丝竹副之，主行客随，因为观众到戏场为的是听歌声，不是为听音响，如果吹合之声高于曲声，音乐的伴奏声盖过演员的演唱声，则属主客倒置，喧宾夺主了，李渔"吹合宜低"的观点就是要求革除戏场上舞台伴奏的恶习，使音乐为歌声服务，为观众服务。

  演员着装方面，李渔也发现了一些恶习，并以审美的眼光提出了独到的见解。恶习之一，不顾人物形象及衣服的文化内涵，妄改着装色彩。中国古代的服装很有讲究，哪一个朝代，何种人用何种颜色的服饰，做何样式的装扮，都有一定的历史依据，李渔深谙衣服的作用，在《声容部》，李渔通过对"衣以章身"的剖析展开自己对于衣服内蕴的阐释，他认为，衣服诚然有护体、保暖等现实功用和含义，然而"身非形体之身，乃智愚贤不肖之实备于躬，犹'富润屋，德润身'之身也"，可见，在李渔看来，人的身体不仅是一种物理存在，还是一种社会文化的存在，如此，则章身之衣也就成为人的社会文化内涵的外现。譬如青衿，青色交领的长衫，源自《诗经·郑风·子衿》"青青子衿，悠悠我心"一语，周代为学子的服饰，毛传曰："青衿，青领也。学子之所服。"北周庾信《谢赵王赉息丝布启》曰："青衿宜袭，书生无废学之诗；春服既成，童子得雩沂之舞。"《新唐书·礼乐志九》亦有"其日，銮驾将至，先置之官就门外位，学生俱青衿服，入就位"的记载。明清时期，青衿是秀才的常服，借指秀才，清人纪昀《阅微草堂笔记·如是我闻四》有语曰："身列青衿，败检酿命。"并自注曰："科举时称秀才为青衿。"清人康有为则在《大同书》甲部第一章曰:"明以来之文臣不为公侯,必待艰难考试乃得青衿。"综上可见,青衿确如李渔所言,乃朝廷名器,贤圣之人,方可衣之,以贵贱论,则缙绅方可选。蓝衫,旧时指八九品小官所着衣装,明清时秀才穿此服装。由考述可见,青衿与蓝衫均为学子之服装,因此李渔所记"凡遇秀才赴考,及谒见当途贵人,所衣之服,皆青素圆领,未有着蓝衫"的演出装扮是有据可依的,即如秀才着蓝衫亦不过,然时至清初,李渔发现,"蓝衫与青衿并用"于戏曲舞台,用以别君子、小人,"为小人之服,必使净、丑衣之",殊不知,此举颇有可疑之处,难道青衿、蓝衫可区分君子与小人?何曾小人着过蓝衫?李渔认为,当"或仍照旧例,止用青衿而不设蓝衫;若照新例,则君子、小人互用。万勿独归花面,而令士子蒙羞"。澹心于此处批曰:"余向有此三疑,今得笠翁喝破,若披雾而睹天矣。然此物误人不浅,即以花面着之,亦不为过;但身着青衿者,未必尽君子耳。"此亦知音之语。恶习之二,无端竞侈。譬如妇人之服,贵在轻柔,当为表现女性的柔美特质服务,而近人打造的女子舞衣,却坚硬有如盔甲,硕大的云肩,又围以锦缎,华丽无比,李渔指出其实质是以"遮羞"的名义穷奢竞侈,李渔对于女子柔美的理解尽管刻板呆滞,然其提出的恶习确实一针见血,尤其对于场上的组织者——导演,更具有可操作性的现实意义,即使在今天,同样适用。其实,李渔并非反对革新,而是强调革新要谨慎。

李渔还指出了戏场上的声音、语言等恶习。"可怪近日之梨园,无论在南在北,在西在东,亦无论剧中之人生于何地,长于何方,凡系花面脚色,即作吴音。岂吴人尽属花面乎?此与净、丑着蓝衫同一覆盆之事也。"此为声音方面的恶习,在李渔看来,声音应因地制宜,随角色而定,此不仅与角色塑造有关,是艺术真实的一种表现,也是观众接受的一种需求。"即作方言,亦随地转。如在杭州,即学杭人之话,在徽州,即学徽人之话,使妇人皆能识辨。"此处观点,与填词为登场的观点一脉相承。李渔还指出语言方面的恶习,如在舞台上不论何种场合、不管语境如何,都多用"呀""且住"等词,有时,一段宾白,连说数十个"且住",几近口头禅。李渔革除语言恶习的提倡亦具有现代意义,它对于现代舞台演出时"哇""啦"不停滥习、嗲声嗲气的媚俗倾向,都有一定的警醒作用。

图像是人们对客观对象的一种相似性、生动性的表示,是人们非常重要的信息源,据统计,一个人获取的信息大约有75%来自视觉,所以古人说"百闻不如一见",今天的人对于图像格外依赖,人们停留在电视、电脑前的时间与日俱增,因此,如何把好图像文学的关便成为一件非常重要的事情。300年前李渔的导演理论为我们提供了诸多可资借鉴的观点与启示,就让我们用心鉴之,耐心习之,细心用之。

中国文学批评史的早期课程与讲义

王 波[*]

（解放军艺术学院 北京 100084）

摘 要：中国文学批评史的发生与近代学制密不可分。这一课程最初的萌芽来源于《奏定大学堂章程》（1903）的"古人论文要言"。先后在大学讲堂讲授文学批评史的是陈钟凡、郭绍虞、罗根泽与朱东润，同时其讲义经过修改、传播与阅读逐渐成为经典著作，并奠定了他们在学科史上的重要地位。本文以这四位学者为中心，挖掘他们所在大学的课程表，围绕其课程与讲义，复原作为一门学科和著作体例的文学批评史的发生情况。

关键词：中国文学批评史；课程；讲义

1903 年，张之洞在《筹议京师大学堂章程》（1898）、《钦定京师大学堂章程》（1902）的基础上重订大学堂章程，借鉴日本学制，分为八科，"文学科"是其中之一，其下又分为九门，其中之一是"中国文学门"。"中国文学门"需修"主课"七类：文学研究法、说文学、音韵学、历代文章流别、古文论文要言、周秦至今文章名家、周秦传记杂史·周秦诸子。"历代文章流别"观念虽源自挚虞《文章流别论》，但通过《章程》说明"日本有《中国文学史》，可防其意自行编纂讲授"可知，其与文学史等同。"古人论文要言"说明则是："如《文心雕龙》之类，凡散见子、史、集部者，由教员搜集编为讲义。"[①] 与文学批评史大致等同。只不过，"历代文学流别"迅速由林传甲搬上讲堂，并编纂了本土第一部《中国文学史》（1904），而"古人论文要言"则多灾难产，20 世纪 20 年代才进入大学讲堂。虽然 1914 年始黄侃在北京大学讲授《文心雕龙》，但其实是"文学概论"课程，只不过以《文心雕龙》为本。黄侃 1914 级国文系学生范文澜日后在南开大学讲授《文心雕龙》，也只是国文课三部分内容之一，讲义是《文心雕龙讲疏》，与文学批评史体例有所不同。先后在大学讲堂教授文学批评史的是陈钟凡、郭绍虞、罗根泽与朱东润，同时其讲义经过修改、传播与阅读逐渐成为经典著作，并

---

[*] 王波（1986— ），山东菏泽人，解放军艺术学院学报编辑，文学博士。
[①] 舒新城编：《中国近代教育史资料》（中），人民教育出版社 1981 年版，第 589 页。

奠定了他们在学科史上的重要地位。本文就以四位学者为中心，围绕其课程与讲义，复原作为一门学科和著作体例的文学批评史的发生情况。

一

中国文学批评史学科史上的第一部著作是陈钟凡的《中国文学批评史》，这点学界有所共识。只不过，对于陈著何时开始撰写、何时初具规模等问题，众家说法不一，而且往往把这第一部批评史的归属划入自家园地，以续学术传统。有的学者把学科史的发端追溯到南京大学，比如，周勋初就说，陈钟凡率先在东南大学开课。① 彭玉平则不以为然。陈钟凡 1925 年任广东大学（中山大学前身）文科学长兼教授，并且《广东大学周刊》第 28 号（1925 年 10 月 26 日）《文科朝会记》记录的"陈钟凡学长报告"言："……拙著《中国文学批评史》，年内皆可成书。"② 因此，他说："陈钟凡是在任教中山大学期间撰成此书的，所以说中国文学批评史学科诞生于岭南，诞生于中山大学，盖无不可也。"③ 1924 年 12 月，陈氏应聘广东大学，次年 10 月底即因江浙战事请假回籍，文科学长由中文系主任吴敬轩代理。④ 陈氏在广东大学只留 10 月余，即使在此期间撰写批评史，相比撰写时间和地域而言，考察一门学科的诞生更重要的是登入大学讲堂的最初课程和最初撰写动机与计划。如此言之，说"中国文学批评史学科诞生于岭南，诞生于中山大学"实属勉强。追溯学科诞生之时，恐怕还需上溯到陈氏更早任教的东南大学。

东南大学于 1921 年 6 月在南高师基础上创建而成，同年 9 月，陈钟凡任国文系主任兼教授。陈氏早年就读两江优级师范学堂（南高师前身），后入读北大文科哲学门，后又任北京女高师国文部主任，可以说是母校国文系主任的合适人选。据郭绍虞、周勋初回忆，陈氏最早在东南大学讲授文学批评史课程。⑤ 1923 年 4 月印行的《国立东南大学一览》显示，国文系课程设置分为本科学生课程（第一类）、辅系学生自选课程（第二类）、他科学生自选课程（第三类）和本科学生研究科目（第四类、第五类）。与文学批评史课程相近的就是第二类中的"历代文评"，纲要说明是"魏晋以来历代名家评文之论说"⑥，可惜的是所有课程都未注明授课老师。此年度国文系教师是：陈钟凡（斠玄，主任、教授）、顾实（惕森，国文教授）、陈去病（佩忍，诗赋散文教授）、吴

---

① 参见周勋初《序》，罗根泽《中国文学批评史》，上海书店出版社 2003 年版。
② 转引姚柯夫《陈钟凡年谱》，书目文献出版社 1989 年版，第 21 页。
③ 彭玉平：《陈钟凡与批评史学科之创立》，《诗文评的体性》，北京大学出版社 2012 年版，第 62 页。
④ 参见姚柯夫《陈钟凡年谱》，书目文献出版社 1989 年版，第 21 页。
⑤ 郭绍虞回忆："在那时，教中国文学批评史课的人并不多。从全国来看，恐怕只有南京中山大学才开这门课，因为那时只有中华书局有陈钟凡先生的《中国文学批评史》。"参见《照隅室杂著》，上海古籍出版社 2009 年版，第 405 页。
⑥ 《文理科学程详表》，《国立东南大学一览》1923 年度。

梅（瞿安，词曲国文教授）、周盘（铭三，国语主任教员）、邵祖平（潭秋，国文助教）、周澂（哲准，国文助教）。① 其中，最有可能开设"历代文评"课程的应该是陈钟凡。可以说，1923年陈钟凡在东南大学讲授"历代文评"，是他后来编著《中国文学批评史》最初的动机和基础。不过，也许因为学科草创，需披荆斩棘，1925年"年内成书"之计划没有实现，第一部批评史等到两年之后才最终面世。

不过，以治经、子起家的陈钟凡，为何会转入集部，开设此课？郭绍虞有过推测："当时黄侃、刘师培诸人都在北大开过课。黄氏讲《文心雕龙》，刘氏讲中古文学史，陈氏可能受黄、刘二位学者的影响，于是特辟这一门学科。"② 彭玉平认为，这与吴梅的启迪之功密不可分："由于著名词曲家吴梅南下讲授词曲，研究文学在东南大学蔚成风气。这些也影响到陈钟凡治学开始从经史之学向文学方向转变。"③ 其实，陈氏幼承家学，国学根底深厚，文学自然是国学之内容。陈氏编述的《古书校读法》（1923）附录《治国学书目》，书目分为七类，七类之中就有"文学书目"，且数量最多，168种，其中包括"诗文评及文史" 37种。而且，他认为，"治文学者，应知古今词例、文章法式、文体流变、历代文人事迹及其述造也"④。而"古今词例、文章法式、文体流变"等大多体现在"诗文评及文史"类著作中。因此，转入文学之后，他认识到"诗文评及文史"对于研究文学之重要，开设"历代文评"一课就不足为奇了。

二

郭绍虞初教中小学，经胡适推荐，入福州协和大学，始在大学讲堂讲授文学史。1927年7月，应聘燕京大学国文系，因教师人多，不必开设文字学之类的课程，又因之前讲授文学史注意到文学批评问题，于是开设"文学批评史"课程。查《燕京大学本科课程一览》（民国十七年），"文学批评史"，3学分，授课一学年，时间是每周一、三、四下午3：30，三、四年级选修，课程说明："本课以自上古至宋元为文学批评萌芽期，自明至近代为文学批评发达期，注重在历史的叙述，说明其因果变迁之关系，编有讲义，课外任作笔记。"⑤ 第一学年，郭氏来不及编写讲义，只好依据陈钟凡批评史上课。第二年，郭氏开始自己编写讲义。其最初讲义虽在当时坊间流传，但今日我们已不得而见，无法看出最初讲义与后来出版著作之差异。不过，课程说明显示，郭氏对于批评史之分期与后来有明显不同。他最初依据普通事物发生的规律，简单地分为两期：萌芽期与发达期。此后，他作有《文学与其含义之变迁》一文（刊《东方》

---

① 参见《国立东南大学教职员一览》，《国立东南大学一览》1923年度。
② 郭绍虞：《我是怎样学习中国文学批评史的》，《照隅室杂著》，上海古籍出版社2009年版，第405页。
③ 彭玉平：《陈钟凡与批评史学科之创立》，《诗文评的体性》，北京大学出版社2012年版，第64页。
④ 陈钟凡：《古书校读法》，商务印书馆1923年版，第47页。
⑤ 《燕京大学本科学程一览》（民国十七年），第82页。

第25卷第1期），解决"文学"这一问题后，便以文学观念之演进把批评史分为三期：周秦至南北朝为文学观念演进期，隋唐至北宋为文学观念复古期，南宋至现代为文学批评完成期。其实，郭氏之三期也可看作两期，北宋以前与南宋以后，前者以文学观念为中心，后者以文学批评本身理论为中心。只不过，前者又可细分演进与复古二期，如此则变成三期。在更为细致、合理的三期划分产生之后，郭氏对于最初二期之划分自然不再满意。于是，1936年度的《燕京大学一览》"中国文学批评史"，授课人仍是郭绍虞，不过课程说明删去了之前的分期内容，仅剩下"讲述中国文学思潮之演变，与各时代批评家之主张"①。

经过几年（从1927年起）的细细打磨，郭氏批评史上卷终于在1934年作为"大学丛书"之一由商务印书馆刊印，完成讲义到著作的升级。那么，郭氏讲义为何迟迟不肯刊印？在这长达六七年的时间里，郭氏所付出的心血和甘苦在其《自序》中能够略窥一二："为了治文学批评史，犹且遇到许多枝枝节节的小问题，为解决这些问题，也曾费了不少力气……费了好几年的时间，从事于材料的搜集和整理，而所获仅此。"②所谓"枝枝节节的小问题"就是辨析那些历来模糊不清的术语、名词、含义及其演变始末。在此期间，郭氏先后发表多篇文章③，以图解决"文学""神""气"说、"文气""神"与文学批评、文笔与诗笔、文与道等"小问题"，这些论述此后都被纳入批评史，且成为全书骨架。比之上卷，下卷的诞生更为漫长，直至1947年才分为两册最终刊印。此间，郭氏一直在燕京大学讲授批评史，直至1941年因太平洋战争爆发燕大停办。除了需讲授"形义学""修辞学""文学概论""文学史""陶渊明集"等课程分散了研究精力外，南宋以后文学批评材料之繁多也增加了整理的难度，特别是诗话一类，为此他不仅撰文作诗话考（《北宋诗话考》《南宋诗话残佚本考》等），而且整理两册《宋诗话辑佚》（1937）。其实，揣摩他发表的有关文学批评文章④，可以推测，20世纪40年代初郭氏对于批评史材料已打捞一遍。只是燕大停办，他不得已南下上海，受聘开明书店，并编辑《国文月刊》，且辗转多所高校任教，无暇整理批评史旧稿，况且商务印书馆西迁重庆，也只能等到抗战胜利后商务印书馆复原上海，其批评史下册才有面世之日。

郭绍虞在燕京大学授课的同时，也在清华大学国文系兼授"中国文学批评史"。1927年度清华国文系课程有"文论辑要"一课，授课人是朱洪。⑤次年，朱洪不被续聘，郭氏可能是代朱洪授课。查《国立清华大学一览》（民国十九年）载《大学本科学

---

① 《燕京大学一览》（民国二十五年），第83页。
② 郭绍虞：《自序》，《中国文学批评史》上卷，商务印书馆1934年版。
③ 先后发表的文章有《中国文学批评史上之"神""气"说》（1927）、《文学观念与其含义之变迁》（1927）、《文气的辨析》（1928）、《所谓传统的文学观》（1928）、《儒道二家论"神"与文学批评之关系》（1928）、《先秦儒家之文学观》（1929）、《文笔与诗笔》（1930）、《中国文学批评史上文与道的问题》（1930）等。
④ 自上册出版后，郭氏先后发表的文章有《〈沧浪诗话〉以前之诗禅说》（1935）、《元遗山论诗绝句》（1936）、《格调与神韵》（1937）、《朱子之文学批评》（1938）、《性灵说》（1938）、《论宋以前诗话》（1939）、《袁简斋与章实斋之思想与其文论》（1941）等，此后至下册出版期间，再无文学批评文章。
⑤ 参见齐家莹编纂《清华大学人文学科年谱》，清华大学出版社1999年版，第48页。

程一览》，有"中国文学批评史"一课，授课人是郭绍虞，学程说明与燕京大学1928年度课程说明一字不差，同样是全学年，只不过清华课程是四学分，四年级必修。这门课程由燕大选修转到清华必修，与清华中文系的培养目标有关。杨振声起草的《中国文学系的目的与课程的组织》显示，因"文学系的目的"是"创造我们这个时代的新文学"，故课程的组织并重"研究我们自己的旧文学"与"参考外国的新文学"，所以"到了第四年，大家对于文学的各体都经亲炙了，再贯之以中国文学批评史。对于中外文学都造成相当的概念了，再证之以中外比较文学"。① 因此，"中国文学批评史"自然是必修课程。

三

1932年，燕京大学限制本校教员在校外兼课，郭绍虞便推荐罗根泽接替清华课程，其晚年回忆当时情形："雨亭当时有难色，谦让不肯去。我说治一门学问有成就的，治别一门也绝无问题。这话固然说得偏一些，但对雨亭来讲，而且指这两门学问讲，我想还是很合适的。"② 罗氏之所以"有难色"，概因他之前研治诸子学，对批评史研究并无根底。罗氏一接手此课，课程情况就发生了某些变化。查《国立清华大学一览》（民国廿一年度），"中国文学批评史"一课的课程说明一如从前，只不过未署名，全学年变为下学期，四学分也相应地变为三学分。③ 清华素来注重教员学术声望④，初出茅庐的罗氏当然不被重视，旋即两年即遭解聘。不过，正是在这两年期间，罗氏批评史讲义初具规模，且经过两次修改，正式出版，我们可从《自序》中看出其修改情况和最初分册计划：

> 全书拟分四册，这一本仅叙到六朝，算做第一分册。第二分册是唐宋，预备暑期出版。第三分册是元明，第四分册是清至现代，统拟于明年付印。此第一分册，在清华讲了两次，第二次讲时修改了一次，付印时又修改一次，有几章直是另作，和原稿完全不同。⑤

仅两年有余，第一分册即面世，比之郭绍虞，效率不可谓不高。而且，次年计划付印全四册批评史，也符合罗氏喜订好高骛远的研究计划的习惯。

---

① 《大学本科学程一览》，《国立清华大学一览》（民国二十九年）。
② 郭绍虞：《罗根泽〈中国文学批评史〉序》，《照隅室杂著》，上海古籍出版社2009年版，第484页。
③ 参见《国立清华大学一览》（民国廿一年度），第39页。
④ 冯友兰回忆："清华不大喜欢初出茅庐的人，往往是在一个教授在别的学校中研究已经有了成绩，教学已经有了经验之后，才聘请他。"参见《三松堂自序》，《三松堂全集》第1卷，河南人民出版社2001年版，第287页。
⑤ 罗根泽：《自序》，《中国文学批评史》，北平文化学社1934年版。

1934年秋，罗根泽离京南下，任教安徽大学，继续讲授文学批评史。虽然客中无书，但凭借安徽省立图书馆藏书，批评史得以续写。次年，唐代文学批评完成初稿，先后刊发于安徽省立图书馆馆刊《学风》。①而晚唐五代篇也相继完成，其中部分内容刊《文哲月刊》《新苗》。②先后于1943年、1945年出版的《隋唐文学批评史》《晚唐五代文学批评史》皆源于此。虽然两宋文学批评部分内容于抗战内迁后才陆续发表，但罗氏于1936年左右已开始着手准备。他在《南朝乐府中的故事与作者》一文中说："此文草毕，因搜求宋代文学批评史料，翻阅宋人文集笔记……"③在《笔记文评杂录》一文中说："我且趁编纂《中国文学批评史》的方便，就宋人笔记中，提出文学批评的材料，做一个文学批评垃圾箱；又题要钩玄，来一个文学批评垃圾箱叙录。"④这二文皆刊于1936年，故这一年他便开始阅读宋代文集笔记，搜集文学批评材料。对于诗话尤其用心，于1935年秋即开始着手，辑出已佚诗话21种，并于次年夏撰成《两宋诗话辑校》。《宋初的文学革命论》篇首也说明该文草于1937年夏。之后，自1939年始，罗氏陆续发表宋代文学批评部分内容，先后有关欧阳修、宋初文学革命论、黄庭坚、王安石、杨万里、朱熹、李杜集的整理、苏轼、苏门弟子、三苏思想、黄裳、陈师道、楼钥、王柏、魏了翁、陆九渊派等。不仅如此，两宋篇的结构也已大体安排。在1944年新版《绪言》中，罗氏叙述纪事本末体随文体而异，就以两宋篇为例："两宋的古文论为一章，四六文论为一章，辞赋论为一章，诗论为一章，词论为一章。"⑤论述庄子的艺术创造论时，叙及后世的自然文艺论说到苏轼，也有标注"详六篇六章三节"，第六篇即是两宋文学批评篇。

　　1942年始，罗根泽开始整理文学批评史（周秦至晚唐）予以出版。因篇幅繁重，遂分为周秦两汉、魏晋六朝、隋唐、晚唐五代四册，并把1942年10月10日写就的自序附于周秦册前。自序全文是典奥文言，与书中语体文颇不协调，对此周勋初描述中央大学情形解释道："该校文学院中文系的一些教授，都是身兼儒林、文苑之长的名流，罗先生在这种环境之下，也要显示一下下笔能文。"⑥当时，中央大学师范学院初期只有二人：系主任伍叔傥和罗根泽，朱东润回忆称，伍氏"认为他（指罗——引者注）的文采不足，多少有些轻视"，连"统一战线"的"战友"都如此看待，更何况中

---

① 第一章、第二章、《唐史学家的文论及史传文的批评——唐代文学批评研究初稿第三章》《唐代早期古文文论——唐代文学批评研究第四章》《佛经翻译论——唐代文学批评研究第六章》1935年先后刊第五卷第二、三、四、八、十期。
② 罗根泽在1945年版《晚唐五代文学批评史》注释中曾说："本篇各章作于一九三五年秋至一九三六年春。"《晚唐五代的文学论》刊《文哲月刊》1935年第1卷第2、3期，《五代前后诗格书叙录》刊《文哲月刊》1936年第1卷第4期，《诗句图》刊《新苗》第4卷（1936）。
③ 罗根泽：《南朝乐府中的故事与作者》，《文化先锋》1936年第4卷第4、5期。
④ 罗根泽：《笔记文评杂录》，《北平晨报·学园》1936年第927期。
⑤ 罗根泽：《周秦两汉文学批评史》，商务印书馆1944年版，第38页。
⑥ 周勋初：《罗根泽在三大学术领域中的开拓》，《中国文学研究现代化进程二编》，北京大学出版社2002年版，第170页。

文系的"名士"汪辟疆、胡小石等人。除此之外,还增添新写的长篇绪言,并且周秦两汉、魏晋六朝二册与1934年版《中国文学史》有较大改动。至于修改重新出版原因,新版自序说:"已梓三篇,亦全数焚毁,故裒集董理,重托剞劂。"[①] 不仅如此,1934年版两年即告完成,仓促之间,材料、论述等方面肯定有所不足,况且当时评价也没有达到罗氏预期。

四

武汉大学于1928年7月在国立武昌中山大学基础上组建而成。同年秋,闻一多任文学院院长兼外文系主任。他素来主张语言与文学分家、中文系与外文系合并,于是让担任预科英文的朱东润着手准备《英文国学论著》和《中国文学批评史》两门课程。让海外归来的朱氏讲授前一课程还算在情理之中,让其从事后者只能说闻氏知人善用。朱氏就读上海南洋公学期间深得古文大家唐文治的赏识,国学功底不俗。作为他的同学兼推荐人,系主任陈源应该向闻一多有所介绍。经过一年的资料搜集,朱东润于1931年在武汉大学开讲文学批评史。查《国立武汉大学一览》(民国二十年),《各学院概况学程内容及课程指导书》里有"中国文学批评史"一课,每周二时,中国文学系四年级必修和外国文学系四年级选修,课程内容是:"本学程略述中国文学批评之源流变迁,并研究各时代中文学批评家之派别、作品,及其对文学所发生之影响。"[②] 次年夏,朱东润完成讲义初稿。两年时间(加上之前的准备时间),朱氏写就了约17万字的初稿,从他晚年的回忆中,我们可约略了解其中辛苦。他不仅利用有限的余款跟随长于目录、校勘的李雁晴和精于版本的任戆忱在旧书店选购,而且每周要写五六千字的讲义,有时甚至秉烛写稿至三四点方能就寝。[③] 在此之前,已有陈钟凡批评史,朱氏自然不能趋避之。讲义初稿书首题记言陈著"仓卒成书,溥漏时有",大体言之,有"繁略不能悉当""简择不能悉当""分类不尽当"三端,于是朱氏讲义就侧重三方面,即远略近详,选取最关紧要的批评家和著作、以人为纲。不仅如此,"今兹所撰,概取简要,凡陈氏所已详,或从阙略,义可互见,不待重复"。[④]

对于此后讲义修改和出版状况,朱东润在《自序》中有所说明:"一九三二年秋间,重加订补,一九三三年完成第二稿。一九三六年再行删正,经过一年的时间,完成第三稿。一九三七年的秋天开始排印。"[⑤] 但刊印一半,抗战爆发,第三稿下半部遗失,不得已只能把第三稿上半部和第二稿下半部合并,于1944年由开明书店出版。不

---

① 罗根泽:《自序》,《周秦两汉文学批评史》,商务印书馆1944年版。
② 《各学院概况学程内容及课程指导书》,《国立武汉大学一览》(民国二十年度),第8页。
③ 参见《朱东润自传》,《朱东润传记作品全集》第4卷,东方出版中心1999年版,第171、177页。
④ 朱东润:《中国文学批评史讲义》"书首题记",转引陈尚君《朱东润先生研治中国文学批评史的历程——以先生自存讲义为中心》,《复旦学报》2013年第6期。
⑤ 朱东润:《自序》,《中国文学批评史大纲》,上海古籍出版社2001年版。

过，几次修改都是具体内容之增删，全书体例与风格无大变化。比之陈、郭、罗等人著作，朱著无疑流露着更多的讲义气息。这种讲义的特点或多或少会影响材料的取舍、结构的安排以及论证的过程，对此朱氏有着清晰的认识：

> 因为授课的时间受到限制，所以每次的讲授不能太长，也不能太短，因为讲授的当中不能照本宣读，所以讲授的材料不能完全搁入讲义。因为在言论中要引起必要的注意，同时因为印证的语句，不能在口头完全传达；所以讲义中间势必填塞了许多的引证，而重要的结论有时不尽写出。因为书名人名的目录，无论如何的重要，都容易引起听众的厌倦；所以除了最关紧要的批评家和著作以外，一概不轻阑入。①

除此之外，朱著明显的特点莫过于全书皆用文言写成，这与当时武大中文系之风气息息相关："其实30年代左右的武汉大学中文系真是陈旧得可怕。游国恩、周子幹还在那里步韵和韵，这是私人活动、无关大局，刘先生在中文系教师会议上昌言'白话算什么文学！'不能不算是奇谈怪论。"② 朱氏在另一处指明所谓"刘先生"是刘永济。③ 如此气氛对朱东润著书写作自然影响不小："我所以用文言写论文和讲稿，只是告诉他们一声：'之乎者也并没有奥妙，大家一样地写出来。'"④ 这当然是作者晚年自我遮掩之说，与胡适把"整理故国"说成"打鬼"心理略同。此后，朱东润在中央大学写就的《自序》（1943年2月）便改用白话。出版时书名则是采取叶圣陶的提议，朱氏回忆称："这本书本来只称为'讲义'，后来叶圣陶提议交给开明书店出版的时候说：'讲义两个字的卖相不妥，还是不用的为好。'可是我那本书算什么'史'呢？后来双方折中，称为'大纲'，一边顾到开明书店的卖相，一边也顾到我那不敢称'史'的虚衷。"⑤

由上可知，中国文学批评史之发生与近代学制密不可分。正是文学批评史进入大学课程，因教学需要，一批学者开始编写讲义，再经修改刊印成著作，一门学科才得以成立。清末《奏定大学堂章程》的"古人论文要言"一课，先是以文学批评文选附属于国学概论、文学概论或文学史课程⑥，后于20世纪20年代出现"文学批评史"课

---

① 朱东润：《自序》，《中国文学批评史大纲》，上海古籍出版社2001年版。
② 《朱东润自传》，《朱东润传记作品全集》第4卷，东方出版中心1999年版，第188页。
③ "刘弘度教授有一句名言：'白话算什么文学！'好在'之乎者也'那套本领我也领教过一些，因此这部大纲充满不少的文言调子。"参见《朱东润自传》，《中国当代社会科学家》第1辑，书目文献出版社1982年版，第50页。刘弘度即刘永济（1887—1966）。
④ 《朱东润自传》，《朱东润传记作品全集》第4卷，东方出版中心1999年版，第188页。
⑤ 《朱东润自传》，《中国当代社会科学家》第1辑，书目文献出版社1982年版，第50页。
⑥ 国学概论课程讲义，如郭绍虞《国故概要甲辑·文学理论之部》、钱基博《国学必读》等。文学概论课程讲义，如刘永济在明德中学教授"文学概论"的讲义《文学论》（1922）就有附录一《古今论文名著选》，收序跋、书信及史书"传论"41篇。文学史课程讲义，如胡小石的《中国文学史讲稿》对建安、晋代、齐梁文学批评有大量叙述。

程，至 20 世纪 30 年代初大学讲堂已基本普及"文学批评史"或类似课程。[①] 有的依照现有著作，有的自编讲义，讲义又或遗失或存世。除上述四位之外，存世的批评史讲义还有陈子展 1935 年的复旦大学讲义（先秦至隋），油印本，现存复旦大学图书馆。任访秋 1943 年在河南大学开设"中国文学批评"课程的讲义（先秦至明初），经解志熙整理已编入《任访秋全集》（河南大学出版社 2013 年版）。朱自清自 1936 年始就在清华开设"中国文学批评"，但可惜一直无文字存世，直至半个多世纪后刘晶雯才把在西南联大 1945 年度的课堂笔记出版（天津古籍出版社 2004 年版），我们大体可窥朱氏讲义面目。

[①] 比如北京大学"中国古代文学批评"、中央大学"文艺评论"、安徽大学"中国古代文艺批评史"、重庆大学"文学批评"、湖南大学"历代文学批评"、大夏大学"中国文艺评论"等。参见栗永清《知识生产与学科规训：晚清以来的中国文学学科史探微》，中国社会科学出版社 2012 年版，第 197 页。

作家作品评论

解码《木兰诗》：以巴尔特语码进行的观察

严纪华[*]

（中国文化大学 台北）

摘 要：作者将通过巴尔特语码检视《木兰诗》代父从军的传奇故事，聚焦其所置身的社会历史、文化背景以及传统的文学系统，女性作为叙事主体兼及凝视客体的接受、抵抗与消解等文学现象的重新分析与评估。

关键词：《木兰诗》；巴尔特语码

一

西方文学批评理论的发展自 20 世纪以来已然发生变化，先是对作品/文本的分析研究取代了对作家的关注考察；接着以倾向于采取读者的"阅读反映接受"的过程视为再创造的思维转移了贯注文本的批评重点。其间，法国结构主义文论作为俄国形式主义和布拉格结构主义文论的逻辑延伸[①]，创见纷呈[②]。而罗兰·巴尔特（Roland Barthes，1915—1980）是最重要的文论家之一，他的写作著述从语言学出发，博采众长，在不同阶段提出了其对结构主义、叙事学文论的建设与转向[③]，见解独特。其后，随着"结构主义也是世界的某种形式，它将跟着世界变化"[④]，1970 年，巴尔特的《S/Z》体现着"意义是差异的产物"的特点，提出"作者书"的理念[⑤]，企图突破结构主义范式的单一性、系统性[⑥]，让意义自

---

[*] 严纪华（1956— ），女，台湾中国文化大学中文系教授，文学博士，研究方向：现当代文学、唐代文学。
[①] 参见朱立元主编《当代西方文艺理论》，华东师范大学出版社 2010 年版，第 234 页。
[②] 如"结构主义五巨头"：利瓦伊史陀（Levi-Strauss）外，心理学界的拉康（Lacan）；历史学及思想史界的傅柯（Foucault）；政治思想界有阿图塞（Althusser）以及文学及艺术界的罗兰·巴尔特（R. Barthes）。当时结构主义已取代存在主义成为法国沙龙内知识分子谈论的重点。
[③] 巴尔特的代表作品呈现了对语言、代码、符号、文本及其内在意味的关注。如《写作的零度》（1953）、《符号学原理》（1964）、《批评与真实》（1966）、《S/Z》（1970）、《符号帝国》（1970）、《批评论文选》（1972）、《恋人絮语》（1977）等。
[④] 胡经之等编著：《西方文艺理论名著选编》（下），北京大学出版社 1987 年版，第 472 页。
[⑤] 参见高辛勇《形名学与叙事理论：结构小说分析法》，（中国台湾）联经出版事业公司 1987 年版，第 200—201 页。
[⑥] 基于受到从科学基础上对凝固单一的思维模式的质疑、无意识领域的开拓以及对人本质的还原和异化的揭示与批判的挑战，结构主义范式流于单一性、公理性的缺陷暴露，受到了挑战。

由散播闪烁,可以被人任意解读。如此一来,阅读的多义性过程被揭示,标志了巴氏由结构主义向后结构主义的过渡。

在《S/Z》里,巴尔特针对巴尔扎克(Honoré de Balzac,1799—1850)的短篇小说《萨拉金》(Sarrasine),分成561个阅读单位(每个单位长短不一,或为一个词,或者词组,或者句子,或者句组),以五种符码进行解构批评,成段聚落之后附有分析及阅读联想。他所设定的五种符码(code)分别为行动性符码(Proairetic Code)、语意素或能指符码(Connotative Code)、象征符码(Symbolic Code)、阐释性符码(Hermeneutic Code)和文化符码(指涉性符码)(Cultural Code)。[①] 其中,行动性符码指陈故事中的行动及其结果;阐释性符码以经营提问、谜团解答的方式来带领情节层面(这两项类似传统所谓的表层结构);语意素或能指符码则是有关各个词类的内涵的符码,常包含所暗示的主题;此外,象征符码是由不同的意象、事件等,经由相对组所引申建构的意义格式;指涉性符码(文化符码)则呈现了文化中共同的信仰或成规的智慧与思路(通常后二者可视为指向深层结构)。这五种符码即是以交叉、激荡的运用方式提供书篇的阅读门径,强调读者自行参与,形成分解文本的力量,从片断/打乱/断续状态中进行文际关系的探索。[②] 以下即着力于巴尔特语码对北朝民歌《木兰诗》进行开放式阅读,此一探索并非铲除传统(背景)研究,亦不等于扬弃"系统"概念;而是穿越记号的面纱,借着语码的充分运作,让其意义的底蕴自由散播。期望在符码网的重读与建构中,获得巴尔特所标举"我们正在写的"快感。

二

在中国诗史中,《孔雀东南飞》与《木兰诗》为长篇叙事民歌双璧。"木兰代父从军"这个传奇故事家喻户晓,成为通俗小说、戏曲、电影等各类叙事搬演的题材。而关于"木兰"的研究论述,或从历史考据的角度——包括对木兰真实性(身世、姓氏、故里、战场)以及《木兰诗》产生的年代、作者、版本的考察等;或从叙事学的角度——对《木兰诗》的艺术特色、人物形象和主题思想进行论述;乃至从阐释学、女性主义、社会性别、故事接受学的视野等,经过不断言说改写,对木兰形象的重构、木兰故事的演绎,分别作出了贡献[③],在此不复详述。

---

① 参见朱立元主编《当代西方文艺理论》,华东师范大学出版社2010年版,第243页。
② 符码释义的文字整理参考朱立元主编《当代西方文艺理论》以及高辛勇《形名学与叙事理论:结构小说分析法》。
③ 参见王文倩、聂永华《〈木兰诗〉成诗年代、作者及木兰故里百年研究回顾》,《商丘师范学院学报》2007年第23卷第1期。宁稼雨、张雪《20世纪以来〈木兰诗〉成诗年代及木兰故里研究述评》,《河北师范大学学报》(哲学社会科学版)2013年第36卷第3期。聂心蓉、谢贞元《阐释学视野的花木兰与女性解放的维度》,《重庆大学学报》(社会科学版)2002年第8卷第2期。苏珊曼(Susan Mann)《亚洲妇女的神话》,杜芳琴主编《引入社会性别:史学发展新趋势——"历史学与社会性别"读书研讨班专辑》,2000年内部版,第430页。

现今所见《木兰诗》（一作《木兰辞》），收于宋代郭茂倩所辑《乐府诗集》卷二十五"横吹曲辞·梁鼓角横吹曲"中。① 题下注有"古辞"二字，题解引《古今乐录》注："木兰不知名，浙江西道观察使兼御史中丞韦元甫续附入。"其后另附一首韦元甫所作同名古体诗。② 统计《木兰诗》全诗62句，352个字。以下将依循巴尔特语码读文学法的应用原则："分析、呈现、穿梭"——首先将《木兰诗》就意之所至概分为六大阅读单位（Lexica），进行片断、孤立的阅读；复应用五种语码，分解文本，作各种表陈分析，同时进入其他符号系统，在语码网中穿梭，寻找意义，赋予名称，衍生众义性。并标出可进一步深化或归纳："钥"（key），扩大阅读与深思。

1. 《木兰诗》

阐释性符码：即"讲故事的代码"，是所有能引起问题、制造悬疑、提出解答的线索暗示。就《木兰诗》的标题及其题解引注"木兰不知名，浙江西道观察使兼御史中丞韦元甫续附入"而言，出现问题之始（疑团一）：木兰是什么？是人名？是物名？是男性？是女性？而其叙事文字间亦蕴藏诠释故事的材料如时代、作者、真伪的质疑，将一一在后文中解谜。

2. 唧唧复唧唧，木兰当户织。不闻机杼声，唯闻女叹息。问女何所思？问女何所忆？女亦无所思，女亦无所忆

阐释性符码：疑团一，解答一，木兰是一女子名字。

疑团二，为何叹息？

行动性符码：织布、叹息。

文化符码：

（1）文化成习：符合女子"正洁于内，志于四德"（德、言、容、功）的妇功要求。木兰的从事家内劳动，一方面反映出男外女内的性别分工、男耕女织的社会形态。另，西方学者白馥兰（Francesca Bray）③ 曾使用"权力的织物"（fabric of power）描述传统中国女性在纺织方面的贡献使她们在普遍社会中得到一种权力，这种诠释在全文最后"木兰回返'权力的编织'"一节得到呼应。

（2）文学成规：《木兰诗》的前六句与"梁鼓角横吹曲"的《折杨柳枝歌》皆用套语④

---

① 参见（宋）郭茂倩《乐府诗集》第二册，中华书局1979年版，第373—375页。

② 根据袁行霈、罗宗强《中国文学史》的说明："横吹曲属于马上演奏的军乐，因为有鼓有号角，所以叫鼓角横吹曲。北方民歌多半是北魏以后的作品。"按语又有："北方民歌传入南方后，曾由梁朝的乐府官署加以保存，至陈朝时，释智匠在他的《古今乐录》终将这些作品冠以'鼓角横吹曲'之名。"参见《中国文学史》第二册，高等教育出版社1999年版，第96页。而郭茂倩《乐府诗集》便是选择最接近第一创作时间的《古今乐录》的收录，置于"梁鼓角横吹曲"的末尾，著录其不知起于何代，究其源应为南北朝时期北方少数民族歌辞。

③ Francesca Bray, *Technology and Gender: Fabrics of Power in Late Imperial China*, Berkeley: University of California Press, 1997, p. 189. 白馥兰曾使用"权力的织物"（fabric of power）很形象地描述了女性的特殊权力——不只是经济的，也是道德的（勤奋、节约、有条理），并主张其是从复杂的人际关系中编织出来的。

④ 哈佛大学古典文学教授巴里（Milman Parry）提出套语原理（Formulaic Theory）："运用同样的韵律节奏，以表达一定概念的一组文字。"参见陈慧桦《套语诗理论与〈钟鼓集〉》，《中外文学》第四卷第三期。

构句:"……敕敕何力力,女子临窗织;不闻机杼声,只闻女叹息。问女何所思?问女何所忆?阿婆许嫁女,今年无消息。"取意大致相同。而《木兰诗》中以叹息声"唧唧"起,造成悬念,接着以问答铺述,用语爽直点题,有浓厚的民歌情调。可知乐府中多借用当时流行之口语,为一文学惯例;并可推见二诗作的时代关系相距不远。

能指符码:

(1) 透过"思""忆"的问答,跳脱一般闺中待嫁女儿心的思维主题。

(2) 以叹息、织布勾勒出婉约女儿形象。

3. 昨夜见军帖,可汗大点兵。军书十二卷,卷卷有爷名。阿爷无大儿,木兰无长兄,愿为市鞍马,从此替爷征

阐释性符码:疑团二/解答二,可汗点兵,老父名入兵籍,唯因年老不堪征战,为人女儿是以忧愁叹息。

疑团三,如何解决征兵老父的问题?解答三:木兰代父出征。

疑团四,木兰代父出征,方法为何?成功否?

行动性符码:接获军帖、代父出征。

能指符码:主题指向战争。并牵涉到主角人物(木兰)的忠与孝的道德指向。

文化符码:

(1) 文化成习:根据徐中舒《木兰歌再考补篇》指出:"木兰代父从军,非寻常女子所能者,正因其环境在历史上,非其他女子所能具备。如(一)为鲜卑遗族,居于中原;(二)生活完全华化,又受礼教之相当涵养;(三)其时为府兵制,而非募兵制;(四)其家庭父老,弟幼,仍在籍。……其先代刚毅尚武之风,又非礼教所能全部征服。故能代父从军,无所屈挠。"[①] 且当时北方政局不稳,与刘宋争乱频仍,男女人口比例失衡,是以木兰得兼以英武循礼之姿形成巾帼不让须眉的典范。至于有关木兰诗的成诗年代说法不一,学者论述整理已多,此略不述。[②] 然而无论系北朝成型或到初唐定型说,就文化环境析言,"代父出征"的木兰原型产生与其生活的时代背景有关,其主题锁定战争,风格明爽劲健,其出自北方民歌[③],应无疑议。

象征符码:传统与反传统记号功能的连接与打破。

【钥1】传统与反传统:"忠孝"道德指标的重构。

在木兰"代父从军"的行为里,代父作"孝",从军作"忠"。颠覆传统士大夫观念、文人传记中"忠孝不能两全"乃至"移孝作忠"的壮节烈义的宣扬,而作出新指向:以"忠孝两全"展开民间故事传奇,而此一行为又在后文木兰以"解甲归田""不

---

① 徐中舒:《木兰歌再考补篇》,《东方杂志》1926年第23卷第11号。

② 《木兰诗》的成诗年代说法不一,中以北朝说与隋唐说最具代表性,其中各派学者又屡有改订。参见王文倩、聂永华《〈木兰诗〉成诗年代、作者及木兰故里百年研究回顾》,《商丘师范学院学报》2007年第23卷第1期。

③ 北朝包括十六国及魏、齐、周三朝。参见刘跃进主编《中国古代文学通论·魏晋南北朝卷》,辽宁人民出版社2005年版,第270页。

居事功"的表现选择，建构出"中性"最高的道德标准。

4. 东市买骏马，西市买鞍鞯，南市买辔头，北市买长鞭

阐释性符码：疑团四/部分解答一，木兰女扮男装，依照男子从军模式，为战斗作准备。

行动性符码：木兰配置军备——购买军器、军马。

能指符码：备战。主题再度指向战争。

文化符码：

（1）文化成习：由于北魏时实行府兵制[①]，征兵对象包括官僚子弟和一般地主，但仍以均田农民为主体。采先富后贫，先多丁后少丁的原则。服役期间，府兵本身免除课役，但须自备军资、衣装、轻武器弓箭、横刀和赴役途中的粮食。

（2）文学成规：善于骑射、勇健英武的少女在当时北方游牧民族血统中并非个案。[②] 北魏以来，胡汉融合，互相影响。李波小妹即是以北方游牧文化为土壤所产生的巾帼英雄，如"李波小妹字雍容，褰裙逐马如卷蓬。左射右射必迭双，妇女尚如此，男儿哪可逢！"[③] 与木兰的"刀马旦"形象相似，是以女子娴于弓马、代父从征的行动出现在尚武的北朝亦不令人意外，循延至唐并牵动了女子着男装（裤装骑马）的风潮。虽然木兰是否真有其人极难确证，但其人物塑型增衍、其故事/传说当为经由民间流传、后世文人提炼加工的总和。[④]

（3）文学技巧：方位的排比——此一阅读单位中"东西南北"的奔走军备与南朝乐府"相和歌"的《江南》："鱼戏莲叶东（西南北）"，俱以句法的重叠，实际带动泼落的动感，明标民歌复沓节奏的本调。

象征符码：男权意识与女性地位的相对性（a）。

木兰"代父从军"提供的意义是：男性的难题（被征兵）依靠女性提供解决（代替从军），女性由被保护者到提供保护者，在男性威权的社会里挑战"女子无才便是德""重男轻女""男强女弱"的观念，女性地位明显扬升；即从"国家有难，人人有责"的角度审量，亦属男女地位平等主张的认同。

5. 旦辞爷娘去，暮宿黄河边；不闻爷娘唤女声，但闻黄河流水鸣溅溅。旦辞黄河去，暮至黑山头；不闻爷娘唤女声，但闻燕山胡骑鸣啾啾。万里赴戎机，关山度

[①] 《新唐书·兵制篇》："府兵制起自西魏、后周，而备于隋，唐因兴之。"参见（宋）欧阳修、宋祁《新唐书》卷五十，台北洪氏出版社1978年版，第1324页。

[②] 参见（梁）萧子显《南齐书》卷五十七《魏虏传》："太后出则妇女着铠骑马，近辇左右。"（中华书局1974年版，第985页。）（北齐）魏收，《魏书》卷九十二记载："苟金龙妻刘氏……率厉居民，修理战具，一夜悉成。……集诸长幼，喻以忠节。"（中华书局1974年版，第1983—1984页。）

[③] 参见陈友冰《两汉南北朝乐府鉴赏》，《李波小妹歌》，（中国台湾）五南图书出版公司1996年版，第445页。另（北齐）魏收，《魏书·李孝伯传》附子《安世传》卷五十三言："初，广平人李波，宗族强盛，残掠生民……百姓为之语曰：'李波小妹字雍容……云云，即此歌也。'"

[④] 陈寅恪认为木兰应是"胡化的汉人"或是"汉化的胡人"。参见《隋唐制度渊源论略稿》，中华书局1963年版，第100页。

若飞。朔气传金柝，寒光照铁衣。将军百战死，壮士十年归。归来见天子，天子坐明堂。策勋十二转，赏赐百千强。可汗问所欲，"木兰不用尚书郎，愿借明驼千里足，送儿还故乡"

阐释性符码：疑团四/解答二，木兰女扮男装，掩人耳目，上阵杀敌，凯旋归乡。代父出征成功。

疑团五：木兰扮装会被发现否？

疑团六：为何不接受官位？

行动性符码：万里行军（离家—黄河—黑山）、十年征战、凯旋、论功行赏、君臣对话、辞官归乡（功成不居）。

能指符码：指向战争主场、阐发主题尽忠报国、塑造健勇无私的木兰形象。

文化符码：

(1) 文化成习：君权至上，对下属论功行赏。

(2) 地理认知：从诗中出现的"黄河""黑山""燕山""胡骑"等语词来看，木兰征战的背景与北魏对柔然（史书中也有柔然另称蠕蠕、茹茹）的战争背景相似，史载时间约在北魏道武帝天赐四年（407）到北魏孝文太和十七年（493），许多地名在《魏书·蠕蠕传》中多次出现[1]。然其地点黑山（杀虎山或河南境内黄河北岸的几处黑山）和燕山（燕然山或太行山）的位置仍有争论，归属未定。而观今日商丘、虞城、黄陂、陕西等地方志都有木兰事迹记载，有的还立庙崇拜祭祀。[2]

(3) 文学成规："旦辞……暮宿……不闻……但闻"八句分别采用时间对比、空间对照及正反论述等"5579"二段重叠排比的文学手段以"慢写"铺陈，从激发阅读想象到感同身受，逼出"临界战场"的危险紧张感。并在"不闻唤女声，但闻胡骑声"的转折中木兰变装完成。以下以六句"快写"："万里赴戎机，关山度若飞。朔气传金柝，寒光照铁衣。将军百战死，壮士十年归。"运用成熟的文人语言技巧展演苦寒凛冽的征战十年以及烟硝战场。此外，诗中"天子""可汗""明堂""策勋"的称谓语码，连带地是趋向唐风的系联与取证。

象征符码：男权意识与女性地位的相对性（b）。

【钥2】男权意识与女性地位的相对性：前已提及在男性威权的社会里，女性由被保护者到提供保护者，地位明显扬升；然由于木兰出征，非以女性原本面目登场（如

---

[1] （北齐）魏收《魏书》卷一百三记载："始光元年（424）秋，乃寇云中，世祖亲讨之，三日二夜至云中，大檀骑围世祖五十余重，骑逼马首……世祖杀之，大檀恐，乃还。""二年四月……世祖于是车驾出东道向黑山"，"分军搜讨，东至瀚海，西接张掖水，北度燕然山"。北魏与柔然多次争战，《魏书·蠕蠕传》载："蠕蠕，东胡之苗裔也……自号柔然，而役属于国。后世祖以其无知，状类于蠢，故改其号为蠕蠕。"可见柔然多次进攻中原北魏，北魏也多次征讨之。

[2] 参见（清）黄淑璥《中州金石考》，（中国台湾）新文丰出版公司1982年版，第13686—13687页。（清）刘德昌《商丘县志》，《中国方志丛书》，（中国台湾）城文出版社1983年版，第833—841页。（清）田文镜《河南通志》，《文渊阁四库丛书》（第538册），台湾商务印书馆1986年版，第197页。

樊梨花、穆桂英），而是一种男性的仿拟。最后论功行赏，木兰婉拒封官，回家团聚（其后或有衍生剧情指出"与欺君之罪相抵"一说）。皆说明如此"归队"系重返封建体系中"主客尊卑外内上下"的性别秩序。是以木兰此一理想女性的典范的塑造特别强调品性的牺牲、崇高，而对其相貌、非女性场域（如战场）的描写以及女子归宿等布局，留下大量空白，显示其叙事动机在体现儒家道德教育的洗礼濡染，在战乱频仍、男权衰颓、礼义崩解的现实环境中，"木兰"成为男权社会中文化所塑造的样板，是男性欲望外化的符号；而木兰传奇无论作为一种实指或是寓言，无疑地附加着凝聚教化、振奋人心的功能。

6. 爷娘闻女来，出郭相扶将。阿姊闻妹来，当户理红妆。小弟闻姊来，磨刀霍霍向猪羊。开我东阁门，坐我西阁床。脱我战时袍，着我旧时裳。当窗理云鬓，挂（一作对）镜贴花黄出门看伙伴，伙伴皆（一作始）惊惶："同行十二年，不知木兰是女郎。"

阐释性符码：疑团五/解答一，木兰扮装成功，伙伴惊讶得知真相。

疑团六/解答一，不接受官位的原因，孝养双亲，乐享天伦。解答二，原是女儿身，所以无法任官——回到性别分工，系男权社会文化体系的必然。

行动性符码：家人欢欣迎接、木兰梳妆、伙伴惊觉木兰女儿身。

能指符码：真相大白，回复女儿身。此处窗与镜皆有反射的功能，"窗"一词在此象征着女男内外界限，说明木兰又回到了闺中；镜子则代表木兰主体复原的对应物，由理云鬓、贴花黄等指向女性的审美要求，代表阴性能指的语意单位，透过镜子反射出对主体的认证。

文化符码：

（1）文化成习：理云鬓、贴花黄，概指妇女的妆容。由于女子向以鬓发自珍自重，是以对镜加意梳理。而花黄与"花钿"的装饰相类。包括涂额黄与贴花钿两种，流行通称"花脸"。"额黄"是染画黄粉于额头眉间；"花黄"则为剪裁黄色材料制成的薄片各种花样的饰物（如金箔、色纸等），以胶水粘贴在额头眉间。额黄的起源无法确知，可能系受印度佛教艺术的影响，这种妆饰在六朝妇女已相当流行，至唐大盛。此处是以妆容经验呈现女子本色。

（2）文学成规："爷娘闻女来…阿姊闻妹来……小弟闻姊来……"层递叙述家人（他方）欣喜之情，以及"开东阁我门，坐我西阁床。脱我战时袍，着我旧时裳。当窗理云鬓，对镜贴花黄。"木兰（我方）梳妆，运用迭合（superposition，包括排比、对等、对立、因果、接续）的修辞关系描绘细节，不避烦琐。呈现民歌本调。

（3）文学成规：设为问答亦为乐府民歌的基础艺术形式。本诗中穿插问答对话三次，初为自设问答，次为君臣问答。末为伙伴内心独白。采用对话性策略推进叙事是避免单调，增强真实感，以贯串、经营文本中的黼黻（figuration）。

象征符码：传统与反传统——性别的规范与越界。

【钥3】"故事"与"敷演"的"惊诧"与"悬宕"效果。查特曼(Seymour Benjamin Chatman, 1928—)首先提出"故事"(Story)与"敷演"(Discourse)的分别,并出"悬宕"(suspense)与"惊诧"(surprise)在作品中交叠运用,可产生高度的叙事效果。① 通过敷演的暗示,读者隐隐知道故事情节下一步可能的发生,但书中人物不觉,是以"悬宕"乃由于读者与人物之间的知识落差所造成。以《木兰诗》为例,其女扮男装早为读者所知,所以不会有最后结局时伙伴的惊诧,可能存有的倒是担心真相被发现的恐惧。而作者在叙事层中,将木兰(加伪为男)购置军备以及木兰转化(除伪为女)的过程以慢速描绘,却"省略"十年征战的细节,是意图借着"闪避""留白"提供读者的自由想象的空间。

7. 雄兔脚扑朔,雌兔眼迷离。两兔傍地走,安能辨我是雄雌?

阐释性符码:疑团五/解答二,以兔为喻,写雄兔与雌兔所产生的"扑朔""迷离"现象,相应木兰巧智女扮男装成功。

行动性符码:雌雄难辨。

能指符码:"木兰情境"(代父从军与女扮男装所组构)暧昧吊诡。

文化符码:类似赞语作结。作者运用比喻,颂扬"木兰或女或男,皆有能力"。

象征符码:传统与反传统——性别的规范与越界。

【钥4】传统与反传统:性别的规范与越界。从语境作开放观察:当木兰代父从军一旦成为故事发展的主轴,木兰女扮男装的手段带来的是"男女/阴阳/雌雄"的易位、混同、规范与跨越。首先,男主外、女主内的分际被瓦解——从四处买军备开始,木兰从闺中走出,即为"女身越界"。而在性别角色上,木兰被塑造/仿拟以男子的面目身份进入战场,立功报国,形成"雌雄同体"②的扮装演出,可视为一种性别混同。到木兰返家,由脱战袍(男性荣耀)到着旧裳(女身平凡贞静),名义上回归伦理传统规范,实际上落实了女子缺乏参政权的困境③。而就空间移动观察:"家庭—战场—朝廷—家庭"指涉的是"父权—男权—君权—父权"系统,同样显示从主角人物、作者/叙述者、读者俱为男权/父系的社会秩序所收编,仍笼罩于"男性主导/改变世界,而女性辅助他们"的迷思——包括:女性的生活范围被确定(属于家庭的受限),只对男性开放的政治舞台,女男并驾齐驱地位的伪认同与真打压。因之,唯有从"发展自我

---

① 参见高辛勇《形名学与叙事理论:结构小说分析法》,(中国台湾)联经出版事业公司1987年版,第172—174页。

② "雌雄同体"(Androgyny,安卓珍妮),源自希腊文 Andro 表阳性,gyny 是阴性,原指自然界某些动物或植物自身兼具雌雄两性。而雌雄同体作为双性、中性,代表一个人具有两性的特质且超越性别的两极化及禁锢,允许选取个人的性别角色和行为模式及理想。此一理论受到英国的弗吉尼亚·吴尔芙(Virginia Woolf, 1882—1941)以及埃莱娜·西苏(Hélène Cixous, 1937—)的影响。参见张京媛主编《当代女性主义文学批评》,北京大学出版社1992年版,第198页。

③ 古代的女性没有参政的权利,在《大雅·荡之什·瞻卬》中:"哲夫成城,哲妇倾城。"明白指出有智慧、善言辞的女性,都具有危险性,只有男子才能建国,女子参政只会亡国,如《小雅·祈父之什·正月》中"赫赫宗周,褒姒灭之"。

—建立事功—尽忠尽孝—造福大众—论功行赏—谦退不受—功成不居"的文化价值标准来观察，或许可以解释为：女性主角一方面展现内在的阳性特质（勇敢、坚毅、刚强），一方面被重新肯定其阴性特质（包容、无私、温婉等），进而由调和双性人格，树立理想规范（无性别的价值认同如独立、谦和），达成跨越性别，成就完整个人（超越世俗、淡泊名利、与世无争的风度）；方可感受到一些女性自我成长的契机。

三

汤玛谢夫斯基（Boris Tomashevskij）曾归纳出叙事文的三项"动机"：故事动机、写实动机与美感动机。从文本叙述其事件间的关系来看，高辛勇又增加了题旨动机[①]，并认为通常中国叙事书写偏重写实动机与题旨动机。检验《木兰诗》的主题情节可用"代父从军"来概括。宣扬孝道与忠义的中心意念为其题旨动机，与家国伦理有着紧密的联系，载道意图明显。而在写实动机上，故事循着时间线发展，并与人物环境、日常生活习俗与文化成规连接，反复致意于此一理念式缔构。所铺演的忠孝木兰的叙事图式可以解读为：木兰代父从军的行为为木兰女扮男装的行为所包藏；而木兰女扮男装的故事却为木兰代父从军的故事所包藏。由于木兰"忠孝"的事迹在男权衰落、时代混乱中被塑造为令人颂赞的妇女典型，可归之于故事动机中的因果关系/因缘际会；但其过程的"勇武"表现是以仿拟男性进行伪装，维护了男性尊严；此一做法的确颠覆世俗，是以当她面对整个国家体制/男权社会的检视时，不得不回归传统宗法制度，为封建伦理所驯服。随着这样忽男忽女、亦男亦女的情节增衍，木兰形象的接受、流传和演变便在不断言说中重新扩衍、改写、搬演[②]，满足了读者的好奇与兴味。总结而言，经由巴尔特的解码分析可以导出这样的阅读：其一，基于文学叙事原则（由平衡到不平衡到回归平衡）或是社会传统模式（无参政权或原来欠缺的或受禁止的情境，到后来并未改变）作一观照：其以女性身份角色发言、陈述故事，关涉到"性别仿拟"，而此一仿拟，虽以男性对女性的"认同"为起点，结果却促成了女性主体的消解。是以在宣传儒家道德规范、表现国族父权的价值观等社会文化语境历程上，早已预示了"解甲归家，回复女身"乃属必然。其二，由巴尔特语码"呈现意义、区分意义、进行沟通、构成文际关系"进行阅读：《木兰辞》中木兰最后回返"权力的编织"呼应传统中国女性在纺织方面的贡献使她们在普遍社会中得到一种权力的价值认定；而诗末包括伙伴惊惶、以兔为喻等六句结尾，可以设定为是以男女互补、双性同体之

[①] 其中故事动机可再进一步分析为有逻辑必然性的"内在动机"（如因果关系）与无逻辑性的"外在动机"（如事件的偶然性与巧合）。参见高辛勇《形名学与叙事理论》，（中国台湾）联经出版事业公司1987年版，第42—54页。

[②] 举如增附君臣、伙伴的对应情节，赞扬木兰角色所体现的忠、孝、贞、节、义等美德；另一方面又试图依循对女性的完美想象来建构木兰形象，如对其外貌、言行的细节描写。

姿，成功的泯灭性别等是一种"不辨雄雌"的模棱戏谑（或可视为嘲讽）式的"差异的声音"①，挥别了女性受害者的刻板印象。这样的个案随即为民间乐府诗歌等随后的文学体式所接纳（不只关系到文化和社会的变动，也牵涉到接受美学的问题），说明自文学实用功能解放，开启"文学自主性"以来，叙事书篇中所发生的正是语言符码本身的历险，是以艺术形式涵盖社会与人生。不仅创作里的情节动作乃至阅读中的批评讨论，皆出现相对立却又互增嵌的开放性与自由度，如此一来，西方的文化理论可以为中国文学研究展开不同的视角的同时，相对的中国文学的研究成果也为西方的批评界提供了崭新的刺激与展望。

参考文献：

[1]（宋）郭茂倩：《乐府诗集》，中华书局1979年版。
[2]（宋）欧阳修、宋祁：《新唐书》，洪氏出版社1978年版。
[3]（梁）萧子显：《南齐书》，中华书局1974年版。
[4]（北齐）魏收：《魏书》，中华书局1974年版。
[5] 朱立元主编：《当代西方文艺理论》，华东师范大学出版社2010年版。
[6] 杜芳琴主编：《引入社会性别：史学发展新趋势——"历史学与社会性别"读书研讨班专辑》，2000年内部版。
[7] 胡经之等编写：《西方文艺理论名著选编》（下），北京大学出版社1987年版。
[8] 高辛勇：《形名学与叙事理论：结构小说分析法》，（中国台湾）联经出版事业公司1987年版。
[9] 袁行霈、罗宗强：《中国文学史》，高等教育出版社1999年版。
[10] 陈友冰：《两汉南北朝乐府鉴赏》，五南图书出版公司1996年版。
[11] 陈寅恪：《隋唐制度渊源论略稿》，中华书局1963年版。
[12] 张京媛主编：《当代女性主义文学批评》，北京大学出版社1992年版。刘跃进主编：《中国古代文学通论·魏晋南北朝卷》，辽宁人民出版社2005年版。
[13] 王文倩、聂永华：《〈木兰诗〉成诗年代、作者及木兰故里百年研究回顾》，《商丘师范学院学报》2007年第23卷第1期。
[14] 徐中舒：《木兰歌再考补篇》，《东方杂志》1926年第23卷第11号。
[15] 陈慧桦：《套语诗理论与〈钟鼓集〉》，《中外文学》第四卷第三期。
[16] 宁稼雨、张雪：《20世纪以来〈木兰诗〉成诗年代及木兰故里研究述评》，《河北师范大学学报》（哲学社会科学版）2013年第36卷第3期。
[17] 聂心蓉、谢贞元：《阐释学视野的花木兰与女性解放的维度》，《重庆大学学报》（社会科学版）2002年第8卷第2期。

---

① Carol Gilligan, *In a Different Voice*, Cambridge: Harvard University Press, 1996.

弑父·青春·欲望:80年代文化众象的情态表征
——以张楚的摇滚乐代表作《姐姐》为切入点

刘 海[*]

(贵州师范大学文学院 贵州 贵阳 550001)

> 在峡谷的阴影下,他吹口哨呼唤他们。一个又一个夜晚,我把灵魂的青春献给了他。祝你一路平安。好猎手。[①]
>
> ——题记

20世纪80年代末期,摇滚乐歌手张楚以一首《姐姐》迅速蜚声摇滚乐坛,并为众多的摇滚乐歌迷所铭记。直至今天,这首《姐姐》依然像"中国摇滚乐之父"崔健的代表作《一无所有》一样,成为永远的经典。就这首歌曲的内容来说,它反复在表达一种诉求:"带我回家、我想回家。"可见,这首乐曲表达了一个离家出走的流浪者在外漂泊后内心的孤寂与苦闷,他在呼唤一个可以"带他回家"的人,这个人,"他"称之为"姐姐"。至于"姐姐"是谁,是一个实指的对象,与这个流浪者具有血缘关系的"姐姐"?抑或一个具体的被称为"姐姐"的长于流浪者本人的"女孩\女人"?还是仅仅对一个虚设的女性对象的概称?实际上,就歌曲本身而言,我们没有必要过多追究这个被呼唤者——"姐姐"——到底与歌手张楚是一种什么关系,甚至关于这方面的考察也没有任何必要,因为,我们是被这首歌的情绪所感动,而且这种情绪更多的是源于那个年代的特定历史氛围。而据当时的亲历者讲述:在20世纪80年代末期的某个上午,张楚穿着破烂的衬衫,坐在(北)师大的讲台上,第一次唱了他那首著名的《姐姐》。当时张楚对教室里的人说:"这首歌,是我刚写好的,送给我的姐姐们。"[②]

---

[*] 刘海,博士,贵州师范大学文学院副教授,研究方向:西方文艺理论与当代文化。
[①] [爱尔兰]詹姆斯·乔伊斯:《尤利西斯》,萧乾、文若洁译,译林出版社2010年版,第225页。
[②] 祁又一:《张楚》(新浪读书 http://book.sina.com.cn/longbook/1071063631_weiwei/61.shtml)。

一

仅就时代而言，"80年代"，曾一度成为一个被无论怎么放大都不为过的特殊年代。人们为这个年代赋予了太多的意义，如自由、平等、民主、开放、理想、追求、光明等，就像一位文化评论者李菁所说："80年代初，刚刚恢复高考，百废待兴，确实是一个充满理想、充满激情的年代。那时唱的歌也都是'年轻的朋友来相会''青春啊青春'，整个社会洋溢着一股朝气蓬勃的感觉。"[①] 又如《新周刊》在2005年某一期上"回忆20世纪80年代"时，稿件的采编者和受访者对于"20世纪80年代"达成的一种默契，一位撰文者马军驰甚至说道："每一个20世纪80年代的当事人在面对我们今天的采访时，都对那个年代给予了类似'梦想的时代，人人都憧憬未来。充满希望，怀有激情'的评语。"[②] 从历史的今天来看，20世纪80年代确实是一个值得纪念的年代，它将中国从一种强烈的政治化氛围与"文化大革命"的灾难中拯救出来，并且赋予了社会主义新中国一种开放与改革的"大视野"[③]，尤其是在以往文化领域实施的政治路线与强硬的政治命令宣告终结，整个思想文化领域开始被激活之后。所以，在近十多年的"80年代怀旧热"中，更多地聚集了一帮思想文化领域的学者。当然，那些曾经下乡的知识青年因为中国社会在20世纪80年代的那场变革，如今已经成为政界要员、商业精英、大学教授、知名学者、著名文艺家、影像媒体的掌舵者等，20世纪80年代改变了这批生于20世纪60年代人的生活与命运，在他们集体性的怀旧与诗意的"青春还乡"情绪作用下，20世纪80年代，无疑彻底成为一个"被理想化的年代"。关于这一点，我们只需找来一些记述20世纪80年代的访谈录、纪实影像、学术编著材料就会得到证实。

那么，张楚的《姐姐》和20世纪80年代又有怎样的关系呢？

首先，我们需知道：20世纪80年代的中国社会随着思想文化领域的自由与开放，相继出现了一系列新的文化现象，如"青春诗会"与朦胧诗的崛起[④]，摇滚乐的流行，迪斯科的出现，人体艺术复兴狂潮，港台剧风靡大陆等。尤其是朦胧诗与摇滚乐的流行，它们一个共同的精神气质就是基于对历史与传统的"反叛"，"叛逆"成为那个年代特有的一种文化标签。如被称为朦胧诗派"童话诗人"顾城的《一代人》、"中国摇滚乐之父"崔健的《一无所有》，而这种基于叛逆的情感首先源于曾经的青春一代对于那个政治化时代的历史清算，就像七月派诗人牛汉1982年创作的一首诗：

---

① 李菁：《1984年10月1日——彭兴业："小平您好"与那个激情燃烧的岁月》，《三联生活周刊》2006年3月21日。
② 《新周刊》杂志社编：《〈新周刊〉2005年度佳作》，漓江出版社2006年版，第256页。
③ 即使现在回过头来再读邓小平同志在1978年12月13日的中共中央工作会议闭幕会上的讲话：《解放思想，实事求是，团结一致向前看》，依然会觉得这份讲话稿和中共十一届三中全会是20世纪中国社会最具影响力的事件之一。
④ 参见钱继云《诗潮中的弄潮儿——论〈诗刊〉与"青春诗会"》，《扬子江评论》2012年第3期。

童年时，我家的枣树上，总有几颗枣子红得特别早，祖母说："那是虫咬了心的。"果然，它们很快就枯凋。

——题记

人们
老远老远
一眼就望见了我
满树的枣子
一色青青
只有我一颗通红
红得刺眼
红得伤心
一条小虫
钻进我的胸腔
一口一口
噬咬着我的心灵
我很快就要死去
在枯凋之前
一夜之间由青变红
仓促地完成了我的一生
不要赞美我……
我憎恨这悲哀的早熟
我是大树母亲绿色的胸前
凝结的一滴
受伤的血
我是一颗早熟的枣子
很红很红
但我多么羡慕绿色的青春

——牛汉：《我是一颗早熟的枣子》[1]

当然，这种对于历史与传统的清算，并不一定是每一个创作者的自觉行为。因为，在历经十年浩劫的"文化大革命"之后，并不是每一个亲历并参与了20世纪80年代文化热潮的人们都遭受过像七月诗派那样的政治迫害。因此，20世纪80年代的历史清算与文化反叛运动中，更加强大的力量之源来自这个新的时代人们对于"创新"与

---

[1] 牛汉：《我是一颗早熟的枣子》，《语文世界》（高中版）2002年第6期。

"自我"的共同的渴望。而他们首先需要做的就是对整个过去的否定与对传统的质疑,包括政治化时代的中国和整个传统文明。于是,这次思想文化领域的变革,就表现出一股强烈的"弑父"情结。再如舒婷的《一代人的呼声》

> 我绝不申诉
> 我个人的不幸
> 错过的青春
> 变形的灵魂
> 无数失眠之夜
> 留下来痛苦的记忆
> 我推翻了一道道定义
> 我打碎了一层层枷锁
> 心中只剩下
> 一片触目的废墟……
> 但是,我站起来了
> 站在广阔的地平线上
> 再没有人,没有任何手段
> 能把我重新推下去
> ……
>
> ——舒婷:《一代人的呼声》①

这首诗歌发表于1998年第11期《诗刊》,在当期《诗刊》上有一张人们正在耕种黑土地的插图,且在这幅插图之上赫然出现"早春与中秋——知识青年上山下乡30年纪念"的题头。说到这里,我们再回到张楚的《姐姐》文本中来,它明确地表达了一个"离家出走"的孩子对于"父亲"的仇恨:"我的爹他总在喝酒是个混球。"但是,对于这个流浪的孩子来说,值得庆幸的是"在死之前他不会再伤心不再动拳头",因为"他坐在楼梯上也已经苍老,已不是对手"。我们有理由相信:这绝对不是歌手借助歌曲的方式咒骂自己的父亲,报复自己对于父亲的私人怨恨,而是那个时代的年轻一代集体性的"弑父"情结。

当代知名作家柯云路先生曾在2005年出版一部名为《父亲嫌疑人》的长篇小说。在这部小说里,作者以年轻小伙子阿男的身份和口气表达了一种压抑已久的"弑父"情结。在此书的内容简介中写道:"作者'潜入'一个年轻诗人的灵魂,用他的眼睛观察和叙述,从心理层面入微刻画了一个男孩在其成长过程中与众多父辈既卑微又高傲,

---

① 舒婷:《一代人的呼声》,《诗刊》1998年第11期。

既渴望承认又处处叛逆并想取而代之的复杂感受。那些他喜欢的女孩，一方面羡慕他的才华受其青春气息的吸引，另一方面还在父权的笼罩下……"之后，在这部小说的后记中，柯云路先生为我们讲述了这部小说的写作初衷，关于这段文字抄录如下：

> 几年前看电视节目，引发了我的一次写作。
>
> 节目中几位学者和年轻人围绕着一个共同的话题讨论，现场气氛时而激烈时而沉闷，也多有让主持人尴尬的对立。年轻人普遍对学者表现叛逆，学者们也在宽和的表象下难掩对年轻人的轻蔑。两代人或唇枪舌剑或明和暗斗，让我想到了弗洛伊德的"俄狄浦斯情结"。俄狄浦斯情结也就是弑父情结，在家庭中表现为儿子与父亲的对抗，在社会中表现为年轻人对年长一代的叛逆。
>
> 这自古以来是社会很多冲突的原动力之一，也演绎了许多惨烈或悲壮的文学故事。
>
> 这种叛逆不一定都是可歌可泣的，有的甚至十分残酷。
>
> 我在此前曾写过一部小说《青春狂》，讲的是一群十几岁的男女学生在"文革"中用石头将他们视若父亲般的男性老师以"流氓罪"砸死。弑父的情结以集体的"革命"行动表现出来。在此之后二十年，这些年轻人逐渐成熟长大，没有一个人承认自己当年的过失，却共同加入了悼念"父亲"的行列。
>
> 现在，有关对弑父情结的联想，激发了我写另一种年轻人叛逆的故事。
>
> 在各个领域，年轻人都在用他们的新声音、新手法"屠杀"年老的一代。这种"屠杀"温和了表现为革新，激烈了表现为取而代之。在时间的年轮上，欣欣向荣的进步与衰朽死去的残酷交相辉映。……[1]

在这段文字中，柯云路先生说出了 20 世纪中国社会出现的一个重要的文化现象：社会转型时期进一步激化的代际之争，年轻人从各个方面发起了对老一辈人的"弑父性"的文化反叛。事实上，不仅仅是作者柯云路如此认为，作家王蒙、台湾作家梁文道等都曾就年轻人的"弑父"情结发表过相应的言论。而一大批研究者也从"弑父情结"的视角切入对余华、张艺谋、鲁迅等 20 世纪文学家或文化现象进行分析与研究。就 20 世纪 80 年代的中国社会来说：在那个社会转型的时代背景下，从 20 世纪 40 年代新中国建立之后的政治化氛围与阶级斗争的政治路线到 20 世纪 80 年代以经济建设为中心和全面实现四个现代化的伟大蓝图之间，中国社会的历史巨变与文化转型进一步拉开了两个时代的距离，也拉开了两代人的距离。文化滋养与家庭教育的转变在政治因素的强力介入下，一个原本基于生理差异与年龄差的"代际关系"被彻底放大，而且它的背后交织着诸多社会文化因素。于是，一种被政治变革与思想文化变革激活的

---

[1] 柯云路：《父亲的嫌疑人》，人民文学出版社 2005 年版，第 196—197 页。

年轻一代的"弑父"心理逐渐浮出水面，并成为那个时代最突出的一种文化现象。也正是在这种意义上，张楚的《姐姐》里一方面表现了对于"父亲"的仇恨；另一方面也表达了对那个原本的"家"的叛离。"离家出走"成为弑父者必然的选择。所以，我们要说的是：这个离家出走的流浪者希望有一个可亲可爱的"姐姐"带他回的绝对不是那个被父权占领的"家"，而是一个新的安居之地或心灵居所。

二

其次，无论是当时读大学的张楚，还是那一批以崔健为代表的摇滚乐手，他们正值风华正茂的青春岁月。而在20世纪80年代的文化反叛与"弑父"情结中，本身就激荡着一股强烈的青春热情。就像我们前面所引用的一段材料："那时唱的歌也都是'年轻的朋友来相会''青春啊青春'，整个社会洋溢着一股朝气蓬勃的感觉。"[1] 当然，不可否认的是：每一个人都有他的青春岁月，每一个时代都有它的青春主题。但是，20世纪80年代的社会转型，纠结着历史的、政治的、文化的种种因素，而这些因素又进一步激活了那个时代的代际关系及其青年一代的自我认同。

具体来说，那个年代的代际关系具有复杂的文化因素，从而使青春、欲望、反叛三股力量交织在一切。首先，我们来说一下"青春的激情"。20世纪80年代彻底宣告了父辈在战火中绽放青春的革命人生的结束，本打算参军服役奉献青春的年轻人遇到了这个年代的大裁军。随着当时国际形势发生的重大变化和中国社会开始"一切以经济建设为中心"的政治方针的调整，中国军队在20世纪80年代中期由过去立足于早打、大打、打核战争的临战准备状态，真正转入和平建设轨道，并积极主动地寻求一种和平化的国际环境，着力提升我国生产力水平和经济实力。在这样的历史巨变中，无以安放的青春激情必须寻找另一种可以宣泄的方式。在这个过程中，一个很有意思的文化现象是：许多革命歌曲、爱国歌曲、歌唱乡土情怀的歌曲被这代年轻人注入了一种青春化的活力。它去掉了传统唱法的严肃、庄重，也去掉了意识形态化的抒情表意，而是在注入了个人化的情感基础上，更多指向了歌唱者本人内心的骚动和乐观心态，并洋溢着一股青春的气息。其次，我们要说的是"欲望"。这个词一度曾被中国社会和民众视为一个具有否定意义的词，是资产阶级和资本主义社会的产物。社会主义新中国强调每一个个体的"阶级性""人民性"，而不是基于身体各种需要的欲望。但是，自20世纪70年代对"四人帮"反革命势力的清算和结束"文化大革命"之后，以经济建设为中心的方针政策首先认同了每个人的欲望的合理性。追叙历史，我们会发现：中国社会自人民政权建立以来，尤其是自"文革"至20世纪80年代初期，与其说是与一切破坏人民政权的资产阶级及其腐化的资产阶级思想作斗争，不如说是与

---

[1] 李菁：《1984年10月1日——彭兴业："小平您好"与那个激情燃烧的岁月》，《三联生活周刊》2006年3月21日。

人性的内在的世俗化欲望作斗争。或者一种似乎更为妥帖的说法是：在社会政治斗争与阶级矛盾问题上，我们的党和人民与一切试图破坏人民政权的资产阶级及其反革命分子进行着你死我活的路线斗争；而我们每个人的内心的斗争却更为隐蔽、幽暗、尖锐，它要在短短的时期内经受多重文化、阶级、利益和欲望的殊死斗争，一方面既要清除我们每个革命者、党员、普通老百姓内心深处传统的封建思想余孽，另一方面又要狠狠地扼住我们每位革命者、党员、普通老百姓肉身欲望的自由流溢。固然，相比经济体制的改革而言，政治机构与体制的改革更难，且更有风险，但来自每一个个体内心的思想改革则更是难上加难。20世纪80年代中国社会的改革开放，邓小平同志作为总设计师具有惊人的魄力，他提出："解放思想，实事求是，团结一致向前看。"之后邓小平同志又提出一个更加大胆的命题"不管是黑猫白猫，抓住老鼠就是好猫"，放弃阶级成分等一系列政治观念上的顾虑，着实为"一切以经济建设为中心"开绿灯！而我们在前面提到20世纪80年代出现的一系列新的文化现象：朦胧诗、摇滚乐、迪斯科、人体艺术、港台剧风等，其贯穿一致的就是放开了对人的合理化欲望的政治化管制。又或者可以说，在改革开放的思想文化领域里，文学对于欲望的自由书写、人体艺术的身体显现、港台剧的风情演绎、王朔的大众化文学路线、金庸琼瑶剧的热播等，就像当时健美裤的流行一样，将身体的欲望化曲线借助各类文化事象合理地体现出来。它们以文学的、艺术的、音乐的、影视剧的、服饰的等众多名义，不断地开拓着人们对欲望、对身体、对利益需求的观念，宣扬一种积极进取精神与乐观的文化心态，而它背后的动力却是一套严肃的欲望政治学。即在思想文化的带领下，不断地解放人们头脑中残留的那些传统农耕文明时期的消费理念，一种固守着传统廉耻观与积攒型生活的生计方式，并激励人们自由、大胆地追求一种新的生活。这或许就是蕴藏于中国民众内心深处的改革的潜在动力。身体解放了，观念放开了，欲望的市场也就形成了。正如人称"迪斯科女皇"的张蔷在接受一次采访时说："两年前陪林强去中央人民广播电台做节目，听他把格物致知的'格物'，强行或者说故意解读为'克制物质的欲望'。那么请允许我也对'启蒙'做一番望文生义的解构，将之强行解释为'开启荷尔蒙'，请允许我把这样一个被精英知识分子垄断的高大上词汇，歪解得……，这么low。……荷尔蒙意味着性启蒙，也意味着消费文化的开启，而迪斯科比摇滚乐稍稍早了一点，引爆了一代中国青少年的荷尔蒙。"[1] 与此同时，正如20世纪80年代中国民众的记忆碎片中所呈现的：喇叭裤、蛤蟆镜、摇滚乐、电子表、录音机、红棉吉他、地下舞会、高跟鞋、纯真情书、偷尝禁果……这一切都体现在"青春一代"的身上，既是"他们"的欲望，又是那个时代中国民众压抑已久的欲望。学者马军驰在《为什么追忆1980年代？》一文中就曾说道："在体制变革的层面，它释放了国家的生产力和民间的能量，使中国人在这个10年中第一次开始有了真正属于他们自己的、可以选

---

[1] 张晓舟：《"迪斯科女皇"张蔷：别再问我什么是八十年代》（http://cul.qq.com/a/20140120/014623.htm）。

择、可以追求的日常生活。即便全社会都醉心于诗歌、哲学等宏大叙事,牛仔裤、交谊舞会、美食一条街、灯光夜市、黑白电视机和万元户这些20世纪80年代的新生事物仍如急管繁弦紧扣人们的心扉。"① 而在这之前的1979年,香港歌手张明敏回忆最初来内地时的印象:"比如说当时内地人都穿中山装,女的也穿得很暗淡,给人感觉很压抑,和香港的花花绿绿很不一样。当时内地没有冰块,啤酒也是热的。"② 当然,改革开放的初期阶段,这种久抑的青春欲望还具有一定的理想化成分,甚至具有一种宏大叙事的书写模式,如1980年老版《庐山恋》中的爱情叙述与渴望祖国统一的爱国主题。然而,当这种"青春的激情"与"合理化的欲望"融入对过去历史的反思与传统文化的检讨中时,一种更加崇高的文化情绪就应运而生。这在历史巨变的转型时期,既为欲望的合理化赋予了时代的伟大意义,又为"青春的激情"赋予了一种理想化的书写方式。但是,时至今日,我们回过头来再看这部电影,与其说是耿桦与周筠的爱国热情打动了当时的观众,不如说是整部影片中青春的欢愉、爱情的甜蜜和那激荡人心的"吻戏"让中国民众久抑的欲望得以释放。正如某影评所言:"《庐山恋》,让中国电影走上了世界的舞台,也突破了传统,在刚刚开放的70年代末80年代初,中国人对'吻戏'有着极少的接触,《庐山恋》,让封闭中的中国观众,见识了一种新事物,这就是——我们可以自由地生活。"

至此,在那个交织着多重复杂因素的年代,青春、欲望、反叛三股力量交织在一起,书写了那个时代特定的"青春记忆"。也正因为如此,文化评论人张晓舟认为:"迪斯科只是通往80年代的钥匙之一,而朦胧诗是另一把钥匙,这首歌(《我的八十年代》)借迪斯科也歌唱了文学,荷尔蒙和思想启蒙俨然得以统一。"③

三

最后,这首摇滚乐最大的特色是它以个性化的方式,表达了集体一代人的困惑、迷茫与追求,并交织着这一代人的青春、爱情、欲望和理想。在这一方面,它既融入了歌手张楚的私人性体验和个性化的情绪,又从私人性体验逐步上升到一个共同的爱情主题,并最终实现一种集体性的"弑父"行为。然而,这里面一个最大的亮点,就是"姐姐"形象的出现,使它既独出于一般的爱情歌曲,又迥异于流浪者纯粹的"弑父"情绪。

我们在前面曾说过:这个被流浪者寄予"带他回家"希望的"姐姐",我们没有必要追究"姐姐"在歌手张楚私人生活中是不是存在一个实指的对象?而应该把"姐姐"看成是对一个虚设的女性对象的概称。首先,我们先从两性青春心理学来说,可以发

---

① 《新周刊》杂志社编:《〈新周刊〉2005年度佳作》,漓江出版社2006年版,第255—256页。
② 同上书,第265页。
③ "在这首《我的八十年代》中,张蔷尖声高歌'浪漫的80年代,自由的80年代,青春的80年代',一路啦啦啦……"参见张晓舟《"迪斯科女皇"张蔷:别再问我什么是八十年代》(http://cul.qq.com/a/20140120/014623.htm)。

现每位正在经历青春期的男孩,几乎都会将自己身边的某个成熟的女孩/女人假想成自己的"初恋情人"或"心中的女神",就像姜文导演的电影《阳光灿烂的日子》里马小军对于米兰的爱慕。或许因为女孩较男孩更早熟一些,尤其是比男孩长几岁的女孩身上所散发出的一种成熟的异性气息,不断地诱发着男孩身心的成长。于是,"姐姐",即那些具有成熟的异性气息的女孩/女人,就会成为男孩青春期心理懵懵懂懂的爱情对象,或者是一种"影子爱情"。因此,在这首歌曲里,委婉地表达着一份歌者的爱情诉求,尽管并不一定是主导性的情绪。而在歌词:"你该表扬我说今天还很听话,我的衣服有些大了,你说我看起来挺嘎,我知道我站在人群里挺傻……"可以看出:无论是年龄还是心理,"他"都小于"姐姐",故"他"也很尊重、听从、认可这位"姐姐",尤其看重这位"姐姐"对于自己的感情。我们又在歌词:"姐姐,我看见你眼里的泪水,你想忘掉那侮辱你的男人到底是谁,他们告诉我女人很温柔很爱流泪,说这很美……"可以进一步看出:这位"姐姐"已经经历了爱情的情感体验或具有爱情阅历,而且在"他"的眼里,"姐姐"已经是一个成熟的"女人",而不是一个懵懂、幼稚的女孩。也正是因为"姐姐"具有成熟女人的味道,她一方面唤起的是"他"对异性的懵懂的爱,另一方面又因为"姐姐"身上成熟的母性气息抚慰着离家出走的孤独的"流浪者",尽管它可能只是一种心理上的"流浪"或"离家出走"。

其次,这位"离家出走"的流浪者对于"姐姐"的反复召唤,或许并不仅仅因为自我的爱情诉求,还有一种寻找归宿或"带我回家"的殷切需要。而这个"家"既不是那个由父权操控的"原来的家",又不是一个具体的实指的居所或安身之处,它是一个可以安慰流浪者孤独的心理和安放青春的地方。就那个年代来说,它就是那代年轻人对自由、平等、民主、理想等的追求。流浪者反复召唤"姐姐""带他回家",因为他已经"有些困了",并要忍受穿越陌生人群的"孤单",这一切都在传达着歌者的孤独、困惑和迷茫。而就那个年代来说,对于那代青年人而言,处于历史转型期的他们,既会遇到每个年轻人青春的迷茫、理想的迷茫,又因为历史政治的分裂而造成历史转型期时代的迷茫,多重的迷茫交织在一起,必然深化了那个年代青年人人生选择的意义,也造成了他们心理上的分裂与情感的迷茫。正是在这种多重迷茫之中,等待被"姐姐"拯救或被"爱情"拯救,这也就为"姐姐"和"爱情"赋予了多重意义,因而并不仅仅是字面的意义。正因为如此,它也强化了20世纪80年代青春叙事的个性化与时代性。

记得1981年李泽厚先生首先站出来在《画廊谈美》中为年轻人辩护:"在那些变形、扭曲或'看不懂'的造型中,不也正好是经历了十年动乱,看遍了社会上下层的各种悲惨和阴暗,尝过了造反、夺权、派仗、武斗、插队、待业种种酸甜苦辣的破碎心灵的对应物吗?政治上的愤怒,情感上的悲伤,思想上的怀疑;对往事的感叹与回想,对未来的苦闷与彷徨,对前途的期待和没有把握;缺乏信心仍然憧憬,尽管渺茫却在希望,对青春年华的悼念痛惜,对人生真理的探索追求,在蹒跚中的前进与徘徊……所有这种种难以言喻的复杂混乱的思想情感，不都是一定程度地在这里以及在近年来的某些小说、散文、诗歌中表现出来的吗？它们美吗？它们传达了经历了无数苦难的青年一代的心声。"[①] 尽管李泽厚先生当初心里想着朦胧诗，但他的这番话却最符合那个时代的年轻人的境遇。尤其是那句"政治上的愤怒，情感上的悲伤，思想上的怀疑；对往事的感叹与回想，对未来的苦闷与彷徨，对前途的期待和没有把握；缺乏信心仍然憧憬，尽管渺茫却在希望，对青春年华的悼念痛惜，对人生真理的探索追求，在踌躇中的前进与徘徊……"它既符合朦胧诗的内在情绪，又是20世纪80年代摇滚乐的情绪主调。当然，相比朦胧诗的诗性写意来说，摇滚乐表达青春的激情更直接一些；相比朦胧诗的审美形式来说，摇滚乐离反叛性情绪更切近一些；相比朦胧诗的精神性诉求来说，摇滚乐离身体的欲望更亲近一些。之后，一切关于这种青春的激情、反叛性的情绪、身体的欲望都在迪斯科中找到了合理的宣泄途径。

---

① 李泽厚：《走我自己的路》（增订本）第四卷，安徽文艺出版社1994年版，第141页。

如何"在场"？何以"真实"？
——对 2010 年以来"非虚构"叙事悖论的思考

汪贻菡[*]

(天津师范大学津沽学院　天津　300387)

摘　要：经由《人民文学》专栏倡导，近 5 年来的非虚构写作博取了出版市场和文学批评界的大量关注。对作家"在现场"和文学"真实"的呼吁成为本次写作热潮的关键词。文章考察非虚构写作的重要文本，确认浓烈的干预意识和启蒙回归立场导致叙述主体膨胀，从而使作家的灵魂与身体均无法真正在场，对真实的允诺亦难以抵达，其对宏大国家叙事的构想最终只成为一场私人叙事里的中国想象。

关键词：非虚构；在现场；真实；主体膨胀；《人民文学》

就像非虚构写作并非自 2010 年开始一样，关于非虚构写作的研究也早从 20 世纪 80 年代就已拉开帷幕。1994 年，具国际非虚构研究视野的南师大王晖老师曾提出在 20 年后的今天看来也值得深思的观点："作为'边缘性文体'的非虚构文学，实际上正处于两种文化的交汇点上——它既是文化精英们用'形象的侧面来传达或暗示对于社会现象的批判'（胡风语）又在商业主义全方位入侵的态势下表征出大众文化的种种特性。"[①] 彼时王晖讨论的还是以报告文学为主，囊括口述史、回忆录等在内，与虚构文学相对应的非虚构写作文本；2010 年《人民文学》设置非虚构栏目以来，这一重回文论视野的跨文类写作越来越多地与报告文学等拉开距离，也愈加明显地体现出王晖所言的精英文化与大众文化的杂糅特征；换句话说，当下的非虚构写作，是用大众文化的方式炮制和兜售精英文本，从而给予精英市场回报，给予大众精英幻觉，以达成多方共赢。

一　多方利益主体共生下的非虚构

关于 2010 年以来非虚构写作的兴起缘由，经由近 5 年的讨论已渐趋共识，包括：世界范围的非虚构写作趋势与本土非虚构史传传统；多变断裂的生活对文学想象力的

---

[*] 汪贻菡（1982—　），安徽，天津师范大学津沽学院文学系讲师，南开大学文学院博士研究生。
[①] 王晖：《现当代中国非虚构文学的大众文化品格》，《华中师范大学学报》（哲学社会科学版）1994 年第 4 期。

超越所引发的虚构的危机;自媒体时代对宏大精英叙事的摒弃和对私人化体验的青睐等。此外,在"文学想象力的危机"呼声中,曾将文学从政治泥淖中拉扯出来的先锋文学再度受到诟病,只因其沉溺于虚构的、审美的、不及物的文字游戏中,使纯文学失去了介入生活的能力,不再拥有对真相和真理的发布权。然而,虽在私人化网媒空间里被毫不留情地摒弃,本土知识分子由史传传统流传下来,经'五四'发扬光大,在20世纪80年代高扬的代言与启蒙传统和根深蒂固的卡里斯马情结却从未消失。当《人民文学》以"吾土吾民""人民—大地""困顿与疼痛"等久违的"大词"面向全国召集非虚构写作计划时,这些蛰伏的理想主义者一跃而起,聚集在"非虚构"旗下,重提文学的理想和野心,以拯救文学和作家的双重边缘化。

若将视线拉回20世纪,则非虚构写作其实延续了20世纪90年代以来的文学纪实倾向(如历史散文、名人传记、口述回忆录等的流行),是大众电子媒介时代"纯文学"衰落的自然结果。因此,尽管2010年以来,以"非虚构"栏目的设置带动全国范围内非虚构写作与批评热潮的《人民文学》及其编者并未鲜明喊出"重振文学公众影响力"的口号,但其希望通过作家在场的方式来带动作家启蒙意识返场,重建文学公众影响力的考虑却是显而易见的。而作为有着半个多世纪编辑史,伴随新中国的成长与反复之阵痛,参与了当代纯文学史建构全过程的"国刊",《人民文学》抱持反映生活本质、建构国家形象、启蒙沉默读者的"前现代式"文学理想,也本无可厚非。

与此同时,在文学的边缘化中受到冲击的,不仅有写作主体,还有批评主体。换句话说,非虚构的宏大叙事不仅是对文学不及物状态的一次拯救,亦是文学批评者的福音:面对千奇百怪的跨界文体、各美其美的文字风格、追新逐异的网络话题和无意义至上的审美趣味,评论者比作家边缘得更彻底;而当非虚构裹挟了三农问题、留守儿童、打工者、边疆牧民这些兼具新闻敏感和国家意识形态的关键词浮出水面时,批评者和媒介从业人员的兴奋是如出一辙的。而阅读主体同样在这次私人化热潮中获得了某种精神养分。一位学者曾提到:"《秦腔》叙述的是'土地'的神性丧失之后,当代乡村诗意尽失只剩一堆鸡毛蒜皮的那些泼烦琐事。这本书出版之后反响不错,但也有人表示读不懂,并苦恼地向别人请教:你能告诉我这部作品好在哪里吗?!"[①] 在一个私人感受获万般重视,官方历史被解构得支离破碎,民间小叙事蔚然风行的年代,对于难以融入无厘头式文字狂欢的传统读者而言,祛除理想与英雄之魅的阅读是没有归宿和导向的无价值阅读;来自官方的意识形态叙述又总是受到天然抵制;于是,非虚构写作勃兴:其以私人经验切入历史,以个体感受讲述宏大命题,阅读者的主体塑造感遂被激活,在磅礴的国家民族叙事中,获得了一次既挠到痛处又无须深入专业肌理的满足。如《中国,少了一味药》那样的情绪大于反思,勇气胜过事实的非虚构文章,正是点到为止又恰到好处的。也因此,非虚构的勃兴绝非一次简单的媒体炒作,而是

---

① 转引自孙春旻《非虚构叙事与时代精神》,《广播电视大学学报》(哲学社会科学版)2011年第3期。

意识形态、知识分子、大众在文学领域的一次成功合作,来自官方与民间的、文学界与传媒界的、写作者、阅读者与批评者的,多方利益交融共生,一起烘就了这场"非虚构"的跨界狂欢。

五年来,这场狂欢余韵未了,无论非虚构的命名合法性是否得到确认,渐趋衰微的文学的可能性的确随着跨界写作的非虚构对传统文学疆界的扩大而不断丰富起来;新设立的"非虚构写作大奖"门前也开始人头攒动。如果说,"非虚构"作为热词的确将一些曾只为少数圈内读者知晓然而极其优秀的写作者如蒋蓝、陈徒手、李娟等引入公共视野,那么五年来非虚构写作的文本实绩却不能说是尽如人意:膨胀的叙述主体曾是非虚构兴起的缘由之一,但也正在成为非虚构写作走向深入的极大障碍。

二 膨胀的叙述主体与沉默的叙述客体

截至目前的非虚构写作研究中,对 2010 年"人民文学奖"非虚构获奖作品《梁庄》的关注最多,其作者梁鸿的多重叙述角色也是颇有意味的,在作品中她同时扮演了三重角色:努力还原乡村生态的记录者、远离故土的返乡者和用现代意识诠释农村的启蒙者:"前者要求理性克制的零度叙述,第二重身份裹挟着厚重的温情和淡淡的哀伤,而后者不仅要发出鲁迅铁屋子式的呐喊。"[①] 有论者试图借此表述梁鸿多重叙述角色带来的文本张力,然在笔者的阅读感受中,在这叙述者、返乡者、批判者的三重身份焦灼中,批判的返乡者意识却多次强烈地压过了零度叙述者,从而导致了叙述对象作为负面和沉默的"他者化"。

(一) 叙述客体的负面化

在李丹梦一篇极其犀利富有洞见的论文[②]中,作者首先指出了《梁庄》标题的强烈负面特征:"建昆婶:王家少年强奸了八十二岁老太";"老贵叔:砖厂是老百姓遭殃的铁证";"万会:在棺材里把骨灰撒成人形";"梁光正:我没当过官,'政治'却处处找我的麻烦";"毅志:再也不去北京过那种非人的生活"[③] ……这种颇具视觉冲击力的文字,与我们打开各种电子媒介阅读新闻的感受是颇为相似的,即对负面题材、敏感故事、边缘人群的热衷。大众媒介日复一日地投合并营造着当代读者的阅读趣味与猎奇心理:苦难、死亡和暴力是重头戏。长此以往,公众已达成潜在共识:其一,我们的世界到处是坏消息;其二,即便有好消息,也是毫无报道价值的,凡宣传正能量的媒体多数是主流政治的同谋者,是懦夫、骗子。凡有良心的知识分子就必须拿起笔来与事实的黑暗作永久的披露。

---

① 蒋进国:《非虚构写作:直面多重危机的文体变革》,《当代文坛》2012 年第 3 期。
② 参见李丹梦《"非虚构"之"非"》,《小说评论》2013 年第 3 期。
③ 梁鸿:《中国在梁庄》,江苏人民出版社 2010 年版。

作为对台阁化报告文学的反拨，非虚构写作有充分理由回到严肃批评视角，直击当下中国的苦难与疼痛——但公众对具明显倾向的"苦难叙述""负面叙述"的过分热切，使笔者不禁困惑：难道非如此，便不足以够上非虚构的档次，便不能反映作家对吾国民生的忧患意识？负面与边缘题材固然是真相的一部分，但并非真相的全部；非虚构若执拗于推介这些题材，是否会在加重公众导向的同时，落入从政治化走向台阁化的报告文学的窠臼？笔者对 2010 年 2 月到 2015 年 3 月《人民文学》非虚构专栏发表的 36 篇文章作了一个主题统计，其中描写农村、进城打工者、边疆故事的 20 篇，占约 58%；反映都市生活的 3 篇；此外还有关于"文革"、战争、国外生活与回忆录等篇目。其中李娟的牧区系列丰沛有趣，充满智性，阿乙的《模范青年》紧贴青春脉络，平淡却直刺人心，祝勇的《宝座》由太和殿皇帝的宝座切入，尝试重述 1900 年间的刀光剑影……凡此种种，均未产生更多反响。公众与媒体的视野始终胶着在回不了村的农民而农村却已如此衰败（如梁鸿《梁庄》、贾平凹《定西笔记》），进不了城的打工者而新工人已然不属于农村（如梁鸿《出梁庄记》、郑小琼《打工者》）等主题上。关于农民或打工者，美籍华人记者张彤禾曾有非虚构作品《打工女孩》，但因其主人公的命运相对多数东莞女孩过于成功，故受到来自国内读者的普遍抵制；张彤禾的丈夫彼得海·勒斯的《寻路中国》则以美式幽默微妙讽刺了中国的官场与政界而收获好评。刨除文笔的优劣，这里折射的读者喜好很微妙。来自河南的学者葛丽娅的观点或许可以作为参考，在充分解析《梁庄》的基础上她指出：在这种此起彼伏的乡村"污名化"的冲动中，知识精英、权力精英和资本精英用不同的方式叙述农村，在满足写作圈子内部游戏规则的层面上，借助农村和农民的苦难来开辟自己的突围阵地。[①]

考察非虚构在美国的写作轨迹，同样能看到对亚文化题材的热衷，比如黑人、同性恋，比如死刑、暴乱和屠杀，以此来吸引眼球，与新兴电子媒体夺取越来越难以取悦的读者观众。约翰·霍洛韦对此解释说：自我意识的萌发是 20 世纪 60 年代美国非虚构写作爆发的重要前提，作家们开始"意识到自己在社会中的作用和在美国人生活里的独特角色"，而"这些非虚构写作的首创者，无一例外地拥有炒作自己、塑造自我形象的动机，否则就不会有汤姆·沃尔夫的浮夸风格和诺曼·梅勒他们肥皂剧一般的丑闻"。[②]

当然，动机抑或作家的实际人格与作品的文学价值本无直接关联；事实上也是在这种负面倾向中读者隐约感受到 20 世纪 80 年代报告文学黄金时期的锐气与锋利；然而作为文体，非虚构的提法里并没有关于"问题写作"的允诺。如果说复兴初期，非虚构需要以此来标志其与部分沦陷的报告文学的不同的话，那么专栏设置的六年来，非虚构写作需要的是逐渐走出"一陷到底"的病症，转而恢复文学精神构建的自觉，

---

① 参见葛丽娅《作为"他者"的农村形象——"非虚构"农村文本的写作之反思》，《河南师范大学学报》（哲学社会科学版）2014 年第 5 期。

② [美] 约翰·霍格韦尔：《非虚构小说的写作》，仲大军、周友皋译，春风文艺出版社 1998 年版，第 4 页。

以文字展示生长和担当的力量。

(二) 叙述客体的无声化

为避免陷入底层文学曾长期被质疑的"代言"困境,梁鸿宣称在《梁庄》里让主人公自己发声,然而通读下来,所谓让主体发声,在《梁庄》中有如下三种情况。

(1) 诱导发声:或许是出自文学批评者的身份自觉,在与留守奶奶芝婶的聊天中,梁鸿提到自己"反复启发父子分离、家庭割裂、情感伤害所带给孩子的那种痛苦和悲剧感(这一启发甚至有点卑鄙)"(括号内为梁鸿本人注),但无论如何启发,芝婶却总是重复一句话:"那有啥门儿,大家都是这样子。"作为批评者的梁鸿深知诱导发声的弊病,然而她仍然无法抵挡诱导被采访对象说出自己想要听的话语的冲动。

(2) 替代发声:与现任村支书韩治景的交谈是《梁庄》最浮皮潦草的一章,从韩治景的出场开始作者就说其"有很强的表演性",在其大倒当村干部的苦水之后,又引出作者的哥哥与父亲对韩治景的唾骂,没有说出任何实据就指斥其"拿着老百姓的钱不心疼,可劲儿花",并且得出"在村庄里,他们仍然享有特权,并且在这特权中谋了私利"的结论。① 而在亲历春梅喝药致死的难得境遇中,作者同样仅让作为春梅好友的堂婶来解释其思念丈夫成疾的故事,却放弃了对春梅之死有重大责任的她的丈夫根儿哥的发声机会。葬礼当是个众声喧哗的场所,然而梁鸿只展示了唢呐的呜咽声、作者的叹息声和根儿哥茫然的沉默。春梅愤怒的娘家人是怎样想的?村里和春梅一样长期处于夫妻分居的两性压抑中的妇女们是如何解决的?被打而不还手,连眼泪也没有的根儿哥到底是如何看待他年轻美丽而自杀的老婆的?作者都没有采访,而是迫不及待地展开对中国庞大劳务输出者被疏忽的性问题的探讨。可就像作者所指出的性问题的被忽略显示了"社会对农民的深层歧视"一样,在农民的认知与作者的理性之间,她更青睐于后者。

(3) 取消发声:强奸了82岁老太的王家少年的故事是让所有阅者触目惊心的,然而通过重重难关得以与被关押的小伙子见面后,作者却因"泪水糊了我的双眼","一切的询问都是苍白的"而取消了小伙子的发声权,作者提出了留守儿童的青春期性教育与乡土血亲复仇的宗法伦理等颇有价值的命题,却因无法克制的人文学者的同情替代了对这一问题的深入探究。这无疑是可惜的。虽然作者无须像诺曼·梅勒那样用整本小说的篇幅来创作《刽子手之歌》,但王家少年本人、他的哥哥和父母、老师和同学等,都可以参与发言来完成一个更完整的少年杀人犯心态,比如他是否有童年虐待经验?是否有父母遗弃阴影?他的青春期是怎样启蒙的?村里同龄少年如何面对自己的性渴求与性匮乏?……这些真相背后的真相,这些可以用来作为参照,以避后患的发声机会,遗憾地被阻隔在作者无可阻挡的泪水中。

---

① 在《梁庄》的单行本中,该句被修订为:"在村庄里,他们仍然享有特权,有特权就会被认为可以牟私利。"同时删去"有很强的表演性"一句,显然作者意识到这种主观臆断的不妥。参见梁鸿《中国在梁庄》,江苏人民出版社2010年版,第152—158页。

而在这重重变相的发声背后，凸显的是自鲁迅以来进城返乡的启蒙叙述者无法与农民作真正沟通的长久尴尬。而作者利用寒暑假 5 个月搜集的材料，显然也受到了其父辈与村里人亲疏、友敌关系的局限；青壮年的外出打工则使得整篇文本呈现某种阴性气质，这不是坏事，但年幼的留守儿童、文化匮乏的留守老人、沉默的女性的确使得这场"直录"的发声陷入某种单声道的空洞。在叙述主体膨胀而巨大的忧患面具下，《梁庄》文本远未达到其书名所透露的博大与深厚，其所披露的事实和显露的思维如李丹梦所言都基本能够塞进启蒙视角所预期的、愚昧落后的结构性框架；换句话说，这种让人民发声直录的方式，其本质是带有启蒙惯性的叙述主体在强烈期待视野下的发声；戴忧患面具的显在叙述者时时跳将出来，展示其对破败乡村的忧心忡忡与舍我其谁的知识分子的介入与承担。

而正是在这种镜头式人格的普照下，作为被叙述对象的乡村成为接受既定审视的"他者"；那些与她有着血缘关系的父老乡亲，也是她需要告别城市舒适生活、不断回去观照的被拯救者。现代以来，乡土书写始终在沈从文田园牧歌式的乌托邦想象和鲁迅肃杀的愚昧再现两个极端徘徊，无论是愤怒还是眷恋，是怜悯还是温情，真正的乡村都被认定是天然沉默的，广阔的田野与农民只能等待充满人文情怀的拯救和代言。客观地说，在当下传媒环境中，能够带来彻底震撼的所谓"真相"的确少见了；乡土书写的代言困境也非一时一地能解决；而在社会学视野里，没有任何调查是可以无主观预设的——这是方法论的紧张，却被非虚构膨胀的叙述主体所放大。比照林白《妇女闲聊录》、张辛欣《一百个北京人》中的零度主体，2010 年以来的非虚构写作仍有向口述史写作借鉴的广阔空间。在叙述主体膨胀的启蒙惯性中，作家若无法摆脱其高高在上的期待视野和无处不在的镜头式人格，将会使非虚构所力倡的"在现场"根本不可能；而如幽灵般盘旋在非虚构上空的"看"的意识，注定了写作者会对真相视而不见。

三 "伪在场"与"伪真实"

作为《人民文学》非虚构专栏的设立者之一，李敬泽自始至终是苦心孤诣的，在《关于非虚构答陈竞》一文中，他早早将非虚构的两个难点抛出：其一，完全的真实是不可能的，"夜半无人私语时"这样的诗句已然解释文学真实与生活真实、科学真实的巨大鸿沟，即便是非虚构的真实，也只能是合理想象的真实，是态度真实对生活真实的无限接近；其二，非虚构一定要抛弃叙述者膨胀的叙述野心，因为生活不是你随便观光廉价评论的存在，生活大于写作者本身。你必须回到现场，身体和灵魂都回到第一手生活。

可惜，即便有这样的谆谆教诲，启蒙的惯性仍然缠绕着不少写作者，而来自精神的慵懒与自恋使作家很难真正放下身体的架子，回到第一手的现场生活。2011 年，作家慕容雪村卧底上饶传销组织 23 天，回来后一边带警察端掉 23 个传销窝点，解救 157

名传销人员,一边为国人奉上长篇非虚构文本《中国,少了一味药》[①]。一时间,关于其写遗书、孤胆卧底的褒奖不绝于耳,柔弱书生很久未见这样的身体力行者了。然而仔细阅读该文本,其现场性不见得多强烈,其膨胀的叙述主体却是随处可见。在这篇备受好评的作品中,通篇充斥着作者强烈的文化优越感和对底层民众毫无掩饰的厌恶,比如他如此描述他的传销"导师":

> 这小伙叫王帅刚,大约二十四五岁,长了一张天生就该受欺负的猪腰子脸,小眼睛,塌鼻子,眉毛淡得像中国书法中的飞白,眼神里有种说不出的东西,阴暗而浑浊,就像乌烟瘴气的城乡接合部,让人一见而生厌憎之心。(《人民文学》版删除"就像乌烟瘴气的城乡接合部"一句)

比如他这样描述用来给组织成员洗脑的传销手册:

> 说句吹牛的话,我也算背了一肚子的诗赋文章,平日里常提苏、辛、李、杜,来上饶之前读《王恭传》,还用他的名句胡诌了几句打油诗:何事能消君子愁?半卷《离骚》一壶酒。虽然不算什么好诗,倒也有几分诗酒风流。现在却被逼着读这种狗屁不通的东西,只觉得满嘴屎臭。

再比如,在谈到为何传销者明知被骗却死活不愿离开传销组织时,他没有采访任何对象,而是直接评论:

> 吸毒会上瘾,传销者被骗都能上瘾,真是人间奇观。聪明人不会在同一个地方跌倒两次,而传销者就站在那里,跌倒一次、两次、无数次,最后连爬都爬不起来,可还是不肯离开,依然坚信那是自己的福地。恕我刻薄,动物中也很少有这么愚蠢的东西。

在这篇作者自序"不能帮助任何人脱离苦难,只能让人认识一部分苦难"的非虚构文本中,"没有常识""荒唐透顶""狗屁不通""活该"的嘲笑随处可见,我们很难读到叙述者对被叙述对象的关心和对他们真实心境的了解企图,却总是与那个清醒、睿智、一肚子诗赋文章、孤胆英雄般的叙述者遭遇。通过该文本,我们知道叙述者是放弃了去悉尼的机会而卧底上饶的,是舍弃了身家性命立过"遗嘱"为我们带来一个"好故事"的;我们就是不知道:为何传销者没能具有叙述者卓越的"常识"?为何传销组织屡禁不止地如法外病菌一样滋生?为何那些没读过书的农民和读过书的大学生

---

① 参见慕容雪村《中国,少了一味药》,中国和平出版社 2010 年版。《人民文学》2010 年第 10 期"非虚构"栏目刊登,有删节。

一起"用弱不禁风的身体扛着重若千钧的梦,用屈原投江的心情抱着一戳就破的事业"?我们只知道以灵魂审判者自居的叙述者所下的结论:"汉语中有个词早就为他们准备好了:叫作'活该'。"(《人民文学》版删除了该句)恕笔者刻薄,这是本人所读过的雪村作品中最不实至名归的一部。面对一片好评声,笔者感到困惑,刨除对慕容雪村的习惯性喜好,笔者绝不相信我们的鉴赏力如此低下,所能想到其获首肯的唯一理由,就是"传销""卧底"这样的主题词,既符合大众热衷负面新闻的阅读趣味,更投合了读者对作家兼济天下、对自己心系民生的双重主体形象构想。叙述主体的文学良知虽保证了非虚构面向大地,居高临下的写作姿态却又将其文字背离了真正的生活和真正的读者。在这双重背离中,"非虚构"提法的初衷逐渐模糊。无论是梁鸿式同情还是慕容雪村式鄙视,都与非虚构所倡导的"在现场"背道而驰,转而走向了"伪在场"。

首先,作为启蒙主体的叙述者,只要其无法摆脱看客的拯救意识,他就注定要将被看者纳入写作主体和阅读主体预设的主观期待中,而对更广泛的真相和被叙者的真实诉求视而不见(比如农村一定是落后荒凉的,农民一定是麻木愚昧的,边疆一定是美丽而衰落的);而当启蒙意识压过求真意识,则灵魂无法在场。

其次,作为思考主体的叙述者,在电子媒介即时提供可在世界范围共享的二手材料的滋养下,今时今日的写作者既缺少田野调查的社会学素养,更难有放下身段、亲历现场的耐心与勇气;而文学神圣感的失落和对叙述对象谦卑感的缺失,使得非虚构写作更像是一场急功近利的表演。当媒体追捧慕容雪村深入魔窟 23 天的"英雄伟绩"时,如蒋蓝那样长期奔走于田野山河,如彭荆风那样持续近 60 年的部队生活,如索尔兹伯里那样用 70 岁高龄重走长征路的勇气,听起来真像是前文学时代的神话了。于是,读万卷书取代了行万里路,则身体无法在场。

而当身体和灵魂都不在场之时,非虚构所暗诺的"不虚构"如何兑现呢?李敬泽所提倡的并非完全的生活真实,而是真诚的写作姿态下对生活真实的无限接近的努力。然而,作为多方集团的利益共同体,非虚构所努力逼近的真实始终受到各方力量的牵制和消解。

比如,个人经验的碎片性与有限性,对个体经验和私人感受的重视是 2010 年以来非虚构兴起的重要成因之一,然而如果说 20 世纪 80 年代那样一种以启蒙代言人、真理掌握者的宏大叙事方法不再可靠,那么依靠碎片化的、不稳定的个体经验叙述,又如何能够保证真实呢?所谓盲人摸象,虽不虚假,但真相有限。梁鸿曾在《梁庄在中国》一书中不无感慨地提到农民工和新生代农民工作为城市流浪者是如何无法战胜疏离、劳累和孤独所带来的残酷性忧郁,无法战胜无用感、无根感和自卑感。然有论者一针见血地指出,这种忧郁的无用感普遍存在于同龄"80 后"青年群体中:不稳定的就业、永远追不上的房价、而立之年仍然啃老的羞窘、变幻莫测的福利保障等,早已不是只属于一个特定群体的发展困境,而是整个当代中国青年普遍面临的生存和社会问题。① 归根结底，人文热情无法替代社会学统调查，以私人感受切入公共经验注定会带来类似的写作困窘。面对动车事故、食品安全、三农困境、医疗卫生等这样的宏大命题，个体经验或许无力负担完整有效的真实。

再比如，作为非虚构写作的报告文学于 20 世纪 80 年代末政治挫折中所承受的巨大压力始终存在，牵涉国家民族的敏感话题仍是禁区，就像彼得·海勒斯在《行路中国》中所淡淡提到的，作为一个外国记者，他必须首先向中国政府报备，否则他将无法作为哪怕是一个观光客来行走中国。② 又比如，与慕容雪村卧底行为的过分赞誉相对，《中国，少了一味药》其实曾面临相当严厉的审查，在终于出版后，慕容雪村在北京后海邀了几位朋友，算作小型新书发布会，面对结冰的湖面，他朗读了被删节的段落:"原来谎言真有无穷的魔力，只要坚持说谎，天天讲、月月讲、年年讲，再坚强的人也会动摇，再荒谬的事也会变成真理，不仅能骗倒别人，连自己都会信以为真……"③ 如果你熟悉生活，那就不必过多拆解这被删节的段落中所揭示的非虚构真相与删节本身所揭示的另一重真相了。

非常值得玩味的是第三点即面对非虚构，我们尚缺少真正的读者。在阅读中有大量的劣质读者存在着：他们是民粹主义和民族主义的拥趸者，他们既渴望真相又害怕真相，既渴望了解国家政治又对真正的社会参与漠不关心。2013 年 4 月，张彤禾携其《打工女孩》在沪演讲售书，期间"提问环节里，一位专程从苏州赶来的打工者，说自己组织过打工诗歌节，几乎收集了所有的打工文学。他的话引起了整场听众异样的哄笑。一群人竞相谈论《打工女孩》一书，却对眼前真正的打工者不感兴趣，似乎是觉得这位衣着朴素的打工者实在太'土鳖'，不该出现在今天的场合"④。如果说非虚构叙述者借助负面宏大叙事挥洒其人文情怀以完成公知塑造；那么不良读者则借助这充满异趣又浅尝辄止的宏大命题，既能宣泄其长久压抑的社会不满又能完成其参与公众关怀的自我想象。与非虚构的政治参与相比，他们其实更愿意把浮皮潦草的政治理想寄托在后宫、职场、穿越剧的厚黑虚构里。

由此，叙述者的伪在场带来了阅读者的伪在场；而身体灵魂都难以在场的非虚构所允诺"真实"程度便也颇值得考究了。这就带来了矛盾：一方面，非虚构主张里深藏用国家叙事拯救疲软个人叙事的叙述动因，另一方面，叙述主体的膨胀和叙述对象的他者化却造成了非虚构的伪在场与伪真实，最终使得所谓"国家叙事"只是一场私人化叙述里的中国想象。

---

① 参见刘昕亭《谁的非虚构？什么样的现实？——2013 年打工图书出版热分析》，《中国图书评论》2014 年第 1 期。

② 参见 [美] 彼得·海勒斯《寻路中国——从乡村到工厂的自驾之旅》，李雪顺译，上海译文出版社 2011 年版，第 54—56 页。

③ 于困困：《现实比虚构更离奇》，该文发表于《周末画报》和《纽约时报》合作年刊 2011 年 1 月。

④ 韩成：《"失败"的张彤禾——原谅她，她只是记者》，《博客天下》2013 年 4 月 25 日。

四 被想象的中国

"像个被给予了过分厚望的孩童",非虚构写作在中国,虽然刚刚重获关注,"就要对抗不信,对抗谎言,对抗想象力跟不上趟的光怪陆离,对抗犬儒主义者。"[①] 作家于困困的这句话或许道出了 2010 年以来非虚构的某种境遇。虽然写作者自觉拉开与传统报告文学的距离,批评者却仍延续了宏大批评的传统:《梁庄》单行本改名为《中国在梁庄》,《出梁庄记》在《人民文学》刊登时改名为《梁庄在中国》,单行本恢复原名却又加上副标题"中国的细节与经验",南都评论文章题为《从梁庄出发触摸中国乡村》(《南方都市报》2011 年 3 月 2 日)……媒体总是无法抵挡大词的诱惑,而在这些大气磅礴的命名背后,批评主体强烈的宣言欲望不言而喻。当然我们的时代和文学总是需要这样的大写文本;而私人化写作与阅读倾向而兴起的非虚构叙述,就这样被捆缚在国家政治的文字构建中,成为新时期"中国叙事"的一部分。这里面既有报告文学宏大叙事的传统,也有《人民文学》重建作家返场,文学介入公共生活的野心,当然更有如前所述知识分子的启蒙惯性和真理宣言诉求。而这样的诉求、野心与主体膨胀下的"伪在场"写作相遇,便使得非虚构写作所建构的"中国"成为负面而无声的中国,充满主观预设、碎片式的、浮光掠影的中国,或者说是景观化的中国。

所谓景观化,就是让社会成为一种远远观望的符号性景观而非生活于其中的具体现实。[②] 当膨胀的叙述主体满足于其对中国某一角落浅尝辄止的发现、展示和在此基础上完成的神圣化自我建构时,当沉溺于负面新闻发掘的阅读主体以对这一角落的片面了解而沾沾自喜把握了"中国的细节"时,"中国"便在作者和读者共同的幻觉中被景观化了。这样的景观"是一种绥靖和去政治化的工具,是一种永久的鸦片战争,这一战争麻痹了社会主体,并使他们脱离真实社会生活的最急迫的任务"[③]。沉迷于这样的景观世界,人们会逐渐对真实生活中的矛盾冲突视而不见,走向冷漠、偏激和狭隘。不是有人说:网上都是愤青,生活中都是路人;不知是路人不上网,还是愤青不上街?

而文学也同样会在这样的景观化中迷失。我们既需要如 20 世纪 80 年代报告文学那样以纵横捭阖的勇气和高屋建瓴的视野记录国家发展与人民疼痛的文字,我们也需要从历史的皱褶切入进去,以私人情怀切肤感受大时代下小人物生命体验的文字。前文我们对《梁庄》作了批评,但我们也看到,在《梁庄》之后,梁鸿真正放下身段,用两年多的时间走访梁庄那些散落在全国 10 余个省市的 340 余位打工者,写出了更为震撼人心的《出梁庄记》。在这部作品中,作者明显克制了叙述主体的抒情冲动,对人

---

① 转引自关军《不仅非虚构,而且写作》,《南方都市报》2011 年 5 月 13 日。
② 参见 [法] 德波《景观社会》,王昭凤译,南京大学出版社 2006 年版,第 6 页。
③ [美] 贝斯特:《现实的商品化和商品化的现实:鲍德里亚、德波和后现代理论》,[美] 凯尔纳《鲍德里亚:批判性的读本》,陈维振等译,江苏人民出版社 2005 年版,第 17 页。

物的发声基本无干涉，转而将更多笔墨致力于人物形象完整性与情节连贯性的塑造，其给读者带来的反思力量却并未弱化而是明显加强。尤为值得称道的是，叙述者对"在现场"提出了更深层次的追问，即在作为写作方式的前置形容副词之外，"在场"是否还有作为写作者后续谓语动词的可能？作家除却用笔接近事实之外，是否可以借助公共资本更多地介入社会、实现文字之外的担当？对作家社会职责的反思贯穿了该作始终，这就使得《出梁庄记》摆脱了《梁庄》激情之下的空洞，转而启发每一位未在场也未上路的书斋作家更多地反省自我。虽然离文学经典尚有距离，但无论如何，这种身为作家的担当与身为批评者的自我修正都是值得称道的。作为对不及物纯文学的一种纠偏，"非虚构"的提法已经起到了警示作用；但作为并不新鲜却仍在起步阶段、归属不明的跨文体写作，非虚构所需要的是紧实贴肉的叙述和理性节制的批评。归根结底作为文学，非虚构的价值不仅仅是文献学和社会学的，还应是诗性的和审美的。

色情面具・生命悲歌・身份困惑
——论纳博科夫的《洛丽塔》

周 丹[*]

（南昌大学人文学院中文系　江西　南昌　330031）

摘　要：纳博科夫的《洛丽塔》选择这样一个与世俗伦理道德全然格格不入的乱伦题材来书写生存体验，然而研究者大多从作家的艺术观念、作品的形式技巧及形而上学的角度，试图揭开纳博科夫的谜语。本文认为，纳博科夫在《洛丽塔》中，将人类化为展翅的蝴蝶，在心灵世界中无拘无束地飞舞摇曳，从而赋予人类超越现实苦难和自我的神奇力量，为有限存在的人类保持最后一丝生命的尊严。

关键词：色情面具；生命悲歌；身份困惑

纳博科夫（1899—1977）的《洛丽塔》在1955年的问世如同一只破蛹而出的蝴蝶，最初遭到出版商的拒绝和人们的责难，然而英国著名作家格雷厄姆·格林的慧眼却使这部作品一夕之间大放光彩。随后的岁月里，作品跨越时间流逝的洪流，在饱经争议的同时引发人们经久不衰的热情。《洛丽塔》讲述的是一个继父占有青春期的继女的乱伦故事，对于这部作品的写作，纳博科夫提到："没什么社会宗旨，没什么道德说教，也没什么可利用的一般思想；我只是喜欢制作带有典雅谜底的谜语。"[①] 纳博科夫似乎在告诉人们，考察《洛丽塔》中的社会现实的内容或探究作品的主题思想都是毫无意义的。正如厄普代克所说的，"尽管他为我们提供了许多以前语词从未提供的感觉，尽管他玩弄一些噱头让他从书中跳出来，但我们仍然更多只是感到有趣，而不是信服。也许错在我们这边，我们还没有准备，我们的听觉迟缓，眼光迟钝，太留恋大地顽固的缄默，因而不能读懂他魔法背后的意义"[②]。厄普代克指出的是，人们对《洛丽塔》的研究，正在远离作品的意义。究其根由，人们忽略了对《洛丽塔》的"谜面"的探究，从而使"典雅谜底"被遮蔽起来。本文认为作家在《洛丽塔》的色情面具下

---

[*] 周丹（1974— ），江西南昌人，南昌大学中文系，副教授，文艺学博士。本文为江西省艺术科学规划项目"基督教绘画艺术的图像方式与图像语言研究"（项目编号：YG2014218）阶段性成果。

[①] ［美］V. 纳博科夫：《固执己见——纳博科夫访谈录》，潘小松译，时代文艺出版社1998年版，第18页。

[②] 刘佳林：《纳博科夫研究及翻译述评》，《外国文学评论》2004年第2期。

表达人类生存的焦虑，并希冀通过艺术为人类构建征服时间的永恒神话。

一

纳博科夫谈论起文学观时说："在艺术超尘绝俗的层面，文学当然不关心同情强者或谴责强者之类的事，它注意的是人类灵魂那隐秘的深处，彼岸世界（other worlds）的影子一样从那里驶过。"① 这个词是从俄语 potustoronnost 翻译过来的，意为"死后""来世"，不过纳博科夫对该词的使用别具含义。纳博科夫的遗孀维拉提到："纳博科夫作品的主题是'另一世界'（the other world），他的作品全都带有'另一世界'的水印。"② 纳博科夫提到的"另一世界"的含义，显然并不是超越现实世界的超自然世界，而是指"存在的另一种状态"③，即挣脱机械性的物质世界所限制的涌动活跃的生命世界。纳博科夫在《谈谈一本名叫〈洛丽塔〉的书》一文中，提到写作《洛丽塔》的灵感是受到一只猿猴的启发。这只猿猴创作出第一幅动物用木炭画出来的画，画中显示的是关押这只猿猴的笼子的栏条。对此，纳博科夫深切地意识到，这同样是人类对于自身命运的感受。不同的是，无意识的动物被迫忍受自己的命运，人类则奋力地挣脱命运的摆布和控制。

《洛丽塔》选择一个违反人类道德伦理的乱伦故事，意在摆脱道德说教的陈词滥调，通过可以直达人类灵魂世界的情爱经验，展现置身于日常世界中的人类为生命进行的抗争。在《洛丽塔》的前言部分，纳博科夫借用虚构的编辑小约翰·雷博士的口吻宣称："如果某位编辑试图冲淡或略去被某些特定的脑筋称为'色情'的场景，《洛丽塔》的出版就只能被放弃了，因为这些场景的存在虽然可能会被某些人愚蠢地指责为本身就是一种感官刺激，它们却是一出悲剧故事发展过程中必不可少的有机部分，这出悲剧坚定不移的倾向不是别的，正是道德的升华。"④ 这段带有反讽意味的陈述启发人们，正是色情的"肮脏表象"在阻碍人们通达作品中在场却没有说出的东西，即《洛丽塔》是一部人类对自我生命的极限的体验，以及力图实现生命之欲望而最终失败的悲剧。

在纳博科夫笔下，亨伯特并没有被简单地塑造为道德败坏的好色之徒或精神变态的无耻恶棍。《洛丽塔》与通常的色情文学并不相同。首先，作品没有猥亵淫秽的肉欲成分，毫无香艳秾丽、淫荡污秽之气。亨伯特对性感少女身体的关注，多集中在肌肤、胳膊、头发和嘴唇等部位。在亨伯特的眼中，性感少女具有空灵纯净的气质与柔和明丽的光泽，如同"一个浑身披着自然光泽的小精灵"⑤。亨伯特以童话般的梦幻笔调，

---

① 刘佳林：《纳博科夫研究及翻译述评》，《外国文学评论》2004年第2期。
② 郑燕：《纳博科夫的"火车"：通往"另一世界"之旅》，《外国文学》2013年第5期。
③ ［美］弗拉迪米尔·纳博科夫：《洛丽塔》，于晓丹译，译林出版社2000年版，第256页。
④ 同上书，第2页。
⑤ 同上书，第5、27页。

使用富有温柔纤巧的质感的词语赞美他心目中的小仙女的身体之美,如"蜂蜜样柔腻的肌肤","像绸子一样柔嫩的脊背","纤软的胳膊","褐色短发","长睫毛","大而漂亮的嘴"等。虽然作品涉及性爱场景,但并不过多渲染这些场景或生理本能的放纵,而是以寥寥数笔的色情描写为底色,使亨伯特对洛丽塔的爱恋的迷狂得以凸显。

不过,《洛丽塔》并非只是关于人类的情色爱欲的写作,亨伯特的畸形情爱与乱伦故事,是围绕着与人类生存息息相关的极限意识展开的。乔治·巴塔耶在《色情史》中提到色情与死亡意识的相互作用,色情"为我们展现毁灭与死亡的焦虑,总是与死亡相连"[1]。死亡是大自然对生命的浪费,死亡如同巨大的黑暗深渊一样,毫不留情地吞噬生命,人不得不面对丧失存在的虚无。对死亡的意识,导致人始终处在不确定的、悬而未决的状态中。亨伯特发出呼唤"洛丽塔,我的生命之光,我的色欲之火",在为自己痴迷于洛丽塔所作出的辩护中,他提到对少年时代的恋人安娜贝尔的刻骨铭心的爱情。童年丧母留下的黑暗,使亨伯特痛彻心扉地感到"童年的太阳已经从记忆的洞穴和幽谷上沉落"[2]。然而充满生命活力和勃发情欲的安娜贝尔唤醒少年亨伯特对生命的感受,安娜贝尔的突然病故却将这一切化为不复存在的空幻,在亨伯特的情感生活中留下难以弥补的缺憾。表面上看,安娜贝尔留下的空白在亨伯特心中产生对"性感少女"的异乎寻常的欲望,似乎亨伯特在寻求安娜贝尔的化身。不过,亨伯特在见到活生生的少女多洛雷斯之后,却感到终于破除安娜贝尔的魔力。由此可见,真正折磨亨伯特的是死亡带来的惊骇与震撼。亨伯特越是充满激情地回忆安娜贝尔美丽的身体与涌动的情欲,死亡就显得越为残酷,也更令人恐惧和厌恶。梦魇般的死亡带来的绝望,将亨伯特的生命撕成"反复出现的苍白残片"[3]。

对亨伯特来说,与对安娜贝尔的记忆交织在一起的是萦绕于心、挥之不去的死亡意识。安娜贝尔的形象在亨伯特的意识中发生分裂,即死亡本身的形象和身体尚未发育完全的"性感少女"的形象。亨伯特一方面渴望摆脱作为死亡形象本身的安娜贝尔的影响,这使得他对成年女性产生强烈的反感。从亨伯特对曾经成为妻子的瓦莱里亚和夏洛特·黑兹这两位女性的描述中,人们可以看到的是,她们的身体散发着丰满成熟、温柔妩媚的女性气息。然而正是这种成熟的女性特征,被亨伯特视为笼罩在她们身体之上的死亡的阴影。在他看来,成年女性的身体毫无美感,不过是一副日趋衰败的躯壳。他在瓦莱里亚身上发现"和她那死去的貌似蟾蜍的母亲在一帧肖像里的对应部分的相似"[4]。亨伯特满心厌恶地以"近似方形的脸","铜褐色的鬈发","特别大的海绿色眼睛"等夸张的词语,将夏洛特·黑兹的形象勾画得如同粗鄙迟滞的女巫。在与夏洛特·黑兹举行婚礼之后,他内心中却生发出"橘色的花苞会

---

[1] [法]乔治·巴塔耶:《色情史》,刘晖译,商务印书馆2003年版,第68页。
[2] [美]弗拉迪米尔·纳博科夫:《洛丽塔》,于晓丹译,译林出版社2000年版,第4页。
[3] 同上书,第8页。
[4] 同上书,第17页。

在墓地恐怖地枯萎"的感受。对死亡的憎恨使亨伯特脱离正常的性爱和婚姻生活的轨道，亨伯特既无法对她们萌生爱意，也无法体会她们的深情，从而导致瓦莱里亚的出轨与夏洛特的死亡。

另一方面，亨伯特并不将死亡还原为存在的毁灭，而是渴望否定死亡，期待存在。安娜贝尔已经死去，却将未成年少女身体的神秘感与带有稚嫩的野性的情欲，永远留驻在亨伯特的心灵深处，塑造着亨伯特的欲望目标。亨伯特不甘心屈服于死亡的力量，不愿放弃曾经的爱情天堂，"如镜的沙滩和玫瑰色的岩石"。在现实世界中寻找生气勃勃的"性感少女"，成为亨伯特生活的中心。亨伯特将"性感少女"称为"小仙女"，赋予她们以穿透时间的不朽力量，并沉浸在对"性感少女"的幻想中。亨伯特见到洛丽塔，感到"我相信了，就某种魔法和命运而言，洛丽塔是安娜贝尔的继续"[1]。对亨伯特来说，安娜贝尔指向的是困扰着他的死亡世界，洛丽塔则连接着亨伯特的生命世界。面对死亡，亨伯特感到无能为力。亨伯特将洛丽塔视为将自身生命从冰冷无极的混沌深渊中解救出来的"宁芙女神"。他迫切地渴望得到洛丽塔，苦心孤诣地建构爱情天堂，"我对她的发现乃是在扭曲的过去里建筑的那座'海边王国'的致命后果"[2]。亨伯特从死亡的掠夺中，期待获得对自我世界的主宰权力。亨伯特意气洋洋地想象着自己犹如土耳其皇宫的皇帝，"绝对自由，无所顾忌"[3]，对洛丽塔享有绝对权威。亨伯特汇聚所有的生命能量，一步步地实现他的疯狂梦想。亨伯特利用夏洛特·黑兹的婚姻接近洛丽塔。在夏洛特意外身亡后，他利用继父的身份占有洛丽塔。为守护这个爱情天堂，亨伯特专制而蛮横。他利用洛丽塔对孤儿院的恐惧心理，带着洛丽塔四处流浪。他施予小恩小惠，百般笼络洛丽塔。亨伯特寸步不离地守候着洛丽塔，担心与洛丽塔的关系被他人察觉，也唯恐逐渐长大的洛丽塔会弃己而去。他严格控制洛丽塔的生活，将洛丽塔囚禁在他的王国里。亨伯特保持高度的警戒心理防范可能的侵入者，像斗志十足的中世纪的骑士一样，不惜一切代价，处心积虑地将整个社会阻挡在洛丽塔之外。

作品的形式是亨伯特在监狱中写给法庭的忏悔书，但是在亨伯特的字里行间，人们看到的却是亨伯特在为自己进行无罪辩护。显然亨伯特区分两个对立的世界，即人类社会的世界与切己的生命世界。亨伯特对夏洛特装饰家庭的行为、参加的朋友聚会以及日常的信仰生活嗤之以鼻，认为这些琐屑无趣的日常生活，不过在徒然消耗人类生命。亨伯特始终游离在人类社会之外，对他而言，规范人类社会的伦理关系与道德行为的法则无足轻重。亨伯特对洛丽塔的不伦之恋，缺乏社会禁忌感和罪恶感的约束。夏洛特发现真相后，在愤激之下遭遇车祸而死亡，亨伯特虽然有一丝愧疚，却从未产生良知的不安。亨伯特坚持他的爱情的正当性。找到已经结婚并怀孕的洛丽塔，亨伯

---

[1] [美]弗拉迪米尔·纳博科夫：《洛丽塔》，于晓丹译，译林出版社2000年版，第7页。
[2] 同上书，第26页。
[3] 同上书，第45页。

特劝说洛丽塔与他一起远走高飞,伤感地强调"人生苦短"①。亨伯特似乎就此为自己的所作所为找到理由,即在索然寡味的日常世界之外有着更为真实的生命世界,那么在人类社会的道德准则之上则有更高的生命准则。亨伯特宣称其忏悔书是"为洛丽塔立传",也是在为自己的生命举行哀悼,对洛丽塔的畸形爱情变成令人扼腕的生命悲歌。缺少洛丽塔的爱情天堂只是虚无,亨伯特生无可恋。从这个意义上看,亨伯特的犯罪是走向末路的自杀行为。

亨伯特诅咒死亡,试图从死亡的牢笼中拯救自己的生命,却引发色情的贪婪、狂热和暴力。死亡与色情就此联结在一起,似乎色情成为对生命的承诺。然而具有讽刺意味的是,亨伯特的生命却终结在监狱中。纳博科夫通过亨伯特的荒诞的一生,表现出浓厚的生命悲剧感。"时间的监狱是环形的并且没有出路"②,人类不过是命运的受难者,在死亡的牢笼里徒然挣扎,最终走向毁灭境地。

二

在写作《洛丽塔》时,纳博科夫仍然保持着捕捉蝴蝶的爱好。纳博科夫曾经潜心地研究蝴蝶,对其分类、结构、演化和生活习性等了如指掌。这种鳞翅目昆虫经历从丑陋的蛹化为美丽的蝴蝶的过程,标志着经历磨难而达到完美的蜕变。纳博科夫曾经自比为一只蝴蝶,他谈到童年的一次手术治疗,感到自己就像一只即将要被制作为标本的蝴蝶。当人们为切除肌体的腐败部分,经历撕心裂肺的痛苦,生命才能化为永恒的美丽"在整齐固定的半透明纸条下,厚实的、血脉强壮的翅膀对称的调整"③。纳博科夫在塑造洛丽塔的形象时注入蝴蝶的意象,污秽的乱伦生活并没有使洛丽塔走向沉沦堕落,而是在孤独无助中独自完成生命的净化。纳博科夫声称:"洛丽塔没有任何原型。她诞生于我的头脑。此人从未存在过……洛丽塔是想象力的产物。"④ 然而从某种程度上说,纳博科夫自己便是洛丽塔的原型,纳博科夫以洛丽塔为伪装,"辨认我的生命两端非个人的黑暗中最微弱的个人的闪光"⑤。

纳博科夫谈道:他的作品都是"失去童年时代俄国所引起的震动的震波"⑥。纳博科夫1899年出生于家世显赫的俄国贵族家庭,祖先和父辈在俄国历史上享有一定的声誉。作家的童年和少年时代在家族的庄园里度过,过着无忧无虑、富裕安适的生活。俄国革命的爆发彻底扫除了作家所知的世界,往昔荣华一去不返,"一切都成

---

① [美]弗拉迪米尔·纳博科夫:《洛丽塔》,于晓丹译,译林出版社2000年版,第225页。
② [美] V. 纳博科夫:《说吧,回忆》,陈东飙译,时代文艺出版社1998年版,第2页。
③ 同上书,第109页。
④ [美] V. 纳博科夫:《固执己见——纳博科夫访谈录》,潘小松译,时代文艺出版社1998年版,第18页。
⑤ [美] V. 纳博科夫:《说吧,回忆》,陈东飙译,时代文艺出版社1998年版,第2页。
⑥ [美] V. 纳博科夫:《固执己见——纳博科夫访谈录》,潘小松译,时代文艺出版社1998年版,第15页。

了泡影"[1]。纳博科夫全家开始惶惶不安、窘迫困顿的逃亡生涯。纳博科夫发出喟叹,"我们的存在只是一道短暂的裂缝,介于两片黑暗的永恒之间"[2],失去根基的生存就是一场前途未卜的流亡之旅,成为纳博科夫无法摆脱的噩梦,"我自己命运中的断裂在回忆中给了我一种眩晕的快感"[3]。纳博科夫在欧洲过着漂泊不定的生活,爱好蝴蝶成为遗留下来的唯一财富。纳博科夫曾经打算毕生从事对蝴蝶的研究,"假如俄国不发生革命,也许我会把全部生命献给蝶类学,根本就不会写什么小说了"[4]。生活遭际的重大转变,促使纳博科夫将对蝴蝶的热爱与对生存意义的探究结合起来。然而在蝴蝶双翼的璀璨多彩中,纳博科夫试图捕捉生命之光,却发现生命的破碎与脆弱。

纳博科夫对洛丽塔的取名别出心裁,"为我的小宁芙,我得找一个有点抒情意味的爱称。'L'是最软绵最艳丽的字母之一。词后缀'-ita'富于拉丁文的温柔;这也是我需要的。于是选了:洛丽塔。……另外要考虑的因素是这个名字的来源——那源泉的名字——'多洛雷斯'里的玫瑰和眼泪。我那小姑娘令人揪心的命运应该与靓丽两字一起来关注"[5]。洛丽塔的真正名字"多洛雷斯"的词根是 Doras,意为"苦痛"。显然夏洛特有着利用年轻女儿博取亨伯特的关注的明显意图。英俊潇洒而又温文尔雅的中年男子亨伯特的出现,对于第一次婚姻感到失望、长期忍受孤寂的寡妇生活的夏洛特具有致命的诱惑力。在亨伯特前来看房时,夏洛特察觉出亨伯特兴味索然,便将在花园里沐浴阳光的、半裸的年轻女儿介绍给素不相识的陌生男子,不过是以洛丽塔为诱饵,极力挽留亨伯特租住下来。亨伯特凭借敏锐的直觉,感到夏洛特·黑兹张开了即将扑来的肮脏交易的大网。夏洛特屡次外出,有着故意制造亨伯特与女儿独处机会的嫌疑,以吸引亨伯特成为长久的房客。为得到机会向亨伯特求爱,夏洛特不负责任地将洛丽塔送去参加露营活动。在亨伯特答应结婚后,夏洛特迅速安排洛丽塔前往寄宿学校。婚后的夏洛特编织幸福家庭的美梦,但欲望导致了她的毁灭,让亨伯特的邪恶目的最终得逞。年幼丧父的洛丽塔由于母亲管教方式的简单粗暴,对如父亲般的成年男性亨伯特有着孩子气的依恋。洛丽塔受到露营活动的恶劣影响,出于青春期少女的好奇心主动勾引亨伯特,丝毫没有察觉自己才是对方的猎物。得知母亲去世后,洛丽塔无奈地跟随亨伯特出走。夏洛特与洛丽塔的姓氏"黑兹"在爱尔兰语中意为"雾霭"[6],这意味着她们都沦为心怀叵测的亨伯特的牺牲品。

纳博科夫将命运的苦涩与精神的至美都熔铸在洛丽塔的形象中。洛丽塔的形象是通过亨伯特的讲述而呈现出来的,换言之,洛丽塔不过是亨伯特的欲望客体,"我疯狂占有的不是她,而是我自己的创造物,另一个,幻想的洛丽塔,或者比洛丽塔更真实;

---

[1] [美] V. 纳博科夫:《说吧,回忆》,陈东飚译,时代文艺出版社 1998 年版,第 10 页。
[2] 同上书,第 1 页。
[3] 同上书,第 242 页。
[4] [美] V. 纳博科夫:《固执己见——纳博科夫访谈录》,潘小松译,时代文艺出版社 1998 年版,第 104 页。
[5] 同上书,第 29 页。
[6] 同上。

那幻像重叠又包容了她，在我和她之间浮游，没有欲望、没有感觉，她自己的生命并不存在"[1]。在亨伯特疯狂错乱的呓语中，人们却看到不肯屈从亨伯特的遏制、向往拥有正常生活的洛丽塔。洛丽塔本能地依赖录音机和杂志，传达出无声的反抗与对外界的渴望。洛丽塔热衷于表演和户外活动，积极争取生活的权利。然而亨伯特却带着类似君主享受对女奴的快感的姿态，欣赏洛丽塔在表演、游泳和网球方面表现出来的才华。亨伯特残酷地将她的童年生活连根拔起，使之陷入乱伦的泥淖，无怪乎洛丽塔在住院时收到亨伯特的鲜花，愤恨于纯真少女时代被葬送，极其憎恶地称之为"多么死气沉沉的花，像送葬的"[2]。纳博科夫对这种生活的断裂带来的破碎感有着深切体会，"一辆崭新的婴儿床停在门洞那里，带有一具棺材自满的、侵犯的气氛；甚至那也是空的，好像，在相反的事件过程里，正是他已经粉身碎骨"（《说吧，记忆》）。为追求爱情与幸福，洛丽塔在奎尔蒂的帮助下成功逃走，却再度遭到欺骗。洛丽塔拒绝参与变态色情狂奎尔蒂的乱性游戏，被抛弃后的洛丽塔毅然选择与身处社会底层、身体略有残疾的矿工狄克开始新的生活。洛丽塔并没有被多舛的命运摧折扭曲，而是在丑陋的世界之外执守心目中的"一个花园，一道曙光，一道宫殿的大门"[3]，从虚荣轻浮、任性乖张的小女孩成长为坚强刚毅的年轻女子。

在亨伯特再次找到结婚后的洛丽塔时的一场对话中，两者的关系逆转过来。洛丽塔没有愤激谴责亨伯特施予自己的丑恶行径，并设法阻止亨伯特向奎尔蒂复仇，表现出与过去断然决绝的态度。生活在贫困艰辛中的洛丽塔不为亨伯特的汽车、金钱的诱惑所动，冷静理智地否定亨伯特要求与之出走的提议，竭力破除命运魔咒的恶性循环。当洛丽塔的悲惨遭遇触目惊心地暴露在亨伯特面前时，受到触动的亨伯特突然明白，洛丽塔经受着更甚于他的绝望与痛苦。这迫使他回到现实，反思自己的所作所为。亨伯特不得不承认，对幻想和享乐的沉溺使他成为造成洛丽塔人生灾难的罪人，他的所谓爱情竟如此残忍卑劣，"在我们奇特的、充满兽性的同居生活中，我智力平平的洛丽塔渐渐清楚地意识到，即使最悲惨的家庭生活也比乱伦的同居要好得多；而乱伦，在那漫长的日子里，是我能给这个流浪儿最好的东西"[4]。

亨伯特的忏悔书是面对"陪审团的女士们、先生们"而写的，也就是说，未曾露面的审判者在对所有的人进行无情的裁定。亨伯特枪杀奎尔蒂，不仅在于认定他有权对摧毁其爱情天堂的罪人进行惩罚，而且是由于"上帝必须在他与亨伯特之间选择一个"[5]。亨伯特使用的手枪原本属于洛丽塔的亡父，这把手枪杀死了奎尔蒂，也把亨伯特送进监狱。奎尔蒂与亨伯特都是将洛丽塔推向苦难的罪魁祸首，他们都必须为此清

---

[1] ［美］弗拉迪米尔·纳博科夫：《洛丽塔》，于晓丹译，译林出版社2000年版，第46页。
[2] 同上书，第193页。
[3] 同上书，第230页。
[4] 同上书，第233页。
[5] 同上书，第251—252页。

偿罪孽。或者说，亨伯特无法释怀的是，"我会埋在她温暖的头发里悲叹，我要随意地抚弄她，默默地祈求她的恩惠；当这充满人情味、苦闷却毫无自私的温情到了顶峰（我的灵魂这时正悬在她裸露的身旁，正要悔悟），刹那间，很可怕、很滑稽又很可怕，那肉欲又猛地袭来"①。爱情与兽性的奇异混合，天堂与地狱近在咫尺，是命运对人类的最残酷的嘲弄。亨伯特在奎尔蒂身上看到自己荒淫无耻的一面，杀死奎尔蒂实质上是亨伯特的自我毁灭。至于洛丽塔的结局，作品给出的信息含混不清。在亨伯特的手稿中，洛丽塔还活在人间。以小约翰·雷博士冠名的序言提到，理查德·F. 希勒（洛丽塔结婚后的姓名）难产而死。不过，洛丽塔的生死并不重要。即使洛丽塔还活着，也难逃冥冥中的厄运，难以抚平的精神重创决定了她的未来朦胧苍白、黯淡无光。

　　动荡不安的生活所带来的生存幻灭感挥之不去，作家极力在《洛丽塔》中寻觅"一个精美的幻影——不可企及的财产、不真实的领地之美"②。亨伯特与洛丽塔都生活在对现实的疑虑和妄想中，不同的是，亨伯特坚持在与过去纠缠不清的妄想中追寻真实的事物，洛丽塔却斩断与过去的所有联系，期待获得新生。然而生命的美感如此沉重，以致人类难以承受，亨伯特与洛丽塔进行的生存努力最终化为泡影，在生命的残缺凌乱中忍受煎熬。纳博科夫在带有回忆录性质的作品《说吧，记忆》中表达生命的沧桑感，"古书错了。世界是在一个星期天创造的"③。在《圣经》中，星期天是安息日，是上帝完成了创造世界与人类的工作的日子。然而纳博科夫认为上帝其实什么也没有创造，"一切都没有发生"。人类在无法探测的命运棋盘上艰难地挣扎，却不可能得到开启通往幸福与自由之门的钥匙。亨伯特和洛丽塔的不幸上升为纳博科夫对全人类命运悲剧的不平而鸣。从这个意义上看，《洛丽塔》是作家为在命运的折磨中受难的人类而竖立的一座艺术祭坛。

三

　　《洛丽塔》的文本世界中总是出现人类生活的偏离错位。中年亨伯特执意重现少年时代的夭亡爱情，却不合时宜地移置在12岁的女孩洛丽塔身上。这段违反世俗伦理的爱情，使他无法融入人类社会的生活。亨伯特在学者、鳏夫、继父、恋童者、杀人犯等多重角色中变换，在辗转流离的漫漫旅途中盲目地游移。从某种意义上说，这是纳博科夫离开祖国后四处漂泊的苦闷的表达。纳博科夫对自己生平的描述是，"20年在俄国，20年在欧洲，20年在美国"，《洛丽塔》的出版为他带来的财富，让纳博科夫得以定居在瑞士度过余生。作为远离俄国却再也不能回到故乡的侨民，纳博科夫的一生中都萦绕着深沉的失落感与难以排遣的乡愁。纳博科夫认为，我们生活的世界杂乱无章，

---

① [美] 弗拉迪米尔·纳博科夫：《洛丽塔》，于晓丹译，译林出版社2000年版，第231页。
② [美] V. 纳博科夫：《说吧，回忆》，陈东飙译，时代文艺出版社1998年版，第23页。
③ 同上书，第290页。

小说中真正的冲突是作者与世界之间的冲突。由此可见，身份困惑始终流淌在他的小说创作中。

纳博科夫离开俄国后来到英国，由于能够自如地使用英语，在剑桥大学顺利毕业。纳博科夫在柏林停留过一段时间，前往美国大学任教，从"卑微的讲师"升为教授。《洛丽塔》被认为是具有典型美国特征的小说，被列入美国文学史，纳博科夫也被标记为美国国籍。然而纳博科夫对此并不认同，在与《洛丽塔》同时写作的回忆录性质的作品《说吧，记忆》中，他指出："我在英国的大学岁月的经历其实就是我努力成为一个俄国作家的经历。"[1] 纳博科夫连篇累牍地谈论着他的家族历史，似乎在为其先祖的荣耀树碑立传。不过，从纳博科夫对俄国的眷恋之情，我们可以看出，纳博科夫以这种方式强调自己的俄国身份。但是命运的巨轮把纳博科夫抛在他乡异国，纳博科夫体验着难以言喻的"如迷乱的蝴蝶被释放于异域，在错误的纬度上，在陌生的植物之间"[2] 的心境。纳博科夫将这种孤独、愤懑的情绪渗透在《洛丽塔》的写作中。署名作者为小约翰·雷博士的迂腐沉闷的前言与亨伯特激情四溢的文稿格格不入。小约翰·雷博士煞有其事地介绍作品的创作原因，却在界定亨伯特手稿的文体性质上闪烁其词。这部手稿到底是亨伯特对真实生活所作的回忆录，还是亨伯特呈送给法庭的悔罪书，抑或是亨伯特虚构的小说，雷博士语焉不详。雷博士提供手稿中的人物的近况，多使用一般现在时的时态，确证事件的真实性，但是人物姓名上的双引号却在告诉人们，这些人物是雷博士杜撰出来的。雷博士说明这样做的原因，是满足"老牌的读者总希望在'真实'的故事以外追踪点儿'真人'的命运轨迹"[3] 的需要，显示出雷博士的意图在于充当宣扬因果报应的道德训诫家。接着雷博士变换出一副老练达观的精神分析学家的面孔，以貌似客观中肯的学究语气，断言这是一份来自精神错乱的罪犯的精神病例报告。雷博士转而提到这部小说具有"警世通言"般的社会伦理价值与教育意义，其口吻活像世事通晓的文学批评家。雷博士撰写的前言词不达意，似是而非，根本无法触及亨伯特的近似癫狂却令人心碎的情感世界。作品通过前言与亨伯特所代表的两个世界的隔绝，透射出人类的心灵无法得到理解的悲哀与愤懑。然而纳博科夫更意在传达的是，《洛丽塔》的意义永远在人们所能给予的意义之外。

对纳博科夫而言，离开俄国后，时间就不存在了。纳博科夫认定，小说创作是作家使自身所处的"整个世界在开始发光、熔化又重新组合，不仅仅是外表，就连每一粒原子都经过了重新组合"[4]，从而建构一个没有时间的自由世界，在其中，"万物各得

---

[1] [美] V. 纳博科夫：《说吧，回忆》，陈东飙译，时代文艺出版社1998年版，第252页。
[2] 同上书，第243页。
[3] [美] 弗拉迪米尔·纳博科夫：《洛丽塔》，于晓丹译，译林出版社2000年版，第1页。
[4] [美] 纳博科夫：《文学讲稿》，申慧辉译，生活·读书·新知三联书店1991年版，第21页。

其所,永远没有什么会改变,永远不会有谁死去"①。但是纳博科夫以自身的创伤经历体认到,人只是"寻常自我的渣滓……仅仅是一个升华了的本体的残余"②。人类都不可抗拒地生活在宇宙的物理时间中,都将随着时间的陀螺消失在空洞的混沌中,人类依靠记忆战胜时间,拯救自我是不可能的。从这个意义上说,对于普鲁斯特的《追忆似水年华》中关于记忆与自我的关系的观点,纳博科夫并不同意。《追忆似水年华》中"小马德莱娜"的糕饼触发的记忆,消除了时间的流逝所造成的隔膜,让叙述者马塞尔顿时感到"一种舒坦的快感传遍全身,我感到超尘脱俗,却不知出自何因。我只觉得人生一世,荣辱得失都清淡如水,背时遭劫亦无甚大碍,所谓人生短促,不过是一时幻觉"③。马塞尔深信,记忆能够将时间的碎片拾取连缀起来,对心灵予以滋养与充实,那么"永久的自我会在我们整个一生中持续下去,但对我们所有连续的自我来说确实如此,连续的自我都是永久的自我的组成部分"④。自我达到不朽的本质在于记忆与自我的同一,"这感觉并非来自外界,它本来就是我自己。我不再感到平庸、猥琐、凡俗"⑤。然而在《洛丽塔》中,记忆是带来伤痛的利刃。亨伯特的生活被安娜贝尔的记忆撕碎,继而亨伯特对洛丽塔的贪恋替代对安娜贝尔的回忆,欲念不断地阻断亨伯特对自身丑恶的审视。作品以此揭示主体自身的支离破碎,"我觉得我难以捉摸的自我总是在逃避我,滑进了深沉沉、黑暗沉沉的汪洋里,我是探不到的"⑥。洛丽塔离开后,诸多的空白切断亨伯特的记忆,为主人公的自我反思与难以遏制的欲念的较量提供空间。

　　人类如何才能重新拼合"寻常自我的渣滓",纳博科夫认为,对记忆之"我"进行救赎,才能达到本体之"我"的永恒。亨伯特将回忆录的题目确定为《白人鳏夫的悔罪书》,表明这是一部为记忆之"我"而忏悔的心路历程。通过作品中闪现出的人类生命的不屈和坚韧,纳博科夫洞见到被"生存竞争"的严酷法则所掩盖的大自然的至臻之美,即人类"挣脱与超过重力,克服或重新制定地球的引力之可能性"⑦。不过纳博科夫对大自然与艺术的本质的定位,在于"两者都是魔法的一种形式,两者都是一个奥妙的巫术与欺骗的游戏"⑧。大自然的游戏是不可知的,艺术的游戏只是游戏而已,仅仅能够为人类提供暂时的避难所。正如亨伯特在生命的最后时刻发出的悲痛之音那

---

① [美] V.纳博科夫:《说吧,回忆》,陈东飙译,时代文艺出版社1998年版,第62页。
② 同上书,第220页。
③ [法] 马塞尔·普鲁斯特:《追忆似水年华》(1)《在斯万家那边》,李恒基、徐继曾译,译林出版社1989年版,第47页。
④ [法] 马塞尔·普鲁斯特:《追忆似水年华》(7)《重现的时光》,徐和瑾、周国强译,译林出版社1991年版,第6页。
⑤ [法] 马塞尔·普鲁斯特:《追忆似水年华》(1)《在斯万家那边》,李恒基、徐继曾译,译林出版社1989年版,第47页。
⑥ [美] 弗拉迪米尔·纳博科夫:《洛丽塔》,于晓丹译,译林出版社2000年版,第251页。
⑦ [美] V.纳博科夫:《说吧,回忆》,陈东飙译,时代文艺出版社1998年版,第292页。
⑧ 同上书,第113页。

样,"我正在想欧洲的野牛和天使,在想颜料持久的秘密,预言家的十四行诗,艺术的避难所。这便是你与我能共享的唯一的永恒,我的洛丽塔"①,人类仍然无法逃脱自身的宿命,即迷失在记忆所引发的"每一条想象的道路分岔再分岔没有穷尽"②的迷宫中。

  纳博科夫根据童年记忆,在《说吧,记忆》塑造一个和谐美好与温暖光明的俄国形象,每一个场景都流溢着绮丽的色彩,每一件物品都镂刻着精致的纹理。然而纳博科夫带着科学的精确性在对俄国形象的描绘中,却不时穿插着与阴暗怪异和寒冷肮脏的欧洲形象的对比。时隔多年后,纳博科夫为当年带着阴郁落寞的心绪看待欧洲,却错失对欧洲的了解而遗憾。不过,身为移民的边缘意识,赋予纳博科夫看待西欧与美国文化的独特视角。在《洛丽塔》中,纳博科夫批判西欧文化的极端个人主义、美国文化在高雅传统表面下的污浊与商业文化的低俗。但是,纳博科夫也无法与欧洲的俄国流亡者产生共鸣。纳博科夫反感陀思妥耶夫斯基式的忏悔,对俄国人专注的末世学问题毫无兴趣,并拒绝参加任何组织和派别。对于纳博科夫来说,俄罗斯人不应当再恪守"尘世的道路就是潜逃的道路,或者朝圣者的道路"③的信念。纳博科夫不满欧洲的俄国流亡者狂热地寻求并不可靠的精神支撑,指出历史突变造成俄罗斯民族的精神断裂,那么俄国流亡者对待文学的保守态度,将可能进一步导致俄罗斯民族文化的衰亡。纳博科夫将展现俄国流亡者的心灵现实作为己任,继续书写俄罗斯文学。纳博科夫《天赋》等作品的基本主题都在讲述,俄国流亡者不仅身体穿行在不同的国度,而且是灵魂无法找到栖留之地的精神流浪者。《绝望》则写出,竭力改变现实的疯狂欲望,将主人公变成彻头彻尾的恶棍,人们的精神世界里堆满了腐臭发霉的垃圾。纳博科夫带着感同身受的悲悯,品味着失去故土家园的空虚和焦灼,还乡成为"在我长年的流亡中永不终止的梦"④。

  纳博科夫将"还乡"可望而不可即的人生况味反映在《洛丽塔》的时空设置上。《洛丽塔》中的美国形象是由喧闹嘈杂、污浊凌乱的汽车旅馆组合起来的,或者说,这是纳博科夫踏上流亡生涯的火车之旅的无限延续。亨伯特辗转于英国、法国和美国,只是萍飘蓬转的匆匆过客。对亨伯特而言,梦境在地理空间的移动中变得虚渺,现实事物不过是向人类倾泻而来的怪异表象。作品以拼贴的方式将事物堆叠在一起,如"加利福尼亚的一家酿酒厂,连那儿的教堂也建成酒桶的样子。死亡之谷。司各特的城堡。罗杰夫妇在几年里收藏的艺术品。漂亮的女演员丑陋的别墅。R.L. 史蒂文森在一座死火山上的脚印……"⑤缺乏相互联系的事物陌生沉闷,人类面对一个难以把握的异己敌对的世界。对外部环境的不适应感,将人类驱赶到阴暗的心灵的蛛网角落。亨

---

① [美] 弗拉迪米尔·纳博科夫:《洛丽塔》,于晓丹译,译林出版社 2000 年版,第 252 页。
② 同上书,第 7 页。
③ [俄] 尼·别尔嘉耶夫:《俄罗斯思想》,雷永生、邱守娟译,生活·读书·新知三联书店 1995 年版,第 6 页。
④ [美] V. 纳博科夫:《说吧,回忆》,陈东飙译,时代文艺出版社 1998 年版,第 81 页。
⑤ [美] 弗拉迪米尔·纳博科夫:《洛丽塔》,于晓丹译,译林出版社 2000 年版,第 125 页。

伯特对汽车旅馆深恶痛绝,戏剧性的是,他的人生地图却是由一个一个的汽车旅馆勾连出来的,最终在监狱中画上终点。汽车旅馆的藏污纳垢与亨伯特的罪恶勾当相互呼应,堪称亨伯特卑鄙欲念的"地下室",但是连接汽车旅馆的高速公路却似乎是朝向爱情天堂的通途。或许纳博科夫旨在说明,生活在当下却不得不经受灵魂与肉体的分裂、现实与梦想的疏离。迷离错乱的世界带来的茫然、爱情逝去的凄楚和人生短暂无常的压抑,造就亨伯特人生的荒唐与凄怆。但是纳博科夫却要突破人类命运被规定的必然性,在人生的晦暗画面上绘制出艺术的图案之美,以艺术的自由扭转人生坠落的轨迹。在《洛丽塔》中,纳博科夫使主人公对外部场景和事件的描述戛然中止,文本陡然突进到其狂乱意念构造的熠熠闪光的幻境。现实和梦幻相互缠绕,真实和虚构界限模糊。时间在过去、当下与未来纵横跳跃,时而过去与现在重叠,时而时间被突兀地推向若干年后的某天,时而时间倏然闪回到过去的某个时刻。纳博科夫通过时间的游戏,用亨伯特热情似火的心灵为笔,以现实中的少女多洛雷斯·黑兹为原型,镂刻出仿佛闪耀着自然光泽的精灵般的美丽永存的洛丽塔形象。

纳博科夫提出,作家创作的秘密与使命在于,作家"处于一场明彻的疯狂里,自己建立了某些独特的规则来遵守,某些噩梦般的障碍来攀越,怀着一个神从最不可能的成分——石头、炭,盲目的悸动——建造一个活生生的世界的热忱"[①],这个"活生生的世界"或许就是纳博科夫追求的"另一世界"的内涵。

---

① [美] V. 纳博科夫:《说吧,回忆》,陈东飙译,时代文艺出版社 1998 年版,第 282 页。